Della stessa autrice
nelle edizioni HarperCollins

Quelle belle ragazze
Scia di sangue
La morte è cieca
La figlia modello
Tagli
Frammenti di lei
L'ultima vedova
Corpi
La moglie silenziosa
Falsa testimonianza
La ragazza dimenticata
Dopo quella notte
Un motivo per mentire

KARIN SLAUGHTER

QUI SIAMO TUTTI COLPEVOLI

Traduzione di Anna Ricci

HarperCollins *Black*

ISBN 979-12-5985-488-9

Titolo originale dell'edizione in lingua inglese:
We Are All Guilty Here
HarperCollins *Publishers*

Traduzione di Anna Ricci

Questa edizione è pubblicata in accordo con
HarperCollins Publishers Ltd, London, UK

Viale Monte Nero 84 - 20135 Milano
www.harpercollins.it
Prima edizione HarperCollins
settembre 2025

FSC
www.fsc.org
MISTO
Carta | A sostegno della
gestione forestale responsabile
FSC® C021883

A Kate e Kitty Sunshine, che ne hanno passate tante

Se volete un lieto fine, dipende, naturalmente,
da dove interrompete la storia.

Orson Welles, *The Big Brass Ring*, 1982

1

Madison Dalrymple appoggiò la spalla all'enorme quercia, cercando di non cedere al panico. Cheyenne era in ritardo. Un ritardo folle. Il piano non prevedeva niente del genere. Si erano date appuntamento al parco, sotto la quercia, per le otto al massimo. Ormai però erano le otto e venti, e Cheyenne non era arrivata, non aveva chiamato né mandato un messaggio e non rispondeva alle telefonate e ai messaggi di Madison, che tra il caldo e l'ansia era fradicia di sudore. Aveva la maglia incollata alla schiena, i pantaloncini che si arrotolavano al centro, e la bustina di erba che aveva comprato dal Pervertito si stava quasi cuocendo nella tasca davanti.

Forse incontrarsi al parco era stata una pessima idea, ma il padre di Madison non aveva dato loro altra scelta. Le aveva comunicato il giorno prima che tutta la famiglia avrebbe trascorso il suo compleanno allo spettacolo pirotecnico, come se fosse una gran sorpresa, qualcosa che potesse farla chissà quanto felice. Il quindicesimo anno non era importante quanto il sedicesimo, ma l'idea di essere trascinata al parco con suo padre, la sua matrigna e il suo fratellastro piagnucoloso le sembrava più una punizione che un modo per festeggiare. C'erano moscerini e zanzare in ogni dove, il cibo era disgustoso, il punch sapeva di sciroppo per la tosse, c'erano almeno duecento persone stravaccate sul prato o a sguazzare nel lago in attesa che i fuochi d'artificio cominciassero, e Madison le odiava tutte, dalla prima all'ultima.

«Cheyenne» mormorò, facendo scorrere lo sguardo su capigliature dal taglio mullet e riccioli permanentati. «Dove sei?»

Almeno il sole stava cominciando a tramontare, finalmente. Alle dieci del mattino la temperatura aveva sfiorato i quaranta gradi. L'acqua del lago era più calda di quella di una vasca idromassaggio. La protezione solare che si era messa aveva smesso di fare effetto già da diverse ore. Sentiva la pelle bruciare. Madison osservò le onde di calore che scintillavano sul parcheggio in cima alla collina, dove le auto erano parcheggiate in file serrate. Delle bici erano state abbandonate lungo il marciapiede e sulle scale. Qualcuno aveva spento i lampioni: mancava poco all'inizio dei fuochi d'artificio. Tutta la città si comportava come se il Quattro luglio fosse chissà quanto importante, ma la verità era che nessuno conosceva la differenza tra la Costituzione e la Dichiarazione d'Indipendenza, e quando la banda della scuola suonava l'inno nazionale, la gente cantava solo la melodia, non le parole.

Quella festa era solo una scusa per mangiare e bere troppo, così da poter dimenticare di essere intrappolati in una città che era solo un buco merdoso.

Strinse forte il cellulare nella mano. La sua matrigna l'aveva già cercata due volte, giusto per dare l'impressione che erano una grande famiglia felice, ma Madison sapeva che quella di Hannah era solo una messinscena. Faceva finta di essere la sua vera madre. Faceva finta di non odiarla in segreto. Ma la cosa peggiore era che suo padre continuava a comportarsi come se il problema fosse Madison. La sua prima moglie, la madre di Madison, era morta da appena otto anni, e lui si comportava come se non fosse mai esistita.

«Cazzo» imprecò Madison.

Non avrebbe permesso a Hannah di rovinare tutto. Era troppo importante. Controllò di nuovo l'ora sul cellulare.

Cheyenne era ufficialmente in ritardo di ventisei minuti. Madison fece un respiro profondo e disse a se stessa che ventisei minuti non erano niente. Una volta Cheyenne era arrivata con un'ora di ritardo, e una macchina che non aveva mai visto l'aveva lasciata davanti casa sua. Non era nemmeno una Mustang o una Corvette, ma una di quelle station wagon con appiccicati sul lunotto posteriore quegli adesivi che rappresentano una madre, un padre, due bambini e un cane. Hannah non aveva visto l'auto, ma aveva iniziato a recitare la parte della matrigna moralista per via del succhiotto appena apparso sul collo di Cheyenne e le aveva puntato addosso uno sguardo che diceva "Che sgualdrina".

«Madison?»

«Eh!» strillò, sobbalzando, poi cominciò a sudare sul serio quando si rese conto che a pronunciare il suo nome era stata la migliore amica storica di Hannah. Il fatto che Emmy Clifton-Lang fosse anche un'agente di polizia portava il tutto a un livello superiore di terrore.

«Siamo nervosette» commentò Emmy. «Che succede alla nostra festeggiata?»

«Niente.» Madison riuscì a evitare di posare la mano sul sacchettino di erba che aveva in tasca. «È tutto a posto.»

«Non mi sembra. Hai bevuto abbastanza acqua?» Emmy si tolse il cappello. Aveva i capelli ricci, ma li teneva legati in uno chignon da anziana signora, anche se lei e Hannah avevano entrambe compiuto trent'anni il mese precedente. «Fa più caldo di quel che sembra.»

«Lo so» rispose Madison. Cosa pensava, che fosse stupida? «Per questo sono sotto un albero. All'ombra. Da sola.»

Emmy non colse il suggerimento. Poggiò la mano contro il tronco.

«Sai come si dice... Chi si concentra su un albero non vede la foresta.»

Madison alzò gli occhi al cielo. Da un po' di tempo tutti le davano consigli non richiesti. «Che cosa?»

«A volte puoi pensare di sapere quello che fai, ignorando i segnali che indicano che forse non è la miglior scelta del mondo.» Emmy si strinse nelle spalle. «A volte non vedi il quadro generale perché sei troppo concentrata sui dettagli, come divertirsi, sgattaiolare fuori di casa e fare cose che non si dovrebbero fare. Poi, un giorno, all'improvviso, le conseguenze delle tue azioni ti si ritorcono contro.»

«Dio» gemette Madison. Sapeva benissimo da dove arrivava la ramanzina intitolata *Cheyenne Baker è una Pessima Compagnia*.

«Di' a Hannah di farsi gli affari suoi, okay? Può anche smettere di mandare la gente a parlare con me. Andrò via da questa stupida città appena potrò.»

«Va bene» disse Emmy. «Ma manca ancora tanto al college, e in tre anni tutto può cambiare.»

«Certo.» Madison non aveva la minima intenzione di dirle la verità, e cioè che se il piano avesse funzionato, lei e Cheyenne non avrebbero dovuto far altro che aspettare altri due mesi, poi si sarebbero trasferite ad Atlanta, dove non avrebbero più ricevuto ordini da nessuno.

Emmy propose: «Se vuoi, posso farti fare un giro della Mercer. Il campus è meraviglioso, a me piaceva moltissimo. Lì ho incontrato persone davvero magnifiche».

Lei alzò di nuovo gli occhi al cielo. «Non mi interessa il college, okay?»

«Forse no, ma ti faccio una proposta: visto che il prossimo fine settimana devi fare da baby-sitter a Cole, perché non vieni un po' prima, così possiamo parlare di...»

«Sono in ritardo.» Madison usò un tono glaciale. «Avevo dato appuntamento a Cheyenne davanti al chiosco dei gelati dieci minuti fa.»

«Okay, ma dammi solo un attimo ancora, per favore.» Emmy le prese la mano, un gesto inconsueto. Poi strinse le dita di Madison. «Voglio che tu sappia – anche se dovresti saperlo già – che Hannah ti vuole bene davvero.»

Il cuore di Madison, all'improvviso, cominciò a battere più forte. Sentì il calore della mano di Emmy intorno alla sua, e per qualche ragione che non riusciva a spiegarsi, le venne da piangere.

«Ti ha vista crescere.» Emmy sorrise. «Vale per tutte e due. Ti amiamo entrambe.»

Madison ricacciò indietro il nodo che aveva in gola. «Come no.»

Liberò la mano, lasciando lì Emmy con quello chignon da anziana, quel sorriso idiota e quel suo stupido figlio che guardava ancora i cartoni animati per bambini piccoli anche se aveva undici anni.

Aspettò di aver raggiunto le tribune per asciugarsi il naso con il dorso della mano. Guardò ancora una volta l'orario sul cellulare. Il panico l'assalì. Cheyenne ormai era in ritardo di trentuno minuti. Forse Madison aveva capito male? Forse dovevano incontrarsi a casa?

Scrollò il capo, perché non era possibile. Non c'era alcun errore. Avevano ripassato il piano decine di volte, avevano perfino provato il percorso armate di cronometro, poi avevano deciso di prendere le bici perché era più sicuro passare per le vie secondarie anziché attraversare il centro, dove qualche ficcanaso avrebbe potuto notare Cheyenne e rovinarle l'alibi.

Non vedeva l'ora di raccontare a Cheyenne di come aveva mentito a Emmy. Non era vero che avevano appuntamento davanti al chiosco dei gelati. Si sarebbero trovate sotto la quercia, insieme sarebbero andate in bici a casa di Cheyenne, dove avrebbero preso in prestito la macchina del padre di lei e sgraffignato un po' del suo scotch, poi avrebbero fatto un giro per la città mentre tutti gli altri idioti guardavano i fuochi d'artificio. Ci aveva pensato così tante volte che quasi le sembrava che fosse già successo: la Jetta appena uscita dal concessionario del signor Baker che sfrecciava a centocinquanta all'ora lungo il rettilineo dopo Main Street, Madison che si sporgeva dal tettuccio panoramico, le braccia distese, il vento che le scompigliava i capelli mentre dalle casse risuonava la musica di Rihanna a tutto volume.

Due mesi. Madison non aveva bisogno di pensare a nient'altro. Il piano avrebbe funzionato. Se ne sarebbero andate via da quel posto. Sarebbe successo sul serio. Non dovevano fare altro che resistere fino a settembre. Poi avrebbero raggiunto Atlanta con l'autostop, avrebbero dormito in una suite al Ritz-Carlton e avrebbero preso i biglietti per i posti VIP di Music Midtown, avrebbero conosciuto dei ragazzi più grandi che potevano farle entrare nei locali e probabilmente avrebbero sposato dei giocatori di football con cui avrebbero vissuto in ville lussuose.

Almeno quella era la previsione di Cheyenne, e proprio come quando andavano alle medie, aveva deciso di trascinarsi dietro Madison. Che ne era felicissima. Non era mai stata una ragazza popolare, non aveva mai avuto molti amici, era sempre stata troppo nerd o troppo strana. Ma quando il padre di Cheyenne aveva deciso di trasferirsi con la famiglia nella contea di Clifton per lavorare alla fabbrica, la vita di Madison era cambiata completamente. Prima di allora non era mai finita nei guai, non aveva mai attirato l'attenzione, non aveva mai risposto male, non si era mai truccata, non era mai stata baciata da un ragazzo.

Era morta, per così dire.

Solo Cheyenne era stata capace di portarla in vita. Lei sapeva divertirsi, e nonostante le sciocchezze che blaterava Emmy con il suo chignon da anziana, sapeva anche passarla liscia. Cheyenne aveva insegnato a Madison a tenere le labbra imbronciate, a parlare con voce acuta da ragazzina, a fingere di essere stupida in modo che gli uomini si sentissero più grandi e più forti, pronti a dar loro tutto ciò che volevano.

Era proprio quello il trucchetto segreto di Cheyenne: andare a caccia di uomini.

I ragazzi, loro coetanei, erano strambi e idioti. Non sapevano cosa volevano né come ottenerlo. Gli uomini, invece, erano diversi. Ti ascoltavano, prestavano attenzione a ciò che desideravi, ti compravano cose, ti facevano sentire speciale, ti dicevano sempre che eri carina, erano felici di vederti, non si lamentavano mai se eri in ritardo o di cattivo umore. Cheyenne diceva che perfino il sesso era migliore, ma Madison non ne era sicura al cento per cento. Non aveva mai fatto davvero sesso, ma solo qualche lavoretto di mano, e lo trovava molto noioso, appiccicoso e per niente eccitante come sosteneva la sua amica.

«E dai, Shy...» mormorò. «Dove diavolo sei finita?»

Qualcuno le passò accanto sgomitando. Un gruppo di ragazzini fradici, in costume da bagno, si dirigeva verso i tavoli con il cibo. Madison puntò lo sguardo verso il cielo. La luce era diminuita, come se qualcuno avesse spento il sole, e all'improvviso arrivò il tramonto. Nubi di fumo si sollevavano dai barbecue, dove sfrigolavano hot dog e hamburger per la folla. Le volontarie della chiesa stavano tirando fuori cupcake con le stelle filanti e riponevano nei contenitori insalata di patate acquosa e stufato di fagiolini. Madison si spostò davanti alle gradinate e guardò verso il mare di gente che si allungava da lì al lago, cercando i capelli scuri e appuntiti di Cheyenne.

Vide soltanto l'anziano sceriffo Gerald Clifton, che occupava troppo spazio con una quantità di coperte che sua moglie aveva disteso a terra all'alba in modo da assicurarsi i posti migliori per lo spettacolo: proprio al centro del prato, non troppo vicino al lago, non troppo lontano dai bagni chimici. Tutti andavano a rendergli omaggio come se fosse un membro della famiglia reale, e forse era proprio così, dato che era stato il suo bis-bis-chissà-quanto-bis-nonno a dare il nome alla contea. Emmy era una sua vice. La moglie insegnava alla scuola media. Il figlio insegnava al liceo. Suo fratello dirigeva la fabbrica. Sua sorella, una donna che sembrava avesse duecento anni, suonava l'organo alla Second Baptist. C'era un'infinità di Clifton in tutta la contea, cugini e prozii e fin troppe zie. Il padre di Madison diceva sempre, scherzando, che tutti quelli che non si chiamavano Clifton o lavoravano per un Clifton oppure erano stati arrestati dai Clifton.

Un pensiero oscuro le diede un improvviso senso di nausea.

Forse quello stupido discorso di Emmy a proposito di alberi e foreste aveva un significato preciso.

Forse Cheyenne era stata arrestata. Forse era rinchiusa in prigione.

In preda alla frenesia, Madison esaminò di nuovo la folla e notò Emmy che parlava con il marito. Sembrava gli stesse urlando addosso. Gli puntava il dito contro il petto, come se volesse pugnalarlo. C'era un altro poliziotto lì intorno, da qualche parte. Madison girò su se stessa, cercando disperatamente l'altro vicesceriffo. Fece un sospiro di sollievo quando scorse Brett Temple vicino alla lunga fila per i bagni chimici. Perfino lei era in grado di capire che non stava facendo un gran lavoro. Giocherellava col cappello dalla tesa larga invece di controllare se ci fossero problemi. Aveva una striscia di un rosso acceso lungo la nuca, una scottatura lasciata dal sole.

Inspirò e lasciò uscire l'aria lentamente, cercando di calmarsi. Studiò ancora la moltitudine di persone, stavolta cercando Cheyenne. Non c'era traccia di lei, ma in compenso Hannah spuntava tra la folla come un cane della prateria. Scrutava il gruppo di ragazzi che mangiavano cupcake: forse cercava Madison per scattare una foto di famiglia perfetta da pubblicare su Facebook.

Sentendo le labbra incurvarsi in un sorrisetto, Madison si nascose dietro il vecchio Mr. Singh del negozio di ferramenta. Hannah indossava un top a righe senza maniche zuppo di sudore da cui i capezzoli spuntavano come gomme da matita, e sarebbe stato uno spettacolo esilarante per Cheyenne, visto che Hannah diceva sempre che si metteva abiti che lasciavano poco spazio all'immaginazione.

Guardò il telefono. Trentanove minuti di ritardo. Cominciava a essere davvero troppo. Cheyenne aveva detto che il piano non era pericoloso, ma in realtà lo era, eccome. Non era possibile giocare certi scherzi alle persone e pensare che non avrebbero reagito, soprattutto se si trattava del genere di persone che avevano deciso di puntare.

Senza riflettere, Madison cercò di nuovo Emmy. Non era facile farsela sfuggire, con quell'uniforme color merda. La lite con Jonah era finita, e lei stava risalendo la collina, dirigendosi verso le gradinate. Aveva la testa bassa, la tesa del cappello che le nascondeva il viso, i pugni serrati. La gente la fissava, commentando a bassa voce la lite con Jonah.

Era così che funzionava a North Falls: tutti sapevano tutto di te. Non c'era una sola persona negli immediati dintorni che non conoscesse tutta la storia della vita di Emmy, da quando era nata a quando era stata incastrata con quell'inetto di suo fratello maggiore per rappresentare la scuola nella gara di spelling, a quando era andata al college, a quando aveva sposato il suo fidanzatino delle medie, a quando aveva dato alla luce un figlio, a quando aveva iniziato a lavorare nell'ufficio dello sceriffo, a quando aveva creduto davvero che suo marito, un perdente nato, un giorno sarebbe diventato un famoso musicista mentre tutti sapevano che passava quasi tutto il tempo a fumare erba sul divano nella casa pagata da lei.

Cheyenne diceva sempre che Emmy era troppo carina per fare la poliziotta, e che così aveva sprecato il suo aspetto, ma in realtà era davvero brava nel suo lavoro. Non si comportava come suo padre, che chiamava subito i tuoi genitori in ufficio se solo ti vedeva in un posto in cui, secondo lui, non dovevi stare. O come Brett Temple, per cui fare lo stronzo era un vero piacere. Una volta Emmy aveva beccato Madison mentre fumava una sigaretta, le aveva detto di spegnerla e la cosa era finita lì. Non l'aveva tradita con Hannah e non l'aveva accompagnata in negozio da suo padre per farle fare una ramanzina, anche se per lei sarebbe stata la soluzione più semplice, visto che si trovava proprio di fronte alla stazione di polizia, dall'altra parte della strada.

Dunque, ci si poteva fidare di Emmy.

Unendo le mani e stringendole tra loro, Madison aspettò che Emmy la raggiungesse in cima alla collina. Cercò di inventarsi una storia, qualcosa che somigliasse alla verità, ma non proprio la verità. Qualcosa che le tirasse fuori dai guai, perché iniziava a pensare che forse – anzi, probabilmente – lei e Cheyenne erano in un mare di guai. O almeno Cheyenne lo era, perché nonostante fosse una ritardataria cronica, non sarebbe mai arrivata in ritardo per ciò che avevano in mente. Avevano fatto le prove, avevano pensato a ogni evenienza. L'unica spiegazione era che doveva essere successo qualcosa di grave.

Emmy sollevò lo sguardo nello stesso istante in cui Madison stava per aprire la bocca.

«Non adesso.» Il tono di Emmy era frettoloso. Aveva le lacrime agli occhi, il naso arrossato, ma non per colpa del sole.

Madison non ebbe altra scelta se non togliersi di mezzo. La osservò andare dietro le tribune, saltare la fila per un bagno chimico, entrarci e chiudere la porta.

«Cazzo» borbottò.

Che cosa poteva fare?

Vedeva il vicesceriffo Temple che continuava a giocherellare con il cappello. Era l'ultima persona al mondo a cui avrebbe chiesto aiuto. Non era solo uno stronzo: era anche malvagio come il demonio.

Guardò di nuovo il cielo, come se potesse trovarvi una risposta. Il sole aveva perso qualche altro watt di potenza, le stelle erano puntini luminosi appena visibili. Guardò sotto la vecchia quercia: non c'era nessuno. Lasciò scivolare lo sguardo sulla folla ancora una volta, verso il lago. I bagnanti cominciavano a uscire dall'acqua, si avvolgevano negli asciugamani e si avvicinavano alle loro postazioni, sulla collina. Presto sarebbe stato buio pesto. L'aria era carica di un'agitata trepidazione. Tutti erano pronti per l'inizio dei fuochi d'artificio.

Guardò l'ora. Quarantasette minuti di ritardo. Cheyenne non sarebbe arrivata. Doveva essere successo qualcosa di terribile.

Doveva andare a cercarla.

Risoluta, salì le scale che portavano al parcheggio. C'era luce appena sufficiente per riuscire a trovare la bicicletta. La trascinò, facendo rimbalzare le ruote per il resto della strada, poi accompagnò la bici lungo il marciapiede, controllando i dintorni, nel caso Cheyenne avesse incontrato un tizio che aveva da bere oppure un bong. Le auto erano parcheggiate così vicine che non poteva passarci in mezzo in bici, così dovette seguire il marciapiede che correva parallelo alla prima fila.

Aveva bisogno di ideare un suo piano.

Decise che avrebbe sollevato la bici per farla passare oltre il nastro giallo che era stato teso per impedire che qualcuno entrasse con l'auto sul campo da allenamento accanto al parcheggio. Sarebbe scesa giù per la collina, avrebbe preso Long Street, svoltato a sinistra sulla Carver, poi avrebbe tagliato nel grande giardino con lo stagno per raggiungere le vie secondarie. Era il tragitto che avrebbe dovuto fare Cheyenne, nel senso contrario. Forse aveva bucato una gomma, forse aveva preso qualcosa ed era così stordita che era dovuta restare sdraiata a guardare il cielo.

Madison stava per montare in sella quando sentì il primo scoppiettio. Finalmente lo spettacolo pirotecnico stava cominciando. Era stato allestito sulla sponda opposta del lago, lontano dalla folla. Madison sentì un fischio sommesso, notò un'unica scia bianca e luminosa che saliva nel cielo notturno, poi la vide esplodere in mille frammenti. Si sentirono un applauso e delle grida quando le scintille sfrigolarono e sibilarono come serpenti minuscoli, per poi spegnersi lentamente.

Seguì una breve pausa, poi un altro scoppiettio, un altro fischio leggero, un'altra scia di fuoco che esplose in una sfera vorticante blu e bianca, i colori della mascotte della scuola. La folla esultò quando esplose un terzo fuoco d'artificio, stavolta emettendo un potente ronzio e roteando fino a creare la forma di un viso sorridente.

Per un attimo Madison dimenticò ogni preoccupazione. Non riuscì a fare a meno di provare un senso di meraviglia. Quando era piccola, ai tempi in cui sua madre era ancora viva, prima che Hannah si infilasse a forza nelle loro vite, la loro famiglia trascorreva il Quattro luglio ammirando i fuochi, tutti e tre insieme. Sua madre preparava una piccola torta e del gelato al cioccolato per il compleanno di Madison. Suo padre la portava a nuotare nel lago. Quando cominciava lo spettacolo, la cingeva con un braccio per farla sentire al sicuro. Poi le diceva i nomi di tutti i tipi di fuochi: la crossette, le cui stelle si dividono in quattro e si incrociano tra loro. Il diadema, con le stelle fisse al centro. L'anello, con la forma ad aureola e le faccine sorridenti. Il lungo cilindro della candela romana, o la batteria da quasi mille colpi che era come sei candele romane unite. Poi c'erano i fiori: il salice e la peonia, infine il suo preferito, il crisantemo. Esplosioni di colore così potenti da togliere il fiato.

Le facevano ancora quell'effetto.

Madison si asciugò gli occhi, furiosa con se stessa per aver pianto. Aveva detto a Hannah che era troppo grande per i fuochi d'artificio, ma la verità era che aveva nostalgia di come si sentiva quando suo padre le cingeva le spalle con il braccio, l'avvicinava al suo fianco e la faceva sentire al sicuro. Gli *ooh* e gli *aah* della folla, ogni esplosione così forte da farle vibrare il fondo della gola, tutto le ricordava ciò che non aveva più.

Era così persa nella sua tristezza che per poco non si accorse nemmeno dell'auto che stava entrando nel parcheggio. I suoi occhi ci misero un po' a notarla: aveva i fari spenti. Non riuscì a vedere il guidatore quando la macchina passò accanto alla prima fila. Non aveva intenzione di fermarsi. Gli stop posteriori rimasero spenti quando la parte anteriore salì sul marciapiede e passò oltre il nastro giallo di divieto. Solo dopo che un'altra esplosione di luce rischiarò il campo in tutta la sua gloria verdeggiante Madison si rese conto di cosa stava vedendo.

Cheyenne!

Grazie al cielo, finalmente era arrivata.

Il grido di sollievo di Madison si trasformò in una risatina sorpresa. Cheyenne stava per condurre la preziosa, nuovissima Jetta di suo padre sul campo da calcio. Aveva incastrato la sua inconfondibile bicicletta blu elettrico nel cassone. I nastrini rosa dondolavano dalle impugnature del manubrio. I bastoncini catarifrangenti sui raggi scintillavano come le luci di un albero di Natale. Non aveva chiuso bene il portellone, che si aprì quando gli pneumatici posteriori toccarono il marciapiede, poi ricadde giù sulla bici con tanta forza che Madison sentì il suono del metallo che sferragliava nonostante lo scoppio di una peonia gialla che esplodeva nel cielo.

«Shy!» Madison corse trascinando la bici con sé, china sul manubrio, inseguendo la vettura. Vide gli stop accendersi quando Cheyenne si avvicinò al centro del campo da calcio. Non ebbe il coraggio di spezzare il nastro in un altro punto. Proseguì veloce e attraversò sfruttando il punto che aveva rotto Cheyenne. Quando la bici salì sul marciapiede, sbatté i denti e si morse senza volere l'interno della guancia. Era così felice che quasi non sentì il dolore.

Era tipico di Cheyenne. Certo, aveva cambiato programma senza avvisarla. Aveva deciso di andare a prendere la Jetta, lo scotch e di raggiungerla al parco solo *dopo*. In effetti aveva molto più senso, così. Avrebbero dovuto pensarci prima: perché fare avanti e indietro quando Cheyenne poteva passare da casa andando al parco?

L'auto si fermò al margine del campo, il muso rivolto verso un gruppetto di alberi. Madison sentì il motore in folle. Ricominciò a piangere, stavolta per il sollievo. Solo in quel momento era riuscita ad ammettere quanto fosse terrorizzata. Cheyenne le aveva detto che il piano sarebbe stato di semplice esecuzione, ma al mondo non esisteva nulla di semplice, soprattutto quando c'era di mezzo Cheyenne. Lei sapeva portare le persone al limite. Madison l'aveva visto succedere un numero infinito di volte, come quando aveva risposto male a un insegnante, aveva fatto infuriare il preside, aveva inveito contro un commesso, aveva urlato contro sua madre, suo padre e la sua sorellina così forte che una volta, e forse non era stata l'unica, sua madre aveva alzato le mani e l'aveva messa a tacere con un ceffone.

«Shy!» chiamò ancora Madison, ma la sua voce si perse tra gli scoppiettii di un crisantemo che sbocciava tra lampi viola, verdi e bianchi.

Lasciò cadere a terra la bici e fece di corsa gli ultimi metri. Le esplosioni ravvicinate erano così potenti da farle vibrare i denti. I lampi continui davano ai movimenti un aspetto sincopato. Allungò una mano, afferrando la ruota posteriore della bicicletta di Cheyenne. La catena era caduta, la vedeva pendere sui raggi come un bracciale gettato via.

Piombò il buio.

Il crisantemo si era esaurito. Nel silenzio, Madison sentì i suoi stessi respiri affannosi: uno, poi un altro, un altro ancora, prima che il fischio basso che seguì li sovrastasse, un ronzio così forte da scuoterle i timpani. Si voltò verso il lago e vide due scie di luce salire nell'oscurità, seguite da un doppio riflesso sulla superficie dell'acqua. Poi sentì la cascata di scoppi. Poi vide grandi viticci discendere con la forma di due enormi palme.

Il ruggito della folla si spense. L'esplosione, il crepitio, il sibilo, gli scoppi.

Ci fu un altro suono, leggero, eppure udibile. Molto più vicino della folla, quasi più vicino delle rapide inspirazioni dei suoi stessi respiri.

Un lamento.

Madison abbassò lo sguardo sul cassone del veicolo. La luce forte che arrivava dalle palme mise in risalto ogni dettaglio di ciò che aveva davanti agli occhi. La struttura blu elettrico della bici, la ruota posteriore piegata, la catena rotta, il telone blu che rivestiva il cassone. Il filo per la biancheria teso, che pendeva dal portello.

Il terrore negli occhi di Cheyenne.

«Oh» mormorò Madison.

Non era la Jetta del signor Baker.

Il cielo si oscurò. Un altro intermezzo.

Per un attimo Madison fu accecata, eppure continuava a vedere Cheyenne nel baule. Intrappolata sotto la bici, gli occhi spalancati. Terrorizzata. Non c'era tempo per pensare, ma solo per agire. Madison tirò via la bicicletta, la lanciò a terra, afferrò Cheyenne per un braccio e cercò di tirarla fuori.

Un altro fischio, un'altra scia di fuoco, un'altra esplosione di luce stupefacente.

Madison si bloccò, la mano ancora stretta intorno al braccio di Cheyenne, e la verità si mostrò in tutti i suoi terrificanti colori. Squarci di un rosso acceso. Sangue rappreso color ruggine. Puntini rosa che costellavano il bianco degli occhi di Cheyenne. Aveva la bocca chiusa con il nastro adesivo, il naso sembrava rotto, la maglietta strappata. C'era altro sangue che le colava lungo il petto, formando una pozza sulla parte superiore del reggiseno. Aveva i polsi legati insieme, le gambe unite, le caviglie legate. Gridava dietro il nastro adesivo, si dimenava per liberarsi, chiedeva a Madison di sbrigarsi, la implorava di aiutarla.

Fu proprio in quel momento - non era un interludio, appena un'eco - che Madison ricordò le parole che le aveva detto Emmy poco prima.

"Chi si concentra su un albero non vede la foresta."

Non preoccuparti di Cheyenne legata nel cassone.

Preoccupati dell'uomo che l'ha messa lì.

L'esplosione seguente fu così forte che Madison sentì dolore ai denti. La mascella si serrò, una contrazione dei muscoli, un senso di terrore che le attraversava il corpo. Il bagliore incandescente di un crisantemo infuocò il cielo.

Si voltò. Vide il volto dell'uomo, poi...

Il buio.

2

Emmy aprì la porta del bagno chimico e prese una gran boccata d'aria calda e umida. Le fischiavano ancora le orecchie. Lo spettacolo pirotecnico si era concluso con esplosioni degne di una zona di guerra. Sentiva l'odore della polvere da sparo e dello zolfo mescolati a quello acido di sudore e alcol stantio mentre i partecipanti alla baldoria davano inizio al lento processo di recuperare coperte e borse frigo, cercare i bambini e tentare di ricordare dove avessero parcheggiato. Un faro si accese. Le luci dei lampioni cominciarono a prendere vita, prima nei parcheggi accanto ai campi da gioco, poi in quello in cima alla collina. Poi le luci alle spalle delle gradinate. Quelle accanto al lago. Infine, l'umore generale mutò, via via che le persone si rendevano conto del fatto che, poiché il Quattro luglio cadeva di mercoledì, la mattina dopo sarebbero tutti stati costretti ad alzarsi presto per andare al lavoro.

«Buonanotte, Emmy» disse qualcuno.

«Stammi bene» disse qualcun altro.

Emmy si sforzò di sorridere chiudendo la porta alle sue spalle. A ripensarci, nascondersi in una scatola di plastica piena di piscio e merda rimasta a cuocersi sotto un sole spietato per dodici ore non era stata una delle sue idee più luminose. Ma era sempre meglio che credere che Jonah Lang avrebbe davvero fatto qualcosa di tanto semplice come occuparsi del loro figlio undicenne.

«Conosco quello sguardo.» Brett Temple le sorrideva rigirandosi il cappello tra le mani. Aveva la nuca rossa come quella di un contadinotto. «Che ha combinato, stavolta?»

«Ha detto che non voleva fare da *baby-sitter* a Cole.» Brett non parve cogliere, così gli chiarì il concetto. «Se è tuo figlio, non puoi essere un baby-sitter.»

«Accidenti.» Vanna, la moglie orgogliosamente incinta di Brett, si intromise nella conversazione. Aveva un vestito viola macchiato di sudore che le tirava sulla pancia come l'abito troppo stretto di una prostituta. «Tu non sarai così, vero, tesoro?»

Brett la guardò e mentì spudoratamente. «Certo che no, tesoro.»

Emmy dovette distogliere lo sguardo quando si baciarono. Osservò la folla. Un fastidioso senso di colpa la tormentava per aver respinto Madison. Aveva capito che voleva dirle qualcosa. «Avete per caso visto Madison Dalrymple?»

«Qual è?» chiese Brett.

«Quella grassa» lo aiutò Vanna.

Emmy digrignò i denti. «Non è grassa.»

«Be', nessuno direbbe mai che è magra» rise lei, fissando Brett con degli occhioni da Basset Hound innamorato. «Madison se ne va in giro con quella piccola piantagrane sboccata, Cheyenne Baker. Ti ricordi? La scorsa settimana l'hai trascinata alla stazione di polizia.»

«Cheyenne Baker.» Brett cominciò ad annuire. «Ha rubato un sacchetto di cioccolatini al Good Dollar, ma l'ha buttato via prima che l'acciuffassi.»

«Quella psicopatica di sicuro li voleva inzuppare nel Fentanyl» fece Vanna con l'aria di chi la sa lunga. «Tanto vale spedirla subito in prigione, tanto ci finirà comunque».

«Ehi.» Emmy cercò di mantenere un tono neutro. «È ancora una ragazzina.»

«Una ragazzina che è già un vero diavolo» ribatté Vanna. «Ti dico un'altra cosa, Hannah è una santa a sopportare Madison. Avrebbe dovuto mandarla in una di quelle scuole che rapiscono i ragazzi nel cuore della notte e li lasciano in un deserto da qualche parte nello Utah. Così almeno starebbe alla larga dalle brutte compagnie.»

Emmy era stupefatta da tanta crudeltà gratuita. «Hannah ama Madison come una figlia.»

«Proprio per questo dovrebbe farlo. Bisogna essere severi nell'amore.» Vanna si accarezzò la pancia rotonda come a dire che *il suo bambino* non avrebbe mai creato problemi. «Dio, mi sento esplodere, ormai. Emmy, le ultime settimane con Cole sono state così faticose per te?»

«Non proprio, mi sentivo benissimo.» Emmy era sicura che l'insonnia, il mal di schiena, i quattro denti cariati e la necessità di portarsi dietro un paio di mutande di scorta per quando non poteva evitare di farsela addosso fossero una passeggiata rispetto alla lussazione del bacino, alla perdita di due litri di sangue e al vomito a getto per i dolori del parto. «Quasi non me ne ricordo.»

Vanna fece un altro sorriso tanto beato quanto fastidioso. «I bambini sono un miracolo di Dio.»

«Eh già.»

Brett chiese a Emmy: «Dove hai visto Madison l'ultima volta? Posso darti una mano a cercarla».

«Non preoccuparti.» Emmy immaginò che qualsiasi fosse il motivo urgente che aveva reso Madison tanto disperata da andare a parlare con lei, a quell'ora doveva essersi risolto. «La sentirò più tardi.»

Brett le rivolse uno sguardo incuriosito. Emmy lo ignorò, soprattutto perché non avevano né il tempo né le risorse per gestire una quindicenne con un attacco di rabbia. C'erano centinaia di persone che dovevano andare via di lì nello stesso momento, con un'unica strada per andare e venire dal parco. Le auto in cima alla collina erano già in file serrate come sardine. Nei due piccoli campi accanto ai diamanti da baseball le macchine erano in doppia fila. Aggiungendo il caldo e l'alcol, era molto probabile che qualcuno avrebbe avuto bisogno di un passaggio per l'ospedale prima della fine del loro turno di lavoro. Non c'era più tempo per le chiacchiere.

Chiese a Brett: «Cosa preferisci, dirigere il traffico o il flusso di gente?».

Brett emise un grugnito meditabondo. «Il traffico. L'ultima volta che ho fatto assistenza alle persone mi sono preso un pugno in faccia.»

Vanna gli pizzicò una guancia. «Ma gliel'hai ridato con il resto, vero, amore?»

Emmy ignorò il modo in cui Vanna continuava a civettare con lui, con quella voce sciocca e roca. La donna aveva solo cinque anni meno di lei, ma si comportava come un'adolescente. La storia era destinata a cambiare non appena avesse scoperto le gioie dell'insonnia, unite al fatto che Brett si sarebbe fatto assegnare i doppi turni perché il rischio di farsi sparare in un posto di blocco era comunque preferibile al dover gestire un bambino urlante.

Emmy gli disse: «Chiamami via radio, se hai bisogno di me».

Si rimise il cappello in testa e si addentrò nella massa in movimento di persone, scendendo la collina mentre tutti gli altri cercavano di risalirla. Esaminò i volti, sforzandosi di individuare chi aveva bevuto troppo, chi poteva creare problemi, chi aveva bisogno di essere riaccompagnato alla macchina e chi era solo infastidito perché ci voleva troppo tempo per raggiungere il parcheggio.

La componente intuitiva nella vigilanza non era qualcosa che si poteva imparare all'accademia. Emmy aveva intrapreso quella carriera da sei anni e finalmente aveva maturato un istinto da poliziotto. A volte veniva innescato da un suono improvviso, o addirittura dal silenzio assoluto, ma quasi sempre era soltanto un leggero cambiamento nell'aria, una specie di carica elettrica che avvertiva sulla pelle e che le diceva che stava per succedere qualcosa di terribile. Suo padre lo chiamava "il brivido", ed Emmy pensava che chi lavorava nell'ufficio dello sceriffo fin dai tempi di Eisenhower aveva il diritto di chiamarlo come gli pareva. Se Emmy conosceva la città come il palmo della propria mano, il padre la conosceva come le arterie del suo stesso cuore.

La contea di Clifton era situata nella parte sud-est della Georgia, con una popolazione di circa ventimila persone. Meno di un migliaio di esse abitava nel capoluogo, North Falls. Delle quattro città principali della contea, la più grande era Verona, dove si trovava la fabbrica che produceva ricambi auto. Ocmulgee era conosciuta per gli outlet che si trovavano lungo la US 19, e a Clayville c'era uno degli istituti professionali più grandi di tutto lo Stato, soprattutto perché preparava lavoratori esperti da fornire alla fabbrica. North Falls e Verona erano entrambe circondate dal fiume Flint, che nasceva sotto l'aeroporto di Atlanta e scorreva attraverso la parte più meridionale dello Stato, fino alla striscia della Florida, dove si gettava nel Golfo.

Anche se le altre tre città erano abbastanza grandi da avere un proprio corpo di polizia, l'ufficio dello sceriffo, composto da 16 agenti, si trovava a North Falls, il che aveva senso. Il tribunale si trovava in centro. Gli agenti gestivano il carcere e il trasporto dei detenuti. Si occupavano anche dell'assegnazione di addetti alla sicurezza nelle scuole, eseguivano pattugliamenti, coadiuvavano le indagini nella contea e si occupavano del servizio di sicurezza durante gli eventi pubblici: per questo Emmy e Brett si trovavano al parco.

Sulle sponde del Flint si svolgeva un evento molto più imponente per il Quattro luglio, ma North Falls aveva sempre festeggiato in modo autonomo. Lì c'erano i soldi. Lì c'erano quelli che comandavano la contea. In una regione che guardava con sospetto i forestieri, North Falls diffidava in modo particolare di qualsiasi cosa non fosse nata e cresciuta all'interno dei settantasette ettari che delimitavano la cittadina.

Ecco perché quasi tutti i visi che Emmy vedeva tra la calca erano familiari. Erano quelli dell'alimentari del centro città, della palestra, del diner, del salone da parrucchiera di Peggy Ingram allestito nel seminterrato di casa. Alcuni sorrisero quando la videro. Altri si accigliarono. Poi c'erano i ficcanaso che la fissavano senza nemmeno provare a dissimulare, perché avevano assistito alla lite con Jonah ed erano a caccia di pettegolezzi.

Emmy guardò il cellulare come se avesse appena ricevuto un messaggio importantissimo. Quell'inutile oggetto le vibrava nella tasca da un'ora, ma lei era rimasta immersa in una beata ignoranza degli eventi in corso. Trovò sei chiamate perse da parte della sua zia psicopatica, ma era sicura che volesse lamentarsi di qualche ubriacone che nuotava nel suo stagno o dei barboni che le rubavano le more selvatiche dalla siepe.

Sua cugina Taybee aveva inviato un messaggio a tutte le cugine per proporre un pranzo della domenica nella sua enorme fattoria. Aveva specificato "Niente maschi", scatenando accuse immediate di sessismo inverso da parte di una cugina. Tre di loro avevano ignorato la possibile lite chiedendo cosa portare, una quarta aveva scritto in privato a Emmy per dirle che non sarebbe andata perché ancora non rivolgeva la parola a Taybee. Anche un'altra cugina le aveva scritto in privato proponendo un pranzo alternativo in un ristorante dove erano i camerieri a servire, e nessuno era costretto a cucinare. Infine, le aveva scritto in privato perfino Taybee per chiederle se avesse sentito parlare di "questo pranzo alternativo".

Una grossa goccia di sudore le cadde dalla punta del naso e colpì lo schermo.

Non aveva la minima intenzione di lasciarsi coinvolgere in quella scenata tra cugine, soprattutto con Taybee, un'avvocata schifosamente ricca che affrontava ogni discussione come se stesse controinterrogando un omicida sanguinario. Scorse l'elenco dei messaggi e ne trovò uno di Jonah. Le aveva inviato una sorta di ramoscello d'ulivo: una foto di Cole che mangiava un cono gelato ricoperto di cioccolata: un'idea brillante, visto che mandar giù un chilo di zuccheri prima di andare a dormire era davvero l'ideale per un undicenne.

Emmy fece un gran sospiro. Non se la sentiva di rompere ancora le palle a Jonah, così gli rispose con una faccina sorridente, poi si rimise il cellulare in tasca. Doveva lavorare, non preoccuparsi per il suo matrimonio. Si sistemò la cintura, che tra la pistola, le munizioni di scorta, lo spray al peperoncino, la ricetrasmittente, la torcia, il taser, il manganello, il multiutensile e le chiavi pesava all'incirca tre tonnellate. Si tolse il cappello e si asciugò la fronte con il braccio.

Santo cielo, faceva un caldo terribile.

Aveva la pelle appiccicosa, le sembrava di avere della vernice che le incollava i capelli sul cranio. Il giubbotto antiproiettile sotto l'uniforme si era trasformato nella carta vetrata più pesante del mondo, e il ferretto del reggiseno le dava delle pugnalate nelle costole. Come se non bastasse, aveva anche un mal di testa martellante. Aveva consigliato a Madison di bere dell'acqua, ma lei stessa non lo aveva fatto.

Madison.

Non c'era nessun chiosco di gelati, così come non c'era traccia di Cheyenne. Emmy aveva cominciato a provare una preoccupazione di fondo per le due ragazze, contagiata da Hannah. Erano l'argomento principale di tante telefonate notturne e aperitivi al Clifton Biergarten. Madison era sempre stata facilmente influenzabile, e Cheyenne era il genere di ragazzina capace di rendere la vita interessante e piena di emozioni. Dio solo sapeva quanto Emmy riuscisse a capire perché era così facile andarle dietro. Quando aveva la loro età, tutto l'annoiava a morte: le persone, i luoghi, le cose. Era proprio per quello che aveva perso la testa per Jonah.

Ed ecco dov'era finita.

«Em?» Hannah stava risalendo la collina. Come tutti gli altri, era accaldata, sudata e smaniava per lasciare quel posto maledetto. «Allora, Jonah...»

Emmy alzò gli occhi al cielo con tale foga che per poco non riuscì a vedere un'altra dimensione. Hannah non voleva dettagli: stava solo condividendo con lei l'angoscia esistenziale dell'essere sposata con un uomo deludente.

«Scusami.» Le strinse un braccio in segno di solidarietà, ma non a lungo, perché faceva troppo caldo. «Hai parlato con Madison?»

«È andata proprio come avevi previsto.» Emmy non poteva dire di non essere stata avvisata. Hannah viveva in bilico tra la posizione di adulta premurosa e matrigna malvagia da cinque anni. «Mi dispiace, ce l'ho messa tutta.»

«Te ne sono grata» rispose Hannah. «È così strano... più si comporta male con me, più le voglio bene.»

Emmy non poteva fare a meno di sentirsi allo stesso modo. Lei e Hannah erano amiche del cuore dai tempi dell'asilo, si vedevano o sentivano ogni giorno da una vita. Il suo affetto per l'amica non aveva faticato a instaurarsi anche per la ragazza complicata che Hannah tanto adorava. «Noi non siamo mai state così, vero?»

«Certo che no: noi eravamo perfette, cazzo.» Hannah fece un cenno col capo verso le gradinate. «Che ti doveva dire Tinky-Winky?»

Emmy scoppiò a ridere. Con quel suo vestito viola, Vanna ricordava davvero il Teletubby. «Che i bambini sono un miracolo di Dio.»

«Si imbratterà di merda, quando quel coso uscirà da lei.»

Emmy serrò le labbra per evitare di ridere ancora.

«Tra dieci anni, mentre fa la spesa al Walmart, farà uno starnuto, uno di quelli potenti, e si troverà l'utero che le dondola tra le gambe come il batacchio di una campana.»

«Una descrizione molto dettagliata.»

«È successo a un'amica di mia zia Barb.»

«Quella col neo?»

«Cazzo, devo andare.»

Emmy osservò Hannah correre per raggiungere suo marito. Paul aveva bevuto tutto il giorno per consolarsi, dato che Madison non aveva voluto festeggiare il compleanno con la famiglia. Quel poveretto faceva fatica a camminare dritto, soprattutto con il loro bambino di due anni al seguito. Quando scorse l'espressione imbarazzata di Hannah, Emmy si sentì avvampare per lei.

«Emmy Lou?»

La voce profonda di suo padre si fece largo nel clamore indistinto della folla. Emmy si rimise il cappello in testa e andò verso di lui.

Cercò di non pensare troppo a come la sua voce fosse diventata più roca. Gerald Clifton aveva compiuto settantaquattro anni e all'improvviso, in modo sorprendente, quell'uomo così forte e in gamba che era suo padre aveva cominciato a disfarsi. Male alle ginocchia, male alla schiena, artrite alle mani. Perfino i suoi colpi di tosse, da piccoli scoppi rapidi, si erano trasformati in un ruggito logorante.

Sua madre non se la passava meglio. Quattro anni prima Myrna era stata portata di corsa ad Atlanta per un intervento a cuore aperto. Dimenticava di continuo dove aveva messo le chiavi, a chi doveva telefonare, cos'era successo la settimana precedente durante la sua trasmissione televisiva preferita. Anche il fratello di Emmy aveva cominciato a mostrare i segni dell'età. Tommy aveva cinquantuno anni e passava quasi tutti i weekend sul divano a guardare il canale dedicato al golf e a comprare cappelli vintage su eBay.

Emmy, come al solito, restava sola. Era stata quella che con un eufemismo veniva definita una figlia inattesa. Quando era nata lei, Tommy era già al college, e nel frattempo i suoi genitori avevano seppellito altri due bambini, prima Henry, poi Martha, l'anno seguente. Gerald era già troppo anziano per correrle dietro nel campo da calcio, e Myrna aveva abitudini troppo consolidate per cambiare i suoi programmi e dedicarsi a giornate di gioco o spedizioni al centro commerciale. Erano stati gli unici genitori, quando si era diplomata, che avevano dovuto trovare il modo di far quadrare i conti tra la richiesta del prestito universitario e quella del pensionamento.

Certo, Emmy era sempre stata ben consapevole della differenza di età, ma solo in quel momento i numeri la stavano mettendo in crisi. Era nel fiore degli anni proprio quando tutti loro stavano scivolando nella direzione opposta. Perfino l'eccentrica moglie di Tommy, Celia, aveva iniziato a rallentare. Era una vicepreside cazzuta che gestiva metà del liceo, ma la settimana precedente aveva detto a Emmy che per lei il paradiso era stare in pigiama tutto il giorno e uscire di casa solo per passare al drive thru di Dairy Queen.

«Emmy Lou.» Myrna sbucò dal nulla. Le stava porgendo l'angolo di una coperta perché l'aiutasse a piegarla, con un'espressione carica di disapprovazione dipinta in volto. «Non hai sentito tuo padre che ti chiamava?»

«Non me ne sono accorta, madre. Mi dirigevo nella sua direzione senza motivo.»

«Usi un tono molto interessante. Per caso stai insinuando l'opposto?»

«Vedi cosa ti suggerisce l'intuito.» Emmy finì di piegare la coperta. Sapeva benissimo perché sua madre la stava trattando di merda. «Avanti, dillo pure. So che hai visto quel che è successo tra me e Jonah.»

«L'ho visto, ne ho sentito parlare una volta, poi due, poi mille.» Myrna afferrò un'altra coperta e scosse via il terriccio dal retro. «Non dirò che te l'avevo detto.»

«Usi un tono molto interessante.»

«Che ti invito a interpretare usando l'intuito.»

D'istinto, Emmy difese Jonah. «Il suo concerto a Macon ieri sera è finito tardi, e ha dovuto inseguire il proprietario del locale per farsi pagare. È sfinito.»

«Credo che tu sia in grado di gestire un lavoro a tempo pieno e le necessità di un bambino.» Myrna unì i lembi della coperta. «Jonah, invece, non è in grado di resistere nemmeno per il tempo di far vedere i fuochi d'artificio a suo figlio.»

Il cono gelato ricoperto di cioccolato. Jonah l'aveva comprato in città. Le venne una gran voglia di ucciderlo. «Ha detto che voleva portare Cole in macchina alle cascate perché da lì la vista è migliore.»

«Ma non mi dire.»

Emmy non ce la faceva più a mentire. «Mamma.»

Myrna fece un gran sospiro. Ammucchiò le coperte sopra la borsa frigo con le ruote. Quando sollevò lo sguardo, la sua espressione era più neutra. «Ho detto a Jonah di portare Cole da noi, più tardi. Lo metterò a letto io.»

«Grazie.»

«"Non soffrire significherebbe non essere mai stato felice."»

Emmy la fissò senza capire.

«Edgar Allan Poe» spiegò l'insegnante di inglese che era in lei. «Ma dov'è finito tuo fratello? Non ce la faccio a trascinare questa borsa frigo su per la collina da sola, e Dio sa che Celia non alza un dito nemmeno a morire.»

Emmy non cercò Tommy, ma suo padre. Non fece fatica a scorgere Gerald: era a una decina di metri da loro, la testa che spuntava sopra la folla. Qualcuno stava parlando con lui, o almeno ci provava. Gerald Clifton non apriva bocca, se non era convinto di avere qualcosa di importante da dire. Perfino a casa preferiva che fosse Myrna a riempire il silenzio.

Si tolse di nuovo il cappello, sperando di sentire anche solo un alito di brezza provenire dal lago. Il telefono le vibrò in tasca. Doveva essere l'ennesima cugina che le proponeva un terzo pranzo segreto o la sua zia pazza che aveva deciso di denunciare un procione per accattonaggio.

Mentre si avvicinava a suo padre, si rese conto che Gerald non prestava la minima attenzione all'uomo che aveva davanti. Stava guardando lei. I loro sguardi si incontrarono. Qualcosa non andava.

Il radar da poliziotto di Gerald funzionava molto meglio del suo, ma in quel momento l'avvertì anche lei, l'elettricità sospesa nell'aria che le fece rizzare i peli sottili sulla nuca.

Il brivido.

Emmy lo chiamava “il brutto presentimento”. Aveva sentito altri poliziotti definirlo “presagio”, “istinto”, oppure, se l’agente era una donna, “il sesto senso”. Quale che fosse il nome usato, significava che era successo qualcosa di terribile, oppure stava per succedere.

Passò in mezzo a un gruppo di persone che bighellonavano e premette il tasto della ricetrasmittente che aveva sulla spalla. «Brett, mi ricevi?»

«Sì.» La voce di Brett crepitò sulla linea disturbata. «Sono su Long Street. Un furgone ha tamponato una Prius, la Prius è andata a finire contro un palo del telefono. La strada è bloccata in entrambi i sensi. Il carro attrezzi arriva tra venti minuti. Che succede?»

Emmy non pensava che un incidente stradale avvenuto a mezzo chilometro da lì fosse la causa del suo presentimento. Iniziò a chiedere: «Potresti...».

Gerald le tolse con delicatezza il microfono dalla mano, l’avvicinò alla bocca e premette il tasto. «Chiama i rinforzi per l’incidente, ci vediamo al parcheggio di sopra. Occhi aperti. Okay?»

Ci fu un sibilo sulla linea, poi Brett rispose: «Sì, capo».

Gerald le restituì il microfono. Non c’era bisogno di grosse discussioni, perché non si parlava di una sensazione, si verificava e basta, e se ti eri sbagliato, tanto di guadagnato. Ma se avessi avuto ragione, sarebbe stato il presentimento a guidarti nel posto giusto.

Emmy si riagganciò il microfono alla spalla e seguì Gerald su per la collina. Le persone si spostavano per lasciarlo passare, ma non solo perché era lo sceriffo. Suo padre era un omone, un metro e ottantotto, e aveva un punto vita più ampio del dovuto. Aveva il respiro affannoso quando superarono le gradinate vuote e le scale di cemento. Emmy tenne lo sguardo basso per non calpestare la parte posteriore delle sue scarpe. Gerald non era in servizio, ma aveva comunque l’atteggiamento di un poliziotto, perfino con ai piedi un paio di vecchie Keds portate con dei calzini corti neri, un paio di pantaloncini da ginnastica di nylon grigi e una maglietta scolorita di un concerto del 2005 di Reba McEntire.

Gerald non si fermò per riprendere fiato fino a quando non raggiunsero la cima delle scale. Emmy osservò il parcheggio, voltando il capo all'unisono con suo padre. C'erano automobili messe di traverso, come stuzzicadenti gettati sull'asfalto. Vide gli stop delle macchine accesi, la gente che si sporgeva dai finestrini, le mani sollevate in aria. La tensione era così forte che le parve di sentirla fin nei molari.

Gerald la guardò. «QNV?»

Lei annuì. «Sì.»

Qualcosa Non Va.

Lui scese dal marciapiede. Emmy lo seguì lungo la prima fila, che era come un percorso a ostacoli pieno di automobili ferme e guidatori furiosi. In silenzio, tenne sotto controllo il corpo, sforzandosi di mantenere un ritmo regolare del cuore e la mente sgombra. Fare il poliziotto significava valutare le probabilità, e le probabilità che accadesse qualcosa di terribile come una sparatoria erano molto basse. Era molto più plausibile che si verificasse un altro tamponamento o una lite per una precedenza.

«Sceriffo?» Sylvia Wrigley, redattrice del giornale locale, era in piedi accanto allo sportello aperto della sua auto. «Cosa succede?»

Lui sollevò un dito per dirle di aspettare un attimo mentre avanzava tra i veicoli. Non ci misero molto a individuare il problema.

Emmy sentì la tensione abbandonare il suo corpo come dell'acqua che scivolava giù da uno scarico.

Il mese precedente, la recinzione che correva intorno al campo da calcio era stata abbattuta per permettere di sostituire il manto erboso. Per evitare che il nuovo prato fosse calpestato, erano state tese diverse strisce di nastro divisorio, ma a quanto pareva il guidatore di una Miata rossa aveva deciso di ignorare le indicazioni. O almeno ci aveva provato. L'auto sportiva ribassata era rimasta incastrata, sospesa oltre l'alto cordolo di cemento. La parte anteriore puntava verso l'alto come la prua del *Titanic*.

«Coglione» mormorò Emmy. Aveva riconosciuto l'auto di Lance Culpepper. Era un impiegato del tribunale. Avrebbe dovuto evitare di comportarsi così.

Guardò suo padre, ma Gerald non era interessato alla Miata. Il suo sguardo era puntato verso il campo. Emmy socchiuse gli occhi, sforzandosi di mettere a fuoco. Lance non era stato il primo genio a cercare una scorciatoia. Al centro del campo c'era una Chevy Equinox bianca, di traverso rispetto al parcheggio, con i quattro sportelli chiusi, i finestrini alzati, le luci spente.

La tensione riprese vigore dentro di lei. La sua mente da poliziotto elencò le peggiori eventualità: *terrorista, violenza domestica, furia stradale, omicidio-suicidio.*

Emmy sganciò la cinghia di sicurezza sopra la Glock. Tolse la torcia pesante dalla cintura e se la poggiò sulla spalla. Le luci del parcheggio arrivavano a sfiorare l'area di rigore. La sua torcia Maglite, in dotazione alla polizia, aveva quattro batterie D-cell in grado di generare ottocento lumen, quanto bastava per rischiarare fino a centrocampo. I vetri del SUV erano oscurati. Da quella distanza, non c'era modo di vedere chi ci fosse all'interno.

Senza parlare, Gerald indicò una grossa pozza d'olio fuoriuscito dalla Miata prima di superare il cordolo. Lance Culpepper osservò Emmy stringendosi nelle spalle in modo teatrale quando lei guardò dentro l'auto. A giudicare da come sua moglie Dervla era seduta a braccia conserte, capì che doveva avergli detto che era una pessima idea.

Emmy chiese loro: «Avete visto qualcun altro nel campo?».

Lance scrollò il capo.

«Era troppo impegnato a sfasciare la macchina» spiegò Dervla.

«Restate qui» disse loro Emmy.

Puntò la torcia verso il basso e si avviò sul campo. Il nastro divisorio spezzato era stato schiacciato sul terreno da uno pneumatico dal battistrada profondo. Dopo una zona brulla, Emmy affondò i piedi nell'erba fitta, fresca. I blocchi di tappeto erboso dovevano ancora finire di unirsi: il campo somigliava a una trapunta fatta di pezzi cuciti insieme. I fili d'erba erano lunghi circa otto centimetri. Vide dell'immondizia: incarti di gomme da masticare, una forchetta di plastica. A parte l'enorme SUV bianco, il campo era quasi del tutto immacolato.

Avanzò di alcuni passi tenendosi dietro suo padre, alla sua destra, sforzandosi ancora una volta di ricordare di respirare. Il guidatore poteva essere ancora seduto al volante, a riflettere sull'errore commesso. Oppure stava aspettando i due poliziotti con una pistola stretta in pugno.

Emmy si impose di calmarsi. Fece un respiro profondo e lo trattenne nei polmoni per un secondo, poi lo lasciò uscire lentamente.

Quando si avvicinò sentì il motore acceso. La targa era della contea di Clifton. Sul paraurti c'era un adesivo della scuola elementare di North Falls. Si mise in ascolto. Voci. Un uomo e una donna dall'altra parte del veicolo. Sussurri ostili. Tensione.

Collera.

Gerald intimò: «Venite allo scoperto».

Emmy dimenticò di respirare. Aveva la mano stretta sull'impugnatura della Glock, in attesa.

La coppia spuntò da dietro il veicolo.

Emmy buttò fuori l'aria. Puntò la torcia verso i due adulti fermi accanto alla parte posteriore della Chevy. Avevano le mani vuote, i volti tesi. Hugo e Angela Sanders erano senza dubbio impegnati in un'accesa discussione prima che Gerald li interrompesse. Emmy vide Tyler, il loro figlio di sei anni, addormentato sul seggiolino sul sedile posteriore. Avevano lasciato il motore acceso per l'aria condizionata.

Un lungo graffio aveva scavato via la vernice dalla fiancata del veicolo, una parte del paraurti anteriore pendeva e il parafango sinistro era spaccato. Il primo pensiero di Emmy fu che era un posto davvero strano per un incidente con omissione di soccorso. Poi fece scorrere la luce della torcia sul terreno.

«Non l'ho vista» disse Hugo a Gerald. «Non è stata colpa mia.»

Il cuore di Emmy ebbe un tremito, poi si fermò. C'era una bicicletta intrappolata sotto lo pneumatico posteriore destro del SUV. Si mise in ginocchio, cercando freneticamente un corpo sotto l'auto.

Davanti. Dietro. Accanto.

Non trovò nulla, ma riconobbe la bicicletta. Sulla struttura leggera, blu, erano disegnate delle margherite stilizzate, rosa e gialle. Ai raggi erano attaccate delle stecche catarifrangenti, un cestino giallo chiaro davanti. Altre margherite erano ricamate sul cuoio bianco del sellino. Emmy aveva visto quella bici una quantità indefinita di volte, lasciata nel giardino davanti casa di Hannah in modo da bloccare l'accesso sul vialetto, poggiata in modo da grattar via la vernice dalla ringhiera del patio. Apparteneva a Madison Dalrymple. La stessa Madison con cui Emmy aveva cercato di parlare sotto la quercia, la stessa Madison che poi lei aveva respinto, quasi un'ora prima.

«Hugo.» Quando si rialzò, le tremavano le ginocchia. Il QNV si era trasformato in una sirena rossa lampeggiante. «Conosci Madison Dalrymple?»

«No» fece lui, stringendosi nelle spalle. «Forse. Cosa c'entra con...»

«È la sua bici?» chiese Angela. «Dove sono i suoi genitori? Abbiamo preso questa macchina solo una settimana fa. Sono sicura che Paul può permettersi di pagare la riparazione molto più di noi.»

«Stai scherzando?» Lance Culpepper aveva deciso di ignorare l'ordine di Emmy di stare fermo. «Come può essere colpa di Paul? Siete voi che siete entrati con l'auto nel campo di calcio.»

«Anche tu.» Hugo lanciò uno sguardo torvo alla Miata. «Almeno un po'.»

«Vi stavo seguendo» disse Lance. «Non avete visto il nastro giallo di avvertimento?»

«Era già rotto» rispose Hugo. «Stai forse dicendo che io dovrei vedere cose che non hai notato nemmeno tu?»

«Dio santo, Lance» esplose Angela. «Perché non torni nella tua macchinina giocattolo?»

«Perché non smetti di nominare il Signore invano?»

«Non dare ordini a mia moglie.»

«Basta!» gridò forte Emmy per metterli a tacere. «Lance, siediti in macchina e non ti muovere. Hugo, vuoi una multa per essere uscito dalla carreggiata? Angela, controlla Tyler.»

Emmy si assicurò che si fossero allontanati prima di guardare di nuovo suo padre. Gerald si era del tutto estraniato da loro, fissava la bicicletta con un'espressione dura in volto. Quando lei era bambina, scambiava il silenzio attonito di suo padre per disapprovazione, ma ormai aveva imparato che era il segnale che stava riflettendo su un problema.

«Quella bici è l'unico strumento di libertà di Madison. Ha quindici anni, non guida. Non l'abbandonerebbe mai in mezzo a un campo.»

Tornò a voltarsi verso il parcheggio, lo sguardo puntato a terra.

Emmy seguì la sua visuale. Stava ripercorrendo il tragitto compiuto dal SUV nel campo. Con il tappeto erboso appena posato, era come se gli pneumatici fossero passati nell'argilla. Le tracce lasciate dalle ruote sembravano una mappa stradale.

«Papà?» chiese.

Gerald si avviò verso il parcheggio. Emmy lo seguì, tenendosi alla larga dai solchi. Avevano percorso solo pochi metri quando suo padre le domandò: «Cos'altro ci sfugge?».

Lei tornò a guardare il SUV. In lontananza, vide un carro attrezzi che si avvicinava al luogo dell'incidente. La fila di auto si allungava su Long Street. Possibile che Madison avesse cercato di tagliare per il campo per tornare a casa, e che poi avesse lasciato la bici per qualche motivo?

Rispose: «La Chevy ha colpito prima la ruota davanti, quindi era rivolta verso ovest».

«Pensi troppo in grande. Riduci.»

Emmy sentì i pensieri ricominciare a correre. Dovette ricordare a se stessa che suo padre non voleva metterla alla prova, ma insegnarle qualcosa. Se c'era qualcosa in cui lui era eccezionale, era ascoltare. Emmy ripercorse mentalmente il momento in cui avevano raggiunto il SUV. La lite tra Lance, Hugo e Angela.

La risposta la colpì come un fulmine. «Hugo ha detto che il nastro era già rotto prima che lui entrasse nel campo.»

«Già.»

«Se ha detto la verità, significa che un altro veicolo è entrato nel campo prima di Hugo, forse durante lo spettacolo pirotecnico, perché né Hugo né Lance hanno detto che qualcuno è passato con la macchina prima di loro.»

«Già.»

Emmy puntò di nuovo la torcia verso la Miata, individuando subito le tracce profonde lasciate dagli pneumatici del SUV di Hugo. Ecco cosa le era sfuggito. C'era un'ombra proprio accanto ai solchi, una seconda serie di tracce lasciate da ruote più piccole.

«Hugo diceva la verità» aggiunse lei. «È stata un'altra auto a spezzare il nastro.»

«Una berlina» disse Gerald. «Più leggera.»

Le impronte degli pneumatici della berlina proseguivano da sole a una ventina di metri da loro, svoltando a destra verso una fila di pini che dominavano la collina. Emmy avanzò con cautela sul campo, procedendo parallelamente rispetto al percorso dell'auto. Avrebbe voluto che il cuore smettesse di martellarle nel petto così forte. Il fatto che Madison avesse abbandonato la bicicletta in mezzo al campo poteva avere mille spiegazioni, non solo cattive. Continuò ad aggrapparsi alla speranza finché non raggiunse il bordo del campo. Le impronte finivano. La berlina si era fermata. Sollevò la torcia verso gli alberi.

Il suo cuore ebbe un altro balzo, ma stavolta fu come se vi avessero affondato una lama. C'era una seconda bicicletta. Blu acceso, perline variopinte sui raggi, striscioline rosa appese alle impugnature del manubrio. Un cestino dello stesso blu davanti. Aveva visto quella bici una quantità indefinita di volte, lasciata nel giardino davanti casa di Hannah in modo da bloccare l'accesso sul vialetto, poggiata in modo da grattar via la vernice dalla ringhiera del patio, a nemmeno mezzo metro dalla bicicletta blu di Madison con il cestino giallo, perché le due ragazzine erano praticamente due sorelle siamesi.

Disse a suo padre: «Quella è la bici di Cheyenne Baker».

Gerald la fissò. Aveva colto il tremito nella sua voce. Aveva avvertito lo stesso cambiamento nell'aria. Il brivido. Il brutto presentimento. Il *Qualcosa Non Va*. Le spiegazioni buone erano sparite.

«Queste due ragazzine sarebbero capaci di scappare di casa?» provò a chiederle.

Emmy stava già scuotendo il capo prima ancora che finisse la domanda.

Non conosceva abbastanza bene Cheyenne, ma Madison era troppo intelligente per lasciare la bici su un campo di calcio e filarsela via alle dieci di sera quando i suoi genitori si aspettavano di trovarla a casa.

«Potrebbe anche scappare, ma non così.»

«Hai il suo numero?»

Emmy tirò fuori il cellulare e cercò il contatto di Madison. Lottò contro le lacrime che le inondavano gli occhi quando sentì un unico squillo e poi la segreteria che scattava subito. Aveva la casella dei messaggi piena. Scrollò di nuovo la testa e chiuse la telefonata. Cominciarono a tremarle le mani. Era un brutto segno, anzi, pessimo.

«Emmy?» la chiamò Hannah dall'altra parte del campo.

Con un gesto rapido, lei spostò il fascio di luce dalla bici di Cheyenne. Hannah aveva sentito dell'incidente di Hugo, senza dubbio, e correva verso di loro con Davey appoggiato a un fianco. Il piccolo aveva le palpebre pesanti, faceva di tutto per non addormentarsi.

«Che succede?» chiese Hannah. «Ho saputo che Hugo ha investito la bici di Madison.»

Gerald le chiese: «Sai dove sia lei?».

«Le abbiamo detto di tornare a casa entro le undici, ma...» Hannah guardò Emmy e impallidì. Erano amiche del cuore fin dai tempi dell'asilo, conoscevano i segreti più oscuri e i sogni più sfrenati una dell'altra. Non c'era molto che Emmy potesse nasconderle.

«È...» Hannah fu costretta a interrompersi. «Che cos'è successo?»

«Non lo sappiamo» rispose Emmy, perché era la pura verità. «Quando ho visto Madison, aveva il telefono in mano. Paul è in grado di individuarne la posizione?»

«Cosa?»

«Mi hai detto che Paul aveva un sistema di tracciamento o qualcosa del genere sul cellulare di Madison, no? E che non ti permetteva di usarlo?»

«S-sì» balbettò lei. Aveva capito che la situazione era grave. «Può... forse può...»

Hannah non finì la frase. Tornò di corsa al parcheggio. Davey guardò Emmy da sopra la spalla di sua madre. Aveva gli occhi spalancati. Aveva assorbito il terrore di Hannah.

Lo stesso valeva per Emmy.

«Forza.» Gerald le poggiò una mano sulla parte bassa della schiena. «Puoi aiutarla solo tenendo la testa bassa e facendo il tuo dovere.»

Emmy annuì, ma era tanto, tanto difficile.

«Descrivimi meglio il cellulare di Madison.»

Emmy si costrinse a distogliere lo sguardo dall'amica. Chiuse gli occhi, cercando di richiamare a sé il ricordo del telefono che aveva visto nelle mani di Madison. Il caldo soffocante, il puzzo di sudore e birra. Aveva notato la ragazza sotto l'albero e si era detta che era un buon momento per perorare la causa di Hannah.

Madison indossava delle ballerine rosa che l'erba aveva macchiato di verde. Aveva le labbra imbronciate, immersa nei suoi pensieri. Indossava un paio di pantaloncini bianchi troppo stretti, una maglietta azzurra del North Falls Choral Club incollata al petto. Era nervosa, irritata. Forse preoccupata? La sua pelle era di un rosa acceso. Emmy era andata verso di lei, imponendosi di non cominciare il discorso con una ramanzina sulle scottature solari, poi come una stupida aveva detto a Madison di bere più acqua.

«Okay» disse a suo padre. «Era un iPhone, custodia bianca con dei fiorellini incollati sul retro. Lo stesso che ha sempre con sé.»

«Che ore erano?»

«L'ho vista due volte, la prima intorno alle otto e un quarto, le otto e trenta. Era sotto la quercia. Sono andata da lei perché ho pensato che potevo aiutare a...» Ma Emmy sapeva che suo padre non le aveva chiesto niente a proposito delle tensioni nei rapporti familiari. «Madison sembrava infastidita dal fatto che le stessi parlando, ma non come succede sempre: avevo la sensazione che pensasse di dover essere altrove. Mi ha detto che aveva dato appuntamento a Cheyenne al chiosco dei gelati dieci minuti prima, ma qui non c'è nessun chiosco.»

«E Cheyenne non c'era?»

«No. Non l'ho vista per tutto il giorno. Di solito è con Madison.»

«E la seconda volta?» domandò Gerald.

«Circa dieci minuti prima dell'inizio dei fuochi d'artificio. Stavo risalendo la collina e l'ho vista vicino alle gradinate. Credo volesse parlarmi, ma non le ho dato ascolto e sono andata al bagno. Dopo i fuochi l'ho cercata, ma non sono riuscita a trovarla.»

Gerald la scrutò con i suoi occhi azzurri penetranti. «Aveva altro addosso? Occhiali da sole, una borsa?»

«Niente» rispose. «Hannah mi ha detto che porta con sé una borsetta solo quando ha il ciclo. Ma la tasca davanti dei pantaloncini era gonfia, e non poteva essere un assorbente o un lucidalabbra, ma qualcosa di più grande. Forse degli snack o qualcos'altro.»

«Okay» le disse. «Diamo uno sguardo alla bici.»

Gerald prese la torcia. Le tenne una mano sulla schiena mentre percorrevano il tragitto che a Emmy parve il più lungo di tutta la sua vita. Le sembrava che il cuore le si stesse rimescolando nel petto. Si sforzò di non lasciar scorrere le lacrime. Il suo corpo stava già registrando l'orribile gravità della situazione ancor prima che la sua mente le concedesse di addentrarsi in quella direzione.

La bicicletta di Cheyenne era stata lanciata, non fatta cadere e basta. Il manubrio era girato all'indietro. Uno dei freni era affondato nel terreno. La bici era scivolata per circa un metro prima di andare a sbattere contro il tronco di un albero. C'era un solco sugli aghi di pino, il suolo era scavato. La bici era stata gettata lì con forza. Una parte della corteccia si era staccata dalla base del pino.

Era stato un adulto a farlo. Probabilmente un uomo.

Emmy trattenne il respiro mentre Gerald lasciava scorrere la luce sulla struttura di un blu acceso, sui raggi colorati, i pedali, il manubrio. La catena era rotta, la ruota posteriore piegata, lo pneumatico sgonfio. Fece scivolare il fascio luminoso tutto intorno: a destra, a sinistra. Emmy ebbe una stretta al cuore quando scorse un cellulare a circa un metro e mezzo dalla ruota posteriore della bici. La custodia era bianca. C'erano degli adesivi a forma di fiore sul retro. Un iPhone. Lo schermo era spaccato.

Gerald spostò la luce più avanti, oltre il telefono. «Lo vedi?»

Emmy lo aveva visto. Il terreno era inzuppato di un liquido scuro che si accumulava nello stesso modo in cui l'olio aveva formato una pozza sotto la Miata di Lance Culpepper.

Solo che quello non era olio.

Era sangue.

«Okay» dichiarò Gerald. «Abbiamo un caso di rapimento.»

3

Emmy era sul sedile del passeggero della sua autopattuglia mentre suo padre, alla guida, sfrecciava sulla strada. Stavano andando a dare ai genitori di Cheyenne Baker la peggior notizia che avessero mai ricevuto in vita loro. La loro figlia, una ragazzina vulnerabile di quindici anni, era scomparsa insieme alla sua migliore amica. Le biciclette delle ragazze erano state trovate abbandonate, un cellulare era stato distrutto intenzionalmente, c'era del sangue sulla scena, e non si trattava di qualche macchia, ma di una pozza vera e propria che aveva inzuppato il terreno. Non era uno scherzo organizzato dalle due, e non poteva essere nemmeno un incidente. Era stata la quantità di sangue a cambiare tutto. Era il chiaro segno che chiunque avesse preso le ragazze non aveva scrupoli a far loro del male.

Era solo questione di tempo, e chissà cos'altro avrebbe fatto il rapitore.

Emmy era ben consapevole di essere in una corsa contro il tempo. La sua tesi di laurea alla Mercer riguardava proprio l'aumento costante del numero di rapimenti di minori negli Stati Uniti. Era in grado di ripetere le statistiche anche nel sonno.

In quasi metà dei casi di scomparsa di bambini, il colpevole era un genitore o un membro della famiglia. La vittima, in genere, aveva meno di sei anni. La situazione più tipica era un pessimo divorzio, una disputa per la custodia, ma a volte si registrava anche un'altra componente, la violenza sessuale.

Cheyenne e Madison erano adolescenti, entrambe con i genitori ancora sposati, ed era improbabile che un parente di una delle due potesse rapirle entrambe.

Il ventisette per cento dei rapimenti era perpetrato da conoscenti, e in quasi tutti i casi si trattava di un criminale minorenne. Le vittime, di solito, erano adolescenti di sesso femminile, e la motivazione era quasi sempre la violenza sessuale, che spesso comprendeva una componente di aggressione fisica.

Ma proprio come un familiare, anche un conoscente avrebbe avuto molte altre opportunità per rapire due ragazze piuttosto che sperare di trovarle entrambe nel bel mezzo di un campo di calcio appena rifatto con metà della cittadinanza di North Falls riunita a meno di trecento metri di distanza.

L'unica possibilità che restava era lo sconosciuto. Qualcuno che voleva rapire un minore. Qualcuno che aveva notato due ragazzine appartate, da sole. Qualcuno che non era in grado di controllarsi.

Meno dell'un per cento dei rapimenti di minori era commesso da predatori. Le vittime erano quasi unicamente di sesso femminile, dell'età media di quattordici anni. In genere venivano catturate in un ambiente esterno e costrette a obbedire dietro minaccia di un'arma da fuoco. Il rapitore era quasi sempre alla guida di un'auto. Nel quarantaquattro per cento dei casi, la vittima veniva assassinata entro la prima ora. Il settantotto per cento moriva entro tre ore.

Le vittime erano tutte da considerare morte nel giro di ventiquattro ore.

Emmy annotò l'orario sul cellulare: le 22.58. Avevano iniziato le ricerche ufficiali delle ragazze da meno di un'ora. Lei aveva visto Madison l'ultima volta, davanti alle gradinate, alle 20.50 circa. Hugo aveva investito la sua bici intorno alle 22.15.

Il rapitore, quindi, era in vantaggio di almeno ottantacinque minuti.

Ottantacinque minuti per terrorizzarle.

Ottantacinque minuti per torturarle.

Ottantacinque minuti per ucciderle.

Emmy cercò di convincersi che stavano cercando due ragazze ancora vive. Che Madison e Cheyenne sarebbero state l'eccezione che confermava la regola, ma sentiva la speranza scivolare via ogni secondo di più.

Gerald superò un segnale di stop svoltando nel quartiere di Verona Heights. Compose un nuovo numero sul cellulare a conchiglia e se lo premette all'orecchio. Conosceva bene le statistiche, proprio come sua figlia. Aveva già parlato con l'agente speciale in carica per la regione sud-occidentale del Georgia Bureau of Investigation. Aveva chiesto l'intervento di una squadra della scientifica per esaminare le biciclette e il campo da calcio. Aveva richiamato i sei agenti di riserva perché partecipassero alla ricerca. La stradale stava scandagliando ogni strada, superstrada e statale da lì all'Alabama. I capi della polizia di Verona, Ocmulgee e Clayville avevano tutti inviato dei loro poliziotti. Metà degli abitanti di North Falls si era offerta volontaria per unirsi alle squadre di ricerca. Hannah e Paul stavano percorrendo ogni possibile strada per raggiungere casa loro. Barb, la zia di Hannah, si era offerta di badare a Davey per consentire loro di restare fuori anche tutta la notte, se necessario. Hannah aveva chiamato Emmy una volta, ma quasi non era riuscita a parlare. Era spaventata, terrorizzata, distrutta.

Proprio come lei.

Madison aveva solo sette anni quando sua madre era morta per un cancro alla cervice. Hannah era stata la sua adorata maestra della scuola primaria. Si era rimboccata le maniche volentieri quando la vita di Paul era andata in pezzi, prima aiutando Madison a fare i compiti e dandole qualche snack in più, poi permettendole di dormire da lei, poi scegliendole i vestiti da mettere per andare a scuola, poi accompagnandola al cinema, alle feste di compleanno e ai pomeriggi di gioco con gli amichetti, infine innamorandosi perdutamente del padre di Madison.

Sembrava la trama di un film, ma quasi nello stesso momento in cui Hannah e Paul avevano cominciato a frequentarsi, Madison si era trasformata in un incubo cupo e scontroso. Il matrimonio non aveva fatto che peggiorare la situazione. Avevano provato con la terapia familiare, con le giornate padre-figlia, avevano provato a corromperla con la bici nuova, con vestiti di cui non aveva bisogno e con un iPhone che era fin troppo costoso per una quindicenne. Lo stesso telefono che era stato trovato accanto a una pozza di sangue.

I fuochi d'artificio avevano coperto qualsiasi rumore forte.

Un grido. Una richiesta d'aiuto. Un colpo di pistola.

Emmy serrò a pugno le mani per farle smettere di tremare. Era devastata dalla preoccupazione, invasa dal terrore per ciò che stava succedendo alle due ragazzine, desiderava con tutta se stessa di poter ritornare indietro nel tempo. Si premette il pugno contro la bocca e si voltò a guardare fuori dal finestrino. Continuava a rivedere l'immagine di Madison che l'aspettava davanti alle gradinate, sudata e infastidita. Voleva che Emmy si sbrigasse, era evidente. Aveva la fronte aggrottata per la preoccupazione, le labbra increspate, in attesa. Alla fine, grazie al cielo, era pronta a parlare.

Non adesso.

Che diavolo le era passato per la testa? Non bisognava mai dire *non adesso* a una ragazzina problematica. Ci si doveva adattare ai suoi tempi. Smettere di fare ciò che si stava facendo, soprattutto se l'adolescente spaventata in questione era praticamente la figlia della tua migliore amica. Qualsiasi altra amica le avrebbe dato ascolto. Qualsiasi altra madre l'avrebbe saputo.

«Sì» disse Gerald al telefono. «Capito.»

Emmy sentì il cellulare chiudersi di scatto. L'auto rallentò. Davanti a loro, vide un'autopattuglia dell'ufficio dello sceriffo già parcheggiata di fronte alla villetta su due livelli dei Baker. Non c'era nessuno al volante, ma riconobbe la vettura dell'agente capo Virgil Ingram.

Gerald si immise sul vialetto e mise il cambio in posizione di parcheggio. «La casa è vuota, il vicino a destra dice che tutta la famiglia è partita con il loro minivan intorno alle tre. Mezz'ora dopo, Cheyenne è uscita in bici. La famiglia si è diretta verso il fiume, lei verso la città. Virgil sta cercando il numero di cellulare del padre.»

Emmy annuì. Virgil era un grado sotto suo padre. Era felice che fosse lì per sostituirla. Non se la sentiva proprio di affrontare i genitori di Cheyenne.

Gli disse: «Chiama qualcuno che mi venga a prendere, posso dare una mano nelle ricerche».

«No» fece lui. «Discutiamone.»

«Papà...»

La sua espressione impassibile la bloccò. Emmy serrò le labbra. Di tanto in tanto lo facevano quando erano da soli in macchina, solo loro due: erano persone che non parlavano mai con nessuno, ma tra loro erano pronte a farlo.

«Non ci ho capito un cazzo.» Non aveva mai detto quella parola davanti a suo padre, ma l'angoscia gliel'aveva strappata di bocca. «Sapevo che Madison voleva dirmi qualcosa. Ero sicura che fosse successo qualcosa – me lo sentivo dentro – ma non riuscivo a pensare ad altro che alla situazione con Jonah, volevo stare da sola e... non ci ho capito un cazzo. Avevo Madison davanti agli occhi, così vicina da poterla toccare, e lei finalmente era pronta a chiedermi aiuto, ma invece di aiutarla sono andata a nascondermi in quel cesso merdoso, e adesso lei è sparita.»

Gerald si sollevò sul sedile per riuscire a prendere il fazzoletto nella tasca posteriore. Il cotone era umido per il caldo, ma Emmy lo usò per asciugarsi il naso.

«Hannah lo sa?» le chiese.

Lei scrollò il capo. «Non so come farò a dirglielo.»

«Ti divorerà come un cancro fino a quando non lo farai.»
Emmy piegò il fazzoletto per trovare un angolo pulito. «Mi hai chiamata mentre camminavo tra le persone, ed è stato più o meno nello stesso momento in cui Hugo è entrato sul campo e ha investito la bici di Madison. Come facevi a saperlo?»
Si strinse nelle spalle. «Ho sentito il brivido.»
«Anch'io.» Si guardò le mani: le sembrava di sentire ancora la mano di Madison che aveva stretto sotto la quercia. «Non in quel momento, ma prima. Mentre ero con Madison ho sentito che qualcosa non andava, ma l'ho ignorato.»
«A volte sono gli errori a dare un motivo per perdonare.»
«Per perdonare te stesso o gli altri?» chiese Emmy. «O sono gli altri a perdonare te?»
«L'uno...» fece lui, scrollando le spalle di nuovo. «O l'altro.»
Fece finta di non capire. «Tu non hai mai fatto un errore in vita tua.»
«Mi sono tolto presto quelli più grossi» le disse. «Un tempo ero troppo rigido, vedevo sempre tutto in bianco e nero. Ho eliminato alcune persone dalla mia vita e non avrei dovuto farlo. Non posso cambiare il passato, è troppo tardi per chiedere scusa. Ho dovuto insegnare a me stesso a non farlo più. Ho dovuto imparare a perdonare.»
Emmy osservò il viso scolpito di suo padre. Tommy le aveva detto quanto fossero diversi i loro genitori prima che lei nascesse, ma per lei suo padre era sempre stato un uomo paziente e comprensivo. «Non riesco a immaginarti così.»
«Ne sono felice.»
Emmy guardò fuori dal finestrino. Virgil arrivava dal vialetto in jeans e maglietta. Aveva un fazzoletto premuto su un avambraccio, come se si fosse ferito. Scrollò la testa per dire loro che non c'era traccia delle ragazze.
Gerald toccò la mano di Emmy prima di aprire lo sportello. Lei si trattenne un attimo e controllò i messaggi sul cellulare. Hannah non le aveva scritto, ma sua madre le aveva fatto sapere che Jonah aveva lasciato Cole da lei. Il suo sollievo fu oscu-

rato da un senso di colpa ancor più cupo, perché le sembrava sbagliato sapere che suo figlio era al sicuro mentre per Hannah non era così.

Scese dalla macchina e il caldo soffocante la investì. L'uniforme sudata si era asciugata grazie all'aria condizionata. Il colletto rigido le irritava il collo. Virgil non se la passava molto meglio. Sollevò il fazzoletto dal braccio per guardare i graffi profondi e sussultò. Quella sera era di riposo, ma non sembrava affatto riposato. A gennaio le aveva detto che aveva in mente di andare in pensione alla fine dell'anno. Le due bici al parco avevano interrotto il suo sogno di potersi rilassare. Il suo viso rugoso era cinereo, la fronte più corrugata del solito. Emmy guardò il vialetto che portava a casa dei Baker. La porta del garage era aperta e su un lato era parcheggiata una Jetta scura. L'altro lato era vuoto.

«Mi sono tagliato il braccio su un maledetto cespuglio di rose mentre cercavo di guardare dentro la finestra della cucina.» Virgil parlava in tono mesto, lo sguardo che correva verso la casa. «La famiglia non c'è, ma sono riuscito a rintracciare Felix Baker al cellulare e gli ho detto cosa sta succedendo. Non hanno più sentito Cheyenne da quando sono usciti di casa, intorno alle tre. Pensavano fosse al parco con Madison. Dovrebbero arrivare da un momento all'altro.»

Emmy sentì il peso delle sue parole. Era stata così concentrata su Madison da rischiare di trattare Cheyenne come un elemento secondario. I Baker dovevano essere terrorizzati. Non riusciva nemmeno a immaginare come dovevano sentirsi, in quel viaggio di ritorno.

Suo padre lo sapeva, e anche sua madre. Due volte, nel corso della loro vita, avevano ricevuto una telefonata con cui erano stati informati che uno dei loro figli era morto. Prima Henry, poi, tempo dopo, Martha. Entrambi persi in terribili incidenti. Emmy non aveva idea di come avessero trovato la forza di andare avanti. Se avesse pensato anche solo per un attimo di poter perdere Cole, non sarebbe riuscita nemmeno a respirare.

«Okay» disse Gerald. «Cosa sappiamo?»

Emmy fu grata per quella domanda, perché le dava dei fatti su cui concentrarsi. «Sono passati ottantacinque minuti tra l'ultima volta in cui ho visto Madison e il momento in cui Hugo ha investito la sua bici. La bicicletta di Cheyenne è stata trovata nascosta tra gli alberi insieme all'iPhone distrutto di Madison e a una notevole quantità di sangue. Le tracce degli pneumatici indicano che il veicolo usato per portare via entrambe le ragazze è una berlina.»

Virgil aggiunse: «Cheyenne Baker è stata vista per l'ultima volta in casa sua intorno alle tre di oggi pomeriggio quando suo padre Felix, sua madre Ruth e la sorella di dieci anni, Pamela, sono partiti a bordo del loro minivan Honda Odyssey per assistere allo spettacolo al bacino del fiume Flint. Cheyenne doveva andare in bici al parco e vedere i fuochi d'artificio con Madison, per poi tornare dritta a casa. Nessuno ha segnalato di aver visto Cheyenne al parco. Ha un cellulare, ma non risponde. I genitori non hanno installato sistemi di tracciamento. Pensavano di trovarla a casa al loro rientro».

«Cosa *pensiamo* di sapere?» chiese Gerald.

Fu Emmy a rispondere per prima. «Dopo che ci siamo viste, Madison deve aver preso la bicicletta. L'avrà trasportata su per le scale fino al parcheggio. Forse voleva tagliare per il campo per raggiungere Long Street. Credo stesse cercando Cheyenne. Era agitata, quando l'ho vista. Credo che avessero appuntamento a un'ora precisa, ma Cheyenne era in ritardo.»

«Che ora?» domandò Gerald.

Emmy ricostruì il percorso nella mente. «Usando le vie secondarie, Cheyenne avrebbe impiegato venti minuti al massimo per raggiungere il parco da qui. Quindi sarebbe arrivata alle tre e mezza. Quando ho visto Madison, intorno alle otto e mezza, aveva l'aria preoccupata, ma non era nel panico come se la sua amica fosse stata in ritardo di cinque ore.»

Virgil suggerì: «Forse Cheyenne voleva passare il pomeriggio da sola e poi incontrare Madison poco prima dello spettacolo per guardare insieme i fuochi».

«Non sarebbe un comportamento normale per delle ragazze» rispose Emmy. «L'idea di vedersi al parco non aveva lo scopo di guardare i fuochi d'artificio, ma stare insieme. E poi oggi è il compleanno di Madison, e Cheyenne non si sarebbe presentata solo all'ultimo minuto, soprattutto se aveva un coprifuoco.»

«Ti credo sulla parola.» Virgil aveva solo figli maschi. «Che calcoli può aver fatto Madison quando ha capito che Cheyenne era in ritardo? Come hai detto tu, è un viaggio in bici di venti minuti soltanto. A che punto Madison avrebbe preso la sua bicicletta e sarebbe venuta a controllare a casa?»

«Non più di un'ora dopo, credo» disse Emmy. «Le avrebbe scritto, l'avrebbe chiamata al cellulare, al numero di casa.»

«Ho richiesto i mandati per esaminare i tabulati telefonici, sia delle ragazze che delle linee fisse di entrambe le case» disse Virgil.

«C'è dell'altro.» Emmy tirò fuori il blocco a spirale. Aveva fatto un disegno approssimativo del campo da calcio, segnando i punti in cui avevano trovato le bici, poi indicando il nastro divisorio rotto. Aveva indicato con un tratteggio il tragitto della berlina. «Le tracce degli pneumatici ci portano qui, alla bici di Cheyenne. Quella di Madison era da questa parte, a un centinaio di metri, in piena vista. Dalle tracce delle ruote sappiamo che la berlina non si è avvicinata alla bicicletta di Madison.»

Virgil disse: «Okay, quindi Cheyenne è arrivata in ritardo e lei e Madison erano insieme con le bici vicino al gruppo di alberi. Il rapitore arriva a bordo della berlina, scende, magari scambiano qualche parola. Afferra Cheyenne, la colpisce alla testa e lei sviene, perde sangue che finisce a terra. Madison lascia cadere il cellulare, sale sulla bici, pedala sul campo. Lui è a piedi, le corre dietro, afferra anche lei, abbandona la bici, carica tutte e due le ragazze sulla macchina e si allontana».

Emmy aveva visto il sangue. «Credo che abbia sparato a una delle due.»

«Concordo» aggiunse Gerald.

Di colpo Emmy sentì la bile risalirle in gola, provò a mandarla giù e per poco non ebbe un conato di vomito.

«Chi è il cattivo? Un familiare? Un conoscente? Uno sconosciuto?» chiese Virgil.

«Sconosciuto» dichiarò Gerald. «Emmy è la migliore amica di Hannah.»

Emmy dovette inghiottire di nuovo. Suo padre non aveva bisogno delle statistiche: gli bastava un paio d'occhi. L'auto di servizio di Emmy era regolarmente parcheggiata davanti casa di Hannah. Di solito lei era in uniforme, quando andavano a bere qualcosa dopo il lavoro. Inoltre, era la figlia dello sceriffo: in città lo sapevano tutti. E anche tutti quelli della cerchia di Madison dovevano saperlo, nemmeno il più vile criminale sarebbe stato tanto avventato da prendere di mira proprio la figlia di Hannah.

Doveva essere uno sconosciuto.

Gerald riprese: «La bici di Madison è stata abbandonata al centro del campo. Quella di Cheyenne è stata gettata sotto gli alberi».

«Sarà stato preso dal panico» commentò Virgil. «Era buio pesto, e deve aver pensato che, se fosse stata trovata una bicicletta, nessuno avrebbe cercato l'altra. Che ci saremmo concentrati su una ragazza e non su entrambe. Forse avremmo cominciato dai genitori e ci saremmo mossi da lì.»

«Aveva bisogno di farci perdere tempo» aggiunse Gerald. «Per potersi dare alla fuga.»

Emmy fece un respiro veloce, sforzandosi di rientrare nella conversazione. «Da un punto di vista logistico, è un rischio enorme dare la caccia a due quindicenni nello stesso momento. Sono troppo imprevedibili. La probabilità che una o entrambe si ribellino è troppo alta.»

«Ha preso prima Cheyenne» disse Gerald.

«Deve aver parlato con lei» aggiunse Emmy. «Forse l'ha raggiunta lungo la strada. Lei era in bici, le ha mostrato la pistola e le ha detto di salire in macchina. Lei ha iniziato a contrattare, cercando di convincerlo a non prenderla, dicendo cose del tipo "La mia amica mi aspetta, se non arrivo verrà a cercarmi. Sa dove mi trovo, la migliore amica della sua matrigna è una poliziotta". A quel punto il rapitore decide di usare Cheyenne come esca per attirare Madison.»

«Dai tabulati dei loro cellulari sapremo se ha chiamato Madison o se le ha mandato messaggi» disse Virgil. «Forse il rapitore aveva una specie di fantasia malata che ha sempre desiderato mettere in atto. Due ragazze insieme.»

Emmy puntò lo sguardo a terra perché non vedessero la sua espressione.

«Il GBI, Georgia Bureau of Investigation, ha detto di chiamare l'FBI» disse Gerald.

Emmy sapeva che suo padre non amava il coinvolgimento dei federali. Avevano la tendenza a rompere più di quello che riparavano. «Che cosa pensi di fare?»

«Non lo so.»

Si voltarono tutti quando un paio di fari svoltò sulla strada. Emmy guardò l'orologio. Avevano raggiunto le tre ore. La possibilità che le ragazze fossero ancora vive era scesa al venti per cento.

Virgil avanzò sul vialetto proprio mentre un minivan blu arrivò sparato verso di loro. Ruth Baker balzò giù dal veicolo senza dare a suo marito il tempo di fermarsi. Aveva il viso arrossato, gli occhi gonfi di pianto. Era stremata, spaventata, in preda al panico. «L'avete trovata? Dov'è? Ditemi cos'è successo.»

«Signora» disse Gerald. «Non l'abbiamo ancora trovata. Ho bisogno di farvi delle domande.»

«Quali domande?» Lo afferrò per un braccio. «Dovreste parlare con Hannah e Paul. Gli avevamo detto che Madison aveva una brutta influenza su di lei. In qualsiasi casino si sia infilata Cheyenne, è tutta colpa di quella stronzetta.»

Emmy cercò di restare calma. La donna era devastata, si aggrappava al nulla. Ancora non aveva capito che quelle sciocchezze non avevano alcuna importanza. Al rapitore non interessavano.

«Signora» riprese Gerald. «Le ragazze sono state portate via con la forza. Abbiamo trovato una quantità di sangue significativa sulla scena. La situazione è molto grave.»

Ruth aprì la bocca, ma non disse nulla. Era troppo sconvolta anche solo per sbattere le palpebre.

«Sceriffo.» Felix Baker teneva la figlia minore per mano. Pamela aveva gli occhi sgranati e la stessa espressione sgomenta della madre. «Cosa possiamo fare?»

«Mi racconti come ha trascorso il pomeriggio» rispose Gerald.

«Sì, certo.» Felix fece un respiro profondo. Emmy riconobbe il meccanismo di difesa: cercava di restare calmo e lucido. «Avevo del lavoro da fare, ma sono tornato a casa per aiutare a caricare il minivan per il picnic. Siamo partiti per il bacino del fiume intorno alle tre. Ho detto a Cheyenne di tornare subito a casa dopo i fuochi d'artificio.»

«È stata l'ultima volta in cui l'ha vista o sentita?»

«Sì.» Il labbro inferiore di Felix tremò quando guardò sua moglie. «Per tutti e due, è stata l'ultima volta.»

«Non è venuta con voi al Flint?»

«Voleva stare con Madison.» La voce di Ruth era affaticata. «Mi ha implorata. Avrei dovuto dirle di no, ma...»

Gerald tenne l'attenzione su Felix. «È andato direttamente al bacino del fiume Flint?»

«Le ho lasciate lì» fece lui, accennando col capo a moglie e figlia. «Avevo bisogno di lavorare un altro paio d'ore. Sono un ingegnere meccanico. Sono andato alla fabbrica per controllare alcuni progetti, sono andato via di lì intorno alle sette e ho raggiunto Ruth e Pamela al bacino del fiume.»

Emmy fece i conti. Erano più di un paio d'ore. Forse si sbagliavano sul profilo del predatore. Sapeva bene che per essere un padre la cui figlia e migliore amica di quest'ultima erano scomparse, aveva un alibi inconsistente.

«Perché perdete tempo con questi dettagli?» Ruth aveva ritrovato la voce. «Qualsiasi cosa sia successa, è stata Madison a farle finire in questa situazione. Cheyenne non è mai finita nei guai finché non siamo venuti a vivere in questo posto dimenticato da Dio. Diglielo anche tu, Felix!»

Lui scrollava il capo, ma poi disse: «È vero. Cheyenne è cambiata, quando ha conosciuto Madison».

«Quando è successo?» chiese Gerald.

«Due anni fa.» Ruth fece una risatina sorpresa, come se non potesse credere che fosse passato così poco tempo. «Due anni, e ci ha rovinato la vita, maledizione.»

Emmy provò a capire come stesse Pamela, ma la bambina aveva lo sguardo puntato a terra. Non era una conversazione da fare di fronte a una ragazzina di dieci anni. E nemmeno di fronte ai vicini. Emmy vedeva le luci accese nelle case circostanti. Si chiese perché suo padre non avesse proposto di entrare in casa.

«Sceriffo» disse Felix, «è sicuro che non sia scappata?»

«Pensa che sia scappata?» gli domandò lui.

«Pensavo...» Felix si interruppe e deglutì. L'autocontrollo cominciava a cedere. «Abbiamo parlato di... Prima di questo, abbiamo parlato di tornare a vivere nell'Iowa, per essere più vicini alla famiglia. Cheyenne non voleva. Ha detto che sarebbe fuggita, se fosse successo.»

«Avevate già preso una decisione definitiva?» chiese Gerald.

«No.» Guardò sua moglie. «No, non ancora.»

«Non puoi saperlo!» gridò Ruth. «Potrebbe essere scappata!»

«No» dichiarò lo sceriffo. «Le ragazze non scappano.»

«Come fa a esserne sicuro?» tuonò Ruth. «Di chi è il sangue che avete trovato? Madison potrebbe anche averla aggredita. Forse si stanno nascondendo insieme da qualche parte.»

«Signora Baker» disse Gerald, «mi parli dei cambiamenti di Cheyenne.»

La donna aprì la bocca e la richiuse. Non rispose, perché preferiva restare aggrappata a quella fantasia per cui forse le due ragazze avevano deciso di giocare a un gioco orribile.

Felix si schiarì la gola. «È stato molto veloce. Ha conosciuto Madison ed è diventata una persona diversa, praticamente da un giorno all'altro.»

«In che modo?» insisté Gerald.

«In ogni modo possibile.» Ruth cercò di asciugarsi sotto gli occhi con l'orlo della maglia, ma le mani le tremavano troppo. «Prima di Madison, Cheyenne era la nostra bimba perfetta. Poi, all'improvviso, non voleva più farsi vedere con noi. Non voleva venire a messa. Ha cominciato a saltare la scuola. Tutto era un segreto. Poi sono cominciate le bugie. Mentiva a proposito di dove andava, di chi frequentava, passava tantissimo tempo da sola in camera sua. Trattava male Pamela.»

Agli occhi di Emmy, era la tipica descrizione di un'adolescente.

Gerald chiese: «C'era qualche ragazzo?».

«No» ribatté Ruth, decisa. «Mai.»

Emmy non avrebbe colto lo sguardo furtivo di Pamela, se non avesse puntato lo sguardo su di lei proprio in quel momento.

Felix aggiunse: «Cheyenne non ha il permesso di uscire con i ragazzi. Non è abbastanza grande».

Emmy si morse il labbro inferiore. Hannah le aveva detto di aver visto un succhiotto sul collo di Cheyenne più di una volta.

«Ci sono vostri familiari nei dintorni?» chiese Gerald.

Felix scosse la testa. «Vivono tutti nell'Iowa.»

«Cheyenne aveva altre amiche?»

«No» intervenne Ruth. «Era popolare, quando siamo arrivati. Poi però la sua cerchia si è ristretta sempre di più, finché...»

Emmy vide le lacrime rigare il viso della donna. La gola di Ruth fece un movimento forzato nel deglutire. Aveva finito tutte le rimostranze e le scuse, ed erano rimasti solo i fatti, freddi e duri; sua figlia era scomparsa. Forse non sarebbe mai tornata a casa.

«Okay» disse Gerald. «La mia agente vorrebbe perquisire la camera di Cheyenne. Felix, può mostrargli dove andare?»

L'uomo parve sorpreso che lo chiedesse proprio a lui. Dava per scontato che lo sceriffo avrebbe voluto parlare con il genitore più calmo. Non sapeva che quello sceriffo sapeva bene che chi si mostrava più calmo tendeva a pesare di più ogni parola che gli usciva di bocca.

Anche Gerald aveva notato che l'alibi di Felix era inconsistente.

«Certo.» Felix prese la mano di Pamela. «Pronta, tesoro?»

Pamela indugiò con lo sguardo su Emmy per un attimo di troppo prima di lasciarsi guidare da suo padre sul vialetto. Emmy li seguì alla loro stessa andatura lenta. Pensò all'occhiata furtiva della bambina quando Gerald aveva chiesto di eventuali ragazzi. Aveva cinque anni meno di sua sorella. Tra Emmy e suo fratello c'erano ventidue anni di differenza, ma lei aveva sempre avuto gli occhi puntati su Tommy, che non poteva spedire un'e-mail o fare una telefonata senza che lei gli si incollasse alle chiappe in stile Veronica Mars. Emmy aveva capito che avrebbe chiesto a Celia di sposarlo perfino prima di lui.

Tra sorelle doveva essere anche peggio.

«Scusateci.» Felix usò la chiave per aprire la porta d'ingresso. «Non abbiamo avuto il tempo di pulire.»

«Nessun problema.»

Guardandosi intorno con attenzione, Emmy salì le scale fino al piano rialzato. Avrebbe potuto disegnare una piantina anche dal marciapiede. Quasi tutte le case del quartiere avevano una struttura simile. Qualche decennio prima, un lontano cugino Clifton aveva costruito villette a due piani in tutta Verona. Gli ingegneri della fabbrica adoravano la modernità del XX secolo, le loro mogli detestavano le lavanderie in cantina e le due rampe di scale da fare per passare dal garage alla cucina.

La casa dei Baker non era in disordine, considerando che ci vivevano due adulti impegnati, una bambina grande e un'adolescente. Il mobilio era bello, anche se un tantino anonimo. La coppia sembrava avere una predilezione per i toni del marrone e del bianco. Emmy trovò lo stesso schema di colori in cucina, in corridoio, in bagno. Sembrava che non avessero animali domestici.

Alle pareti erano appesi solo alcuni quadri. Non c'erano tappeti per dare calore all'ambiente né coperte e cuscini per rendere la casa accogliente. Se Emmy avesse dovuto usare una parola per descrivere quel luogo, l'avrebbe definito *temporaneo*.

La famiglia non aveva cominciato a pensare di tornare nell'Iowa a causa di Madison Dalrymple. Ruth si era rifiutata di mettere radici, lì. Cercava ogni possibile scusa per tornare a casa.

«Da questa parte.» Felix le fece cenno di seguirlo.

Tutte le porte che davano sul corridoio erano chiuse. Emmy immaginò che fosse un'abitudine tipica dell'Iowa. I pavimenti in parquet erano vecchi e incurvati dall'umidità. Ogni passo era accompagnato da un cigolio particolare. Immaginò che fosse complicato sgattaiolare fuori di casa, la notte, ma immaginò anche che Cheyenne avesse escogitato un modo per farlo.

Felix si fermò davanti all'ultima porta chiusa a destra. Posò le dita sulla maniglia, ma non l'aprì. Emmy gli concesse un momento.

«Papà» mormorò Pamela, come temendo che si fosse dimenticato come si aprivano le porte.

«È tutto a posto, tesoro.» Fece una risatina imbarazzata. «Tua sorella diventerà una furia, quando scoprirà che ho fatto entrare una sconosciuta in camera sua.»

Emmy sentì un tremito nella sua voce. Gli diede il tempo necessario per prendere quella decisione. Aprire la porta significava ammettere che Cheyenne era davvero scomparsa. Che forse non sarebbe tornata. Che probabilmente qualcuno le aveva fatto del male.

Felix fece un respiro profondo e aprì.

Si era aspettata il tipico caos da adolescente, ma la camera da letto di Cheyenne era in uno stato di disordine indescrivibile. A differenza di sua madre, lei aveva messo radici, e molto profonde. C'erano poster di ogni band e cantante che ci si potesse aspettare attaccati alle pareti. Collezioni di tutti i tipi: peluche di animali, figurine equestri, profumi, lucidalabbra, orecchini, fiori secchi, candele, *Harry Potter*, la serie di *Twilight*, set di trucchi, e così tanti vestiti e scarpe da rendere impossibile chiudere le ante dell'armadio.

Felix fece una risata amara. «Le piace avere tante cose.»

«Succede a molte ragazze.»

«Oggi pomeriggio l'ho sgridata» riprese lui. «Volevo che venisse al fiume con noi. Le ho detto che era importante fare delle cose tutti insieme, come una famiglia.»

Emmy provò a consolarlo. «È difficile crescere un'adolescente.»

Lui indicò gli ombretti e i fard sparpagliati sulla scrivania. «Abbiamo abbandonato la guerra contro il trucco. Ruth diceva che era troppo giovane, ma se lo metteva appena uscita di casa, così...»

Emmy sentì il suono faticoso con cui deglutì.

«Cheyenne aveva ragione» disse lui. «Ha risposto che tanto non ci sarei stato, al lago. Che sarei rimasto bloccato al lavoro, e che sarei arrivato in ritardo, quindi che importanza aveva se lei era lì oppure con Madison?»

Emmy studiò il suo viso. Sentiva che il suo pentimento era sincero, ma non aveva tempo per dare alle persone il beneficio del dubbio. «Aveva un computer portatile o...»

«Ruth glielo ha sequestrato l'anno scorso» rispose, scrollando le spalle. «Cheyenne era riuscita a eludere il parental control. Non volevamo che usasse i social media. Adesso può usare solo il pc al piano di sotto per fare i compiti.»

«Può farmi avere il portatile?»

«Mi spiace, ma penso che Ruth lo abbia regalato alla chiesa. Le suore hanno un progetto di aiuto per giovani meno fortunati.»

«Non fa niente.» Ci avrebbe pensato in un secondo momento. «E il suo telefono?»

«È un vecchio cellulare a conchiglia che avevo lasciato in un cassetto qualche anno fa. Ruth era furiosa perché aveva inciso le sue iniziali sulla plastica...» Non riuscì a continuare, forse rendendosi conto di quanto tempo avesse sprecato infuriandosi per delle sciocchezze. «Monitoravamo tutte le sue attività online. Non aveva il permesso di usare Internet se non in casa o a scuola. Là fuori ci sono così tanti malintenzionati che...»

Emmy vide la sua espressione crollare nel momento in cui capì che i malintenzionati avevano trovato sua figlia comunque. Gli disse: «Devo mettermi al lavoro».

«Certo.» Giunse le mani. «Ha bisogno che l'aiuti oppure...»

«Credo che lo sceriffo voglia farle altre domande.»

«Giusto» rispose. «Giusto.»

Emmy lo osservò andar via. I suoi passi risuonarono pesanti nel corridoio, e ogni asse cigolò al suo passaggio. Sentì la sua discesa per le scale. Lo scatto della porta d'ingresso. Stava per cominciare a cercare quando udì uno scricchiolio più leggero, molto vicino.

Pamela fece capolino dalla porta aperta. Emmy le sorrise, ma la ragazzina si tirò subito indietro. I suoi passi erano leggeri come quelli di un topolino lungo il corridoio. Una delle porte delle camere si aprì, poi si chiuse.

Avrebbe potuto seguirla, ma Emmy doveva tenere presente che Pamela era una bambina di dieci anni la cui sorella era scomparsa, e non solo una possibile fonte di informazioni utili. Con tutta probabilità, la piccola si sarebbe ricordata per sempre ogni dettaglio di quella sera. Non aveva bisogno di ricordare anche una poliziotta aggressiva. Inoltre, il modo peggiore per ottenere qualcosa da un bambino era chiedergli di parlare.

Emmy cominciò la perquisizione nella camera di Cheyenne con un rapido controllo visivo, nel caso ci fosse qualcosa di evidente. A quanto pareva, la ragazza amava il rosa e il blu, il che non la stupì, considerando come aveva decorato la sua bici.

Quello che c'era alle pareti, però, non era il rosa tipico di una bambina. Era più vicino al rosa shocking, probabilmente scelto per infastidire sua madre. La trapunta era quasi dello stesso blu vivace della bicicletta. Le lenzuola erano un'esplosione di fiori variopinti. Le federe dei cuscini avevano la stessa fantasia. C'erano delle stelle fosforescenti attaccate al soffitto e incollate alle pale del ventilatore da soffitto. Sul pavimento c'era un tappeto in finta pecora dai bordi sollevati. Il parquet presentava un paio di solchi profondi. Il ripiano della scrivania era quasi completamente occupato da trucchi di tutti i tipi. Tre boccettine di smalto per unghie scuro erano accanto a un libro di storia, e sotto c'era un blocco note giallo con dei ghirigori disegnati con inchiostro viola. Emmy sapeva che entrambe le ragazze frequentavano i corsi estivi perché avevano avuto voti insufficienti in educazione civica durante l'anno scolastico.

Controllò che sulla soglia non ci fosse nessuno, poi tirò fuori dalla tasca un paio di guanti e se li infilò. Sfogliò il libro di testo. Diede uno sguardo agli appunti. La grafia di Cheyenne era quella tipica di una ragazzina, con dei cerchietti al posto dei punti. Da ciò che poté vedere, nessuno di quegli appunti era di natura personale. C'era uno zaino appoggiato al lato della scrivania. Emmy si chinò e vi guardò dentro. C'era un altro libro di scuola, una copia di *Romeo e Giulietta*, una barretta Twix, una bottiglia d'acqua vuota, il tesserino identificativo della scuola, tre banconote da un dollaro appallottolate, trentadue centesimi in spiccioli e quella che sembrava una Tic-tac pelosa.

Emmy si alzò e cominciò la perlustrazione dalle cose più semplici. Passò le mani tra il materasso e la rete. Guardò sotto il letto. Aprì i cassetti del comodino, controllò cosa c'era dentro, poi infilò le dita sotto la parte inferiore in legno. Poi ripeté la stessa procedura con i cassetti del comò. Frugò nelle mensole dell'armadio, rovistò nell'immondizia, controllò qualche tasca a caso dei vestiti. Guardò dentro le migliaia di paia di scarpe gettate nell'armadio.

Bingo.

Trovò una piccola cassetta di metallo protetta da una serratura nascosta nell'angolo più lontano dell'armadio. Non perse tempo a cercare una chiave. Era una cassetta leggera, di quelle che si regalano ai bambini, non certo dotata di una serratura brevettata in stile Fort Knox. Emmy staccò dalla sua cintura il multiutensile e trovò la punta a cavatappi. La infilò nella serratura e ruotò. La scatola si aprì.

«Ah» mormorò.

C'erano almeno tremila dollari, là dentro. Tirò fuori le banconote per contarle. Nel nascondiglio di Cheyenne non c'erano solo i soldi, ma anche un sacchetto di erba; erano più semi che steli, ma pur sempre erba. Mise tutto sul pavimento.

L'unica cosa rimasta nella scatola era una striscia di fotografie, di quelle che si fanno nelle cabine per le fototessere. In ciascuno dei quattro riquadri c'erano Madison e Cheyenne che si abbracciavano, in posa davanti all'obiettivo. Erano vestite da sera, probabilmente per una festa di cui nessuno dei loro genitori aveva saputo nulla. Madison aveva un eyeliner troppo marcato e sporgeva in fuori le labbra ravvivate da un rossetto color ciliegia. La maglietta troppo stretta di Cheyenne aveva una scollatura abbastanza grande da mostrare il reggiseno nero sotto di essa. La collana d'oro con inciso il suo nome quasi spariva nel décolleté. Anche Madison aveva una collana con il nome, ma rispetto all'amica era vestita in modo meno appariscente, come se non fosse riuscita a adeguarsi del tutto al look richiesto. L'ultima foto della serie sollevava una domanda interessante. Cheyenne teneva tra le mani la testa di Madison e le dava un bacio.

Non sulla guancia né sulle labbra, ma in un punto a metà.

Emmy non pensava di dover dedurre chissà cosa da quel bacio. A quell'età, lei stessa aveva avuto una cotta dopo l'altra per delle amiche, ma sempre senza una componente sessuale. Era più un desiderio di *essere come* loro che di *stare con* loro. Aveva desiderato di avere la presenza di spirito di Celia, le certezze assolute di Taybee, o l'umorismo macabro di Hannah. Di essere chiunque, tranne se stessa.

Essere una ragazzina di quindici anni era così difficile.

Sentì di nuovo le assi del pavimento del corridoio cigolare. Emmy diede uno sguardo nello specchio sopra il comò. Vide Pamela che faceva capolino dalla porta.

Si sedette sui talloni. Le tornò di nuovo in mente lo sguardo furtivo della bambina quando erano in strada. A dieci anni, era abbastanza grande da capire che era successo qualcosa di grave a Cheyenne, ma non abbastanza da comprendere che aveva più che mai bisogno di aiuto. Qualsiasi promessa le avesse fatto in passato, qualsiasi giuramento sul suo onore e perfino i mezzi con cui si era fatta corrompere per tacere non avevano alcun valore, in quel momento. Pamela doveva confessare tutto. Emmy cercò di farsi venire in mente un modo per farle comprendere quella verità senza allarmarla troppo. Cole aveva un anno più di lei, ma le sembrava che avesse metà della sua maturità. L'unico vero potere che si aveva, a quell'età, era il silenzio.

Tirò fuori il cellulare e fotografò con attenzione tutto ciò che aveva trovato, poi rimise la striscia di foto nella scatola di metallo, seguita dal sacchetto di erba, infine cominciò a contare le banconote. Erano quasi tutte da venti dollari. Ce n'erano poche da dieci e qualcuna da cinquanta, il che la sorprese. Emmy aveva sottostimato la cifra. In quella scatola c'erano quasi cinquemila dollari. Era una quantità di denaro sconvolgente da trovare nascosta nell'armadio di un'adolescente. E non era pensabile che Cheyenne avesse accesso a un Bancomat. Chi diavolo aveva dato a una quindicenne decine di banconote da cinquanta dollari nuove di zecca?

L'ombra di Pamela coprì la distesa di scarpe. La bambina si accucciò accanto a Emmy. Indossava un abito giallo con una macchia davanti, probabilmente dovuta a un lecca-lecca rosso. Sulle ginocchia ossute aveva tagli e graffi, e dell'argilla rossa sotto le unghie per aver giocato nel bacino del fiume. Aveva un odore di sudore quasi insostenibile, ma in quel modo tipico dei bambini, il cui cattivo odore risulta comunque dolciastro.

Emmy restò in silenzio e ricominciò a contare le banconote, sistemandole in mazzetti, come i soldi del Monopoly. Con la coda dell'occhio osservò Pamela schiacciare i semi nel sacchettino, come se stesse scoppiando un involucro di pluriball. Sistemò i mazzetti di banconote e si morse la lingua per non rovinare quel momento. Aveva trascorso tante ore ad affaccendarsi in cucina o fingendo di essere occupata a spolverare i libri sugli scaffali o a riordinare i cd della PlayStation mentre aspettava che Cole si decidesse a spiegarle, finalmente, cosa lo preoccupava. Rispetto a ciò che aveva passato, il momento presente doveva essere una passeggiata, tuttavia aveva un bisogno così disperato di trovare Madison e Cheyenne che faticava a trattenersi dall'afferrare Pamela per le braccia e scuoterla.

Raccolse le banconote da cinquanta e si mise a ordinarle tutte nello stesso verso.

Pamela continuò a premere il pollice contro i semi.

Emmy decise di correre il rischio. «Immagino che tuo papà non sappia dell'iPhone di Cheyenne.»

Pamela si irrigidì.

«Non è un problema.» Emmy l'aveva vista con l'iPhone in mano sul divano di Hannah. Le due ragazze se ne stavano sedute a trenta centimetri una dall'altra, eppure preferivano scriversi piuttosto che aprire bocca. «Non lo dirò a nessuno.»

Pamela ricominciò a schiacciare i semi. Li aveva rotti quasi tutti. Emmy si chiese se avesse idea di cosa contenesse quel sacchetto; invece di chiedere, però, raccolse le banconote da venti e cominciò a ordinarle.

«Ce ne sono altri» disse Pamela.

«Parli dei soldi?» Emmy continuò a ordinarli.

«Sì.»

Aspettò di finire di sistemare tutte le banconote. «Dove?»

Pamela non rispose. Il peso della colpa di aver rivelato il segreto di Cheyenne la stava schiacciando. Ancora una volta, Emmy si costrinse a non parlare e prese un'altra mazzetta di banconote, pregando intanto di sentire qualcosa che spezzasse il silenzio.

Alla fine Pamela le toccò un braccio. Aspettò che la guardasse, poi puntò gli occhi verso la sommità dell'armadio.

Quella bambina era un'investigatrice migliore di lei. Sopra l'armadio c'era un pannello da cui si accedeva a un soppalco.

Pamela si alzò. Tirò indietro il tappeto di pecora e trascinò la sedia della scrivania sul pavimento. I solchi sul legno trovarono una spiegazione. Emmy si stava proprio chiedendo come avrebbe fatto la bambina a raggiungere l'apertura quando la vide cominciare a impilare libri sulla seduta, cosa non solo pericolosa, ma anche inutile.

«Ci penso io, tesoro» le disse e salì sulla sedia. Allungò le braccia sopra la testa e spinse via il pannello. Cercò tastoni fra i travetti. Dell'isolante rosa le cadde in bocca e negli occhi. Tossì, usando un braccio per togliersi i detriti dagli occhi. Stava per chiedere consiglio a Pamela quando con le dita sfiorò il bordo di un sacchetto di plastica, di quelli a chiusura ermetica da quattro litri, abbastanza spesso da poter essere usato per i surgelati. Tirò il sacchetto, facendolo passare dall'apertura. Sbatté le palpebre, e non per colpa dell'isolante, ma perché non riusciva a credere ai suoi occhi.

C'era un altro, enorme fascio di banconote. Un blister di anticoncezionali da cui mancavano quattro pillole. Altra erba. Due pacchetti da tre grammi e mezzo di cocaina e dieci compresse di ecstasy.

Guardò Pamela. Emmy aveva appena deciso che non aveva più senso agire con cautela. «Cheyenne ha un ragazzo?» chiese.

«Sì» rispose lei. «Si chiama Jack.»

4

Emmy era di nuovo seduta accanto a suo padre, al volante della sua autopattuglia. Stavano andando a visitare un'altra casa, dove un'altra famiglia stava per veder rivoluzionare la propria vita, anche se per motivi completamente diversi. Il Jack nominato da Pamela era il figlio sedicenne del dottor Carl Whitlock, un pediatra che aveva avuto tra i suoi pazienti quasi ogni cittadino di North Falls, tra cui anche Emmy, che lo aveva conosciuto da adolescente, e Cole, che non aveva mai avuto altri dottori. La moglie di Carl, Monica, aveva quasi vent'anni meno di lui e non si era mai abituata a vivere in una piccola città. Si era risposata ed era andata a vivere ad Atlanta qualche anno prima, ma Jack era rimasto a North Falls per finire le superiori.

«Era nel tuo radar?» le chiese Gerald.

Si riferiva a Cheyenne. Ogni poliziotto aveva un elenco di potenziali criminali nel suo radar, persone che però erano abbastanza fortunate o intelligenti da evitare di essere arrestate. Emmy non aveva mai sospettato niente, se non un po' di rabbia adolescenziale, dietro i silenzi ostentati da Cheyenne e Madison quando era in loro presenza. La scorta di droga e denaro l'aveva completamente spiazzata.

Disse a suo padre: «Sapevo che quelle due ogni tanto si facevano, ma non avevo idea che Cheyenne fosse coinvolta in qualcosa di questa portata. Se l'avessi saputo, avrei detto a Hannah di tenere Madison il più lontano possibile da lei».

«Okay.»

Emmy osservò il profilo di suo padre. I suoi *okay* avevano diverse sfaccettature. A volte andavano presi per quel che erano, cioè un segno di assenso; a volte servivano a far capire che delle parole pronunciate erano state ascoltate, ma finiva lì. Entrambi sapevano che Jonah passava quasi tutte le giornate a bere o a drogarsi. Entrambi avevano scelto di non parlarne.

«Papà, c'è una bella differenza tra un paio di canne e sette grammi di coca e una manciata di ecstasy.» Emmy si sforzò di non usare un tono irascibile. «Le droghe pesanti cambiano tutto. Tra la cassetta e quello che ho trovato nel soppalco, Cheyenne era in possesso di circa sedicimila dollari in contanti e altri mille in droga. Parliamo di un giro abbastanza significativo.»

«In che modo è coinvolto Jack?»

«È lo spacciatore, oppure loro gli tenevano la roba?» Emmy fissò la strada che le scorreva accanto in una scia indistinta mentre ragionava sulle varie possibilità. «Il padre di Jack è un medico, ma il dottor Carl non mi sembra il tipo da perdere di vista i ricettari. E poi le droghe che abbiamo trovato non sono farmaci legali. Se fossi uno spacciatore, forse chiederei a Cheyenne di nascondere da lei la scorta, ma non mi fiderei mai al punto da lasciarle tenere tutti quei soldi. Inoltre, se fosse stato lui a rapire le ragazze per riprendersi il denaro, non l'avremmo trovato. Secondo i vicini, a casa dei Baker non c'era nessuno dalle tre e mezza, almeno.»

«Togli la droga dal quadro.»

«Non cambia nulla. Jack avrebbe avuto occasioni migliori per rapire le ragazze. Avrebbe potuto dir loro di passare da casa sua. E poi perché avrebbe dovuto rapirle? Dove le terrebbe prigioniere? Perché prenderle entrambe nello stesso momento? Sembra un piano troppo preciso e calcolato per essere uscito dalla mente di un sedicenne.»

«Quali altri scenari esistono?» chiese Gerald.

Emmy cercò di farsi venire in mente un motivo per cui le droghe potessero essere collegate alla scomparsa delle ragazze. «Le gang di biker della periferia di Macon gestiscono il giro di coca e ossicodone. I miliziani gestiscono...»

«Emmy Lou» la interruppe, in un tono che non era del tutto beffardo, ma nemmeno *non* beffardo. La cosa più umiliante era che aveva ragione lui. Chiunque avesse fornito la droga a Cheyenne si trovava almeno dieci livelli sotto le organizzazioni che la importavano nello Stato.

«Sono due quindicenni» disse Emmy. «Non hanno la patente, non possono entrare nei bar, non potrebbero nemmeno uscire di casa senza permesso. Si spostano solo in bici, il che limita ancora di più il loro raggio d'azione. Non seguono la politica né i notiziari. Le loro vite girano intorno a ciò che succede a scuola oppure al centro commerciale. E anche in questi casi, il tutto è visto attraverso la lente ristretta delle loro personali esistenze.»

«Quindi?»

«Quindi le avrà incontrate al centro commerciale.» In silenzio, Emmy passò in rassegna il carosello di spacciatori da quattro soldi della contea. Erano quasi tutti uomini di mezza età con la stempiatura che facevano fatica a tirare avanti. «Insomma, perfino i piccoli spacciatori hanno un minimo di senso morale. Venderebbero droga a ragazzi più grandi, ma mi sembra impossibile che possano rapire due ragazze, qualsiasi cosa possano aver fatto.»

«Concentrati su Madison» disse Gerald.

Emmy sentì la gola serrarsi. Parlare per ipotesi l'aveva aiutata a distanziarsi dal caso, ma in quel momento le tornò in mente che al centro di tutto c'erano due bambine terrorizzate e in pericolo. Non spacciatori incalliti o truffatori esperti, ma la figlia maggiore di Felix e Ruth Baker e la dolce bimba di Paul e Hannah.

«Sedicimila dollari sono davvero tanti per essere custoditi da un'adolescente» disse Emmy. «Serve un autocontrollo enorme per non gettarli al vento tra vestiti e trucchi. Li stavano mettendo da parte per qualcosa di importante. Forse volevano lasciare la città.»

«Perché?»

«Perché è una fantasia comune per i ragazzini. Tutti ti trattano come un bambino, ma pensi di essere un adulto. I tuoi genitori sono stupidi, la scuola è una perdita di tempo e andare tutti i giorni al centro commerciale è noioso. Vedi sempre e solo le stesse persone. Senti sempre le stesse storie.» Emmy fece una pausa, sforzandosi di ripensare a quando lei stessa era intrappolata in quel limbo infernale. «I Baker sostengono che sia stata Madison a portare Cheyenne sulla cattiva strada. Hannah e Paul dicono che la mela marcia è Cheyenne. Secondo me è più probabile che si siano trovate a vicenda. Cheyenne viene da fuori città, è una persona allegra e appariscente. Madison assorbe drammi ed emotività come una spugna. Per mantenere su di sé l'attenzione di Madison, Cheyenne ha dovuto correre rischi sempre più grandi. Se fossi uno squallido spacciatore, punterei proprio una come Cheyenne.»

«Paul e Hannah sono gente di North Falls» disse Gerald.

Emmy capì cosa intendeva. Nell'espressione "gente di North Falls" c'erano molti sottintesi. Il mercato immobiliare della città era ristretto e limitante. I cittadini, soprattutto le donne, tendevano a essere resistenti come l'acciaio e molto longevi. Di solito chi possedeva una casa all'interno dei confini della città l'aveva ereditata dalla nonna, che a sua volta l'aveva ricevuta dalla propria nonna. Chi viveva in città aveva più soldi, una migliore istruzione, maggiori conoscenze politiche e risorse. In altre parole, chi aveva attività clandestine o illegali si teneva il più possibile alla larga dalla gente di North Falls.

E soprattutto evitava i suoi figli privilegiati e viziati.

«Il rapitore deve averle osservate, prima di decidere di entrare in azione.» Emmy sentì lo stomaco annodarsi mentre esaminava le varie possibilità. «Forse all'inizio ha solo venduto loro dell'erba, poi ci ha chiacchierato un po', ha capito che il capo era Cheyenne e ha scelto lei.»

«Okay» disse Gerald. «E cosa vuole?»

«Sesso.» Sentì le guance avvampare. «Hannah e io ne abbiamo parlato quando Madison ha compiuto tredici anni. All'improvviso avevano cominciato a spuntare una quantità di uomini adulti viscidi. Entrambe ricordiamo che è capitato anche a noi a quell'età. Non importa cosa indossi, come cammini, come parli, come respiri... c'è sempre un tizio più grande e inquietante che ti nota, trova i tuoi punti deboli, ti lusinga, si mette a civettare con te, perché vuole adescarti.»

«Per ottenere sesso?»

«Certo, ma anche potere, controllo, manipolazione. Gli omuncoli non ce la fanno ad affrontare le donne adulte. Vanno a caccia delle ragazzine perché le più giovani sono quasi tutte malleabili e smaniano per ricevere approvazione dall'esterno. A quell'età sei pronta a fare quasi qualsiasi cosa per attirare l'attenzione, anche se ti fa star male e sai che è sbagliato.»

Emmy si strinse nelle spalle quando suo padre la guardò, perché era davvero fin troppo semplice.

Le chiese: «E non ne parlerebbero con i genitori?».

«I genitori si infuriano per i motivi sbagliati. E tu perché hai parlato con lui? Perché eri lì? Perché non te ne sei andata? Che cosa indossavi? Cosa gli hai dato a intendere?»

«Okay.» Girò il volante, prendendo una curva stretta. «Spiegami la droga.»

Il nodo si strinse ancora. «Deve averle sfruttate per allargare il giro d'affari alle superiori. La scuola estiva durerà fino alla fine del mese. La frequentano tutte e due le ragazze. Insieme a studenti che vengono da Verona, Ocmulgee, Clayville e North Falls.»

«Male.»

«Vediamo cosa sa Dylan.» Emmy prese il cellulare e scrisse un messaggio all'agente Dylan Alvarez, l'ufficiale responsabile della sicurezza nel liceo, per scoprire se avesse qualche informazione utile a proposito degli spacciatori o delle ragazze. «Dylan pattuglia i corridoi ogni giorno. Può dirci con quali ragazzi dobbiamo parlare.»

Il telefono di Gerald cominciò a suonare. Lui lo aprì e mise il vivavoce. «Siamo in due all'ascolto.»

«Nessuna novità sulle ragazze.» Virgil era senza dubbio all'aperto. In sottofondo si sentivano i grilli frinire. «Paul ha scaricato i tabulati del cellulare di Madison degli ultimi sei mesi. A parte Paul e Hannah, Madison chiamava solo altri tre numeri. Il primo corrisponde a quello del telefono a conchiglia di cui i genitori di Cheyenne erano al corrente. Il secondo numero corrisponde a una scheda prepagata.»

«Un cellulare usa e getta, prepagato» disse Emmy. «Potrebbe appartenere al rapitore. Quanto sono frequenti le telefonate?»

«Quasi continue, e non brevi» rispose Virgil. «Alcune durano trenta, quaranta minuti. Altre vanno avanti per oltre due ore. Il numero di messaggi scambiato è folle. Non ho il contenuto ma ho gli orari. Parliamo di raffiche, a volte venivano scambiati messaggi a quattro o cinque secondi di distanza.»

«Sembra più uno scambio tra due ragazzine» disse Emmy. «Esiste un collegamento tra il telefono di Madison, quello a conchiglia di Cheyenne e quello usa e getta? Cioè, Madison ha mai scritto contemporaneamente a Cheyenne e al prepagato?»

«Aspetta.» Virgil stava controllando i tabulati. «Okay, sembrerebbe di no. A quanto pare Madison chiamava il telefono a conchiglia di Cheyenne solo prima e dopo l'orario scolastico. Mentre erano a scuola contattava solo il prepagato ed è... Dio, un continuo, direi. Cinquanta, anche cento messaggi nel giro di sei ore. Poi smettevano quando finiva la scuola e riprendevano intorno alla mezzanotte, proseguendo a fasi alterne fino al mattino.»

«Il numero ricaricabile doveva appartenere a Cheyenne» dichiarò Emmy. «Un predatore o uno spacciatore non starebbe al telefono tanto a lungo. Lascerebbe una traccia. Preferirebbe interazioni di persona, con minori possibilità che qualcun altro possa sentire o che i genitori scoprano tutto.»

«E il terzo numero?» chiese Gerald.

«È la parte interessante» rispose Virgil. «Otto giorni fa, il numero ricaricabile è scomparso dai radar, poi è spuntato un terzo numero, anche quello prepagato. Madison ha smesso di comunicare con il vecchio numero e ha iniziato con il nuovo. Stessa frequenza, stessi orari.»

«Forse il telefono era stato perso?» chiese Emmy. «Oppure rubato?»

«Qualunque sia il motivo, dobbiamo mettere le mani su quei telefoni» disse Virgil. «Bisogna avere il dispositivo per poter leggere i messaggi. Paul ci ha dato il codice di sblocco dell'iPhone di Madison, ma non sono riuscito ad accendere quel maledetto coso. Non si è solo rotto lo schermo, ci sono parti che si sono staccate anche all'interno.»

«Esiste un backup su Cloud?» domandò Emmy.

«No, l'hanno esclusa dal piano tariffario della famiglia perché aveva così tanti messaggi e foto da sforare la quantità prevista» disse Virgil. «Ho impacchettato il cellulare e sto per spedirlo al laboratorio del GBI insieme al computer fisso dei Baker.»

«Non farlo subito, aspetta» disse Gerald.

Emmy guardò suo padre. Sapeva che aveva deciso di chiedere l'intervento dell'FBI.

Chiese a Virgil: «E i Baker? Non hanno accesso ai tabulati del telefono a conchiglia di Cheyenne?».

«Felix non ha un account online, e serve un codice per attivarlo. Chiamerà l'ufficio amministrativo domattina, appena apre.»

Emmy trovò strano che un ingegnere non avesse il controllo di un dispositivo elettronico. «Se vuoi agire di nascosto, ti procuri un telefono usa e getta, perché puoi pagarlo in contanti e non sei costretto a dare il tuo vero nome. Non lo compri online perché dovresti usare una carta di credito, quindi vai a prenderlo in un negozio fisico. Ci saranno al massimo un paio di posti in cui Cheyenne o Madison potevano prendere un telefono usa e getta. Comincerei con il Good Dollar e il chiosco al centro commerciale.»

«Forse è stato il rapitore a comprare i telefoni» intervenne Gerald.

Emmy non ci aveva pensato, ma aveva senso che l'uomo che controllava Cheyenne fosse anche lo stesso con cui lei parlava.

«Il rigonfiamento nella tasca di Madison» aggiunse Gerald.

Emmy sentì il cuore sprofondare. Come una sciocca, aveva pensato che Madison avesse in tasca delle merendine. «Poteva avere un telefono a conchiglia con sé al parco. Papà, non può essere un caso. Il rapitore è esperto e navigato nell'adescare le ragazzine.»

«Metti una squadra al lavoro sulla Lista» disse Gerald.

Emmy sapeva già che sarebbe successo, eppure l'idea la colpì come una martellata in pieno petto. La *Lista* era l'elenco di tutti i condannati per crimini sessuali della contea.

«Cazzo» borbottò Virgil. Anche per lui era stato un duro colpo. «Sì, capo.»

Gerald chiuse il telefonino e se lo infilò in tasca. Tenne gli occhi sulla strada. Emmy ascoltò il fruscio delle ruote dell'auto che giravano sull'asfalto. Erano su Vernon Road, intitolata al suo bis-bisnonno. In breve avrebbero svoltato a sinistra su Delilah Avenue, intitolata alla sua bis-bisnonna. Hannah abitava subito dopo la Delilah, su Clay Street, che invece aveva preso il nome dal primo Clifton che aveva rubato la terra alla tribù dei Creek nel 1882 e aveva tappezzato la contea con il suo nome.

«Emmy Lou?» fece Gerald.

Lei si voltò a guardarlo. Sapeva cosa stava per dirle prima che aprisse bocca.

«Dovrai parlare con Hannah.»

Lei annuì lentamente.

«Devi perquisire la camera di Madison, scoprire se nascondeva qualcosa. Cercare il telefono usa e getta mancante, o qualsiasi altro cellulare. Contanti, droga, pillole.»

Emmy continuò ad annuire.

Gerald mise la freccia per svoltare a sinistra sulla Delilah.

Emmy guardò l'orologio. Era l'una di notte, eppure in tutte le case le luci erano accese. C'erano serrande dei garage aperte, posteggi esterni vuoti, tante persone che camminavano per la strada con le torce accese, tanto da ricordare sciami di lucciole.

Tutti cercavano Madison e Cheyenne.

Gerald si fermò davanti alla casa del dottor Carl parcheggiando a spina sul marciapiede. Emmy controllò il telefono scendendo dalla macchina. Altri due messaggi dalla zia pazza. Il gruppo delle cugine era ripartito a razzo, ma la disputa tra la cena a casa e il ristorante era arrivata a una tregua. Taybee aveva creato una tabella impostata su una mappa con disegnate delle aree di ricerca che aveva assegnato ai vari rami della famiglia. Nessuno aveva messo in dubbio la sua autorità. Per una volta, erano tutte assolutamente concordi su cosa fosse necessario fare.

L'ultimo messaggio era di sua madre. Cole si era finalmente addormentato nel letto che un tempo era stato di Emmy. Si concesse di provare sollievo al pensiero che ci fosse qualcuno che si prendeva cura di suo figlio. Stava per rimettersi in tasca il cellulare quando iniziò a squillare.

Rispose in vivavoce in modo che suo padre sentisse. «Dylan, ci siamo tutti e due. Cosa sai?»

«Niente» rispose lui. «Conosco Cheyenne e Madison di vista, le incrociavo nei corridoi, ma non hanno mai avuto problemi con me.»

Emmy era delusa, ma non sorpresa dal fatto che le ragazzine fossero riuscite a tenersi alla larga dalla guardia dell'edificio scolastico. Era evidente che erano bravissime a mantenere i segreti. «E cosa puoi dirci di Jack Whitlock?»

«Il figlio del dottor Carl?» Dylan sembrava un tantino preoccupato. Sua figlia, di quattordici anni, era con tutta probabilità una sua paziente. «Di sicuro Jack non fa parte del gruppo più popolare della scuola. È un tipo taciturno, solitario. Non ho mai avuto a che fare direttamente con lui.»

Nemmeno questo la sorprese. Il ruolo di un agente di sicurezza scolastica consisteva nell'occuparsi di sicurezza e prevenzione del crimine. Le giornate di Dylan erano un costante disinnescare liti, dare la caccia a ladruncoli e passeggiare per i corridoi al fine di ricordare agli studenti la presenza di un poliziotto, e niente di tutto ciò lo avrebbe messo in contatto diretto con ragazzi che sapevano come stare lontani dai guai. O almeno come dare la sensazione che fosse così.

«Chi sono gli spacciatori, a scuola?» gli chiese.

«Nessuno» rispose Dylan. «Alla North Falls High non ci sono problemi di droga.»

Per poco Emmy non scoppiò a ridere. «Mi prendi in giro?»

Gerald si schiarì la gola. «Dylan, domattina presto Emmy verrà da te a scuola. Spiegale tutto. Avrà bisogno di parlare con i consulenti scolastici, gli insegnanti, i ragazzi. Prepara una lista.»

Come Virgil, anche lui esitò, ma solo per un attimo. «Sì, capo.»

Emmy chiuse la telefonata. Chiese a suo padre: «Di cosa stavate parlando?».

Lui non le rispose. Si avviò sul vialetto che conduceva alla casa del dottor Carl. Emmy lo seguì, cercando di staccare i pensieri da quella strana telefonata e di concentrarsi su ciò che doveva fare in quel momento.

Alla luce dei fatti, Jack Whitlock era l'unica pista che avevano per la scomparsa di Cheyenne Baker e Madison Dalrymple. Le ragazze erano sparite da oltre quattro ore. Le probabilità di ritrovarle vive erano scese sotto il dieci per cento.

Emmy lasciò scorrere lo sguardo sulla proprietà. La casa in stile ranch di mattoni rossi con l'intonaco bianco immacolato e la pensilina che copriva il posto auto esterno sulla sinistra era un altro elemento tipico dell'originaria famiglia Clifton, in quel caso per sfruttare le ipoteche governative fornite ai veterani sopravvissuti alla Seconda guerra mondiale che desideravano mettere subito su famiglia. Tre camere da letto, il bagno privato in quella principale. Bagno padronale, sala da pranzo, cucina, salotto. Niente cantina.

C'era un solo veicolo parcheggiato sotto la pensilina, la Volkswagen Jetta nera del dottor Carl. Il resto dello spazio era occupato da un lungo bancone di lavoro e da alcuni mobiletti di metallo. Tutto era curato e ordinato, a differenza del giardino, che era andato in malora da quando Monica se n'era andata. Le aiuole erano composte quasi solo da erbacce. L'erba sembrava bruciata. Nessuno puliva i canali di scolo da chissà quanto tempo.

Il problema maggiore era che le luci della casa del dottor Carl erano spente, non come quelle di tutte le altre case lungo la via. Non era accesa nemmeno la lampada del portico.

Gerald si voltò a guardare Emmy. Ogni possibile spiegazione negativa passò tra loro senza bisogno di dire una parola.

Tortura. Stupro. Omicidio. Parricidio. Suicidio.

Jack Whitlock era un maschio bianco di sedici anni che non aveva amici a scuola ed era descritto come un ragazzo silenzioso e solitario. Emmy sapeva per certo che il dottor Carl aveva almeno un'arma in casa. Lo aveva visto al poligono con una SIG MCX che aveva una canna rotomartellata da trentanove centimetri, calcio ripiegabile scheletrato e un caricatore da trenta colpi. La carabina, del valore di quasi tremila dollari, veniva venduta come arma di difesa domestica, ma il suo stile militare esercitava un fascino maledetto su guerrieri della domenica, padri divorziati e autori di stragi scolastiche.

Emmy sganciò la cinghia della Glock per la seconda volta quella sera.

Gerald salì i due scalini del portico. Aspettò che Emmy si posizionasse dietro di lui, sulla sua destra. Sollevò il pugno e bussò forte tre volte alla porta. Ciascun colpo fu così forte da sembrare un colpo di pistola, ma lo aveva fatto apposta. Non si bussa in modo incerto se non sai cosa ti aspetta dall'altra parte.

Emmy vide una luce accendersi nell'angolo più lontano della casa. Sapeva che era nella camera da letto principale. In silenzio contò i passi per raggiungere la porta, imboccare il corridoio, passare attraverso il soggiorno, girare a sinistra davanti alla cucina, poi un altro breve corridoio. Poi l'anticamera.

Una luce interna si accese, scintillando dietro i pannelli di vetro satinato in cima alla porta. Poi nel portico si diffuse un chiarore ambrato. Infine, la porta si aprì e il dottor Carl apparve con indosso una canottiera bianca infilata in un paio di boxer bianchi. Sbatté le palpebre dietro gli occhiali.

«Gerald?» Sembrava sorpreso. Diede uno sguardo in strada. «Cos'è successo?»

«Cheyenne Baker e Madison Dalrymple sono scomparse.» Gerald fece cenno verso l'interno. «Possiamo entrare?»

«S-sì.» Carl arretrò e aprì di più la porta. «Cosa posso fare? Quando è successo?»

Emmy lo osservò mentre cominciava ad accendere lampade nel soggiorno. Aveva l'aria preoccupata, ma non frenetica. Gli disse: «Madison è stata vista per l'ultima volta ai festeggiamenti per il Quattro luglio nel parco. Cheyenne invece a casa sua, questo pomeriggio. Sospettiamo un crimine violento».

«Gesù.» Gli occhiali di Carl si sollevarono quando si sfregò gli occhi. Era ancora sospeso a metà tra il sonno e la veglia. «Volete... cioè, le impronte dentali potrebbero...»

«Non è per questo che siamo qui» intervenne Emmy. «Possiamo parlare con Jack?»

«Jack?» chiese lui, ma non cercò di ottenere altre spiegazioni. Si voltò verso il corridoio buio. «Credevo dormisse.»

Emmy scorse una leggera luce azzurra che filtrava da sotto la porta chiusa di una camera da letto. Non aspettò di ricevere il permesso, ma si avviò nel corridoio con la mano poggiata sulla Glock nella fondina.

«Gerald, che sta succedendo?» chiese Carl.

Alle sue spalle, Emmy sentì il tono basso della voce profonda di suo padre che rispondeva alla domanda, ma la sua attenzione era tutta sulla porta. Allungò una mano, poggiando con delicatezza le dita sulla maniglia. Lasciò andare il respiro che stava trattenendo, poi aprì.

Jack era seduto al suo computer e le voltava le spalle. Il grande monitor era l'unica sorgente di luce nella stanza. Il ragazzo sedeva in una poltroncina da ufficio con le ruote di fronte a un'ampia scrivania in legno. Sul ripiano c'erano documenti e libri accatastati. Delle cuffie marca Beats erano collegate con un cavetto rosso al suo iPhone, ma il volume era abbastanza alto da consentire a Emmy di riconoscere il ritmo martellante della canzone synth pop *Poker Face*, le cui note fluivano intorno alle orecchie del ragazzo. Se anche fosse scoppiata una bomba atomica alle sue spalle, non se ne sarebbe mai reso conto.

Emmy entrò nella stanza con cautela. Dovette aprire la bocca per respirare. L'odore l'aveva colpita subito, in tutta la sua potenza: sudore, testosterone con una nota di deodorante Axe e crema per le mani. Il letto era disfatto, il lenzuolo con gli angoli tirato via, lasciando scoperto il materasso. C'erano vestiti sparsi per tutto il pavimento. Nell'armadio aperto erano stati costruiti degli scaffali. I poster appesi alle pareti erano pieni di donne che accarezzavano con aria allusiva delle automobili sportive vintage. Tutto era caos, disordine, scompiglio.

Emmy guardò il monitor. Jack stava studiando una pagina Facebook intestata a una persona di nome Rex Delilah: era come se fosse caduto in una di quelle trappole di phishing in cui sostengono di generare il tuo nome da pornostar mentre in realtà raccolgono il nome del tuo primo animaletto e della via in cui abitavi da bambino per sottrarti le password.

Mentre Emmy osservava, Jack aggiornò i commenti.

Si caricarono decine di nuovi post. Emmy socchiuse gli occhi fissando il monitor, che era così largo da consentirle di leggere le scritte da un metro e mezzo di distanza:

- Non riesco a smettere di pensare all'ultima cosa che mi ha detto Cheyenne. Voleva copiare i miei compiti, ma le ho detto di no. Se glielo avessi lasciato fare, forse adesso non sarebbe scomparsa.

- Pranzavo sempre con Cheyenne quando si era appena trasferita qui. Le persone si allontanano, ma l'ho sempre considerata un'amica. Prego Dio che torni sana e salva. #ForzaClifton

- È sempre stata una stronza, e anche Madison.

- Mad mi ha mandato una foto della passera su SnapChat, la volete?

- Adoro Madison, alle medie eravamo amiche e sua madre era dolcissima. I suoi cupcake erano i migliori del mondo, ve li ricordate? Mi piace anche la signora Dalrymple, anche se era la mia insegnante.

- Cheyenne mi ha detto che mi avrebbe fatto un pompino per 50 $.

- Cheyenne, vogliamo bene a te e a Madison, vi prego, tornate a casa! #ForzaClifton

- link alla passera di Mad.

- Dobbiamo pregare perché entrambe vengano ritrovate e messe in salvo. Il Signore ascolta per prime le preghiere dei bambini. Domani facciamo sentire le nostre voci nel cortile della scuola.

- Inginocchiati al mio cospetto e ti darò qualcosa di grosso per cui pregare! Ahahaha #FottiClifton

Emmy sentì Jack fare una risatina.

Di trionfo? Di piacere indiretto?

Il ragazzo aggiornò di nuovo la pagina, come un tossico in cerca di una dose. Si aggiunsero altri post. Emmy guardò suo padre. Gerald era nel corridoio. Era un omone, eppure aveva un passo leggerissimo. Lei si spostò sulla sinistra, sistemandosi tra il letto e la finestra. Gerald si piazzò sulla porta, annullando ogni possibilità di fuga. Passò un dito sotto l'interruttore della luce. Attese un cenno di sua figlia prima di farlo scattare.

«Papà!» strillò Jack, alzandosi così in fretta che mandò a sbattere la sedia contro il letto. Le cuffie gli caddero dalla testa. *Poker Face* era arrivata al ritornello, e la batteria mandò un suono metallico quando le Beats caddero sulla moquette. «Che diavolo...»

Emmy sentì lo schiocco quando chiuse la bocca di scatto, sbattendo i denti. Jack guardò lei, poi Gerald. D'istinto, Emmy capì che nascondeva qualcosa.

«Dove sono Madison e Cheyenne?» gli chiese.

«Che cosa?» fece lui. «Come faccio a saperlo?»

«Sai che sono scomparse.»

«Sì, ma...»

«Hai passato la notte a leggere quella pagina Facebook.»

«Non è...»

«Cosa troverò quando perquisirò la tua stanza?»

Jack aprì la bocca per rispondere, poi la richiuse di colpo. Il suo sguardo andò verso la porta. Carl era dietro Gerald. «Papà, sono minorenne. Non possono parlare con me senza il tuo permesso.»

Carl gli chiese: «Sai perché sono venuti qui?».

Lui scrollò il capo. «Nossignore.»

«Figliolo, è evidente che sapevi che le ragazze sono scomparse.» Carl sembrava sgomento. «Perché non mi hai svegliato? Madison è mia paziente da quando era una neonata. Hannah e Paul saranno terrorizzati. Non hai pensato che avrei voluto dare una mano a cercarla?»

Jack chinò il capo, un movimento che sembrava essergli molto familiare.

«Mi dispiace, papà.»

Emmy guardò Gerald. Stava osservando con attenzione la stanza. I poster, il gran disordine, i post caustici sulla pagina Facebook. Non aveva bisogno di avvicinarsi per leggere ciò che veniva scritto: l'intervento di cataratta a cui si era sottoposto gli aveva dato una vista ancor più acuta di prima.

Lo sceriffo si rivolse a Carl. «Ti spiace se Emmy parla con tuo figlio da sola?»

Il medico scrollò il capo, ma disse: «Certo, non ci sono problemi. Torniamo in soggiorno. Ho dello scotch, oppure...».

Emmy smise di ascoltare la loro conversazione non appena si allontanarono. Restò concentrata su Jack. «Che cosa troverò nella tua stanza?» chiese ancora.

«Niente.»

«Quindi, se guardassi sotto il tuo letto...»

«Cazzo» sibilò lui. «Okay, d'accordo.»

Jack si mise in ginocchio e infilò una mano tra il materasso e la rete. Gettò un oggetto sulle lenzuola spiegazzate. Emmy vide una torcia di plastica nera, solo che la parte in cui doveva trovarsi la lampadina era in silicone, e il silicone aveva la forma di una vulva. Come se non fosse già abbastanza disgustoso, su un lato erano stampate le parole FICA TASCABILE.

«Contenta, adesso?» le chiese.

Emmy non era affatto contenta. «Metti quella roba sul pavimento e siediti sulla poltroncina tenendo le mani dove possa vederle.»

Jack sbuffò, ma obbedì. «Non c'è altro, lo giuro.»

Emmy conosceva bene l'aspetto di un undicenne colpevole, e immaginò che a sedici anni non potessero essere molto più bravi a fingersi innocenti. Tirò fuori un paio di guanti dalla tasca, ma non aveva alcuna intenzione di procedere a tastoni. Inclinò il materasso, mettendolo su un lato. Non riconobbe nemmeno la metà della roba stravagante che Jack teneva nascosta là sotto, ma su una cosa non c'erano dubbi: quel ragazzo era al culmine della pubertà. E lei non avrebbe puntato una luce ultravioletta in quella stanza per tutto l'oro del mondo.

Diede uno sguardo a Jack, che si dondolava sulla sedia avanti e indietro, furioso, impotente, pieno di vergogna. Emmy ripensò a una frase che aveva letto in uno studio a proposito degli autori di stragi scolastiche:

> *Cercano di trovare conferma della loro mascolinità attaccando studenti e insegnanti che a loro avviso prosperano all'interno dell'organismo sociale e che pensano abbiano sminuito la loro mascolinità.*

Emmy lasciò ricadere al suo posto il materasso. Controllò il comodino e i cassetti del comò. Niente. Frugò tra gli scaffali dell'armadio. Niente. La cesta dei panni sporchi era piena. La rovesciò con un calcio. Niente.

Senza perdere di vista Jack, sfogliò i romanzi sulla scrivania. *L'ultimo dei Mohicani*, *Camera con vista*, *Amatissima*. Le coste erano rovinate. Dalle pagine spuntavano dei post-it. Immaginò che stesse lavorando sui compiti di lettura per l'estate del corso avanzato di Letteratura Inglese. Con la punta della scarpa spinse giù il suo zaino. Ne caddero altri libri, tra cui *Tutti i racconti* di Flannery O'Connor. Il cassetto della scrivania era pieno di schede e penne. Nella stanza non c'era niente di allarmante o insolito, se si metteva da parte un'attrezzatura degna di un quartiere a luci rosse sotto il materasso.

Jack incrociò le braccia sul petto. «Le ho detto che non c'era altro.»

«Già.» Emmy attraversò la stanza e si appoggiò al davanzale. «Parlami di Madison e Cheyenne.»

«Le odio. Spero che siano morte.»

Emmy esaminò il suo tono di voce. Sembrava distaccato. «Sono in molti a odiarle?» chiese.

Il ragazzo scrollò le spalle, ma rispose: «Tipo tutta la scuola? Ovvio».

«Perché?»

«Sono delle bastarde, tutte e due. Basta che le guardi nel modo sbagliato e la tua vita è finita.»

«E come?»

«Vanno a dire in giro che hai il cazzo piccolo, o che a letto fai schifo. Oppure che hai cercato di toccarle, anche se non è vero.»

«Hai fatto sesso con una di loro?»

«Non sono il mio tipo» disse lui, e aveva la voce così carica di rabbia e desiderio che Emmy se la sentì quasi sulla pelle. «Ho una ragazza.»

«Come si chiama?»

Lui puntò di nuovo lo sguardo a terra. Cominciò a dondolare una gamba. «Madison ha detto a tutti che sono gay. Non sono gay.»

«Okay» disse Emmy. «Ma se anche lo fossi, per me non sarebbe un problema.»

«Be', non lo sono» insisté. «Ha mentito a tutta la scuola, e le hanno creduto.»

«Mi dispiace per ciò che ti ha fatto, Jack. A volte le persone sono crudeli senza nessun motivo, a parte la loro voglia di essere crudeli.»

Emmy non aveva tempo per sviscerare le complesse crudeltà perpetrate dalle ragazze delle superiori. «Dimmi cosa pensi sia successo stasera a Madison e Cheyenne.»

Jack scosse il capo, ma lei immaginò che in realtà stesse riflettendo sulla domanda. «Insomma... che siano scomparse è un male, giusto? Le odio, ma qualsiasi cosa sia successa deve essere qualcosa di male.»

«Lo è» confermò lei. «Hai assistito ai fuochi d'artificio al fiume stasera, oppure...»

Lui esplose in una risata incredula. «Li ho visti con mio padre qui a casa, dal portico sul retro. Nel caso non l'avesse colto dagli ultimi cinque minuti di conversazione, non sono molto popolare.»

Emmy l'aveva immaginato nel momento in cui l'aveva visto al computer con indosso un paio di slip bianchi attillati e una maglietta scolorita dei Weezer. Fece mentalmente un passo indietro e lo osservò davvero. Aveva i capelli unti, le guance ricoperte di acne. Un giorno sarebbe maturato anche lui, ma in quel momento il suo corpo era intrappolato in uno stadio a metà tra il ragazzo e l'uomo: gambe e braccia ossute, petto scavato, una manciata di peli sopra il labbro superiore che richiedevano una rasatura una volta ogni tre giorni al massimo. Non si limitava a leggere i libri assegnati per l'estate, ma prendeva anche appunti. Usava uno pseudonimo per poter spiare un po' i coetanei. Con tutta probabilità era oggetto delle peggiori prese in giro ogni volta che metteva piede a scuola.

«Jack, ricominciamo da capo. Non sono qui per metterti in imbarazzo. So che le superiori a volte sono difficili» gli disse.

Lui rise di nuovo. «So che lei è una Clifton.»

«Non una Clifton del tipo giusto» rispose, provando a cambiare approccio. «Mio nonno non voleva lavorare alla fabbrica. Ha venduto le sue azioni e si è unito a un circo itinerante.»

Jack sgranò gli occhi. «Davvero?»

«Sì» confermò. «C'era la Grande Depressione, la fabbrica rischiava di chiudere. Mio nonno ha deciso che preferiva prendere i soldi e scappare. Solo che non è arrivato molto lontano. Si è spaccato la schiena sul trapezio ed è tornato a casa in sedia a rotelle. Per questo mio padre ha lasciato le superiori per entrare nel dipartimento dello sceriffo. Doveva contribuire al sostentamento della famiglia.»

«Accidenti» disse Jack. «E i soldi ricavati dalla vendita delle azioni?»

«Tutti finiti in prostitute e debiti di gioco.»

«Accidenti.»

«Puoi dirlo forte» rispose Emmy. C'era un buon motivo, se Taybee era così fastidiosa. Aveva l'arroganza di un Clifton Ricco, cosa che per un Clifton Povero era difficile da digerire. «Jack, voglio essere sincera con te. Qualsiasi cosa ci sia nella tua camera, sono affari tuoi. Non mi interessano la tua ragazza, i tuoi giocattolini o la cronologia del tuo browser. Voglio solo sapere come trovare Madison e Cheyenne.»

Lui sollevò la spalla destra. «Sono già morte.»

«Non devi credere a tutto ciò che leggi su Internet.» Emmy si sforzò di non dare a vedere che stava perdendo la speranza. «Devo spiegarti cosa potrebbe star succedendo in questo stesso momento a due ragazzine rapite da chissà chi?»

Jack si morse il labbro inferiore. Emmy capì che la domanda lo aveva turbato. «No, agente.»

«Hai notato qualcuno in particolare che ce l'aveva con una di loro?»

«Non di preciso, ma prima non ho detto bugie. Tutta la scuola le odia, nonostante quello che dicono su Facebook.»

«Cosa dicono su Facebook?»

«Tutte le ragazze popolari all'improvviso si comportano come se non fossero due maledette stronze. Come se Shy e Madison fossero amiche di tutti. Ma non erano amiche di nessuno, solo una dell'altra. Non piacevano a nessuno, in realtà. Avevano successo solo perché le persone avevano paura di litigarci, e adesso che sono sparite è come se nessuno ricordasse più quanto sono crudeli.»

Jack guardò fuori dalla finestra, ma Emmy sapeva che poteva vedere solo il suo riflesso. Non sembrava un cattivo ragazzo, ma aveva quella caratteristica – quel bisogno terrificante di sentirsi accettato – che gli disegnava un bersaglio rosso sulla schiena.

«So che Cheyenne spacciava droghe pesanti» disse.

Jack parve sorpreso, ma non per il motivo più ovvio. «Come l'ha scoperto?»

«Sono una poliziotta. Il mio lavoro è scoprire cose.» Sorrise, ma solo per addolcire la domanda successiva. «È possibile che Cheyenne abbia fatto incazzare uno degli altri spacciatori della scuola?»

«Non c'entro niente con quella roba» disse Jack, ma così dicendo confermò le convinzioni di Emmy, e cioè che nessuna scuola che contava circa duemila studenti l'anno, provenienti da ogni possibile estrazione socioeconomica, potesse non avere un problema di droga.

«E al centro commerciale?» domandò ancora.

«Non ci vado mai» le disse. «È noioso, e poi lì gonfiano i prezzi.»

«Okay. Concentriamoci sulla scuola. È molto importante, Jack. Chiunque le abbia rapite non sta scherzando. Capisco i motivi per cui non ti piacciono, ma le odi al punto da restare in silenzio mentre viene fatto loro del male?»

Lui si strinse ancora una volta nelle spalle, ma era evidente che stava riflettendo sulle implicazioni della situazione. «Ecco... a scuola, l'unico che è... diciamo che sembra un tipo davvero malavitoso è Woody, ma non penso che gliene importasse qualcosa.»

Emmy annuì per invitarlo a continuare.

«Il suo vero nome è Wesley Woodrow. Mai sentito?»

«No.»

«Perché è furbo, non si fa beccare» fece lui. «Vive a Clayville, ma non vende ai ragazzini di North Falls. Si rifiuta di farlo. Per questo non credo che potesse avercela con Shy e Mad se spacciavano. Magari non si è nemmeno mai accorto di loro.»

«E se Cheyenne avesse provato a soffiargli i clienti?»

«Posso essere sincero?» chiese. «Non è possibile. Woody è spaventoso, e Shy non è stupida. Non potrebbe mai chiudergli la bocca spargendo pettegolezzi e facendolo diventare anoressico. Lui l'ammazzerebbe di botte.»

«Anche se è una ragazza?»

Annuì. «Certo. L'ha già fatto in passato.»

Emmy decise che sarebbe tornata su quel discorso in un secondo momento. «Era solo Cheyenne a vendere oppure era coinvolta anche Madison?»

«Madison la seguiva e basta, non è possibile che facesse altro. La conosco dall'asilo, è sempre stata una fifona. Ha paura di tutto.»

Emmy provò uno strano senso di sollievo al pensiero di non essersi sbagliata su di lei. «Madison frequentava qualcuno? Aveva un ragazzo, una ragazza?»

Scrollò il capo. «No, agente.»

«Ne sei sicuro?» insisté Emmy. «Non si vedeva con nessuno, o magari aveva una cotta per qualcuno?»

«A scuola l'ho sempre vista solo con Cheyenne. Poteva anche avere una cotta, ma Mad non mi parla dalle medie. Nessuna delle ragazze che conoscevo da piccolo mi rivolge la parola, adesso.» Tirò di nuovo su la spalla di scatto, ma l'offesa bruciava ancora, era evidente. «Sono nel coro e nella banda della scuola. Ho scoperto che cantare *The Seal Lullaby* e suonare il violino non è particolarmente utile a rimorchiare, anche se ero convinto del contrario.»

Emmy sorrise a quella battuta. «La sorellina di Cheyenne pensava che fossi il suo ragazzo.»

Lui non rise né si oppose all'idea, ma fece l'ennesima scrollata di spalle. «A volte Shy è simpatica. Basta allontanarla dalle persone. E fare esattamente tutto quello che dice lei.»

Emmy ripensò al post su Facebook che sosteneva che Cheyenne facesse i pompini per cinquanta dollari. Nella cassetta nascosta nell'armadio della ragazza c'erano molte banconote da cinquanta. «L'hai pagata per fare sesso?»

Jack si leccò le labbra, ma non rispose alla domanda. «Ho aiutato suo padre a ripulire il capanno durante le vacanze di primavera. C'è voluto un po' perché lui voleva buttare via delle cose, come gli pneumatici da neve e altre attrezzature invernali, ma la madre di Shy si è infuriata perché pensava che se fossero tornati nell'Iowa ne avrebbero avuto bisogno, così abbiamo dovuto riportare tutto dentro. Insomma, questa storia è andata avanti per una settimana. Pamela deve avermi visto parlare con Shy. Come ho detto, quando non c'era nessun altro nei paraggi era diversa. Più dolce. Più gentile.»

«Vacanze di primavera» ripeté Emmy. «È stato allora che hai scoperto che Cheyenne spacciava?»

«Lo sapevo anche prima, forse fin da Natale dell'anno scorso. Ma lei non me ne ha mai parlato. A dire la verità sono rimasto sconvolto, la prima volta che l'ho sentito. Non perché non sarebbe il tipo da fare una cosa tanto stupida, ma perché i suoi genitori sono super severi. Insomma, non le lasciano nemmeno avere un computer suo. Una volta è arrivata in ritardo rispetto all'ora del coprifuoco e l'hanno messa in punizione per un mese intero.»

«Sembra che tu la conosca bene.»

«È facile osservare tutti quando sei praticamente invisibile.»

Emmy non aveva tempo per permettere al suo cuore di spezzarsi per quel ragazzino. «Hai visto Cheyenne spacciare a scuola?»

«Nossignora, ma ne ho sentito parlare un bel po' negli spogliatoi. I ragazzi dicevano che se, hai bisogno di ossicodone o Adderall, Shy è la persona da cui andare.»

Ossicodone e Adderall erano un'informazione nuova. La situazione non faceva che peggiorare. «Sai dove si procurava la droga?»

Scosse la testa. «No, agente.»

«È possibile che fosse Woody a rifornirle?»

«Possibile, ma improbabile. Quello è attentissimo. Se sei di North Falls non ti parla nemmeno. E lo sanno tutti che...»

Emmy aspettò che finisse la frase, ma non sentì altro che la fine di *The Fame* che arrivava dalle cuffie Beats finite a terra.

«Cosa sanno tutti?» insisté.

Jack giocò di nuovo la carta della spalla alzata. «Che lei è una poliziotta e che copre le spalle di Madison.»

Emmy rifletté per un momento su quelle parole. Non aveva coperto affatto le spalle di Madison, quella sera, ed era stata forse l'unica volta nei quindici anni della sua vita in cui la cosa avrebbe potuto fare la differenza.

«Okay» disse, prendendo in prestito la parola passe-partout di suo padre. «Da chi potrebbe prendere la droga Cheyenne, se non fosse Woody a venderla?»

Lui continuò a scuotere il capo, ma disse: «Il Pervertito, forse».

Emmy sentì i peli sul collo rizzarsi. «Chi è il Pervertito?»

«Non conosco il suo vero nome. Lo chiamano tutti così. È un vecchio, a volte bazzica il Chilly Treat.»

La gelateria non era molto lontana dagli uffici dello sceriffo. «È vecchio come me o come tuo padre?»

«Non lo so, è un vecchio standard.»

«Capelli chiari o scuri? Alto o basso? Grasso o magro?»

Jack riprese a scuotere la testa. «Capelli scuri, sicuro. Né alto né basso, nella media. Anche il peso è sulla media. Non lo so, non è che mi invitino tanto a uscire. L'ho visto solo qualche volta quando sono andato a prendere il gelato a portar via al Chilly.»

«Perché lo chiamano Pervertito?»

Un'altra scrollata di spalle. «Credo perché a volte va alle feste? Cioè, alle feste con i ragazzi della mia classe, solo che è più grande, nel senso che ha finito le superiori da un pezzo, quindi è strano.»

«Che genere di feste?»

«Niente di che, tipo a casa di qualcuno, anche se a volte vanno alle Cascate. Sono gruppi di ragazzi, non si mettono d'accordo in anticipo né si mettono d'accordo su quello che vogliono fare. Qualcuno manda un messaggio, oppure mette un post sui social, e la gente si raduna laggiù con birra e altra roba.»

Ai tempi della scuola, anche Emmy si era ritrovata con Jonah e Hannah alle cascate. Sapeva bene cosa succedeva.

«Altra roba come la droga?»

Annuì. «Sissignora. O almeno così ho sentito dire.»

«È per questo che il Pervertito va a queste feste? Per spacciare?»

«Che ne so io? Forse. Ma magari anche per divertirsi con loro?» La spalla di Jack si sollevò ancora una volta, sulla difensiva. «Io ne sento parlare solo a cose fatte, magari qualcuno dice "Hai visto com'era ridotto ieri sera il Pervertito", oppure "Devo chiamare il Pervertito, ho finito l'erba". Roba così.»

«Chi altro va a queste feste?» chiese Emmy. «Se dovessi tirare a indovinare.»

«Sicuramente la squadra di calcio e le ragazze popolari... Kaitlynn, Ashleigh, Brandi, Connor.»

Emmy tirò fuori il taccuino a spirale e appuntò i nomi. «Se ti mostrassi delle foto, credi che sapresti riconoscere l'uomo che chiami il Pervertito?»

«Come un confronto all'americana?»

«Esatto.»

«Okay, sì. Cioè... Sissignora» disse. «Potrei farlo.»

Emmy sentì bussare piano alla porta. Suo padre le fece cenno che dovevano andare.

Disse a Jack: «Ci risentiamo domani mattina, okay? Cerca di dormire un po'. Spegni il computer. Quando domani dovrai esaminare le foto, voglio che tu sia lucido e concentrato, ci siamo capiti?».

«Sissignora.»

«Grazie per l'aiuto, Jack, è stato molto importante.»

Lui non rispose, ma lo vide arrossire mentre recuperava le cuffie.

Emmy seguì suo padre nel soggiorno. Carl era appoggiato a un bracciolo del divano. Si era infilato un paio di jeans e una maglietta. Disse a Gerald: «Ho parlato con padre Nate. Dice che ci sono abbastanza volontari per le ricerche. Mi sono offerto per portare cibo e caffè».

«Bene» rispose Gerald. «Ci sentiamo presto.»

Emmy aprì la porta e uscì sul portico. L'umidità l'ammantò come un asciugamano bagnato. Cominciò subito a sudare. Quando arrivò a metà del vialetto d'accesso, il colletto aveva ripreso a irritarle la pelle.

«Hai sentito quel che Jack ha detto a proposito del Pervertito?» chiese a suo padre.

«Sì» ribatté lui. «Carl ha visto i fuochi d'artificio da casa insieme a Jack.»

«Anche Jack ha detto la stessa cosa» confermò Emmy. «Secondo Jack, Kaitlynn, la figlia di Taybee, è nell'elenco delle persone popolari. Posso passare da casa loro domattina prima di andare a scuola e verificare se ha informazioni utili. Vorrei anche capire perché Dylan è così evasivo sullo spaccio di droga a scuola.»

«Okay.» Gerald si fermò davanti alla macchina, ma non salì a bordo. «La stradale ha trovato una collana in una via secondaria. D'oro, economica, spezzata al centro. Manca qualcosa, forse un medaglione. Sembra che ci sia stata una colluttazione. Ci sono segni di ruote di bicicletta, impronte di scarpe grandi, che potrebbero essere di un maschio adulto, e più piccole, simili a quelle di una ragazzina. Hanno trovato anche del sangue.»

Emmy sentì il groppo formarsi di nuovo in gola. Con Jack aveva avuto una tregua, provando la sensazione di aver ottenuto delle informazioni utili e di aver fatto qualche passo avanti. In quel momento, però, la realtà le piombò di nuovo addosso. Ben presto le possibilità che le ragazze fossero ancora vive sarebbero scese sotto l'uno per cento.

«Non è un medaglione.» Emmy cercò il cellulare in tasca e mostrò a suo padre la foto che aveva scattato alla serie di fototessere che Cheyenne teneva nella sua cassetta. «Cheyenne e Madison hanno delle collanine d'oro identiche con il loro nome. Se le sono regalate a vicenda a Natale, l'anno scorso. Non se le tolgono mai.»

Gerald fece un cenno col capo verso la casa di Carl. «Mi ha detto che Madison ha cominciato a prendere la pillola a marzo dell'anno scorso.»

«Può diffondere informazioni sanitarie personali?»

«No.»

Emmy immaginò che Carl avesse valutato le conseguenze. «Hannah non ne era al corrente, o me l'avrebbe detto. Il dottor Carl ha detto qualcosa di Cheyenne?»

«Non era una sua paziente.»

«Jack sapeva che Cheyenne spacciava. Non ha confessato di averla pagata anche lui, ma a quanto pare si prostituiva. Cinquanta dollari in cambio di sesso orale. Spiegherebbe parte dei contanti.»

«E Madison?»

Emmy sentì lo stomaco rovesciarsi all'idea che Madison offrisse sesso in cambio di denaro. Era solo una bambina. Lo erano entrambe. «Non lo so, papà. Spero di no.»

Gerald tirò fuori le chiavi dalla tasca. «Casa di Hannah.»

Capì che la stava mandando via. Lo osservò mettersi alla guida, aspettò che l'auto arrivasse in fondo alla strada, poi si prese la testa tra le mani. Sentiva la pelle ruvida. Alla fine la stanchezza ebbe il sopravvento su di lei. Il terrore afferrò ogni muscolo del suo corpo.

Tutto ciò che le aveva detto Jack faceva intendere che Cheyenne e Madison erano nei guai fino al collo. Venire a sapere della droga e del sesso a pagamento era stato doloroso, ma le ragazze non potevano essere finite in quei giri da sole. Qualcuno ce le aveva portate. Qualcuno le aveva adescate, le aveva ingannate, le aveva messe in pericolo, e i loro genitori non avevano sospettato nulla.

Era agghiacciante pensare quanto Ruth e Felix fossero coinvolti nella vita della loro figlia. Hannah e Paul erano incastrati nei drammi quotidiani di Madison in modo quasi claustrofobico. Entrambe le coppie dei genitori avevano cercato di fare del loro meglio, anzi, l'avevano fatto. Amavano le loro figlie, davano loro ascolto, le adoravano. Cercavano di proteggerle.

Eppure erano state portate via lo stesso.

Emmy costrinse le gambe a mettersi in movimento, i piedi a camminare lungo la strada. Svoltò a sinistra, poi a destra. Infine si ritrovò di fronte alla casa di Hannah.

Una villetta in stile ranch di mattoni rossi. Finiture verde salvia ordinate. Posto auto con pensilina sulla destra.

Emmy aveva aiutato Hannah a scegliere il colore delle finiture. L'aveva accompagnata a comprare la Jeep parcheggiata sul vialetto. L'aveva spronata ad accettare l'invito di Paul al loro primo appuntamento. Era insieme a lei nel bagno a guardare il test di gravidanza con cui Hannah aveva scoperto di aspettare Davey.

Sentì riformarsi il groppo in gola. Dovette aprire la bocca per poter respirare. Quando passò accanto alla Jeep, ne sfiorò il cofano con le dita. Il metallo era caldo. Hannah era appena tornata a casa. La Honda di Paul non c'era. Emmy immaginò che stesse passando al setaccio le strade, gridando il nome di Madison, cercando in tutti i modi di riavere la sua bambina.

Hannah aprì la porta senza darle il tempo di bussare.

«Non le abbiamo trovate» disse Emmy.

Vide l'ultima briciola di speranza svanire dall'espressione dell'amica. Poi Hannah crollò tra le sue braccia, piangendo disperata. Emmy dovette sostenerla per impedire che cadesse. Anche lei aveva gli occhi pieni di lacrime, perché era una situazione orribile, e sapevano tutte e due che non ci sarebbe stato un lieto fine. Si aggrapparono una all'altra come non facevano da quando erano bambine.

Nella lunga storia della loro amicizia, c'erano state lacrime e delusioni d'amore, ma niente del genere. Hannah era così oppressa dal peso del dolore che aveva cominciato a tremare. I suoi singhiozzi erano strazianti, un suono che era come un rasoio che squarciava il cuore di Emmy. Chiuse gli occhi e vide solo Madison, non sul divano mentre mangiava una merendina o alzava gli occhi al cielo passando in cucina, e nemmeno sotto la quercia. Aspettava Emmy in cima alla collina, davanti alle gradinate, con le labbra imbronciate, la mano che stringeva il cellulare, gli occhi pieni di angoscia, pronta a confidarsi. A dirle il suo segreto.

Non adesso.

«Emmy» gemette Hannah. «Emmy, che cosa posso fare?»

Lei cercò di deglutire. Il groppo che sentiva in gola si era trasformato in schegge di vetro. Ricordò le parole di suo padre: "Puoi aiutarla solo tenendo la testa bassa e facendo il tuo dovere".

«Hannah.» Le strinse forte le braccia con le mani. La vista del suo viso gonfio e bagnato di pianto era quasi insostenibile. «Sforzati di pensare. Qualcuno girava intorno a Madison? La faceva sentire a disagio? La guardava in modo strano, oppure...»

«No» rispose Hannah. «Te lo avremmo detto. Sai benissimo che te lo avremmo detto.»

«Okay.» Era vero. «Hai il suo computer portatile?»

«Ho già provato ad accenderlo, ma non riesco a indovinare la password.»

«Okay» ripeté lei, mentre con il cuore in gola cercava di pensare ai passi successivi. «Che mi dici dei soldi?»

«Parli della sua paghetta?»

«Ti ha dato l'idea di avere a disposizione più soldi di quanti ti aspettassi?»

«Soldi?» Hannah aveva cominciato a dondolare avanti e indietro. «No, anzi, non faceva che chiedermi contanti. Perché mi fai domande sui soldi?»

«Non fa niente» rispose Emmy. «Devo perquisire la stanza di Madison.»

«Sì! Ero proprio lì a controllare!» Emozionata, Hannah la prese per mano e la tirò verso la zona notte. Emmy rischiò di inciampare sul tappeto nel soggiorno. Quella casa era appartenuta alla madre di Hannah, che era cresciuta lì e aveva trascinato Emmy nella sua stanza migliaia di volte, prima di allora, per raccontarle i suoi segreti o per lamentarsi dei ragazzi o per scappare da sua madre.

Ma mai per nulla del genere.

«Ho già controllato dappertutto, ma tu sei più brava.» Hannah svoltò l'angolo ed entrò nella stanza di Madison. «Tu vai da quel lato, io riparto da questo. Forse mi è sfuggito qualcosa. Potrebbe aver lasciato un biglietto o una traccia. Sai quanto è intelligente.»

Emmy non ebbe il cuore di dirle che avrebbe dovuto restare fuori dalla stanza. Hannah non aveva davvero cercato, ma aveva più che altro tirato fuori i vestiti dai cassetti e rovistato freneticamente tra i libri che aveva fatto cadere a terra.

«Hannah.» Cercò di essere gentile. «Non è meglio se lasci fare a me?»

«Posso aiutarti» disse lei. «Oh, cazzo. Il materasso. Dici sempre di controllare il...»

«Hannah.» Emmy la prese per i polsi. «Ci penso io, okay?»

Gli occhi di Hannah si riempirono di nuovo di lacrime, ma lei assentì e si tirò indietro, fermandosi sulla soglia. Osservò Emmy infilarsi un nuovo paio di guanti e sollevare il materasso senza trovare nulla. Hannah cominciò a torcersi le mani quando Emmy controllò i cassetti dall'alto in basso, passò la mano sui ripiani dell'armadio, spostò le scarpe, frugò nelle tasche ed esaminò i vestiti.

Dall'armadio non si accedeva a un soppalco. Non c'erano cassette metalliche con la serratura, né buste a chiusura ermetica. Nessuna scorta segreta.

Hannah chiese: «Che cosa ti ha detto la seconda volta?».

Emmy sollevò lo sguardo dallo zaino di Madison che stava ispezionando. «Cosa?»

«Louis Singh mi ha detto che ti ha vista insieme a Madison davanti alle gradinate.»

Emmy lasciò cadere lentamente lo zaino sul letto. Sentì il viso andare a fuoco. «Non abbiamo parlato.»

Hannah era perplessa. «Ma Louis mi ha detto che le hai detto qualcosa, e che Madison ti ha seguita dietro le gradinate.»

Emmy si portò una mano sullo stomaco. Non sapeva che Madison l'aveva seguita.

«Em?» Hannah inclinò il capo di lato, confusa. «Perché non me lo dici?»

«Non...» Fece un respiro veloce. «Non sapevo che mi avesse seguita. Sono andata in bagno.»

«Ma cosa ti ha detto?»

«Non ha...» Emmy aveva le labbra dischiuse, eppure non riusciva a prendere aria. «Non abbiamo parlato.»

«Secondo Louis però le hai detto qualcosa.» Hannah si portò le mani sui fianchi. Emmy le diceva che era la sua posa da insegnante, quella che usava quando un bambino le stava raccontando balle a scuola. «Stai dicendo che Louis ha mentito?»

«No, ma...» Emmy fece entrare a forza l'aria nei polmoni. «Hannah, non ho...»

Lei aspettò, ma vedendo che Emmy non trovava le parole, chiese: «Non hai cosa?».

A quel punto Emmy crollò. «Ruth Baker ha detto a mio padre di aver parlato con te di Madison. Pensava che avesse una cattiva influenza su Cheyenne.»

Hannah rise così forte che il suono che emise sembrò quasi un latrato. «Mi prendi in giro? Quella stronza ha fatto un commento volante nel corridoio, dicendo che forse era Madison il problema. Ti ho raccontato quando è successo. È successo alla serata dei genitori di scuola, subito prima delle vacanze di Natale. Non ti ricordi?»

In quel momento se ne ricordò.

«Perché?» Insisté Hannah. «Ruth sta cercando di dare a Madison la colpa di tutto questo? Che importanza potrebbe mai avere?»

«Hannah...» Emmy si premette le dita sulle palpebre. Non ce la faceva a rimandare ancora. Era troppo crudele. Si costrinse a guardare la sua amica negli occhi. «Madison mi aspettava, quando sono salita sulla collina. Ho capito che voleva parlarmi, ma le ho detto "Non adesso".»

Hannah si accigliò. «Che cosa?»

«Ero... sono andata al bagno. Non sapevo che mi avesse seguita dietro le gradinate. Avevo bisogno di un attimo per riprendermi.»

«Riprenderti da cosa?» Un lampo passò negli occhi di Hannah. Soffiò fuori l'aria tra le labbra. «Jonah.»

«È che...» Emmy non riusciva nemmeno a ricordare perché avessero litigato. «Abbiamo avuto una lite davanti a tutti. Mi serviva un minuto di calma.»

«Un minuto.»

«Han, sai come vanno queste cose.» Emmy cercò di alleggerire una situazione che non aveva niente di leggero. «Ci lamentiamo sempre dei nostri mariti.»

«Io mi lamento perché Paul indossa scarpe che non sono intonate con la cintura. Tu ti lamenti perché Jonah è così sbronzo che si dimentica di andare a prendere Cole a scuola.» Il tono di Hannah era diventato glaciale. «Non è la stessa cosa.»

Per un attimo Emmy non seppe cosa rispondere. Nel silenzio, sentì il leggero alzarsi e abbassarsi del suo petto. Non aveva mai visto la sua amica in quello stato. Aveva come un'aura tutto intorno, una sorta di manto scintillante di collera e angoscia.

«Ho cercato Madison quando sono uscita. Dopo che sono finiti i fuochi d'artificio, sono andata a cercarla. Mi hai vista insieme a Brett. Ho chiesto a lui e a Vanna se l'avevano vista perché...»

«Perché avevi ignorato Madison per poter andare a nasconderti al bagno a piangere per quel coglione di Jonah Lang.»

«Non è...»

«Non è cosa? Non è la verità? Non è quello che fai dal giorno in cui quell'inutile testa di cazzo si è seduta a pranzare con noi alle medie?» Hannah non aspettò una risposta. Fece un passo avanti, furiosa. «Sai perché non ricordi che Ruth Baker mi ha detto che forse il problema era Madison?»

Emmy sentì la saliva sulle labbra. «Io...»

«Perché il giorno dopo Jonah ha speso ottocento dollari usando la tua carta di credito per comprare un amplificatore nuovo per la sua chitarra, e tu sei andata fuori di testa. Hai dormito qui, sul nostro divano. Te ne ricordi? Ci siamo sedute al tavolo della cucina, in fondo a quel corridoio, e abbiamo parlato di come avresti fatto a lasciarlo. Abbiamo fatto progetti. Abbiamo calcolato un budget. Stilato una lista di cose che avresti portato a casa di tua madre. L'hai lasciato, poi?»

Emmy fece uno sforzo per non distogliere lo sguardo. «No.»

«No, non lo hai lasciato. E avresti potuto farlo. Sei tu a prendere uno stipendio, la casa è tua, la macchina è tua. Avresti l'affidamento esclusivo di Cole. Ti basterebbe giocare la carta Clifton in tribunale, e ti darebbero tutto ciò che vuoi.»

«Hannah...»

«E se *lo avessi* lasciato, non avresti avuto la testa infilata nel culo proprio quando Madison aveva bisogno di te.»

«Non è...»

«Non hai parlato con Madison perché eri furiosa con Jonah. È quello che mi hai appena detto. Dimmi che sbaglio.»

Emmy fece un respiro tremante. «T-ti prego, io...»

«Tu cosa?» insisté lei. «Porca puttana, Em! Quante volte ti ha delusa Jonah? Quante volte ti ha fatta incazzare? Ti ha risposto male? Ha litigato con te di fronte a tutti? Ti ha umiliata? Ti ha mentito? Ti ha presa per il culo? TI ha distrutto la macchina. Ti ha tradita quando eri incinta. Ti ha mollata da sola quando stavi partorendo Cole. Ti ha perfino buttata giù dalle scale! E l'unica volta – l'*unica volta* – in cui mia figlia ti viene a cercare, in cui ha bisogno di parlare con te, l'unica volta in cui è lì sulla collina ad aspettarti e ti segue perfino dietro le gradinate come un cucciolo smarrito, tu sei troppo impegnata con le stronzate di Jonah per fermarti ad ascoltarla?»

«M-mi dispiace, io...»

«No!» gridò Hannah. «Non ti dispiace affatto! Chi è dispiaciuto non continua a fare sempre lo stesso errore, soprattutto con chi dovrebbe essere la sua migliore amica.»

Emmy non riusciva a farsi venire in mente una risposta. Era come se il suo cervello si fosse riempito di calabroni impazziti. Era orribile. Se non avesse trovato un modo per fermare tutto ciò, non ci sarebbe più stato ritorno. Doveva mettersi in ginocchio, implorare il suo perdono. Hannah aveva ragione. Tutto ciò che diceva era giusto.

«Guardati! Non sai nemmeno difenderti! Sai benissimo cosa hai fatto. Hai scelto lui, hai messo quel bastardo maligno e narcisista davanti a una ragazzina preziosa in un momento di difficoltà.» Hannah sollevò le braccia, in preda a una rabbia cocente. «Non è preziosa solo per me, Em. Anche tu l'hai vista crescere. Le vuoi bene quasi quanto me. E adesso lei non c'è più. Sappiamo entrambe che è così: qualche mostro orribile l'ha rapita, e in questo momento la starà stuprando, o ammazzando, e tu non hai potuto dedicare tre secondi del tuo tempo per impedire che succedesse perché a te interessa solo di quell'inutile pezzo di merda che non ti amerà mai come tu ami lui!»

Hannah gridò così forte che la sua voce si riverberò in tutta la casa. Sembrò stupita dalle proprie parole, ma non aveva alcuna intenzione di rimangiarsele. «Dimmi che mi sbaglio» le chiese.

«I-io...» Emmy prese aria di nuovo, a fatica. «Hai ragione. So che dovrei...»

«Lasciarlo?» Hannah sbuffò di nuovo, stavolta con aria disgustata. «Eh no, stavolta la storia non si ripete, cazzo. Non lo lascerai. Ci siamo passate così tante volte che ormai ho perso il conto. Sono quasi vent'anni che ripeti "Stavolta lo lascio. No, stavolta. No, stavolta lo faccio davvero, Han. Giuro che dico sul serio, Han." Sono tutte stronzate! Stronzate!»

Emmy sollevò le mani di scatto per difendersi quando Hannah l'afferrò per le spalle e la costrinse a voltarsi.

«Fuori da casa mia.» Hannah la spinse nel corridoio. «Voglio che tu te ne vada. Non mi chiamare mai più. Non mi mandare e-mail né messaggi. Non provare a parlare con me. Non mandarmi nemmeno una cazzo di lettera.»

«Hannah, ti prego...»

«Tu non ami Jonah. Tu dipendi dalla sua distruzione. Non sei capace di riparare i casini della tua famiglia, così cerchi di riparare lui.» Hannah aveva riportato le mani sui fianchi. «Paul e io ci ridiamo su, lo sai? Perché fai la gran donna, che gira con la pistola e dà la caccia ai criminali, però poi torni a casa e ti sottometti a qualsiasi stronzata abbia in testa Jonah.»

«Hannah, ti prego.»

«No.» La prese di nuovo per le spalle e la costrinse ad avanzare nel corridoio. «Per me finisce qui, Emmy. Scendo da questo treno. Se mi incontri per strada, cambia marciapiede. Se mi vedi in un negozio, gira i tacchi e vattene a casa.»

Emmy inciampò quando Hannah la spinse con forza nel soggiorno. Ritrovò l'equilibrio appena in tempo per non sbattere con la faccia contro il muro. Decine di fotografie incorniciate la fissarono. Madison quando aveva otto anni e di tanto in tanto ancora si sedeva in braccio a Hannah. Paul e Madison alla cerimonia della fine delle scuole medie. Madison in bicicletta. Madison che alzava gli occhi al cielo, sorrideva e rideva e viveva, e forse avrebbe potuto continuare a fare tutto ciò, se solo Emmy si fosse fermata ad ascoltarla.

Hannah spalancò la porta di casa. «Fuori.»

Emmy si asciugò lacrime che non si era resa conto di aver versato.

«Hannah, ti prego.»

«Hai sempre scelto Jonah.» Nella voce di Hannah non c'era più alcuna traccia di collera. Parlava come se fosse già tutto finito. «Anche alle superiori, se ti chiedevo di andare al cinema o al centro commerciale oppure di ascoltare le mie lamentele su mia madre, bastava che Jonah schioccasse le dita e tu sparivi. Hai sempre messo lui davanti a me. Sempre.»

«Non è...» Emmy si interruppe, perché non poteva dire che non era vero.

«Se solo potessi recuperare tutte le ore che ho passato ad ascoltare i tuoi discorsi ossessivi su quel coglione. Tutte le scuse che trovavi. Tutte le bugie che raccontavi a te stessa. Porca puttana.»

«Hai ragione» disse Emmy. «Hai ragione su tutto... su Jonah, su Madison. Mi dispiace tanto. Non hai idea di quanto mi dispiace. Dimmi come posso fare a rimediare.»

«Pensi che esista un rimedio?»

Emmy fu sorpresa dalla domanda.

«Se anche Madison fosse ancora viva, se per un miracolo potesse tornare a casa da me e Paul, come pensi che sarà la sua vita? Come diavolo farà a riprendersi? E come pensi di poter fare parte della mia vita, se la tua sola presenza non fa che ricordarmi che ho perso la cosa più preziosa che abbia mai avuto?»

Emmy scrollò il capo. Era troppo. Troppo.

«Paul non ti perdonerà mai» riprese Hannah. «Non so se io stessa sarò mai in grado di perdonarti.»

«Per favore» disse Emmy. «Sei la mia migliore amica, da sempre. Non so nemmeno come fare a vivere, senza di te.»

«Trova un modo» ribatté lei. «Tu hai scelto tuo marito. Adesso io scelgo il mio.»

5

Emmy scese le scale ed entrò nella cucina di sua madre, socchiudendo gli occhi alla luce obliqua del primo mattino che entrava dalla finestra sopra il lavandino. Aveva un gran mal di testa, dovuto alla sofferenza, all'eccesso di caldo e alla mancanza di sonno. Dopo essere andata via da casa di Hannah, non si era voluta fermare e aveva lottato per reprimere le emozioni mentre bussava a tutte le porte dei responsabili di crimini sessuali presenti sulla Lista.

Nella contea erano registrati centoventotto uomini in totale. Ottantasette erano stati condannati per crimini ai danni di minori. Emmy era stata assegnata alla squadra che si occupava di Clayville. I dettagli riportati nei verbali d'arresto le avevano dato la nausea. Sfruttamento sessuale di bambini. Molestie ai danni di bambini. Richieste di incontri sessuali con bambini. Sodomia ai danni di un minore. Sodomia aggravata ai danni di un minore. Corruzione di minore. Incesto.

Madison. Cheyenne. Madison. Cheyenne.

Nessuno dei criminali sembrava avere un collegamento con i rapimenti, ma ciascuno degli uomini disgustosi in cui si era imbattuta le aveva fatto accapponare la pelle, e non perché avessero l'aspetto grottesco di mostri, ma perché sembravano ciò che erano stati nelle loro vite precedenti: un inserviente della scuola elementare, il manager di un fast food, un insegnante della scuola della domenica, un volontario in un ospedale pediatrico. Occhiali spessi, corpi paffuti e sorrisi nervosi, rughe d'espressione da nonnino intorno agli occhi. Quando era arrivata a casa dei suoi genitori, Emmy non era riuscita a far altro che infilarsi sotto la doccia più bollente che potesse tollerare, poi raggomitolarsi nel letto accanto al suo meraviglioso figlio.

Era stato quello il momento in cui tutto le era piombato addosso. Il terrore per la sorte di Cheyenne e Madison era stato un terribile chiodo fisso, ma lo scontro con Hannah era stato la goccia che aveva fatto traboccare il vaso.

Come pensi di poter fare parte della mia vita, se la tua sola presenza non fa che ricordarmi che ho perso la cosa più preziosa che abbia mai avuto?

Aveva ragione lei. Aveva ragione su tutto.

«Buongiorno.» Sua madre entrò in cucina vestita da casa, con le pantofole in tinta. Si fermò davanti alla caffettiera vuota. «Non hai preparato il caffè?»

Emmy non disse nulla, perché la risposta era evidente.

«No, tranquilla, ci penso io.» Con un'occhiata carica di disapprovazione, Myrna afferrò il bricco e lo riempì d'acqua. Aveva i lunghi capelli grigi sciolti sulle spalle. Quando tornò a guardare Emmy, aveva un'aria smarrita. «Quanti cucchiai?» chiese.

Emmy si schiarì la gola per eliminare la sofferenza dalla voce. «Dodici.»

«Non so dove ho la testa, ultimamente.» Myrna scrollò il capo e prese il barattolo. «Tuo padre è già andato alla centrale. Non ci sono novità dalle ricerche di stanotte. Ha lasciato le chiavi nella tua auto. L'FBI ha inviato una squadra da Atlanta. Ha detto che ti chiamerà più tardi, ma che stamattina dovresti andare a scuola come avete deciso.»

Emmy si schiarì di nuovo la gola. «A che ora arriva il personale?»

Myrna guardò l'orologio. «Non prima di mezz'ora, ma se vuoi parlare con tua cognata, sappi che la dottoressa Clifton va al lavoro quando le pare.»

Emmy puntò tutta la propria irritazione contro sua madre. Myrna non era mai andata d'accordo con la moglie di Tommy, soprattutto perché erano entrambe donne molto presuntuose laureate in Letteratura inglese, ma quattro anni prima i loro dissapori erano arrivati al culmine e da quel momento non si erano più rivolte la parola.

Myrna ricambiò lo sguardo. «Che hai fatto alla faccia? Hai pianto?»

«Mamma...» Emmy non sapeva da dove cominciare. La lite con Hannah era una ferita aperta, ma Myrna non era mai stata il tipo di madre che ti fa piangere avvolta nel suo abbraccio. Lei preferiva fare progetti. Mettersi all'opera. Rimediare.

«Che c'è?» Sembrava spazientita. Aveva le mani sui fianchi, la tipica posa da insegnante, nonché la fotocopia del modo di fare di Hannah.

Emmy crollò. «Penso che le ragazze siano morte.»

«Penso che tu abbia ragione.» Myrna lanciò un'occhiata verso il soggiorno prima di accendere la caffettiera. Sullo stipite della porta c'erano delle linee ormai scolorite che segnavano la crescita dei suoi quattro figli. Emmy Lou e Tommy. Martha e Henry. Quella donna conosceva fin troppo bene la devastazione di perdere non uno, ma due adolescenti sull'orlo dell'età adulta in due tragici incidenti.

«Hannah avrà più bisogno che mai di poter contare su di te» disse.

«Non so, mamma. Ieri sera...» Avrebbe voluto raccontarle dello scontro, ma non riuscì a trovare le parole. Il dolore era ancora troppo fresco. Non c'era modo di tornare indietro. Quella ferita sarebbe rimasta sanguinante per il resto della sua vita. «Quella citazione di Poe che mi hai detto nel parcheggio... "Chi non soffre non è mai stato felice."»

Myrna si sedette al tavolo con un gran sospiro. Intrecciò le dita sulla tovaglietta e guardò Emmy, citando: «"Non soffrire significherebbe non essere mai stato felice"».

«Ti riferivi alle sofferenze con Jonah o alla felicità con Cole?»

«Poe disprezzava chi usava le allegorie a scopi didattici, anche se, come tutti gli scrittori, non sempre rispettava le sue stesse regole.»

«Dalla tua risposta elusiva direi che stavi parlando del mio matrimonio.»

«Non avresti torto.»

Emmy sentì la gola serrarsi di nuovo. Hannah le aveva detto che lei e Paul ridevano di come Emmy dava credito alle stronzate di Jonah. Che commenti facevano i suoi genitori? Anche Tommy e Celia si facevano beffe di lei? Le cugine spettegolavano alle sue spalle come facevano con chiunque altro? Provò un senso di nausea al pensiero delle catene di messaggi da cui era stata estromessa. Che povera stupida era stata.

«Allora?» chiese Myrna.

Emmy fu salvata da ulteriori umiliazioni dal suono di pneumatici sulla ghiaia del vialetto d'accesso. Si alzò per guardare fuori dalla porta e riconobbe la Mercedes ML 400 dalla targa davanti, rossa, con la scritta UGA LAW SCHOOL ALUMNI.

Taybee stringeva il volante con entrambe le mani, avanzando sul vialetto. Sua figlia Kaitlynn, seduta accanto a lei, si aggrappò al cruscotto quando lei inchiodò. Si sentì tirare il freno a mano. Lo sportello del guidatore si aprì. Taybee scese con indosso degli stivali da cowboy bianchi, una gonna lunga di lino e una camicetta, anch'esse bianche. Aveva dei gioielli modesti, che in qualche modo trasmettevano comunque la potente filosofia *chi se ne frega dei soldi* tipicamente Clifton che aveva accompagnato il suo ramo della famiglia da un successo all'altro.

D'istinto, Emmy si irrigidì vedendo Taybee che chiudeva lo sportello, lo riapriva e infine lo chiudeva di nuovo. Poi bussò sul tettuccio con le nocche e indicò Kaitlynn prima di avanzare verso la casa. Aveva il viso truccato alla perfezione, la pelle come quella di una bambola di porcellana. Sua cugina aveva sempre avuto un che di terrificante. Era di una bellezza mozzafiato, magra come un chiodo, e terribilmente autoritaria.

«Ehi.» Emmy aprì la zanzariera, chiedendo: «Che succede?».

«Mi sono offerta volontaria di tenere tutti i bambini. Considerando ciò che sta succedendo è meglio lasciarli alla fattoria, dove possono stare insieme e giocare con la terra. Devo essere in tribunale tra un'ora, quindi devi dire a Cole di darsi una mossa. Anzi, lascia perdere, lo chiamo io. Ho portato Kaitlynn con me, così potete parlare. Sbrigati, piccoletta. Tua zia Emmy non ha tutta la giornata a disposizione.»

Taybee entrò veloce in casa, gridando senza motivo un «Buongiorno!» a Myrna mentre saliva le scale, a quanto pareva per prendere Cole. Tamburellò con le dita sulla ringhiera seguendo un ritmo che poteva sentire solo lei. Quel giorno il vincitore della guerra dell'Xbox era già deciso.

Emmy si infilò un paio di infradito prima di avviarsi per le scale del portico. Il caldo era già infernale. Sollevò una mano per schermarsi dalla luce intensa del sole. Le sembrava che le stesse andando a fuoco la pelle. La maglia senza maniche e i pantaloncini si trasformarono in carta vetrata sul suo corpo. Il fatto che abitasse a dieci minuti a piedi da lì ma tenesse ancora dei vestiti di scorta a casa dei suoi genitori la diceva lunga sul suo matrimonio.

Kaitlynn scese dalla macchina senza fretta, muovendo furiosamente i pollici sul cellulare. Era l'esatto opposto di sua madre, con i capelli scuri e la pelle olivastra mentre Taybee era bionda, con una carnagione quasi diafana. Aveva preso i colori dal padre, Terrell, che era un Clifton anche lui, ma non dello stesso ramo di Taybee, cosa che per qualche motivo inspiegabile aveva convinto la donna a cambiare il cognome in Clifton-Clifton. Hannah la chiamava "Super C".

«Buongiorno, tesoro» disse Emmy.

«'Giorno, zia Emmy» le rispose Kaitlynn con un sorriso un po' tremante infilando il cellulare nella tasca del vestito. Aveva diciassette anni, due in più rispetto a Madison e Cheyenne, ma la bellezza e il denaro che aveva a disposizione le davano vantaggi che le due ragazze non avrebbero mai conosciuto. C'era un motivo preciso se Jack Whitlock aveva messo Kaitlynn al primo posto nell'elenco delle ragazze popolari. Sapeva mostrare la stessa sicurezza terrificante di Taybee, ma essere bella e intelligente aveva anche dei lati negativi.

«Volevi parlarmi?» le chiese Emmy.

Lei annuì. «Esatto.»

«Mettiamoci all'ombra.» Emmy le fece strada dall'altra parte del vialetto. Mentre camminava, si massaggiò il palmo della mano con il pollice. Non riusciva a scrollarsi di dosso il ricordo del momento in cui aveva stretto la mano di Madison sotto la quercia. Le sembrava che non potesse essere un caso stare con Kaitlynn sotto la magnolia che occupava metà del giardino di fronte, era la seconda volta in altrettanti giorni in cui si trovava sotto un albero insieme a una ragazzina dall'aria agitata. Anche Kaitlynn era turbata, era evidente. Emmy le sistemò con delicatezza una ciocca di capelli dietro l'orecchio. A volte era davvero insopportabile, ma l'unica persona con cui si comportasse male era sua madre.

«Qualsiasi cosa tu voglia dirmi resterà tra noi» le assicurò.

«Puoi dirlo a mia madre» rispose Kaitlynn. «Ne abbiamo già parlato. È per questo che mi ha trascinata qui, dice che devi sapere cosa stavano combinando.»

«Cheyenne e Madison?»

«Sì.» Kaitlynn le afferrò la mano come se avesse bisogno di una rassicurazione fisica. Aveva ancora il palmo fresco per l'aria condizionata della macchina. «Non so molto, ma so che Cheyenne frequentava un uomo più grande di lei. L'ho sentita parlarne con Madison l'ultima settimana di scuola mentre aspettavamo che il signor Loudermilk ci facesse entrare nell'auditorium per le prove del coro.»

Nella mente di Emmy apparve l'immagine di Madison che indossava la maglietta azzurra del North Falls Choral Club, la sera prima. «Ricordi cosa ha detto di preciso?»

«Non le parole esatte, ma Cheyenne ha fatto una battuta a proposito del fatto che quel tizio era così vecchio che a volte non riusciva ad avere un'erezione, e poi ha detto che sperava che il suo pene fosse grande quanto il suo portafoglio.»

Emmy non riscontrò il minimo imbarazzo sul volto di Kaitlynn. Taybee lavorava nell'ambito del diritto familiare, e non aveva mai evitato di definire le cose con il nome corretto. «C'è altro?»

«Ha detto che era noioso, ma che fare sesso con lui era l'unico modo per mettere da parte abbastanza denaro per lasciare la città.» Kaitlynn aumentò la stretta sulla sua mano. «Madison si è messa a ridere e poi si è messa a parlare di come avrebbero preso una suite al Ritz-Carlton ad Atlanta. Poi però mi hanno vista dall'altra parte dell'atrio e hanno smesso di parlare. Tutto qui. Non ho mai avuto un motivo reale per parlare con loro, non erano del mio stesso anno. Ti sono stata d'aiuto?»

«Sì. Ti ringrazio, tesoro.» Emmy le accarezzò di nuovo i capelli, desiderando di poter spazzare via la paura dalla sua fronte. «Sai se facevano uso di droghe?»

«Dell'uso non so, ma me lo aspetterei. Ho sentito dire che Cheyenne ne procurava ad alcune persone, ma non è qualcosa che mi interessi. Cioè, non mi importa se gli altri lo fanno, però a me non piace perdere il controllo, e poi l'alcol ha un sapore schifoso.»

Emmy sperò che non cambiasse mai idea. «Conosci un tizio che viene chiamato il Pervertito?»

Scrollò il capo. «No. Chi è?»

«Ho sentito dire che è uno spacciatore. È adulto. Ha i capelli scuri e frequenta le feste alle Cascate.»

«Quel posto è orribile. Il mese scorso Connor si è preso l'anchilostoma, laggiù. Non ci va più nessuno.»

Emmy non fu sorpresa dal fatto che Jack non avesse informazioni aggiornate, da quando erano iniziate le vacanze estive. Non doveva recuperare brutti voti come Cheyenne e Madison. «Ricordi qualcun altro che girasse intorno alle ragazze o all'edificio scolastico? Qualcuno che non doveva essere lì o ti faceva sentire a disagio?»

«No. L'avrei detto a mia madre, e subito.»

Emmy le credeva. «E al centro commerciale?»

«Lì ci vanno solo i ragazzini. È noiosissimo.»

Emmy non le disse che anche lei era ancora una ragazzina. «Immagino tu abbia avuto modo di parlare con i tuoi amici della scomparsa delle ragazze. Qualcuno ha una teoria di come possano essere andate le cose? Ci sono pettegolezzi, anche privi di fondamento?»

«No. Per questo sono tutti terrorizzati. Nessuno sa cosa sia successo, se loro siano ancora vive, se torneranno mai a casa. Non frequentavano nessun altro, stavano sempre tra loro. E adesso sono tutte e due...»

Emmy vide le sue labbra iniziare a tremare. Attirò a sé la ragazza e l'abbracciò. Kaitlynn affondò il viso nel suo collo. «È tutto a posto, tesoro. So che è tanto difficile. Scopriremo cos'è successo» le disse Emmy.

Kaitlynn scoppiò in lacrime e lei le accarezzò la schiena, sentendo i contorni netti delle scapole che le spuntavano dalla schiena come ali. Kaitlynn era più alta di Cheyenne, più magra di Madison. Emmy non riusciva a pensare ad altro che alla Lista. Pensava al registro degli uomini arrestati, che erano tutti alti quasi un metro e novanta, pesavano oltre novanta chili, e a ciò che erano in grado di fare al corpo di una ragazzina.

La zanzariera della porta d'ingresso si spalancò. Cole scese di corsa le scale del portico. «Mamma! Andiamo alla fattoria! Una cavalla sta per avere un figlio!»

Kaitlynn si staccò da lei, tirò fuori il cellulare e chinò il capo per far sì che i capelli le coprissero il viso. Emmy si concesse un sorriso quando Cole le diede un abbraccio veloce, cingendole i fianchi con le braccia per meno di due secondi prima di saltare sul sedile posteriore della Mercedes. Dalla maglietta e i pantaloncini in tinta che indossava, capì che Taybee aveva fatto uno dei suoi incantesimi. Perfino il ciuffo ribelle di suo figlio era stato domato. Le scarpe erano entrambe allacciate. Sua cugina era una maga in questo.

«Cinture di sicurezza per tutti. Kaitlynn, basta perdere tempo. Veloci!» Taybee tamburellò con le nocche sul tettuccio dell'auto per tre volte, andando verso Emmy. «Cara, ho dimenticato di dirti che ieri la zia Millie mi ha mandato un numero infinito di messaggi dicendo che ha bisogno di parlare con te dell'uomo che ha assunto per lavorare allo stagno, che fuma sigarette e attira gentaglia. Non ho avuto il tempo di capire quale assurdità le passi per la testa, ma dovrai farle un colpo di telefono se vuoi evitare che vada da lei e la strozzi. Per te va bene se Cole viene alla fattoria, vero?»

Emmy rise, perché era un po' tardi, ormai, per chiederlo. «Dirò a Jonah di venire a prenderlo prima di cena.»

«Certo.» Taybee si incollò un sorriso sul volto aprendo lo sportello. Sapevano tutte e due che Jonah sarebbe arrivato in ritardo. Sempre che si fosse ricordato di andare. «Em, sai cosa stavo pensando? Ti va se Cole dorme da noi? Terrell ha una giumenta che sta per partorire e sarebbe felice di avere compagnia.»

Emmy restò senza parole. Prima di allora non si era mai resa conto di quanto Taybee fosse abile nel risolvere il problema Jonah.

«Grazie.»

«Ringraziami quando te lo manderò a casa ricoperto di merda di cavallo e placenta. Taybee fece per entrare in macchina, ma poi si fermò, osservandola. «Ti aspetta una giornataccia. Ce la farai?»

Lei annuì. «Ce la farò.»

«Se hai bisogno di me, chiamami.»

La porta si chiuse con un potente tonfo e Taybee avviò il motore. Sistemò gli specchietti, fece avanzare il sedile per dare più spazio a Cole sul retro. Mentre percorrevano il vialetto in retromarcia, lui cominciò a salutare furiosamente. Emmy ricambiò, agitando la mano fino a quando la Mercedes svoltò l'angolo. Le venne in mente che Taybee aveva detto che si sarebbe occupata di tutti i ragazzi, ma in macchina aveva solo un bambino che non era suo.

Si strinse le braccia intorno al corpo. Aveva gli occhi appannati dalle lacrime che non voleva versare. Nei momenti più bui si era detta che restava con Jonah per il bene di Cole, ma che cosa stava insegnando a suo figlio a proposito delle donne? Che potevano anche girare con la pistola e dare la caccia ai criminali, ma quando tornavano a casa si sottomettevano a qualsiasi stronzata avessero in mente i loro mariti?

«Emmy Lou?» la chiamò sua madre dalla porta della cucina. «C'è tuo padre al telefono.»

Emmy si sentì addosso il peso di un'incudine mentre tornava verso la casa. Quando arrivò in cucina Myrna non c'era, ma aveva lasciato la cornetta poggiata sopra il telefono a muro. Il cavo dondolava come un cappio. I tubi dell'acqua che andavano al piano di sopra sferragliarono. Myrna aveva aperto la doccia.

«Papà?» disse nel ricevitore.

«Il sangue sulla scena. Sono due litri, secondo il medico legale. Sembra una ferita alla testa, probabilmente un colpo di pistola.»

Due litri di sangue. Emmy li aveva persi durante il parto. Il chirurgo le aveva detto che senza una trasfusione sarebbe morta. «Quindi sappiamo che una delle due è morta.»

«Il sangue è del gruppo o positivo» riprese Gerald. «Ho chiesto al dottor Carl di controllare il gruppo di Madison. È A positivo.»

Nonostante le implicazioni fossero terrificanti, Emmy sentì un barlume di speranza. «Madison potrebbe essere ancora viva.»

«Potrebbe.» Nel tono di Gerald non c'era alcuna speranza. «L'FBI vuole una conferenza stampa. Il centralino sarà molto trafficato.»

«Passerò a scuola, poi verrò a riferire alla centrale.» Stava per attaccare, ma si rese conto che suo padre stava ancora parlando.

«Com'è andata con Hannah?»

«La camera di Madison era pulita. Niente soldi, cellulari o droghe. Niente.» Emmy ascoltò il silenzio carico di significato. «Non è andata bene, papà. Non mi perdonerà mai.»

«Okay» disse lui, ma non aveva ancora finito. «Ho ragionato su ciò che mi hai detto in macchina. Dobbiamo discuterne.»

Emmy appoggiò la schiena contro il muro. Sentiva il rumore di fondo della centrale oltre il suo respiro sibilante. Non si riferiva al caso. Non le chiedeva mai di discutere di qualcosa, a meno che non fosse una questione molto personale.

«Dimmi» gli disse.

«Quando avevi l'età di Madison. Gli uomini viscidi che spuntavano da tutte le parti, quelli che ti facevano sentire a disagio. Avevi ragione, mi sarei infuriato per il motivo sbagliato. Ti chiedo scusa.»

«Mi riferivo ai genitori in generale, non a te.» Emmy ascoltò ancora una volta il suo silenzio. Non le credeva. Forse perché non era stata sincera. «È tutto a posto, papà, è passato tanto tempo.»

Lui mantenne il silenzio ancora per un po'. «Okay.»

Emmy espirò lentamente. Non se la sentiva di affrontare quella conversazione. Era troppo simile a sua madre: lei voleva fare progetti, entrare in azione, fare qualcosa. «Kaitlynn mi ha detto di aver sentito Cheyenne raccontare a Madison di una relazione sessuale che aveva con un uomo più grande. Lui le dava dei soldi. Le ragazze avevano progettato di scappare ad Atlanta.»

«Quando lo ha sentito?»

«Alla fine dell'anno scolastico, quindi l'ultima settimana di maggio.»

«Di recente, quindi.»

«Due mesi non bastano per accumulare sedicimila dollari in una cassetta. Forse il rapitore non era l'unico uomo adulto che pagava Cheyenne in cambio di sesso.»

«L'avrà attirata con l'inganno?»

«I papponi non permettono alle loro ragazze di avere tanti contanti a disposizione.»

«Il movente potrebbe essere la gelosia?»

«Forse, ma perché prendere anche Madison?» Emmy si rese conto che per Cheyenne c'era sempre una spiegazione, mentre per Madison non c'era mai. Non potevano continuare a girare in tondo in quel modo. Il legame tra le due ragazze era il motivo che doveva averle condotte al rapitore. «Sono riusciti a individuare delle impronte digitali sulla collana rotta trovata in strada?»

«La catenina è molto piccola, è necessaria una procedura specifica. L'FBI l'ha spedita a Quantico.»

«È stato trovato altro sul campo? Bossoli, oppure...»

«Non è chiaro» rispose Gerald. «L'FBI sta ricostruendo le tracce degli pneumatici, il GBI è al lavoro sulle impronte.»

«Ho detto a Jack Whitlock che stamattina deve passare alla centrale per dare un'occhiata a delle foto. Devo mettere insieme dei potenziali sospetti. Spero che Dylan o qualcun altro a scuola sappia darmi indicazioni utili. Penso proprio che qualcuno che viene chiamato il Pervertito sia già nei nostri archivi.» Il cervello di Emmy si stava finalmente svegliando. Doveva cominciare a prendere appunti. «Voglio anche cercare di rintracciare il portatile di Cheyenne, che sua madre ha donato alla chiesa. E dobbiamo localizzare il telefono a conchiglia incluso nel piano familiare. Il padre ieri sera mi ha detto che Cheyenne aveva inciso le sue iniziali sul rivestimento di plastica. Dobbiamo aggiornare le ricerche in modo che tutti sappiano che devono controllare questo elemento. Verrò alla stazione di polizia appena possibile.»

«Okay.»

Emmy rimise la cornetta al suo posto e guardò l'orologio. A quell'ora, probabilmente il personale scolastico stava entrando nell'edificio. Non c'era tempo per le riflessioni. Sulla scena era stato trovato solo un gruppo sanguigno. Erano a meno di metà delle ventiquattro ore dal momento della scomparsa. Al diavolo le statistiche.

Forse Madison era ancora viva.

Salì le scale di corsa, si infilò un'uniforme pulita e si legò i capelli in uno chignon sopra la testa. Tornò veloce di sotto, in cucina, riempì un thermos di caffè e stava uscendo dalla porta quando le tubature sul muro rumoreggiarono di nuovo: Myrna aveva chiuso l'acqua della doccia.

La North Falls High distava un quarto d'ora a piedi da casa dei suoi genitori, cinque minuti in macchina. Emmy sfruttò il tempo da sola nell'autopattuglia per concentrarsi sulle indagini. Droga. Sesso. Denaro. Tutto ciò che avevano trovato fino a quel momento dava a intendere che Cheyenne Baker era coinvolta in un giro di cui non poteva avere il controllo. Forse però stavano guardando nella direzione sbagliata. Forse Madison non era una semplice osservatrice. Forse anche lei era una parte attiva, ma tra le due era la più brava a mentire.

Emmy riconobbe la Honda CR-V azzurra di fronte all'edificio principale. Tommy aveva parcheggiato accanto all'Alfa Romeo decappottabile verde militare di Celia, che apparteneva al padre di lei. Era una dei sei vicepresidi, quindi era in servizio tutto l'anno. Tommy insegnava ai corsi estivi per guadagnare qualche soldo extra. Emmy immaginò che, se avessero saputo qualcosa di utile sulle ragazze, a quell'ora avrebbero già dato indicazioni spontaneamente, ma pensò che fosse meglio parlare comunque con entrambi prima di andare via.

Stava scendendo dall'auto quando il cellulare le vibrò nella tasca. La zia Mille la stava chiamando per l'ennesima volta. Emmy silenziò la chiamata ed entrò. L'agente Dylan Alvarez la stava aspettando nell'atrio. Sfogliava un documento, ma sollevò lo sguardo quando la cintura con gli attrezzi metallici fece scattare il metal detector. Dylan era un uomo attraente, divorziato da poco, e in genere difficile da decifrare. Quando lesse la speranza nella sua espressione, Emmy ebbe una stretta al cuore.

«Non le abbiamo trovate.» Sentì la delusione di Dylan come se qualcuno le avesse poggiato le mani sulle spalle e la stesse schiacciando verso il basso. «Cosa hai trovato?»

«Ho tirato fuori il loro programma. Tutte e due hanno avuto l'insufficienza in Educazione civica durante l'anno scolastico, quindi seguono i corsi estivi con la signora Burrough dalle otto a mezzogiorno. Cheyenne era insufficiente anche in Salute e allenamento personale, quindi doveva trattenersi fino alle quattro.»

«È stata bocciata in Educazione fisica?»

«Il coach T non ha creduto alla scusa che avesse il ciclo ogni giorno per tutto il semestre.»

«Hai già parlato con lui?»

Lui trasalì. «Spero di non aver fatto male. Ho parlato anche con la signora Burrough. Ho pensato che fosse meglio darmi da fare subito, prima dell'arrivo dei ragazzi. Non posso dire di aver ottenuto molto da loro. Sai come si comportano i potenziali testimoni quando succede qualcosa di brutto a persone complicate. Soprattutto se si tratta di minori.»

Emmy l'aveva visto anche sulla pagina Facebook di Jack. Nessuno voleva parlar male di chi poteva essere morto. «Sei riuscito a cogliere qualche sottinteso?»

«Entrambe le ragazze erano chiuse e molto attaccate una all'altra. Sai, intorno a questa età a volte le ragazze si concentrano una sull'altra in maniera estrema. Traggono energia dal dramma del loro isolamento. Siamo noi contro il mondo, nessuno ci capisce, siamo più intelligenti di tutti gli altri. Sono felice che mia figlia non sia entrata in questa mentalità. Non è una maniera semplice di vivere.»

Emmy sapeva che Dylan aveva accettato l'incarico come agente scolastico anche per tener d'occhio sua figlia quattordicenne. «Che mi dici dei loro insegnanti durante l'anno scolastico? Qualcuno di loro fa anche corsi estivi?»

«A parte il coach T...» sfogliò la documentazione di Cheyenne e seguì con il dito gli orari delle lezioni dell'anno precedente, poi fece lo stesso con Madison. «C'è il dottor Hardy. È il docente di Chimica. Un tipo un po' strano. Tutte e due le ragazze erano nel Choral Club. Mi sorprende, avevo la sensazione che fossero due tipe insolenti. Il signor Loudermilk non è uno che scherza.»

Emmy lo conosceva da quando era lei a frequentare la scuola. Gestiva la classe come un istruttore reclute dei Marines. «Lui c'è?»

«No, durante l'estate lavora part time al centro ricreativo. Non tornerà prima delle audizioni per il gruppo di ballo e canto, la settimana della programmazione.»

«Voglio parlare con il dottor Hardy prima di andare via. Andrò a cercare il signor Loudermilk quando rientrerò alla centrale. Cosa intendevi ieri sera quando hai detto "Alla North Falls High non ci sono problemi di droga"?»

Lui lanciò uno sguardo nervoso verso l'ufficio del preside. «Intanto avviamoci. La dottoressa Clifton mi ha detto che ci avrebbe aspettati davanti agli armadietti di Cheyenne e Madison nell'ala di Arte.»

Emmy avanzò fianco a fianco con lui lungo il corridoio principale. Sentì un potente ronzio innalzarsi, come il motore di un jet. Un inserviente stava spingendo una lavapavimenti. Un altro uomo con indosso una tuta da imbianchino ritoccava le pareti con un rullo. Ce n'era anche un altro che riparava gli sportelli nel corridoio degli armadietti. La scuola era in attività tutto l'anno. Bisognava effettuare tutti i lavori di manutenzione prima che riaprissero i corsi, la prima settimana di agosto.

Non era un compito semplice: la popolazione studentesca della North Falls High era così numerosa che l'edificio era stato suddiviso in ali che si estendevano a raggiera dal corridoio principale. Le sezioni ponte per il liceo, le materie STEM, Letteratura, Storia, Educazione fisica e Arte avevano ognuna un'ala dedicata, con tanto di classi, un centro di sostegno psicologico e un ufficio del vicepreside. L'architettura risaliva a un periodo precedente rispetto al problema delle sparatorie nelle scuole. C'erano ovunque ampi spazi e finestre, che offrivano pochissimo riparo.

Quando attraversarono la mensa, delle dimensioni dell'hangar di un aeroporto e dotato di una balconata che correva tutto intorno al perimetro come il covo di un cecchino, Emmy si sentì fin troppo esposta. Sentì pentole e padelle sbattere in cucina. Come lei, anche Dylan era in uniforme completa. Le suole pesanti dei loro stivali e lo scricchiolio dei cinturoni risuonavano in quello spazio cavernoso. Emmy stava per cercare di far parlare Dylan quando una donna che indossava un cappello di carta uscì dalle porte a vento e cominciò a sistemare le posate nei distributori. Un'altra donna andò ad aiutarla. Era evidente che si era sparsa la voce della presenza di Emmy. Essendo cresciuta a contatto con gli insegnanti, sapeva bene quanto rapidamente potesse viaggiare un pettegolezzo in una scuola.

«Che classe fa tua figlia?» chiese a Dylan.

«Si chiama Jenna» la informò. «Ha appena finito la terza media. Ha solo una B meno in Algebra, ma per il resto ha tutte A.»

«Deve essere un sollievo.» Emmy abbassò la voce. «Voglio dire, con tutto il divorzio... Per lei non deve essere stato facile.»

«All'inizio era turbata, ma appena abbiamo sistemato la questione della custodia e abbiamo instaurato una routine, le cose sono migliorate molto. Sai come sono i ragazzi. Hanno bisogno di stabilità.»

«Ti sei trovato bene con il tuo avvocato? È stato corretto?»

Dylan le lanciò un'occhiata incuriosita mentre le apriva la porta. L'atrio era vuoto, le luci spente, eppure aspettò di essersi allontanato abbastanza dalla mensa per rispondere. «Nessuno vuole un avvocato corretto, in un divorzio. Se vuoi sapere se te la raccomando, sappi che tua cugina Taybee mi ha masticato con tanta convinzione che credo abbia ancora qualcuno dei miei capelli incastrati nei molari. È di lei che hai bisogno.»

Emmy sentì un'ondata di calore attraversarle il corpo. Sapeva di dover prendere quella decisione. Non poteva più tornare indietro. «Non può essere Taybee. Non voglio che la mia famiglia sappia fino a che punto mi sono fatta mettere i piedi in testa.»

Avrebbe voluto piantarsi una mano sulla bocca, ma era troppo tardi. Ormai l'aveva detto, e le sue parole erano sospese nell'aria come un sudario fatto di vergogna. Dylan puntò lo sguardo a terra e continuarono a camminare. Il viso di Emmy andava a fuoco. Non riusciva a capire se Dylan fosse stupito, scioccato o provasse pena per lei, ma nessuna delle tre possibilità le andava a genio. Non avrebbe dovuto fargli una domanda tanto personale, e meno che mai rivelargli qualcosa di tanto umiliante di se stessa. Loro due non avevano alcuna confidenza.

«Il mio si chiama Ramon Rodriguez» disse Dylan. «Intelligente, onesto, si attiene alla legge, ma se necessario è pronto a sporcarsi le mani. Ti manderò il suo contatto.»

«Okay.» Emmy emise un sospiro lento. Passando accanto alle aule, guardò all'interno delle vetrate. Le luci erano spente. Non c'era nessuno al lavoro in quella parte dell'edificio. Finalmente erano soli. «Parlami della questione droga.»

Anche Dylan sospirò, ma sembrava dettato dalla frustrazione. «Tutte le scuole dello Stato sono dotate di un software chiamato SchoolPlusOne. Tutto viene identificato da un codice. I voti, ovviamente, ma anche sospensioni, liti, aggressioni, furti, stalking, droga. I dati vengono riferiti al Ministero dell'Istruzione. Di fronte a fatti negativi, cattiva reputazione eccetera, avvengono ulteriori intromissioni da parte dello Stato, con la possibilità di perdere dei finanziamenti, avere problemi con le certificazioni, far incazzare i genitori.»

«Le droghe non sono codificate in modo accurato.» Emmy era delusa, ma non sorpresa. «Come spiegano le sospensioni?»

«Non sospensioni. Punizioni. Le violazioni vengono registrate come liti, interruzioni delle lezioni, problemi di basso livello. Tua cognata si rifiuta di partecipare, ma appena si passa dall'altra parte della ferrovia, i codici cambiano come per magia.»

Si riferiva ai binari che dividevano la scuola superiore e il Consiglio Scolastico della contea di Clifton. Emmy non trovò sorprendente che Celia dicesse all'ufficio della contea dove potevano infilarsi il loro sistema. Una delle sue peculiarità era fare il bastian contrario. «Parlami di Wesley Woodrow.»

«Giovane delinquente. Vende erba, ossicodone, Adderall, ecstasy.»

«Coca?»

«Quella è più roba da college» rispose Dylan. «Woody è uno spacciatore della peggior specie, perché è furbo. Sedici anni, vive con la nonna a Clayville. Ha scontato una condanna al carcere minorile. Non è ancora finito nella prigione dei grandi, ma ho la data del suo compleanno marchiata a fuoco nell'anima. Un secondo dopo la mezzanotte del 16 febbraio sarà mio.»

«Non ti seguo.»

Lui si fermò, ed Emmy lo imitò.

Dylan spiegò: «La legge scolastica è diversa da quella normale. Non posso toccare un ragazzo fino a che non compie diciassette anni. Prima di allora, solo i dirigenti scolastici possono prendere provvedimenti nei loro confronti. Può essere un fatto positivo, perché alla scuola basta un ragionevole sospetto per perquisire uno studente. Essendo un poliziotto, ho standard più alti quando si tratta di indizi di colpevolezza. Posso far venire cani antidroga, ma posso perquisire solo gli armadietti, che è un gesto simbolico a dir poco. Non posso perquisire i ragazzi. Non posso frugare nelle loro auto o nei loro zaini. Woody conosce le regole meglio di chiunque altro. Potrebbe insegnare nei corsi che seguo io».

Emmy aveva dimenticato che Dylan frequentava i corsi serali della Facoltà di Legge. «Ho sentito dire che Woody non spaccia ai ragazzi della North Falls.»

Dylan rise. «Stronzate. Chi te l'ha detto?»

«Jack Whitlock.»

Lui sussultò. «Be', quel ragazzo non è la fonte di informazioni migliore del mondo. È nei gradini più bassi della catena alimentare. Faccio del mio meglio per proteggerli, ma qui i gay non se la passano benissimo.»

«È gay?»

«Super gay.» Scrollò le spalle. «È un bravo ragazzo. Che altro ti ha detto?»

Mai e poi mai Emmy avrebbe pronunciato le parole "fica tascabile", ma rispose: «Non credo sia gay. Mi ha dato a intendere di aver pagato Cheyenne cinquanta bigliettoni in cambio di sesso orale».

«Può anche darsi.» Dylan si strinse di nuovo nelle spalle. «A quell'età la sessualità può essere fluida, soprattutto se c'è in ballo del sesso orale.»

«Cosa ne pensi del costo? Si può avere un pompino per venti dollari alla stazione di servizio lungo la statale.»

«Non ho la minima idea delle quotazioni attuali, ma ogni cosa vale tanto quanto la gente è disposta a pagarla.» Poi aggiunse: «D'altro canto, alla stazione di servizio Jack riceverebbe solo calci in culo. Quelle donne sono dei mostri di cattiveria».

«Non sembri tanto sorpreso all'idea che una ragazzina di quindici anni possa offrire sesso in cambio di soldi.»

«È orribile, ma le superiori sono orribili. Metà delle studentesse sarebbe pronta a buttarsi in un burrone, se una Kardashian lo facesse. E l'altra metà starebbe lì a gridar loro di accelerare il passo. Questi ragazzini sono in grado di prendere decisioni così sbagliate da essere inverosimili. A volte li guardo e penso: "Come diavolo fa a essere ancora vivo questo coglione?"». Per un attimo parve ripensare a se stesso. «Quindi no, non mi sorprende che Cheyenne si vendesse. Se vuoi davvero sapere cosa ne penso, sono un po' affranto.»

Emmy si sentiva nello stesso modo. «Conosci un tizio più grande che i ragazzi chiamano il Pervertito?»

«Il Pervertito?» Parve a disagio, ma scrollò il capo. «Mai sentito. Chi te ne ha parlato?»

«Jack» rispose Emmy, ma ormai cominciava a chiedersi quanto fossero attendibili le informazioni ottenute da lui. «Mi ha detto che il Pervertito è uno spacciatore che passa il tempo con i ragazzi in gelateria e alle Cascate. Ha i capelli scuri, non è né alto né basso, costituzione nella media. Descrizione utilissima.»

«Posso chiedere in giro, ma se questo Pervertito è sul serio un malvivente, è strano che non sia ancora nel mio radar.»

Emmy non ne dubitava. «Sapevi che Cheyenne spacciava? Questo non l'ho saputo da Jack. Ho perquisito la sua camera da letto e ho trovato sette grammi di cocaina, erba, ecstasy e una quantità incredibile di contanti.»

«Sul serio?» Sembrava sorpreso. «Non ne avevo idea, però cerca di non saltare alle conclusioni. Spesso, durante un'indagine, navigo tra circoli sovrapposti. Per esempio, qualche tossico frequenta i nerd, e un nerd conosce un goth che conosce una ragazzaccia che potrebbe conoscere un altro tizio, e alla fine così riesco a raggiungere l'origine del problema. Ma nel circolo di Cheyenne e Madison non c'era nessuno. Erano sempre e solo loro due.»

Emmy stava esaurendo le domande. Avevano ricominciato a girare in tondo. «Madison ha cercato di parlare con me, ieri, al parco. L'ho respinta. È stata rapita meno di un'ora dopo.»

«Cazzo, mi dispiace. Ma non devi abbatterti per questo. Se anche ci avessi parlato, non puoi avere la certezza che sarebbe stata sincera con te, e meno che mai che avrebbe accettato il tuo aiuto.» Dylan guardò avanti, nel corridoio. «C'è la dottoressa Clifton.»

La moglie di Tommy era alta e slanciata, e di solito amava indossare abiti ampi e mollette a forma di farfalla con cui fermava i capelli castano scuro. Quel giorno Celia portava un paio di jeans e una maglietta dei North Falls Cougars. Aveva gli occhiali da lettura sopra la testa, un portachiavi largo intorno al polso. In mano stringeva una ricetrasmittente. Emmy sentì il leggero ronzio che emetteva mentre Celia ascoltava i problemi sorti in altre parti dell'edificio.

Dylan disse: «Vi lascio parlare. Presto cominceranno a entrare gli studenti. Emmy, fammi sapere quando vuoi incontrare i loro insegnanti».

Lei lo osservò tirare fuori il cellulare dalla tasca mentre si voltava per andar via. Pochi istanti dopo, sentì il telefono vibrare nella tasca. Capì che le aveva mandato il contatto del suo avvocato divorzista.

«Ho il passe-partout qui da qualche parte. Possiamo cominciare con l'armadietto di Cheyenne.» Celia aveva inforcato gli occhiali per esaminare le chiavi. «Che cazzo di casino. Ho l'ufficio della contea incollato al culo, genitori che mi chiamano al telefono urlando, insegnanti che mi mandano a dire che non possono venire al lavoro.»

«Perché?»

Celia la guardò come se fosse una povera idiota. «Hanno paura che i prossimi siano i loro figli.»

Emmy *era* una povera idiota. Aveva pensato solo che la città si fosse voluta unire alle ricerche. Non aveva preso in considerazione il fatto che la paura li avrebbe indotti ad attaccarsi a vicenda. «Quanto bene conoscevi Cheyenne e Madison?»

«Hai usato il passato per un motivo preciso?»

Emmy era circondata da insegnanti di grammatica pedanti.

«È probabile che Cheyenne sia morta.»

Celia restò di sasso, assorbendo la notizia. «E Madison?»

«Potrebbe essere...» Emmy sentì la speranza abbandonarla di nuovo. «La situazione è molto grave.»

«Cazzo.» Celia lo disse sospirando. «Le ho avute entrambe nel mio ufficio due o tre volte, durante l'estate. La capobanda era Cheyenne, di solito, ma quando era Madison a finire nei guai, sapeva mentire come un demone. Sono sempre i tipi tranquilli, quelli che ti accoltellano alle spalle.»

Emmy avrebbe dovuto sapere che Celia era l'unica persona della scuola che le avrebbe riferito la brutale verità. «Che cosa facevano?»

«Rispondevano male, non stavano attente, usavano il cellulare in classe. Le solite noiosissime stronzate per cui devo sfruttare al massimo il mio dottorato di ricerca in Letteratura americana del XX secolo.» Il tono di Celia era stridulo, ma quando sollevò lo sguardo dalle chiavi, all'improvviso la sua espressione si addolcì. «Che tu ci creda o no, a me piacevano, davvero. Cheyenne non faceva che provocare, ma era dotata di un acume incredibile. E Madison era così intelligente... troppo. Con lei dovevo sempre procedere con i guanti. Non mi fraintendere, hanno un po' bruciato le tappe, ma con il tempo sono sicura che avrebbero trovato comunque la strada giusta per loro.»

Emmy sentì il dolore nella sua voce. «Mi dispiace.»

«Be', quando prenderete quel bastardo, datemi cinque minuti da sola con lui e farò in modo che non possa più fare del male a nessuno.»

Celia infilò una chiave nell'armadietto. Emmy sentì uno scatto. Lo sportello si aprì. Vide un libro di scuola e un sacchetto di carta marrone portapranzo, e un attimo dopo l'odore di erba la colpì come un martello.

Ma non fu quella la cosa peggiore.

Emmy dovette schiarirsi la gola prima di riuscire a chiedere a Celia: «Potresti tirarti indietro?».

Con la torcia illuminò l'interno dell'armadietto. C'erano sei foto attaccate sul fondo. Dieci per quindici centimetri. Due colonne da tre. Madison e Cheyenne erano in posa davanti all'obiettivo: le labbra sporgenti, una mano su un fianco, un ginocchio piegato, il petto proteso in fuori. Quattro foto le ritraevano insieme. Nelle altre due, si erano distese a turno su un materasso matrimoniale. Avevano un trucco pesante e la loro bigiotteria preferita. Entrambe indossavano un reggiseno quasi invisibile di pizzo e un perizoma coordinato. Quelli di Madison erano bianchi, quelli di Cheyenne neri. Il bene e il male, un angelo e un demone.

Anche se non voleva, Emmy si protese in avanti per vederle meglio. Il materasso era poggiato a terra. Il pavimento di cemento era grezzo. Il muro dietro il letto era dipinto di bianco. Non c'erano scaffali né quadri. Niente lenzuola, nessun elemento utile per riconoscere il luogo. Solo un materasso matrimoniale e due ragazzine vulnerabili.

«Dio» mormorò Celia. «Vorrei non aver visto.»

Emmy la pensava come lei. Nella loro espressione c'era un che di doloroso. Sorridevano, ridevano, ammiccavano e provocavano, convinte senza alcun dubbio di essere loro ad avere il controllo della situazione, e non l'uomo schifoso che le aveva convinte ad assumere quelle pose così aggressive e seducenti davanti a una macchina fotografica.

«Speriamo che fosse solo un gioco» commentò Celia.

«Già» disse Emmy, ma era sicura che quelle immagini fossero su Internet. Nessuno arrivava a quel punto per tenere tutto in privato. Quelle cose si facevano per vantarsi, per condividere, per umiliare, per sfruttare.

Emmy si agganciò la torcia alla cintura. Con il cellulare fotografò ciò che aveva trovato, poi si infilò un paio di guanti per poter esaminare il contenuto.

Il nome di Cheyenne era scritto in un corsivo tondeggiante davanti al sacchetto di carta marrone. Emmy immaginò che Ruth Baker le avesse preparato il pranzo, anche se era improbabile che vi avesse aggiunto anche le sei bustine di marjuana e gli altri pacchetti più piccoli con dentro delle pillole gialle. Li fotografò insieme. Doveva andare a prendere dei sacchetti per le prove in macchina.

«Agente Alvarez.» Celia aveva la radio vicino alla bocca. «Vieti a tutto il personale e agli studenti l'ingresso nell'ala di Arte, per favore.»

Un forte ronzio precedette la risposta di Dylan. «Sissignora.»

Emmy sfogliò il manuale di Anatomia prima di posarlo a terra, poi vi poggiò sopra il sacchetto di carta. Nell'armadietto era rimasto solo un altro oggetto. Con il cellulare scattò una foto anche di quella busta da lettere bianca. Al posto dell'indirizzo del mittente c'era un ingranaggio a forma di C, tagliato al centro da un fulmine. Emmy riconobbe il logo della società Clifton Tool and Die. In pratica era lo stemma di famiglia.

«Il padre di Cheyenne lavora alla fabbrica, giusto?» chiese Celia.

«Felix Baker. È un ingegnere.»

Emmy aprì la busta. C'era un'altra foto, che mostrava Cheyenne completamente nuda. Sul materasso spoglio. Supina. Le gambe spalancate. Le braccia distese. La bocca aperta.

«Dio santo» esclamò Celia. «In che giro erano finite?»

Emmy rimise la foto nell'armadietto, a faccia in giù. Non voleva toccarla, non voleva nemmeno pensare a tutto ciò che Cheyenne Baker aveva perso nell'istante in cui la fotocamera aveva catturato quell'immagine.

Disse a Celia: «Cheyenne si faceva pagare in cambio di sesso».

«Maledizione.» Sembrava provare disgusto, ma più per se stessa che per la ragazza. «Non ne avevo idea. Lo faceva a scuola?»

«Non lo so. Ho bisogno di copie di tutti i filmati delle telecamere di sicurezza dell'ultimo mese.»

«Le telecamere riprendono solo le porte e i corridoi. Poteva farlo nelle classi vuote, nei bagni, negli spogliatoi. Non che fosse necessario. Sapevano tutti che il sistema è difettoso.» Celia indicò la telecamera alle spalle di Emmy. «Quella è tornata funzionante solo la scorsa settimana.»

«Forse saremo fortunati.» Emmy ne dubitava, ma avrebbe controllato i filmati in ogni caso. «Hai per caso sentito qualche ragazzo parlare di un tizio che chiamano il Pervertito?»

«Mi sembra fin troppo precisa, come descrizione» rispose lei. «Però no, non l'ho mai sentito. È il tuo sospettato?»

«Potrebbe» disse Emmy, ma cominciava a dubitare dell'attendibilità di Jack. «Dov'è l'armadietto di Madison?»

«Quaggiù.»

Emmy aspettò che Celia infilasse la chiave nella serratura. Trattenne il fiato, preparandosi a chissà quale orrore. Lo sportello si spalancò, ma non trovarono nulla di estremo come in quello di Cheyenne. Non c'erano foto né libri, e nemmeno sacchetti portapranzo. L'armadietto, infatti, era vuoto, eccezion fatta per una SIM card che era stata tagliata in tre parti.

«Quelle stronzette» borbottò Celia. «Ho confiscato il cellulare di Cheyenne la scorsa settimana. Madison deve aver rubato la SIM.»

Emmy ricordò subito la conversazione a proposito dei cellulari usa e getta di Cheyenne. Uno dei numeri era andato offline nove giorni prima, e un nuovo numero lo aveva sostituito. «Dove si trova il telefono?»

«Se ce l'ho ancora io, è qui.» Celia indicò lungo il corridoio. «Due giorni dopo che ho preso il telefono di Cheyenne, Madison è venuta nel mio ufficio per chiedermi un assorbente. Le ho risposto di andare in infermeria, ma ha detto che si vergognava troppo. Non posso credere di esserci cascata. L'ho lasciata da sola nel mio ufficio, e deve averne approfittato per rubare la SIM.»

«Sicura che sia stato due giorni dopo?»

«Certo. Quella mattina avevamo un'esercitazione antincendio. Ho trovato Madison davanti alla mia porta quando sono rientrata dal campo di calcio.»

«L'ufficio è rimasto chiuso a chiave durante l'esercitazione?»

«Sì, ma l'ho aperto in modo che potesse aspettarmi dentro. Ti ho detto che era furba.»

Emmy era più interessata alla dinamica. Perché non prendere il cellulare? Perché rubare solo la SIM? E perché distruggerla? Se avevano ragione sui tabulati di Madison, Cheyenne aveva sostituito la scheda prepagata con un'altra il giorno stesso. Poi erano passati due giorni prima che Madison sottraesse la SIM. Evidentemente Cheyenne, a quel punto, non aveva più bisogno di un telefono. Chi aveva detto loro di recuperare la scheda? E perché tenere i pezzi di plastica, se tagliandola tutti i dati che conteneva erano andati persi?

Forse dovevano farla vedere a qualcuno per dimostrare che era stata distrutta. Forse il rapitore aveva mandato Madison a rubarla.

Celia attraversò il centro di sostegno psicologico e raggiunse il suo ufficio in fondo. La sua scrivania era affollata di pile ordinate di documenti. C'erano due foto incorniciate: una ritraeva Emmy con in braccio Cole e l'altra di Tommy che suonava il banjo. Era una vecchia foto. Aveva ancora quasi tutti i capelli.

Emmy osservò la serie di monitor sopra gli schedari di fronte alla scrivania. Mostravano i corridoi deserti, l'ingresso dell'auditorium, le porte sul retro dell'edificio.

Dylan aveva tenuto alla larga i ragazzi. L'unica cosa che sembrava fuori posto era il contenuto dell'armadietto di Cheyenne, che era ancora sparso sul pavimento. Emmy pensò alle foto che aveva trovato. Madison aveva compiuto quindici anni solo il giorno prima. Il suo corpo era ancora più da bambina che da donna.

«Ecco qui.» Celia prese una scatola di cartone da uno schedario e la posò sulla scrivania.

Emmy sentì il cuore sprofondare. C'erano più di dieci telefoni.

«Ricordi di che marca era quello che hai sequestrato a Cheyenne?»

«Dopo un po' sembrano tutti uguali. I cellulari sono la mia balena bianca.» Celia le porse una cartellina con un elenco di nomi e date. «Faccio firmare i ragazzi, così non devo toccare gli schermi. Non voglio mica beccarmi una congiuntivite. La regola è: se lo usi in classe, lo tengo io per quattro giorni di scuola. Se c'è di mezzo il weekend o una vacanza, sei stato sfortunato.»

Emmy guardò il lungo elenco di nomi scarabocchiati. Non c'erano segni di spunta o X a indicare che i cellulari fossero stati riconsegnati agli studenti. «Come fai a sapere che un ragazzo riprende il suo telefono?»

«Il quarto giorno vengono sempre a implorarmi. I cellulari costano un bel po'.»

«Se ne mancasse uno dalla scatola, te ne accorgeresti?»

«No» rispose Celia. «Ma loro non lo sanno. Il novanta per cento del mio lavoro consiste nel far credere ai ragazzi che ho il tempo e i mezzi per fregarli.»

Emmy immaginò che fosse quello il motivo per cui Madison aveva rubato la SIM lasciando il telefono. Trovò il nome di Cheyenne nell'elenco. «Cheyenne ha firmato martedì della scorsa settimana. Ricordi se lunedì è venuta a chiederlo?»

Lei aggrottò la fronte, pensierosa. «A dire il vero non me ne ricordo.»

Emmy aveva ancora i guanti. Frugò nella scatola. C'erano telefoni a conchiglia mescolati con iPhone e cellulari Android, più un grosso Samsung. Erano tutti spenti. Avevano custodie di tutti i tipi. Su alcune c'erano mascotte sportive o arcobaleni. Su molte c'erano dei gatti. Nessun cellulare a conchiglia aveva delle iniziali incise sulla plastica. Emmy stava per rassegnarsi a controllarli a uno a uno quando notò una sfumatura di blu molto particolare sulla cover di un iPhone. Era lo stesso blu della bicicletta di Cheyenne. Lo stesso delle lenzuola del suo letto.

«Hai una graffetta?» chiese Emmy.

Celia ne prese una da un fascio di documenti. Non ebbe bisogno che le venisse chiesto di allungarla in modo da far sporgere una punta. Emmy la infilò nel piccolo foro sul lato dell'iPhone. Lo slot della scheda si aprì. Era vuoto.

«Che strano» disse Celia. «E lui cosa ci fa qui?»

Emmy si voltò. Celia guardava un monitor. Nel corridoio c'era Dale Loudermilk. Aveva il tipico aspetto di un insegnante di coro delle superiori sulla quarantina che aveva sposato la segretaria della parrocchia. Occhiali spessi. Baffi a spazzolone. Taglio di capelli alla Ned Flanders. Fisico alla Ron Swanson. Indossava la maglietta verde e i pantaloni con le tasche marroni del centro ricreativo della scuola di North Falls.

Si era fermato davanti all'armadietto di Cheyenne, forse chiedendosi come mai tutte le sue cose fossero sul pavimento. La verità doveva averlo colpito, se non altro per via delle foto allusive attaccate sul fondo. Invece di andarsene, guardò a sinistra, a destra, poi infilò una mano all'interno. Prese la foto che Emmy aveva lasciato a faccia in giù sul ripiano.

Emmy pensava che ne sarebbe stato disgustato, che l'avrebbe rimessa subito al suo posto, sentendosi nauseato e infastidito, che avrebbe fatto qualsiasi cosa, ma non ciò che fece in realtà. Fissò l'immagine oscena di Cheyenne distesa sul materasso. La sua espressione rimase del tutto impassibile. Emmy si avvicinò al monitor, osservando i suoi lineamenti piatti, la tranquillità con cui osservava un'immagine pedopornografica, quasi fosse l'orario dell'autobus. Si ritrovò a contare i secondi. Arrivò a dieci, poi a venti. Era quasi arrivata a trenta secondi quando, finalmente, Loudermilk rimise la foto nell'armadietto e si allontanò.

Emmy disse a Celia: «Chiama Dylan con la radio, digli di venire qui subito».

Non aspettò una risposta. Attraversò di corsa il centro di sostegno. Sentiva la pelle andare a fuoco. Il brivido. Il brutto presentimento. Niente di ciò che aveva fatto Dale Loudermilk sembrava giusto.

Invece di lanciarsi nel corridoio e affrontarlo, sbirciò dietro la porta. Loudermilk si stava allontanando da lei, diretto verso l'auditorium. Aveva le mani nelle tasche dei pantaloncini, la testa dritta. Avanzava a passo svelto. Non si fermò fino a quando non raggiunse le porte dell'auditorium. Girò la testa a sinistra, a destra, poi entrò.

Tenendo fermi con la mano gli attrezzi agganciati alla cintura, Emmy gli corse dietro. Si fermò davanti alle porte per tenersi a distanza. Entrò nell'anticamera. Passò nell'auditorium buio. Chiuse la porta senza far rumore. I cartelli che indicavano l'uscita facevano da luci notturne. Vide Loudermilk, con le mani ancora in tasca, che avanzava verso il corridoio centrale. Emmy si tenne a distanza. Aspettò che fosse sparito dietro le quinte prima di seguirlo, passando sul palco. Serrò i denti quando le suole dei suoi pesanti stivali fecero cigolare il pavimento nero, ma lui non parve sentirlo. Era troppo concentrato sulla direzione che stava seguendo. Emmy superò dei camerini e dei bagni. Si fermò, aspettò che lui svoltasse a sinistra in un corridoio stretto. Non si accese nessuna luce, nessuna porta venne aperta o chiusa. Guardò oltre l'angolo. Loudermilk proseguiva verso il fondo del corridoio.

Il cartello dell'uscita brillava sopra di lui. Non aveva più le mani in tasca. Emmy capì che aveva in mano qualcosa di piccolo, che occupava appena il palmo della sua mano. Invece di uscire, girò di colpo entrando nell'ufficio del direttore di scena. Emmy restò nell'ombra, avanzando lenta, fino a raggiungere una posizione da cui poteva vedere oltre la finestrella di vetro che dava all'interno dell'ufficio.

Loudermilk stava cercando qualcosa dietro un armadio. Tirò fuori un computer portatile. Si sedette alla scrivania, aprì il computer e infilò una chiavetta USB di lato. Cominciò subito a cliccare e scorrere le dita sul touchpad. La luce dello schermo si rifletteva sui suoi occhiali. In silenzio, Emmy sentì l'hard disk azionarsi, le ventole prendere vita. Stava copiando dei file sulla chiavetta.

Emmy bussò al vetro.

«Gesù!» Loudermilk chiuse di scatto il portatile e balzò in piedi. «Che cosa vuole?»

Lei entrò nel piccolo ufficio, accendendo la luce. «Che file stava copiando?»

«Io...» Il suo sguardo corse verso il laptop, poi tornò da lei. «Spartiti. La prossima settimana ci sono le audizioni per l'esibizione del coro. Devo prepararmi.»

«Le audizioni saranno solo alla fine del mese.»

«Volevo dire... devo essere pronto per la prossima settimana in vista delle audizioni. Ci vuole tempo.» I suoi occhi guizzarono verso la finestrella. Celia li aveva seguiti. Raddrizzò le spalle, cercando di assumere un'aria autoritaria. «Dottoressa Clifton, può spiegare a questa giovane signora che devo lavorare?»

Celia disse a Emmy: «Quel computer appartiene alla scuola. Ho le credenziali da amministratore».

Emmy le fece cenno di procedere.

«Non potete...» Loudermilk cercò di prendere il computer, ma Emmy gli sbarrò la strada.

«Perché tiene il computer nascosto dietro l'armadio?» gli chiese.

«Non era nascosto. Lo metto lì per tenerlo al sicuro durante l'estate, ma...» Il suo sguardo si perse mentre cercava con tutte le forze una spiegazione. «Chiunque può accedervi. Non vengo qui dentro dalle riunioni di progettazione. Qualsiasi inserviente avrebbe potuto...»

«Cosa avrebbe potuto fare?» Emmy invase il suo spazio vitale. «Che file stava copiando?»

«N-niente, sono...» Si portò una mano sulla bocca. «Vi prego, è un malinteso. Non è ciò che pensate. Sono una brava persona.»

«Sono entrata» disse Celia.

Emmy si chinò per controllare. Al centro dello schermo c'era una barra di avanzamento. Novecentosessantotto file in copia. Emmy aprì la cartella della chiavetta, che era intitolata PARTITURE. All'interno c'erano innumerevoli altre cartelle. INNI. ORATORI. MAGNIFICAT. CANTATE. SALMI. NATALE.

«Visto?» Loudermilk indicò i file. «Come vi ho detto, avevo bisogno di stampare alcuni spartiti per...»

«Silenzio.» Emmy li ordinò per data in modo da mostrare le cartelle più recenti per prime. In cima alla lista balzò CONCERTI SACRI. Il contenuto doveva essere enorme. La barra di avanzamento stimava quarantotto minuti per completare il lavoro.

Avvicinò il cursore alla cartella.

«Per favore, no» implorò Loudermilk. «Andate via. Andiamocene via tutti, finiamola qui.»

Emmy aprì CONCERTI SACRI. Fu come giocare con una matrioska. Apparvero altre cartelle, una per quasi ciascuna lettera dell'alfabeto. Cominciò con le A. Si caricarono le anteprime di decine di immagini .jpeg. Tutti i nomi dei file seguivano lo stesso schema: un nome, un trattino, un numero.

Abigail-10
Allyson-10
Andie-11
Angela-10
Anna-9

Emmy sentì il sapore della bile in bocca. Aprì la cartella B. Poi la C. Erano tutte uguali. In ordine alfabetico, indicizzate. Un nome, un trattino, un numero. Non aprì nessuna di quelle immagini. Bastava l'anteprima per farle venire la nausea.

«Posso spiegare» cercò di dire Loudermilk.

Emmy non aveva bisogno di spiegazioni.

Dale Loudermilk era un pedofilo e sarebbe potuto entrare in contatto senza difficoltà con entrambe le ragazze scomparse.

6

Emmy sedeva accanto a suo padre nella stanza di osservazione della stazione di polizia. Le luci erano spente. C'erano due monitor sul tavolo di fronte a loro, entrambi mostravano da angolazioni diverse la sala interrogatori che si trovava a dieci metri da loro. Una telecamera era puntata su Dale Loudermilk, che sedeva su una sedia rigido come un palo, le mani giunte in grembo. L'altra inquadrava Lionel Faulkner, l'agente capo dell'FBI di Atlanta che da tre ore ormai cercava di indurre Dale a confessare il rapimento e il probabile omicidio di Cheyenne Baker e Madison Dalrymple.

Fino a quel momento aveva ottenuto solo smentite enfatiche.

«Dale.» La voce di Lionel, fastidiosamente calma, arrivava dalle casse posizionate tra gli schermi. «Dove sono le ragazze?»

Emmy osservò Dale scuotere il capo, proprio come aveva fatto ogni volta che Lionel gli aveva fatto quella domanda. L'uomo che era andato nel panico quando lei era entrata nell'ufficio del direttore di scena era ormai un lontano ricordo. Quella versione di Dale era come Emmy lo ricordava ai tempi di scuola: arrogante e condiscendente, infastidito all'idea che qualcuno osasse rivolgergli la parola. Era evidente che si credeva abbastanza scaltro da tirarsi fuori dai guai grazie alla parlantina, mentre la verità era che, se fosse stato davvero scaltro, avrebbe chiuso la bocca e si sarebbe procurato un avvocato.

«Agente Faulkner, gliel'ho già detto un milione di volte» disse Dale. «Non cambierò risposta. Non ho idea di dove si trovino le ragazze. Non ho niente a che fare con la loro scomparsa. Sono del tutto innocente.»

«Perché continua a mentirmi?»

«Non sto mentendo. Parlo, ma lei non mi ascolta.» Sembrava stesse facendo una ramanzina a un alunno. «Sono un educatore, non farei mai del male a un ragazzino. La sola idea va contro tutto ciò in cui credo.»

«Parliamo di questo.» Lionel si appoggiò allo schienale. Incrociò le gambe, comportandosi come se avesse tutto il tempo del mondo. «Che cosa le ha fatto desiderare di diventare un insegnante?»

Emmy sbuffò per sfogare la frustrazione. Aveva capito la tattica di Lionel già da un po'. L'agente si protendeva in avanti, entrando nello spazio personale di Dale, quando gli chiedeva in tono aggressivo notizie delle ragazze scomparse, poi si tirava indietro e faceva una domanda innocua sulla preparazione del coro o su come fosse lavorare al centro ricreativo.

Era una tecnica da manuale, che mirava a distruggere gradualmente il senso del controllo nei sospettati. Eri tu a impostare il tono, a decidere gli argomenti, a dir loro dove sedersi, dove stare in piedi, quando parlare, quando potevano mangiare, quando potevano andare al bagno, e prima o poi loro crollavano per disperazione, confessando. Era una variazione del tema poliziotto buono/poliziotto cattivo con un tocco della sindrome di Stoccolma, ma per quel che poteva vedere Emmy, Dale Loudermilk non ci stava cascando.

Non sudava, non implorava né pregava, non tremava e non piangeva. Non dondolava una gamba, non si torceva le mani. In pratica, poteva benissimo essere impegnato in un ricevimento con i genitori durante il quale una madre o un padre cercavano di convincerlo a cambiare un voto.

Dale non avrebbe cambiato proprio un bel niente.

«Papà, è assurdo.» Non riuscì a trattenere l'irritazione. «Sono tre ore che Faulkner fa avanti e indietro come uno yo-yo, e Dale non ha ceduto di un millimetro. Perché non usa nessuna delle informazioni che gli abbiamo dato?»

«Non lo so» rispose Gerald.

«Guardalo.» Emmy indicò il volto superbo di Dale sul monitor. «È ancora convinto che potrà uscire di qui. Faulkner deve cominciare a girare un po' quella vite. Deve parlare dei cellulari di Cheyenne, della SIM, del sesso, delle droghe, dei filmati di sicurezza presi a scuola. Metà dell'FBI in questo momento sta smontando la casa e l'automobile di Dale e sottoponendo a una colonscopia chiunque lo abbia mai conosciuto. Faulkner deve cominciare a mettere in chiaro che il mondo di Dale sta per finire. Madison potrebbe essere ancora viva.»

«È frustrante» disse Gerald.

«Eh sì, che cavolo.» Emmy sentì la collera aumentare sempre di più. «Non possiamo entrare là dentro?»

«No.»

«Papà, deve sbattergli in faccia i fatti.»

«Non sempre i fatti sono abbastanza chiari.»

«E questo che significa?» fece lei, esasperata. «Mi hai sempre detto che se un sistema non funziona bisogna provare in un altro modo. Madison potrebbe stare arrostendo nel portabagagli di un'auto o legata in un capanno da caccia. Quanto a lungo può resistere con questo caldo senza acqua?»

Gerald non rispose. Il suo sguardo era piantato sul monitor che mostrava Dale Loudermilk seduto in una posizione privilegiata. Emmy stava per insistere, chiedendo a suo padre che le desse un incarico grazie al quale potesse uscire da quella stanza buia e soffocante quando un improvviso colpo di tosse fece vibrare la cassa. Dale si portò la mano alla bocca e tossì di nuovo.

Emmy osservò Lionel Faulkner indicare il bicchiere di plastica sul tavolo.

«Beva un po' d'acqua» disse a Dale.

Con un gesto teatrale, Dale prese il bicchiere e bevve rumorosamente. Schioccò le labbra e rimise il bicchiere sul tavolo.

Emmy strinse le mani tra loro fino a sentire le ossa scrocchiare. Continuava a pensare a quando aveva preso la mano di Madison sotto la quercia. L'aveva abbandonata una volta, e in quel momento aveva davanti agli occhi un poliziotto che stava facendo la stessa cosa. Dale non avrebbe mai rivelato a Faulkner dove si trovavano. Emmy dovette ricorrere a ogni briciolo di autocontrollo per non uscire nel corridoio, fare irruzione nella sala interrogatori e cancellare a schiaffi quella sua espressione tronfia.

Lionel riprese: «Ha ingaggiato Cheyenne e Madison quando erano in prima superiore».

Dale fece un gran sospiro. «Non era un ingaggio. Faccio delle audizioni, tutti i ragazzi possono presentarsi. Cheyenne è un contralto potente, Madison ha una tessitura della voce molto ricca che si accorda bene con i miei tenori più esperti.»

«È solo un modo pomposo per dire che canta bene, giusto?»

Lionel aspettò che Dale abbassasse il capo per annuire. «Sono delle ragazze carine, vero? Soprattutto Cheyenne.»

«Non sia disgustoso.»

«Madison, però...» Lionel schioccò la lingua contro i denti. «Ha delle belle curve. Insomma, c'è tanto posto dove mettere le mani.»

Emmy sentì l'acido bruciarle nello stomaco.

Lionel riprese: «Madison era nel suo gruppo di canto e ballo. L'ha portata ai campionati di Stato ad Atlanta, l'anno scorso».

«Ho portato un pullman pieno di studenti a quel campionato. Madison Dalrymple era solo una di loro.»

«Dormiva nello stesso hotel di Madison. Il Marriott Marquis, sulla Peachtree Center Avenue. La sua stanza era accanto a quella della ragazza.»

«E mia moglie era nel letto accanto a me.» Dale parve divertito dalla propria battuta. «La signora Loudermilk ha partecipato al viaggio come accompagnatrice. Può parlare con lei, le dirà che non ha visto nulla.»

«Non sono sicuro che Esther sia poi così brava a giudicare le persone.» Lionel impresse un tono confidenziale alle sue parole. «Dopotutto, non aveva capito di aver vissuto per vent'anni sotto lo stesso tetto di un pedofilo.»

Le mani di Dale si erano chiuse a pugno. Lentamente, allungò le dita, come a voler ricordare a se stesso che doveva mantenere la calma. «Non avevate il diritto di parlare con mia moglie senza il mio permesso.»

«Ho la sensazione che lei non abbia compreso in che situazione si trova» disse Lionel. «È in arresto perché in possesso di materiale pedopornografico. È stato colto in flagrante.»

«Credo che sia lei a non capire» ribatté Dale. «Vi ho detto diverse volte di aver donato il mio portatile al dipartimento di teatro. Non lo vedevo da un anno.»

«Il capo del dipartimento di teatro non ricorda la sua donazione.»

«Non mi sorprende, perché è una donna inaffidabile.»

«La dottoressa Clifton dice che il computer è ancora registrato a suo nome.»

«Fossi in lei non mi fiderei del modo in cui tiene i registri. È molto imprecisa.»

«Abbiamo controllato le impronte digitali sul computer, Dale. Ne abbiamo trovate solo due. Quelle della dottoressa Clifton si trovano sulla tastiera, il che non ci sorprende, perché ha sbloccato il dispositivo. Abbiamo trovato le sue all'interno, all'esterno, e sulla chiavetta USB che stava usando per scaricare le immagini pornografiche.»

«Ah, ora capisco il malinteso. L'apparecchio era ricoperto di polvere, e prima di usarlo l'ho pulito.» Dale prese il bicchiere d'acqua in mano, ma non bevve. «Come vi ho detto, non vedevo quel computer da un anno. Da quando ne ho preso uno nuovo.»

«Giusto. L'Assicurazione Genitori Insegnanti le ha comprato un nuovo MacBook Pro dopo che il Choral Club si è piazzato al primo posto alle competizioni regionali. L'abbiamo trovato nella valigetta all'interno della sua auto.»

Dale poggiò il bicchiere sul tavolo. «Vi darò la password. Avete il mio permesso per esaminarlo. Scoprirete che ci sono solo programmi delle lezioni, arrangiamenti corali e spartiti.»

Lionel si protese di nuovo in avanti. «Mi permetta di spiegarle cosa fa l'FBI quando tratta un caso come questo. Vuole che glielo dica?»

Dale fece un gran sospiro infastidito. Non aveva capito che il fatto che Lionel gli chiedesse il permesso di dargli delle informazioni, e che usasse spesso la formula "mi permetta", era solo un modo per dargli l'impressione di poter scegliere.

Agitò una mano. «La ascolto» disse.

«Perquisiamo casa sua, i suoi veicoli, il suo luogo di lavoro, il deposito in cui tiene gli attrezzi da giardinaggio, il suo armadietto nel centro ricreativo in cui tiene un flacone di pomata antisfregamento, parliamo con sua moglie, con la sua famiglia, con i suoi vicini, con i suoi colleghi, con il suo pastore, con i suoi compagni della squadra di softball, con il tizio del negozio di mangimi che la scorsa settimana ha caricato sei sacchi di pacciame sul suo furgone, con la donna che le ha tagliato i capelli venerdì.»

Emmy lasciò uscire un soffio d'aria sibilante tra i denti. Finalmente Faulkner stava tirando fuori dettagli grazie ai quali Dale avrebbe capito che la sua vita era sotto la lente di un microscopio.

L'agente disse: «Dale, mi permetta di dirle la brutale verità».

«Significa che finora non me l'ha detta?»

«Lei finirà in prigione.»

Dale scosse il capo. «Non finirò in prigione.»

Lionel rise di fronte alle sue certezze. «Amico mio, sei stato preso con le mani nel sacco da un vicesceriffo.»

«Emmy Clifton è una ragazzina. Ha ottenuto questo lavoro solo grazie a suo padre.» Dale sembrava convinto di aver messo a segno un punto. «*Amico mio.*»

«Sembra quasi che ti sia sballato. Devo farti un test antidroga?»

Dale sbuffò disgustato. «Non bevo nemmeno alcolici.»

«Stammi bene a sentire, Dale. Non so in quale mondo di unicorni vivi tu, ma lascia che ti dica come funziona quello reale. Togliamo dal quadro ciò che hai fatto a Cheyenne e Madison per un momento, okay?»

Dale cominciò a borbottare: «È assurdo».

«Lo Stato della Georgia sta per piombarti addosso come un treno merci. Ancora non lo sai, ma ti schiacceranno senza tanti complimenti. Nel nostro paese il possesso di pedopornografia è punito con condanne brutali. Ciascun download è considerato un singolo reato. Ogni singolo download. Mi segui?»

Dale non rispose, ma all'improvviso era molto attento al discorso.

«Parliamo di crimini, non di reati minori. Parliamo di multe fino a centomila dollari per *ogni* file. Le linee guida per le sentenze impongono dai cinque a vent'anni per *ogni* file.» Lionel si era intromesso di nuovo nello spazio personale di Dale. «So che non insegni matematica, quindi ti aiuto un po' con i calcoli. Diciamo che ti danno il minimo, okay? Non andrà così, ma voglio venirti incontro. Il risultato di cinque anni moltiplicati per novecentosessantotto immagini pornografiche di bambine di un'età compresa tra i nove e gli undici anni fa *creperai in galera.*»

Emmy vide la lingua di Dale guizzare sotto i baffi per leccarsi le labbra. Quell'informazione era stata un duro colpo, ma non era disposto ad abbandonare il suo atteggiamento tranquillo.

«Non finirò in prigione» insisté.

«Continui a dire così, ma a mio avviso l'unica domanda sensata è: in quale prigione morirai, e dopo quanto tempo?»

«Sono due domande.»

«Lascia che risponda io a entrambe» propose Lionel. «Potrebbe essere la Dooly State Prison, dove sbattono tutti gli altri pedofili, oppure la Georgia Diagnostic and Classification State Prison, dove passerai circa quindici anni in isolamento dentro una cella, poi ti porteranno nel corridoio, ti legheranno a una barella, ti infileranno un ago in un braccio e morirai.»

Dale dischiuse le labbra. Inspirò di colpo, con un sibilo che risuonò nella cassa.

«Guarda questa stanzetta merdosa, amico. È il Taj Mahal, rispetto a come sarà la tua cella. Allungando le braccia, toccherai le pareti sui due lati.»

Dale non riuscì a evitare di guardarsi intorno.

Lionel riprese: «Sappiamo che Cheyenne è già morta».

Dale si morse il labbro inferiore per tenere la bocca chiusa.

«È morta anche Madison?» chiese l'agente.

Emmy sentì il fischio di un altro respiro veloce. Dale si schiarì la gola. Puntò lo sguardo verso il muro di fronte a sé. La sua espressione era neutra, ma lei vide una grossa goccia di sudore colare da una basetta.

«È solo un errore» disse.

«Sai quanta gente è in prigione per aver fatto un errore?»

«Non ho detto di *aver fatto* un errore. Ho detto che lo avete fatto *voi*.» Dale provò a calmarsi finendo l'acqua. Il bicchiere fece un suono sordo quando lo poggiò di nuovo sul tavolo. «Perché dovrei aver bisogno di due computer portatili? Il mio MacBook Pro è molto superiore. Come ho dichiarato più di una volta, non vedevo quello vecchio da mesi.»

Emmy sentì tutta l'aria uscire dal suo corpo. Aveva sfruttato il silenzio per escogitare un'altra scusa.

«Okay» disse Lionel, fingendo di seguirlo. «Come facevi a sapere che il portatile era nascosto dietro l'armadio?»

«Lo sanno tutti che era lì. Non era nascosto, quello era il suo posto.»

«E da chi era deciso?»

«Chi *lo aveva* deciso, semmai, e non ne ho idea.»
«Da quanto tempo era lì?»
«Non lo so.»
«Okay, vediamo se ho capito bene» disse Lionel. «Mi stai dicendo che le cose sono andate così: Cheyenne Baker e Madison Dalrymple sono state rapite, e per qualche strana coincidenza la mattina dopo tu ti sei presentato a scuola di buon mattino per prendere un computer portatile che non toccavi da più di un anno, o un anno preciso, o da qualche mese, o non sai da quanto, anche se conosci *il suo posto,* infilato tra il muro e un armadio, di cui tutti sono al corrente anche se nessuno l'ha mai toccato, perché volevi copiare degli spartiti, ma l'unica cartella che hai copiato sulla chiavetta USB che hai portato da casa è anche l'unica che conteneva quasi mille foto pedopornografiche, e tu non ne sapevi niente.»
Dale si leccò le labbra di nuovo. Sapeva che sembrava assurdo.
«Sì.»
«Esther era a casa di sua sorella a Carrolton a vedere i fuochi d'artificio con i suoi figli, ha detto di averti sentito al telefono, ma di non averti visto di persona. I vicini erano tutti allo spettacolo pirotecnico. Nessuno ti ha visto. Non hai un alibi.»
«Ero a casa.»
«Il tuo vicino dice che stamattina eri nel vialetto di casa a lavare e passare l'aspirapolvere nella tua auto. È un'attività che svolgi sempre alle cinque e mezza del mattino?»
«Non è estate anche ad Atlanta?» La superbia di Dale era tornata. «Le attività si svolgono la mattina presto perché dopo fa troppo caldo.»
«Ha senso» convenne Lionel. «Quello che però mi sembra strano, però, è che non ho mai sentito di qualcuno che usasse la varechina per pulire l'auto. Almeno non un uomo innocente.»
Lo sguardo di Dale tornò sulla parete spoglia di fronte a sé.
«Nelle trasmissioni sulla polizia scientifica dicono sempre che la varechina distrugge le tracce di sangue e di DNA. È un

buon modo per ingannare i controlli, vero?» Lionel fece una pausa, ma non ebbe risposta. «Sai, anche il semplice fatto che stavi lavando l'auto con la varechina è un campanello d'allarme. Mi dice che temevi potessimo trovare DNA, impronte digitali o tracce di Cheyenne e Madison.»

«Non mi sorprenderebbe se le trovaste» ribatté Dale. «Accompagno spesso i ragazzi a casa dalle prove. Ho sempre il permesso dei genitori. Potete chiedere a Hannah e Ruth.»

«L'abbiamo già fatto» rispose Lionel. «Accompagnavi molto spesso Cheyenne a casa. Verona è a venti minuti nella direzione opposta rispetto a casa tua.»

Dale non disse nulla.

«Parlami della Glock 20 registrata a tuo nome.»

Lionel attese, ma Dale continuò a tacere. «Non l'abbiamo trovata in casa tua né nella tua auto. Dov'è?»

Dale abbassò il capo. Fissò il bicchiere vuoto sul tavolo.

«Non sei in una bella situazione, amico.» Lionel fece una breve pausa. «Non sei uno stupido, sai benissimo quanto sia grave.»

Emmy osservò l'agente avvicinarsi di nuovo a Dale. Non lo aveva notato, prima di quel momento, ma negli ultimi minuti la postura dell'insegnante era cambiata radicalmente. Non sedeva più con la schiena dritta, ma si era accasciato sulla sedia. Le spalle erano curve in avanti. Si stava chiudendo.

Secondo i manuali, era il momento più critico di un interrogatorio. In quel momento, gli scenari erano tre: avrebbe confessato, avrebbe chiesto un avvocato, oppure si sarebbe spento del tutto.

Dale mormorò: «Non sono stato io».

«Okay, amico, ho capito. Ma lascia che ti faccia un quadro della situazione» riprese Lionel. «Due ragazze rapite, e tu le conosci entrambe. Il sangue trovato sulla scena indica una ferita da arma da fuoco, e la tua Glock è sparita. Hai lavato a fondo la tua auto con la varechina. Non hai un alibi per ieri sera. Stamattina sei stato colto in flagrante mentre scaricavi materiale pedopornografico dal tuo computer portatile.»

Lui scosse la testa, borbottando: «Non è il mio portatile».

«Sai che i computer registrano ogni singolo accesso di un utente?» chiese Lionel.

Dale sollevò la testa di scatto. Non ne aveva idea, era evidente. Si raddrizzò sulla sedia, tentando di ritrovare sicurezza. «Le password possono essere rubate.»

«L'ultimo accesso al tuo portatile risale al 12 maggio di quest'anno. Il contenuto della cartella CONCERTI SACRI è stato visualizzato per ventuno minuti durante la tua pausa pranzo.»

«Tutti pranzano alle...»

«No, stammi a sentire» lo interruppe Lionel sollevando un dito. «Abbiamo le riprese delle telecamere di sicurezza, e ti mostrano mentre entri nell'auditorium tre minuti prima del login ed esci quattro minuti dopo il logout. Sei rimasto lì dentro per ventotto minuti. Il 24 maggio, stesso schema. Entri nell'auditorium a pranzo, ti colleghi per ventiquattro minuti, fai il logout, infine la telecamera ti inquadra mentre esci dall'auditorium.»

Emmy trattenne il fiato, protendendosi avanti sulla sedia, implorando in silenzio che Dale crollasse.

«La...» Dale si schiarì la gola. «La telecamera nel corridoio è rotta.»

«Vero, fino a qualche giorno fa» rispose Lionel. «Ma quella dietro il bancone della biglietteria all'ingresso ha sempre funzionato.»

Emmy vide Dale diventare terreo. Strinse le mani tra loro, sopra le gambe. L'arroganza, alla fine, aveva abbandonato la sua espressione. Sembrava terrorizzato.

«Finalmente» sussurrò lei.

«Dale» continuò Lionel, «continueremo a esaminare quei filmati e li confronteremo con i login. In questo modo dimostreremo al di là di ogni ragionevole dubbio che hai eseguito l'accesso al *tuo* portatile scolastico durante l'orario di servizio per masturbarti guardando materiale pedopornografico.»

Dale cominciò a scuotere la testa. «No.»

«Lascia che ti dica cosa penso sia successo davvero stamattina. Hai pulito con la varechina la tua auto ripensando a tutti gli elementi che potevano collegarti alle ragazze, e pensando al portatile sei entrato nel panico.»

«No» ripeté lui.

«Sapevi che la città brulicava di poliziotti, sapevi che molto presto sarebbero andati a parlare con i professori. Avevi paura che uno di loro potesse trovare il portatile, o che qualcuno della scuola potesse ricordarsi di averlo visto infilato dietro quell'armadio.»

«Non è mio.»

«Sapevi che con il codice seriale sarebbero risaliti a te. Sapevi che se qualcuno avesse visto i file che conteneva saresti stato collegato con il rapimento, perché quante possibilità ci sono che un pedofilo che si fa le seghe davanti alle foto di bambine sfruttate e vulnerabili non sia lo stesso stupratore assassino che ha rapito due ragazzine che conosce da anni?»

«Non sono ragazzine, sono praticamente delle donne.»

«Mi stai dicendo che ti piacciono più giovani?»

«*Sto dicendo* che ti sbagli.» Il tono di Dale era cambiato. Era furioso. «Se questa assurda teoria fosse giusta – e sai una cosa? Non lo è – per quale motivo non avrei semplicemente distrutto il portatile?»

Lionel ridacchiò, come se la risposta fosse semplice. «Perché pensi di essere furbo, Dale. Perché nella tua testa hai già esaminato tutte le scuse del cazzo che potevi tirar fuori: *l'ho perso, non mi ricordo a chi l'ho dato, mi è caduto nel cesso.* E ti sei reso conto che l'unica soluzione era cancellare l'hard disk e sperare che la cosa finisse lì.»

Dale si guardò le mani, ma Emmy fece in tempo a cogliere la sua espressione scioccata. Pensava davvero di essere furbo. Era davvero nel panico.

Lionel si chinò in avanti di nuovo, i gomiti poggiati sulle ginocchia. «È stato il mio collega a parlare con tua moglie.»

Entrambe le sale erano così silenziose che Emmy sentì chiaramente il suono del deglutire di Dale.
«Mi ha detto che Esther lavora part time come segretaria alla Chiesa battista. Dice che tutti la considerano una brava donna cristiana. Concordi con questa descrizione di tua moglie, Dale?»
«Sì» rispose lui espirando.
«Esther è devastata, Dale. Non fa che piangere. Ha addirittura vomitato, quando le abbiamo spiegato la situazione. Il mio collega ha dovuto chiamare un medico.»
Per la prima volta dall'inizio dell'interrogatorio, Dale sembrò preoccupato per qualcuno che non fosse lui stesso. «Ha problemi di ansia.»
«In questo momento sta malissimo» disse Lionel. «È preoccupata per Madison e Cheyenne.»
Emmy vide il labbro inferiore di Dale cominciare a tremare. Aveva gli occhi pieni di lacrime.
Lionel continuò: «Uno dei princìpi cardine del cristianesimo è il perdono. Pensi che Esther ti perdonerà mai per tutto questo?».
Dale si passò le dita dietro gli occhiali, asciugandosi le lacrime.
«Credo che prima o poi lo farà, Dale. Tua moglie crede nella Bibbia. È una persona timorata di Dio.» Fece una pausa. «Ma non potrà perdonarti, se non dici la verità. Ed è questo che vuoi, in fondo, no? Tu vuoi dire la verità.»
Dale cominciò ad annuire, ma non lo disse.
«Il computer portatile appartiene a te, vero?»
Lui scosse la testa.
«Dimmi dove sono le ragazze, Dale. Lascia che le riporti a casa, alle loro famiglie.»
Lui continuò a scrollare il capo, restando sempre in silenzio.
«Dale, aiutami a portare a casa Cheyenne e Madison. Ruth ha bisogno di vedere la sua bambina. Hannah vuole stringere sua figlia per un'ultima volta.»

Emmy sentì i propri occhi riempirsi di lacrime. Guardò suo padre. Gerald non si era mosso, il suo sguardo era rimasto incollato sempre allo stesso monitor, quello che mostrava il viso di Dale Loudermilk.

«Dimmelo» lo spronò Lionel. «Liberati, amico. Dimmi dove sono.»

Alla fine, Dale crollò. Un forte singhiozzo scosse l'altoparlante. Gettò gli occhiali sul tavolo e si coprì il viso con le mani. Cominciò a piangere, ma il pianto si trasformò in una sorta di lamento. Dondolava avanti e indietro, come a volersi consolare.

Emmy afferrò i braccioli della sedia e continuò a osservarlo. Non riusciva a pensare che a Madison e Cheyenne. Avevano pianto anche loro così? Si erano sentite terrorizzate, impotenti, abbandonate? Cheyenne aveva pensato che la sua vita stesse finendo quando Dale le aveva sparato alla testa? Madison gemeva come una bambina nel posto buio in cui l'aveva portata?

«Dale, amico, ascoltami.» Lionel gli posò una mano su una spalla per calmarlo. «Guardami, okay? Esiste un modo per liberarti da questa colpa, ed è dirmi dove sono. A nessuno interessa altro. Dimmi dove sono.»

Dale continuava a tenersi le mani sul viso. Borbottava qualcosa, ma la sua voce era troppo sommessa perché il microfono riuscisse ad amplificarla.

«Cosa?» Nemmeno Lionel riusciva a sentirlo. Scostò le mani di Dale e lo guardò in faccia. «Dimmelo.»

«Ho detto che non sono stato io!» gridò lui. Si scostò dal tavolo di scatto e cominciò ad agitare le braccia, urlando. «Non sono stato io, cazzo! Non sono stato io! Non sono stato io! Cazzo!»

Emmy sentiva le sue urla con l'eco: le arrivavano prima dal corridoio, e mezzo secondo dopo dalla cassa.

«Merda» sibilò. Aveva una gran voglia di prendere a pugni il monitor. «Non cederà mai, lo sai anche tu» disse a suo padre.

Gerald allungò una mano verso la cassa e spense il suono. Le grida attutite cessarono all'istante. Emmy vide che Lionel si era alzato, le mani tese per tentare di calmare Dale.

Gerald disse: «L'armadietto di Cheyenne. Mostramelo».

Emmy prese il cellulare, sfogliò le foto e consegnò il dispositivo a suo padre. «Cosa non ho notato?»

«Non lo so.» Mosse le dita goffe sullo schermo. Dovette fare diversi tentativi per zoomare. «Niente collane.»

Emmy si sentì una stupida per non essersene resa conto. «Se le sono regalate a Natale. Non credo che se le sarebbero tolte per scattare le foto, perché avevano comunque della bigiotteria addosso. Significa che queste immagini risalgono ad almeno sette mesi fa.»

Gerald scorse le varie immagini. Fece la stessa cosa che aveva fatto Emmy: osservò con attenzione l'ambiente, in cerca di indizi che lo aiutassero a capire dove fossero state scattate.

«Stampante a colori?» chiese.

«Sì. Tipo di inchiostro e carta non aiutano, sono gli stessi che si trovano all'Office Depot. Non c'è filigrana e nemmeno un marcatore temporale.»

Lui continuò a scorrere. «Dimmi del telefono di Cheyenne.»

«Ho inserito il numero seriale nel sistema. Sull'iPhone c'è una denuncia per furto a febbraio dell'anno scorso. Abbiamo incaricato il Dipartimento di Polizia di Atlanta di rintracciare il proprietario originale, ma il problema è che i dati sul telefono sono stati cancellati. Cheyenne ha fatto un ripristino delle impostazioni di fabbrica.» Emmy anticipò la domanda seguente, perché l'aveva fatta anche lei. «Celia mi ha detto che la signora Burrough ha mandato Cheyenne nel suo ufficio per consegnare il cellulare. Era da sola nel corridoio. Ha avuto il tempo di cancellare tutto durante il tragitto.»

«Però non ha preso la SIM.»

«Forse non sapeva che avrebbe dovuto cancellare anche quella. Per questo Madison è tornata lì due giorni dopo.»

«Per ordine di chi?»

Guardarono i monitor. Dale era di nuovo seduto, le braccia conserte. Non aveva l'aria di un genio della tecnologia.

«Che cosa sappiamo?» chiese Gerald.

Emmy controllò l'orologio. «Siamo quasi a diciassette ore dal rapimento. Un uomo che è stato insegnante di entrambe le vittime è un pedofilo. Abbiamo due scene del crimine, il campo di calcio dove sono stati trovati il sangue di Cheyenne, il telefono di Madison e le due bici. L'altra scena è una via secondaria, dove hanno rinvenuto una collanina d'oro rotta e delle tracce di pneumatici di bicicletta, un paio di impronte di scarpe grandi e un paio piccole.

«Cosa pensiamo di sapere?»

«Abbiamo un uomo soprannominato il Pervertito che non riusciamo a identificare e che potrebbe perfino non esistere. Uno spacciatore di nome Wesley "Woody" Woodrow che potrebbe essere il loro fornitore. Il telefono a conchiglia di Cheyenne, quello di cui i suoi genitori sono al corrente, è finito chissà dove. Il secondo telefono ricaricabile, che lei ha comprato per sostituire quello confiscato da Celia, è finito chissà dove. La memoria del telefono confiscato è stata cancellata da Cheyenne per chissà quale motivo. Non sappiamo perché, ma Madison ha rischiato di mettersi nei guai per rubare la SIM card nell'ufficio di Celia due giorni dopo. Ha tagliato la scheda in tre pezzi, ma li ha conservati, anche se i dati non sono più accessibili, e questo implica che doveva consegnarli a qualcuno come prova della distruzione.»

«Quali dati?»

«In una SIM vengono conservati il numero di telefono, le autorizzazioni di rete, l'elenco dei contatti e un numero limitato di messaggi di testo. I dati vengono trasferiti insieme alla scheda in qualsiasi telefono venga inserita.»

«Le foto? I video?»

«No» disse Emmy. «Ma Cheyenne potrebbe aver fatto un backup sul Cloud. Si può acquistare spazio di archiviazione con una carta prepagata, usando un nome e un indirizzo falso. Non è complicato.»

«Il nostro rapitore è presente in qualche immagine o video?» chiese Gerald.

Emmy sperò con tutta se stessa di non essere l'agente che li avrebbe trovati. «L'FBI dice che è improbabile che riescano a recuperare i dati nel telefono ripristinato. C'è una chiave di crittografia o qualcosa di tecnico che non ho ben capito, ma il fatto è che è una causa persa. Pensano di avere maggior fortuna con il cellulare di Madison. Oppure se troveremo il secondo telefono ricaricabile che stava usando Cheyenne, o magari quello a conchiglia.»

«Troppi telefoni» dichiarò Gerald. «Torna alla busta nell'armadietto.»

Emmy sapeva che aveva visto il logo della Clifton Tool and Die sul davanti della busta. «Felix Baker è un dipendente della fabbrica, quindi poteva avere qualche busta aziendale in casa. Però ci ha detto di aver accompagnato Ruth e Pamela al bacino del fiume e di essere andato al lavoro. Dobbiamo verificare quattro ore del suo tempo.»

«Già fatto» rispose lui. «Ho chiamato la fabbrica stamattina e ho parlato con la sorveglianza. Il tesserino di Baker ha timbrato in entrata alle 15.28 e in uscita alle 18.51. Le videocamere di sicurezza lo hanno inquadrato all'interno dell'edificio, e il suo minivan era nel parcheggio.»

Emmy non era ancora pronta a escludere dal quadro Felix Baker. «So che sua moglie ha detto che è arrivato al fiume intorno alle sette e mezza, ma possiamo fidarci di lei? Uscendo alle 18.51, Felix aveva comunque il tempo di andare al parco e prendere le ragazze, fare qualsiasi cosa avesse in mente e poi arrivare in tempo per riportare a casa Ruth e Pamela.»

Gerald prese il telefono fissato al muro, digitò il numero dell'interno di Virgil e inserì il vivavoce. Gli squilli risuonarono nella sala buia.

«Sì, capo?» disse Virgil.

«Hai i registri?»

«Appena ricevuti» rispose lui. «La targa del minivan di Felix Baker è stata ripresa dalle telecamere della stradale alle 19.16

di ieri sera mentre svoltava su Front Basin Road. Registrata di nuovo quando andava via alle 23.02.»

Emmy sapeva che tutte le autopattuglie della stradale erano dotate di scanner montati sulla griglia anteriore. Front Basin Road era l'unica via d'accesso e di uscita per lo spettacolo pirotecnico della contea, quindi Felix Baker era scagionato.

«Cosa mi dici dei tabulati telefonici?»

«L'attività di Madison da ieri dovrebbe aggiornarsi da un momento all'altro. Nel frattempo sto lavorando con la compagnia telefonica, cercando di rintracciare il registro delle chiamate dei due numeri usa e getta. L'unica cosa che ho scoperto per il momento è che il primo è entrato in funzione nell'agosto dell'anno scorso.»

«E il telefono a conchiglia?» domandò Gerald.

«Felix mi ha spedito il registro delle chiamate di Cheyenne stamattina. Quel telefono comunicava solo con quattro persone: Felix, Ruth, Pamela e Madison» disse Emmy. «Non c'è da sorprendersi. Cheyenne sapeva che i suoi genitori tenevano sotto controllo la sua vita digitale. Ruth ha donato il suo portatile alla chiesa quando ha scoperto che sapeva aggirare il parental control, avevo deciso di chiamare stamattina ma poi è entrato in scena Dale. Potrei andare...»

«No.» Gerald le fece cenno di restare seduta. «Virgil?»

«Ci penso io» rispose lui. «Ultima cosa, ho mandato Brett in tutti e due i negozi di cellulari del centro commerciale e al Good Dollar. Il giorno in cui è entrato in funzione il telefono sostituto di Cheyenne, hanno venduto un totale di sei SIM card. Abbiamo rintracciato tutti gli acquirenti. Uno è un allibratore, due sono mamme single sfortunate e gli altri tre hanno ammesso di usare i telefoni per tradire le mogli.»

Emmy disse: «Sul primo telefono ricaricabile di Cheyenne c'è una denuncia per furto ad Atlanta più di un anno fa. Probabilmente anche il secondo era rubato, ma la SIM può essere stata comprata in zona. Non è necessario comprare un telefono per averne una, si possono sostituire e basta».

«La compagnia telefonica ha saputo dirmi solo che entrambe le SIM sono state attivate a North Falls. Ho il codice ICCID a venti cifre della scheda, ma vengono vendute in lotti. Sono inutilizzabili finché qualcuno non le carica con del denaro. È come una gift card che non è ancora stata attivata, non c'è modo di risalire a un venditore.»

«Okay.» Gerald sembrava pronto a passare oltre. Disse a Virgil: «Irma Woodrow frequenta la tua chiesa».

«Giusto.»

«Il nipote Wesley, si fa chiamare Woody, vende droga. Devi scoprire se era in contatto con Cheyenne o Madison. Magari vedi se padre Nate vuole accompagnarti.»

«Ci penso io, capo.»

Gerald chiuse la telefonata. Emmy pensò che stesse per alzarsi e uscire, invece incrociò le braccia sul petto e si appoggiò allo schienale.

«Esaminiamo i punti deboli» le disse.

Era un altro gioco che facevano anche quando erano sicuri di aver arrestato la persona giusta. Un buon avvocato difensore avrebbe sempre cercato i punti deboli in un'indagine. Un bravo poliziotto si assicurava sempre che non ce ne fossero.

Emmy si voltò verso i monitor, seguendo i movimenti del loro principale sospettato nella sala degli interrogatori. Dale camminava avanti e indietro, ancora agitato e senza dubbio continuando a insistere di non avere niente a che fare con il rapimento di Cheyenne e Madison.

E se quella parte della sua versione fosse stata vera?

Non c'era dubbio che Dale fosse un pedofilo, ma era lui che aveva rapito le due ragazzine? Oppure era solo uno degli ottantasette già registrati?

«L'FBI ha gli estratti conto di Dale. Tra il mutuo, le rate della macchina di Esther e il loro prestito studentesco gli resta ben poco per arrivare a fine mese. Lei lavora nell'ufficio della chiesa, lui ha preso l'incarico al centro ricreativo d'estate per far quadrare i conti di casa.»

«Okay.»

«Cheyenne ha sedicimila dollari nascosti nella sua stanza. Nel frattempo, Dale distribuisce asciugamani al centro ricreativo otto ore al giorno per il salario minimo?» Le venne in mente qualcos'altro. «Kaitlynn ha sentito Cheyenne fare una battuta sull'uomo più grande di lei che frequentava. Ha detto qualcosa del tipo "Vorrei che avesse il pene grosso come il portafoglio". Dale non ha un portafoglio grande.»

«Potrebbe esserci più di un uomo più grande.»

«Il materiale pedopornografico che Dale ha sul portatile» riprese lei. «Le ragazzine che guardava erano molto giovani: nove, dieci, undici anni. Cheyenne e Madison hanno già superato la pubertà. È diverso.»

Anche Gerald guardò i monitor. Lionel stava puntando un dito in faccia a Dale. Alla fine, aveva lasciato perdere la sua tecnica bastone-carota, ma la nuova sembrava sortire comunque lo stesso effetto.

«Andiamo a fare un giro» propose Gerald.

Emmy non si rese conto di quanto fosse claustrofobica la sala di osservazione fino a quando non fu nel corridoio. Le potenti luci del soffitto le fecero sbattere le palpebre, ed ebbe bisogno di così tanto tempo per abituarsi che sentì la voce di Brett prima di riuscire a vederlo.

«Capo.» Sembrava emozionato. «L'altro agente dell'FBI ha detto che posso partecipare all'interrogatorio della moglie di Dale. Va bene per te?»

«No» rispose lui. «Scopri chi è l'uomo che viene chiamato il Pervertito. Fai un giro fuori e portalo qui.»

Brett nascose il proprio disappunto in modo penoso. «Sì, capo.»

La porta della sala interrogatori si aprì. Emmy sentì una zaffata di sudore stantio quando Lionel Faulkner uscì nel corridoio e si chiuse la porta alle spalle. Parlando a voce bassa, disse a Gerald: «Quel tizio è un osso duro».

«È sempre così.»

«Suggerimenti?»

«Quando non si sa nulla, è semplice convincersi di sapere qualcosa.»

Lionel rise. «È un indovinello in un rompicapo.»

«Buona fortuna.»

Lionel sembrava piuttosto agitato quando Gerald riprese a camminare nel corridoio. Emmy guardò l'agente e scrollò le spalle, poi seguì il padre fuori, passando dalla porta laterale. Gli lanciò le chiavi e salì al posto del passeggero della sua auto di servizio. L'auto era diventata rovente sotto il sole. Incrociò le braccia per impedire alla pelle scoperta di toccare i sedili infuocati.

Gerald infilò la chiave nell'accensione. L'aria bollente che usciva dalle ventole le investì il viso. Sarebbero stati necessari almeno cinque minuti di sofferenza, prima che si raffreddasse. Emmy aspettò di essere a metà di Main Street prima di fare domande sull'interrogatorio. Gerald doveva aver visto qualcosa nei monitor che gli aveva fatto cambiare rotta.

«Che cosa mi sono persa?» gli chiese.

«QNV» rispose lui.

Qualcosa Non Va.

Emmy cercò di ascoltare il proprio corpo. Il nodo che aveva ripreso a stringersi nel suo stomaco. L'atteggiamento altalenante di Lionel Faulkner non le era piaciuto, ma dal punto di vista emotivo lei stava facendo la stessa cosa. I suoi sentimenti erano andati su e giù almeno una ventina di volte nelle quattro ore precedenti. Un attimo prima diceva a se stessa che Madison era viva e che l'avrebbero trovata, quello dopo era sicura che fosse morta. Si era quasi esaltata quando aveva arrestato Dale, certa che avrebbe detto loro la verità. Poi era scivolata di nuovo nella depressione perché lui si rifiutava di parlare.

Dale non avrebbe mai confessato cos'era successo. Non li avrebbe condotti ai corpi. Le ragazze non sarebbero mai state ritrovate.

«Non sono sicuro che sia stato lui» disse Gerald.

«Cosa?» Emmy voltò la testa di scatto. «Abbiamo esaminato alcuni punti deboli, ma non ci sono stati cedimenti. Dale è perfetto.»

«Elenca pro e contro.»

Non ebbe bisogno di riflettere sui pro. Doveva essere per forza Dale. C'era una montagna di prove circostanziali a schiacciarlo.

«Ha insegnato a entrambe le ragazze per due anni. È stato in macchina da solo con tutte e due. Non era difficile per lui trovare del tempo da passare da solo con loro in orario scolastico. Ha i pomeriggi liberi. La sua pistola è sparita. Ha lavato l'auto con la varechina stamani. Non è rimasto sconvolto dall'immagine pornografica nell'armadietto di Cheyenne. Ha cercato di cancellare dal portatile le foto in suo possesso. Non ha un alibi per ieri sera. Risponde al profilo di molestatore. È arrogante, si crede più furbo di tutti gli altri. È abituato ad avere il controllo delle situazioni. Cerca il potere attraverso...»

«Emmy Lou.»

«So che non ami queste teorie, ma è tutto vero, papà. Esistono profili precisi per persone del genere. Ieri sera mi hai detto che denaro e droga possono essere una distrazione, e forse hai ragione. Le ragazze potrebbero essere state rapite perché sono giovani. Gli uomini malvagi non hanno bisogno di un motivo logico per fare del male alle donne. Lo fanno perché ne hanno voglia.»

«Okay» disse lui. «Vai con i contro.»

«L'ho già detto. I soldi. Il portafoglio di Dale non è grosso.» Emmy sapeva bene che suo padre voleva che aggiungesse qualcosa, e si prese un momento per riflettere. «Se non è stato Dale, è qualcuno come lui, qualcuno della comunità che si nasconde in piena vista. Probabilmente ha un matrimonio insoddisfacente, oppure è divorziato. Avrà cominciato guardando video pedopornografici sul computer, poi ha deciso di mettere in atto le sue fantasie.»

«Ieri sera?»

«No, si lavorava le ragazze da un po'. È l'unica spiegazione per i cellulari usa e getta, i contanti e la droga. Se dalle foto nell'armadietto di Cheyenne desumiamo che il rapitore le ha conosciute prima che comprassero le collanine che si sono scambiate a Natale, è cominciato tutto almeno sette mesi fa. Di recente qualcosa l'ha fatto scattare.»

Gerald rallentò e prese una svolta. «Descrivimi la situazione.»

«Giovedì scorso Cheyenne ha dovuto consegnare il cellulare a Celia. Deve aver raccontato al rapitore ciò che era successo. Il venerdì mattina, Madison era nell'ufficio di Celia per rubare la SIM card. L'ha tagliata in tre parti, ma l'ha lasciata a scuola per tutto il weekend. Forse lui non le ha creduto sulla parola quando gli ha detto di aver distrutto la scheda, forse si è agitato e ha deciso che doveva metterle a tacere per sempre. È più adulto, quindi è paziente, calcolatore, sa bene come aspettare il momento giusto. Sapeva che sarebbero state insieme al parco per lo spettacolo pirotecnico. E non sarebbero state sole: tutta la città sarebbe stata fuori. Le strade sarebbero state vuote. Così ha deciso di prenderle mercoledì sera.»

«Come?»

«Ha detto a Cheyenne che doveva incontrarsi prima con lui da qualche parte. Per questo Madison era preoccupata: Cheyenne era in ritardo. Avevano appuntamento al parco sotto la quercia.»

«Quando?»

«Credo alle otto, un'ora prima dell'inizio dei fuochi d'artificio. Significherebbe che Cheyenne doveva incontrare il rapitore intorno alle sette e mezza. Madison di sicuro conosceva i dettagli del loro appuntamento, per questo era preoccupata quando ho parlato con lei. Poi, quando l'ho respinta, ha deciso di prendere la bici e andare a cercare Cheyenne da sola.»

«E?»

Chiuse gli occhi per un istante di troppo. L'immagine di Madison che l'aspettava davanti alle gradinate era così reale che le sembrava ancora di sentire l'angoscia irradiata dalla quindicenne, come il calore di un fuoco crepitante. Perché non le aveva concesso un momento? Perché non aveva preso di nuovo Madison per mano dicendole che poteva fidarsi di lei, perché non aveva ascoltato ciò che voleva dirle?

«Qualcosa l'ha trattenuta» disse Gerald.

Emmy si concesse un momento per azzerare i pensieri. Immaginò Madison che la osservava mentre si dirigeva furiosa verso i bagni. Poi si allontanava dalle gradinate, prendeva la bici e la trascinava su per le scale di cemento.

«Madison ha portato la sua bicicletta nel parcheggio. Era buio, le luci erano spente, i fuochi d'artificio stavano per cominciare. Il rapitore arriva a bordo della sua berlina, ha la bici di Cheyenne nel portabagagli. Madison lo vede, perché i fuochi sono cominciati. Si avvicina alla macchina. Succede qualcosa. Forse Cheyenne cerca di scappare, Madison la segue, il rapitore entra nel campo da gioco con l'auto. Le ragazze cercano di nascondersi sotto gli alberi, il rapitore salta giù dalla macchina e spara a Cheyenne» disse.

Emmy non poté trattenere un sussulto. Le sembrava quasi di sentire l'odore del lubrificante della pistola, di vedere il rinculo della Glock di Dale che accompagnava lo scatto del grilletto, il proiettile che fendeva l'aria e perforava il cranio di Cheyenne Baker.

«E?» disse Gerald.

«Il suono dei fuochi d'artificio nasconde lo sparo. Nel frattempo, Madison scappa in bici, attraversando il campo di calcio. Il rapitore la insegue a piedi, l'afferra, la blocca. Lascia la bici e la riporta alla macchina. Carica tutte e due le ragazze e poi parte, dirigendosi verso il posto nascosto che ha progettato in anticipo. Lì probabilmente violenta Madison un'ultima volta prima di uccidere anche lei, poi si libera di entrambi i corpi.»

«Dove?»

«Penso...» Emmy cercò di ricordare le statistiche. «In quasi tutti i casi di rapimento da parte di predatori, i corpi vengono ritrovati entro un raggio di trentacinque chilometri dal luogo in cui la persona è stata portata via. La zona, di solito, è ben conosciuta dal rapitore. Spesso torna a visitare la scena per rivivere i suoi crimini. In genere nasconde i corpi in qualche modo: vengono coperti di foglie, seppelliti in una fossa poco profonda, immersi nell'acqua, nascosti in un edificio o un capanno abbandonato, fatti a pezzi e gettati in una discarica.»

«Pensa più in piccolo.»

«Non c'è niente di più piccolo, fino a che non ne sapremo di più su Dale» ribatté Emmy. «Era un escursionista? Andava in campeggio? A pescare? In kayak? Usciva a fare lunghi giri in macchina? Siamo circondati da alberi, ci sono foreste e parchi ovunque. Abbiamo il fiume Flint, decine di laghi, canali di scolo, strade forestali, sentieri antincendio. La palude Okefenokee è a sole quattro ore da qui.»

Emmy sentì il cuore in gola, perché non stava solo elencando elementi del panorama. Nella sua mente, immaginava le ragazze in ciascuno di quei luoghi. La ferita alla testa di Cheyenne che sporcava di sangue le foglie secche. Il corpo di Madison incastrato sul fondale della palude.

Chiese a suo padre: «E se non trovassimo mai i corpi? Se Hannah fosse costretta a chiedersi per tutta la vita se Madison sia viva o morta?».

Gerald si allungò davanti al cruscotto e le prese la mano.

Emmy si rese conto che una lacrima le era scivolata lungo la guancia. La ferita si era riaperta. Il dolore della perdita di Madison, la lite con Hannah, l'oppressione del senso di colpa. Fissò fuori dal finestrino, osservando gli alberi che le scorrevano accanto, indistinti. Non aveva il diritto di piangere. Aveva bisogno che suo padre si sbagliasse. Che Lionel Faulkner riuscisse a far crollare Dale Loudermilk e ottenesse una confessione piena. Di scoprire che Madison era ancora viva. Di riportare a Hannah la cosa più preziosa della sua vita. Di sapere che in qualche modo, nonostante tutto, sarebbero tornati alla normalità.

Gerald le lasciò la mano quando svoltò nelle vie secondarie. La serie di sentieri senza nome si intersecava tra diverse fattorie: animali al pascolo, arachidi, fagioli di soia, cavalli. Tutti i casolari erano stati tramandati da una generazione di Clifton Ricchi alla successiva.

In quel momento si trovavano sui terreni di Taybee e Terrell. Emmy lo capì dalla staccionata bianca verniciata di fresco che circondava la loro proprietà. L'argilla rossa era stata compattata dal passaggio di trattori, rimorchi per cavalli e camion per il trasporto del bestiame che facevano avanti e indietro da quasi duecento anni. Tutti, in città, prima o poi avevano utilizzato le vie secondarie come scorciatoia o per aggirare una zona che volevano evitare. Da ragazze, Emmy e Hannah erano passate di lì in bicicletta al rientro in città o per guardare i cavalli, oppure per passare del tempo insieme allo stagno che si allungava nella metà inferiore della proprietà della zia Millie.

Chiese a suo padre: «Sai per quale motivo Millie continua a chiamarmi?».

«Sono l'ultimo che potrebbe saperlo.»

Si era dimenticata che Millie non rivolgeva la parola a Gerald, per via dei casini della sua famiglia a cui aveva fatto riferimento Hannah. I Clifton spesso si dividevano in fazioni nemiche tra loro. I quattro anni di silenzio tra Myrna e Celia non erano nulla rispetto ai loro rancori decennali. Millie era la terza Clifton più anziana ancora in vita, e aveva una memoria molto lunga.

Gerald rallentò. Più avanti, Emmy scorse un furgone bianco con il logo del Georgia Bureau of Investigation sugli sportelli. La scientifica stava ancora esaminando il luogo in cui erano stati trovati la collanina d'oro e il sangue. Avevano creato un grande recinto con dei pali di metallo che sostenevano il nastro giallo acceso che segnalava la scena del crimine.

Emmy capì perché suo padre era andato lì. Citò uno dei suoi consigli più utili: «Se non sai cosa fare, parti dall'inizio».

«Già.» Gerald scese dalla macchina.

Emmy si preparò ad affrontare la morsa implacabile del caldo. Quando si alzò, ebbe un leggero capogiro. Aveva dimenticato di fare colazione, ed era ormai passata anche l'ora di pranzo. Il suo cellulare cominciò a suonare mentre si avvicinava al furgone. Pensava di vedere il numero di Millie, invece il nome del chiamante indicato sul display era Good dollar.

Lei e Louise Good si conoscevano dall'asilo. Erano state molto amiche quando frequentavano entrambe la Mercer, ma poi Louise si era trasferita al College of Pharmacy per ottenere il titolo necessario per lavorare nel negozio di famiglia. Il Good Dollar serviva tutta North Falls e gran parte di Verona, ed era anche facilmente raggiungibile in bici da casa di Cheyenne e di Madison.

Emmy sollevò un dito per far capire a suo padre che le serviva un minuto, poi rispose: «Ehi, Louise, grazie per aver chiamato».

«Se è per i telefoni che abbiamo venduto la scorsa settimana, è già passato Brett.»

«No, è un'altra questione.» Emmy parlava a voce bassa, scegliendo con cura le parole. «Che tipo di pillola anticoncezionale prende Madison Dalrymple?»

«Amica mia, ne passerei di tutti i colori se te lo dicessi.»

Emmy chiuse gli occhi. Hannah avrebbe potuto ottenere quell'informazione: era la tutrice legale di Madison. L'unico problema era che doveva chiederle di farlo.

«Cazzo» disse Louise, ma si sentì un ticchettio in sottofondo: stava digitando qualcosa. «Okay, il dottor Carl le ha dato 0,15 milligrammi di Solaire-Freedon. Sono ventiquattro pillole rosa e quattro bianche in un unico blister.»

La descrizione coincideva con le pillole che aveva trovato nella riserva di Cheyenne. «Quando ha cominciato?»

«Fammi controllare.» Louise emise un suono a labbra chiuse toccando altri tasti. «Okay, eccolo. Ha portato la ricetta il tredici settembre ed è venuta a ritirare la confezione il quattordici.»

«E Cheyenne Baker?» Prestò la massima attenzione a non utilizzare il passato. «Anche lei prende anticoncezionali?»

«Oh, proprio no» rispose Louise. «Quando la famiglia era arrivata qui da poco, il medico di Cheyenne dell'Iowa le aveva prescritto trenta giorni di amoxicillina per curare l'acne, ma le era venuta una diarrea terrificante, poverina. Ho proposto a Ruth di provare con la pillola anticoncezionale, e sembrava le avessi detto di scuoiare viva sua figlia.»

Era una reazione molto plausibile per Ruth Baker. «Era Hannah a ritirare la pillola per Madison?»

«Non ne ho idea, e se lo chiedo agli addetti al bancone mi chiederanno perché.» Tacque per un momento. «Perché non lo domandi a Hannah?»

«Ha già abbastanza cose a cui pensare, in questo momento.» Non si soffermò oltre. Le era venuta un'altra idea. «L'anticoncezionale di Madison era coperto dall'assicurazione di Hannah?»

«Ah, questa è un'idea brillante.» Ancora ticchettii accompagnati da un mormorio a bocca chiusa. «No, non usava l'assicurazione. Costa centosettantotto dollari al mese, un prezzo assurdo. Qui dice che l'ultima volta che Madison è venuta a prenderla è stato il 28 giugno alle 12.21. Pagamento in contanti.»

Era plausibile. Madison usciva dalla scuola estiva a mezzogiorno. Mancavano quattro pillole dal blister che aveva trovato, il che significava che era stato iniziato il primo giorno del mese.

«Grazie, Louise, non so come ringraziarti.»

«Trova quelle due dolci bambine, per favore» rispose Louise. «So che Hannah ha sempre avuto un posto speciale nel tuo cuore, ma promettimi che le riporterai a casa.»

«Okay.» Emmy si disse che aveva usato l'*okay* inconsistente di suo padre, e non che aveva fatto una promessa che non era sicura di poter mantenere. Senza dare a Louise il tempo di aggiungere altro, attaccò. Lanciò uno sguardo a Gerald, che stava parlando con un tecnico della scientifica, un uomo alto e magro con indosso una tuta protettiva bianca in Tyvek.

Guardò il cellulare come se stesse leggendo qualcosa di importante, mentre in realtà aveva bisogno di un momento per calmarsi. Fece scorrere i messaggi delle cugine con gli occhi troppo appannati per riuscire a leggerli. La zia Millie le aveva lasciato sei messaggi in segreteria, ma non aveva bisogno di ascoltarli. Erano tutti uguali: la voce roca di sua zia che dichiarava: «Millie Clifton» seguita da potenti scatti che accompagnavano i suoi tentativi di risistemare la cornetta al suo posto.

In silenzio, Emmy ordinò a se stessa di darsi una calmata. Si asciugò il naso con il dorso della mano e tornò al lavoro.

Mentre si avvicinava al furgone, della polvere vorticò intorno ai suoi pantaloni e le coprì le scarpe. Il sole brutale aveva schiarito l'argilla rossa della Georgia dandole un tono di bianco così forte che cominciarono a lacrimarle gli occhi. Notò che i tecnici della scientifica stavano cominciando a riporre l'attrezzatura, levando le tende nel vero senso della parola. Il nastro giallo cadde a terra. Da vicino, riconobbe il tecnico magro e fasciato dal Tyvek: era l'agente speciale Michael Berry-Lawhorn.

L'uomo la salutò con un cenno del capo. «Stavo dicendo a suo padre che la nostra seconda squadra ha appena trovato un bossolo sul campo di calcio, semisepolto nel terreno. È stato schiacciato da uno pneumatico. Lo hanno inviato ai tecnici balistici, ma a occhio sembra una cartuccia a percussione anulare calibro 22 Magnum.»

«Si usa con fucili o revolver» disse Emmy. «Abbiamo un sospettato con una Glock 20, che carica cartucce da dieci millimetri.»

«Posso dirvi che quasi di sicuro non è l'arma che è stata usata» rispose Michael. «Se la vittima fosse stata colpita da una pallottola da dieci millimetri alla testa, ci sarebbero stati frammenti di ossa e cervello dappertutto. Un calibro 22 è più piccolo e leggero, può rimbalzare all'interno del cranio come una pallina da flipper. L'unica cosa che esce, di solito, è il sangue.»

«Avete trovato qualcosa, qui?» chiese Gerald.

«Non è emerso niente di significativo, ma se mi date un attimo vi mostro la scena nel dettaglio.»

Gerald aspettò che Michael si fosse avvicinato alla sua squadra, poi disse a Emmy: «La Ruger fa una pistola a percussione anulare, modello standard, smontabile in due parti, a ripetizione con otturatore girevole, caricatore a caduta. Un'arma magnifica».

Emmy non avrebbe mai conosciuto le armi come suo padre. «Quali usi ha?»

«Soprattutto sportivi. Tiro a segno, tiro hobbistico.» Poi aggiunse: «Browning Buck Mark, Beretta Neos, Colt Ace. Ce ne sono anche altre. La Ruger è la migliore».

«Non riesco a immaginare Dale che passa il tempo libero facendo il tiro a segno con delle lattine.» Emmy cercò su Google con il cellulare la Ruger. La pistola semiautomatica era stata prodotta per la prima volta nel 1949. «Mi dà l'idea della tipica arma che un nazista agiterebbe in un vecchio film di guerra.»

«È ispirata alla Nambu giapponese.»

Emmy si rimise in tasca il telefono. «Dale resta il sospettato più plausibile. I pro non annullano i contro.»

«Forse non abbiamo ancora trovato i contro giusti.»

«Madison si è fatta prescrivere la pillola anticoncezionale dal dottor Carl in modo che Cheyenne potesse prenderla.» Emmy notò il suo sguardo incuriosito, ma sapeva che suo padre non avrebbe fatto fatica a indovinare la fonte dell'informazione. «La prima volta in cui Madison ha ritirato il farmaco è stato il quattordici settembre. Immagino che Cheyenne abbia aspettato qualche settimana e che poi abbia iniziato a prenderla il primo di ottobre.»

«Ci vuole del tempo per farsi convincere» commentò Gerald.

«Forse» disse solo Emmy, perché sapeva bene quanto potesse essere sciocca un'adolescente. Faceva sesso con Jonah da tre mesi buoni quando il terrore di essere rimasta incinta l'aveva fatta correre al Planned Parenthood di Clayville. Era stata Celia ad accompagnarla per evitare che i suoi genitori lo scoprissero.

«Sceriffo.» Michael si stava arrotolando il nastro della scena del crimine intorno alla mano come un guanto giallo brillante. «Quando volete, sono pronto.»

Mentre avanzavano sul sentiero, Emmy tenne lo sguardo puntato a terra. C'erano canali di scolo su entrambi i lati, pesanti massi che coprivano i drenaggi sistemati per deviare il flusso dell'acqua verso una vasca di contenimento. Terrell faceva tagliare l'erba molto corta per evitare che i serpenti potessero spaventare i cavalli. La staccionata che racchiudeva la zona definita "gli ultimi ettari", dove pascolavano le mucche da latte, era a quindici metri da lì. Emmy vedeva le dolci colline dietro di essa, poi la sommità su cui la fattoria si ergeva come una corona tra i gioielli dei Clifton.

Disse a suo padre: «Taybee e la sua famiglia ieri sera erano al bacino del fiume. I braccianti vanno a casa alle quattro. Tra le sette e le otto, in questa zona di sicuro non c'era nessuno».

Lui annuì, ma disse a Michael: «Pronti».

«Sissignore.» Michael si slacciò la tuta mentre parlava. «L'FBI è impegnato nell'identificazione delle impronte degli pneumatici e delle scarpe. Dicono che i risultati arriveranno a metà della prossima settimana. Ma questa è senza dubbio la zona in cui ha avuto luogo lo scontro. Abbiamo la bici che arriva da ovest. Le tracce si perdono a una quarantina di metri da qui, ma si vede che la bici ha fatto avanti e indietro passando sulla strada.»

Emmy vide le curve lente e immaginò Cheyenne che pedalava, le braccia distese, piegando il corpo a sinistra e poi a destra come un aereo, pensando a ciò che stava per fare con l'uomo più grande e a quanto si sarebbe divertita dopo insieme a Madison al parco.

«Anche l'auto è arrivata da ovest» proseguì Michael. «L'abbiamo individuata a sei metri da qui. Sono molti i veicoli che usano questo sentiero, quindi era impossibile riconoscerne le impronte prima. Ciò che sappiamo è che l'autista si è fermato di colpo qui. È sceso dalla macchina. Le impronte delle scarpe sono una misura quarantacinque da uomo. A occhio mi sembrano degli stivali da trekking o da lavoro, ma sarà l'FBI a confermarlo. Ora, se volete seguirmi quaggiù.»

Gerald rimase sulla strada mentre Emmy lo seguiva nel canale di scolo. La ghiaia si smosse sotto le suole spesse dei suoi stivali, e la polvere le arrivò fino in bocca. Tossì.

«Ecco.» Michael indicò verso la strada. «Il solco si vede meglio, da questa angolazione.»

Emmy dovette usare entrambe le mani per schermarsi gli occhi dal sole. Studiò l'argilla compatta. Notò la rientranza solo perché Michael le aveva detto dove guardare. Scrollò la testa, perché non era affatto come se l'era immaginato. «Sta dicendo che l'auto ha colpito la bici?»

«Sì.» Indicò qualche metro indietro rispetto al solco. «L'impatto è avvenuto lì. Qui è dove la bici ha toccato terra.»

Emmy salì sulla strada per osservare meglio. Aveva esaminato decine di incidenti di biciclette, quando lavorava nella stradale. Poggiò un ginocchio a terra e cercò di comprendere la dinamica. Il pedale della bici aveva colpito il terreno per primo e aveva fatto da perno, poi per via dell'inerzia lo pneumatico posteriore aveva cominciato a girare con forza.

«Il cerchio della ruota posteriore era piegato. La catena era rotta, e pendeva.»

«Credo che l'auto abbia colpito la ruota posteriore con la parte sinistra del paraurti anteriore. L'impatto ha piegato il cerchio e ha fatto volare via la bici. Insieme alla persona che la guidava.»

L'immagine nella mente di Emmy cambiò, dalla spensierata Cheyenne che disegnava curve lente sulla strada divenne una ragazzina terrorizzata che pedalava con tutte le forze, cambiando di continuo direzione nel disperato tentativo di evitare un'automobile in corsa.

Michael riprese: «L'uomo non andava veloce, sui venti chilometri all'ora, ma è un veicolo di nove quintali contro una bici da nove chili guidata da una ragazza esile. È stata sbattuta sulla strada qui, poi è rotolata nel canale, lì».

Emmy visualizzò anche quell'immagine. Lo sguardo spaventato di Cheyenne quando aveva sentito l'auto avvicinarsi sempre di più. Lo shock quando la bicicletta era stata investita, il terrore quando si era sollevata in aria per atterrare sulla ghiaia e infine rotolare giù, nel punto più profondo del canale.

«Avete trovato altre parti della collanina d'oro?» chiese.

«No, ma questo è il punto in cui la stradale l'ha trovata ieri sera. Senza un corpo, è difficile capire se le sia stata strappata dal collo o se l'impatto l'abbia spezzata.»

Emmy notò qualcos'altro. Nel canale erano stati scavati tre buchi rotondi nella ghiaia. «C'era sangue sui sassi?»

«Sì, abbiamo trovato schizzi dell'impatto e diverse gocce dove potrebbe essere stata portata oppure aver strisciato per ritornare sulla strada. Credo che il sangue le uscisse dal naso e dalla bocca. Forse un'abrasione da asfalto. Il laboratorio estrarrà il DNA solo per assicurarsi che sia il suo. Scusatemi, devo rispondere.»

Michael rispose al cellulare uscendo dal canale.

Emmy si rivolse a suo padre. «Questo cambia tutto, papà. Il rapitore è arrivato e ha colpito la sua bici. Voleva spaventarla a morte. Forse addirittura ucciderla subito.»

«Già.»

«In che diavolo erano coinvolte?»

Gerald guardò verso la strada. «Come è arrivata qui?»

Anche lei guardò nella stessa direzione. Aveva bisogno di orientarsi. Tirò fuori il blocco a spirale e disegnò tre linee orizzontali, poi vi intersecò tre linee verticali equidistanti per indicare le vie secondarie.

«Michael ha detto che è arrivata da ovest.» Emmy sollevò il blocco per farlo vedere al padre. «Le vie secondarie hanno una struttura che ricorda una griglia del gioco del Tris, con tre quadrati in più in basso. La strada più veloce, per Cheyenne, è questa, che l'avrebbe fatta arrivare qui da est, non da ovest. Non credo volesse passare davanti a casa di Taybee per via dei cani, e poi c'è la staccionata. Avrebbe dovuto sollevare la bici oltre il...»

«È passata da qui.» Gerald premette il dito sull'angolo in basso.

Per Emmy fu come un pugno nello stomaco. «È il terreno della zia Millie. Taybee mi ha detto che si lamentava perché degli sconosciuti passavano nel suo giardino.»

«Chiamala.»

Emmy vide le notifiche delle chiamate perse da parte di Millie ammassate sul suo cellulare. C'erano undici messaggi in segreteria. Sentì lo stomaco ripiegarsi su se stesso mentre selezionava il numero. Toccò l'icona per mettere la chiamata in vivavoce. Passarono cinque lunghi squilli, infine sua zia rispose.

«Millie Clifton» dichiarò.

«Sono Emmy. Taybee mi ha detto...»

«Ce ne hai messo, prime di richiamarmi» la interruppe lei. «Per tua fortuna sono appena tornata a casa dalle ricerche di quelle povere ragazze per prendere le medicine per la pressione. Perché non mi hai risposto prima?»

«Zia Millie» disse lei, sforzandosi di mantenere un tono neutro. «Ti prego, dimmi solo perché mi cercavi.»

«Una delle ragazze scomparse era nel mio giardino, ieri, e non era la prima volta. L'ho riconosciuta dalle foto sui giornali.»

Emmy era sconvolta, e non dalla notizia, ma dal fatto che avrebbe potuto saperlo fin dalla mattina presto. «Hai visto Cheyenne Baker in giardino?»

«No, l'altra, quella più grossa.»

«Madison.» Emmy sentì la gola chiudersi mentre pronunciava il suo nome. «Cosa faceva?»

«Parlava con Adam.»

Emmy lanciò uno sguardo interrogativo a Gerald, che però scosse il capo.

«Zia Millie, chi è Adam?» domandò.

«L'uomo di cui ti ho parlato il mese scorso, quello che ho assunto per sistemare il muro di contenimento. Ti ho detto che era un poco di buono. Se ne sta là seduto a fumare sigarette con tutta la marmaglia di cui si circonda. Voi ragazze non mi date mai ascolto, pensate che sia una vecchia pazza.»

Emmy non riusciva a smettere di scrollare la testa. «A che ora hai visto Madison?»

«Penso subito prima di pranzo. Adam mi ha detto che non era un problema per lui lavorare il Quattro luglio, ma poi ho guardato fuori dalla finestra della cucina e li ho visti tutti e due fumare e ridere scalzi nel mio stagno.»

Emmy temette che il cuore potesse scoppiarle nel petto. «Puoi dirmi il cognome di Adam?»

«Ah, *adesso* vuoi che ti parli di lui?» chiese Millie. «È da un mese intero che ti dico che degli sconosciuti si intrufolano nel mio giardino per andare da lui. Una squilibrata ha perfino bussato alla mia porta alle cinque del pomeriggio. Era convinta che vivesse qui a casa mia. Parlo di una ragazzina, poteva essere appena uscita dalle superiori. Sono rimasta sconvolta.»

«Zia Millie, ti prego. Mi serve sapere il cognome di Adam.»

«D'accordo, fammi guardare nella rubrica. Non è sotto la A di Adam...» Cominciò a canticchiare l'alfabeto. «A, B, C, D, E...»

Emmy si morse il labbro inferiore per non urlare. La rubrica di sua zia era spessa quanto un elenco del telefono, solo che la donna aveva un modo tutto suo di registrare le persone.

«P» dichiarò infine Millie. «Eccolo, è Adam Huntsinger.»

«Grazie.» Emmy aveva il dito sul tasto per chiudere la chiamata, ma all'improvviso si bloccò. Il brivido. Il brutto presentimento. Il *Qualcosa Non Va*.

«Zia Millie» chiese, «perché hai registrato Adam Huntsinger in rubrica alla lettera P?»

«Ah, per via della ragazzina che ha bussato qui» rispose lei. «Quella piccola teppista mi ha guardato dritto negli occhi e mi ha detto: "Devo vedere il Pervertito".»

7

Emmy aveva pensato che il Pervertito avesse una ventina di anni, ma la fedina penale di Adam Jonathan Huntsinger lo descriveva come un uomo di quarantanove anni dai capelli neri e gli occhi castani, alto un metro e ottantasette per ottantasei chili di peso. Aveva un segno particolare: il tatuaggio di un serpente che gli circondava l'avambraccio sinistro. Non era nel registro dei condannati per reati sessuali e non aveva precedenti per molestie contro minori.

Ma ciò non significava che non fosse noto alle forze dell'ordine.

Sei anni prima, Adam aveva passato novanta giorni in un carcere della contea dopo che un poliziotto di Verona lo aveva fermato per un fanale posteriore fulminato. Adam non aveva fornito la propria patente. Il poliziotto aveva notato uno spinello nel posacenere del suo pick-up Chevrolet del 1982.

Tre anni dopo, Adam si era guadagnato altri trenta giorni dietro le sbarre per aver guidato lo stesso pick-up a Clayville, anche in quell'occasione senza patente, bevendo da una bottiglia aperta di Jack Daniel's. Era entrato e uscito dalla libertà vigilata. La sua storia lavorativa era costituita da una serie di impieghi saltuari. Aveva lavorato alla fabbrica, poi al negozio di mangimi, poi di nuovo alla fabbrica, infine aveva cominciato a fare qualche lavoretto in città, giardinaggio e piccole opere di muratura per persone come Millie Clifton.

Secondo i registri della libertà vigilata, l'ultimo indirizzo noto lo collocava a casa dei genitori. Suo padre, Walton, era un dentista che spesso viaggiava con un gruppo di volontari che offrivano servizi odontoiatrici alle comunità svantaggiate. Alma, sua madre, era una maestra delle elementari molto apprezzata. La donna soffriva di una maculopatia degenerativa precoce che ne aveva compromesso la vista al punto che non era più in grado di andare al lavoro in macchina.

Il figlio la portava e l'andava a riprendere ogni giorno alla scuola elementare.

La stessa scuola in cui insegnava Hannah.

La stessa scuola che aveva frequentato Madison.

Emmy puntò lo sguardo verso la fattoria di due piani in cui abitavano gli Huntsinger. Si trovava a Elsinore Meadows, un tempo un pascolo che si estendeva tra i confini di North Falls e Verona. I primi vicini di casa distavano ottocento metri di strada sterrata. C'era un'auto parcheggiata nel vialetto, una Jetta nera coperta da uno spesso strato di polvere sollevata da terra e ghiaia. C'era una rientranza sul portellone del bagagliaio, come se avesse sbattuto contro un pezzo di metallo. Emmy esaminò il resto del veicolo, girandovi intorno lentamente, fino al davanti. Il paraurti anteriore era graffiato sulla sinistra. La plastica mostrava il primer grigio sotto la vernice nera. Era sottile, non troppo profondo, il tipo di segno che ci si poteva aspettare di vedere su un veicolo che avesse urtato la ruota posteriore di una bicicletta.

Emmy sentì il cuore batterle in gola. «È lui, papà. La macchina è questa.»

«Già.» Gerald guardò verso la casa, la mano sulla pistola. «Controlla sul retro.»

Lei slacciò la cinghia di sicurezza sulla Glock avviandosi a passo veloce lungo il portico di fronte e sbirciando all'interno della sala da pranzo quando ci passò davanti. Non vide nessuno in casa. Si voltò quando sentì suo padre provare ad aprire la porta. La maniglia fece uno scatto. Era chiusa a chiave.

«Aprite!» Gerald picchiò contro la porta così forte che la casa parve tremare. «Polizia!»

Emmy rimase in ascolto, attendendo una risposta, ma non sentì nessuno muoversi all'interno. Fece passare le gambe oltre la ringhiera e atterrò dall'altra parte. L'erba era stata tagliata da poco, qualcuno aveva creato un sentiero di ghiaia fine che arrivava agli scalini di cemento sul lato della casa. C'erano due ingressi. Uno salendo le scale, che conduceva in cucina, e l'altro che portava in cantina scendendo due gradini.

Emmy cercò di aprire la porta della cantina, ma era chiusa a chiave. Guardò dentro la finestra. Un'unica piantana mandava abbastanza luce da mostrare tutto l'ambiente, che non era più ampio di una camera di un motel da due soldi. Pannelli scuri alle pareti. Lattine di birra schiacciate sul pavimento. Un posacenere stracolmo sul tavolinetto. Il cestino della spazzatura invaso dai sacchetti del fast food. Vestiti sparsi per tutto il pavimento. Una Xbox agganciata a un televisore gigante. Al posto del letto c'era un futon con una coperta dall'aria lurida. Il bagno non aveva la porta, ed Emmy riuscì a vedere fino alla doccia piena di muffa. Non c'era un armadio, solo un paio di armadietti da palestra grigi pieni di magliette e jeans piegati alla meglio. Sembrava la camera di un adolescente, ma l'istinto le disse che apparteneva a Adam Huntsinger.

Doveva trovare quel bastardo.

Non avrebbe permesso all'FBI di dargli dei buffetti sulla testa per tre ore, oscillando tra un'accusa di stupro e omicidio e qualche domanda cortese sulla sua passione per il giardinaggio. Emmy era decisa a fare in modo che Adam Huntsinger confessasse che cosa aveva fatto a Madison e Cheyenne, a costo di puntargli una pistola alla testa.

«Emmy Lou!» chiamò Gerald dalla porta principale.

Emmy sentì la voce di un altro uomo mentre correva davanti alla casa. Non vedeva Walton Huntsinger da quando era ragazza, ma era quasi identico a come se lo ricordava. Orecchie grandi, corporatura magra, sorriso goffo. Aveva i capelli bagnati e indossava un accappatoio. Stava senz'altro facendo la doccia.

«... Mi dovevo togliere di dosso la polvere della strada» stava dicendo a Gerald. «Ero in West Virginia con i Tooth Troopers. A volte vado con i miei amici dentisti a...»

«Dov'è Adam?» chiese Emmy.

Walton parve perplesso per essere stato interrotto. Indicò il vialetto. «Il suo pick-up non c'è.»

«Quella macchina è sua?»

«Sì, ma la trasmissione fa i capricci. Non sono un amante dell'aereo. Ho dovuto prendere un'auto a noleggio per tornare. Credo che il cambio si...»

«Dottor Huntsinger» disse Emmy, «è fondamentale che troviamo Adam all'istante.»

«È nei...» Il suo viso crollò. «Ovvio, è nei guai. Forse è andato a prendere Alma. Questa settimana è andata a Biloxi con delle amiche di scuola. Dovrebbe tornare da un momento all'altro.»

«La chiami» disse Gerald.

Walton entrò in casa e tornò con il cellulare. Fece il numero e lo ascoltò squillare. «Ehi, tesoro, sono io, sono appena tornato a casa. No, il viaggio non è andato malaccio. Dove sei?»

Emmy prestò attenzione al suo tono di voce. Era acuto, nervoso. Sapeva che la questione era seria ma non voleva allarmare sua moglie.

«Okay, bene, per caso sai dov'è Adam?» Fece una risata forzata. «No, non è successo niente. Volevo solo sapere se viene lui a prenderti o se devo passare io.»

Emmy vide il pomo d'Adamo di Walton muoversi nella gola quando deglutì. Il calore lo faceva sudare.

«Be', è tipico. Non l'ho sentito nemmeno io.» Walton abbassò lo sguardo sul portico mentre ascoltava sua moglie. «Okay, tesoro, fammi un fischio quando sei da Trina e arrivo.»

Emmy vide il suo petto alzarsi e abbassarsi quando chiuse la chiamata. Si stava preparando al peggio.

«Sceriffo, cos'è successo?» chiese.

«Chiami Adam» gli ordinò Gerald.

L'uomo annuì, come se avesse capito che non poteva fare altro che accettare la situazione. Fece un numero. Ascoltò gli squilli. Alla fine scrollò il capo. «La segreteria è piena. Ditemi cosa posso fare.»

«Abbiamo bisogno di perquisire la sua casa» rispose Gerald.

«Okay... ehm, sì. Certo. Entrate.»

Gerald era a metà delle scale quando Emmy passò nell'ingresso. Vide una valigia nera marca Samsonite accanto alla porta, delle dimensioni di un bagaglio a mano. Dalla tasca chiusa con la zip spuntava un portafoglio da uomo rosso di nylon con il logo dei Georgia Bulldogs, e c'era un ombrello da golf colorato agganciato alla maniglia.

«A Bridgeport era prevista pioggia» spiegò Walton.

«Avete armi in casa?»

«Ehm...» Si strinse nelle spalle. «Potrei avere delle vecchie pistole di mio padre in giro. Amava il tiro a segno. Quando ero ragazzo mi portava a fare tiro hobbistico, ma le armi non mi sono mai piaciute.»

Emmy ebbe la sensazione che un uccellino fosse rimasto intrappolato nella sua gabbia toracica. Quando aveva visto l'auto aveva pensato che il colpevole fosse Adam, ma in quel momento ne ebbe la certezza assoluta. Aveva davvero rapito le ragazze. Lui sapeva dove si trovava il corpo di Cheyenne, e forse aveva Madison imprigionata da qualche parte, legata, incatenata, ancora viva.

«Come si fa a entrare in cantina?» domandò.

«C'è un ingresso laterale accanto alla cucina.»

«Non si può passare dall'interno della casa?»

«No, è una stanza molto piccola. Un tempo era il mio laboratorio. L'ha costruita Adam quando ha perso il lavoro alla fabbrica.» Sembrava agitato. «Scusatemi, non penso vi interessi. Vado a prendere la chiave di riserva.»

Emmy lo seguì in un lungo corridoio oltrepassando il soggiorno, poi la sala da pranzo, per entrare infine in cucina. Le pareti erano dipinte di un giallo acceso, gli elettrodomestici non abbinati tra loro. Walton aprì il cassetto accanto al frigorifero, ma il suo sguardo era sull'unico portachiavi sul bancone.

«Quella è la chiave della mia auto. L'avevo lasciata di sopra, sul comò» disse.

Emmy sentì la tensione nella sua voce. «Dottor Huntsinger...»

La guardò negli occhi. Era spaventato. «Non è come le altre volte, vero?»

«No.»

Lo osservò frugare tra penne, matite, cacciavite, forbici e biglietti da visita sparsi. Aprì un altro cassetto pieno di oggetti e riprese a cercare. Emmy unì le mani, innescando ancora il ricordo di quando aveva stretto la mano di Madison sotto la quercia. Lo sguardo seccato della ragazza quando le aveva detto che era amata. Madison era *ancora* amata. Poteva essere ancora viva. C'era una possibilità che Emmy riuscisse a portarla a casa.

Walton aprì un altro cassetto. Emmy decise che gli avrebbe dato altri venti secondi, poi avrebbe buttato giù la porta della cantina. Ogni poliziotto della contea stava cercando Adam Huntsinger. C'era un mandato di ricerca per il suo pick-up Chevrolet verde. Gli agenti stavano interrogando i suoi ex colleghi di lavoro, i suoi amici, i suoi nemici, i suoi compagni di bevute. Gli sceriffi federali stavano creando una task force per coordinarsi con tutte le forze dell'ordine di Georgia, Alabama e Florida.

In quella cantina poteva esserci una prova, una ricevuta, un biglietto che poteva condurre Emmy subito al luogo in cui Adam aveva portato le ragazze, qualunque fosse.

Madison poteva essere ancora viva. Doveva essere viva.

«V-vi chiedo perdono.» Walton aveva trovato la chiave, ma la stringeva ancora. «Qualsiasi cosa abbia fatto, mi dispiace tanto.»

Emmy afferrò la chiave e corse fuori dalla porta della cucina, scese le scale esterne e svoltò verso la cantina. Stava infilando la chiave nella serratura quando all'improvviso le piombò addosso un senso di malessere generale. Non era un brivido, un brutto presentimento e nemmeno un *Qualcosa Non Va*. Era come se una scarica elettrica le avesse attraversato tutti i nervi.

Il suo cervello ebbe bisogno di qualche secondo per processare ciò che aveva visto. Non in casa, né attraverso la finestra della cantina, ma in fondo alle scale della cucina. In mezzo all'erba. La luce del sole aveva colto un bagliore, uno scintillio dorato.

Si voltò, senza fiato. Il sole non si era spostato. Vedeva ancora il riflesso tra l'erba. Poggiò un ginocchio a terra, con attenzione, e allungò una mano, ma poi prevalse il buonsenso. Eppure, non ebbe bisogno di toccarlo per sapere cosa aveva davanti agli occhi. E sapeva senza ombra di dubbio di chi fosse.

La scritta d'oro in corsivo era il nome della persona cui apparteneva.

Cheyenne.

Spalancò la bocca e inspirò per chiamare suo padre, ma poi vide qualcos'altro, qualcosa di ancor più terrificante. C'era un grande capanno per le attrezzature, tra gli alberi, nel cortile sul retro. L'aria divenne ghiaccio nei suoi polmoni. Il capanno era abbastanza grande per farci entrare un trattore. Le due porte erano chiuse da un grosso lucchetto da bicicletta. Le finestre su ciascun lato avevano i vetri ricoperti da carta stagnola. Era per schermare il calore del sole? Per nascondere ciò che si trovava all'interno? Per darle la sensazione di non avere possibilità di salvezza?

Emmy sentì uno strano fremito nel cuore, come un fiore che tentasse di sbocciare. Era la speranza. Il minuscolo germoglio della speranza.

Si lanciò in una corsa forsennata, muovendo le braccia, spingendo forte con le gambe, come allo scatto dalla linea di partenza in una gara. Il capanno le sembrava lontanissimo, come se lo stesse guardando dalla parte sbagliata di un telescopio. Emmy pensò al calore, alla temperatura di oltre trentasette gradi, al fatto che il tetto di metallo della costruzione avrebbe aumentato quella interna di almeno altri cinque gradi, e che là dentro doveva fare un caldo insopportabile. Madison aveva dell'acqua? Era priva di sensi? Si era arresa? Stava pensando all'ultima volta in cui l'aveva vista, all'ultima volta in cui aveva tentato di chiedere aiuto per sentirsi rispondere *non adesso*?

Sbatté la spalla contro la porta del casotto. Rimbalzò indietro, come se avesse urtato un trampolino. Si rialzò e tirò il lucchetto con tutte le forze. La porta non cedette. Il lucchetto era troppo resistente. Corse lungo il lato della costruzione e vide un'altra finestra ricoperta di alluminio. Nella parte inferiore i bordi si erano incurvati verso l'alto. Poggiò le mani a coppa contro il vetro per vedere meglio e cercò di guardare dentro.

«Madison?» provò a chiamare, ma il suo nome le uscì strozzato. «Tesoro, sei lì dentro?»

Spaccò il vetro con la torcia. Il legno del telaio era marcio, e si frantumò insieme al vetro, squarciandole la pelle del dorso della mano. Emmy scrutò all'interno, in preda alla frenesia. Era quasi buio pesto. Vide i contorni di un macchinario, sentì l'odore dell'olio da motore e della benzina. I suoi occhi si abituarono alla mancanza di luce, e le ombre si trasformarono in oggetti. Un trattorino tosaerba, un decespugliatore, una tanica di benzina. C'erano altre due porte, sul fondo. Un altro lucchetto. Un'altra stanza.

«Madison?»

Aspettò, ma non ebbe risposta. Fece tre passi indietro, poi corse verso il muro, cercando di farsi largo a spallate. Le tavole si spezzarono come ramoscelli. Cadde all'interno del capanno, sbattendo la testa contro il pavimento di cemento.

Cercò la torcia tastoni, ma il sangue le aveva reso viscide le mani. I fumi del combustibile le bruciavano gli occhi. Alla fine trovò il tasto e il fascio di luce rimbalzò per la stanza, lungo il pavimento, negli angoli, poi su, verso i travetti. Ripartì di corsa e sfondò la porta sul fondo. Si ritrovò ammantata di ragnatele. Inciampò su qualcosa di pesante e duro, storcendosi una caviglia. Cadde a terra. La torcia le cadde di mano. Rimase senza fiato, la vista offuscata. Sollevò lo sguardo tra le ragnatele rotte, nella lama di luce del sole, in quello spazio ampio e isolato.

La stanza sul retro era vuota.

Il capanno era vuoto.

Madison non c'era.

«Emmy Lou?»

Suo padre era accanto al tosaerba arrugginito, i raggi del sole che disegnavano riquadri sul suo corpo. Emmy lesse la preoccupazione sul suo viso.

«Ho trovato la...» Faceva fatica a parlare. «Cheyenne... Ho trovato la sua...»

«Okay, piccola, mettiti a sedere.» Gerald si inginocchiò al suo fianco. Con delicatezza, le avvolse la mano con il suo fazzoletto. Il cotone bianco divenne zuppo di rosso. Con il pollice le pulì il sangue dal viso. «Stai bene?»

«La collana di Cheyenne.»

«L'ho vista.»

«P-pensavo che Madison fosse qui dentro, papà. Pensavo di poterla salvare.»

Gerald la strinse al petto. Emmy era troppo distrutta per piangere. Riuscì solo ad ascoltare il ritmo veloce del cuore di suo padre. Gerald le accarezzò il braccio, cercando di calmarla, e lentamente lei tornò in sé. Il dolore le arrivò addosso quasi di colpo. Le bruciava la mano, la caviglia pulsava, la testa le faceva male. Aveva graffi sulle braccia, sul viso e sul collo.

Vide un'altra ombra schermare la luce. Virgil si tirò il colletto della camicia. Il sudore gli aveva incollato addosso l'uniforme. Guardò Emmy, poi la osservò meglio. Vide il sangue, le porte sfondate.

Emmy si tirò su, inghiottendo il sangue che aveva in bocca, sforzandosi di riprendere il controllo. Il fazzoletto di Gerald era completamente intriso di sangue. Virgil si frugò in tasca e le offrì il suo. Il cotone era già zuppo di sudore.

«Grazie...» Emmy cercò di schiarirsi la gola, ma finì per tossire sangue. Si era morsa l'interno della guancia. Con la lingua, esaminò la carne lacerata.

«Capo» disse Virgil, «Il sistema di tracciamento ha individuato il pick-up di Huntsinger davanti a un bar malfamato di Clayville.»

Gerald non rispose. Non diede cenno di volersi muovere. Guardò Emmy con aria preoccupata.

«Sto bene, papà. Andiamo» disse lei, alzandosi a fatica. Lui dovette quasi sollevarla di peso. Il dolore lancinante alla caviglia la fece trasalire. Passò un braccio intorno alle spalle di Gerald in modo che potesse aiutarla a raggiungere l'auto di servizio.

Lui però non si mosse.

«Ce la faccio. Andiamo» ribadì lei.

«No. Tu vai all'ospedale.»

«Cosa?» gridò. «Papà, no!»

Lo sceriffo si rivolse a Virgil. «Fai venire qui il GBI. Devono perquisire la casa, esaminare il giardino.»

«Sì, capo.» Virgil sganciò il microfono dalla spalla allontanandosi dal capanno. Gerald si staccò da Emmy e lo seguì. Stavano andando via senza di lei.

«Ma papà...» lo chiamò.

Gerald la mise a tacere con uno sguardo. La sua espressione era irremovibile. Aveva deciso, ormai. «Chiama tua madre e fatti accompagnare.»

Emmy saltellò su un piede, seguendolo. «Non ho bisogno di chiamare la mamma. Papà, dove vai? In quale bar?»

Gerald la ignorò e attraversò il cortile parlando a voce bassa con Virgil. Emmy vide Walton sui gradini della cucina.

Provò a camminare, stringendo i denti e zoppicando dietro suo padre.

«Papà!» tentò ancora. «Quale bar? Dimmi quale bar è.»

Lui sparì dietro l'angolo, portandosi davanti alla casa. Emmy lo inseguì arrancando, aggrappandosi alla ringhiera del portico per riuscire a raggiungere il vialetto. Suo padre era già seduto nell'autopattuglia di Virgil. Stavano partendo proprio nel momento in cui arrivò Brett Temple. Entrambi i veicoli si fermarono. I finestrini vennero abbassati.

Gerald stava dando degli ordini a Brett.

«Cazzo» borbottò lei. «Cazzo, cazzo, cazzo.»

Brett si fermò accanto all'auto di Emmy. Quando vide in che condizioni era, emise un fischio leggero. «Cos'è successo?»

«Ti hanno detto dove andavano?»

Lui si strinse nelle spalle. «Non è di mia competenza. Virgil mi ha detto di stare alla larga dalla radio.»

«Ho bisogno di...» Emmy fu travolta da un'ondata di nausea per il dolore. Sentiva la mano andare a fuoco, un potente fischio nella testa. «La collana di Cheyenne è nell'erba sul lato della casa, accanto agli scalini della cucina. Isolala, assicurati che la scena sia protetta. Il padre...»

«Walton» la interruppe Brett. «La scorsa settimana ha estratto un molare al mio cuginetto.»

«Interrogalo.» Emmy non aveva tempo di giocare ai sei gradi di separazione di North Falls. «Dice che potrebbe avere qualche vecchia pistola in casa. Devi frugare questo posto da cima a fondo. Comincia dalla cantina, è lì che vive il sospettato.»

«Okay» rispose Brett. «Ma tuo padre mi ha detto di telefonare a tua madre e chiederle di accompagnarti all'ospedale.»

«Le ho già mandato un messaggio, mi aspetta direttamente lì.» Emmy non aveva mai mentito con tanta facilità. Doveva andar via di lì. «Stai perdendo tempo, Brett. In cantina potrebbe esserci qualcosa di utile per l'interrogatorio.»

Brett sembrava scettico. «Non credo che dovresti guidare.»

«Sembra molto peggio di quel che è.» Emmy cominciò a slacciarsi il cinturone per dargli a intendere che era fuori servizio. Si staccò il microfono dalla spalla. «Interroga il padre. È stato fuori città, ma potrebbe sapere qualcosa. Dobbiamo ancora raccogliere prove, Brett. Arrestare Adam Huntsinger non garantisce nulla. Cercherà di sfruttare la posizione delle ragazze come merce di scambio per trattare con noi. Non siamo ancora arrivati a ventiquattro ore dalla scomparsa, Madison potrebbe essere ancora viva. Dobbiamo sottrargli questo potere.»

Brett annuì. «Sì, okay.»

Emmy cercò di non zoppicare mentre si dirigeva alla sua autopattuglia. Lanciò il cinturone sul sedile del passeggero, strinse i denti e si sedette al volante. Si era slogata la caviglia sinistra e aveva uno squarcio di cinque centimetri sulla mano destra, ma poteva comunque guidare.

Uscì dal vialetto in retromarcia e si immise nella via. Emmy non perse tempo ad accendere l'altoparlante. Sapeva che Gerald avrebbe mantenuto il silenzio radio. Non voleva certo che mezza città si presentasse sul posto, rovinando tutto. A Clayville c'erano almeno venti bar malfamati, la metà era di proprietà di suo zio Penley. Emmy decise che sarebbe passata davanti a ciascuna di quelle maledette bettole fino a trovare quella giusta.

Partì veloce, sollevando una nuvola di polvere. Calcolò l'itinerario. Tornando sulla statale, doveva procedere per quindici minuti fino all'uscita di Clayville, dieci, con lampeggianti e sirene accesi. Emmy stava per azionare l'interruttore sul cruscotto quando si rese conto che passando per le vie secondarie sarebbe arrivata più in fretta.

Non voleva perdere tempo raggiungendo il sentiero dalla strada principale. Fece una curva netta, tagliando in un campo aperto, sradicando l'erba. Gli pneumatici rimbalzarono, il telaio gemette e lei emise un rantolo per il dolore che sentì in tutto il corpo mentre lottava per tenere dritta la macchina. Allentò la presa solo quando le ruote toccarono l'argilla compatta della strada. Il sangue sul volante era diventato appiccicoso. Emmy vide lo steccato bianco che segnava l'inizio della proprietà della fattoria di Taybee e Terrell.

Il suo telefono cominciò a squillare.

Con la mano sinistra frugò goffamente nella tasca destra. Premette il tasto per rispondere nello stesso istante in cui vide l'identità del chiamante.

Hannah.

«Emmy?» Aveva la voce roca, piena di dolore. «Perché tutta la polizia sta andando a Clayville? Le avete trovate? Le ragazze stanno bene?»

Emmy ricordava ancora molto bene la minuscola speranza che aveva sentito germogliare e poi avvizzire nel capanno vuoto. Non poteva far subire lo stesso a Hannah.

«N-non lo so. Devi aspettare che...»

«Smettila di mentirmi!» gridò lei. «Emmy, ti prego! Le hanno trovate? Devo andare anch'io? Dove sono?»

«Hannah, non sto mentendo!» Cominciò a gridare anche lei. «Resta a casa. Ti giuro che...»

«Vaffanculo!» urlò Hannah. «Vaffanculo, tu e le tue stupide promesse! È tutta colpa tua!» La linea cadde. Emmy lanciò il cellulare nell'auto. Aveva gli occhi appannati dalle lacrime che non meritava di versare.

Staccò il piede dall'acceleratore, e l'auto cominciò a procedere per inerzia. Il lamento del motore V8 lasciò il posto a un basso ronzio. Rallentò fino a fermarsi.

Che stava facendo?

Era ferita. Sanguinava. Forse aveva una commozione cerebrale. Aveva ignorato Madison al parco, aveva ignorato le chiamate di Millie per tutto il giorno. Suo padre non aveva bisogno del suo aiuto al bar di Clayville. Aveva bisogno che lei facesse ciò che le aveva detto. Che andasse all'ospedale. Che fosse una preoccupazione in meno. Che la smettesse di tentare di trasformarsi nell'eroina di quella storia terribile, tragica.

Emmy aveva criticato la tecnica con cui Lionel Faulkner aveva condotto l'interrogatorio, ma avevano dato per scontato che il sospettato fosse il colpevole. Gerald avrebbe preso l'uomo giusto. Faulkner, prima o poi, avrebbe fatto crollare Adam Huntsinger. L'assassino stupratore avrebbe reso piena confessione. Avrebbe spiegato tutto ciò che era successo, e alla fine, sperava, per il bene di Hannah e Paul, per la sanità mentale di Ruth e Felix, avrebbe detto loro dove trovare i corpi.

Il fiume, un parco, un canale, una vecchia strada forestale. Emmy aveva recitato le statistiche a suo padre poche ore prima. Quasi tutte le vittime venivano ritrovate entro un raggio di trentacinque chilometri dal luogo del rapimento, in un posto familiare all'esecutore. Di solito i corpi venivano nascosti in qualche modo: coperti di foglie, seppelliti in una fossa poco profonda, immersi nell'acqua, nascosti in un edificio o un capanno abbandonato, fatti a pezzi e gettati in una discarica.

Adam aveva lasciato Cheyenne in una fossa? Aveva portato Madison nel fitto della foresta? Quella povera ragazza era finita di nuovo sotto un albero? Aveva sollevato lo sguardo verso la chioma imponente, l'intrico di foglie, e aveva pensato alle parole che le aveva detto Emmy? Che a volte non si riesce a cogliere il quadro generale perché si è troppo concentrati sui dettagli. Chi si concentra su un albero non vede la foresta.

Emmy lasciò andare il freno. L'auto cominciò a scivolare in avanti. Un pensiero si stava facendo largo nella sua testa, arrivando in lente volute pigre, allo stesso modo in cui lei e Hannah procedevano con le bici lungo quella stessa stradina. Si fece una delle tipiche domande di suo padre.

Cosa ci sfugge?

Un posto familiare all'esecutore. Un posto in cui si sente a suo agio. Un posto in cui può tornare e rivivere i suoi delitti. Un posto in cui è stato visto fumare sigarette con una delle sue vittime alle undici del mattino del giorno dei rapimenti.

Lo stagno della zia Millie.

Emmy pigiò forte l'acceleratore, facendo balzare in avanti l'auto. Il tachimetro era quasi sui cento chilometri orari quando arrivò in fondo allo steccato di Taybee. Il filo spinato circondava il pascolo alle spalle della casa di Millie. Emmy vi passò attraverso, tirandosi dietro un palo della recinzione. Vedeva lo stagno più avanti. Era alimentato da una sorgente sotterranea. Duecento metri di circonferenza. Fino a sei metri di profondità nella parte centrale.

Isolato, circoscritto, accessibile: il posto perfetto in cui affondare un cadavere.

Emmy si fermò sulla sponda. Il sole aveva trasformato la superficie in uno specchio. Scese dalla macchina, schermandosi gli occhi con la mano. Ignorò il dolore alla caviglia e corse intorno al bordo del muro di contenimento. C'erano mozziconi di sigaretta dappertutto. Adam aveva lasciato a terra gli attrezzi. Emmy vide qualcosa galleggiare al centro dello stagno, un'interruzione nella luce sull'acqua, come un'increspatura immobile. Cotone azzurro, lo stesso colore della maglietta che Madison indossava al parco.

«No...» Emmy riuscì solo a sussurrarlo. «No...»

Si tuffò nella parte più profonda dello stagno, tagliando la superficie come una lama. Tornò su per prendere aria quando arrivò a metà strada dal centro. Aveva i piedi troppo pesanti per via degli stivali. Tirò i lacci e li scalciò via mentre nuotava. Avanzava a bracciate, affondando nell'acqua, ignorando la sensazione bruciante alla caviglia e alla mano ferita.

Era così vicina.

Vedeva le lettere scure stampate sul retro della maglietta azzurra. Madison era a faccia in giù, i capelli biondi che galleggiavano come fili di seta. Aveva il braccio destro disteso, le dita che dondolavano sulle onde leggere in superficie.

Emmy fece un ultimo balzo, le afferrò la mano e si protese verso il corpo. Sollevò la testa di Madison dall'acqua. Aveva il viso gonfio, le palpebre chiuse, le labbra bianche come cotone. La bimba di Hannah. Il suo bene più prezioso. Emmy sentì che la mano della ragazza aveva le ossa frantumate. Se la premette con delicatezza sul cuore, tenne la ragazzina stretta a sé come avrebbe dovuto fare quell'ultima sera, quando Madison era ancora viva, imbronciata e preoccupata, evidentemente nei guai e bisognosa di aiuto, se solo lei le avesse dato retta.

Accarezzò la guancia di Madison, sostenendo il peso della sua testa nel palmo della mano. L'acqua lambiva la bocca di Emmy. Sentì il suono delle onde che s'infrangevano contro il muro di contenimento.

«Mi dispiace, tesoro. Mi dispiace tanto di non averti ascoltata» mormorò.

Sentì le lacrime bruciarle gli occhi. Non trovò sollievo in quelle parole, non si sentì alleggerire dalla colpa: sentì solo il peso di tutto ciò che era stato perso.

Lasciò andare di nuovo la testa di Madison nell'acqua. Emmy era esausta, ma non poteva abbandonarla di nuovo. Doveva trovare un modo per portarla a riva. C'era qualcosa che la tratteneva in quel punto. Emmy le passò le mani lungo il torace. Una catena pesante era legata alla vita di Madison. Fece un respiro profondo e mise la testa sott'acqua per vedere a cosa era agganciata.

Un altro corpo. Un'altra ragazza preziosa.

I raggi del sole filtravano nell'acqua, danzando sulla testa di Cheyenne Baker. Al posto della sua collanina d'oro c'era una catena che le affondava nel collo come una morsa. Aveva scritta in volto la violenza che aveva subito. Il labbro spaccato, il naso rotto, una ferita da arma da fuoco che formava un cratere al centro della fronte. Cheyenne aveva visto arrivare la pallottola, aveva capito che stava per morire. Emmy allungò una mano, le toccò una guancia, spinta dal bisogno di dare dolcezza alla ragazzina i cui ultimi istanti erano stati pieni di un terrore indicibile.

Sentì che stava finendo l'aria. Ogni cellula del suo cervello le diceva di risalire e respirare. Si costrinse a nuotare più in basso, seguendo la lunghezza della catena fino al fondale. Girava intorno a un grosso blocco di cemento. L'unica cosa che tratteneva le ragazze era il peso di quel masso. Emmy sganciò la catena. Quando tornò in superficie, le girava la testa.

«Emmy Lou Clifton!» Millie era in piedi sul muro di contenimento. «Che stai facendo?»

Emmy non poteva sprecare fiato per rispondere. Poteva tirare fuori le ragazze subito, oppure unirsi a loro nella morte. Girò intorno a Madison, fece passare un braccio intorno al suo petto, poi sollevò l'altro braccio sopra la testa e cominciò una faticosa avanzata a dorso verso la riva.

Come agente di polizia, Emmy era stata addestrata per i salvataggi in acqua, ma mai con due corpi. Era indebolita, il piede sinistro inutilizzabile. Cheyenne continuava a rotolare di lato. Il peso delle due ragazze insieme aumentò arrivando alla secca. Emmy strisciò fuori dallo stagno in ginocchio, trascinandosi dietro i corpi. Riuscì a portarli solo a metà della zona erbosa, poi cadde, la schiena a terra. Guardò verso il cielo. Sentì i polmoni tremare. Tossì. Era circondata dall'aria, ma quasi non respirava.

«Poverette.» Millie era sopra di loro. Scuoteva il capo. «Sembrano due angeli caduti.»

Emmy si coprì il viso con le mani e cominciò a piangere.

DODICI ANNI DOPO

8

Emmy Clifton sedeva al tavolo della cucina e fissava la prima pagina del *North Falls Herald* sul cellulare. C'era la foto di Adam Huntsinger che usciva dal tribunale, il pugno in alto, l'aria trionfante. Una folla si era radunata per acclamarlo. Il titolo le arrivò come una pugnalata al viso.

LIBERATO L'ASSASSINO DEGLI ANGELI CADUTI

Non se la sentiva di leggere l'articolo, ma non ne aveva bisogno. La serie di eventi che avevano condotto a quel terribile istante era già impressa a fuoco nella sua mente. Invece di torturarsi con il passato, osservò la foto. Il braccio della morte non aveva portato via la vita di Adam, ma di sicuro gli aveva tolto qualcosa. Aveva sessantuno anni, ed era come se ogni istante degli ultimi dodici anni avesse limato via uno strato della sua anima.

Sorrideva, ma la sua espressione era selvaggia. La pelle segnata dall'acne sembrava secca e squamosa. I capelli neri erano diventati del tutto grigi. Aveva le guance scavate. Gli occhi avevano un'espressione tormentata dietro gli occhiali spessi forniti dalla prigione.

In quel momento chissà quante altre persone stavano guardando quella stessa foto e provavano pietà per lui. O peggio ancora, facevano parte della folla di stolti che avevano ascoltato il podcast *Misguided Angel - Un angelo sviato* di Jack Whitlock ed erano in preda all'euforia di un tifoso per la vittoria della sua squadra. Il signor Fica Tascabile in persona, l'espressione raggiante e orgogliosa, era alle spalle dell'uomo che dodici anni prima aveva indicato come il Pervertito. Tutti, nella folla, guardavano Adam come fosse un eroe. Emmy invece vedeva un mostro, colpevole di duplice omicidio, che era riuscito a farla franca. Un uomo che di certo aveva passato gli ultimi dodici anni a rivivere il piacere sessuale che aveva ricavato dai suoi crimini efferati. Un pedofilo che senza dubbio avrebbe cercato di fare del male ad altri bambini.

Aumentò lo zoom sul pugno alzato di Adam. Il tatuaggio del serpente intorno all'avambraccio si era scolorito, passando dal nero al blu. Il suo corpo era più magro e scolpito grazie alla quantità di tempo infinita a disposizione per fare flessioni, piegamenti e saltelli mentre se ne stava chiuso in una cella due metri per quattro per quasi ventiquattro ore al giorno. Sembrava di veder pulsare le vene sotto la pelle.

Se solo l'ago del boia ne avesse bucata una.

Emmy si costrinse a poggiare il cellulare a faccia in giù sul tavolo. Tenne la tazza di caffè tra le mani e lasciò che il vapore le salisse verso il viso. L'ultima volta in cui aveva visto l'assassino di Cheyenne e Madison era stato dal banco dei testimoni. La sua testimonianza era stata fondamentale, perché era stata presente in ogni punto cruciale dell'indagine. Emmy era l'ultima persona ad aver parlato con Madison al parco, aveva visto tutte le prove sul campo di calcio, era stata lei a ottenere informazioni fondamentali dalla zia Millie, aveva esaminato i danni sulla Jetta parcheggiata davanti alla casa di Huntsinger, aveva visto la collanina di Cheyenne sull'erba vicino alla cantina in cui viveva Adam. Ma soprattutto, era stata lei a tirare fuori le ragazze dallo stagno.

Chiuse gli occhi e si ritrovò nell'acqua, la mano sulla guancia di Madison. Fissava i raggi di luce che passavano intorno alla testa di Cheyenne. Dopo quel pomeriggio fatidico, i suoi sogni erano stati tormentati dalle ragazze. Non esisteva un *prima* nella sua mente, ma solo gli orrori che erano arrivati dopo.

«Ehilà?» chiamò Myrna dalla cima delle scale. «Il caffè è pronto?»

La tensione serrò ogni muscolo del corpo di Emmy. «Sì. Hai bisogno di aiuto?»

«No, non ho bisogno del tuo maledetto aiuto.»

Emmy digrignò i denti. I movimenti faticosi di Myrna ricordavano quelli di un crotalo che rimbalzava giù per le scale. Emmy non ebbe bisogno di voltarsi per vedere cosa stava facendo. Sua madre si aggrappava al corrimano con entrambe le mani, metteva giù un piede, spostava l'altro sullo stesso scalino, poi ripeteva l'operazione all'infinito, fino a concludere la discesa così oppure cadendo.

Cercare di fermarla non serviva a niente, così come chiederle di usare un bastone o suggerirle di trasformare il salotto in una camera da letto al pianoterra. La più violenta delle liti non avrebbe cambiato il risultato. Myrna sarebbe rimasta seduta sulle scale come una bambina di due anni fino a che gli altri non avessero rinunciato, lasciandola perdere. Gli specialisti di Atlanta sostenevano che quell'ostinazione era estremamente comune nei pazienti malati di Alzheimer allo stadio avanzato, ma Emmy sapeva per esperienza personale che l'insopportabile intransigenza di sua madre era l'unica caratteristica che non si potesse imputare alla diagnosi.

«Ecco, ce l'ho fatta in una volta sola.» Myrna premette con forza una mano sulla sedia di Emmy passandole dietro. «Deludendo le tue speranze.»

Lentamente, Emmy lasciò andare l'aria che teneva intrappolata nei polmoni. Si sentiva scossa. Aveva passato gran parte della notte a cercare di riprendersi dall'ennesimo incubo di sua madre. Le sue grida agghiaccianti erano state terribili, ma le allucinazioni erano andate avanti per ore. Alla fine, Myrna si era calmata verso le cinque, e lei non aveva più provato a dormire, perché avrebbe comunque dovuto alzarsi un'ora dopo.

Osservò sua madre muoversi in cucina: si versò una tazza di caffè, tirò fuori uova e bacon dal frigo, infine andò a prendere del pane in dispensa. Indossava un abito da casa, i capelli di un grigio spettrale che le ricadevano oltre le spalle. Via via che passava dalla luce del sole all'ombra, il suo viso sembrava indossare maschere diverse. Un'angolazione la faceva sembrare anziana e irascibile, un'altra cancellava gli anni passati, e un'altra ancora metteva in risalto la sua espressione vuota e confusa quando cercava di ricordarsi come accendere i fornelli.

Le mani di Myrna tentarono di azionare una manopola, poi l'altra, incapace di leggere le etichette. Diede un'ultima, violenta torsione, ma non accadde nulla. Nessuna luce si accese, nessuno starter ticchettò, nessun soffio di gas prese fuoco.

«Il fornello non funziona» disse a Emmy.

Era stato staccato a ottobre, quando Myrna aveva rischiato di dar fuoco alla casa. «Chiamerò Cleet perché venga a ripararlo.»

«Digli che pretendo un orario preciso. Non posso mica aspettare tutto il giorno.»

Cleet era morto quindici anni prima, ma Emmy prese comunque il telefono. «Gli mando subito un messaggio.»

Fece finta di muovere il pollice sullo schermo, ma davanti agli occhi aveva solo i lineamenti emaciati di Adam Huntsinger. Scorse verso destra e caricò la pagina precedente con un primo piano di un altro viso smunto, ma di profilo. La donna era seduta in un banco di chiesa con il viso sollevato verso la croce. La didascalia diceva:

Barbara Jericho, il vero angelo spezzato.

Le arrivò la notifica di un messaggio. Poi un altro. E un altro ancora.

Emmy represse un rantolo che non avrebbe mai potuto spiegare a sua madre. Taybee aveva chiesto alle cugine di organizzare un baby shower per sua figlia Kaitlynn. Una cugina si era già lamentata perché non poteva portare il marito. Un'altra aveva inviato a Emmy un messaggio privato per commentare quanto fosse di cattivo gusto mettere un passeggino da ottocento dollari sulla lista dei desideri. Un'altra aveva fatto una battuta macabra dicendo che si poteva portare una stampella per gli abiti e una bottiglia di gin.

«Dio santo, l'artrite oggi mi tormenta.» Myrna aprì e chiuse la mano, ignorando la minacciosa cicatrice rossa disegnata lungo il dorso del pollice. Non ricordava che aveva sfondato una finestra con il pugno il mese precedente, rischiando di tagliarsi un tendine. «Odio quando guardi quel coso mentre sto cercando di parlare con te.»

Emmy posò di nuovo il cellulare. Non si illudeva che quell'ammonimento fosse il segnale che in qualche modo Myrna fosse riuscita ad agganciarsi al presente. «Di cosa vuoi parlare, mamma?»

«Che sciocchezze dici? Non sono tua madre» sbuffò lei. «Chi c'è nel vialetto?»

Emmy stava per attribuire la domanda alla paranoia di sua madre, ma poi sentì il suono di pneumatici sulla ghiaia. Andò a guardare fuori dalla finestra della cucina. Kaitlynn era arrivata presto, quel giorno, Millie si stava già lanciando fuori dalla Mercedes rossa. Sbatté lo sportello, poi avanzò a passo incerto sul vialetto con un cipiglio determinato sul viso da mela Granny. Aveva novantadue anni, deteneva il titolo di Clifton più Anziana in Vita e non aveva alcuna fretta di abdicare.

«È arrivata la zia Millie» disse Emmy a sua madre.

«Non so se me la sento di parlare, stamattina.»

A Emmy parve che Kaitlynn fosse dello stesso umore. Il motore andò su di giri e la Mercedes uscì sgommando dal vialetto. La ragazza aveva seguito le orme di sua madre all'Università della Georgia e faceva l'avvocata da due anni, cosa che faceva sentire Emmy una vecchia millenaria.

«Millie Clifton!» annunciò la zia, picchiando sulla zanzariera senza dare a Emmy il tempo di raggiungerla. Millie le lanciò addosso un sacchetto di carta, ed Emmy recitò una preghiera di ringraziamento silenziosa a Taybee per aver mandato la colazione.

«Tranquilla, non ho bisogno d'aiuto» si lamentò Millie.

Emmy non poteva vincere, con quelle due. Passò a sua madre il sacchetto di carta e aiutò Millie a raggiungere il tavolo. La zia aveva portato una sacca di tela così pesante che la pelle le si era infossata nel punto in cui i manici premevano. I libri presi in biblioteca creavano pieghe nette negli angoli, insieme a una copia delle Pagine Bianche di North Falls del 1978.

I libri erano solo per fare scena: Myrna non era più in grado di seguire una storia. Avrebbero passato la mattina a leggere la lista di nomi in ordine alfabetico, con Millie che raccontava pettegolezzi e rideva di persone che potevano essere già morte o quasi, nessuna delle quali Myrna riusciva più a ricordare.

«Hai visto che schifo?» Millie tirò fuori dalla sacca un giornale arrotolato e lo brandì come se volesse minacciare un cane. «Il Pervertito in prima pagina. Tutta la città è in fermento, c'è gente che mi chiama giorno e notte. Sono pronti a uscire e farsi giustizia da soli.»

«Di' loro di calmarsi.» Emmy si tenne impegnata mettendo via uova e bacon. «Adam non resterà a lungo fuori dal carcere.»

«Spero proprio di no» ribatté lei. «Sai cosa bisognerebbe fare? Trascinare quello sciacallo dietro il fienile e spararagli un colpo in testa. Poi gettarlo in pasto a un branco di pesci.»

Emmy cercò di cambiare discorso. «Zia Millie, non si dice *branco* di pesci, ma *banco* di pesci.»

«Non credo proprio» intervenne Myrna. «Non mi risulta che i pesci vadano a scuola.»

Emmy fece una risata stupita, poi dovette voltarsi dall'altra parte per nascondere le lacrime. Dopo sei anni di inesorabile ed estenuante declino, negli ultimi tempi erano pochissimi i momenti in cui Myrna era davvero in sé. Quelle minuscole tracce della sua personalità cominciavano a sembrare più crudeli ricordi di ciò che era andato perso per sempre. Emmy aprì il cassetto e trovò un pacchetto di fazzoletti. Si soffiò il naso.

«E adesso che c'è?» Myrna sembrava infastidita. «Santo cielo, Martha, smetti di piangere.»

Emmy si morse il labbro, pregando di non lasciar sfuggire le lacrime. Non era la prima volta in cui Myrna faceva confusione tra i suoi figli. Era come restare aggrappati a una palla da demolizione mentre il cervello di sua madre oscillava tra comprensione e confusione.

«Myrna Louise Clifton!» strillò Millie in tono fermo. «Non è Martha, ma Emmy Lou, tua figlia minore.»

Myrna non parve schiarirsi le idee. «Che fine ha fatto Martha?»

Nemmeno Millie ebbe il cuore di dirle che Martha era morta più di quarant'anni prima. «Ricordi quando mi hai detto di essere incinta di Emmy Lou? Eravamo in viaggio, stavamo andando a far visita ai cugini Coleman nel Maryland, tu sei scivolata su quella lastra di ghiaccio sul vialetto di Beulah e ti sei rotta una gamba in due punti. Te ne ricordi?»

Myrna annuì lentamente, il che rese ancor più evidente che nella sua mente sentiva quella storia per la prima volta in vita sua.

«Non ho mai avuto tanto freddo» riprese la zia, «e il dottore aveva dichiarato che dovevi restare laggiù per qualche mese, per la convalescenza, ma poi Gerald è venuto a prenderti. Ha detto che potevi guarire a casa tua. Hai perso un anno scolastico intero. Non te ne ricordi?»

Myrna continuava ad annuire, ma era ancora dubbiosa. «Sì, mi ricordo.»

Emmy fu salvata da ulteriori sofferenze quando Cole scese le scale. Aveva già indosso l'uniforme da agente. I pantaloni verdi con le tasche e la camicia chiara color kaki erano molto più eleganti rispetto alla divisa precedente, di colore marrone, che ricordava un hot dog lasciato per troppo tempo al sole. Erano spariti anche i cinturoni che facevano rischiare un'ernia del disco. Il giubbotto antiproiettile di Cole era accanto a quello di Emmy, sull'appendiabiti accanto alla porta. Ogni volta che lo guardava, Emmy non riusciva a non pensare al pigiamino che preparava ogni volta che Cole andava a dormire fuori: ormai era quasi trenta centimetri più alto di lei, e pieno di muscoli.

«Buongiorno, signore.» Cole aveva lo stesso sorrisone affascinante di suo padre, ma del tutto privo della stronzaggine di Jonah. Diede un bacio sulla testa a Millie, sorrise a Myrna e poi toccò con il braccio sua madre mentre si versava una tazza di caffè. «Tutto bene?»

Si riferiva alla notte agitata di Myrna. Emmy doveva fare in modo che suo figlio andasse via di lì. Un uomo di ventitré anni non poteva vivere così. «Tutto bene.»

«Pensavo di andare ad Atlanta per il Dogwood Festival, questo fine settimana.»

«Lo stai dicendo a tua madre o chiedendo al tuo capo?»

«Dipende.» Il suo sorriso raggiunse il massimo voltaggio. «È mia madre o il mio capo che mi ha detto di coltivare degli interessi all'esterno del lavoro?»

«Avevano ragione tutti e due, ma vediamo come va la giornata. Il nonno ci aspetta in ufficio.»

Cole tracannò una sorsata di caffè bollente, poi sciacquò la tazza nel lavandino. Millie aprì l'elenco del telefono per iniziare la mattinata. Emmy stava chiudendo la zanzariera quando sentì la voce attutita di sua madre che chiedeva: «Chi era quel giovanotto affascinante?».

Serrò di nuovo i denti. Cercò di allentare la stretta mentre scendeva le scale. Probabilmente Myrna non avrebbe fatto colazione. Nell'ultima settimana aveva smesso di riconoscere il cibo, perdendo il meccanismo della fame che la spingeva a nutrirsi. Il dottore aveva detto che ormai era solo questione di tempo, ma i medici dicevano sempre così quando non avevano idea di quanto tempo restava.

«Nottataccia» disse Cole.

«Già.»

Emmy attraversò il vialetto, diretta all'ufficio di suo padre. In silenzio, concentrò i pensieri sulla giornata che l'attendeva. Doveva assegnare incarichi, stilare elenchi e sbrigare altre questioni amministrative, ma per prima cosa andava affrontata la questione Adam Huntsinger. Millie aveva ragione quando aveva detto che la città era in subbuglio. Lei stessa aveva letto numerosi commenti indignati sotto l'articolo dell'*Herald*. Si era trovata d'accordo con alcune delle opinioni espresse. Il pensiero che l'assassino di Madison e Cheyenne fosse di nuovo libero a North Falls le faceva tornare un nodo di tensione allo stomaco che conosceva molto bene.

Per fortuna, Adam non era completamente libero. Tecnicamente era in libertà vigilata, il che limitava in modo considerevole i suoi diritti. Viveva in casa dei genitori, a Elsinore Meadows. Il pick-up Chevrolet verde era ancora intestato a lui. Secondo quanto stabilito dai termini della condizionale, doveva trovare un lavoro in breve tempo e sarebbe stato sottoposto a controlli casuali e a test antidroga. Ma sperare e pregare che Adam violasse una di tali condizioni e che così facendo venisse rispedito in prigione non contribuiva a far sentire più al sicuro la città.

Il cellulare di Emmy vibrò nella tasca, lei lo prese e aprì le notifiche. Le cugine avevano cominciato ad aggregarsi intorno a una data e a un orario per il baby shower. Scorse i messaggi, e solo in quel momento trovò il coraggio di ammettere a se stessa che in cuor suo sperava di trovare un messaggio di Hannah. Non un tentativo di ricucire o un'apertura per una riconciliazione, ma l'opportunità, per Emmy, di rendersi utile, di dirle che non avrebbe ceduto, che non finiva lì, e che avrebbe trovato un modo per far tornare Adam Huntsinger dietro le sbarre, a costo della vita.

Tuttavia, Hannah non le aveva mandato alcun messaggio, ed Emmy non poteva certo fare la prima mossa. Aveva rispettato il desiderio della sua amica per dodici anni. Da quel giorno straziante in cui lei aveva trovato le ragazze nell'acqua, tra loro non c'era più stata una conversazione vera e propria. Di tanto in tanto si erano scambiate un cenno con il capo se si incrociavano in un ristorante o in un bar. Una volta si erano trovate nello stesso momento nel reparto frutta e verdura del supermercato, e Hannah aveva detto: «Quest'anno le pesche sono buone». In un'altra occasione, Emmy era al Good Dollar in attesa di ritirare un farmaco e si era resa conto che sia lei che Hannah stavano canticchiando la versione in filodiffusione di *Complicated*. Hannah però non diede cenno di star pensando alle ore trascorse insieme a lei a cercare di sfumare l'eyeliner come Avril Lavigne.

«Mamma, sei sicura di star bene?» le chiese Cole. «Senza offesa, ma sei ridotta una merda.»

«Come sei dolce, tesoro. Perché non ricami questa frase su un bel cuscino e me lo regali per la prossima Festa della Mamma?» Gli diede una spinta leggera con un fianco, e notò che suo figlio stava sorridendo. «Sei riuscito a dare un'occhiata a quell'appartamento a Verona? Tuo zio Penley ha detto che ti ha fatto un buon prezzo.»

«È nella lista.»

Emmy sapeva che non esisteva nessuna lista. Sapeva anche che tutte le caratteristiche di suo figlio che la irritavano – l'ostinazione, la lealtà intransigente, il suo cieco senso del dovere – erano le stesse che la facevano infuriare con se stessa.

Allungò una mano verso la porta di Gerald e gli disse: «Abbottonati il colletto».

Suo padre sollevò lo sguardo dalla scrivania quando entrarono. Stava scrivendo su un foglio di un blocco a righe. La luce del sole entrava di sbieco dalla finestrella alle sue spalle. Aveva trasformato il vecchio capanno degli attrezzi in un ufficio quando Emmy e Cole si erano trasferiti lì, dopo il divorzio. C'erano degli schedari lungo una parete, due cornici con le fotografie dei suoi figli accanto alla finestra, una di Emmy da bambina con un gatto in braccio e un'altra dei suoi fratelli, già grandi, in piedi sotto le Cascate, tre anni prima che lei nascesse. Due anni prima della morte di Henry. Un anno prima che perdessero anche Martha. Tommy era alto e allampanato, con indosso un costume da bagno. Era al primo anno del college, aveva i capelli lunghi quasi quanto quelli di Martha.

«Buongiorno, capo» disse Cole.

«Agente.» Gerald tappò la penna e infilò il foglio in una cartellina. Guardò Emmy. «Come va, oggi?»

Stava chiedendo notizie di Myrna. Anche lui era stato sveglio con lei, quella notte. Aveva una leggera linea rossa sulla guancia nel punto in cui l'unghia di Myrna gli aveva inciso la pelle quando l'aveva schiaffeggiato.

Non era l'unico segno visibile della malattia di Myrna. Se da un lato la diagnosi aveva accelerato l'invecchiamento di sua madre, dall'altro aveva trascinato suo padre sull'orlo dell'inferno. Aveva ottantasei anni, ma sembrava più vecchio di Millie di almeno dieci anni. Aveva il viso scavato: aveva perso troppo peso, troppo in fretta. L'uniforme gli pendeva sulle spalle come un sacchetto di carta. Per molti versi, per Emmy era più difficile assistere al decadimento di suo padre che a quello di sua madre.

«Tutto okay, oggi» disse, perché *okay* e *male* erano le uniche due opzioni. «Millie passerà la mattina con lei, poi a pranzo passerà Tommy, infine arriverà l'operatore sanitario domiciliare a tenerle compagnia fino a quando tu o io potremo tornare dalla centrale.

«Posso aiutare anch'io» disse Cole.

«No, tu non puoi.» Emmy si rivolse a suo padre. «Facciamo il punto?»

Gerald annuì. «Okay.»

Fu un sollievo per lei potersi mettere al lavoro. Fece segno a Cole di sedersi, poi si toccò il colletto per ricordargli di nuovo di abbottonarlo.

«Che cosa sappiamo?» cominciò. «La mattina degli omicidi, Adam Huntsinger è stato visto parlare con Madison allo stagno intorno alle undici. Sui mozziconi di sigaretta sulla scena c'è il DNA di Adam e Madison. Le impronte digitali e il DNA di Adam si trovavano all'interno del sacchetto a chiusura ermetica con la marijuana che è stato trovato nella tasca di Madison, così come in quello individuato nella cassetta di Cheyenne. La Jetta di suo padre aveva dei segni sul paraurti anteriore, a sinistra, compatibili con un urto con uno pneumatico di bicicletta. La parte della collana rotta di Cheyenne è stato trovata all'esterno della cantina in cui viveva Adam, e sopra c'erano le sue impronte digitali. In casa erano presenti pistole compatibili con quella usata per assassinare Cheyenne. Le tracce rilevate sul campo di calcio e nella strada sterrata sono compatibili con la marca e il tipo di pneumatici che erano di serie sulla Jetta dell'anno e della cilindrata di Walton Huntsinger. Sulla strada, sul campo da calcio e vicino allo stagno sono state trovate orme di stivali da uomo misura quarantacinque.»

Emmy aspettò che Cole intervenisse.

Lui aggiunse: «La stessa sera, Barbara Jericho, una spogliarellista di ventidue anni che lavorava in un locale nei pressi di Macon, ha conosciuto un cliente che le ha proposto di andare insieme a Savannah a vedere i fuochi d'artificio. Più tardi, la mattina dopo, è stata trovata da un agente di polizia di Candler mentre vagava per le strade di Metter, a oltre centocinquanta chilometri di distanza. La donna ha dichiarato di essere stata violentata. È stata portata all'ospedale, dove è stato eseguito un test per stupro. Saltando all'anno scorso, Jericho ascoltava il podcast *Misguided Angel – Un angelo sviato*. Ha dato un'occhiata alle foto online e ha riconosciuto in Adam Huntsinger l'uomo che l'ha assalita. Si è messa in contatto con l'ufficio dello sceriffo di Candler e ha scoperto che i campioni raccolti con il kit antistupro non erano mai stati esaminati. Dopo un po' di tira e molla, sono riusciti a fare in modo che il GBI eseguisse il test e il DNA corrisponde con quello di Adam Huntsinger.

La violenza sessuale gli ha fornito un alibi per la notte del rapimento e dell'omicidio. È stato liberato dal braccio della morte due giorni fa. È in libertà provvisoria in attesa di processo per l'accusa di stupro».

«Cosa *pensiamo* di sapere?» gli chiese Emmy.

La lingua di Cole guizzò fuori nello stesso modo in cui faceva quando aveva otto anni ed era convinto di essere furbo. «Voi pensate ancora che Adam Huntsinger sia colpevole».

«Okay.» Emmy lanciò un'occhiata a suo padre in cerca di sostegno, ma la sua espressione era rigida, come il suo silenzio. Disse a Cole: «Esaminiamo i punti deboli.»

«Be'...» Lui si strinse nelle spalle, ma aveva quasi imparato a memoria ogni parola del podcast di Jack. «Adam ha detto che le sue impronte erano sulla collana perché Madison gli aveva chiesto di ripararla per Cheyenne. La catenina potrebbe esserle caduta lungo la via secondaria mentre andava a comprare dell'erba da lui allo stagno di Millie. Non avete mai trovato l'arma del delitto. Non avete mai trovato il cellulare a conchiglia di Cheyenne con le sue iniziali incise sulla cassa. Nella Jetta non era presente DNA corrispondente a quello delle vittime. Il telone di plastica che i sommozzatori hanno trovato sul fondale dello stagno potrebbe essere stato usato per rivestire il cassone, ma sopra non c'erano tracce di DNA né impronte digitali. Per quanto riguarda ciò che hai appena detto sulle orme di pneumatici e stivali e sul segno sul paraurti, sento molti *compatibile* ma nessun *corrisponde esattamente*.»

«All'accademia vi insegnano che ogni indizio deve essere valido al cento per cento?»

«Mi hanno insegnato che il DNA è il punto di riferimento.»

«Per quanto tempo il DNA resta intatto all'interno dell'apparato riproduttivo di una donna?»

«Fino a cinque giorni» rispose Cole, stringendosi di nuovo nelle spalle.

«Dunque è possibile che Adam avesse fatto sesso non protetto con Barbara Jericho fino a cinque giorni prima dell'aggressione. È possibile che il suo vero assalitore abbia usato un preservativo. È possibile che, come ha ammesso lei stessa, durante lo stupro lei fosse strafatta, il che significa che era confusa sulle tempistiche.»

Cole non scrollò le spalle, ma fece un vago sorrisetto. «Non hai accolto questo stesso ragionamento nel caso di stupro dell'anno scorso.»

«L'anno scorso non ho stretto tra le braccia due ragazzine morte.»

Emmy lo vide sussultare. Ma non aveva intenzione di rimangiarsi le parole. In quel momento era il suo capo, non sua madre. «Ho partecipato alle autopsie. Cheyenne è stata picchiata, poi le hanno sparato alla testa. Le ossa delle mani e dei piedi di Madison sono state spezzate a una a una, probabilmente con un martello. Adam l'ha tenuta in vita tra le dodici e le diciotto ore. Non ha avuto la possibilità di difendersi, né di fuggire.»

«Ma non avete mai trovato nemmeno il martello.»

«Spiegami cosa significa "abbondanza di prove".»

Cole fu infastidito dalle sue parole, ma rispose: «Che è più probabile che qualcosa sia vero e non il contrario».

«E cosa significa "oltre ogni ragionevole dubbio"?»

«Che non esiste altra spiegazione logica per le prove presentate.»

«Dammi una spiegazione più plausibile della colpevolezza di Adam Huntsinger. E non seguire lo stupido podcast di Jack. Il novanta per cento delle volte spara stronzate e basta. Dale Loudermilk non aveva una Jetta, ma un pick-up Ford, mentre sua moglie aveva un'Audi. Non aveva il quarantacinque di piede. Il suo DNA non è da nessuna parte e non ha alcun contatto con le ragazze.»

«Dale prendeva sempre in prestito l'Audi della moglie» disse Cole. «È stato visto mentre la lavava con la varechina otto ore dopo il rapimento.»

«Sette ore dopo, e nessuno ha mai sostenuto che le ragazze non fossero mai state a bordo dell'Audi. Dale lo ha ammesso nel primo interrogatorio. Durante il processo, l'avvocato di Adam ha controinterrogato Ruth Baker, che ha confermato di aver dato a Dale il permesso di accompagnare Cheyenne a casa. Hannah ha detto la stessa cosa di Madison.»

Cole non cedette. «E come spieghi i soldi e le droghe pesanti?»

«Ottima domanda» disse Emmy. «È davvero strano che nessuno degli adulti che pagavano una quindicenne per fare sesso e la rifornivano di cocaina da rivendere si sia mai fatto avanti.»

Lui sbuffò, in preda alla frustrazione. «Alma Huntsinger ha testimoniato di aver graffiato la parte sinistra del paraurti anteriore della Jetta quando era ancora in grado di guidare.»

«Alma Huntsinger voleva solo evitare che suo figlio finisse nel braccio della morte. La giuria ha ascoltato testimoni per tre settimane, ha esaminato tutte le prove, e l'ha giudicato colpevole al di là di ogni ragionevole dubbio.» Emmy rispose a Cole scrollando a sua volta le spalle. «Proviamo a ragionarci insieme. Quale potrebbe essere una spiegazione più ragionevole?»

Cole alzò le mani in segno di resa. «Hai ragione tu, capo.»

Emmy sentì un'altra auto sul vialetto. Guardò fuori dalla finestra e vide la Honda blu di Tommy che si infilava al suo solito posto, sotto la magnolia. Lo sentì fischiettare mentre si dirigeva verso la porta della cucina. Controllò l'ora. Suo fratello sarebbe arrivato tardi a scuola.

«Cole» disse Gerald, «ho bisogno di parlare un momento con tua madre.»

«Sì, capo.»

Emmy aspettò che fosse uscito. «Non ho bisogno di una ramanzina, papà. So che sono troppo dura con lui, ma pensa di sapere tutto, e non è così. Il suo *Qualcosa Non Va* è più che altro un *Veramente Non Saprei*.»

«Okay» fece lui. «Qual è il piano?»

Fu di nuovo un sollievo potersi rimettere al lavoro. «Dobbiamo andare da Adam Huntsinger. Millie dice che le stanno arrivando delle telefonate da parte di persone pronte a commettere qualche gesto avventato. Nemmeno quello che si legge in rete promette bene. Non so se siano solo degli idioti che parlano e basta, ma Walton ha più di settant'anni, e Alma non vede a mezzo metro di distanza. Abbiamo il dovere di avvisarli.»

Gerald non diede segno di aver recepito le sue parole. «Qual è il piano?» ripeté soltanto.

Il nodo si strinse nello stomaco di Emmy, ma stavolta il motivo era del tutto diverso. «Il mio piano è fare il mio lavoro di agente capo al meglio delle mie possibilità.»

«E poi?»

Emmy scrollò le spalle con la stessa aria infastidita di Cole. «Papà, lo sceriffo della contea di Houston aveva novantun anni quando ha deciso di andare in pensione. Tu non sei un giustiziere, ma guidi i tuoi uomini usando il cervello. Hai ancora la fiducia della contea, sono pronti a votarti finché ti presenterai. Non c'è motivo per...»

«Il motivo c'è.»

Emmy serrò le labbra.

«Dovresti presentarti tu» riprese lui.

«Sono quasi le sette e mezza. L'unico posto in cui intendo presentarmi è al lavoro.» Si alzò dalla sedia. «Ho troppe cose in ballo, al momento, per mettere anche questo sul piatto. Vuoi un passaggio?»

«No» rispose. «Discutiamone.»

«Papà...»

Gerald la guardò dritto negli occhi, e fu come se un raggio traente l'avesse trascinata di nuovo sulla sedia. Emmy emise un lungo sospiro frustrato e tornò a sedersi. Succedeva così, quando erano da soli nel suo ufficio, solo loro due: le persone che non parlavano mai con nessuno cominciavano a parlare tra loro.

«Cole ha appena cominciato a camminare sulle sue gambe. Continuo a ripetergli che deve andare a vivere per conto suo, non ha motivo di restare legato a sua madre. Deve andare avanti con la sua vita.»

«Comincia a dare un esempio» disse Gerald. «Candidati come sceriffo.»

«Papà.» Si sforzò di farsi venire in mente un modo per fargli cambiare idea, ma le parole uscirono da sole. «Sto già perdendo la mamma. Il pensiero di perdere anche te...»

«Sono ancora qui.»

«Ma ho bisogno di te qui.» Si posò una mano sul petto, indicando non solo il cuore, ma anche la stella da agente capo che suo padre le aveva appuntato sulla camicia quando Virgil Ingram era andato in pensione. «Ti voglio bene, papà.»

«Anch'io ti voglio bene, tesoro. Ma il cambiamento non si ferma solo perché tu resti immobile. Succederà, lo sai bene quanto me. Trasforma tutto questo in qualcosa di buono. Sangue fresco. Idee fresche. Computer, Internet, podcast, Snapchat, *Tic-Tac*.»

Emmy rise. «Stai elencando cose che odi.»

«Non significa che abbia torto.»

«Non voglio, papà. Non so gestire una campagna elettorale. E non ho la minima idea di come potrei sostituirti.»

«Qualcuno lo farà, prima o poi.»

«Ehi-ehi-ehi!» Tommy picchiettò con le nocche sulla porta entrando in ufficio con aria disinvolta. Era il ritratto dell'incrollabile ottimismo di un insegnante vicino alla pensione. «Che si dice, famigliola?»

Emmy fece un sorriso forzato. «Riuscirai mai a non essere un idiota?»

«Riuscirai mai a non essere una ragazzina viziata?» Le posò una mano su una spalla. Non era riuscita a ingannarlo. «Tutto a posto, piccoletta?»

Lei annuì, ma si sentiva in trappola. Tommy non era lì per caso. Gerald doveva avergli chiesto di passare prima di andare al lavoro. Le venne in mente la lettera che suo padre stava scrivendo quando era entrata nel suo ufficio. Erano le dimissioni?

Voleva costringerla a prendere una decisione? Non si sentiva affatto pronta per quella conversazione, non dopo due sole ore di sonno con una madre sull'orlo della follia e un figlio convinto di essere il detective Conan.

«Okay» disse Gerald. «Togliamoci il pensiero.»

Emmy guardò negli occhi Tommy, che scosse la testa. Non aveva idea di cosa avesse in mente. «Che succede, papà?» chiese lui.

«Siediti.» Gerald aspettò che Tommy si fosse seduto, poi aspettò un altro po'. Alla fine si schiarì la gola e dichiarò: «È arrivato il momento».

Emmy sentì una tensione diversa nel petto. Non stava parlando di lei, ma di Myrna.

«Non ho mantenuto la promessa che le avevo fatto» proseguì Gerald. «Vostra madre aveva messo in chiaro i suoi desideri.»

La tensione si trasformò in un'onda irrefrenabile. Emmy guardò di nuovo suo fratello. L'aveva sempre definita "la donna che sussurrava al papà", ma in quel momento entrambi capirono subito di cosa stesse parlando Gerald.

Il giorno dopo aver ricevuto la diagnosi definitiva di Alzheimer, Myrna aveva convocato una riunione di famiglia, e aveva fatto una richiesta che non lasciava spazio a interpretazioni...

"Giuratemi che non cercherete di tenermi a casa quando la situazione peggiorerà" li aveva implorati. "Mettetemi in una struttura, infilatemi in un container e abbandonatemi in mare. Tanto non potrò rendermene conto, e non voglio che nessuno di voi stia con me quando sarò ridotta in quello stato."

«Papà...» Tommy aveva gli occhi pieni di lacrime. «Non possiamo.»

Emmy aprì la bocca per dire che era d'accordo, ma ogni scusa venne annientata dai ricordi dell'episodio della notte appena trascorsa. Le grida inarticolate e raccapriccianti che risuonavano come sirene, Emmy che balzava giù dal letto, Gerald che barcollava nel corridoio, Cole che correva in aiuto. Emmy aveva stretto sua madre che singhiozzava, poi si era messa con le spalle contro la porta quando Myrna aveva cominciato a gridare contro gli sconosciuti che avevano fatto irruzione in casa sua.

Non riconosceva nessuno di loro da più di tre mesi.

Myrna sapeva che sarebbe successo. Era stata un'insegnante di Letteratura inglese per più di cinquant'anni, e sapeva bene come fare ricerche su un argomento. Era diventata un'esperta dei vari stadi della malattia di Alzheimer, conosceva gli orrori che sarebbero sopraggiunti nella fase finale. Emmy ricordava ancora il giorno in cui sua madre aveva letto ad alta voce l'elenco che aveva compilato su uno dei suoi quaderni di scuola. Myrna aveva indicato tutto ciò che non voleva per sé e per la sua famiglia: cambiare routine, correre avanti e indietro, modificare i loro progetti, prendere permessi al lavoro, annullare feste, momenti importanti e tempo da dedicare alle loro famiglie e agli amici, programmare gli orari per i farmaci, le visite mediche e le analisi, affrontare lo stress, la preoccupazione, le notti insonni e l'improba fatica fisica. Aiutarla a lavarsi. Cambiarle i pannoloni. Cambiarle le lenzuola. Gli abiti. Temere che potesse allontanarsi e perdere l'orientamento, andarla a cercare quando fosse successo, essere costretti ad assistere al momento in cui il peggioramento fosse andato fuori controllo. L'ipersensibilità, le allucinazioni, la paranoia, le proiezioni, gli episodi di panico notturno con le grida agghiaccianti che erano ormai sempre più ravvicinati, al punto che Emmy non riusciva quasi a poggiare la testa sul cuscino senza sentire il corpo irrigidirsi nell'attesa che accadesse ancora.

Preferirei morire in questo preciso istante che diventare un peso per voi in futuro.

Gerald aprì il primo cassetto della scrivania e tirò fuori un volantino. Emmy riconobbe il logo della casa di cura che erano andati a vedere l'anno precedente. L'Azalea Place Memory Care Center era un edificio di dieci piani, a metà tra un ospedale psichiatrico e un carcere di massima sicurezza. Tommy ed Emmy non erano riusciti a finire il giro: erano usciti dopo dieci minuti, erano saliti ognuno sulla propria auto e avevano pianto.

Suo fratello disse: «Celia e io ne abbiamo parlato. Posso chiedere la pensione anticipata. Non credo che alla mamma resti molto tempo».

«Figliolo.» Il tono di Gerald era il più dolce che Emmy avesse mai sentito usare con suo fratello. «A *te* quanto tempo resta?»

Lui chinò il capo. Non era giovane. Aveva più anni alle spalle che davanti a sé.

«Tua madre era nel pieno delle sue facoltà quando ci ha comunicato i suoi desideri. Non possiamo negarglieli ora che non è più lucida» proseguì Gerald.

Tommy si premette le dita sulle palpebre. «Non sono d'accordo.»

«Non è necessario che tu lo sia» rispose suo padre. «La decisione era sua, e adesso è mia.»

Tommy inspirò di colpo. Sapeva che discutere era inutile. «Quando?»

«Domani.»

Emmy si coprì la bocca con una mano per intrappolare il singhiozzo che minacciava di uscire.

«Potrei...» Tommy fece un respiro profondo. «Prenderò un permesso per dare una mano con i bagagli.»

«Non serve. Tua madre non ricorda nemmeno quali sono le sue cose. Non ricorda noi, le nostre facce, le nostre voci. Siamo tutti sconosciuti. È come se fosse già morta.»

Emmy si portò lentamente la mano sulle gambe.

Gerald toccò il dépliant con il gesto finale di un giudice che batte con il martello. «L'ambulanza arriverà alle sette e trenta. Io li seguirò in auto. Voi ragazzi sarete al lavoro. L'unica cosa che dovrete fare sarà tenere la testa bassa e fare il vostro dovere. Ci siamo capiti?»

Tommy aveva già abbassato la testa, ma annuì.

Anche Emmy annuì. Si passò il pollice sul palmo. Aveva gli occhi appannati dalle lacrime; suo fratello stava facendo di tutto per non scoppiare a piangere. Si sentiva distrutta, derubata, ma provava anche un profondo senso di vergogna, perché una parte di lei - e non era una piccola parte - si sentiva maledettamente sollevata.

Il telefono sulla scrivania di Gerald suonò. Emmy guardò suo padre, che aveva tirato fuori il fazzoletto per asciugarsi gli occhi, ma lo passò a lei prima di premere il tasto per inserire il vivavoce.

«Brett.» Gerald si schiarì la gola, trasformandosi da marito addolorato e padre a sceriffo della contea di Clifton. «Sei in vivavoce.»

«Mi spiace disturbare a quest'ora, capo, ma è successo qualcosa di grave.» Brett parlava in fretta. «Sono sullo sterrato di fronte alla casa di Millie, e c'è la bici di una ragazzina. Ha lo pneumatico posteriore piegato, la catena spezzata. Sembra ci sia anche del sangue, e la ragazza è sparita.»

A quella descrizione, Emmy sentì la bile salire in bocca. La straziante conversazione su Myrna venne relegata ai margini della sua mente. Il mondo era tornato indietro di dodici anni. Lei era sulla via secondaria con Gerald, Michael Berry-Lawhorn stava descrivendo loro la scena del crimine, il luogo in cui era stata rapita Cheyenne Baker.

Guardò negli occhi suo padre e capì che stava pensando anche lui la stessa cosa. Gerald non aprì bocca. Sostenne il suo sguardo, dandole forza. Poi annuì, dicendole che doveva mettersi al lavoro.

Emmy fece un respiro profondo, forzando l'aria nei polmoni per poter parlare. «Brett, sai a chi appartiene la bici?»

«Sì» rispose lui, e in quel momento lei capì che il tono agitato non era dovuto all'emozione, ma alla paura. Anche Brett aveva lavorato all'indagine su Adam Huntsinger. Aveva visto i corpi devastati di Madison e Cheyenne. Sapeva cosa poteva accadere anche a quella ragazzina rapita.

«C'è un progetto scolastico o qualcosa del genere nel cestino davanti della bicicletta, con sopra un nome. Paisley Walker.

Quattordici anni. Ho chiamato a casa sua, ha risposto la madre. Il padre era già al lavoro. Abitano sulla Coleman Avenue. La madre ha detto che la ragazza è uscita per andare a scuola in bici poco prima delle sette, ma a scuola dicono che non è mai arrivata.»

«Paisley Walker?» Emmy lanciò uno sguardo interrogativo a Tommy, che scosse il capo. Non la conosceva. Domandò a Brett: «Chi è stato a chiamare la polizia?».

«Sylvia Wrigley. È ancora sulla scena. Penso...» Il cellulare crepitò quando lui cercò di attutire la voce. «Credo abbia scattato delle foto.»

Emmy condivise con suo padre un moto di collera. Sylvia Wrigley era la direttrice del *North Falls Herald*. Di sicuro aveva già caricato le foto su tutti i suoi social. La città era una polveriera, non aveva certo bisogno che quella donna accendesse una scintilla.

«Hai chiamato l'ospedale, i pronto soccorso?» domandò.

«La madre e io abbiamo chiamato tutti, senza successo.»

«Okay.» Quando tirò fuori il cellulare, Emmy aveva già le mani sudate. Mentre scriveva un messaggio, disse: «Mando una squadra per isolare la scena. La stradale ripercorrerà la strada che ha fatto in bicicletta. Vai a parlare con la madre, ci serve la descrizione di Paisley, scopri cosa indossava e chiedi una foto recente. Mandami tutto per messaggio».

«Sì, capo.»

«Aspetta» aggiunse lei, fermandolo prima che attaccasse. La sua mente cercava con tutte le forze una spiegazione diversa da quella peggiore. In quasi la metà dei casi di scomparsa di minori, il responsabile era un genitore. «Tieni d'occhio madre e padre e controlla se uno di loro si comporta in modo sospetto. Cerca di farti un'idea del loro rapporto. Fatti dare il permesso di perquisire la casa da cima a fondo, e guarda anche nelle auto. Assicurati che Paisley non si sia nascosta da qualche parte.»

«Capo.» Brett esitò. «Non penso si sia nascosta.»

Nemmeno Emmy lo pensava, ma dovevano prendere in considerazione ogni eventualità. Come il fatto che nel ventisette per cento dei casi di scomparsa di un minore, il responsabile era un parente o un conoscente.

«Chiedi ai genitori di chiamare parenti, amici, chiunque abbia un rapporto con Paisley, non importa quanto blando. Stesso discorso per la scuola media. Psicologi, insegnanti, collaboratori: chiedi quali corsi a scelta segue, realizzazione dell'annuario, coro, qualsiasi cosa. Doveva consegnare a qualcuno quel progetto scolastico.»

«Okay, capo. Che altro?»

Emmy sentì lo stomaco torcersi. *L'altro* era la possibilità peggiore. Uno sconosciuto, un predatore che aveva visto per caso una ragazzina e aveva deciso di rapirla.

«Controlla il vicinato. Ci sono case in fase di ristrutturazione o in costruzione? Qualche vicino ha una baby-sitter, un parente o un amico in visita? A scuola ci sono supplenti o nuovi addetti alla manutenzione? Dobbiamo parlare con tutti, Brett. Ogni agente deve mettersi al lavoro sul caso, nessuno può andare a dormire fino a quando non avremo trovato Paisley.»

«Sì, capo, è appena arrivata la squadra. C'è altro?»

«Vai.»

Gerald attaccò. Prese la giacca dalla sedia. Emmy strinse forte la spalla di Tommy e uscì dall'ufficio con suo padre, rimbalzando da una tragedia all'altra.

Paisley Walker, quattordici anni, in bici sulla strada sterrata. Erano di fronte a un altro caso uguale, con una ragazzina come vittima? Lo schema si stava ripetendo? Era stata portata in un luogo appartato dove sarebbe stata stuprata e torturata, dove le avrebbero spezzato le ossa di mani e piedi per far sì che non potesse difendersi o scappare?

«Mamma!» Cole uscì di casa con in mano i loro giubbotti antiproiettile. «Ho appena sentito...»

«Sali in macchina.»

Attraversò il giardino sotto un sole accecante. Emmy sentì che suo padre faticava a tenere il passo. Le si riempirono gli occhi di lacrime. Le veniva da vomitare. Non poteva star succedendo di nuovo. Non proprio quando Adam era fuori dal carcere. Non proprio quando sua madre peggiorava a vista d'occhio, quando suo padre stava diventando l'ombra di se stesso, quando la sua vita stava andando a pezzi. Tremante e nauseata, aprì lo sportello della sua auto di servizio. Cole saltò sul sedile posteriore. Emmy avrebbe voluto poter rallentare, avere un momento per respirare, per impedire alla sua mente di correre nelle direzioni più oscure, ma non c'era tempo.

Mentre lei percorreva il vialetto a tutta velocità, Gerald aprì il cellulare. Lo vide comporre il numero del GBI. Il tempo era tutto. Dovevano inviare un Levi's Call, l'equivalente della Georgia dell'allerta AMBER per le persone scomparse.

«Sylvia Wrigley ha acquisito migliaia di follower, dopo l'intervista per il podcast di Jack» gli disse.

«Già.»

Emmy tirò fuori il telefono dalla tasca. Aveva sei notifiche dall'*Herald*. Le cancellò, poi selezionò il gruppo privato su WhatsApp delle agenti di polizia donna di zona. Scrisse con il pollice:

Possibile rapimento ragazza quattordicenne – allerta in arrivo.

«Mamma» disse Cole. «Dove stai andando?»

Emmy aveva superato la strada che conduceva alla centrale. «A casa di Adam Huntsinger.»

«Ma...» Cole afferrò il divisorio di metallo per tirarsi in avanti. «Se Adam ha rapito questa ragazza, non sarà così stupido da portarla a casa sua.»

«Mettiti la cintura» gli ordinò lei. «So che Adam non è stupido, ma altre persone lo sono.»

Prese una curva stretta, facendo scivolare Cole dall'altra parte della vettura. Alla fine lui si allacciò la cintura quando sua madre si immise sulla statale. Emmy guardò l'orologio e fece i conti. La parte di strade sterrate che si trovavano all'interno della proprietà di Millie distava una decina di minuti in bici da Coleman Avenue. Sylvia doveva aver chiamato la polizia non appena aveva visto il sangue e Brett si era precipitato sulla scena, poi aveva chiamato i genitori, la scuola e gli ospedali, e infine Gerald.

Si creava così una finestra di cinquanta minuti, durante i quali poteva essere accaduto qualcosa di terribile a Paisley Walker. Emmy lasciò di nuovo vagare la sua mente tra tutte le possibilità. Un genitore, un familiare. Un conoscente. Uno sconosciuto.

Meno dell'un per cento dei rapimenti di minori era commesso da predatori. Le vittime erano quasi unicamente di sesso femminile, dell'età media di quattordici anni. In genere venivano catturate in un ambiente esterno e costrette a obbedire dietro minaccia di un'arma da fuoco. Il rapitore era quasi sempre alla guida di un'auto. Nel quarantaquattro per cento dei casi, la vittima veniva assassinata entro la prima ora. Il settantotto per cento moriva entro tre ore.

Le vittime andavano tutte considerate morte nel giro di ventiquattro ore.

«Sherry» disse Gerald al telefono, «mi serve il tuo aiuto.»

Emmy smise di ascoltare suo padre. Continuò a far girare il carosello nella sua testa, esaminando ogni spiegazione innocente.

Paisley era caduta dalla bicicletta e si era allontanata a piedi in cerca di aiuto.

Oppure era andata a nascondersi da qualche parte per non finire nei guai.

La bici di Paisley era stata investita da un'auto, il guidatore l'aveva portata all'ospedale. O al pronto soccorso. C'era stato un cambio turno nel personale, la sua cartella clinica era andata persa nel trambusto. Nessuno si ricordava di averla vista. Stava già tornando a casa.

Ognuno di quegli scenari era plausibile, ma nessuno le sembrava quello giusto. Adam Huntsinger era tornato a casa da due giorni. Mezza città era pronta a impiccarlo, mentre l'altra mezza voleva metterlo su un piedistallo. Era un bel po' di attenzione per un uomo che aveva passato praticamente ogni ora di ogni giorno degli ultimi dodici anni da solo. Negli studi sui pedofili in libertà vigilata, lo stress era indicato come la prima causa scatenante di recidive.

«Sì.» Gerald chiuse il cellulare. «Il GBI ha attivato l'allerta. Dammi le tempistiche.»

«Paisley è uscita di casa intorno alle sette. Sylvia ha chiamato la polizia intorno alle sette e mezza. Brett ha telefonato a te circa venti minuti dopo, e adesso...» Guardò l'orologio sul cruscotto. Il suo cuore sprofondò. Le possibilità di sopravvivenza, per Paisley, stavano per essere dimezzate. «È sparita da cinquantotto minuti.»

«Metti un timer di trenta minuti.»

Emmy toccò l'orologio con una mano, tenendo l'altra sul volante. Sapeva che suo padre non credeva alle statistiche. «Cosa stiamo calcolando?»

«Quanto aspettare prima di chiamare l'FBI. L'altra volta ho sbagliato. Ho aspettato troppo.»

Emmy impostò il timer lasciando la statale. Nei quattro mesi precedenti, avevano parlato del caso per ore, esaminando a fondo le discrepanze del podcast di Jack, ricontrollando le prove, discutendo di cosa avrebbero potuto fare in modo diverso. Durante tutte quelle conversazioni, Gerald non aveva mai espresso alcun rimorso per non aver chiesto prima il sostegno dell'FBI, nemmeno una volta.

Non c'era tempo per fargli domande in merito, però. La strada asfaltata divenne di ghiaia, la polvere cominciò a sollevarsi dietro l'autopattuglia. Avevano raggiunto Elsinore Meadows. Emmy diede uno sguardo a Cole nello specchietto retrovisore. Guardava dritto davanti a sé, la mascella rigida. Emmy capì che stava facendo i conti con la realtà della situazione. Un conto era ascoltare un podcast durante una corsa mattutina; ben altra cosa era navigare a vista in un'indagine nella quale ogni decisione presa, ogni passo avanti poteva fare la differenza tra la vita e la morte di una ragazzina.

La lite con Jonah, il rifiuto opposto a Madison, le mancate risposte alle chiamate incessanti di Millie. Emmy non avrebbe mai avuto la possibilità di cambiare quelle pessime decisioni. Poteva solo giurare di non ripetere gli stessi errori.

«Cazzo» mormorò Cole.

Anche Emmy imprecò tra sé. La notizia dell'ultim'ora lanciata da Sylvia Wrigley aveva avuto proprio l'effetto temuto. C'erano una ventina di auto parcheggiate su entrambi i lati della strada. Una folla di circa venticinque persone era radunata in fondo al vialetto d'accesso degli Huntsinger. Tutti gridavano, agitavano i pugni, cercavano la lotta. Emmy fece suonare la sirena alcune volte avvicinandosi, ma loro non si spostarono. Erano troppo furiosi, troppo spaventati e troppo bramosi di vendetta.

Emmy rallentò e disse a Cole: «Chiudi la strada e chiedi rinforzi immediati».

«Sì, capo.» Fece per scendere dalla macchina.

«Cole» gli gridò, «mettiti quel cazzo di giubbotto antiproiettile, e allaccialo stretto.»

Non ripartì fino a quando non lo vide tirare le fibbie in velcro. Premette sull'acceleratore e l'auto balzò in avanti. Non era il momento per un'entrata cauta. Schiacciò il freno, girò il volante e arrestò la marcia in modo aggressivo.

«Indietro!» gridò Emmy scendendo dalla macchina. Afferrò il giubbotto antiproiettile sul sedile posteriore e se lo allacciò. Con lo sguardo esaminò la folla, controllando mani e fianchi. I cellulari puntati filmavano ogni sua mossa. I volti erano maschere di collera. C'erano due Glock, una Sig Sauer, un revolver Smith & Wesson, una molotov realizzata con una bottiglia di liquore e uno straccio sporco. Nessuno aveva estratto un'arma o dato fuoco a qualcosa, ma non c'erano garanzie che la situazione restasse tale.

«Indietro, ho detto!» Portò una mano sulla pistola, l'altra in alto, indicando la strada. «Fate largo! Subito!»

Ci fu del movimento, ma non abbastanza. Gerald sbatté lo sportello della macchina e si avviò verso la folla. Senza giubbotto. Disarmato. Dodici anni prima, la folla si sarebbe divisa come il mar Rosso. In quel momento, invece, restarono tutti dov'erano, gridando, urlando, protestando, agitando le videocamere dei cellulari come se fossero armi.

«È colpa vostra!»

«Poliziotti di merda!»

«Perché diavolo pago le tasse?»

Gerald aspettò che tacessero. «Dovete andare a casa.»

«Col cazzo» disse una donna. «Avete lasciato uscire di prigione un pedofilo, e adesso ha preso un'altra ragazza.»

«Esatto!» gridò un uomo. «Che cosa pensate di fare?»

Gerald attese di nuovo il silenzio. «Busseremo alla porta.»

Non ebbe risposta. Non erano così esagitati da polemizzare di fronte a una soluzione semplice. Una persona si tolse di mezzo, poi un'altra, e dopo qualche istante, finalmente, si liberò lo spazio necessario perché Gerald percorresse il vialetto. Emmy osservò la sua lenta avanzata. La casa non era a più di quindici metri dalla strada, ma non riuscì a respirare fino a quando suo padre non raggiunse il portico. La porta si aprì senza dargli il tempo di bussare.

Gerald sparì all'interno.

Emmy fece un altro respiro profondo prima di controllare Cole, che impediva l'accesso a una fila di auto, ma non poteva fermare chi arrivava a piedi. Stava per distogliere lo sguardo quando riconobbe una delle donne che andavano verso di lei.

Capelli biondi legati, trucco leggero. L'angoscia di Hannah era palpabile. Aveva le mani intrecciate, portava ancora al dito il diamante che Emmy aveva aiutato Paul Dalrymple a scegliere per lei.

Paul aveva ceduto all'alcolismo. Per anni, Emmy aveva sentito voci su di lui in città. Era stato trovato privo di sensi al lavoro, aveva fatto una scenata alla partita di baseball di Davey. Poi c'erano state le citazioni in giudizio e le multe registrate nei verbali della stradale. Disturbo della quiete pubblica, guida pericolosa, fermato due volte per guida in stato di ebbrezza. Patente sospesa. La sua impresa rischiava la bancarotta. Prima di perdere Madison, era stato un tenero nerd. Dopo, era diventato un uomo duro, spezzato. Nelle rare occasioni in cui incrociava Emmy in città, non perdeva mai l'occasione di puntarle addosso uno sguardo carico di disprezzo.

Hannah sollevò il capo per darle a intendere che si erano viste. Poi si fermò a qualche passo da Emmy e guardò verso la folla. Anche Emmy guardò, ma non per curiosità. I rinforzi non erano ancora arrivati. Cole era a mezzo campo di calcio di distanza da lei. Suo padre era da solo all'interno di una casa in cui abitava un duplice omicida, e c'era una folla persone che fino a dieci minuti prima erano assetate di sangue.

E una ragazzina di quattordici anni, Paisley Walker, era ancora scomparsa.

Emmy tirò fuori il cellulare e finse di controllare i messaggi. Accese la videocamera per poter riprendere tutti i volti. Mamme in leggings, uomini con indosso tute da lavoro della fabbrica, qualcun altro che arrivava in abbigliamento informale da lavoro. Poi c'erano Ashleigh Ellis e Brandi Norton, che insieme a Kaitlynn erano le ragazze popolari ai tempi del liceo, e Dervla Culpepper, che era rimasta bloccata sulla Miata nel campo di calcio la sera in cui erano scomparse le ragazze per poi mentire spudoratamente, dodici anni dopo, quando Jack l'aveva intervistata per il primo episodio del podcast *Misguided Angel*. Dervla filmava lo spettacolo con il telefono, forse per ottenere altri dieci minuti di fama.

In tutto, Emmy contò ventisei persone, più altre in arrivo. Sapeva che spesso i criminali violenti cercavano di infilarsi nelle indagini, fingendo di essere testimoni, cittadini preoccupati o semplici spettatori. Le vie secondarie non erano troppo lontane da lì. Fitti boschi costeggiavano le strade che vi scorrevano. Sarebbe stato molto semplice disfarsi di un corpo nel tragitto.

Hannah si schiarì la gola.

Senza riflettere, Emmy si voltò verso di lei, guardandola in faccia per la prima volta da più di un decennio. Per un attimo fu spiazzata dalla vista dei segni d'espressione che le circondavano gli occhi, delle ciocche grigie che facevano capolino lungo la linea di scriminatura dei capelli. Emmy sapeva che anche Hannah stava notando in lei gli stessi cambiamenti. Il tempo aveva continuato a scorrere anche se la loro amicizia si era interrotta.

«Credi che Adam abbia preso Paisley?» le chiese Hannah.

Il suono della sua voce la scosse. Le era familiare come quella di Tommy o di suo padre. Sfruttò il cellulare come scusa per distogliere lo sguardo, riprendendo le auto parcheggiate lungo la strada. Controllò di nuovo Cole. Era appoggiato al cofano di una macchina, i pollici infilati nel giubbotto. I lacci penzolavano.

«Se è stato lui, non la porterebbe qui» rispose.

«No» disse Hannah. «Perfino le belve in gabbia ricordano come si caccia.»

Emmy notò il tono distaccato di Hannah. Aveva gli occhi cerchiati di nero. Forse non era più riuscita a dormire la notte, da quando era uscito il podcast di Jack. Anche prima dell'omicidio di Madison, Paul era sempre stato un marito opprimente, uno di quelli che non lasciavano mai perdere. Tutti, in città, sapevano che il suo problema con l'alcol era ormai fuori controllo. Si era presentato ubriaco a una partita di baseball di Davey, qualche settimana prima. Forse Hannah era l'unica a tenere unita la famiglia, ormai.

Tra la folla si diffusero dei mormorii. La porta di casa si era aperta. Emmy si infilò il cellulare nel taschino del giubbotto. Gerald uscì sul portico. Le sembrò di riconoscere Walton Huntsinger dalla corporatura, ma un attimo dopo capì che non stava guardando Walton. Quello che aveva davanti era Adam.

Anche Hannah se ne rese conto, e restò senza fiato. Afferrò la mano di Emmy. Nessuna delle due parlò, ma Emmy avvertì l'ondata di livore tra la gente intorno a lei.

Bastardo, assassino, spero che in prigione gli abbiano fatto quello che meritava.

Adam chiuse la porta. Emmy vide suo padre sussultare quando scese gli scalini del portico: aveva le ginocchia consumate fino all'osso, la spina dorsale curva come il bastone di un pastore. Se avesse continuato a perdere peso, sarebbe scomparso prima di Myrna.

Hannah le strinse forte la mano. «Mi dispiace per tua madre.»

Lei appiattì le labbra. Aveva bisogno di avere entrambe le mani libere, nel caso fosse successo qualcosa, ma il contatto fisico con Hannah, il senso di familiarità, le sembrava l'unica cosa concreta della sua vita, in quel momento. Disse le prime parole che le vennero in mente.

«Non ti ha ancora perdonata per aver distrutto il suo servizio di porcellana.»

Hannah emise una risatina. «Maledetta Myrna.»

Emmy sbatté le palpebre per schiarirsi la vista. Gerald arrivava dal vialetto, il passo più incerto che mai. I suoi pantaloni erano troppo larghi, avrebbero avuto bisogno di modifiche. Era sempre stata consapevole del fatto che suo padre era anziano, ma solo in quel momento comprese quanto stesse male.

Anche Hannah lo aveva notato, ed era quello il motivo per cui le aveva preso la mano. Era andata a casa di Adam perché era spaventata, perché aveva il cuore spezzato, perché un'altra madre terrorizzata si era vista portar via il suo bene più prezioso.

Poi era ricaduta nel suo ruolo di un tempo, e aveva cercato di consolare Emmy.

«Okay.» Emmy lasciò la mano di Hannah e andò verso suo padre. Si era fermato, il gomito poggiato sulla cassetta delle lettere. Era senza fiato. Emmy si asciugò gli occhi e cercò di darsi una calmata. Indicò alla folla di arretrare per dare spazio a suo padre. Solo Dervla Culpepper non obbedì. Sventolava il cellulare come se fosse una giornalista di un programma scandalistico.

Emmy aveva una gran voglia di fermarla, invece prese la sua posizione abituale, alla destra di suo padre. Gerald aspettò che facessero silenzio, poi comunicò alla folla: «La ragazza non è qui».

«Come lo sa?» chiese una donna. «È andato in cantina?»

«Sì» rispose Gerald, ed Emmy capì che era una bugia. Dall'interno della casa non si poteva accedere alla cantina. «Paisley Walker non è qui. Andate a casa. Lasciateci fare il nostro lavoro.»

Nessuno si mosse fino a quando un uomo in tuta da lavoro non sollevò le mani e si allontanò. Altri lo imitarono. Poi altri ancora.

Emmy sentì l'orologio vibrarle sul polso per segnalare la fine del timer di trenta minuti. Gerald aveva ragione: dovevano chiamare l'FBI subito, non giocare agli aspiranti giustizieri a caccia di demoni.

«Sceriffo?» Dervla gli puntava il telefono in faccia. «Come ci si sente a sapere che lei e sua figlia avete rovinato la vita di Adam con le vostre bugie?»

«Signora» fece lui, in tono stanco. «Il procedimento contro Adam Huntsinger è...»

«Paul!» urlò Hannah.

Emmy trasalì.

Il panico nella voce di Hannah, il terrore viscerale incendiò ogni nervo del suo corpo. Si voltò di scatto. Il tempo rallentò. Ogni suo senso venne annullato tranne uno. Non c'era spazio per udito, gusto, tatto, percezioni. Emmy vide la collera negli occhi di Paul Dalrymple mentre puntava verso il suo petto un revolver Smith & Wesson. Si lanciò verso l'arma, tendendo avanti entrambe le mani. Cole correva in lontananza, il giubbotto che sventolava perché non l'aveva stretto per bene come gli aveva detto sua madre.

“Perché non l’ascoltava, perché non l’aveva mai ascoltata?”

Cole scomparve e Hannah apparve nella visuale di Emmy. Il suo viso in pieno fuoco, il terrore negli occhi, la bocca spalancata in un grido. Il revolver era ancora puntato nella direzione di Emmy, che girò su se stessa un attimo prima del lampo che accompagnò lo sparo. Uno sbuffo di fumo uscì dalla canna. Emmy dischiuse le labbra. Inspirò. Si preparò all’impatto. Ci fu un sibilo leggero quando il proiettile le passò accanto alla testa, poi sentì un potente impatto dietro di sé, come un iceberg che si staccava, un grosso ramo che cadeva da un albero. Si voltò di nuovo e vide suo padre crollare a terra.

Il tempo tornò a scorrere, trasparente e spietato.

«Papà!» Emmy cadde in ginocchio al suo fianco. Il proiettile gli aveva scavato un buco nel petto. Premette le mani sulla ferita, cercò di arginare il torrente di sangue che lasciava il suo corpo.

«Papà, resisti! Ti prego, resisti!»

«Nonno!» Cole arrivava di corsa dalla strada. «Nonno!»

«Chiamate un’ambulanza!» gridò lei. La folla li circondava, pietrificata. Paul era seduto in mezzo alla strada. Hannah era in ginocchio. La pistola era a terra. Nessuno si muoveva, nessuno faceva nulla. «Chiamate un’ambulanza, cazzo!»

«Em...» Gerald batteva i denti. Posò una mano tremante su quella di lei. «Em-m-m...»

«Resisti, papà.» Premette sul suo petto con tutto il peso. Sentì il bordo affilato di una costola spaccata. Il sangue pulsante le passava tra le dita. Il suo volto stava perdendo colore, le sue labbra tremavano.

«Ti prego, resisti. Ti prego.»

«Em...» Il suo sguardo vagava, confuso. «Emmy Lou?»

«Sono qui, papà.» Si chinò perché potesse vederla. «Sono qui accanto a te.»

«FBI...» mormorò lui.

«Li chiameremo subito, appena salirai sull’ambulanza li...»

«D-dobbiamo... d-discutere...»

Emmy sentiva una stretta alla gola così forte che quasi non riuscì a rispondere.

«Lo faremo più tardi, papà, okay?»

Vide una lacrima scivolargli lungo il viso. Non disse nulla, ma la guardò, costringendola a capire. Le aveva chiesto di parlare, e lei doveva ascoltare.

Emmy sentì tutto il corpo bloccarsi, in una sorta di calma che non aveva mai provato in vita sua. Tutto il resto era svanito. Erano rimasti solo loro due, le persone che non parlavano mai, tranne quando parlavano tra loro.

Gli prese il viso tra le mani. «Dimmi, papà.»

«Tua m-madre...» sussurrò. «D-dille che... mi dispiace...»

«Okay.» Gli asciugò le lacrime con il pollice. «Glielo dirò, papà. Lo giuro.»

Gerald cominciò a socchiudere le palpebre. Emmy gli accarezzò i capelli. Sentiva che cercava di resistere anche se il torrente di sangue era ormai ridotto a un rivoletto.

«Ti prego, papà.» Emmy lo guardò dritto negli occhi, come lui aveva sempre fatto con lei. «Ti prego, resta con me. Non sono pronta a lasciarti andare.»

Per un attimo, per il suo bene, sembrò che lo facesse. La sua presenza, la certezza del suo affetto le diedero consolazione. Poi però lui emise un lungo sospiro pieno di dolore. I suoi occhi persero lucidità. Emmy sentì il suo corpo rilassarsi. Il suo viso si distese, la preoccupazione svanì dalla fronte. Il dolore era sparito, i fardelli si stavano sollevando, la fatica stava per finire. Sentì il flusso leggero di sangue sospinto dal cuore esaurirsi lentamente, fino a cessare.

Poi Gerald chiuse gli occhi e morì.

9

Jude Archer era in fondo alla sala conferenze mentre l'agente speciale Raheem Davidson presentava alla famiglia Talbot l'indagine ventennale dell'FBI contro Frederick Arnold Henley. La sala era buia, l'unica fonte di luce era il monitor in fondo al tavolo lungo. Le tapparelle delle ampie finestre che davano sul San Francisco Civic Center erano tutte abbassate. Il suono attutito dei clacson e dei venditori ambulanti cominciò a superare la barriera dello spesso vetro antisfondamento del Phillip Burton Federal Building via via che Golden Gate Avenue prendeva vita.

All'interno della stanza si parlava solo di morte. Diciannove membri della famiglia erano presenti, altri dodici seguivano la riunione attraverso un collegamento sicuro. Alcuni prendevano appunti. Alcuni si guardavano le mani. Altri seguivano in silenzio il puntatore laser con cui Raheem indicava le zone d'interesse su una mappa. Percorsi escursionistici, itinerari di arrampicata, aree di nidificazione, caverne e grotte che ospitavano almeno tredici specie diverse di pipistrelli.

«Come sapete» disse Raheem, «Freddy Henley ha ammesso di aver assassinato dodici ragazze di età compresa tra i quattordici e i diciassette anni. Senza la perseveranza dell'agente speciale Jude Archer, non avremmo mai localizzato tutte queste vittime.»

Jude mantenne un'espressione neutra quando si voltarono a guardarla. Raheem non aveva rispettato il copione, e aveva fatto male. Gli incontri con le famiglie avevano lo scopo di fornire informazioni, rispondere a domande, di dare ai parenti la sensazione di essere ascoltati. Doveva essere un momento di sobrietà, non di applausi e complimenti, soprattutto considerando che si parlava di Freddy Henley. Aveva assassinato la prima vittima nel 1993. La polizia locale non aveva capito di avere a che fare con un serial killer fino al 1996. L'FBI lo aveva arrestato nel dicembre del 1999, e solo sedici giorni prima di quella riunione erano riusciti a individuare i resti di una diciassettenne di nome Darlene Talbot, scomparsa il 12 marzo del 1995. Era stata la terza vittima di Freddy, ma i suoi resti erano gli ultimi che avevano rinvenuto.

«Proseguiamo.» Raheem aspettò che i familiari riportassero l'attenzione sul monitor. Ricominciò a usare il puntatore laser. «È probabile che molti di voi abbiano già visto questo elenco, ma per ragioni di trasparenza lo ripeterò. Valerie Lydelle è stata trovata nella parte meridionale della formazione rocciosa di Machete Ridge. Jennifer Wu era qui, nel canyon lungo questo ruscello. Kayse Nguyen è stata individuata più avanti, sotto una fila di pioppi. Steph Haver era all'interno della grotta Balconies Cave, qui.»

Jude osservò i familiari. Sentire i nomi era straziante. Quelle persone conoscevano profondamente il dolore legato alla perdita di ognuna di quelle ragazze. Tutte le penne erano state poggiate. Qualcuno aveva cominciato a piangere. I nomi da elencare erano tantissimi. Tanya Butler era stata seppellita in una fossa poco profonda nei pressi della diga. Honora Rios era stata abbandonata nel bacino idrico. Natalie Daniels, Wanda Trochek, Mary Kay Morris. Resurrection Wall, Frog Canyon, Hawkins Peak. Freddy aveva sfruttato ogni punto panoramico all'interno di un territorio di oltre cento chilometri quadrati.

Il Parco Nazionale di Pinnacles si trovava nella California centrale, a un paio d'ore circa di distanza da San Francisco e meno di un'ora da San José. I veicoli potevano accedervi solo da due direzioni. L'ingresso a est conduceva all'ufficio informazioni turistiche, quello a ovest era il preferito degli scalatori. Tutte e due le strade finivano in un vicolo cieco su ciascun lato dei resti erosi di un vulcano estinto, i cui pinnacoli color ruggine avevano ispirato il nome del parco. Se si sbagliava strada, ci voleva almeno un'ora prima di capire come tornare indietro.

Jude aveva passato molte ore, poi giorni, mesi, anni che alla fine si erano trasformati in due decenni, a passare al setaccio il parco, facendo la spola tra quest'ultimo e il carcere di Folsom, seguendo i pochi indizi che Freddy le forniva. In rare occasioni, lui le diceva la verità. In quelle rare occasioni, Jude piantava una pala nel terreno, illuminava con la torcia il punto giusto nella caverna giusta e trovava i resti di una vittima. Il sollievo della scoperta era sempre schiacciato dall'opprimente consapevolezza che solo lei era in grado di individuarli.

Freddy si rifiutava di parlare con chiunque altro. Da qualche parte c'era un registro della prigione in cui erano annotate con precisione tutte le ore che Jude aveva trascorso con lui. Il fatto che la sua relazione più lunga fosse stata con un serial killer spietato – forse il più spietato che avesse mai incontrato – la diceva lunga sulla sua vita.

Come molti psicopatici, Freddy si esaltava quando riviveva i dettagli dei suoi crimini. La sua sete di sangue non veniva saziata dallo stupro e dall'omicidio. Torturava le vittime per giorni, profanava i loro corpi, mandava e-mail persecutorie alle famiglie, caricava foto terrificanti sul dark web, scriveva messaggi alle loro madri e alle loro sorelle, sottoponendole a uno stalking così implacabile da rischiare di farle uscire di senno.

Erano loro le persone a cui Jude aveva pensato quando sedeva di fronte a Freddy Henley nel carcere di Folsom. Manteneva un'espressione neutra, il corpo immobile, mentre lui faceva di tutto per innescare una reazione in lei. Smaniava per ottenere uno sguardo pieno di orrore o disgusto, un brevissimo lampo di paura. Era convinto che l'avrebbe fatta crollare prima o poi, ma non si era reso conto che, poco alla volta, era stata lei a far crollare lui.

Proprio come Freddy, Jude veniva dal mondo dell'accademia. Sapeva come comunicare nel suo stesso linguaggio, aveva una conoscenza profonda di ciò che lo condizionava. Non aveva studiato solo i suoi delitti, il suo *modus operandi*, la sua infanzia normalissima e i voti di condotta elevatissimi ricevuti al liceo. Aveva esaminato anche i suoi interessi. Freddy aveva conseguito un dottorato in Scienze della Terra presso l'Università della California, nella sede di Santa Barbara. Le formazioni rocciose del parco Pinnacles erano la sua area di competenza. La tesi che aveva scritto studiava come i movimenti della Faglia di Sant'Andrea nell'arco di milioni di anni avessero allontanato di trecentoventi chilometri dalla catena costiera del Pacifico la metà occidentale del vulcano Neenach.

Quell'uomo avrebbe potuto parlare del Pinnacles per ore. La sua famiglia aveva trascorso lì le vacanze per generazioni, molto prima che quel territorio venisse dichiarato ufficialmente parco nazionale. Da ragazzino vi aveva lavorato come volontario, e da studente ne aveva prelevato campioni del suolo. Vi era andato in campeggio, a fare escursioni, aveva una memoria fotografica di ogni anfratto, di ogni cresta, di ogni vetta. E per vent'anni aveva sfruttato tale conoscenza per giocare al gatto e al topo con Jude, dandole indizi sulla posizione dei corpi di dodici giovani donne e ragazze.

Lasciò scorrere lo sguardo verso il monitor alla parete. Rahemm stava ancora recitando l'elenco delle vittime. Jude le conosceva bene come il suo albero genealogico. Ragazzine con l'apparecchio, i brufoli, le speranze, i sogni e i progetti di un futuro che Freddy Henley aveva spazzato via.

Il 22 ottobre del 1993, Mandy Crull era stata rapita in un grande magazzino di Santa Barbara. Sua madre l'aveva mandata a cercare un carrello, e la quattordicenne non era più tornata. Freddy l'aveva torturata e stuprata per due giorni prima di portarla al parco, dar fuoco al suo cadavere e seppellirla in una fossa poco profonda in una zona panoramica molto amata per i picnic.

Jude aveva trovato i suoi resti il 20 dicembre del 2004.

Il 6 gennaio del 1994, Johna Blackmon stava portando a spasso il cane nel suo quartiere. Il cane era tornato a casa, Johna no. Freddy l'aveva caricata sul suo furgone, l'aveva portata al Pinnacles e l'aveva violentata e torturata per tre giorni. Aveva fatto a pezzi il suo cadavere e aveva lanciato i suoi resti nel bacino idrico.

Jude aveva mandato i sommozzatori a recuperarla l'11 marzo del 2007.

Le altre erano arrivate dopo, a qualche anno di distanza una dall'altra. Freddy andava a caccia solo in primavera e autunno, perché in estate il clima mediterraneo del parco era troppo caldo, e i mesi più miti erano anche il periodo in cui era più propenso a rivelare a Jude dove trovare le vittime.

"Dovresti essermi riconoscente, bambolina. Non voglio che quel tuo bel faccino si scotti al sole."

Raheem cambiò slide sul monitor. Qualcuno sussultò quando una foto di Darlene Marie Talbot riempì lo schermo. Sospesa nel tempo, mai dimenticata, figlia di Lara e Danny Talbot. Sorella maggiore di Thalia, Ronny, Jimmy e Daniel Jr., nipote dei nonni James e Miriam, e di una quantità tale di zii e zie che Jude era stata costretta ad appuntare tutti i nomi per riuscire a orientarsi quando telefonavano. E telefonavano, telefonavano spesso.

"Dov'è? Perché non l'ha ancora trovata? Eppure ha trovato le altre ragazze, non le importa di lei?"

Darlene era andata a fare una gita in kayak nel bacino idrico di Bear Gulch con delle amiche quando era scomparsa. Una ragazza era convinta che fosse andata al bagno, un'altra pensava che avesse deciso di fare una pausa sulla spiaggia. In realtà, a Darlene era caduto il cappello lungo il sentiero, ed era corsa indietro per recuperarlo. Freddy Henley era sbucato dal fitto degli alberi e l'aveva colpita alla testa con una piccozza da arrampicata. I solchi lasciati quando l'aveva trascinata nella foresta erano imbevuti del suo sangue.

"A volte è meglio quando sono svenute, bambolina. Non so se mi spiego. Così è più facile fare quello che vuoi."

«Il che ci porta a due settimane e mezzo fa.» Raheem toccò la tastiera del suo computer portatile e un'altra mappa apparve sullo schermo. Era approssimativa, non troppo dettagliata. Jude aveva osservato Freddy tracciare la X al centro con la mano tremante, artritica.

Erano nell'infermeria di Folsom. Jude aveva avvicinato una sedia al suo letto. Nell'anno precedente aveva visto il cancro divorare il corpo di quell'uomo. Forse, se Freddy fosse stato libero, avrebbe potuto sottoporsi a una cura aggressiva, ma era dietro le sbarre, il che significava che poteva solo morire.

Non gli aveva chiesto di lavarsi la coscienza. Era uno psicopatico, dentro di lui non c'era posto per una coscienza. Ma non voleva restare da solo, così lei gli era rimasta accanto, e quel gesto era stato significativo. Un'ora prima della sua morte, le aveva fatto cenno di avvicinarsi, le aveva chiesto una penna e un foglio di carta. Jude aveva percepito la sua riluttanza come un miasma nauseante, eppure, alla fine, si era rassegnato all'inevitabile.

"Okay, bambolina, mi sa che è vero quello che dicono. Tutte le cose brutte prima o poi finiscono."

Raheem stava indicando la X tremolante sulla mappa tracciata da Freddy in punto di morte. «Questo è l'ingresso della Caverna di Bear Gulch. Come sapete, i resti di Darlene sono stati individuati dietro alcuni piccoli interstizi tra i massi di un terrapieno.»

Jude puntò lo sguardo sulla moquette mentre i singhiozzi riempivano la sala. In lontananza, sentì il ronzio di un trapano in fondo al corridoio. Cercò di ricordare quante volte, nei suoi ventisette anni di servizio nell'FBI, l'edificio fosse stato sottoposto a ristrutturazione.

Il giorno in cui era entrata nel centro operativo di San Francisco stavano adeguando l'impianto elettrico per i computer fissi degli uffici. Jude era una saccente trentaduenne appena uscita dal dottorato, indossava una camicia nera a scacchi, una giacca di pelle da motociclista e un paio di grossi stivali Dr Martens. C'era la foto di Bill Clinton appesa al muro, l'attentatore delle Olimpiadi era ancora a piede libero e i Ramones si erano esibiti per l'ultima volta al Palace.

Essendo un'accademica, non aveva idea di come funzionasse il lavoro all'interno del rigido sistema dell'FBI. Si vestiva in stile troppo grunge, parlava in modo troppo diretto, si truccava troppo. Aveva dato rispostacce alle persone sbagliate, aveva fatto incazzare il suo capo, poi il capo del suo capo, poi aveva rischiato di farsi licenziare e aveva dovuto fare appello al fatto che era una delle poche donne che lavoravano lì, infine era stata relegata alla sezione specializzata in rapimenti e persone scomparse, nella speranza che si puntasse una pistola alla testa o che fosse la sua foto a finire sui cartoni del latte. Nessuno fu più sorpreso di lei quando scoprì che in realtà era brava in quel lavoro.

Non solo era brava. Lo adorava, cazzo.

Il monitor mostrò una slide con delle corrispondenze di DNA. Raheem era quasi al termine della riunione. Jude attirò la sua attenzione sollevando il telefono e fingendo di dover rispondere a una telefonata. Lui parve innervosirsi quando uscì. Jude decise che più tardi si sarebbe complimentata con lui, ma poi si rese conto che non ci sarebbe stato tempo. Quello era l'ultimo giorno in cui avrebbe avuto accesso al tredicesimo piano del Philip Burton Federal Building. L'età per la pensione obbligatoria, nell'FBI, era di cinquantasette anni, e lei era riuscita a farsene dare altri due, ma non c'era più margine di trattativa. Il caso di Freddy Henley, alla fine, era chiuso, e lei doveva abbandonare il servizio.

«Jude?» La madre di Darlene l'aveva seguita fuori dalla sala. Lara stringeva in mano un fazzoletto. Sembrava devastata.

«È stato troppo?» chiese Jude.

«No, avevo bisogno di sapere. E anche gli altri. È importante comprendere cosa è successo. Ciò che lei ha fatto.» Lara si premette il fazzoletto sulla bocca. «Le chiedo scusa, Jude. Avrei dovuto fidarmi di lei, avrei dovuto crederle quando mi ha giurato che l'avrebbe trovata.»

Jude ricordava quel giuramento. Era il classico errore di inesperienza che tanti anni di lavoro le avevano insegnato a non ripetere più. «Sì, anche se ci sono riuscita proprio all'ultimo.»

«Però ci è riuscita» insisté Lara. «L'ha trovata, ha trovato la mia bambina. E io l'ho trattata malissimo. La odiavo. Perché? Perché me la prendevo con lei?»

«Ascolti» disse Jude, «non esistono comportamenti sbagliati, in situazioni del genere. Tutto ciò che ha fatto è stato ciò che doveva.»

«Le ho gridato contro, ho scritto centinaia di lettere chiedendo che la licenziassero.»

«Mettere per iscritto le proprie emozioni fa bene. Aiuta a scrollarsele di dosso.» Jude sapeva che il suo capo non aveva mai dato peso alle lettere. Le numerose segnalazioni nel suo fascicolo personale riguardavano il suo abbigliamento e il fatto che imprecava come un marinaio. Indicò il suo ufficio con un cenno del capo. «Entriamo lì.»

Quando vide la stanza vuota, per un attimo rimase sorpresa. I mobili erano rimasti, ma tutti i suoi oggetti personali erano scomparsi. Gli scaffali erano vuoti, le foto erano state staccate dalle pareti, il suo giradischi non c'era più. C'era solo la sua borsa attaccata all'appendiabiti, tutto il resto era stato inscatolato dalla sicurezza per assicurarsi che non trafugasse una spillatrice.

«Cos'è successo?» chiese Lara. «È stata promossa?»

«Vado in pensione, oggi è il mio ultimo giorno.»

L'espressione interrogativa di Lara si trasformò in sofferenza. «Ha aspettato di trovare la mia bambina?»

Jude cercò un pacchetto di fazzoletti nella borsa. «Sa una cosa? Stavo proprio pensando alla prima volta in cui sono entrata in questo edificio. Avevo trentadue anni, pensavo di essere un fenomeno. C'erano tanti vecchi bacucchi che raccontavano storie di guerra su Patty Hearst e Jim Jones. Per questo devo smettere: non voglio diventare una vecchia bacucca agli occhi delle nuove leve convinte di essere dei fenomeni.»

Lara si asciugò gli occhi e schioccò la lingua. «Venga a dirmelo quando avrà la mia età.»

Jude sapeva che avevano pressappoco la stessa età, ma Lara era stata logorata da quasi trent'anni di angoscia e incertezza.

«E lei? Cosa farà, adesso?» le domandò.

«Cosa farò?» Lara fece un gran sospiro e si sedette sul divano. «A essere sincera, non lo so. Chi sono, senza la battaglia per riportare a casa Darlene?»

Jude si appoggiò alla scrivania. Sapeva che Lara non voleva una risposta.

«Ho sempre sperato. È stato questo a darmi la forza di andare avanti.» La voce di Lara aveva il tono di una confessione. «Anche dopo che Freddy ha confessato di averla uccisa, anche dopo che lei mi ha detto delle foto che aveva scattato quel mostro. Non perché non le credessi, ma non c'era un cadavere. Tutte le altre ragazze erano state trovate, tranne Darlene. Ogni volta che ne trovavate una, ogni volta che non era lei, la speranza che fosse ancora viva si alimentava.»

«Lo so» disse Jude. Lara Talbot non era la prima madre a confidarle quel segreto.

«Tutti parlano di estremo saluto, di perdono, di andare avanti... mi fanno una rabbia. Freddy Henley non merita il perdono.»

Jude le disse la cruda verità. «È morto, e anche quando era ancora vivo, il vostro perdono non gli interessava. Non gli è mai importato nulla di nessuno di voi.»

Lara annuì, ma non perché fosse d'accordo. «Vi ha detto dove trovarla. È una forma di redenzione, in fondo.»

«Non l'ha fatto per redimersi, ma perché per lui il nostro era un gioco, e io ho vinto solo perché stava morendo.»

La donna parve sbigottita. «E così tutto si riduce a questo?»
«Agli psicopatici non importa ciò che è giusto o sbagliato. Creano delle regole tutte loro. Per Freddy era una questione di scambi. Andavo a trovarlo, parlavo con lui, ero interessante, così mi dava la quantità di informazioni necessaria per far sì che continuassi a tornare.»
«Come ha fatto a resistere, in tutti questi anni? Io non avrei mai sopportato di stare nella stessa stanza con quel pazzoide.»
Quando era in servizio, Jude non aveva mai fatto confidenze personali, ma era il suo ultimo giorno e in fondo aveva dedicato quasi tutta la sua carriera professionale all'incarico di riportare a casa la figlia di quella donna.
Si sedette sul divano accanto a Lara. «Quando ero piccola, mio fratello è morto. È affogato nel fiume.»
Lara dischiuse le labbra, sorpresa.
«I suoi amici lo hanno visto andare giù. Non è risalito, la corrente lo ha portato via.» Jude sentì la gola affaticata. Non raccontava quella storia da anni. «Non c'era dubbio che fosse affogato, ma ci sono voluti sei giorni per trovare il corpo.»
Le labbra della donna cominciarono a tremare. «Quindi sa cosa si prova.»
«So come sono stati quei sei giorni. Ero distrutta dalla speranza, come tutti gli altri. Senza un corpo, non c'erano prove. Forse era riuscito ad aggrapparsi a un ramo a valle, forse si era perso nella foresta, forse era solo e ferito da qualche parte. Mia madre era devastata. Mio padre si stordiva con l'alcol. Tutto era buio e opprimente, come se un enorme masso ci stesse schiacciando tutti. Non sapere era come morire soffocati.»
Lara aveva cominciato ad annuire. Era come far parte dello stesso club, il peggior club possibile.
«Quando alla fine la polizia lo ha trovato... non so. È quasi impossibile descriverlo. Il peso è svanito. Eravamo comunque devastati, ma riuscivamo di nuovo a respirare. Mio padre ha smesso di bere, mia madre si è alzata dal letto, si è fatta una doccia, ha cominciato a organizzare il funerale, ha scelto i ve-

stiti per lui. Ho sentito mia zia chiederle come faceva ad andare avanti, e mia madre le ha risposto: "Avevo bisogno di un luogo in cui seppellire il mio dolore".»

Lara cominciò a singhiozzare senza trattenersi.

«Per questo riuscivo a sopportare di stare nella stessa stanza di Freddy Henley. Volevo che lei e le altre famiglie aveste un luogo in cui seppellire il vostro dolore.»

La donna si tamponò gli occhi con il fazzoletto. «Spero che sua madre sia fiera di lei.»

«Mi piace pensare che lo sarebbe stata.»

«Oh, no. Mi spiace non ci sia più.»

«Anche a me.» Jude si alzò dal divano. A quell'ora, ormai Raheem doveva aver finito. «Vuole che la riaccompagni alla sala conferenze?»

«No, ha già fatto abbastanza per me.» Stava per andar via, ma poi si voltò di nuovo. «Che Dio la benedica.»

Jude sorrise, ma era pentita di aver raccontato quella storia. Le famiglie che avevano perso le figlie per mano di Freddy Henley erano un gruppo molto unito, e parlavano tra loro quasi quotidianamente. Avevano pagine Facebook e chat di gruppo private, si incontravano al Pinnacles una volta l'anno per una messa commemorativa. Era probabile che Lara avrebbe raccontato i fatti privati di Jude, per quanto animata dalle migliori intenzioni. Poi qualcuno l'avrebbe detto a qualcun altro, e nel giro di un mese Jude si sarebbe ritrovata con un produttore di qualche programma televisivo che bussava alla sua porta per chiederle del suo lutto infantile.

Espirò lentamente rientrando nel suo ufficio vuoto. Invece di andare alla scrivania, si fermò alla finestra e osservò il traffico di Turk Street che passava alle spalle dell'edificio, sotto di lei. Le auto, i veicoli commerciali e le persone che affrontavano per ultimi i minuti finali dell'ora di punta mattutina. L'urlo lontano delle sirene che arrivava dal Tenderloin. I piccioni appollaiati sul parcheggio multipiano dall'altra parte della strada.

Al suo arrivo, Jude aveva visto il sole spuntare sopra il Golden Gate Bridge. In quel momento, inondava di una luce calda la parete di fronte alla sua scrivania. Con il dito seguì il rettangolo scuro che segnava il punto in cui prima si trovava una cornice. C'erano dodici ombre spettrali delle dodici fotografie di ragazze di età compresa tra i quattordici e i diciassette anni. Si riusciva a ricostruire il periodo in cui erano vissute dai loro tagli di capelli e dal trucco, e la transizione culturale tra le teenager che facevano di tutto per sembrare più grandi all'improvvisa smania di sembrare più giovani.

Freddy Henley non era stato l'unico caso a cui Jude avesse lavorato, ma era quello che aveva plasmato la sua carriera, e adesso che la sua carriera era giunta al termine, si ritrovò a farsi la stessa domanda che si era posta Lara Talbot: chi era, senza la fatica di restituire alle loro famiglie tutte le vittime di Freddy Henley?

Decise che avrebbe rimandato quella domanda a un altro giorno. Quel pomeriggio era in programma la sua festa per il pensionamento, e doveva fare un discorso. Poi doveva partecipare a una cena in cui, basandosi su tutte le altre cene organizzate per chi lasciava il servizio, le avrebbero regalato una maglietta con la scritta *Agente Speciale Me Ne Fotto* e una tazza su cui erano impresse le parole *Non è più un mio problema*.

Il solo pensiero era così deprimente che ebbe la tentazione di fuggire subito dalla porta di servizio, ma poi andò a sedersi alla scrivania e accese il computer. Non voleva lasciare la casella della posta in arrivo piena. C'erano decine di messaggi di saluto. Li lesse tutti, dando il suo indirizzo e-mail privato alle persone con cui voleva restare in contatto e rispondendo in modo molto diplomatico a coloro che sperava di non rivedere mai più. Stava per andare a controllare a che punto era Raheem nella sala conferenze quando suonò il telefono sulla scrivania.

Prese la cornetta. «Archer.»

«Allora, lezioni di ceramica o birdwatching?» domandò Chaz Hollister.

Jude fece un gran sospiro. Il suo capo aveva intorno ai trentacinque anni e non si rendeva conto di essere sull'orlo di un precipizio nel quale, prima o poi, cadevano tutti. «Pensavo di provare il macramè.»

«Non ho idea di cosa sia» rise lui con la tranquillità di un uomo che non aveva mai dubitato della propria intelligenza. «Dico davvero, a Quantico sarebbero felicissimi di averti.»

«Prendo nota.» Jude si tolse gli occhiali da lettura. Non voleva tornare a insegnare, e non voleva nemmeno diventare una consulente, un'investigatrice privata o una qualsiasi delle altre possibilità che avevano a disposizione gli agenti in pensione. «Ti farò avere le conclusioni di Raheem sul caso Talbot prima di mezzogiorno. In questo momento sta parlando con le famiglie.»

«Bene» rispose lui. «Ma non è per questo che ho chiamato. Ho sentito dire che la HBO sta registrando un altro documentario sul killer del Pinnacles. Sanno che sei stata tu a farlo cedere.»

Jude inclinò verso il basso il ricevitore per poter imprecare senza che la sentisse. Poi si ricordò che la burocrazia che la riguardava era già stata chiusa. «Tesoro mio, non sanno un cazzo di niente.»

Chaz fece una risata di cuore. «Capisco perché prima non volevi finire in televisione, ma Freddy Henley è morto. Non ti vedrà sullo schermo, e ora che hai trovato l'ultima...»

«Darlene Talbot.»

«Giusto» fece lui. «Ma ciò che sto cercando di dire è che potrebbe essere positivo per l'agenzia. Sai, è un modo per festeggiare le nostre vittorie.»

«Sono morte dodici giovani donne e ci abbiamo messo vent'anni a trovarle tutte. Non è una vittoria.» Jude vide una ultim'ora apparire sullo schermo. Il banner verde luminoso indicava il rapimento confermato di un minore. Prese il mouse, ma ebbe un attimo di esitazione quando lesse l'origine dell'avviso.

FBI: ATLANTA – GEORGIA BUREAU OF INVESTIGATION

North Falls, Georgia (contea di Clifton; SW) – Scomparsa minore di sesso femminile 14 anni – possibile rapimento da parte di sconosciuto.

«Vedila da un altro punto di vista» riprese Chaz. «Potrebbe essere un trampolino di lancio per una nuova fase della tua vita. Potresti dedicarti alle conferenze, presentarti sul palco in giacca di pelle e con il tuo passo da donna cazzuta.»

«Non c'è bisogno di camminare in modo particolare, quando lo si è davvero.» Jude si rimise gli occhiali e aprì l'informativa. Lesse i dettagli. Paisley Walker, capelli biondi, occhi azzurri, un metro e cinquantotto per quarantanove chili, al momento della scomparsa indossava una felpa con il cappuccio blu a maniche lunghe dell'Eras Tour di Taylor Swift, leggings neri e un paio di Skechers bianche con i lacci rosa. Uscita di casa in bici. Scomparsa tra le sette e le sette e trenta.

Jude guardò l'ora. San Francisco era tre ore indietro rispetto alla Georgia. La ragazza era scomparsa da cinque ore. Sperò che il Bureau di Atlanta avesse già piazzato i suoi uomini in zona. North Falls era una piccola comunità nell'area sudoccidentale dello Stato, e non avevano le risorse necessarie per un'indagine del genere.

Chad continuò a parlare: «Per quel che ne so, se firmi con un'agenzia di relatori...».

Jude scostò la cornetta dall'orecchio mentre cliccava sul link di un quotidiano locale. La prima pagina del *North Falls Herald* riempì la metà superiore del monitor.

SI CERCA ANCORA PAISLEY WALKER
ASSASSINO DELLO SCERIFFO IN CARCERE

Fu come se un pugno le avesse stretto il cuore dentro il petto. Ebbe bisogno di aprire la bocca per riuscire a respirare. La foto sotto il titolo non era della ragazza scomparsa, ma di un'agente di polizia. La donna era china sul corpo di un uomo anziano, il viso schizzato di sangue. C'era qualcosa di terrificante nella sua espressione. Sembrava più sola che mai. Jude lesse la didascalia.

Nonostante abbia assistito all'omicidio di suo padre, l'agente capo Emmy Lou Clifton continua a condurre le ricerche di Paisley Walker...

«Jude?» la chiamò Chaz.

Lei si tolse gli occhiali. «Cosa stavi dicendo?»

«Ti ho chiesto se c'è qualcosa che posso fare per te.»

«Sì.» Jude esaminò di nuovo la foto. «Dimmi chi è il nostro riferimento ad Atlanta.»

10

Emmy era seduta di fronte a Elijah Walker, il padre di Paisley. Si trovavano nella centrale di polizia anziché nella casa di famiglia nella parte occidentale di North Falls. L'agente assicurativo indossava la camicia bianca e i pantaloni grigi che aveva addosso quando era uscito per andare al lavoro la mattina precedente.

«Non...» Elijah parlava a fatica. «Non ricordo niente di lui.»

Lei guardò l'orologio. Era mezzanotte e sedici minuti. Avevano superato le diciassette ore dal momento in cui era stata rapita Paisley.

«Non so cosa volete da me» riprese lui.

Emmy non riusciva a distogliere lo sguardo dall'orologio. C'era del sangue incrostato sulla corona. Erano passate quindici ore da quando era morto suo padre. Non riusciva a sbattere le palpebre senza vedere il suo volto.

«Signora Clifton?» fece Elijah.

Emmy fece un respiro profondo e lo guardò. «Agente capo Clifton, signor Walker. Per favore, mi racconti di nuovo come ha passato la mattinata.»

Lui scrollò il capo. «Che senso ha? Le ho detto le stesse cose un milione di volte. Lei dovrebbe essere là fuori a cercare...»

«Sono tutti là fuori a cercare Paisley. Tutto il dipartimento di polizia, ogni agente della regione, i vigili del fuoco, il Georgia Bureau of Investigation, la stradale e tutte le province nel raggio di ottocento chilometri.» Emmy posò la mano sull'orologio. Sentì il calore del vetro sotto il palmo. «Sono qui a parlare con lei perché ciò che ha visto ieri mattina potrebbe rivelarsi della massima importanza.»

«Non so neanche se ho visto...» Si passò le mani sul viso. «Potrebbe non essere nemmeno il suo pick-up. Sa quanti ne...»

«Signor Walker.» Emmy si costrinse a lasciar perdere l'orologio e poggiò le mani con i palmi sul tavolo. Cominciò a tremarle una gamba. Cercò in ogni modo di tenere a bada l'ansia. «Dobbiamo ricominciare da capo. So che si sente frustrato e so che vuole riavere sua figlia, ma le assicuro che il modo migliore per far sì che accada è ripetermi ciò che ha visto ieri mattina.»

«Era...» Scosse di nuovo la testa. «Un pick-up nero. Un modello vecchio, con la marmitta rotta.»

Emmy aveva in mente solo quello di Adam, ma era verde chiaro, molto particolare, con la parte davanti simile a quella di Cricchetto del film Pixar *Cars*. «Quando dice modello vecchio, intende del secolo scorso o...»

«Non sono un esperto di motori e non ci ho nemmeno fatto caso. Ero al telefono.»

Quella era una novità. «Con chi stava parlando?»

«Con nessuno. Ascoltavo i messaggi ricevuti durante la notte. I clienti mi chiamano quando hanno un incidente, io li richiamo e verifichiamo insieme i dati. Ho abbassato lo sguardo per un attimo, poi ho guardato di nuovo avanti e me lo sono trovato lì. Per poco non gli sono finito addosso.»

Anche quella era una novità. «Ha visto il volto del guidatore?»

«Non riuscivo a vedere dietro il parabrezza. È successo in fretta, ma ricordo di aver pensato che il veicolo mi ricordava il pick-up di quel tizio. Si chiama Anthony, credo, una cosa del genere.»

«Bene.» Emmy non volle ripetere il nome per non permettergli di memorizzarlo. «Mi parli del guidatore.»

Elijah fece un altro sospiro carico di frustrazione. «Sono passati quattro mesi, okay? Non ricordo i dettagli. Ero uscito per prendere la posta e lui si è fermato, mi ha detto che aveva lavorato lungo la strada, non so a casa di chi. Ma diceva di avere degli aghi di pino rimasti da un altro lavoro e che se volevo poteva spargerli sulle mie aiuole.»

«Okay.» Emmy immaginò che quell'uomo avesse girato con delle balle di pacciame sperando di guadagnare un po' di contanti. «È sceso dalla macchina per parlare con lei?»

«No, si sporgeva dal finestrino.»

«Eravate alla stessa altezza? Oppure era più in alto o più in basso di lei?»

«Mi sembra alla stessa altezza.»

Emmy si disse che il pick-up doveva essere di dimensioni medie: non poteva essere la Chevrolet del 1982 di Adam. «Ricorda quanto le ha chiesto?»

«Ha idea di quanta gente io paghi in un anno?»

Emmy tentò un approccio diverso. «Lei lavora in ufficio durante la settimana, giusto? Non lavora mai da casa.»

Elijah parve sorpreso, come se avesse notato che forse lei sapeva ciò che faceva. «È vero, quindi doveva essere un sabato o una domenica.»

Lei annuì per farlo proseguire. «Potrebbe provare di nuovo a ricordare il suo aspetto?»

«Gliel'ho già detto, sembrava messicano. Aveva i capelli scuri, la pelle scura.»

Emmy notò lo sprezzo nel suo modo di parlare, come se usasse quella parola a mo' di insulto invece che per descrivere un luogo di nascita. «Intende che proveniva proprio dal Messico, oppure...»

«Non gli ho chiesto di dove fosse.»

«Parlava con un accento?»

«Credo di sì.» Ci pensò su per un altro momento. «Sì, ma era molto comprensibile.»

«Aveva un orologio, occhiali da sole o un cappello?»

Lui scrollò il capo e si strinse nelle spalle in un unico movimento. «Non me lo ricordo.»

«Niente tatuaggi?»

Un'altra scrollata di testa e spalle. Era di nuovo frustrato. «Non ricordo.»

«Non c'è problema. Cerchiamo di procedere per gradi.» Emmy si premette la mano sulla gamba, cercando di frenarne il movimento convulso. Le stava venendo un crampo all'arco plantare. «Com'era vestito?»

«Da giardiniere. Non ho badato al suo abbigliamento. Si può sapere che senso ha? Vestiti, indossava dei vestiti.»

«Stivali?»

«Forse?»

Emmy aspettò un altro istante, poi chiese: «Sua moglie era in casa?».

«No, Emily aveva messo su qualche chilo durante le vacanze, ed era andata a lezione di spinning.» Un'altra rivelazione. Schioccò le dita e indicò Emmy. «Significa che era sabato. Lei ha lezione alle dieci, poi va a farsi le unghie, poi va a pranzo con il gruppo di studio della Bibbia, infine va a fare la spesa. Di solito rientra per le due, al massimo le tre del pomeriggio.»

«Ne è sicuro?»

«Sì, certo. Altrimenti non sarei a casa da solo con Paisley. Passiamo insieme tutte le domeniche. Andiamo a messa la mattina, poi al pranzo dei fedeli.»

«Okay.» Emmy si afferrò la coscia, nel vano tentativo di bloccare il tremito. Aveva i muscoli tesi, e non riusciva a ottenere dal cervello l'ordine di fermarlo. «Così ha detto all'uomo sul pick-up che voleva gli aghi di pino, lui ha cominciato a spargerli, e poi cos'è successo?»

«Sono tornato in casa e ho controllato Paisley. Credevo fosse ancora a letto, ma non era nella sua stanza. Era al telefono, sulla veranda sul retro.»

«Con chi parlava?»

«Non parlava, i ragazzini non fanno telefonate. Scriveva messaggi oppure era su Snapchat. Non lo so, non ho chiesto, le ho solo detto di abbassare la musica.»

«E lei l'ha fatto?»

Lui scosse di nuovo la testa, ma rispose: «Credo di sì. Sono andato a fare la doccia, e quando sono uscito la musica era spenta. Lei stava parlando con quel tizio, quell'Anthony».

«Dove si trovava lui?»

«Nel giardino posteriore, accanto al prato che gira intorno all'albero. Aveva degli aghi di pino in mano, ma guardava lei, e ricordo di aver pensato che la cosa non mi piaceva. Non mi piaceva come la guardava.»

Emmy incrociò le gambe all'altezza del ginocchio, ma continuò a sentire il tremito. «Paisley era seduta o in piedi sulla veranda?»

«Era appoggiata alla ringhiera.» Elijah ricominciò a scuotere il capo. «Non mi piaceva nemmeno quello. Era ancora in pigiama, con dei pantaloncini troppo stretti sul sedere. Si vedeva praticamente tutto. Carol aveva intenzione di parlargliene, Paisley era troppo grande per portarli ancora. Volevo che si vestisse in modo più decoroso.»

«Carol cosa ne pensava?»

«Che importa cosa ne pensava Carol?» chiese lui. «Sa benissimo cosa mi preoccupava. Paisley mandava messaggi sbagliati, e guardi cos'è successo.»

Emmy cercò di salvarlo dall'angolo in cui si era infilato. «Paisley ha la tendenza a restare in pigiama tutto il giorno, nei weekend?»

«No, la regola è che deve vestirsi entro l'ora di pranzo.» Ebbe un'altra illuminazione. «Da questo possiamo capire l'orario, giusto? Carol è uscita alle dieci meno un quarto, quindi deve essere successo dopo, ma prima di mezzogiorno e mezzo, che è l'orario in cui pranziamo.»

«Giusto» confermò Emmy. «E invece il giardiniere? Cosa indossava?»

«Le ho già detto che non...» Si bloccò, la bocca spalancata. «Una maglietta chiara, forse beige, con una toppa qui.»

Emmy lo osservò toccarsi la parte sinistra del petto con la mano destra.

«Di che colore era la toppa?»

Elijah chiuse forte gli occhi, sforzandosi di ricordare. «Aveva qualcosa di verde ricamato, come un albero o un cespuglio. Anche i pantaloni erano marrone chiaro. Per questo ho pensato che fosse tutto vero, perché sembrava far parte di una squadra di giardinieri.»

«Okay, bene.» Emmy non aveva più le gambe accavallate, e sentiva il suono del tacco dello stivale che batteva contro il pavimento. Si chinò in avanti, cercando di far smettere quel martellamento. «Adesso torniamo a quando ha visto Paisley e quell'uomo fuori. Ha sentito almeno in parte cosa si dicevano?»

«No, ma Paisley rideva. Il modo non mi è piaciuto, era un suono falso, acuto. Poi, quando ho aperto la porta e sono uscito, hanno smesso di parlare.»

«Lei ha detto qualcosa?»

«No, non è stato necessario. Sapevano benissimo qual era il problema.» Si passò una mano sulla bocca, sfinito. «Anthony ha finito di spargere gli aghi di pino, Paisley è rientrata. Le ho detto che non doveva civettare con gli uomini così. Ne avrei parlato più tardi con Carol, ma poi quell'essere inutile di suo fratello ha avuto una specie di emergenza e...»

Emmy lo vide asciugarsi di nuovo la bocca. Gli chiese: «Come ha reagito Paisley quando l'ha sgridata?».

«Ha dato di matto. Ha detto che l'avevo messa in imbarazzo, che non capivo. Ma avevo capito benissimo cosa stava succedendo. Se provochi un uomo adulto, sai a cosa vai incontro.» Strinse le mani a pugno sul tavolo. «E avevo ragione, giusto? Ha fatto la stupida con quel tizio e adesso Dio solo sa cosa le sta facendo.»

Emmy aspettò che si calmasse, ma Elijah non lo fece.

«E poi perché lei è qui?» le domandò. «Suo padre è stato assassinato ieri mattina, perché non sta con la sua famiglia?»

Emmy sentì la gola serrarsi. «Mio padre vorrebbe che fossi qui, signor Walker. Una delle ultime cose che mi ha chiesto è stata chiamare l'FBI. Voleva che ritrovassi Paisley.»

«Sul serio?» chiese lui. «Così potrà ripetere l'impresa di quando ha trovato quelle ragazzine morte nello stagno?»

Emmy serrò le labbra.

«Ho ascoltato il podcast di Jack. L'ha definita "l'angelo sviato". Ha detto che era talmente determinata a sbattere qualcuno in prigione che si è concentrata sulla persona sbagliata. E se si sbagliasse su Anthony? Se Adam avesse preso Paisley per vendicarsi di lei, che invece è qui a perdere tempo pensando a un messicano su un pick-up nero?»

Emmy lasciò che il silenzio si allungasse, per assicurarsi che avesse finito.

«Il suo giardino è molto grande.»

«Cosa?»

«Quel tizio ha sparso aghi di pino davanti casa. Lei ha fatto una doccia, e lui era ancora impegnato a spargerli sul retro quando ha finito. Ci ha messo un po'.»

«E allora?»

«Quanti contanti tiene in casa, di solito?»

L'uomo si strinse nelle spalle con aria teatrale. «Non so, una cinquantina di dollari. Carol ne ha di più nella borsa, se ne ho bisogno.»

«Ma Carol non c'era» disse Emmy. «Come l'ha pagato per il lavoro?»

«Non l'ho... Cazzo.» Si frugò in tasca e tirò fuori il telefono. «CashApp. Ho usato quello. Cazzo!»

Emmy osservò le sue dita inserire il codice di sblocco dello schermo, poi aprire l'app. «Okay, eccolo. AntonioR45. Diciotto giugno. Ho scansionato il suo QR code.» Quasi le lanciò il cellulare. «Potete rintracciarlo, con questo?»

«Resti qui, torno subito.»

Emmy sentì dei telefoni squillare mentre procedeva veloce nel corridoio. Svoltò a sinistra, evitando di guardare l'ufficio vuoto di Gerald. Nella sala operativa, a una scrivania sì e una no era seduto un agente impegnato al telefono o a seguire una pista. Trovò il referente dell'FBI per rapimenti e sequestri sul fondo. L'agente speciale Seth Alexander era chino su una mappa cartacea degli Stati Uniti sudorientali. Stava disegnando un altro cerchio concentrico intorno a North Falls. Fino a quel momento ne erano stati tracciati diciassette, e ciascuno segnava trenta chilometri di distanza, uno per ciascuna delle ore trascorse dal momento del rapimento di Paisley. A Emmy ricordavano gli anelli in un tronco di un albero.

«Ho qualcosa.» Gli porse il cellulare di Elijah, facendo attenzione a non toccare lo schermo. «Dice di aver pagato il giardiniere con CashApp. Non ho toccato niente, non volevo rischiare di modificare la cronologia o qualcos'altro. La password del telefono è otto-sette-due-trenta-uno-sei.»

«Benissimo, ci pensiamo noi.» Seth appuntò il codice sul bordo della mappa. «C'è altro?»

«Elijah è un bacchettone. Uno stronzo dispotico. Non approvava l'abbigliamento della figlia.»

«Benvenuto nel club» commentò Seth. «Pensi sia colpevole?»

«Nasconde qualcosa. Lo lascio bollire per un po', poi torno da lui.»

«Devi sapere che il mio direttore regionale ha lavorato con Gerald appena uscito da Quantico. Sta mandando qui un paio di pezzi grossi a dare una mano. Mi ha detto che se hai bisogno di qualsiasi cosa... ci pensa lui.»

«Okay.» Emmy si chiese se sarebbe mai riuscita a sentir nominare suo padre senza avere la sensazione che l'avessero presa a pugni in gola. «Elijah ha detto che "quell'essere inutile" del fratello di sua moglie ha avuto un'emergenza quattro mesi prima. Ho avuto la sensazione che tra loro non corra buon sangue.»

Seth sfogliò gli appunti. «Reggie McAllister, trentasette anni, arrestato per aver brandito un coltello durante un'amichevole di basket. È ancora in libertà vigilata. Sposato, niente figli. Vive in affitto nella periferia di Mobile, fa il corriere per un fornitore di lampadari. Abbiamo mandato una squadra a casa sua, ma la moglie dice che sta andando dalla sorella, è uscito mezz'ora fa. Ho chiesto alla stradale dell'Alabama di seguirlo fino al confine, poi sarà quella della Georgia a prenderlo in carico quando supererà il confine. Tu cos'altro hai?»

«Elijah mi ha dato una descrizione di Antonio. Ispanico, forse messicano o comunque originario di uno Stato a sud del confine. Parla con un leggero accento, capelli scuri, occhi castani, indossava una maglietta beige e pantaloni coordinati. Aveva una toppa sulla maglia, forse con un logo. Sto per esaminare l'elenco dei giardinieri che lavorano nel vicinato per capire se qualcuno di loro ha in dotazione un'uniforme.» Emmy stava per andarsene, poi aggiunse: «Ha sbloccato il cellulare e me l'ha consegnato. Implica il consenso a esaminare il dispositivo, giusto?».

«Certo. Damien è il nostro tecnico informatico, controllerà le e-mail e i messaggi di Elijah, individuerà la sua posizione attraverso tutte le app ed esaminerà la cronologia del browser. Non tralasceremo nulla.»

«Scrivimi, se trovate qualcosa.» Emmy vide Virgil parlare con un agente dell'FBI al lavoro sul numero verde. Gli aveva mandato un messaggio per chiedergli aiuto nelle ricerche, ma la verità era che le sembrava di aver bisogno di avere al suo fianco qualcuno che non fosse Cole. Bastò la vista del suo vecchio mentore per darle la sensazione che almeno una parte del peso che aveva sulle spalle fosse stato sollevato.

Virgil le rivolse un sorriso mesto quando la vide arrivare. I dodici anni trascorsi non lo avevano cambiato granché: si era tenuto in forma dopo la pensione. Teneva la schiena e le spalle dritte, il petto in fuori, proprio come aveva insegnato alle reclute durante l'addestramento. Emmy si rese conto che aveva più o meno l'età che aveva suo padre quando erano morte Madison e Cheyenne.

Andò dritta al punto: «Mi sento una merda per averti chiesto di tornare a dare una mano, soprattutto nel caso di un'altra ragazzina scomparsa».

«Avevo già deciso di offrirmi volontario» le rispose in tono gentile. «Ho le ginocchia troppo arrugginite per strisciare sotto le fondamenta delle case, ma con un telefono e un computer me la cavo ancora bene.»

Emmy non aveva tempo per sentirsi sollevata. «Prendi una scrivania. L'FBI ha già controllato i social di Paisley, ma forse qualcuno che conosce bene la nostra realtà potrebbe individuare elementi che a loro non dicono niente.»

«Subito, agente.» Fece per andare, ma poi le posò una mano sulla spalla, come a volerla confortare. «Emmy Lou, ce la farai.»

«Lo spero.» Sentì un altro po' di tensione allentarsi quando andò a sedersi al tavolo di Brett. Accese il suo computer, inserì le credenziali. Stava per prendere il blocco a spirale che aveva in tasca quando il suo sguardo si posò sulle finestrelle che davano nell'ufficio di Gerald.

Era anche il suo ufficio. Le loro scrivanie erano unite. Le luci erano spente, l'impermeabile di suo padre era ancora appeso al gancio alla parete. La sedia pieghevole su cui si era seduto Cole due giorni prima per parlare con lui era ancora rivolta nella direzione di Gerald.

La sua maledetta gamba riprese a tremare. Avviò una ricerca sulla prima società dell'elenco, la Albright Landscaping. Le si appannarono gli occhi, ma non era lo sfinimento a farla sentire così. Le crisi notturne di Myrna le avevano insegnato ad andare avanti anche dormendo pochissimo. Il suo corpo le si stava rivoltando contro, cercava di spingere fuori il dolore che invece lei si sforzava di ricacciare indietro.

Il suo cellulare vibrò. Riconobbe il numero. «Brett, l'avete trovata?»

«No, capo.»

Emmy sentì i forti segnali acustici e il rombo dei motori diesel di macchinari pesanti. Brett si trovava in una discarica di Tallahassee. Uno dei vicini dei Walker aveva in corso una ristrutturazione completa. Il cassone per cantieri che si trovava nel loro vialetto era stato svuotato alle sette e trenta della mattina precedente. Brett aveva guidato quattro ore per raggiungere la Florida e passare al setaccio la discarica, nel caso il rapitore di Paisley si fosse disfatto lì del suo corpo.

«Capo?» la chiamò Brett, la voce preoccupata.

Lei sentì di nuovo un crampo al piede. «Sto bene, Brett.»

«Sì» fece lui. «Ma tuo padre è morto davanti ai tuoi occhi. So che nelle vene ti scorre l'acqua ghiacciata dei Clifton, ma nessuno avrebbe qualcosa da ridire se volessi lasciare l'indagine.»

Emmy guardò l'ufficio di suo padre, le file ordinate di cartelline, la sua penna preferita. Il computer portatile che le apparteneva era aperto di fronte alle foto incorniciate che lui teneva sulla scrivania. Cole ed Emmy in uniforme, Tommy con un cappello pork-pie. Proprio la mattina del giorno prima Emmy aveva cominciato a pensare quanto fosse strano che suo figlio fosse un uomo adulto, e poche ore dopo si era ritrovata a stringerlo come non faceva da quando era bambino.

«Emmy» riprese Brett. «Pensa a cosa avrebbe voluto lo sceriffo.»

Sapeva benissimo cosa avrebbe voluto. «L'unico modo per onorarlo è fare il nostro lavoro. Torna qui appena puoi, dobbiamo trovare qualcuno che possa entrare nei canali fognari e nelle caditoie lungo la strada che Paisley ha preso per raggiungere le vie secondarie. E voglio che tornino a cercare nello stagno di Millie.»

«Di nuovo?» chiese lui. «Sarebbe piuttosto sciocco liberarsi di Paisley Walker nello stesso modo di Madison e Cheyenne.»

«Sarebbe piuttosto sciocco non prendere in considerazione questa possibilità.»

«D'accordo» fece lui, espirando. «Richiamerò i sommozzatori.»

Emmy attaccò e tornò alle ricerche. Aveva quasi finito quando Cole entrò nella sala operativa. Approfittò di un momento, prima che lui la vedesse, per osservarlo con attenzione. Aveva gli occhi iniettati di sangue, il volto pallido. Proprio come lei aveva voluto continuare a lavorare, ad andare avanti. Proprio come lei, sembrava che il minimo tocco potesse farlo esplodere in milioni di pezzi. L'unica cosa che lo teneva ancora insieme era l'acqua ghiacciata che gli scorreva nelle vene.

«Capo, non siamo stati fortunati.» Cole era uscito con una squadra di ricerca che aveva setacciato le vie secondarie in cerca di tracce di Paisley. «Mi ha chiamato Celia. Mi ha detto di non disturbarti, ma che la nonna sta avendo un'altra nottataccia.»

Emmy sentì la pressione tornare a stringerle il collo come un nodo scorsoio. «Abbiamo un indizio merdoso da Elijah su un veicolo presente nel quartiere ieri mattina. Potrebbe non portare a nulla, ma dobbiamo comunque seguirlo. Ricorda solo che era un "vecchio pick-up nero". Esamina le registrazioni e vedi se riesci a restringere un po' il campo. Potrebbe anche essere irregolare, ma tienitelo per te. Non abbiamo bisogno di altre ronde di cittadini che se la prendono con gli innocenti.»

«Sì, capo.»

Stava per andare via, ma lei gli prese la mano. Emmy avvertì un tremito, ma non seppe dire se venisse da lei o da Cole.

«Mamma.» Parlava a fatica. «Il mio capo mi ha dato un ordine.»

Emmy sentì le sue dita scivolare via. Non sapeva se doveva essere orgogliosa o distrutta all'idea di aver cresciuto un altro Clifton.

«Emmy?» Sherry Robertson, l'agente operativo del GBI per la Georgia sudoccidentale, le faceva cenno di raggiungerla in fondo alla sala. «Puoi venire un momento?»

Emmy attraversò la stanza prendendo un respiro tremante. Faceva fatica a mettere a fuoco le cose, le sembrava di vedere una sequenza di fermoimmagine. Il GBI era competente per qualsiasi sparatoria che coinvolgesse un agente di polizia, e Sherry indagava sull'omicidio dello sceriffo Gerald Clifton.

«Paul sta smaltendo la sbornia in cella» disse. «Hannah ha chiesto un avvocato.»

Emmy non ne fu sorpresa. Anni prima aveva fatto in modo di inculcare ad Hannah l'idea che non bisognava mai parlare con un poliziotto senza un avvocato presente.

«È uscito qualcosa dai video girati sulla scena dalle persone presenti?»

«Niente di utile» rispose Sherry. «Ma devi sapere che quella Culpepper ha caricato un video online in cui si vede Gerald. La CNN ha oscurato il viso, ma è piuttosto crudo.»

Emmy disse a se stessa che ci avrebbe pensato in un altro momento.

«Dervla Culpepper non stava riprendendo Hannah e Paul quando l'arma ha fatto fuoco?»

«Non poteva. Gerald ha disteso un braccio davanti a lei. Cercava di proteggerla.»

Anche quel dettaglio venne spostato tra le cose su cui avrebbe riflettuto in un'altra occasione. «E i testimoni? Erano presenti più di venti persone.»

«Un terzo di loro sostiene che era Hannah ad avere l'arma in mano. Un altro terzo dice che è stato Paul. Il terzo rimanente sostiene di essere stato troppo spaventato per vedere qualcosa.»

Sembrava plausibile. «Che cosa ti serve da me?»

«Dettagli» rispose lei. «Ho la tua testimonianza, ma hai avuto del tempo per pensarci su. Sei sicura che non potevi vedere chi aveva in mano la pistola quando ha sparato?»

Emmy si era sentita fare quella stessa domanda in almeno tre modi diversi, fino a quel momento. Era una tecnica che conosceva, l'aveva usata lei stessa con Elijah Walker. Ci si ripeteva in continuazione perché si cercavano nuove informazioni oppure si tentava di individuare cambiamenti nella versione.

Rispose: «No, mi spiace. Avevo una visione ristretta, guardavo la pistola, non chi la stringeva. L'unica altra cosa che ho visto è stata mio figlio che correva lungo la strada. Poi ho visto mio padre, e...».

Ci fu un silenzio solenne tra loro. Sherry aveva lavorato con Gerald per anni. Ogni rappresentante delle forze dell'ordine dello Stato lo conosceva o aveva lavorato con lui. Emmy aveva ignorato le telefonate di condoglianze da parte di capitani, sceriffi, del presidente della Camera, perfino del governatore.

«Emmy» riprese Sherry, «so che il direttore ti ha già contattata, ma se la tua famiglia dovesse avere bisogno di qualcosa da parte dell'agenzia, noi ci siamo.»

Lei annuì. «Lo apprezzo.»

«L'ufficiale di assistenza si è fatto vivo?»

Emmy annuì di nuovo. Quando veniva ucciso un poliziotto, veniva subito assegnato un ufficiale di assistenza familiare per dare sostegno ai parenti e accompagnarli nelle fasi successive: orientarsi tra indennità di morte, premi assicurativi, risorse statali e federali, la stampa e anche l'organizzazione del corteo funebre.

Ma in quel momento Emmy non riusciva a pensare a niente di tutto ciò.

«Tommy ci ha già parlato. Si incontreranno domattina. Devo tornare al lavoro» disse.

«Bene, fammi sapere se ti viene in mente altro sulla pistola.» Sherry le strinse un braccio. «Il coroner arriverà tra mezz'ora, se vuoi vedere tuo padre prima che lo portino al quartier generale.»

Il cappio si strinse ancora più forte intorno al suo collo. Stava succedendo tutto così in fretta. Gerald avrebbe lasciato la città prima dell'alba. «Lo dirò a Tommy.»

Emmy tirò fuori il telefono per avere una scusa per chiudere la conversazione. Mandò un messaggio a Tommy mentre andava verso il corridoio. Era ancora sveglio: le rispose quasi immediatamente con un pollice alzato. Era la versione emoji dell'*okay* del loro padre. Poteva essere una conferma di aver ricevuto l'informazione o il segnale che si sarebbero incontrati all'agenzia delle pompe funebri. Emmy si disse che l'avrebbe scoperto di lì a mezz'ora.

Aveva ancora tempo per tornare da Elijah. O forse doveva andare a parlare di nuovo con Carol Walker. Brett l'aveva già interrogata, ma quando Emmy aveva cercato di approfondire, la madre di Paisley era ridotta a un tale stato di isteria che era stato necessario chiamare un medico per calmarla. A quell'ora, ormai, l'effetto del Valium doveva essere passato. Doveva fare domande alla donna su suo fratello, verificare come andava il matrimonio, scoprire se i timori di Elijah sulla pudicizia della figlia avessero creato tensione con la ragazza.

Ma non ci riuscì.

Emmy uscì nel parcheggio passando dalla porta laterale. Erano quasi le due di notte, ma era il primo istante, da quando era morto suo padre, in cui poteva stare da sola. Aveva bisogno di tempo per provare tutto ciò che si era sforzata di non provare fino a quel momento. Per cedere all'angoscia che stava guidando la rivolta del corpo contro di lei. Per respirare l'aria della notte e ascoltare il silenzio. Appoggiò la schiena al muro. I mattoni ruvidi le premettero contro le scapole. Sollevò lo sguardo verso il cielo buio, chiuse gli occhi e fece un respiro profondo.

«Papà» mormorò, «cosa faccio, adesso?»

Sapeva cosa avrebbe risposto Gerald.

Che cosa sapevano?

Le possibilità di sopravvivenza di Paisley Walker erano ormai sotto il dieci per cento. Il padre della ragazza era ostile e autoritario. La madre era catatonica. L'unica pista era un uomo ispanico alla guida di un veicolo così comune da quelle parti che tanto valeva fosse sul jet invisibile di Wonder Woman.

Che cosa pensavano *di sapere?*

Quattro mesi interi dopo l'interazione di Paisley con il giardiniere, Elijah era ancora furioso perché la figlia indossava dei pantaloncini aderenti. Sembrava convinto che le azioni di un uomo adulto potessero essere influenzate dal comportamento di una ragazzina. Era difficile capire se Elijah avesse un'ossessione malata per la figlia o fosse solo un bastardo dispotico.

«Emmy?»

Socchiuse gli occhi nell'oscurità. Un uomo alto con in mano una valigetta stava attraversando il parcheggio. Arrivava dalla direzione del carcere. Sentì il cuore sprofondare quando lo riconobbe: Dylan Alvarez era l'ultima persona che aveva bisogno di vedere in quel momento.

Emmy si staccò dal muro. «Che ci fai in prigione nel cuore della notte?»

«Rappresento Hannah» disse lui.

«Sei specializzato in diritto di famiglia. A lei serve un penalista.»

«Ed è quel che le ho detto io, ma non ha voluto ascoltarmi. È troppo devastata per dar retta ai consigli.» Dylan posò la valigetta a terra. «Avresti modo di farle arrivare un messaggio?»

«Stai dicendo sul serio?» Emmy trattenne la collera a fatica. «Davvero stai chiedendo a un poliziotto di mandare un messaggio a una tua cliente?»

«Vuoi smetterla di abbaiarmi addosso come se fossi un ragazzino ignorante?» Anche Dylan si stava sforzando di non cedere alla rabbia. «Hannah è distrutta, cazzo. Sai benissimo che adorava tuo padre. Le è stato accanto quando è morto il suo, e anche quando è morta sua madre.»

Emmy lo sapeva. C'era stata anche lei.

«Non sono nemmeno riuscito a farmi dire cos'è successo. Continua a ripetere che ha bisogno di sapere che stai bene» le disse.

«Quindi dovrei infilarle un bigliettino in cella sotto gli occhi del GBI?»

«So che è un'idea stupida, ma sto cercando di trovare una soluzione che non faccia finire Hannah nel braccio della morte per aver assassinato un poliziotto.»

Fu come se la lama di un'ascia le si fosse conficcata nel cuore. Non aveva voluto spingere i pensieri oltre le domande di Sherry Robertson.

Dylan le presentò la nuda e cruda verità. «Il GBI userà la stessa strategia che hanno usato contro il padre dell'autore di quella strage scolastica. Il revolver che Paul ha portato sulla scena è registrato a nome di Hannah. Era conservato in una cassaforte a cui lei sapeva che Paul poteva accedere. Sapeva che Paul aveva minacciato di morte te e tuo padre. Sapeva che Paul era volubile e imprevedibile. E a differenza di quel padre, Hannah era presente sulla scena, accanto a un agente di polizia, e non ha detto niente. Prima o poi troveranno qualcuno che testimonierà che lei stava toccando l'arma, quando ha fatto fuoco. Alla giuria basterà questo per condannarla.»

Emmy aveva cominciato a sudare. Aveva convinto lei Hannah a comprare quell'arma per proteggersi quando era tornata a casa dopo il college.

«Stava cercando di fermarlo. Ha gridato per avvisarmi. L'ho detto all'investigatore.»

«Cos'altro hai detto?»

«Che come testimone faccio schifo. Ero fuori di me, in preda al panico. Non ho visto se Hannah toccava la pistola o meno.» Emmy sapeva che gli stava dando troppe informazioni, ma non le interessava. «Non possono incarcerarla, se non sanno chi ha premuto il grilletto.»

«Tesoro, sai come funzionano gli omicidi colposi. Non è necessaria la volontà di uccidere. Il solo fatto che sapesse della pistola e delle intenzioni di Paul basta per incriminarla.» Le parole di Dylan erano crude, ma il suo tono dolce. «Tuo padre era un mito, per le forze dell'ordine. Ogni occhio della contea in questo momento è puntato sull'avvocata dell'accusa. È candidata alle elezioni del prossimo novembre. Sai benissimo come si comporterà.»

Emmy non aveva più aria nei polmoni. Non aveva messo insieme i pezzi perché non aveva voluto farlo. «Hannah è un'insegnante. Una madre.»

«Potrebbe patteggiare se testimonierà contro Paul, ma anche così, tra i costi per il processo, la perdita del lavoro e la fatica per lottare in tribunale... ne uscirà distrutta.»

«Per questo Hannah mi cerca? Ha paura di essere incriminata?»

«Ti cerca perché il dolore la sta divorando. Ed è preoccupata per te. Siamo entrambi preoccupati.» Il tono di Dylan divenne ancor più delicato. «Tuo padre è morto tra le tue braccia, Emmy. Dov'è Cole? E dove sono Celia e Tommy?»

«Cole sta lavorando, Celia e Tommy si stanno prendendo cura di nostra madre.»

«E chi si prende cura di te?»

Lei posò una mano sull'orologio e pensò al sangue incrostato sulla corona. Gerald si era preso cura di lei. Dal momento in cui era nata, suo padre era sempre stato una certezza.

«Tesoro.» Dylan le parlava con una gentilezza che non meritava. «Non c'è niente di male nell'ammettere che sei in lutto. Anche io lo sono.»

Emmy sentì la spina dorsale irrigidirsi. «C'è una ragazza di quattordici anni che in questo momento è quasi sicuramente morta. Vuoi che mi metta in un angolo a piangere quando sono l'unica persona che tiene insieme tutto il dipartimento?»

«Dio non voglia che tu mostri un minimo di debolezza.»

«Dio non voglia che tu mi lasci elaborare i miei cazzo di problemi a modo mio.»

Dylan puntò lo sguardo verso la strada. Sapevano entrambi che la discussione che non stavano per avere era la stessa che avevano affrontato già almeno un milione di volte. A volte ne avevano parlato con calma, a volte avevano gridato fino a perdere il fiato. Emmy era troppo chiusa, non parlava mai di niente, non diceva mai cosa pensava, era troppo indipendente, voleva sempre fare tutto da sola, e Dylan era stanco di aspettare che cambiasse.

«Perché Hannah ha chiamato te?» gli chiese.

Lui emise un sospiro pieno di frustrazione. «Sono specializzato in diritto familiare, capo. Secondo te?»

Tra tutte le emozioni che Emmy non voleva provare, non riuscì a bloccare il dispiacere che sentì per Hannah. «Vuole divorziare da Paul?»

«Ha chiesto la separazione due mesi fa. Lui si rifiutava di andarsene di casa.»

«La madre di Hannah aveva inserito la casa in un fondo a suo favore. Secondo la legge...»

«La legge non conta niente, se manca la volontà di farla rispettare. Hannah non vuole prendersi la responsabilità di far finire il padre di suo figlio in prigione.»

Emmy conosceva molto bene quel genere di trappola. Jonah aveva fatto di tutto per rendere straziante il loro divorzio. «Come sta Davey?»

«Non bene.» Dylan parve sorpreso dalla domanda. «Ha entrambi i genitori in carcere.»

Emmy guardò a terra. La mente continuava a giocarle degli scherzi, separando la morte di Gerald dal fatto che sia Hannah che Paul erano stati arrestati per il suo omicidio.

«Come sta Cole?» chiese Dylan.

«Non bene» rispose. «Suo nonno è morto, sua nonna ha perso il senno, sua madre è una specie di pazza furiosa.»

«Una specie?»

Le si mozzò una risata in gola. Le lacrime tornarono, i tremiti minacciarono di sopraffarla. Chiuse gli occhi e vide di nuovo suo padre, la pelle di un bianco cereo, le labbra blu scure, la sua ultima richiesta, l'ordine finale, quello di chiedere scusa a una donna che non lo riconosceva più.

«*Mi amor.*» Dylan si avvicinò. Il suono della sua voce era così rassicurante che quasi sentì il cuore balzare verso di lui. Con delicatezza, intrecciò le dita dietro il collo di lei. «Permettimi di starti accanto. Solo per questa volta.»

Emmy sentì il richiamo del suo calore, il desiderio di lasciarsi avvolgere dal suo abbraccio, di andare a casa sua, la casa in cui un tempo vivevano insieme, distendersi sul letto e abbandonarsi al senso di sicurezza della sua vicinanza. Aveva lasciato Dylan sei mesi prima, quando le crisi notturne di Myrna erano diventate davvero preoccupanti. Si era convinta che era troppo difficile districarsi su entrambi i fronti, ma la verità era che faceva troppa fatica a mantenere il controllo in presenza di Dylan. Aveva cominciato a piangere davanti a pubblicità sdolcinate e ad aggrapparsi a lui come una bambina quando tornava a casa dopo essere stata a trovare i suoi genitori.

In quel momento il bisogno di lui rischiò di schiacciarla. Sarebbe stato tanto terribile confessargli ciò che provava? Che ogni passo le dava un dolore atroce? Che aveva appena la forza di sollevare la testa? Che lo amava ancora, che aveva ancora un maledetto bisogno di lui? Oppure cedere alle emozioni, lasciare che tutto venisse a galla l'avrebbe svuotata al punto che non sarebbe più riuscita ad andare avanti?

«Okay.» Scivolò via dalla portata di Dylan e rientrò nell'edificio. Le luci potenti del soffitto le fecero lacrimare gli occhi. Vide Cole seduto alla sua scrivania. «Trovato qualcosa?»

«Seimila pick-up neri. Ho bisogno di sapere a cosa si riferisce Elijah quando parla di vecchio modello.»

«Chiediglielo» rispose lei. «Vai a parlare con lui, vedi se è più disposto ad aprirsi con un uomo. Torno tra poco.»

Emmy prese la giacca dall'appendiabiti. Osservò Cole digitare sulla tastiera. Si era cambiato: indossava un'uniforme pulita. Aveva il colletto abbottonato, i capelli ben pettinati.

Dopo l'uccisione di Gerald, gli aveva fatto una scenata tale che quasi lo aveva distrutto. Erano seduti nell'auto di servizio di Emmy. Lei si sentiva intorpidita, era ricoperta del sangue di suo padre, tremava per il dolore. Cole era nello stesso stato. Aveva l'uniforme zuppa nei punti in cui si erano abbracciati sopra il corpo di Gerald.

Poi lei gli aveva gridato contro perché non si era allacciato il giubbotto antiproiettile come gli aveva chiesto.

Emmy si infilò la giacca e si portò alle spalle di Cole. Gli diede un bacio sulla testa, poi uscì dalle porte d'ingresso della centrale.

Le luci di Main Street erano spente, le vetrine buie. Il negozio di abbigliamento, l'enoteca, la caffetteria. Vide i riflettori accesi davanti al tribunale. La bandiera americana e quella dello Stato della Georgia erano state abbassate a mezz'asta. Si voltò e osservò la stazione di polizia. Anche lì le due bandiere erano state abbassate.

Si girò, prese una boccata d'aria e la sentì calare sui polmoni come nebbia. Non si era resa conto di quanto facesse freddo fuori. Si allacciò la zip della giacca. Il suo orologio brillò nell'oscurità. Procedette per qualche isolato lungo la strada fino a quando si trovò davanti all'agenzia delle pompe funebri.

Le luci nell'atrio erano accese. Un'altra bandiera illuminata era a mezz'asta di fronte all'edificio. Si chiese come fossero le bandiere davanti alle associazioni dei veterani, alle centrali della stradale e al palazzo del governatore su Paces Ferry Road, ad Atlanta. Erano state tutte abbassate per onorare la vita di suo padre.

Emmy si infilò una mano in tasca, ma non prese il telefono. Avrebbe voluto che Tommy le spiegasse quel pollice alzato. L'avrebbe raggiunta all'agenzia funebre? Sarebbe rimasto con Myrna per dare una mano a superare le crisi di panico notturne? Entrambe le scelte erano comprensibili. Gerald era morto, Myrna era ancora viva. Per Celia era impossibile gestire da sola la loro madre. Era più che ragionevole se suo fratello avesse deciso di restare con la moglie.

Anche se la sua sorellina aveva bisogno di lui.

Emmy tolse la mano dalla tasca. Fece il giro dell'edificio a un piano, portandosi sul lato. Quando era di pattuglia, le era capitato spesso di fare visite notturne all'agenzia. In Georgia, si diventava coroner per elezione. Milo Kinley, il direttore dell'impresa di pompe funebri, si candidava senza rivali da quasi quarant'anni.

Non era tutto lì, però. Aveva frequentato le superiori con suo padre. Giocavano a carte tutti i sabati con Virgil e Louis Singh da quando Emmy aveva memoria. Milo aveva seppellito quasi tutti i defunti della famiglia Clifton, e dopo che il medico legale avesse finito di tagliuzzare il corpo di Gerald per esaminare le cause della morte, sarebbe stato Milo a prepararlo per la tomba.

La luce era accesa nell'ufficio sul retro. Emmy non ebbe bisogno di bussare: l'edificio non era mai incustodito.

Di solito c'era un tirocinante della scuola per impresari funebri a rispondere al telefono nel caso fosse necessario recuperare un corpo, ma quella sera c'era Milo seduto al bancone appena oltre la porta. Quando lei entrò, era impegnato a scrivere qualcosa. Emmy ripensò a quando era entrata nell'ufficio casalingo di Gerald, la mattina precedente. Anche lui stava scrivendo una lettera.

«Emmy Lou.» Milo si alzò per accoglierla. «Mi dispiace tanto, cara.»

Le diede un abbraccio imbarazzato, e lei strinse i denti. «Il medico legale è in arrivo, dovrebbe essere qui a breve» gli disse.

«Ci ho già parlato. È tutto sotto controllo. La stradale della Georgia lo sta aspettando per scortarlo fino al quartier generale del GBI.» Milo sollevò una mano, indicando la sala di imbalsamazione. «L'ho fatto preparare per te e Tommy. Prendetevi tutto il tempo di cui avete bisogno. Dovete solo firmare dei moduli prima di andare via.»

Ancora una volta Emmy si rese conto di non aver voluto pensare avanti. C'erano sempre dei documenti, una catena di custodia, tutte le cose che aveva imparato all'accademia e che mai aveva immaginato di dover fare per suo padre. Anche per quanto riguardava la marcia impietosa di Myrna verso la morte, aveva sempre dato per scontato che sarebbe stato Gerald a occuparsi di tutto.

«Ho bisogno di parlare con Tommy di cosa vuole fare» disse.

«Ottima idea, cara. Questo dovrebbe aiutarvi a farvi un'idea.» Le porse un foglio di carta. «È un modulo standard che do sempre alle persone per aiutarle a scrivere il necrologio.»

Emmy prese il foglio, ma aveva gli occhi troppo appannati per leggere le parole. Riuscì a capire solo che in parte era stato scritto a computer, in parte compilato a penna.

«Ho inserito qualche suggerimento sulle parole appropriate. Potreste dire che Gerald lascia te, Tommy e Myrna. Per Henry e Martha, usando le formule classiche, si aggiunge che è stato preceduto nella morte da due figli, poi si indicano nomi ed età. Henry aveva diciassette anni. Martha è deceduta a diciotto, credo.»

Emmy non riusciva a staccare gli occhi dal foglio. Tutto il resto, nella stanza, le vorticava intorno.

«Comunque...» Milo riprese il documento. Le dita di Emmy avevano lasciato impronte sudate su un angolo. «Lo darò a Tommy. Forse preferite che ci pensi Celia? In fondo lei è quella specializzata in Letteratura.»

«Papà...» Emmy tirò fuori a fatica la parola. «Ha già scritto qualcosa, il mese scorso. Non il necrologio, ma ciò che voleva per il suo funerale. L'organizzazione, la musica, quanto spendere. Non voleva lasciare a noi il peso, né per se stesso né per la mamma. Ha scritto le istruzioni anche per il funerale di lei.»

«Ah, okay.»

«Non voleva che la gente lo sapesse, ma forse te ne sei accorto...» Emmy aveva la bocca secca. Riusciva appena a dar forma alle parole. «Per questo aveva perso tanto peso. È cominciato ai polmoni... il tumore. L'abbiamo scoperto l'anno scorso. Stava facendo una terapia, ma sei settimane fa ha fatto una biopsia e gli è stato diagnosticato un cancro metastatico al fegato. Non c'era niente da fare. Cioè, si sarebbe potuto tentare qualcosa, ma lui non ha voluto. Non voleva perdere il tempo che gli era rimasto facendo avanti e indietro dall'ospedale, non con la mamma che aveva ancora tanto bisogno di lui. Così... per questo ha lasciato tutte le disposizioni.»

Milo sembrava addolorato quanto lo era stata lei quando aveva saputo del cancro. Era quello il motivo per cui Gerald le diceva che doveva prendere il suo posto come sceriffo, per cui aveva organizzato il trasferimento di Myrna in una struttura assistenziale. Un mese prima, aveva convocato Emmy e Tommy e aveva detto loro che aveva deciso di lasciare che il cancro facesse il suo corso.

"Voi ragazzi tenete la testa bassa e continuate a fare il vostro dovere. Vivete le vostre vite. Vostra madre non si accorgerà che non ci sarò più."

Milo le posò una mano sulla spalla. «Mi dispiace tanto, cara. Sapevo che non stava bene, ma era una persona molto riservata. Parlavamo solo del football universitario e dei figli. Era molto orgoglioso di te e Tommy. Eri la luce dei suoi occhi.»

Emmy si asciugò il naso con il dorso della mano. «I medici non hanno saputo dirci quanto tempo ci restava. Dicevano che potevano essere tre, sei mesi, forse anche un anno, ma esisteva comunque un sette per cento di possibilità di guarigione, se si sottoponeva alle terapie. Insomma, non ha voluto. L'ha detto chiaro e tondo quando... Ma avevo sperato che... Lo conoscevi, era un guerriero. Ha sempre sfidato il destino.»

«È vero.» Milo annuiva, ma i suoi occhi erano pieni di tristezza.

Emmy si asciugò di nuovo il naso e cercò di raddrizzare la schiena. Forse il cancro era il motivo per cui in quel momento non era in ginocchio. Aveva avuto un mese e mezzo per abituarsi all'idea che suo padre stava morendo. Avevano passato ore seduti nel suo ufficio a discuterne. Aveva conosciuto meglio Gerald Clifton nelle sei settimane appena trascorse che in tutti i giorni passati prima.

«Per il cancro, non so se dovranno operare in modo diverso durante...» Emmy non riuscì a pronunciare la parola *autopsia*. «Ho pensato che forse dovresti informare il medico legale, nel caso debba prendere delle precauzioni.»

Milo annuì, ma forse stava pensando che fosse impazzita. Il cancro non era contagioso, non era come l'influenza. «Vuoi stare un momento con lui?» le chiese.

Emmy non ebbe il coraggio di parlare. Fu solo in grado di annuire.

«Sono qui, se avete bisogno di me.» Le strinse un braccio prima di lasciarla andare. «Sempre, Emmy Lou. Fino al mio ultimo respiro.»

Lei annuì di nuovo. Poi fu il momento. Milo aprì la porta della sala di imbalsamazione.

Emmy fece un altro respiro tremante e la porta si chiuse con uno scatto leggero alle sue spalle.

Gerald era disteso su un tavolo al centro del pavimento, con un lenzuolo bianco a coprire il corpo, rimboccato sotto il mento. Emmy sapeva che Milo aveva avuto quest'accortezza per lei. Non lo aveva mai visto coprire così una vittima.

Vittima.

Scrollò il capo, dicendo a se stessa che sbagliava. Suo padre non era una vittima. Era stato solo un innocente che si trovava lì per caso. La pistola era stata puntata contro il petto di Emmy. Da dodici anni Paul le riservava occhiate furiose, sogghignava al suo passaggio, mormorava parole piene di odio nella sua direzione.

E aveva portato un revolver a Elsinore Meadows per cercare di ucciderla.

Il compressore della cella frigorifera si spense, e il silenzio nella stanza fu tale che Emmy sentì il battito del proprio cuore. Con uno sforzo di volontà andò verso suo padre. Il viso di Gerald era rilassato, gli occhi chiusi, le labbra quasi del tutto nere. Il sangue sulla bocca era stato pulito, il graffietto che gli aveva procurato l'unghia di Myrna la mattina precedente sembrava quasi un segno lasciato per caso da una penna a punta fine.

«Papà.» Emmy si fermò accanto al corpo e lasciò andare un lungo respiro. Mai, prima di allora, aveva compreso davvero cosa si intendeva quando si diceva che la vita aveva abbandonato qualcuno. In quel momento lo capì. In suo padre non c'era più vita. Erano rimasti solo un corpo divorato dal cancro, una spina dorsale artritica, delle ginocchia così logore che le gambe si erano incurvate. Infilò una mano sotto il lenzuolo e strinse quella fredda di Gerald. Aspettò di sentire qualcosa, qualsiasi cosa, che le dicesse che era il loro ultimo istante da soli. Non somigliava affatto a ciò che aveva letto nei libri o visto nei film. Il senso di chiusura, la sensazione che lo spirito di lui fosse rimasto quel tanto che bastava per dirsi addio. Che lui avrebbe vegliato su di lei, l'avrebbe ascoltata, l'avrebbe seguita con lo sguardo.

Chiuse gli occhi, cercando di rievocare il suono della sua voce.

"Emmy Lou? Che cosa ci sfugge?"

«Tu» mormorò nel silenzio. «Sei tu che mi sfuggi.»

Staccò la mano dalla sua. Non poteva tornare nell'ufficio da Milo, non voleva parlare di necrologi, bare o di organizzazione di processioni. Voleva stare da sola.

Girò intorno al corpo, passò nella camera ardente, poi nella cappella, infine nell'atrio principale con le luci a soffitto, i vasi di fiori e le scatole di fazzoletti posizionate con discrezione agli angoli. Le si appannò di nuovo la vista, ma non per le lacrime. Stava per svenire. Si appoggiò con una spalla al muro. Era di nuovo in strada, di fronte alla casa di Adam. Sentì Hannah gridare, vide la pistola fare fuoco, vide Cole che correva con il giubbotto slacciato, sentì quel potente suono dietro di sé, come un iceberg che si staccava, un ramo enorme che cadeva da un albero. Era allo sbando, in caduta libera. Era del tutto persa, senza di lui.

«Emmy?» Jonah bussò al vetro. «Ti senti bene?»

«Cazzo» mormorò lei. Possibile che non smettessero di tormentarla? «Che cosa vuoi?»

«Voglio che apri questa maledetta porta.»

Emmy girò la serratura. L'odore malsano di marijuana lo precedette nell'atrio. Il suo bar chiudeva alle due, quindi aveva passato un bel po' di tempo a bere prima di mettersi al volante.

«Tutto bene?» le domandò.

Lei fece un passo indietro per sottrarsi a quell'afrore. «Sto bene, Jonah. Che vuoi?»

«Non c'è bisogno di fare la stronza. Voglio sapere come sta nostro figlio, non mi risponde al telefono. Stavo andando a controllare a casa quando ti ho vista dietro il vetro.»

Cole non rispondeva alle telefonate di suo padre nemmeno quando era di buon umore. «Dagli tempo fino a domattina. Stiamo passando un brutto momento.»

«Capisco» fece lui. «Quando è morto mio padre, mi sono sentito come se fossi finito sotto un treno.»

Emmy tornò ad appoggiarsi al muro. In silenzio, lo implorò di andarsene.

«Ricordi il suo funerale?»

Emmy ricordava che Jonah era così ubriaco che era svenuto sul sedile posteriore della macchina. «Vorrei che mio padre fosse vissuto abbastanza da vedermi camminare sulle mie gambe, non so se mi spiego.» Jonah aveva un sorriso triste sul volto. «Da vedermi gestire il mio bar, con delle band che si esibiscono tutti i fine-settimana. Credo che alla fine sarebbe stato orgoglioso di me. Ma non ha avuto abbastanza tempo.»

Emmy ricordò a se stessa che non era più compito suo accarezzare l'ego di Jonah Lang. Suo padre sarebbe stato disgustato da lui. I soldi con cui aveva comprato il bar se li era procurati costringendo lei a vendere la casa di sua nonna, perché solo pagandolo lo avrebbe convinto ad andarsene.

«Em, chiameresti Cole da parte mia?» le chiese. «Digli che ha bisogno di parlare col suo papà.»

Emmy lottò per ricacciare indietro l'irritazione. «Non voglio mettermi in mezzo. Ti chiamerà quando se la sentirà. Costringerlo non servirà a niente.»

Jonah rise. «Se aspettassi che abbia voglia di parlare, non aprirà mai bocca. È solo grazie al mio intervento che non si è trasformato in un maledetto robot come te.»

Emmy non era disposta a sopportarlo ancora. «Hai provato a passare alla centrale?»

«Gesù santo, ragazza. Gli hai chiesto di tornare al lavoro?»

«Mi ha detto che era ciò che voleva.»

«E tu gliel'hai permesso?» Sembrava indignato. «Che cavolo di problemi hai?»

«Sono sicura che hai un elenco da qualche parte.»

«Ce l'avrà tutta la città.»

«Cole è un adulto, ha diritto ai suoi spazi.»

«È un Clifton del cazzo, ecco cos'è. Hai fatto di tutto per farcelo diventare.»

«Jonah.» Doveva levarselo di torno, prima di perdere del tutto le staffe. «Per la milionesima volta, non c'entro niente con l'idea di Cole di cambiare cognome. L'ha fatto per mio padre, quando ha scoperto del cancro.»

«E mio padre, allora? Anche lui è morto. Hai idea di come si sarebbe sentito, lui? Il suo maledetto nipote ha deciso che non vuole portare avanti il nome della famiglia Lang, che adesso morirà con me. È questo che vuoi?»

Emmy si staccò dal muro. Aveva una gran voglia di prenderlo a pugni nei reni fino a fargli pisciare sangue. «Potresti smettere per una volta nella vita di pensare che ogni minima cosa ruoti intorno a te? Mio padre è stato assassinato meno di ventiquattro ore fa.»

«Sarebbe morto comunque.»

Emmy non si rese conto di quanto fosse furiosa fino a quando non fu troppo tardi. La collera fece schizzare l'adrenalina in ogni cellula del suo corpo. Le si schiarì la vista, sentì il sapore del sangue in bocca. Non lo prese a pugni, ma gli diede uno schiaffo così forte da farlo cadere all'indietro su una sedia. Poi lo colpì ancora, e ancora, gridando: «Stai zitto! Stai zitto! Stai zitto!».

Lui la spinse via. Gli sanguinava il labbro inferiore. «Brutta stronza.»

Lo vide chiudere una mano a pugno. «Picchiami, dai. Vediamo se hai il coraggio.»

«Ti piacerebbe.»

«Vuoi sapere cosa mi piacerebbe?» urlò lei. «Vorrei tanto poter disseppellire tuo padre e dirgli che l'unico motivo per cui hai avuto quella bettola del cazzo è perché sono stata io a dartela. È stato il mio duro lavoro a pagare il basso che non sai suonare, sono stati i miei risparmi di una vita a farti entrare in quella band itinerante che ti ha buttato fuori nell'attimo in cui hai finito i soldi.»

«Non è così che è andata, cazzo!» Jonah balzò su dalla sedia e si allontanò furioso. Spalancò la porta con tanta forza da farla saltare sui cardini. «Maledetta stronza.»

«Succhiacazzi!» gli gridò dietro Emmy. Vederlo salire sul pick-up che era stata lei a pagare la rese livida di rabbia. Si infilò una mano in tasca, afferrò il telefono. Doveva chiamare la stradale, chiedere che cercassero la sua auto, che lo multassero per le canne che era sicura avesse nel cruscotto, per la bottiglia aperta nel portabevande, e che gli facessero passare la notte in gattabuia.

Si costrinse a lasciar andare il telefono. Non poteva fare una cosa del genere a Cole, ma non riusciva nemmeno a scacciare la collera. Cominciò a camminare avanti e indietro nell'atrio, facendo respiri profondi, spingendo fuori l'aria tra i denti. Da un certo punto di vista, sapeva che la sua rabbia era male indirizzata. Non che Jonah non meritasse di essere preso a calci in culo, ma la verità era che il corpo di Emmy stava lasciando uscire il dolore attraverso l'unica emozione che in quel momento riusciva a esprimere.

«Salve.»

Emmy si voltò di scatto. All'ingresso della cappella c'era una donna più anziana di lei. Indossava una giacca di pelle nera, jeans scuri, stivali da motociclista con i lacci, e aveva una borsa di pelle scamosciata a tracolla. Eyeliner sfumato, capelli castani spettinati lunghi fino alle spalle. Erano quasi le tre del mattino, e sembrava pronta a salire sul palco con Courtney Love.

Emmy si sforzò di ricomporsi. Era ancora in uniforme, e il massimo che le riuscì fu far finta che quella donna non l'avesse vista gettarsi contro Jonah come un cane rabbioso. «Posso aiutarla, signora?»

«Sono l'agente capo speciale Jude Archer. Be'... non più tanto speciale.» Le rivolse un rapido sorriso. «Ma è una storia lunga.»

Per poco Emmy non si mise a ridere. «Non ha l'aria di un'agente dell'FBI.»

«Me lo dicono spesso.»

«I suoi colleghi sono alla centrale di polizia.» Emmy decise che Seth Alexander poteva occuparsi di quell'imbrogliona. Sentì la mandibola così serrata che temette potesse bloccarsi per sempre. «È a tre isolati da qui, sulla sinistra. La raggiungo appena finisco qui.»

«A dire il vero preferirei scambiare due parole in privato.» Jude indicò la cappella. «Perché non ci sediamo qui?»

Se era tanto stupida da pensare che Emmy si sarebbe seduta su un banco di chiesa e le avrebbe aperto il suo cuore, allora il suo problema principale non era la pessima imitazione di un'agente dell'FBI. «Signora, ascolti, non ho voglia di parlare con lei. Le chiedo di girare i tacchi, tornare da dov'è venuta e lasciarmi in pace.»

«Okay.»

Emmy aspettò che se ne andasse, ma lei non si mosse. Restò immobile, come se non avesse appena risposto *okay* per acconsentire, ma solo per comunicarle che aveva sentito la richiesta. La cadenza con cui parlava, con il tono che si alzava alla fine delle parole, le sembrarono così familiari che fu quasi come se Gerald si fosse alzato dal tavolo della sala di imbalsamazione e fosse lì, in piedi, sulla soglia della cappella.

I nervi di Emmy cominciarono ad andare in tilt, lanciando scariche elettriche dalla cima della testa fino alla punta dei piedi. Il brivido. Il brutto presentimento. Il *Qualcosa Non Va*. Capì chi era quella donna. Non era affatto una sconosciuta.

«Ti prego, non farmi questo» la implorò. «Non ora.»
«Ah» disse Jude. «E così lo sai già.»
La porta a vetri si aprì prima che Emmy potesse rispondere. Tommy entrò nell'atrio. Aveva gli occhi puntati verso il basso, sulla zip della giacca che stava cercando di aprire. Sollevò lo sguardo e strabuzzò gli occhi. L'espressione stupita che gli si dipinse in volto fu quasi comica. Per un attimo, rimase senza parole.
«Martha?» mormorò.
Jude sorrise a suo fratello. «Ehi, Tommy.»

11

Jude osservò Emmy aprire la bocca, poi chiuderla, infine uscire dall'edificio dalla porta a vetri senza dire una parola. Tommy non fece commenti. Non fece nulla. Poi emise un gran sospiro che superò gli oltre quarant'anni trascorsi. Era come se fossero ancora ammassati insieme a Henry nella Chevy Vega di Myrna, aspettando che Gerald uscisse dal bar.

Ma non erano più bambini. Henry era morto da molto tempo. Tommy aveva la postura curva di un uomo che aveva passato troppo tempo dietro una scrivania, dei cerchi scuri sotto gli occhi, non si era sbarbato ed era del tutto calvo.

«Non la segui?» chiese Jude.

«Non è il tipo che ama essere seguito.»

Jude non ne fu sorpresa. I Clifton amavano le uscite definitive.

Tommy incrociò le braccia. La osservò per un momento, poi fece l'affermazione più tipica di Tommy di sempre. «Billy Idol sa che gli hai rubato il look?»

«Kojak sa che hai rubato il suo?»

Lui fece il suo sorriso di sempre, quello di tanto tempo prima. «Sei qui per ballare sulla tomba di papà o...?»

Jude aspettò che descrivesse l'alternativa, ma lui non concluse la frase. «Come ha affrontato la cosa Myrna?»

«Non affronta niente, ormai.» Tommy si grattò la barba corta sulla guancia. «Ha l'Alzheimer, stadio finale. Non riconosce nessuno di noi, non ricorda nemmeno che deve mangiare e non sa lavarsi da sola. Si sveglia nel cuore della notte gridando che...»

Jude notò come si era interrotto di colpo. Osservò Tommy dare un lungo sguardo all'orologio per usarlo come scusa per nascondere il proprio dolore.

«Wow, non mi ero accorto di quanto fosse tardi.» Si schiarì la gola prima rialzare la testa. «Verrà trasferita in una struttura domattina alle sette e mezza, quindi manca solo qualche ora. Papà ha organizzato tutto prima di morire, non ci ha lasciato molta scelta.»

Jude si prese qualche istante per processare quell'informazione. Si era preparata ad affrontare la lingua tagliente di Myrna e i suoi sguardi di fuoco. Sapere che sua madre non c'era davvero più le fece capire che, dentro di sé, aveva sempre sperato in una qualche forma di riconciliazione.

«Non sembri sorpreso di vedermi viva» gli disse.

Lui sorrise di nuovo, in modo affettato, nervoso. «A metà degli anni Novanta, due agenti dell'FBI hanno bussato alla mia porta. Hanno detto che stavano eseguendo una verifica approfondita dei precedenti in vista di un tuo potenziale impiego.»

«Che cosa gli hai detto?»

«All'inizio ho balbettato un bel po', sono rimasto sconvolto perché si comportavano come se fossi viva. Poi ho detto loro la verità, che non ti vedevo da più di dieci anni, che un tempo ti piaceva folleggiare, ma che non avevo idea di cosa avessi fatto negli ultimi tempi.»

Jude immaginò che le avesse fatto un favore. «Hanno parlato con papà?»

Lui scrollò le spalle. «Avrebbe avuto senso, ma non me l'ha mai detto.»

Jude sapeva già cosa stava per aggiungere. Nemmeno Tommy ne aveva parlato con Gerald. Guardò le porte da cui era appena uscita Emmy. «È evidente che lei lo sa.»

«L'anno scorso papà ci ha convocati per informarci.»
«E hai fatto finta di essere sorpreso?»
«Non so se te ne ricordi, ma sono piuttosto bravo a recitare.»
Jude vide il sorriso nervoso tornare. Capì che Tommy era ancora restio al confronto. Era sempre stato un tipo solitario. Henry e Jude erano identici, anche se erano nati a quattordici mesi uno dall'altra, ed erano legatissimi. Tommy non aveva mai avuto abbastanza spazio per soddisfare i suoi desideri.
Jude si disse che poteva essere un buon punto di partenza. «Una delle tante cose di cui sono pentita è che Henry e io ti escludevamo troppo spesso. Mi dispiace di averlo fatto, avremmo dovuto essere più uniti. Eri un bravo fratello, Tommy. Non era colpa tua.»
«Non credo sia una buona idea parlare di rimpianti in questo momento.» Si grattò di nuovo la barba. «Papà ha smesso di bere, quando te ne sei andata. Di colpo. Sono tornato a casa dall'università e non c'era più una sola bottiglia.»
«Ha spiegato perché?»
«No, ma ho pensato fosse per via di Emmy.» Il suo sorriso divenne sincero. «Era un raggio di sole, per lui. Gli ha dato un'altra possibilità, anzi, a dire il vero l'ha data a tutti noi. Con lei erano tutti migliori, persone migliori. Non so spiegarlo, ma se non le avessi voluto tanto bene, sarei stato geloso.»
«Con Henry era lo stesso, almeno all'inizio.»
«No, non era così. Non la idolatravano. Era puro affetto. La mamma ha perfino preso un anno di maternità a scuola solo per stare con lei quando era appena nata.»
Anche Jude sorrise. «E chi correggeva la grammatica di tutti, quando Myrna non c'era?»
Risposero all'unisono.
«Celia.»
Condividere un momento di ilarità con suo fratello contribuì a sollevare almeno in piccola parte il peso che le opprimeva il petto. Era felice che Emmy avesse goduto di una versione

migliore di Myrna e Gerald rispetto a quella che aveva conosciuto lei.

«Ogni bambino ha due genitori diversi, anche se cresce nella stessa casa.»

Lui parve confuso dall'idea, ma poi disse: «I tizi dell'FBI mi hanno detto che eri una strizzacervelli».

«Psicologa criminale. Tu invece insegni storia, mentre Celia è la preside della tua scuola.»

Tommy inarcò il sopracciglio destro. «L'FBI sa che ci spii?»

«Hai scritto tutto sulla tua pagina Facebook, Hot4Teacher81.»

Lui rise. «Sei sposata? Hai figli?»

«Divorziata, ma era un brav'uomo. E non sono mai stata un tipo materno.» Jude guardò di nuovo verso la porta. La strada era buia e vuota. «È davvero bellissima.»

«E tosta come non mai» fece lui. «Quando era piccola, abbiamo dovuto mettere una lucina nella sua stanza, ma non perché Emmy avesse paura del buio: era il buio ad avere paura di lei.»

«Dio, Tommy.»

Lui fece una risatina. «È dotata di un'intelligenza unica. Papà l'ha presa sotto la sua ala, le ha insegnato a essere una brava poliziotta.»

«Come aveva fatto con Henry.»

«No, dicevo sul serio quando ho detto che sono diversi. Non c'era pressione né collera. Papà era paziente, gentile, ha solo cercato di aiutarla a fare qualcosa per cui aveva un talento naturale.»

Jude non riusciva proprio a immaginarsi un Gerald gentile e paziente. «È abile nel suo lavoro?»

«Più di lui per molti versi, perché sa bene che nelle persone non esiste solo il bianco o il nero.» Scrollò le spalle, ma era qualcosa di fondamentale. «Suo figlio – Cole – è fantastico. Ha preso l'intelligenza della madre e il fascino del padre.»

Jude aveva sentito la lite di Emmy con Jonah, e mai le sarebbe passato per la testa di descrivere quell'uomo come una persona affascinante. «Emmy era presente quando papà è stato assassinato.»

«Erano lì tutti e due. Anche Cole è un poliziotto.» Il sorriso leggero di Tommy gli incurvò un angolo della bocca. «Nessuno dei due ha avuto il coraggio di diventare insegnante.»

Anche Jude sorrise, ma capì che per Tommy era ancora un tasto dolente. Era il figlio maggiore, ma Henry era sempre stato il preferito di Gerald, quello che aveva cresciuto in modo che un giorno potesse prendere il suo posto. «Ricordo che papà mi diceva che non voleva perdere tempo addestrandomi per farmi diventare agente, perché una volta sposata mi sarei licenziata» disse.

«Me ne ricordo anch'io.» Tommy scrollò le spalle, ma Jude capì che era ancora infastidito al pensiero. «Papà non si è comportato così con Emmy. L'ha sempre sostenuta in tutto e per tutto, e anche noi. La mamma badava a Cole per consentirle di frequentare l'università, papà le dava permessi al lavoro. Celia e io davamo una mano quando potevamo.»

«Una grande famiglia felice.»

Tommy le lanciò un'occhiataccia. I sorrisi erano spariti. «Non farle del male, okay?»

Jude provò uno strano senso di vuoto, il bisogno di prendere le distanze. Dopo tanti anni aveva dimenticato quella sensazione. La sua famiglia, la sua città, la sua gente. Nell'anima restava fisso il ricordo del dolore che avevano causato. C'erano cose che restavano addosso per sempre.

La Jude di San Francisco ne avrebbe parlato, ma in quel momento era a North Falls, ed era andata lì per un motivo preciso.

«Okay.»

Tommy annuì. «Okay.»

Uscì passando dalla cappella, e Jude lo osservò fino a quando non lo vide sparire oltre la porta alle spalle del leggio. Suo fratello avrebbe trovato Gerald disteso nella sala di imbalsamazione, e Milo seduto alla sua scrivania.

L'espressione incredula del direttore dell'agenzia funebre quando Jude era entrata nel suo ufficio era stata subito sostituita dalla diffidenza. Era stata felice di quell'accoglienza glaciale: l'aveva aiutata a capire che non importava quanto tempo fosse passato, perché la gente di North Falls rimaneva sempre la stessa.

Jude si infilò le mani nelle tasche della giacca e uscì dalle porte d'ingresso. Era ancora sintonizzata sul fuso orario della Costa Occidentale, ma il volo di cinque ore e il viaggio in macchina di altre tre l'avevano affaticata. Per non parlare dello stress di essere tornata in un posto che un tempo era stato casa sua.

Il centro di North Falls non era cambiato da quando era fuggita nel cuore della notte con una scorta di soldi e una bottiglia di Jack Daniel's. Le insegne dei negozi erano state sostituite, ma gli edifici erano identici. Bassi negozi a un solo piano sorgevano su entrambi i lati di Main Street. La centrale di polizia, sede dello sceriffo, era in fondo alla strada, il ferramenta dall'altra parte. Jude ricordava ancora le passeggiate tra i due con Henry al suo fianco. Controllavano se il padre fosse al lavoro, poi passavano per il vicolo sul retro per vedere se l'auto della madre fosse parcheggiata dietro le cataste di legname, dove Myrna aveva i suoi appuntamenti segreti con Louis Singh dopo la scuola.

Jude abbassò lo sguardo sul marciapiede. Osservò gli stivali che calpestavano il cemento. Cercò di restare ancorata al presente, senza lasciarsi trascinare nel passato. C'era un lungo discorso nella sua mente, che aveva composto in silenzio mentre era al gate in attesa del volo, mentre era seduta sull'aereo accanto a un uomo d'affari in vena di civetterie, mentre guidava fin lì da Atlanta.

Mamma, non sono qui per creare problemi. Concedimi l'opportunità di aiutare.

Jude conosceva bene l'Alzheimer. Natalie Daniels, la sesta vittima di Freddy Henley, era stata la figlia unica di un genitore single. Doug Daniels aveva fatto da collegamento tra l'FBI e le famiglie. Era un difensore della pace, un uomo gentile, una persona per cui lei provava un profondo rispetto. Era stata una delle prime persone a cui Doug avesse confidato la diagnosi ricevuta, ed era stata una delle poche persone che avevano continuato ad andarlo a trovare per molto tempo dopo che aveva perso la ragione. Il fatto che non fosse stata in grado di riportare a casa Natalie mentre lui era ancora in vita era uno dei suoi più grandi fallimenti professionali.

Cercò nella borsa un pacchetto di fazzoletti. Sapeva che si stava disperando per Doug Daniels perché non riusciva a piangere per la perdita di sua madre e suo padre.

«Martha?» Virgil Ingram era davanti alla centrale. Stava guardando il cellulare, ma se lo infilò subito in tasca. Virgil aveva almeno quindici anni più di Jude. Nei suoi ricordi era sempre in uniforme, accanto a Gerald; in quel momento indossava dei jeans e una maglietta a maniche lunghe, e i suoi capelli erano diventati grigi. Dai muscoli che spuntavano sotto gli abiti capì che passava ancora ogni attimo libero cavalcando o alle mostre equine. «Mi ero proprio chiesto se saresti venuta» le disse.

Jude fece un respiro profondo per farsi coraggio. «A quanto pare la notizia della mia morte è stata un'esagerazione.»

«Gerald me l'ha rivelato l'anno scorso. Ha detto che eri una specie di pezzo grosso dell'FBI.»

Jude evitò di riflettere sul fatto che suo padre aveva riferito quell'informazione a Virgil. «Sono venuta per aiutare nell'indagine di Paisley Walker.»

«Buona idea. In teoria sono in pensione, ora sono un investigatore privato. Emmy mi ha chiesto di venire a dare una mano. Quella povera ragazzina è sparita da una via secondaria, proprio come l'altra volta.» Cominciò a spiegare: «C'è stato un caso...».

«Ho ascoltato il podcast. *Misguided Angel*, giusto?»

Lui emise un grugnito. «Jack Whitlock è un pezzo di merda, e puntare l'attenzione su Emmy è stata una stronzata gigantesca. Non era lei a capo delle indagini, ma Gerald. E tanto per mettere le cose in chiaro, nessuno è stato sviato. Hanno preso l'uomo giusto. Ricordi Adam Huntsinger? È sempre stato marcio fino all'osso.»

Jude sapeva bene che si poteva dire lo stesso di lei. Guardò la stazione di polizia. I mattoni rossi erano stati dipinti di grigio e c'era un'insegna luminosa al posto delle lettere d'ottone.

«Chi è il capo, adesso?»

«Credo Emmy. Gerald l'ha nominata agente capo dopo che sono andato in pensione.»

«E ce la fa?»

«A fare il suo lavoro? Certo che sì. In pratica gestisce tutto lei già da due anni. Gerald voleva che prendesse il suo posto, ma non so, non credo che lei lo voglia. E non sono neanche sicuro che la squadra la accetterebbe.»

«Anche se svolge già il lavoro?»

«C'è una bella differenza, senza Gerald a proteggerla.»

«A un uomo basta una volta per dimostrare quanto vale. A una donna non basta una vita.»

Lui rise. «Cos'è, sei diventata una specie di femminista, adesso?»

«Sono realista.» Fece un cenno col capo verso la stazione. «Cosa troverò là dentro?»

«Scopriamolo.» Le tenne aperta la porta. «Dopo di te.»

Jude era entrata alla cieca in sale operative per tutta la sua carriera. L'odore era sempre lo stesso: sudore e disperazione. In genere c'era un'aria di ostilità o risentimento. Per molti poliziotti, nella migliore delle ipotesi chiamare l'FBI era un male necessario, e nella peggiore era l'ammissione di aver fallito. In ogni caso, nessuno era mai felice di vederla. Non poteva certo biasimarli: quando i federali rilevavano un'indagine, erano loro a prendersi tutti i meriti. A meno che non finisse male, nel qual caso la colpa veniva addossata tutta alla polizia locale.

«Porca miseria» esclamò un uomo. «Dottoressa Archer?»

Lo vide quasi balzare tra le scrivanie per raggiungerla. Capelli corti pettinati di lato, camicia bianca impeccabile, cravatta azzurra, spilletta con la bandiera americana. Riconobbe l'aspetto tipico di un agente federale in carriera. Le tese la mano, e lei sentì il sudore sul suo palmo quando la strinse.

«Dottoressa Archer, che onore conoscerla di persona. Sono l'agente speciale Seth Alexander.» Sembrava un fan in estasi. «Il mio capo mi aveva detto che avrebbe mandato i pezzi grossi, ma non avevo idea che sarebbe arrivato fino a questo punto. Grazie di cuore per essere venuta, signora. L'ho vista alla conferenza a Quantico qualche anno fa. È un privilegio essere nella sua squadra.»

«Grazie, ma ufficialmente sono in pensione. Sono qui nelle vesti di consulente.» Cercò Emmy, saltando con lo sguardo l'ufficio vuoto di Gerald. «Dov'è la facente funzioni dello sceriffo?»

«È uscita un momento. Vuole che la rintracci?»

Jude non se la sentiva di affrontare Emmy, in quel momento. Era molto più semplice adagiarsi su uno schema ben collaudato. «Prima ragguagliami. Cosa sappiamo?»

«Paisley Walker, femmina di quattordici anni.» Seth l'accompagnò in fondo alla sala. Jude osservò la mappa di North Falls distesa su una scrivania. Dei cerchi segnavano le possibili traiettorie del rapitore.

«Qui.» Seth indicò una X rossa su Coleman Avenue. «La madre dice che Paisley è uscita in bici per andare a scuola poco prima delle sette. Intorno alle sette e mezza una testimone ha chiamato il 911. Era lì, su una delle piste agricole che la gente del posto chiama le "vie secondarie". La donna che ha chiamato ha detto che c'era una bici per ragazzi abbandonata, ma nessuna traccia di chi la guidava. Ruota posteriore piegata, catena staccata, sangue sulla scena. L'agente accorso ha chiamato i classici posti, perquisito la casa della famiglia. Nessun risultato.»

Jude guardò la mappa, anche se i percorsi erano già impressi nella sua mente. Lei stessa andava in gita sugli sterrati con Henry e Tommy per andare a pescare nello stagno di Millie.

«E poi?» chiese.

«Hanno parlato con i genitori, controllato i parenti, interrogato il personale scolastico, sentito i vicini, setacciato la zona partendo dalla casa fino al punto in cui è stata trovata la bici. Controllato cassonetti, cestini della spazzatura, rete fognaria, vicoli. Il padre della ragazza, Elijah Walker, è qui nella sala interrogatori. La madre si chiama Carol, è a casa loro. Hanno dovuto somministrarle dei farmaci, ma il mio agente dice che è pronta a parlare.»

«Sospetti qualcuno?» gli chiese.

«No, signora» rispose Seth. «Abbiamo uno zio un po' troppo scaltro in arrivo dall'Alabama e un maschio ispanico che guida un pick-up nero che ha svolto un lavoro di giardinaggio per la famiglia quattro mesi fa. Il padre dice che potrebbe aver visto lo stesso veicolo nero la mattina della scomparsa. Stiamo rintracciando l'uomo attraverso un'app di pagamento.»

«Vi consiglio di fare attenzione.» Jude diede uno sguardo alla sala operativa e notò un giovane agente con il capo chino su un computer. Bello, capelli castani ricci, lineamenti tipici. Disse a Seth: «È una città piccola. La gente si agita facilmente».

«Sissignora. Sa dell'omicidio dello sceriffo?» le chiese.

«Sì.» Jude distolse lo sguardo dall'agente. «Avete esaminato ogni possibile collegamento tra la scomparsa di Paisley e il caso di Adam Huntsinger?»

«Huntsinger è stato scarcerato tre giorni fa, è in attesa di processo per stupro. Dobbiamo considerarlo un sospettato? Potrebbe essere un serial killer?»

«Incerto.» A Jude non piacque l'esaltazione nella sua voce. Pensava troppo al caso e troppo poco alle vittime. «Cos'altro avete?»

«Abbiamo il cellulare di Elijah Walker.» Indicò un altro agente dai capelli corti e in camicia. «Agente speciale Damien Reynolds. È il nostro tecnico informatico.»

«Dottoressa Archer, è un onore» disse Damien. «Un agente locale è riuscito ad accedere al cellulare di Elijah Walker. Niente nei messaggi. La cronologia del browser comprende principalmente fantacalcio e porno. Devo eseguire il programma per entrare in WhatsApp, ma le foto parlano da sole.»

Jude prese gli occhiali da lettura dalla borsa e li tirò fuori dalla custodia. Cominciò a guardare le foto. Molte volte, durante la sua carriera, aveva percepito in modo netto il fatto di essere l'unica donna in una stanza piena di uomini, e mentre guardava le foto oscene di genitali maschili e femminili contenute nella memoria del telefono di Elijah Walker, si disse che era proprio una di quelle volte.

Damien disse: «I metadati sulla posizione sono stati cancellati, ma la data su tutte le foto risale all'anno scorso.».

Lei si tolse gli occhiali. «Che genere di porno c'è nella cronologia?»

«Bondage leggero, donne adulte, niente di troppo stravagante, niente minori o cose illegali.»

«Qual è il codice di sblocco del telefono?»

Damien lo lesse su un foglietto. «Otto-sette-due-trenta-uno-sei.»

Jude si rivolse a Seth. «Parlami dei genitori.»

«Elijah Arnold Walker, trentasette anni, maschio bianco, agente assicurativo. Diacono della chiesa. La moglie è Carol Diane Walker, trentun anni, femmina bianca, casalinga, fa volontariato al mercatino di beneficenza locale tre giorni a settimana. Primo matrimonio per entrambi, Paisley è la loro unica figlia.»

«Quindi lei aveva diciassette anni e lui ventitré quando hanno avuto Paisley» disse Jude. «Alibi?»

Seth si prese un momento per esaminare i calcoli. «La madre era a casa, i vicini l'hanno vista controllare la cassetta delle lettere dopo che la figlia è uscita. Il padre è rimasto al lavoro per tutta la mattina, la segretaria era con lui in ufficio quando ha ricevuto la telefonata.

«Portami da lui.»

«Sì, signora. Da questa parte.»

Jude non aveva bisogno di aiuto per trovare le salette per gli interrogatori, ma fu felice di lasciarsi guidare da Seth. Lasciò andare lo sguardo verso l'ufficio di Gerald. Le luci erano spente, la sua scrivania era girata rispetto alla finestra e c'era un'altra scrivania attaccata alla sua. Jude vide un computer portatile, la foto scolorita di un ragazzo con una massa di riccioli castani identici a quelli del giovane agente che era ancora curvo davanti al computer.

Il senso di disagio le tornò addosso. Tommy aveva detto che Gerald era cambiato per Emmy. Che Myrna era migliorata. Che Emmy aveva portato un raggio di sole nelle loro vite. Ciò che suo fratello non aveva detto era l'ovvio: la luce era riuscita a passare solo perché l'oscurità di Jude era andata via.

Seth si fermò davanti alla porta chiusa della prima saletta. «Ha bisogno di me là dentro, signora?»

«Immagino ci siano delle telecamere. Osserva dall'esterno. Ti farò un cenno, se vorrò un tuo intervento.» Jude lo fermò prima che si allontanasse. «Chi è l'agente che ha fatto sbloccare il telefono di Walker?»

«Emmy Clifton. Le ho fatto svolgere il primo interrogatorio.»

Jude cercò di non irrigidirsi. Riuscire a far sbloccare un cellulare volontariamente non era cosa da poco. «Ha riferito le sue impressioni su Walker?»

«Ha detto che le sembrava un bacchettone, e – cito le sue parole, signora – uno stronzo dispotico. Ha riferito che non approvava l'abbigliamento della figlia.» Seth si strinse nelle spalle. «È una preoccupazione abbastanza normale per un padre. Forse Emmy proiettava dei problemi personali.»

«La conosci bene?» Jude vide l'incertezza nei suoi occhi. «Continui a chiamarla Emmy. Non è la facente funzioni di sceriffo?»

«Nossignora, non la conosco, ma in effetti è la facente funzioni.» Ebbe il buonsenso di mostrarsi contrito. L'FBI nel comportamento aveva regole ferree delle quali, in genere, a Jude non importava un cazzo. «So che lo sceriffo Clifton era molto attaccata a suo padre, non muoveva un passo senza di lui. Forse i suoi sentimenti annebbiano il suo giudizio.»

«Stai dicendo che non è all'altezza?»

«È agente capo da un po', ma alcuni abitanti del luogo dicono che era suo padre a fare il lavoro pesante. Ha sbagliato tutto nell'indagine su Adam Huntsinger. È probabile che ci stia ripensando.» Si lisciò la cravatta. Era nervoso, cercava di riscattarsi. «È un po' strano che lei continui a lavorare come se nulla fosse anche se suo padre è appena morto.»

«Io lo trovo ammirevole. Serve un bel po' di carattere per mettere da parte il proprio dolore e continuare a cercare una ragazzina scomparsa.»

«Ha ragione, signora.» Seth si lisciò di nuovo la cravatta. «Non so cosa farei, se mio padre venisse assassinato davanti ai miei occhi.»

«Voglio sperare che faresti il tuo dovere a testa bassa.»

Jude aprì la porta della sala interrogatori. Per un millesimo di secondo ebbe la sensazione di aver varcato un portale che l'aveva riportata indietro nel tempo. Aveva di nuovo tredici anni e camminava avanti e indietro in quella stanza giocando al poliziotto buono e poliziotto cattivo con Henry, il genio del crimine.

Poi sbatté le palpebre e si trovò davanti solo un uomo di mezza età, furioso, che stava per gridarle contro.

«Che diavolo sta succedendo, qui?» Elijah Walker non vedeva l'ora di sfogarsi, era evidente. Spinse indietro la sedia dal tavolo, il viso rosso per la collera. «Siamo nel cuore della notte, dovrei stare con mia moglie in questo momento. E lei chi cavolo è?»

«Sono la dottoressa Jude Archer, consulente dell'FBI.» Inserì il codice di sblocco nel telefono dell'uomo e gli mostrò una delle tante foto oscene dell'anno precedente. «Questo è il suo pene?»

Di colpo, lui divenne immobile. Non respirava nemmeno.

«È il suo pene?» ripeté Jude.

«Come ha...» Elijah cercò di strapparle di mano il cellulare, ma lei se lo premette contro il petto. «Si sieda, signor Walker.»

Elijah sembrava avere una gran voglia di picchiarla, ma alla fine, lentamente, si sedette al tavolo. «Come siete entrati nel mio telefono?»

«Il telefono che ha sbloccato e consegnato allo sceriffo provvisorio?»

«Quella stupida puttana non aveva il diritto di guardare niente, a parte CashApp.»

«A chi mandava le foto del pene?» domandò Jude.

Lui scrollò la testa. «Non ho...»

Jude gli mostrò un'altra foto, di una donna. «Questa vulva di chi è?»

Elijah le puntò addosso uno sguardo di aperto rancore. «Tutto questo è assurdo. Sta sprecando tempo.»

Lei scostò l'altra sedia, si sedette di fronte a lui e si prese un momento per osservarlo. Elijah aveva i capelli unti, la pelle viscida di sudore, la carnagione pallida tranne che nel viso, che era così rosso rispetto al collo da ricordare un lecca-lecca alla ciliegia. «Signor Walker, le ho fatto due semplici domande. Si rifiuta di rispondere?»

L'uomo aveva i denti serrati, e Jude vide una vena pulsare sotto un occhio. «Gliel'ho già detto. Paisley non c'entra niente.»

«Aveva una relazione?»

Nessuna risposta.

«Aveva diverse relazioni?» Jude inforcò gli occhiali e passò da una foto all'altra. «Mi sembra la stessa vulva, c'è una voglia interessante nell'interno coscia.»

«Basta!» Elijah batté il pugno sul tavolo, e Jude capì che era abituato a usare la collera come arma. Forse funzionava con le donne che conosceva, ma con lei non aveva speranze.

«Signor Walker, ha senz'altro il diritto di rimanere in silenzio.» Jude si alzò. «Alle sette e trenta ci sarà una conferenza stampa durante la quale chiederemo al pubblico informazioni su dove possa trovarsi sua figlia. Posso sempre aggiungere una domanda sull'identità di questa donna.»

«Che cazzo dice?» fece lui, alzando la voce. «Non può farlo, maledetta stronza.»

«Posso, e lo farò.» Mise la mano sulla maniglia della porta.

«Aspetti.»

Jude appoggiò la schiena alla porta. Osservò di nuovo il viso dell'uomo, che aveva perso ogni colore, lasciando il posto a un pallore assoluto. Elijah si guardò intorno, cercando di farsi venire in mente un modo per tirarsi fuori dai guai. Emmy aveva ragione: Elijah Walker aveva bisogno di avere il controllo delle situazioni.

Jude gli aveva sfilato il mondo da sotto i piedi, togliendolo da una posizione di potere. Era giunto il momento di restituirgliela, almeno in parte. Guardò le sue mani: aveva un callo sull'indice, all'altezza della prima nocca.

«Pratica la pesca alla mosca?» gli chiese.

La domanda lo spiazzò. «Cosa?»

«Il callo che ha sul dito sembra una bruciatura da lenza. Mio fratello si tagliava sempre in quel punto quando pescava con il galleggiante lungo il Flint.» Poi si ripeté di nuovo. «Pratica la pesca con la mosca?»

Elijah si guardò l'indice come se non l'avesse mai visto in vita sua.

«Sì.»

«Allora sa bene com'è gettare l'esca per cento volte in cento punti diversi sperando di prendere qualcosa.» Incrociò le braccia. «È questo che facciamo quando viene rapito un minore, signor Walker. Gettiamo centinaia di lenze in centinaia di direzioni, e speriamo di prendere qualcosa. Le foto sul suo telefono potrebbero essere un pesce o solo immondizia raccolta per caso. E lei può farmi sprecare tempo esaminandole a fondo, oppure può dirmi la verità.»

«Sono immondizia, non c'è altro da sapere» disse lui.

«Ha una relazione.»

Scrollò il capo. «Non è una relazione.»

«È una prostituta? La paga?»

Lui si prese la testa tra le mani, nascondendo gli occhi dietro le dita.

In silenzio, Jude aspettò che le rifilasse un'altra scusa o che facesse un nome. Elijah lasciò passare del tempo. Lei ascoltò gli squilli attutiti dei telefoni nella sala operativa. L'orologio alla parete si avvicinava alle tre e quaranta del mattino, e Jude conosceva bene le statistiche nei casi di rapimento di minori, le diverse possibilità di sopravvivenza se era opera di un genitore o di uno sconosciuto. Non era la prima volta in cui si trovava da sola in una stanza con un possibile predatore, ma era uno di quei rari momenti in cui l'istinto non le dava la risposta.

Riesaminò tra sé i dati dell'indagine. Ritrovarsi a North Falls le rendeva più difficile seguire l'intuito. Non era colpa di Tommy, di Emmy, e nemmeno dei suoi genitori. La scarcerazione di Adam Huntsinger cambiava l'equazione. La bici abbandonata in una via secondaria, la ruota piegata, la catena spezzata, il sangue sulla scena.

Jude non pensava che nelle indagini non potessero esserci delle coincidenze, ma sapeva anche benissimo che a North Falls le coincidenze non esistevano.

Elijah inspirò di colpo. «Non la vedo da mesi, okay? Ho smesso. Mi sentivo troppo in colpa.»

«Come l'ha conosciuta?»

«Online» rispose. «Eravamo tutti e due su un sito di incontri, non mi ricordo quale.»

Jude annuì. «Okay.»

«Ho detto subito che ero sposato e che non avrei mai lasciato mia moglie.» Cominciò a scuotere la testa. «Pensavo di interessarle, però poi ha cominciato a parlare di soldi. Si chiama Trixie, non ho mai saputo il cognome. È successo solo poche volte.»

«Come organizzavate gli incontri?»

«Mi ha chiesto di scaricare WhatsApp, è così che comunicavamo. All'inizio ci mandavamo foto, poi ci siamo incontrati di persona.» Fece un gran respiro, come se quell'ammissione lo avesse devastato. «Glielo giuro, è stato solo qualche volta. Ho smesso di vederla tre o quattro mesi fa. È come le ho detto. Come ho detto anche a lei. Non avrei mai lasciato mia moglie. Amo Carol, amo la mia famiglia.»

«Dove vi vedevate per fare sesso?»

«In un hotel a Clayville, il Dew Drop Inn.»

Jude lo conosceva per le sue bravate di gioventù. In un posto del genere, Elijah Walker si sarebbe notato come un missionario mormone. «È una zona piuttosto losca della città, per uno come lei. Le piace correre rischi?»

«Non lo ero...» Si asciugò il sudore dalla fronte. «Carol non è una tipa avventurosa. Siamo sposati da molto tempo.»

«E Trixie cosa le concedeva? Parliamo di perversioni? Bondage?»

«No, è sempre stato sesso ordinario.»

«Quanto si faceva pagare?»

«Quattrocentocinquanta per due ore, più il costo della stanza.»

Jude cominciò a parlare al presente. «Dà i soldi direttamente a lei o c'è un intermediario?»

«Metto i soldi sul comò, faccio una doccia, e quando esco dal bagno lei fa partire il tempo.» Raddrizzò la schiena, allargando le spalle. «L'ultima volta è stata mesi fa. Da allora non l'ho più sentita.»

«Sa che auto guida?»

Fece cenno di no. «Non ci ho mai fatto caso.»

«Le ha mai parlato di hobby o di attività che svolge con la famiglia?»

«Non so nulla di lei» rispose, continuando a scrollare il capo. «Non la pagavo certo per sentirla lamentarsi dei figli o dei suoi problemi. Ero lì per me, solo per me.»

«Qual è la password di WhatsApp sul suo telefono?»

«Non lo so. Gliel'ho detto, non ci entro da mesi. L'ho scaricato solo perché me l'ha chiesto lei.»

«Signor Walker, ha idea di dove possa essere Paisley in questo momento?»

«No. Lo giuro sulla mia vita.» Alla fine la guardò. «La prego, la imploro, lasci perdere questa storia. Paisley non c'entra niente.»

«Aspetti qui.» Jude tornò nel corridoio e chiuse la porta alle sue spalle. Seth stava già uscendo dal vecchio ripostiglio, dove lei vide la luce dei monitor posizionati su una scrivania, con due sedie davanti, una accanto all'altra.

«Il dettaglio della pesca alla mosca è stato davvero incredibile» disse Seth.

«L'intuizione dello sceriffo Clifton era giusta. Nasconde qualcosa.» Jude gli consegnò il telefono. «Di' a Damien che deve craccarlo subito. Mandate una squadra al Dew Drop Inn con la foto di Walker e vedete se si ricordano di lui. Dovete portare qui la segretaria di Walker. Andate a casa sua, svegliatela. È il suo alibi per ieri mattina, e voglio sapere se vanno a letto insieme. Se non è così, sono sicura che può sapere con chi se la spassa.»

«Intende Trixie?»

«Non è il nome che gli ha dato davvero» rispose Jude. «Sarà qualcosa come Ashley o Katie. Quattrocentocinquanta dollari per due ore significano un rapporto da fidanzata. Passa dieci minuti a scoparla e il resto del tempo a lamentarsi di quanto sia dura la vita e di come sua moglie non sia in grado di capirlo.»

Seth parve più sorpreso di quanto avrebbe dovuto.

«La escort deve avere un'agenzia che registra tutti i suoi clienti. I soldi di Walker finiscono a loro. Dobbiamo esaminare le ricevute della sua carta di credito e tutte le app di pagamento che usa. Deve esserci una traccia da seguire. Non ha trovato quella donna su un sito d'incontri. E nemmeno quell'uomo, in realtà. È evidente che quello in foto non è il pene di Elijah Walker.»

Seth sgranò gli occhi. «Signora?»

«Le mani, il collo e il viso di Walker sono molto pallidi. A meno che non si faccia le lampade lasciando scoperti solo i genitali e il ventre, quello non è il suo pene.»

«Sissignora.» Seth prese il telefono. «Pensa che qualcuno stia ricattando Walker?»

Jude aveva visto la foto di Paisley al notiziario, quando era ancora a San Francisco. «Sua figlia è una giovane bionda attraente.»

«Già.» Seth non sembrava più sorpreso. Aveva sentito parlare di traffico sessuale di minori, come minimo. «A proposito della conferenza delle sette e trenta di cui parlava... Mi dispiace, ma non mi ero reso conto che l'avesse già predisposta. Intende fare un appello?»

«Stavo bluffando, ma voglio che la organizzi comunque. Se la facciamo alle sette e mezza, i media nazionali avranno quattro ore per arrivare da Atlanta. Sarà il tuo spettacolo.» Jude non voleva essere il volto dell'indagine. «Ricordati di ringraziare lo sceriffo Clifton e le forze di polizia locali per la collaborazione, di' ai giornalisti che stiamo seguendo delle piste e chiedi a chiunque abbia visto qualcosa di farsi avanti. Dai il numero verde.»

«Sissignora.»

«Vado a parlare con la madre. Forse Carol Walker sa cosa stava combinando suo marito.» Era sul punto di andarsene, ma poi le venne in mente qualcosa. «Fai stampare due foto della collezione di Elijah. Una per tipo, dimensioni reali, a colori.»

Lui sembrava sconvolto da quella richiesta. «Vuole mostrarle alla moglie?»

«Tesoro, devi capire che non sono venuta qui a tenere mani e rispettare sentimenti. Farò tutto ciò che serve per riportare a casa una ragazza di quattordici anni.»

«Sissignora. Chiederò a un agente di accompagnarla a casa dei Walker.»

«No, mi farò dare un passaggio dallo sceriffo.»

12

Emmy sedeva al buio, all'interno del carcere. La sua gamba aveva finalmente smesso di tremare, ma solo perché i muscoli non avevano più forze. Mentre le lancette dell'orologio si avvicinavano alle quattro del mattino, sentì che ogni ticchettio le portava via un po' di vita. Si sentiva svuotata. Non poteva fare altro che fissare la fila di monitor davanti a sé. Dodici telecamere nel lato degli uomini, otto in quello delle donne.

Paul Dalrymple era in isolamento per la sua stessa incolumità. Quando Emmy aveva preso posto ai monitor della prigione, lo aveva visto camminare avanti e indietro. In quel momento aveva i pugni stretti intorno alle sbarre e batteva piano la fronte contro il metallo. Aveva l'uniforme a righe bianche e nere bagnata di sudore, il davanti macchiato di vomito. Avevano dovuto chiamare i manutentori perché aveva intasato il gabinetto. Era nel pieno di una crisi di astinenza da alcol. Forse avrebbero dovuto chiamare anche un medico, ma Emmy non era dell'umore giusto per soccorrere l'uomo responsabile della morte di suo padre.

Lasciò andare lo sguardo verso la parte bassa del monitor. Anche Hannah era in cella da sola, ma perché era a rischio suicidio. Non si era mossa dalla branda da quando Emmy era entrata nella sala di osservazione. Era distesa di lato, raggomitolata in posizione fetale. Aveva la testa china, ma Emmy vedeva le spalle sussultare per i singhiozzi. Le si spezzava il cuore per lei. Avrebbe voluto poter entrare in quella cella, abbracciarla, dirle che si sarebbe sistemato tutto.

In cuor suo, avrebbe voluto che Hannah facesse lo stesso per lei.

C'erano state tante volte, nei dodici anni trascorsi, in cui Emmy aveva sofferto per non poter avere la consolazione della loro amicizia. Quando a Myrna era stato diagnosticato l'Alzheimer, quando aveva cominciato a peggiorare davvero, quando avevano scoperto il cancro ai polmoni di Gerald, poi il cancro al fegato, e la follia di quel momento, con sua sorella maggiore che si presentava all'improvviso in città meno di ventiquattro ore dopo che il loro padre era stato assassinato in strada a colpi di pistola.

Hannah era stata l'unica persona nella sua vita a dirle che la follia dei Clifton non era normale. Che tutte le cose a cui avevano assistito ma delle quali nessuno di loro parlava mai, come l'alcolismo di Gerald, le relazioni extraconiugali di Myrna, la cleptomania di Millie, il disturbo ossessivo compulsivo di Taybee, la mania dell'accumulo di una cugina, il gioco d'azzardo di un'altra o la strana ossessione di uno zio che collezionava gli adesivi della frutta erano, in realtà, il sintomo che c'era qualcosa di profondamente sbagliato in loro.

Emmy guardò il telefono, sulla scrivania davanti a lei. Quando Gerald aveva rivelato loro che Martha era viva, lei aveva fatto tutte le ricerche possibili, nella legalità, su Martha Judean Clifton. Non le era mai passato per la testa che sua sorella avrebbe usato il secondo nome, così come non aveva mai immaginato che poteva essersi sposata, cambiando così il cognome. Stava per digitare una nuova ricerca quando Seth Alexander aveva fatto il lavoro al suo posto. Le aveva mandato un messaggio quasi esaltato:

Ti rendi conto di quanto siamo fortunati? È proprio lei, l'autrice del manuale!

Le aveva anche fornito un link del volume in questione.

Dr.ssa J.M. Archer, *Paragoni statistici delle modalità di indagine nei rapimenti e sequestri di minori* (ed. 2022).

Emmy conosceva già l'opera accademica: aveva usato un'edizione precedente per scrivere la tesi di laurea.

«Mamma?» Cole era sulla soglia. Era quello il lato negativo dell'aver installato l'app Life360 sui telefoni di tutta la famiglia per potersi localizzare a vicenda. Il suo sguardo andò dritto al monitor nell'angolo in basso a destra. Hannah non aveva interrotto i rapporti con Cole perché gli voleva bene e non era colpa sua se sua madre era una pessima amica. Emmy riconobbe tutte le emozioni che passarono sul viso di suo figlio, poi non vide più nulla, perché lo aveva cresciuto malato, come il resto della famiglia.

«L'FBI ha mandato una donna a prendere il comando. È una tipa tosta. Ho sentito un agente parlare di come ha preso un serial killer» le disse.

Emmy prese un gran respiro. «Cosa sta facendo?»

«Sta interrogando Elijah Walker. Forse gli tirerà fuori qualcosa.»

Lei si costrinse a mandar fuori l'aria. In quel momento non ce la faceva ad aggiungere ulteriore stress. Doveva restare concentrata sulla ricerca di Paisley Walker. «Si è ricordato qualcos'altro sul pick-up?»

Cole appoggiò una spalla allo stipite della porta. «No, ma continuava a parlare di com'era vestita la figlia quando è uscita di casa. Mi ha detto che le aveva proibito di indossare leggings a meno che non ci mettesse sopra una gonna o dei pantaloncini e che io sapevo benissimo perché. Ho immaginato volesse dire che è perché gli uomini sono disgustosi.»

«A te sembra strano il modo in cui parlava del suo abbigliamento?»

«Mi sembra più strano che lui ne parli per dare a sua figlia la colpa del rapimento.» Scrollò le spalle. «Al nonno interessava come ti vestivi?»

«Di solito era la nonna a urlarmi contro, ma per chiedermi di indossare qualcosa di diverso da jeans e maglietta.»

Il sorriso di Cole non durò più di un secondo. «Papà mi ha mandato un messaggio.»

Emmy aveva quasi dimenticato la lite con Jonah. Osservò Cole chinarsi per posare il cellulare sul tavolo accanto al suo. Lesse il messaggio.

Digli a tua madre che non c'è bisogno di ringraziarmi se non la denuncio per aggressione.

«Ha sempre avuto problemi con i pronomi.» Emmy immaginò che comportarsi come Myrna fosse la ciliegina sull'ennesima torta di merda. «Tesoro, a volte, quando qualcuno muore, vengono a galla molti problemi irrisolti.»

«Ti riferisci a Jonah o a te?»

Suo figlio era troppo intelligente. «Non chiamarlo Jonah, è pur sempre tuo padre.»

«Sai che ha preso Adam Huntsinger a lavorare al suo bar?»

Emmy lottò per rimandare indietro le parole che premevano per uscire. «Tutti hanno il diritto di lavorare da qualche parte» disse.

«Okay.» Cole prese il cellulare e si voltò per andarsene.

«Aspetta, resta un momento con me.»

Cole non nascose la riluttanza, ma obbedì. «Cosa c'è?»

Emmy sentì la determinazione cominciare a sciogliersi, ma non c'era altro modo. Non voleva che suo figlio fosse colto alla sprovvista, com'era successo a lei. Tuttavia, non c'era un modo semplice per dirlo. «Non ho le energie necessarie per i giri di parole, quindi te lo dirò così come viene. Tua zia Martha è viva. È l'agente dell'FBI per cui Seth Alexander sta facendo i salti di gioia. Adesso si fa chiamare Jude Archer, ma è lei.»

Cole non disse nulla, ma lo stupore lampeggiò come un'insegna al neon nei suoi occhi.

«Papà l'ha rivelato a me e a Tommy l'anno scorso.» Sapeva che lo stava caricando di troppo peso tutto insieme. Gli diede qualche secondo per recuperare. «Dopo che tuo zio Henry è affogato nel fiume, Martha ha perso la testa. Ha cominciato a bere e a drogarsi. Poi ha iniziato a rubare per procurarsi la roba, e alla fine ha preso di nascosto la macchina della tua prozia Millie, si è ubriacata e per poco non ha ucciso una persona sulla statale. L'uomo alla guida dell'altra auto adesso sta bene, ma è stato ricoverato per una settimana. Molti erano furiosi con lei, e alla fine Martha ha lasciato la città fuggendo nel cuore della notte, senza mai guardarsi indietro.»

Cole scuoteva la testa come se non riuscisse a capire. «Ma allora perché il nonno ha detto che era morta?»

«Perché in città c'erano persone che volevano incriminarla per l'incidente.» Si rese conto che era ancora confuso. «Tesoro, è successo più di quarant'anni fa. Non c'era Internet, nessuno aveva un computer, i rapporti della polizia e le denunce venivano scritti su un foglio di carta che si poteva infilare in fondo a uno schedario o gettare via. Il tuo prozio era il procuratore della contea, l'altro tuo prozio era il giudice di circoscrizione, la zia Millie era la direttrice dell'*Herald*, lo zio Penley era il sindaco. Se Gerald Clifton diceva che sua figlia era morta in un incidente stradale a Memphis, tutti credevano che sua figlia fosse morta in un incidente stradale a Memphis.»

«Okay.» Cole stava esaminando i punti deboli della storia. «E il funerale?»

«Papà ha detto a tutti che era stata cremata. Niente funerale. Tommy era al college, io ero ancora molto piccola e non mi rendevo conto di cosa succedeva. Millie era furiosa per la sua auto e ha smesso di parlare con i cugini. Non è stato poi così difficile, Jude si era fatta terra bruciata intorno.»

Emmy gli concesse dell'altro tempo per riflettere. Saltò alla domanda seguente che sapeva le avrebbe fatto. «Tua nonna conosceva la verità, naturalmente. È uno dei motivi che ci ha dato il nonno. La nonna continuava a dire che Martha era ancora viva, papà ha pensato che fosse un errore nei nostri confronti continuare a dichiarare che fosse morta. E forse, in fondo, voleva anche che lo sapessimo. È successo più o meno quando gli hanno diagnosticato il cancro ai polmoni. La prognosi era infausta anche allora. Ha detto che non voleva che i fantasmi del suo passato si trasformassero nei nostri demoni.»

Cole continuava a indagare. «Perché non è tornata a casa prima di adesso?»

«Posso fare delle ipotesi» disse Emmy. «Aveva detto al nonno che non avrebbe rimesso piede nella contea di Clifton fino a quando lui non fosse morto.»

La mandibola di Cole si contrasse. Era sempre stato protettivo con il nonno. «Che cos'ha detto Tommy?»

«Che la situazione era più complicata di quello che ha dato a intendere il nonno, ma che preferiva tenere per sé quelle complicazioni.» Emmy sapeva che era la parte meno sorprendente di tutta la storia. «In ogni caso, il nonno ha detto di aver fatto molti errori, all'epoca.»

«A volte sono gli errori a dare un motivo per perdonare.»

Stava citando Gerald. Lei si morse il labbro per non scoppiare di nuovo in lacrime.

«Perché nessuno me ne ha mai parlato?» domandò lui.

«Perché...» Emmy sapeva quali leve tirare per annullare ulteriori approfondimenti. Erano le stesse che aveva tirato Gerald, le stesse a cui Tommy si aggrappava dondolando come una scimmia, ma lei non le avrebbe usate contro suo figlio. «Perché siamo tutti dei vigliacchi che si rifiutano di parlare degli argomenti che ci fanno stare male.»

Cole fece una risatina sorpresa. «È molto plausibile.»

Lei lasciò andare un altro lungo respiro. Non aveva più energie per evitare ancora di essere una vigliacca. «Hai consegnato a Sherry Robertson la tua testimonianza sull'omicidio del nonno?

Lui ebbe bisogno di un attimo per affrontare l'improvviso cambio di argomento. «Sì, ma continua a chiedermi della pistola. Le ho detto che non potevo vedere chi la maneggiava.»

«È quel che le ho detto anch'io.» Emmy prese una rapida boccata d'aria. «Voglio che tu venga con me a interrogare Carol Walker. Dobbiamo verificare se ricorda qualcosa.»

«Sono pronto.»

«Aspetta. Prima vorrei che facessi qualcos'altro.» Indicò i monitor con un cenno del capo. Non sapeva se lo stava facendo per Dylan o per se stessa, ma ormai non aveva più alcuna importanza. «Vai nel blocco di isolamento femminile e fatti vedere da tua zia Hannah alla porta. Resta dietro al vetro, senza entrare, così le telecamere non riprenderanno il tuo viso. Poi raggiungimi fuori e andremo a casa dei Walker.»

Cole sembrava a disagio. «E se cerca di parlarmi?»

«Tu sorridi, falle un cenno, quello che ti pare. E dopo allontanati. Okay?»

Suo figlio aveva senza dubbio delle domande in merito, ma anche lui aveva ereditato il gene della vigliaccheria. «Okay.»

Emmy lo osservò sui monitor quando depositò la Glock negli armadietti lungo il corridoio ed entrò nel complesso carcerario. Si stava per alzare quando qualcuno comparve sulla soglia.

«È davvero un bel ragazzo» disse Jude.

Emmy si accorse che stava digrignando di nuovo i denti. Si chiese se la rigidità della sua mascella si notasse come in Cole. «Ho sentito dire che prendi in carico la mia indagine» disse.

«Sono qui solo come consulente, e tu sei ancora in carica, sceriffo.»

La mandibola cominciò a farle male. «Sono l'agente capo.»

«Il che significa che ora che Gerald non c'è più sei la facente funzioni di sceriffo. Devi fare in modo che la gente sappia che comandi tu.»

«Tu invece dovresti infilarti i tuoi consigli su per il culo.» Emmy capì che quel colpo non l'aveva nemmeno scalfita. «L'FBI sa che sei un'alcolizzata?»

«Sì.»

«E una cocainomane?»

«La coca è fantastica, ma il vero problema era l'alcol.» Jude poggiò la spalla contro lo stipite, proprio come aveva fatto Cole. «Ho raccontato tutto nella fase di verifica dei precedenti. Sono sobria da trentanove anni e due mesi.»

«Congratulazioni.» Emmy indicò la porta. «Perché non stai alla larga da me? Io farò lo stesso con te.»

«Elijah Walker tradisce la moglie.»

Lei si sforzò di mantenere un'espressione neutra. «Te l'ha detto lui?»

«Gliel'ho detto io.» Jude tirò fuori dalla tracolla di velluto una grossa busta e ne estrasse due foto stampate che mostrò a Emmy. «Queste erano sul suo cellulare.»

Dire che Emmy fu colta alla sprovvista sarebbe stato come dire che le ultime ventiquattro ore erano state faticose. Non furono solo le foto, ma il fatto che si trovava nel carcere in cui era detenuta la sua ex migliore amica, accusata di omicidio, e la sua defunta sorella che le mostrava foto di genitali maschili e femminili come se si stesse vantando di una vacanza in Europa.

«Che cosa vedi?» chiese Jude.

«Be'...» Emmy era ancora confusa. «Non... cioè... non è Elijah, a meno che non sia stata scattata quando andava in palestra tutti i giorni e si metteva l'autoabbronzante.»

«Bene. Che altro?»

Anche se non voleva, Emmy guardò con maggiore attenzione. «Credo sia semplice controllare se ha quel neo proprio sotto l'ombelico. È possibile che sia bisessuale, ma mi sembra più plausibile che abbia fatto uno screenshot del pene di un altro e che l'abbia spacciato per suo.»

«È quello che penso anch'io. Che ne pensi di questa?» Le porse la foto della donna. «Elijah sostiene di averla conosciuta su un sito. Dice che si è presentata con il nome Trixie, e che si fa pagare quattro e cinquanta per due ore.»

«Ah...» Emmy sbatté le palpebre. Le sembrava di essere sotto esame. «Trixie deve essere un nome falso, ma non sembra plausibile per quella tariffa. È dodici volte più alta di quella delle ragazze che lavorano nell'area di servizio. La voglia a forma di farfalla potrebbe aiutarci a identificarla, ma la pista migliore è la ceretta brasiliana. In città ci sono due posti in cui la fanno: Sugar Babies al centro commerciale e il salone di Peggy Ingram.»

«Peggy Ingram» ripeté Jude. «Ha ereditato l'impresa di sua madre?»

«Sì e no.» Emmy le restituì la foto. «Ha rilevato l'attività della madre, ma in un primo momento l'ha trasferita nel seminterrato di casa, per poi spostarsi di nuovo in città quando Virgil è andato in pensione. Lui fa l'investigatore privato, ha bisogno di un luogo appartato dove incontrare i clienti. Peggy ha preso il negozio di fronte al ferramenta.»

«Dove c'era il calzolaio?»

«Esatto, tra il fornaio e il candelaio.»

Il sorriso di Jude le confermò che aveva capito il riferimento alla nota filastrocca che recitavano sempre da bambini. «Manda un messaggio a Peggy, vedi se si ricorda di una cliente con quella voglia.»

Lei guardò l'orologio, poi lo ricontrollò, perché era una delle giornate più lunghe della sua vita. «Sono quasi le quattro e mezza del mattino, non è nemmeno ancora sorto il sole.»

«Lo leggerà quando si sveglia.» Jude si voltò a guardare dietro di sé. Cole si era fermato nel corridoio. «Tu devi essere mio nipote.»

Cole guardò prima Emmy, poi Jude. «Tu devi essere la mia zia morta.»

«Jude Archer.» Rimise le foto nella busta prima che lui potesse vederle. «Cole, perché non vieni con noi a casa di Carol Walker?»

Lui guardò di nuovo sua madre. Aspettava una risposta. Anche Jude la guardava. Emmy avrebbe potuto dire molte cose, in quel momento, ma nessuna di esse avrebbe contribuito a riportare Paisley Walker a casa. Jude era in città da un'ora e aveva già tirato fuori più informazioni da Elijah Walker di lei. Non era il momento giusto per aprire nuove ferite. Se Paisley era stata rapita da un genitore, poteva essere ancora viva.

«Andiamo» disse Emmy.

Si avviarono in fila indiana verso il parcheggio. La luna cominciava a calare. Le luci dei lampioni sembravano lottare furiosamente contro la cupola oscura della notte. Emmy cominciò a scrivere il messaggio per Peggy Ingram, rischiando di rompersi il cervello per lo sforzo di formulare la domanda. Peggy era una donna dolce, quasi una nonnina. Tuttavia, faceva la ceretta all'inguine nella saletta posteriore del suo salone di bellezza. Con tutta probabilità c'erano ben poche cose che potevano stupirla.

Scusami se ti disturbo, ho una domanda particolare su una tua possibile cliente che ha una voglia a forma di farfalla nell'interno della coscia sinistra. Ceretta brasiliana, striscia di peli schiariti. Probabilmente caucasica. Sapresti aiutarmi? Ho una foto, ma non sono sicura che tu voglia vederla.

Jude chiese: «Qual è la tua auto?».

Emmy le fornì un importante indizio salendo a bordo dell'autopattuglia che si trovava nel posteggio con la scritta AGENTE CAPO CLIFTON. Avviò il motore. Jude si sedette al posto del passeggero, Cole salì dietro. La forte luce del suo cellulare gli illuminò il viso mentre digitava qualcosa sullo schermo.

Jude tirò giù il parasole per poterlo guardare nello specchio. «Tesoro, mi stai cercando su Google?»

Dallo specchietto retrovisore, Emmy colse lo sguardo colpevole che passò negli occhi di Cole.

«Mamma» disse, «qui dicono che ha catturato Freddy Henley.»

Emmy aveva visto con Dylan la docuserie sul Killer del Pinnacles l'anno precedente. «Non c'erano donne in quell'indagine.»

«Non tutti i poliziotti vogliono essere intervistati» rispose Jude.

Emmy svoltò su Main Street. «Soprattutto se dovrebbero essere morti.»

«Vero, ma lui si sarebbe rifiutato di continuare a parlare con me, se fossi diventata più famosa di lui.» Jude guardò di nuovo Cole nello specchio. «Mappe ed errori. Ecco come è stato preso Freddy Henley. Sono questi gli elementi che permettono di prendere molti di quelli come lui. Ted Bundy è stato fermato per un'infrazione stradale. Il figlio di Sam ha preso una multa per divieto di sosta. Il BTK killer ha usato il computer sbagliato. Non esistono investigatori particolarmente scaltri. Il fatto è che i cattivi vanno nel panico e commettono errori sciocchi.»

Emmy capì che aveva suscitato l'interesse di Cole. «A cosa ti riferivi quando hai detto delle mappe?» chiese lui.

«La terza vittima di Freddy è stata rapita all'interno del Parco Nazionale di Pinnacles. Le altre sono state prese da zone nei dintorni di UC Santa Barbara, dove si trova uno dei dipartimenti di Geologia più importanti del paese. Pinnacles è un sito geologico della massima importanza. Il parco è diviso in due parti dalle formazioni rocciose. C'è un ingresso a ovest e uno a est, ma nessuna strada li collega. Le grotte nella parte est sono chiuse per proteggere la popolazione di pipistrelli, mentre quelle a ovest sono aperte. Mi segui?»

«Sì.» Cole non stava solo seguendo. Pendeva dalle sue labbra. «La parte ovest è più isolata.»

«Giusto, quindi se vuoi nascondere un corpo, scegli l'ingresso ovest. Il parcheggio conduce a sentieri pianeggianti per le escursioni, è facile entrare e uscire, ci sono molti nascondigli, non devi sforzarti troppo. Da metà giugno all'inizio di settembre fa troppo caldo per le arrampicate, il che significa che l'area è poco frequentata, però non vuoi nemmeno essere l'unica persona presente, giusto?»

«Giusto» convenne Cole.

«Ho controllato gli schemi meteorologici, individuato i mesi e i momenti migliori per una visita, incrociato i dati con i giorni dei rapimenti, poi sono andata a parlare con tutte le persone che avessero un collegamento sia con l'università che con il parco e che vi si fossero recate nei periodi ottimali dell'anno, risalendo fino alla fine degli anni Ottanta.»

Cole sembrava stupefatto. Lui stesso aveva bussato a molte porte quando era di pattuglia. «Di quante persone parliamo?»

«Novecentoventotto.»

«Hai parlato con tutte?»

«Per fortuna mi sono fermata a seicentoquarantanove.» Il sorriso di Jude gli fece capire che c'era chissà quanto altro da dire. «Un giorno ho bussato alla porta di Freddy, e lui ha confessato.»

«Così?»

«Più o meno» disse soltanto Jude. «La vita dei serial killer è solitaria. Non ci sono molte persone con cui possono parlare del loro hobby.»

Emmy vide un angolo della bocca di Cole sollevarsi in un sorriso.

«Sei una profiler?» chiese lui.

«La Behavioral Sciences Unit, l'unità di scienze comportamentali, aveva già il numero massimo di donne quando sono arrivata io. Sono una psicologa criminale, con specializzazione su bambini rapiti e sequestrati. Adesso tocca a te, tesoro. Paisley Walker. Conosco già la linea temporale. Cosa pensiamo di sapere?»

Quella domanda fu come un pugno nello stomaco per Emmy, perché l'aveva sentita fare sempre e solo da suo padre.

Cole non perse un colpo. «Il rapimento di Paisley è simile a quello di Cheyenne Baker, che è collegato al rapimento di Madison Dalrymple. Bici abbandonata sugli sterrati, ruota posteriore danneggiata, sangue sulla scena.»

«Siamo sicuri che Paisley sia stata rapita?» chiese Jude. «Tecnicamente, un rapimento avviene quando un bambino è separato da un genitore o entrambi. Si parla di sequestro quando viene portato via contro la sua volontà.»

Emmy si morse il labbro inferiore. Non voleva che quella donna facesse da maestrina a suo figlio.

«Stai dicendo che forse sono stati i genitori a portarla via?» chiese lui.

«Il padre aveva una relazione. La madre potrebbe aver organizzato un finto rapimento per vendetta. Oppure potrebbe averlo inscenato lo stesso Elijah per avere un vantaggio su Carol. Oppure ci potrebbe essere qualcun altro nella vita del padre, qualcuno che l'ha presa.»

Cole cominciò ad annuire. Emmy sentì che i suoi occhi avevano una gran voglia di alzarsi verso il cielo. Quella donna era una specie di strega. Erano passati meno di cinque minuti e Cole era già ipnotizzato.

Il giovane le chiese: «Ma se si trattasse di un serial killer?».

«Se lo stesso malvivente ha rapito tre ragazzine, potremmo essere di fronte a un criminale seriale. In questi casi, sono le vittime a dirci chi è il colpevole» disse Jude.

Emmy aveva sentito abbastanza stronzate. «Abbiamo già esaminato collegamenti fra le tre vittime. Non ci sono sovrapposizioni.»

«La bici? La ruota piegata? Il sangue sulla scena?»

«Coincidenze, non prove.»

«Ho dedicato tutta la mia carriera a cercare di riportare delle ragazzine perdute a casa dai loro genitori» disse Jude. «Se è lo stesso esecutore, c'è sempre una sovrapposizione. Solo che non l'avete trovata.»

«Va bene, dottoressa Archer» fece Emmy. «L'esperta sei tu. Dimmi qual è la sovrapposizione.»

«Non ho ancora esaminato i documenti originali dell'indagine, ma partirei dai genitori troppo controllanti.»

Emmy rise. «Benvenuta nel club. Se questo fosse il requisito, ci sarebbe un altro milione di rapimenti. Cole, non salire su nessun furgone bianco.»

«Buon consiglio, in generale, ma il problema dei genitori così è che insegnano ai figli come essere controllati» disse Jude. «Se tutte e tre le ragazze sono vittime dello stesso predatore seriale, allora è qualcuno di Clifton o della zona circostante, qualcuno di fidato, o che gode di una certa autorità. Qualcuno che si nasconde in piena vista, con trascorsi di pedofilia.»

«Wow, ora sì che il cerchio si stringe. Un pedofilo. Abbiamo già controllato tutti i condannati per crimini sessuali. Restano comunque circa ventimila sospetti nella contea.»

«Il novantaquattro per cento dei colpevoli di abusi sessuali è costituito da uomini.»

Emmy non aveva la minima intenzione di riconoscere la sua competenza sulle statistiche, anche se aveva scritto quel cavolo di libro. «Okay, diciamo che la metà della popolazione è rappresentata da donne. Restano comunque circa diecimila uomini sospetti.»

«I pedofili tendono a commettere stupri nella loro zona geografica. Un bambino bianco ha più probabilità di essere molestato da un uomo bianco.»

«Certo, ottima considerazione. I bianchi sono il sessantacinque per cento della popolazione della contea. Adesso siamo a settemila sospetti.»

«I criminali tendono a cercare lavoro oppure a entrare in organizzazioni di volontariato che li mettano in contatto con potenziali vittime.»

«Okay, diciamo un terzo. Adesso siamo a duemilacinquecento uomini bianchi.»

«Per profilare in modo preciso un killer, serve il corpo della vittima. Eri presente alle autopsie di Baker e Dalrymple?»

Emmy sentì un altro pugno nello stomaco. Quella domanda la fece tornare nella sala delle autopsie, nel quartier generale del Georgia Bureau of Investigation. Madison era distesa sul tavolo di acciaio, senza lenzuolo, il piccolo corpo esposto alle luci potenti. Mani e piedi avevano assunto una forma grottesca nei punti in cui le ossa erano state frantumate. Il medico legale aveva spiegato a Emmy che la pelle era diventata nera perché Madison aveva avuto emorragie interne che avevano sanguinato per ore.

Si schiarì la gola. «Ero presente.»

«Mi dispiace.» Jude aveva notato il suo cambio di umore. «Non ho mai assistito all'autopsia di una vittima che conoscevo. Deve essere stata dura.»

Emmy non voleva la sua compassione. «Cosa vuoi sapere?»

«Le ossa delle manie e dei piedi sono state spezzate in modo sistematico oppure a caso?»

Emmy sentì un groppo in gola. Quando aveva preso la mano di Madison nello stagno aveva capito che era rotta, ma non aveva compreso l'entità del danno fino a quando non aveva visto le radiografie.

«Sistematico. Era stato sbriciolato ogni singolo osso di mani e piedi.»

«Possiamo immaginare che l'aggressore avesse competenze mediche?»

«Possiamo immaginare che avesse mani e piedi» ribatté lei. «Non è un mistero dove si trovano le ossa.»

«Ma le fratture non erano casuali e frenetiche.» La serenità di Jude era insopportabile. «L'esecutore è una persona attenta e controllata. Come minimo è un operaio specializzato.»

«Sembra la descrizione di qualsiasi persona che lavori alla fabbrica, solo che sono quasi tutti nordafricani. C'è un centro per rifugiati a Clayville.»

«Quando vivevo qui erano tutti cambogiani.» Jude voltò il viso verso il finestrino, ma Emmy ebbe il tempo di cogliere uno sguardo pensieroso.

Non voleva darle il tempo di recuperare. «Il senso di questo esercizio sarebbe?»

«Se è un serial killer, è probabile che si tratti di un uomo bianco che svolge un lavoro per cui serve esperienza, studio e autocontrollo. Il suo lavoro lo porta spesso a contatto con i minori. È molto rispettato nella comunità. Potrebbe essere un padre di famiglia, ma solo per coprire i suoi crimini. Lavora sodo per passare per una persona normale, ma il suo unico scopo è nascondere le sue azioni criminali.»

Emmy sbuffò. «Non c'è da stupirsi se non ti hanno presa come profiler. Adam Huntsinger non era niente di tutto ciò.»

«C'è sempre molta pressione, quando scompare un bambino. Con il rapimento di due, poi, la frenesia fa perdere la testa. Si commettono degli errori.» Jude si voltò a guardarla. «Sei sicura che sia stato Adam?»

«Sono sicura che non ti permetterò di denigrare le indagini di mio padre.»

«Eppure...» Jude si girò di nuovo. «Siamo passati da ventimila sospetti a circa duemilacinquecento, che è un numero molto più affrontabile, non pensi?»

Emmy non avrebbe ceduto di un millimetro. «Credimi, non vuoi sapere cosa penso.»

«I Walker sono lì, sulla destra.»

Emmy serrò i denti. Sapeva benissimo dov'era la loro casa. Entrò sul vialetto con l'auto e si fermò accanto alla cassetta della posta. Qualcuno aveva scritto il nome sul lato.

I Walker

«Che senso ha aggiungere l'articolo?» commentò Jude.

Emmy sentì Cole ridere sul sedile posteriore. Ascoltare quella donna che esaminava un caso come Gerald era già abbastanza difficile, ma sentirla fare commenti sulla grammatica come Myrna era un vero inferno.

«Cole» disse, «chiama la centrale, vedi se sanno per che ora arriverà il fratello che viene qui dall'Alabama. Non voglio essere sorpresa.»

«Sì, capo.»

Jude stava per scendere dalla macchina, ma prima si voltò verso di lui. «Tesoro, so che è difficile, ma dovresti chiamarla sceriffo, adesso.»

Lo sportello si chiuse senza che Emmy avesse il tempo di correggerla. Stringeva così forte il volante che dovette concentrarsi per staccare le dita prima di scendere. Guardò Jude da sopra il tettuccio dell'auto. «Puoi anche smetterla di applicare i tuoi metodi socratici con mio figlio. Sa fare il poliziotto e sa come mi deve chiamare.»

Lei annuì, un gesto secco. «Capito.»

Cole fece per scendere a sua volta, ma Emmy chiuse lo sportello, intrappolandolo dentro. Disse a Jude: «Voglio mettere in chiaro una cosa, nel caso non te ne fossi resa conto. Non ti voglio qui, e l'unico motivo per cui sopporto la tua presenza è perché sembra che tu sappia ciò che fai. Il momento in cui smetterai di essere utile sarà lo stesso in cui sarai fuori da questa indagine».

Jude annuì. «Okay.»

«Non dire "okay" come se facessi parte della famiglia» ribatté Emmy. «Ti sei appena gloriata di aver passato quarant'anni a cercare di riportare bambini perduti a casa, dai loro genitori, e non ti è mai passato per la testa di portare a casa il tuo culo?»

«Ventisette anni» disse Jude.

«Cosa?»

«Gli anni in cui ho lavorato per l'agenzia. Ventisette, non quaranta.»

Emmy aprì lo sportello di Cole, poi si avviò verso la casa dei Walker.

13

Carol Walker aprì la porta con un rosario in mano. Si sforzò di vedere nell'oscurità prima di ricordarsi di accendere la luce del portico. I suoi movimenti erano lenti e misurati, come se ogni gesto avesse lo scopo di attirare la minima attenzione possibile. L'istinto disse a Jude che con tutta probabilità non si trovavano di fronte a un rapimento commesso da genitori. Quella donna era troppo timorosa. Non erano stati il dolore e la preoccupazione a logorarla nella notte: aveva l'atteggiamento tipico di chi si sentiva dire da una vita intera che sbagliava. Carol Walker avrebbe lasciato suo marito solo su una barella o in una cassa da morto.

«Signora» disse Emmy. «Purtroppo non abbiamo novità su Paisley. Ricorda mio figlio, l'agente Clifton? Lei è Jude Archer, fa parte dell'FBI.»

Il lento cenno del capo di Carol diede a intendere che aveva sentito solo la prima parte, quella relativa a Paisley. Non era più sotto l'effetto dei farmaci, ma aveva gli occhi velati. Li accompagnò nel soggiorno, sgranando il rosario con la circospezione di un uccellino intrappolato.

Jude la osservò da dietro. Erano quasi le cinque del mattino e Carol indossava dei leggings bianchi sotto una gonna lunga di jeans con cui sembrava avesse dormito. La camicia bianca con una decorazione in pizzo intorno al colletto e ai polsini aveva lo stesso aspetto. Il soggiorno pacchiano completava l'aria retrò con motivi floreali, statuette di vetro e centrini.

In casa faceva troppo caldo, le luci erano troppo forti e non c'era un granello di polvere. Ogni oggetto era al suo posto. Era evidente che per quella donna l'apparenza era importante. Jude si disse che Carol doveva sapere dei tradimenti di suo marito, ma con tutta probabilità aveva troppa paura per affrontarlo. L'unica domanda era se conoscesse o meno il nome della sua amante.

Anche Emmy doveva aver tratto la stessa conclusione. Si era concentrata sulla serie di foto di famiglia appese alla parete dietro il divano. Erano di forme, dimensioni, cornici e colori diversi, tutte disposte intorno a una grande e coloratissima croce su cui era intagliata la figura di Gesù. Aveva il capo chino, il sangue che colava dalla corona di spine rappresentato con dei rivoletti di un rosso acceso su entrambi i lati del suo viso addolorato.

Non era una famiglia che avrebbe mai preso in considerazione l'eventualità di un divorzio.

«Elijah sta...» La voce di Carol era timorosa. «Sta bene? Ho chiamato la centrale ma mi hanno detto che non potevano passarmelo e non ha risposto al cellulare.»

«Sissignora. È stato di grande aiuto. Il suo unico desiderio è ritrovare Paisley.» Emmy si voltò a guardare verso le stanze sul retro della casa. «C'è qualcuno?»

«Padre Nate» rispose lei. «Sta preparando un tè.»

«Vado a dargli una mano» si offrì Jude.

Non aspettò che le dessero il permesso, né ebbe bisogno di indicazioni. Era stato il suo prozio Constantine a progettare le case di quella zona di North Falls. Non era stato un grande architetto, ma un ottimo venditore. I Walker avevano potuto approfittare delle migliorie alle finestre grazie alle quali la casa non aveva l'aria di un bunker sotterraneo. C'era la luce accesa in cucina. L'alba conferiva al cortile sul retro una sfumatura violacea. Padre Nate Trask stava mettendo la teiera sul fuoco, e quando vide Jude per poco non gli cadde di mano.

«Dovevi essere morta.»

Lei scrollò le spalle. «Dicevano la stessa cosa a Gesù.»

«Vedo che hai sempre la solita linguaccia» commentò lui. «Perché sei venuta qui? Questa famiglia ne ha già passate abbastanza. Non ti permetterò di creare problemi.»

«Sono qui per riportare a casa Paisley Walker.» Jude aveva ancora i vecchi biglietti da visita. Infilò una mano nella borsa e ne sbatté uno sul bancone. «Dov'eri ieri mattina, padre?»

Con fare teatrale, lui si chinò per leggere il biglietto senza toccarlo. «Giuda ha tradito Gesù.»

«Grazie per questa ultim'ora. Dov'eri ieri mattina?»

Lui sbuffò, indignato. «Cosa stai insinuando?»

«Nessuna insinuazione. Ti sto solo chiedendo di fornirmi un alibi.»

«Padre.» Emmy era spuntata alle spalle di Jude. «Carol ha bisogno di lei. Ci penso io a portare il tè di là.»

Quando le passò accanto, Jude ricambiò lo sguardo di fuoco del religioso.

«Ha appena chiamato Virgil. La stradale ha perso il fratello di Carol, stanno cercando di individuare di nuovo la sua auto» disse Emmy.

Jude annuì, anche se Nate era riuscito a spezzare il suo equilibrio. Cercò degli oggetti reali in cucina per riagganciarsi al presente: il robot da cucina Cuisinart, la caffettiera Keurig, un'altra immagine in 3D di Gesù appesa al muro circondata da foto di famiglia disposte come un diagramma di Venn. Sentì il cuore riprendere il ritmo normale.

«Quello è il fratello, Reggie McAllister.»

Jude non perse tempo a mettersi gli occhiali da lettura. Reggie era ritratto mentre cingeva le spalle di Paisley. Avevano gli stessi capelli biondi e occhi azzurri, anche se i tatuaggi da carcerato di Reggie erano in forte contrasto con l'abito bianco da Prima Comunione della ragazza.

Emmy girò un pomello sui fornelli e accese il fuoco sotto il bollitore. Si appoggiò con un fianco contro il bancone. «Perché aggredivi così padre Nate?»

«Per dispetto» ammise lei. «A quanto pare sono ricaduta nei vecchi schemi.»

«Di sicuro Elijah ha della birra in frigo, se ne vuoi una.»

«La mia passione era il whiskey, ma grazie lo stesso.» Jude aprì gli armadi cercando le bustine di tè. Cominciava a stancarsi delle battutine di Emmy. «Se è un rapimento da parte di un conoscente, la pista da seguire sono i contatti illeciti del padre.»

«Già» disse Emmy. «Ho mandato Cole a frugare nella camera da letto dei genitori. Forse Elijah ha qualche numero di telefono nelle tasche.»

«Stai facendo un buon lavoro con lui. È un ragazzo in gamba.»

«Non mi interessa la tua approvazione.» Emmy aprì uno sportello sopra la cucina, trovò la scatola del tè e l'agitò come se avesse vinto un trofeo. «Che problemi hai con padre Nate?»

«Fa il prete in un tempo in cui i preti hanno perso il beneficio del dubbio» rispose lei. «E poi è uno stronzo.»

Emmy si strinse nelle spalle, come se non potesse proprio darle torto.

«Nate aveva contatti con le vittime precedenti?» chiese Jude.

«I Baker erano cattolici convinti. Paul Dalrymple non andava in chiesa. Hannah è stata cresciuta nella fede battista, ma si definisce una "cristiana natalizia": le interessano solo le feste.»

Jude notò il cambiamento nella sua voce. «Hannah Dalrymple, la madre di Madison?»

Emmy annuì. «Sì.»

Quella risposta secca le diede l'idea di star parlando con una versione in miniatura di suo padre. «Hannah e Paul sono coinvolti nella sparatoria.»

Emmy scrollò le spalle. «È stato Paul ad arrivare sulla scena con una pistola e a puntarmela contro il petto. Il coinvolgimento di Hannah non è dimostrato. Nessuno ha visto chi ha premuto il grilletto.»

Jude inarcò un sopracciglio. «Aveva mirato a te?»

«Già.» Ma non si limitò a poche parole. «Hannah ha gridato per avvisarmi e ha cercato di fermarlo.»

«Stava toccando la pistola quando ha fatto fuoco?»

«Ero così spaventata che non ho visto nulla. Mio padre è stato assassinato davanti ai miei occhi. Non stavo memorizzando i dettagli per poter fornire una relazione esauriente. Ero troppo impegnata a singhiozzare come una bambina.»

Jude trovò interessante che la persona che in genere si allontanava per evitare di mostrare i propri sentimenti all'improvviso stesse ammettendo di provarne un bel po'. «Mi dispiace che tu abbia dovuto...»

«Sapevi di me?» chiese Emmy. «Dopo che te ne sei andata, hai saputo che ero nata io?»

«Sì.» Jude scelse le parole con cura. Non riusciva a capire quando Emmy stava per colpire o chiudersi nel silenzio, ma si rese conto che la risposta che stava per dare era troppo importante per curarsi della sua reazione. «Ero ridotta molto male. Ero ancora in lutto per la morte di mio fratello, ero una tossicodipendente. Sentivo di non avere posto nel cuore per qualcun altro.»

Emmy si concentrò nel mettere le bustine di tè nelle tazze. Voltava le spalle a Jude. Poggiò le mani sul bancone e guardò fuori dalla finestra, verso il cortile. La spettrale luce violacea lasciava intravedere le foglie sugli alberi.

Jude capì. Lasciò Emmy da sola in cucina. Notò che Cole aveva finito la ricerca nella camera da letto ed era appoggiato alla parete accanto alla porta di casa, i pollici infilati nel gilet dell'uniforme. Sembrava rilassato, ma lei capì che stava osservando con estrema attenzione.

Carol Walker era seduta sul divano accanto a padre Nate. Stringeva il rosario tra le mani giunte mentre Nate pregava perché Paisley tornasse a casa sana e salva. Jude aspettò l'*amen*, poi si sedette sulla poltrona di fronte a loro. Decise in fretta l'approccio migliore per ottenere le informazioni di cui aveva bisogno nel minor tempo possibile.

Se avesse mostrato a Carol le foto pornografiche trovate sul telefono di Elijah, con tutta probabilità le avrebbe fatto venire una crisi isterica. Chiederle il nome dell'amante del marito l'avrebbe fatta chiudere in un silenzio pieno di vergogna. Era meglio coinvolgerla in una conversazione anziché perdere tempo frantumandola e poi ricucendo i pezzi. Soprattutto con Nate appollaiato come un avvoltoio con la tonaca accanto a lei sul divano.

«Signora Walker.» Prestò la massima attenzione al modo in cui le si rivolgeva. «Mi dispiace molto doverla incontrare in circostanze simili. Come le ha detto lo sceriffo Clifton, mi chiamo Jude Archer. Lavoro per l'FBI, in qualità di consulente. So che le hanno già fatto molte domande, ma temo di averne qualcun'altra da farle.»

Carol diede uno sguardo a padre Nate per ottenere il suo permesso. Lui le fece uno dei suoi rapidi cenni del capo, poi lanciò un'occhiataccia a Jude per avvisarla.

«Dica pure» disse la donna a Jude.

«Mi parli di Paisley. Com'è sua figlia?»

Dagli occhi di Carol cominciarono a scendere le lacrime. Era stata bombardata di domande su orari, luoghi, dettagli minimi che sembravano non avere un collegamento. Nessuno le aveva chiesto della sua bambina.

«Elijah dice sempre che un giorno dovrà rincorrere i ragazzi con un fucile. Non so come ho fatto ad avere una figlia così bella. È sempre stata così piena di gioia. Anche quando era piccolissima, tutti mi dicevano che aveva un'aria tanto felice» disse.

Jude diede uno sguardo alle foto incorniciate sopra il divano. Vacanze di famiglia, diverse immagini della scuola che mostravano Paisley negli anni. La trasformazione da bambina a giovane donna era documentata in tempo reale. Un anno Paisley era rotonda e angelica, quello dopo i suoi lineamenti si erano affinati e il suo sorriso non era più spensierato.

Jude disse: «Per alcune ragazze i quattordici anni sono un'età complicata. Ci sono molti cambiamenti».

«Ah, a volte è faticosa.» Carol emise una risata nervosa. «Ma è una brava ragazza. Ascolta sempre suo padre *e io*, cerca di fare del suo meglio.»

Jude represse la Myrna interiore che aveva una gran voglia di correggerle la grammatica. «Va bene a scuola? C'è una materia che le interessa in particolare?»

«Sì.» Carol annuì, ma diede un altro sguardo a Nate, in cerca di approvazione. «Adora la chimica, è il suo corso preferito.»

Jude osservò le mani della donna ricaderle in grembo. Aveva smesso di tormentare il rosario. «Come mai la chimica? È una materia che interessa anche a lei?»

«Un tempo amavo la matematica e le scienze, ma adesso faccio solo la mamma.» Lo disse in tono distaccato. «Elijah la prende in giro perché studia tanto. Ai ragazzi non piacciono le ragazze intelligenti.»

Jude tenne per sé le proprie opinioni. «Paisley pratica qualche sport?»

«Oh, no, Elijah non vuole che si ingrossi.» Carol rivolse a Nate un debole sorriso. «Non è femminile, no?»

Lui aprì la bocca, ma in quel momento la teiera cominciò a fischiare in cucina. Jude lo vide richiudere la bocca. Trovò molto interessante il suo evidente disagio. Il padre Nate che aveva conosciuto Jude era famoso per il modo in cui controllava le ragazzine di North Falls, come se fosse la sua missione personale.

Rivolse di nuovo l'attenzione a Carol. «Paisley ha un insegnante preferito?» le chiese.

«Adora la signora Heller, la professoressa di Chimica. E la dottoressa Clifton è sempre stata tanto gentile con lei.»

«La dottoressa Clifton è la preside.» Jude cercò di procedere con cautela. «Paisley si metteva mai nei guai, a scuola?»

«Oh, no, niente del genere. L'anno scorso c'erano delle ragazze di terza media che la trattavano male, ma la dottoressa Clifton ha messo tutto a posto. È stata davvero carina.» Guardò di nuovo Nate. «Secondo Elijah, la dottoressa Clifton è una donna dura perché non ha mai potuto avere figli, ma che si è presa cura di Paisley, e questo significa qualcosa.»

L'ultima frase portava con sé molti significati, ma Jude decise di concentrarsi solo sulla parte importante. «Quelle ragazzine prendevano in giro Paisley per qualcosa in particolare?»

«*Be'*, è facile indovinare perché. Paisley è maturata prima di loro.»

In quel momento non guardò Nate. Imbarazzata, poggiò il mento contro il petto, come se solo lei e Jude sapessero che alle ragazze cresceva il seno. «Erano invidiose, tutto qui, ma poi è arrivata l'estate, sono passate tutte alle superiori, allora le differenze si sono appianate e il problema si è risolto.»

«Le ragazze mettevano in giro voci su Paisley?»

«Sì, ed è stata quella la parte peggiore. Dicevano che era promiscua.» Carol voltò il corpo verso Nate, rivolgendosi direttamente a lui. «Lei non ha mai fatto niente del genere, padre. Può chiedere al dottor Carl. Elijah gli ha chiesto di controllare, quando sono cominciati quei pettegolezzi, perché non si sa mai, ma il dottore ha detto che è ancora vergine.»

Nate aprì di nuovo la bocca, ma non per parlare. Sembrava davvero preoccupato.

«Carol.» Jude si chiese se non avesse messo da parte il coinvolgimento di Elijah troppo in fretta. L'istinto non le aveva consentito di comprenderlo a fondo, ma perfino un idiota avrebbe capito che c'era qualcosa di profondamente sbagliato nella sua relazione con la figlia. «Paisley ha il permesso di frequentare ragazzi?»

«Oh, Signore, no, è troppo giovane. Elijah non vuole nemmeno che si trucchi.»

Jude sfruttò l'apertura. «Ho parlato con lui, poco fa. Sembra preoccupato per il modo in cui si veste Paisley, ultimamente.»

Carol ricominciò a sgranare il rosario. «Credo sia soprattutto triste. Vuole che resti la bambina di papà.»

«Lei era impensierita dall'abbigliamento di Paisley?»

«Sì» rispose, ma intanto scuoteva il capo. «Voleva somigliare alle sue amiche. Per le ragazze di quell'età è meglio essere simili tra loro. Ai ragazzi non piace quando ti fai notare nel modo sbagliato.»

Jude notò il modo in cui gli occhi di Carol guizzarono sui grani. «Signora Walker, c'è qualcuno con cui Paisley parla? Con cui si confida?» le chiese.

«Sa che padre Nate è sempre pronto ad aiutarla.» Con un sorriso debole, Carol diede uno sguardo al sacerdote. «Aveva un'amica a scuola, Lily, ma quest'estate la sua famiglia si è trasferita. Il padre ha trovato lavoro in una fabbrica di auto nel North Carolina. Ho dato all'altro poliziotto, l'agente Temple, il numero della madre e tutti i riferimenti.»

«Grazie. È un bene che stia facendo di tutto per collaborare.» Jude si disse che era arrivato il momento per andare al punto. «Forse le ripeterò domande che le sono già state fatte, ma mi parli di ieri mattina. Elijah è uscito per andare al lavoro prima che Paisley andasse a scuola?»

«Sì, lei...» Carol diede un'altra occhiata a Nate. «Usciva sempre dopo di lui.»

Anche Jude aspettava sempre che Gerald e Myrna fossero andati via, prima di uscire. «Perché non voleva che vedesse com'era vestita?»

Carol lanciò un altro sguardo a Nate prima di annuire. «A volte è più semplice, tutto qui.»

«Chiedere perdono invece del permesso?»

La donna abbassò di nuovo gli occhi sul rosario. In lei c'era una stanchezza che non aveva niente a che fare con la scomparsa di Paisley. Jude si chiese quanto tempo della sua vita avesse dedicato a camminare in punta di piedi solo per mantenere la pace. Si domandò anche se non stesse sprecando tempo con lei. Era Elijah, tra i due, quello più instabile emotivamente. Se fosse riuscita a provocarlo ancora un po', forse sarebbe crollato.

Emmy scelse quel momento per entrare nella stanza con il tè. Jude notò una certa rigidità nei suoi movimenti quando posò tre tazze sul tavolinetto. Aveva di certo ascoltato l'interrogatorio dalla cucina, e aveva trovato carente la sua tecnica. Emmy guardò Jude con aria significativa, poi le foto appese alla parete.

Jude seguì il suo sguardo. Le immagini ritraevano gli stessi membri della famiglia che c'erano in cucina. Nonni e cugini, sorelle e fratelli. Picnic, uscite con gli scout, vacanze di famiglia. La foto che Emmy le stava facendo notare era nell'angolo in alto a destra, più grande e lucida, di quelle stampate da un professionista. C'era Reggie con indosso uno smoking blu, seduto su un divano di pelle nera, che cingeva con aria protettiva una ragazza seduta sulle sue gambe, stringendola al petto in modo che lei gli poggiasse la testa su una spalla.

Emmy aveva indicato una foto simile anche in cucina; senza gli occhiali da lettura, Jude l'aveva scambiata per Paisley e aveva pensato che l'abito bianco fosse quello della Prima Comunione. Da lontano, invece, aveva sempre visto benissimo. Dalla poltrona, che distava circa due metri e mezzo dalla parete, poté vedere che il lungo strascico apparteneva a un vestito da sposa, e che la ragazza seduta sulle gambe di Reggie McAllister non era sua nipote.

Jude incrociò lo sguardo di Emmy e le fece un cenno con il capo per riconoscere l'errore di poco prima.

Si rivolse a Carol. «Vedo che avete una famiglia molto unita.»

Lei si voltò a guardare le foto e indicò le varie persone ritratte. «Quelli sono i miei nonni. Quella è la mamma di Elijah, poi ci sono le sue due sorelle maggiori e suo zio Jeremy con la famiglia. Suo padre è morto quando era molto piccolo. Questo è mio fratello Reggie, vive sulla baia, in Alabama.»

«Si nota la somiglianza.» Jude si alzò, fingendo di aver bisogno di guardare da più vicino, anche se senza gli occhiali l'immagine andò fuori fuoco. «Chi è la persona con lui?»

«Ah, quella è Shelley. Si sono sposati l'anno scorso, aspetta dei gemelli.»

«Che meraviglia.» Jude si sforzò di imprimere al suo tono una partecipazione sincera. «È molto legata a suo fratello?»

«Reggie ha avuto qualche problema in passato, ma con me e Paisley si è sempre comportato bene. Diventerà un padre fantastico. Ha già costruito la culla e il fasciatoio nella cameretta.»

«Reggie viene spesso a trovarvi?» chiese Jude.

«Non tanto spesso quanto in passato.» Aveva abbassato la voce, come se stesse per farle una confidenza. «Qualche anno fa ci sono stati dei problemi, ma ormai si è lasciato tutto alle spalle.»

Dalla tensione di Emmy, Jude capì che aveva più informazioni sui problemi in questione. Incrociò le braccia, dandole a intendere che poteva prendere in mano la conversazione.

«Signora Walker» disse Emmy, «ho appena saputo da uno dei miei agenti che Reggie sta arrivando, sarà qui a minuti.»

«Oh, grazie al cielo.» Carol sembrava sollevata. «Forse può parlare con voi, è molto più bravo di me in queste cose.»

«Molto più bravo a fare cosa?»

«Be'...» Parve confondersi. «A parlare con le persone, forse.»

«Con la polizia?» Il tono di Emmy era cambiato nel momento perfetto. «Reggie è in libertà provvisoria, giusto? Si è messo nei guai durante una partita di basket.»

«È stata solo una sciocchezza.» Carol si rivolse a Nate. «Reggie si è fatto trascinare dall'emozione con degli amici. È sempre stato così.»

«Reggie passa molto tempo con Paisley?» chiese Emmy.

«Non da quando...» si strinse nelle spalle. «Be', non poteva allontanarsi da Mobile. Poi ha conosciuto Shelley e ha dovuto concentrarsi su di lei per ovvi motivi.»

«Quali ovvi motivi?»

«Be'...» Scrollando di nuovo le spalle, le sollevò fino all'altezza delle orecchie, ma soprattutto sembrò che stesse lottando contro il bisogno di voltarsi verso padre Nate. «Insomma, Shelley era incinta quando si sono sposati. Anche se non è per questo che l'ha sposata. Ovviamente è innamorato di lei.»

«È molto giovane» commentò Emmy. «Non sembra molto più grande di Paisley.»

Il sorriso che apparve sul viso di Carol era teso. «Per la legge è adulta.»

Jude lasciò vagare lo sguardo verso padre Nate. Aveva la schiena rigida, le labbra contratte, l'espressione perbenista e piena di disapprovazione che tante volte gli aveva visto dipinta in volto.

Emmy chiese: «Da quanto tempo è incinta Shelley?».

«Non credo...» Carol mosse le dita con tale velocità che i grani del rosario batterono tra loro come denti. «Non lo so.»

Nate si mosse sul divano. «Carol, quanti anni ha?»

La donna si portò una mano al petto. «Diciassette, padre. Ha appena compiuto diciassette anni.»

«Carol.» Il tono del sacerdote aveva una fermezza sorprendente. Stava davvero cercando di aiutare. «Quanti anni aveva Shelley quando Reggie l'ha messa incinta?»

Carol incrociò lo sguardo di Jude, ma solo perché non aveva il coraggio di guardare lui.

«Carol» insisté Nate. «È il momento di dire tutta la verità.»

I grani del rosario ticchettavano furiosamente. Carol abbassò gli occhi, osservandoli scorrere tra le sue dita come acqua. «Quindici, la prima volta. Ma ha perso il bambino, e... e adesso è di cinque mesi. Ma è una benedizione poter avere dei figli, no?»

Jude vide Emmy serrare la mandibola. Riconobbe un rimprovero silenzioso. Emmy si stava maledicendo per non aver seguito prima la pista del fratello. Era comprensibile, ma non serviva a nulla. Cominciò a contare i secondi del silenzio prolungato che seguì. Aveva deciso di intervenire quando fosse arrivata a dieci, ma fu interrotta da qualcuno che bussò forte alla porta.

«Carol?» chiamò una voce maschile. «Apri, sono Reggie.»

Emmy fece cenno a Cole di coprirla e andò ad aprire.

Reggie aveva la mano alzata, pronto a bussare di nuovo. Emmy non perse tempo a fare le presentazioni, lo afferrò per un polso e lo fece girare, poi lo spinse a forza verso la strada.

«Restate qui.» Jude non aspettò una risposta e corse fuori.

Emmy stava portando Reggie sul vialetto. I lampioni erano ancora accesi, la sua auto di servizio illuminata come se fosse su un palcoscenico. Jude vide con la massima chiarezza Emmy che sbatteva Reggie a faccia avanti contro il cofano della macchina. Cominciò a perquisirlo, svuotandogli le tasche sul marciapiede. Una manciata di ricevute appallottolate volò fuori dal portafoglio di pelle marrone quando atterrò sul cemento. Cole osservava la scena con uno sguardo terrorizzato. Non era così che si comportava sua madre, di solito.

«Parla, stronzo.» Emmy premette il viso di Reggie contro il tettuccio. «Dov'è Paisley?»

«Non...» Lei gli torse il braccio, facendolo sussultare. «Non lo so!»

«Dimmi dov'è!» gli ordinò.

«Ho detto che non...»

«Te la vuoi giocare così?» Emmy tirò fuori le manette e gli legò i polsi dietro la schiena. «Hai il diritto di rimanere in silenzio.»

«Per favore» implorò Reggie. «Non voglio problemi, okay? Non so dove sia, abito a Mobile, che cazzo. Sono appena arrivato qui.»

«Tutto ciò che dirai potrà essere usato contro di te in tribunale.»

«Dio santo, signora! Voglio parlare, okay? Solo...»

«Chiudi quella bocca di merda» lo ammonì. «Hai diritto ad avere un avvocato.»

Jude le posò una mano sulla spalla. Voleva essere solo un leggero richiamo, per riportarla alla realtà, ma il suo gesto ebbe l'effetto opposto.

«Toglimi di dosso la tua mano di merda» le ordinò. «Cole, falla spostare.»

Jude sollevò le mani in un gesto di resa mentre Cole si avvicinava.

«La prego!» continuò Reggie. «Mi ascolti, per favore! Giuro che posso...»

«Ti ho detto di stare zitto.» Emmy lo fece voltare e gli afferrò il davanti della maglietta nel pugno chiuso. Non vedeva più nulla, non riusciva a sentire una sola parola di ciò che le aveva detto. «Se non puoi permetterti un avvocato...»

«Reggie!» Jude alzò la voce, cercando di smuovere Emmy e farla tornare in sé. «Sta rinunciando ai suoi diritti? È questo che ci sta dicendo? Vuole parlare?»

«Che cavolo, sì, sto dicendo questo!» urlò lui di rimando.

Emmy puntò gli occhi verso Jude, ma la scintilla della collera si era spenta. Ci vollero alcuni lunghi secondi prima che la sua incrollabile risolutezza tornasse. Guardò Reggie come se lo vedesse per la prima volta. Il panico negli occhi dell'uomo, il suo respiro affannoso per la paura. Emmy allentò le dita e lasciò andare la maglietta, poi fece un piccolo passo indietro. «Reggie Lee McAllister, rinunci ai tuoi diritti?» chiese.

«Sì!» Fu come una supplica. «Sono fuori con la condizionale, se mi arrestano di nuovo farò cinque anni dentro. Non importa se lei ha torto o ragione, per me sarebbe la fine.»

Emmy era ancora visibilmente scossa. Jude conosceva bene quella sensazione nauseante, la disperazione che ti spingeva a comportarti in modo stupido con persone stupide. Era troppo facile fissare solo un albero e non vedere la foresta.

«Reggie» intervenne Jude, «dove si trovava ieri mattina tra le sette e le otto?»

«Ero...» Dovette fare una pausa per riprendere fiato. «Ero al lavoro. Ho timbrato alle sei e mezza, poi sono salito sul furgone per iniziare il giro di consegne. Ha un GPS, sanno sempre dove sono, potete controllare.»

«Mamma.» Cole aveva in mano una ricevuta. La mostrò a Emmy.

Lei osservò quell'informazione così a lungo che Jude pensò stesse solo perdendo tempo per riprendere il controllo della propria emotività. Infine, consegnò la ricevuta a Jude.

«Mi servono gli occhiali.» Forse sarebbe anche riuscita a distinguere le scritte minuscole alla luce, ma voleva concedere a Emmy qualche altro momento per riprendersi. Cercò nella borsa, frugando intorno alla busta che conteneva le foto prese dal telefono di Elijah Walker. Trovò gli occhiali da lettura, li inforcò ed esaminò la ricevuta.

Il logo era della stazione di servizio WaWa di Fairhope, in Alabama, una città che si trovava dall'altra parte della baia rispetto a Mobile. Un moccaccino grande e un bagel, acquistati la mattina precedente alle sei e trentotto. Fairhope era nel fuso orario centrale, quindi un'ora indietro rispetto a Clifton.

«Quella è una prova.» La voce di Reggie era carica di sollievo. «Ho dovuto fare rifornimento prima di iniziare il giro, e quello è lo scontrino della colazione. Il gasolio l'ho pagato con la carta della società. Potete controllare i filmati delle telecamere del WaWa, giusto?»

Jude sapeva che avrebbero controllato quei filmati, così come sapeva che per arrivare a Mobile in auto da lì ci volevano almeno sei ore. Non poteva essere stato Reggie a rapire Paisley a North Falls, se alla stessa ora stava prendendo un caffè e un bagel a Fairhope. Aspettò che Emmy facesse gli stessi calcoli.

«Voltati» gli ordinò Emmy.

Lui obbedì. Jude osservò la chiave delle manette entrare nella serratura. Le mani di Emmy tremavano: era ancora molto agitata.

«Reggie, quando è stata l'ultima volta in cui ha visto sua nipote?» chiese Jude.

«A Natale.» Si massaggiò i polsi. «Ho dovuto chiedere il permesso all'agente di custodia, avevo ancora il braccialetto elettronico. Me l'hanno tolto solo due settimane fa. Potete verificare con lui, giusto? L'ho chiamato prima di partire per venire qui, è messo tutto a verbale.»

«Il suo agente di custodia sa quanti anni aveva sua moglie quando l'ha messa incinta?»

«Cazzo.» Continuò a massaggiarsi i polsi. «È stata lei a provarci con me, okay? Lavorava al McDonald's in fondo alla strada. Ci siamo piaciuti subito, tutto qui. I suoi genitori ci hanno dato il consenso per sposarci. Potete chiedere a loro.»

«Cole» Emmy aveva la voce tremante. «Accompagna Reggie in casa. Fatti dare il numero dell'agente di custodia, al resto penso io.»

Cole eseguì gli ordini senza fiatare e i due uomini si avviarono sul marciapiede. Jude restò indietro. Sembrava che Emmy volesse dire qualcosa, ma poi cambiò idea. Tirò fuori il cellulare dalla tasca e guardò lo schermo per un momento, poi fece un numero.

Jude non ascoltò la telefonata. Osservò il viso di Emmy, la tensione sulla sua fronte, lo sfinimento nei suoi occhi. Trovarsi al centro di un'indagine per rapimento di un minore era qualcosa che poteva toglierti diversi anni di vita. Doveva essere ancor più faticoso se si sommavano il lento decadimento di Myrna, l'omicidio di Gerald avvenuto davanti ai suoi occhi e il dover avere a che fare con una teorica sconosciuta che sapeva tutto della sua famiglia ma nulla di lei. Ciascuno di quegli elementi, anche da solo, avrebbe potuto spezzare perfino l'animo più forte. Jude non riusciva a capacitarsi di come facesse a reggersi ancora in piedi.

«Okay.» Emmy concluse la telefonata. «Era Virgil. Si farà dare i filmati del WaWa. Damien ha ricavato l'informazione da CashApp sul telefono di Elijah, il giardiniere si chiamava Antonio Ramirez. Abita a Phoenix con la famiglia. Il pick-up nero è intestato a lui, registrato in Arizona. Seth ha mandato degli agenti a bussare alla sua porta, ma è impossibile che Elijah abbia visto Antonio ieri mattina in strada.»

«Perché è stato Virgil a riferirti questa informazione e non Seth Alexander?»

Emmy allargò le mani, stringendosi nelle spalle. «È importante?»

«Sì, è importante. Esiste una catena di comando. Non sei solo una decorazione in questa indagine, sei la facente funzioni di sceriffo. Seth dovrebbe riferire direttamente a te, non parlarti attraverso un agente in pensione.»

«Virgil era un poliziotto prima che io nascessi. Sa quello che fa.»

«Emmy.» Jude moderò i toni. «Non so nemmeno immaginare come siano state per te le ultime ventiquattro ore, ma se tieni a questo lavoro devi darmi ascolto. Stai perdendo la testa, devi cercare di controllarti. Rischi di farti sfuggire i dettagli importanti.»

«Ti va di fornirmi un dettaglio importante?» chiese Emmy. «Hai detto a papà che non avresti rimesso piede in città fino a che non fosse morto. Sei venuta a fare il giro d'onore?»

«Di questo parleremo un altro giorno. In questo momento devi tenere la testa bassa e fare il tuo dovere. Dopo potrai dedicarti alla ricerca di nuovi modi per ferirmi.»

«Pensi che sia io a ferire te?» fece lei, sprezzante. «Prova a guardare meglio allo specchio, cara mia. Hai il mio sangue tra i denti.»

Jude puntò lo sguardo verso il cielo e fece un respiro profondo prima di affrontarla di nuovo. «Sei sfinita. Hai subìto un trauma terribile. È comprensibile che debba prendertela con qualcuno.»

«Piantala di psicanalizzarmi, non ce la faccio più a combattere con te.»

«Non ti sto chiedendo di combattermi. Ti chiedo di combattere *contro di loro*.»

«Mamma.» Cole era senz'altro abituato a inserirsi nelle liti tra adulti. Arrivò a passo svelto dal vialetto per distrarle. «Ho parlato con l'agente di custodia di Reggie, conferma la sua versione in tutto e per tutto, anche sul permesso per il matrimonio dato dai genitori di Shelley.»

«Gesù.» Emmy stava leggendo un messaggio sul telefono. «È Peggy, vuole vedere la foto.»

«Che foto?» chiese Cole.

Emmy scrollò la testa, ma Jude non aveva modo di intuire se fosse per dirgli di non chiedere o per riconoscere che la situazione era addirittura peggiorata.

Jude prese la busta dalla borsa. «Secondo me gliele dovremmo mandare tutte e due. Nella vaga eventualità che possa riconoscere anche l'altro.»

«Bene» rispose Emmy in tono monocorde. Disse a Cole: «Elijah aveva delle foto pornografiche sul cellulare, primi piani dei genitali di un uomo e di una donna. Crediamo che spacciasse l'immagine dell'uomo per sua. Ho pensato che Peggy avrebbe potuto riconoscere la donna, se è una delle clienti che vanno a fare la ceretta da lei».

«Ah» disse lui. «Okay.»

Jude immaginò che i giovani della generazione di Cole avessero visto ben di peggio rispetto a quello che Elijah Walker aveva sul cellulare. Sollevò la foto della donna in modo che Emmy potesse fotografarla, poi passò a quella dell'uomo, aggiungendo: «Non è soltanto il neo che potrebbe identificarlo».

Cole spalancò gli occhi, ma riuscì a mantenere un'espressione impassibile.

«Cazzo.» Emmy soffiò un lungo flusso d'aria tra i denti mentre inviava i messaggi. Chiese a Jude: «Perché non hai chiesto a Carol della relazione di Elijah?».

«Credi che mi avrebbe detto la verità?»

«Se padre Nate le avesse dato il permesso, sì.»

«Ti fidi di lui molto più di me.»

«Scherzi?» chiese Emmy. «È stato lui a far sì che Carol dicesse la verità sulla sposa bambina di Reggie.»

Jude si rese conto che forse l'emotività stava facendo sfuggire anche a lei dei dettagli. Aprì la bocca per ammettere l'errore, ma Emmy non le diede il tempo di parlare.

«La gente è cambiata, rispetto a quando vivevi qui. Sono passati più di quarant'anni. Se sei convinta che padre Nate sia ancora un bacchettone ipocrita, sappi che non è più così, perché è questo che fanno le persone: cambiano.»

Jude non riusciva a capire se Emmy fosse in collera oppure esasperata.

«Ma non stiamo parlando di padre Nate, vero?»

«Non so di che stiamo parlando.» Emmy guardò il cellulare. «Santo Dio. Peggy ha identificato la donna della foto.»

14

Emmy quasi tremava per la stanchezza quando rientrarono alla centrale. Il suo cervello non riusciva a sopportare il suono dei telefoni che squillavano, degli agenti che correvano avanti e indietro e il ticchettio furioso delle tastiere, tutti segnali che nulla avrebbe riportato a casa Paisley Walker.

In silenzio, Virgil le offrì la propria sedia, ma lei si appoggiò alla scrivania mentre Seth Alexander ascoltava il resoconto delle ultime novità nell'indagine.

«Lo sceriffo ha ricostruito l'identità della donna sul telefono di Elijah. Si chiama Belinda Pfeiffer, ventidue anni. Lavora in un negozio di articoli da cucina nel centro commerciale di zona. Nessun precedente.» Lanciò uno sguardo a Emmy prima di riportare l'attenzione su Seth. «Tu cos'hai scoperto?»

«La segretaria di Elijah, Misty Norris, ha detto che l'anno scorso si era resa conto che stava succedendo qualcosa. Elijah aveva un appuntamento fisso l'ultimo venerdì di ogni mese, bloccava alcune ore nell'agenda e spariva. Norris ha detto che si accorgeva di un ammanco di circa seicento dollari dal fondo cassa tutte le volte che spariva. Walker non portava mai una ricevuta per la spesa, ma il capo era lui, quindi lei non diceva niente.»

Jude diede un'altra occhiata a Emmy, poi domandò: «E il motel? Qualcuno ha riconosciuto la foto di Elijah?».

«No. L'impiegata notturna dice di non averlo mai visto. Naturalmente nega che nella struttura accada qualcosa di inappropriato, ma non è possibile. Ci sono molte gang in attività, diverse moto parcheggiate di fronte al motel. Sembra un crocevia per il narcotraffico.»

«Lo è» confermò Virgil. «Gran parte del mio lavoro da investigatore privato consiste nel piazzarmi dall'altra parte della strada e fotografare coniugi infedeli. C'è uno spacciatore, Wesley Woodrow, che ha aperto bottega nella stanza 19, sul retro. Si fa chiamare Woody. È lui che controlla quasi tutto il traffico di Fentanyl ed eroina in entrata e in uscita dalla contea.»

«E il receptionist che fa il turno di giorno?» Lo sguardo di Jude si posò di nuovo su Emmy prima di tornare su Seth. «Hai detto che avete mostrato la foto di Elijah alla guardia notturna, ma l'altro receptionist?»

«Ehm...» Seth sembrava spiazzato. «Non so se Damien se ne sia occupato.»

«Damien riferisce a te» disse Jude. «Dovete trovare quel receptionist.»

Seth si lisciò la cravatta. «Sì.»

«Novità dal numero verde?»

«Niente di nuovo» rispose lui. «Molte donne che denunciano fidanzati e mariti, molte segnalazioni di furgoni bianchi, il che non ci sorprende perché ce ne sono ovunque. Stiamo seguendo tutte le piste, bussando a tutte le porte. Cerchiamo di non escludere nessun indizio.»

«Perché non usate i cani molecolari?»

«Si pensa che sia stata portata via a bordo di un veicolo.»

«Non saltate alle conclusioni nel rapimento di Paisley Walker. Portate i cani sulle vie secondarie. Informatemi quando parlerete con il receptionist del motel che fa il turno di giorno. E mostrategli una foto di Belinda Pfeiffer.» Jude lo congedò, voltandosi verso Virgil. «Altro da aggiungere?»

«Il dipartimento di polizia di Verona ha appena prelevato Belinda Pfeiffer. Abita in uno di quegli appartamenti nuovi costruiti da suo zio Penley. La stanno portando qui.» Strappò un foglietto dal suo blocco. «Nel frattempo ho esaminato gli account su Snapchat e Instagram di Paisley. Interagisce con alcune ragazze di scuola, ho appuntato i loro nomi per approfondire le indagini. Gran parte dei video sono ciò che ci si aspetterebbe: le piacciono i gatti, ama leggere, le lezioni di scienze, Taylor Swift e il K-pop. Tipiche cose da quattordicenne.»

«Controllerò a che punto sono i tecnici con i suoi dispositivi elettronici. Potrebbe avere un account falso» disse Jude. «Sceriffo, possiamo parlare un attimo?»

Emmy aprì la bocca per rispondere, ma in quel momento Brett sbucò dal nulla.

«Emmy?» aveva tra le mani un fascio di fogli. «Ho l'elenco dei giardinieri che lavorano nel quartiere dei Walker. Sicura che lo devo esaminare tutto? Forse non hai sentito che l'FBI ha trovato il tizio che ha sparso gli aghi di pino?»

Emmy si accorse che stava digrignando i denti. Forse non l'avrebbe notato, se Jude non avesse continuato a toccare quel tasto, ma Brett aveva smesso di chiamarla con il semplice nome di battesimo, dieci anni prima, quando era stata nominata agente capo. Con la morte di Gerald, aveva ripreso a chiamarla Emmy.

Si allontanò dalla scrivania e cercò di raddrizzare la schiena. «Sì, agente. Voglio che li chiami tutti, a uno a uno. Fatti dare i turni di lavoro e i nomi di ciascuno dei loro addetti. Puoi farlo mentre sorvegli in segreto Adam Huntsinger.»

«Adam?» protestò Brett. «Insomma, Emmy, cazzo... pensi sul serio...»

«Penso che mio padre è stato assassinato ieri mattina, e non voglio che si raduni un'altra folla inferocita pronta a fare sciocchezze quando in quella casa ci sono gli anziani genitori di Adam.» Emmy non aveva ancora finito. «Brett, te lo dico chiaro e tondo: devi tenere gli occhi su Adam in ogni momento. Se devi pisciare, fallo in una bottiglia. Se devi cacare, prima di andare chiama qualcuno che ti sostituisca. Chiaro?»

Lui annuì, un gesto secco. «Sì, capo.»

Emmy si rivolse a Virgil: «Fammi sapere quando arriva Belinda».

Anche lui assentì. «Sì, capo.»

Emmy notò Cole seduto alla sua scrivania, di nuovo chino sulla tastiera. Gli fece cenno di avvicinarsi e disse a Jude: «Andiamo sul retro».

Appena non furono più a portata d'orecchio dalla sala operativa, Jude cominciò a parlare.

«Ben fatto.»

«Ti ho detto che non mi interessa la tua approvazione. Qualcuno deve guidare questo posto. È ciò che desiderava papà.»

«Ehi.» Jude la fermò davanti alla porta della saletta di osservazione. «Riguardo a ciò che hai detto prima... Non sono qui per fare il giro d'onore. Sono qui per te.»

Emmy non sopportava più il tira e molla tra il lavoro e quello che faceva Jude, qualsiasi cosa fosse. Accese le luci. I due monitor brillavano sulla scrivania, la cassa bluetooth nel mezzo. Lo schermo a sinistra mostrava Elijah seduto nella sala interrogatori. I microfoni sensibili installati nel soffitto coglievano il suono del suo respiro affaticato. Emmy guardò l'altro monitor, che riprendeva la sedia vuota davanti a lui. Le si sdoppiò la vista. Chiuse gli occhi per un attimo. Era così stanca che non riusciva nemmeno a vedere bene.

«Emmy» disse Jude. «Hai ragione quando dici che non ti conosco, ma è in questo lavoro che sono brava, e se solo riuscissi a vedere gli ultimi quarant'anni come il modo in cui mi sono preparata per aiutarti in questa indagine, faresti un favore a tutte e due.»

«Bene.» Emmy vide Cole arrivare dal corridoio. Sembrava sovrappensiero. «Che succede?» gli chiese.

«Le discussioni online aumentano. Dicono che Adam Huntsinger ha rapito Paisley e che siamo troppo stupidi per capirlo.»

Emmy sentì l'ormai familiare nodo allo stomaco stringersi. «Qualcuno di loro sembra voler contribuire a risolvere il problema?»

«È difficile capire chi stia sollevando un polverone e chi faccia sul serio, ma la temperatura si sta alzando, poco ma sicuro.» La preoccupazione di Cole era sincera. «C'è un gruppo di cittadini investigatori che diffonde teorie. Nessuno di loro dice qualcosa di nuovo. Pensano quasi tutti che sia stato Adam.»

Jude commentò: «È un'ottima mossa tenere sotto controllo questi gruppi. Qualcuno prende le cose sul serio, ma c'è anche chi si annoia e ha solo voglia di sparare merda. Che ne pensate di Adam Huntsinger?».

Emmy non era troppo sicura di cosa pensasse. «Credo che Brett lo terrà d'occhio. Ma non ho idea se sia stato lui o no a prendere Paisley.»

«Dentro di te cosa senti?» le chiese Jude.

Emmy sentiva una gran voglia di vomitare per la mancanza di sonno. «Non riesco a farmi un'idea.»

«Nemmeno io» convenne Jude. «Che cosa sapete di Belinda Pfeiffer?»

Con sua sorpresa, Emmy si rese conto di non aver riflettuto sul nome. «Faccio parte di un club del libro insieme a sua madre, Daphne, che mette l'uvetta nell'insalata di patate. Non so nient'altro della famiglia. Belinda non è nel nostro radar per essere una prostituta e dubito che sua madre ne abbia idea. Cole, tu hai scoperto qualcosa?»

«Belinda non è mai stata fermata, non è nel radar di nessuno. Mai arrestata, nessuna multa per eccesso di velocità, il suo account su TikTok parla quasi solo di *The Bachelor* e di *Desperate Housewives*» rispose lui.

«Frequenta la chiesa cattolica?» chiese Jude.

«Segue il Movimento di Santità, ma sui suoi social non c'è nulla che faccia riferimento alla religione.»

«Sono i pentecostali» spiegò Emmy a Jude, ma poi si rese conto che probabilmente lo sapeva già. «Quindi forse Elijah ha davvero conosciuto Belinda su un sito di incontri? Qualcosa come Ashley Madison?»

Jude intervenne: «Dubito che si sia fermato a un tradimento. Devono esserci state più donne. Cole, hai trovato del Viagra quando hai perquisito la camera da letto di Elijah e Carol?».

Lui parve sorpreso dalla domanda. «Sì, ma non nell'armadietto delle medicine. Era in una scatola da scarpe dentro l'armadio di Elijah» disse.

«Lo nascondeva da Carol» disse Jude. «Gli uomini come lui usano il Viagra con le amanti. Non lo sprecano con le mogli.»

«Elijah mi ha detto che Carol non era abbastanza avventurosa.» Emmy fu colta da un capogiro. Abbassò lo sguardo a terra, fece un respiro profondo. Tra le crisi di panico notturne di Myrna e le ventiquattro ore di veglia filate, si sentiva come se il suo cervello stesse nuotando in un acquario.

«Ti senti bene?» le chiese Jude.

«Sì.» Sollevò lo sguardo, decisa ad andare fino in fondo.

«Virgil ha detto che Belinda vive in uno degli appartamenti di Penley, a Verona. Ci sono molti single, molti giovani pieni di soldi. Il bar di Jonah è in fondo alla strada. Potrebbe non significare nulla, ma Woody spaccia nel retro.»

«Lo stesso Woody che spaccia nella stanza numero 19 del Dew Drop Inn?» domandò Jude.

«Lo stesso» confermò Emmy. «Woody è furbo. Ha sempre le mani pulite. Ma il suo nome è venuto fuori durante il caso degli Angeli Caduti. All'epoca era adolescente. Cheyenne aveva molta droga pesante nascosta nel soppalco sopra il suo armadio, insieme a sedicimila dollari in contanti. Non abbiamo mai scoperto dove li prendesse.»

«Non era Adam il suo fornitore?»

«No, lui spacciava solo erba, per quel che siamo riusciti a scoprire.» Emmy vide Virgil in fondo al corridoio, che le fece un cenno con il capo. Disse a Jude: «È arrivata Belinda, cosa vuoi fare?».

Jude non rispose subito. «Dimmelo tu, sceriffo.»
Emmy ebbe di nuovo bisogno di fermarsi un attimo a riflettere. «Non ha precedenti. Credo non sia nemmeno mai entrata in una stazione di polizia.»
Jude sorrideva. «La facciamo entrare da Elijah e ascoltiamo cosa si dicono?»
«Già.» Emmy indicò a Virgil la sala interrogatori. Aspettò il suo cenno di assenso prima di accomodarsi davanti ai monitor. Le uscì una specie di rantolo dalla bocca. Lottò contro il bisogno di chiudere gli occhi invece di fissare il profilo di Elijah Walker sullo schermo. Sembrava esausto quanto lei. Teneva tra le mani un bicchiere di carta. Emmy ripensò a quando aveva osservato Dale Loudermilk su quegli stessi schermi dodici anni prima con suo padre accanto.
Guardò il figlio. Cole aveva le spalle tese, gli occhi arrossati. Doveva mandarlo a casa a riposare, ma non voleva che se ne andasse. «Cole, spegni le luci e chiudi la porta.»
La stanza si oscurò. Jude prese l'altra sedia, ed Emmy colse l'espressione ferita di Cole al chiarore dei monitor quando Jude si accomodò al posto del nonno. Cercò la sua mano dietro di sé e la strinse. Lui la tenne stretta, poi si asciugò un occhio con il pugno.
«Belinda!» la voce di Elijah arrivò potente e brusca dalla cassa. Virgil l'aveva appena mandata nella stanza e aveva chiuso la porta.
Emmy osservò Elijah allargare le braccia con un gesto teatrale e chiedere alla donna: «Che cazzo ci fai qui?».
«Secondo te?» ribatté lei. «Tua figlia è scomparsa e tu tradisci tua moglie. Sembra una puntata di una serie crime.»
«Non dire idiozie» sbuffò lui. «Nessuno pensa che possa aver rapito la mia stessa figlia.»
«Tesoro, guarda dove ti trovi.» Belinda sembrava incredula. «Non ti trattengono per ore in una centrale di polizia se non pensano che hai fatto qualcosa di male.»
Lui la fissò, gli occhi sbarrati. Poi la sua espressione cambiò quando, lentamente, si rese conto che aveva ragione lei. Si acca-

sciò sulla sedia. Posò i palmi sul tavolo. Emmy riconobbe l'assoluta spossatezza nei suoi occhi. Lo avevano privato del sonno, sottoposto a una raffica di domande, gli avevano portato via il senso del controllo. Era ormai allo stremo delle forze, reagiva solo a ciò che aveva davanti agli occhi, ma in quel momento la realtà gli piombò addosso e capì che era cambiato tutto. Non sarebbe mai potuto tornare alla vita com'era stata fino a due giorni prima.»

«Mi...» Aveva la voce rauca. «Continuavano a chiedermi la password di WhatsApp. Forse sono riusciti a forzarlo.»

«Deve essere così che sono arrivati a me.» Belinda era molto più brava di lui a ricostruire i fatti. «I nostri messaggi diventeranno di dominio pubblico.»

«Non possono... non devono...»

«Oh, tesoro, sì che lo faranno.» Belinda parlava in tono più acuto, come se si rivolgesse a un bambino irragionevole. «Elijah, smettila di preoccuparti di inutili stronzate, come che la gente lo venga a sapere. L'unica cosa che importa, in questo momento, è riportare a casa Paisley.»

«Hai ragione. Hai ragione.» Cominciò ad annuire. «È una follia. Queste cose non succedono a...»

Emmy capì che entrambi stavano finendo in silenzio quella frase. Una cosa identica era successa proprio a North Falls dodici anni prima.

«Secondo te...» Dalla gola di Elijah uscì un suono strozzato che passò nell'altoparlante. «Secondo te la troveranno?»

«Prego che la trovino.»

Elijah non si rese conto dell'ambiguità della risposta. «Mi fanno le stesse domande in continuazione. Non so cosa rispondere. Voglio solo che la trovino.»

«Ti fanno le stesse domande perché vogliono essere sicuri che tu dia le stesse risposte.»

Elijah parve sorpreso. Era bloccato in un ciclo infinito che lo portava a suddividere tutti gli eventi in modo che il suo corpo non ne fosse annientato del tutto. Emmy ricordò che Ruth aveva reagito allo stesso modo quando aveva affrontato il tumulto emotivo di dodici anni prima. L'idea di perdere un figlio era inimmaginabile per un genitore.

«Stai dicendo la verità, giusto?» chiese Belinda.

«Certo. Non ho parlato di te perché non mi sembrava importante.»

Belinda scostò la sedia e si sedette al tavolo di fronte a lui. Il suo viso riempì il secondo monitor. «Elijah, ascoltami. Devi dirgli tutto. Lascia che siano gli esperti a decidere cos'è importante.»

Emmy notò lo sguardo furtivo che la giovane rivolse alla telecamera nell'angolo. Sapeva che li stavano osservando.

Anche Jude lo notò. «È più scaltra di quel che sembra.»

Emmy riportò l'attenzione su Elijah. Le lacrime gli bagnavano il viso. «Quel poliziotto mi ha assicurato che la stanno cercando tutti. Ci stanno mettendo troppo, non ti sembra? A quest'ora avrebbero dovuto trovarla, no?»

«Stavo per offrirmi volontaria per le ricerche, ma non sapevo che effetto avrebbe fatto, sai...» Belinda aveva evitato di nuovo di rispondere. «Ho visto persone dappertutto nei boschi vicino alle strade secondarie, quando la polizia è venuta a prendermi. Stanno facendo tutti del loro meglio.»

«E se...» La sua voce salì di tono nello sforzo di ricacciare indietro il terrore. «Se non la trovassero?»

Belinda non rispose con una frase fatta. Lanciò un'occhiata alla telecamera, poi tornò a guardare Elijah. «Non possiamo fare altro che pregare che il Signore vegli su di lei.»

«Ho cercato di pregare, ma ho come una voce nella testa che continua a ripetermi che è colpa mia.»

Emmy si spostò sul bordo della sedia.

Anche Belinda lo fece. «Perché dovrebbe essere colpa tua?»

«Sono suo padre, avrei dovuto proteggerla. È l'unica cosa che dovrei fare.» Sospirò, addolorato. «Ieri, quando sono uscito per andare al lavoro era furiosa con me. Avevo pensato di chiamarla dall'auto, ma poi ho trovato otto messaggi, mi sono distratto e adesso non potrò più chiederle scusa.»

Emmy notò che Jude aveva appoggiato i gomiti sui braccioli della sedia, il mento su una mano. Non fissava il monitor, ma la cassa. Il tono di Elijah era cambiato: finalmente diceva la verità.

«Perché Paisley era furiosa?» chiese Belinda.

«La settimana scorsa mi ha chiesto di darle una mano con il progetto di Scienze, ma io le ho risposto che se voleva accettare compiti così impegnativi, doveva imparare a svolgerli da sola.»

«Be'...» fece Belinda, prolungando la parola. «Cercavi solo di insegnarle a essere indipendente. È un bene.»

«No, sono stato egoista. Non avevo voglia di lavorare al progetto, volevo guardare la tv e andarmene a letto, così le ho urlato contro finché non se ne è andata furibonda.»

Elijah cominciò a scuotere il capo. A Emmy parve che avesse passato il tempo trascorso nella sala interrogatori a ripercorrere tutte le opportunità che aveva sprecato con sua figlia.

«Ieri mattina stavo per uscire e ho cercato di darle un bacio su una guancia, ma lei si è allontanata, come se avessi la peste. E quando le ho detto che le volevo bene ha alzato gli occhi al cielo. Lo fa sempre, con me. Mi manca di rispetto in continuazione. Negli ultimi mesi è come se fosse posseduta da un demone. Un minuto è dolce, il minuto dopo sembra che abbia deciso che non sono più suo padre» proseguì lui.

«Suona familiare» borbottò Emmy.

Jude la guardò. «Cosa?»

«Madison provocava sempre Paul e Hannah. E Felix e Ruth Baker dicevano la stessa cosa di Cheyenne, dando a Madison la colpa del suo atteggiamento ribelle.»

«Tu a chi davi la colpa?» domandò Jude.

«Alla pubertà.» Scrollò le spalle. «In realtà quelle due si caricavano a vicenda. Credo fossero il peggior nemico di loro stesse.»

«Non è inconsueto» commentò Jude.

Emmy non perse tempo a dirsi d'accordo. Osservò Belinda tirare fuori un pacchetto di fazzoletti dalla borsa Fendi. I poliziotti di Verona le avevano dato il tempo di cambiarsi, prima di trascinarla alla centrale. Indossava una maglietta nera corta che lasciava scoperta la pancia piatta e una minigonna nera. Aveva il trucco sbavato, forse perché non si era struccata prima di andare a dormire. Emmy non poté fare a meno di metterla a confronto con Carol, che era vestita come un'austera vittoriana. Disse a Jude: «Le foto in cucina... Carol era molto diversa all'inizio del matrimonio. Vestiva in modo più simile a Belinda».

«È attratto da lei perché vuole distruggere la sua personalità» disse Jude.

Emmy sapeva che aveva ragione. Anche Jonah si era comportato così. Quando erano fidanzati l'aveva adorata per la sua sicurezza e per la sua testardaggine, ma poi aveva finito per odiarla per gli stessi motivi una volta sposati.

Dall'altoparlante echeggiò il suono di Elijah che si soffiava il naso. «Carol come l'ha presa?» chiese Belinda.

«Ci hanno lasciati parlare solo un minuto.» Appallottolò il fazzoletto nella mano. «È distrutta. Si sente in colpa per aver lasciato Paisley uscire in bici. Dice che avrebbe dovuto accompagnarla in macchina.»

«Non è colpa di nessuno, né tua né di Carol. Paisley va sempre a scuola in bici» disse Belinda.

«Non così presto.» Elijah prese il pacchetto di fazzoletti e si asciugò gli occhi. «Avrei potuto accompagnarla io. Avrei potuto... avrei potuto fare molte cose.»

«Be', credo sia il momento di dire quello che pensiamo tutti e due, e cioè che la nostra avventura è finita, giusto? Devi stare accanto a Carol, e io penso che andrò a trovare mia zia Jenny a Copper Hill per evitare che la gente mi guardi storto ogni volta che esco di casa.»

«Hai ragione» disse lui. «Mi dispiace tanto. Mi dispiace tanto, cazzo.»

Jude staccò lo sguardo dai monitor e si rivolse a Emmy. «Non è una prostituta. Avevano una relazione, giusto?»

«Giusto, ma sono sicura che Elijah abbia tradito Belinda anche con una prostituta. Il racconto di come ha conosciuto una persona online l'anno scorso, la incontrava in un motel e il dettaglio di come lasciava i soldi era troppo complicato per non essere basato sulla verità.»

«Concordo» rispose Jude. «Dobbiamo parlare di nuovo con la segretaria. Ha notato che Elijah aveva un appuntamento fisso l'ultimo venerdì di ogni mese, e che la cosa coincideva con un ammanco dal fondo cassa. Lei potrà dirci quando è cominciato e quando è finito, e se adesso segue uno schema diverso con una donna diversa.»

La cassa vibrò quando Elijah si soffiò di nuovo il naso.

Belinda gli prese la mano. «Sanno chi l'ha presa?»

«Sarà stato un messicano.»

«Messicani del cazzo» commentò lei. «La nostra città sta andando in malora, ormai.»

«Il nostro paese, vorrai dire.»

Emmy fece un lungo sospiro. Almeno erano rimasti razzisti. Abbassò il volume e chiese a Jude: «E adesso?».

«Voglio riaprire il caso degli Angeli Caduti.»

Dalla velocità con cui le aveva risposto, capì che Jude ci pensava già da un po'. Dal canto suo, Emmy aveva bisogno di un momento per adattarsi all'improvviso cambio di direzione. Era ridotta come Elijah, riusciva a vedere solo ciò che le veniva piazzato davanti agli occhi.

«Vuoi scoprire dove abbiamo sbagliato papà e io» disse.

Jude era circospetta. «Voglio farti una domanda. Qual era il piano di Gerald?»

«Cosa vuoi dire?»

«Le notizie diffuse dal podcast *Misguided Angel*. Il fatto che sul kit antistupro di dodici anni fa a Metter venga eseguito il test del DNA e che corrisponda con Adam, e lui venga liberato dal braccio della morte. Qual era il piano di Gerald?»

«Riportare Adam in prigione.»

«Giusto» disse Jude. «Se non sai cosa fare, ricomincia dall'inizio.»

Emmy non si sarebbe mai abituata a sentir citare suo padre da quella sconosciuta. «Papà aveva già chiesto a Virgil di tirare fuori le vecchie scatole con i documenti dall'archivio della succursale del GBI. Avremmo passato il weekend da lui a riesaminare tutto.»

«Perché a casa di Virgil?»

«Non voleva si sapesse che avevamo riaperto il caso.»

«Quella nave è già salpata» fece lei. «Di' a Virgil di portare tutto alla centrale, studieremo il caso insieme.»

«Non se ne parla nemmeno» disse Emmy. «La nostra priorità è Paisley Walker.»

«Tesoro, siamo quasi alle ventiquattro ore dalla scomparsa. Non è un rapimento da parte di un genitore o di un conoscente, e Paisley non è scappata, non si è nascosta da qualche parte. È stato un predatore a prenderla. Non sono più i cento metri, siamo nel pieno di una maratona. Possiamo solo sperare di ritrovare il corpo, così che Carol ed Elijah possano trovare la pace.»

Emmy sapeva che aveva ragione, ma non poteva abbandonare del tutto la speranza. «Non sposterò risorse dalla ricerca di una ragazzina scomparsa e in pericolo.»

«Non è ciò che ti sto chiedendo» rispose Jude. «Dimmi cosa ti dice il tuo QNV. Con chi dovremmo parlare? Dove dovremmo guardare? Cosa non stiamo facendo?»

Emmy non aveva risposte. Il suo QNV era annientato. Le sembrava che nulla andasse per il verso giusto.

«Tutti gli agenti nella sala operativa, tutte le agenzie – parliamo di centinaia di persone – continueranno a cercare Paisley. Busseranno di nuovo a ogni porta, torneranno a cercare in ogni anfratto, interrogheranno insegnanti, altri studenti, chiunque faccia parte della vita di Paisley. Nel frattempo noi studieremo il caso di Adam Huntsinger ed esamineremo i punti deboli. Se ci sono falle, forse arriveremo a Paisley.»

Emmy scosse il capo, ma in quel momento non le veniva in mente niente di meglio. Cedere a Jude era molto più semplice di quanto le sarebbe sembrato tre ore prima. «D'accordo, vado con Virgil a casa sua a prendere le scatole. Possiamo andare nella sala riunioni all'interno del complesso carcerario, così non daremo fastidio a nessuno.»

«No» rispose Jude, perché a quanto pareva aveva ripreso il comando. «Sei così stanca che biascichi. Sono le sei del mattino. Rivediamoci qui tutti alle dieci, così avrete quattro ore per dormire un po', fare una doccia e cambiarvi.»

«Non ho bisogno che tu mi dica cosa devo fare.»

«Invece sì.» Jude si alzò. «Ci rivediamo qui alle dieci.»

Emmy non poté impedirle di andarsene. Guardò Cole, che aveva i denti serrati. Allungò una mano per accendere le luci e gli disse: «Eri molto silenzioso prima».

«Non ha torto quando dice di rivedere il caso per cercare punti deboli.»

«Ma ha ragione?» Le si appannò di nuovo la vista. Doveva concedere un punto a Jude: le facevano male le ossa per la stanchezza. Eppure, ancora non se la sentiva di andarsene. «Chiudi la porta. Dimmi ciò che non mi stai dicendo.»

Cole chiuse la porta e vi si appoggiò. La guardò dritto negli occhi. «Ho bisogno di parlare con il mio capo.»

Emmy cercò di farsi forza. «È davanti a te.»

Cole distolse lo sguardo, puntandolo verso il muro alle spalle di lei. Allargò le narici, ed Emmy vide i suoi occhi riempirsi di lacrime.

«Ehi.» Si alzò, gli prese il viso tra le mani e lo costrinse a guardarla. Non stavano parlando di lavoro. Cole aveva bisogno di sua madre. Emmy gli accarezzò una guancia. «Parlami, tesoro, sono qui.»

Cole fece un respiro profondo. I muscoli del collo si irrigidirono. Emmy sentì la stanchezza svanire. Ogni parte del suo cervello si concentrò, mentre aspettava che il figlio trovasse il coraggio di parlare.

«La foto del coso del tizio trovata sul cellulare di Elijah Walker» disse infine. «Non l'ha presa da Internet. È una persona di qui. Ho riconosciuto i nei.»

«D'accordo.» Non la sorprendeva che suo figlio avesse una vita sessuale. Aveva fatto coming out con lei quando aveva quindici anni. «E?»

«È... ehm...» Si interruppe di nuovo. «È Jack.»

Emmy rise, senza riuscire a trattenersi. «Mi prendi per il culo? La foto del cazzo sul telefono di Elijah Walker è di Jack Whitlock?»

«Dio, mamma.» Cole si staccò da lei. «Non è divertente.»

«No, hai ragione, certo.» Emmy si sentì malissimo per aver riso, ma c'era una sorta di logica crudele nel fatto che Jack fosse riuscito a peggiorare qualcosa che era già di per sé terribile. Quel viscido bastardo aveva messo lei al centro del suo lavoro, descrivendola più volte come un'investigatrice "bellissima, eppure imperfetta". Era anche riuscito a far rinascere l'interesse per il caso Huntsinger, e la sua attività aveva portato alla liberazione di Adam dal braccio della morte, cosa che, in qualche modo, aveva causato l'omicidio di suo padre.

Ciliegina sulla torta, aveva spezzato il cuore di suo figlio.

«Tesoro, mi dispiace» disse. «So che è difficile parlarne, ma devo chiedertelo: è possibile che Jack abbia postato una sua foto online e che Elijah l'abbia spacciata per sua?»

«Si chiama cockfishing, e no.»

Emmy avrebbe potuto arrivare alla fine dei suoi giorni felicemente senza dover conoscere quella parola.

Cole riprese: «Elijah è l'agente assicurativo di Jack. Lo prendevamo sempre in giro perché è un bigotto».

Lei sentì la gola serrarsi. Ricordava che Elijah aveva nominato il podcast di Jack durante i primi interrogatori. Sul momento aveva pensato solo ai sei gradi di separazione di North Falls, ma si rese conto che le era sfuggito qualcosa.

«Mi dispiace.» Cole scuoteva la testa, come se non riuscisse a credere di essere stato tanto stupido. «Sei tu a occuparti della mia assicurazione, quindi non so come funziona. Jack aveva un appuntamento fisso con Elijah l'ultimo venerdì del mese. Diceva che parlavano delle sue polizze, e credevo fosse normale incontrare il proprio agente in questo modo.»

Aveva un'aria così devastata che Emmy sentì il bisogno di prenderlo tra le braccia come quando era ancora piccolo. Tuttavia c'era qualcosa che doveva chiedere: «Sapevi che Jack si faceva pagare per fare sesso?».

«No, ma non mi sorprende. Aveva sempre molti contanti.» Cole fece una risata amara. «A me non ha mai chiesto soldi.»

«Avresti dovuto chiederglieli tu. Sappiamo entrambi che non era alla tua altezza.»

«Già.»

Emmy sapeva bene che era troppo presto per scherzare. In verità il modo in cui Jack aveva corteggiato Cole non le era piaciuto affatto. Aveva qualche anno più di lui e molta più esperienza, ma aveva tenuto la bocca chiusa perché non stava a lei dire a suo figlio chi frequentare. Fu assalita dal doloroso ricordo del modo in cui la sua famiglia aveva gestito la sua pessima relazione con Jonah.

Disse a Cole ciò che avrebbe voluto sentirsi dire lei. «Jack è una persona orribile. Ha cercato di usarti per arrivare a me e a tuo nonno. Ti ha fatto credere di essere speciale, mentre in realtà ti stava solo usando per poter dire a se stesso che la sua vita non era la merda che è in realtà. Puoi avere dieci volte di meglio, lui non ti merita.»

Cole annuì, ma aveva comunque un'aria distrutta.

Emmy tornò ai fatti concreti. «Ti insegnerò come funziona l'assicurazione, non è complicato. Sei un uomo adulto. Avrei dovuto farlo prima.»

«Okay.» Cole si asciugò il naso con la manica e raddrizzò le spalle. «Ho controllato l'account di TikTok di Jack per vedere dove si trovava quando è scomparsa Paisley. È a Los Angeles da domenica per presentare il suo podcast a un produttore.»

Emmy non aveva considerato l'idea che uno streamer potesse interessarsi al podcast, ma l'idea la preoccupò sul serio.

«Ha postato un video in cui dice che Paisley sarà la seconda parte della serie. Sta tornando in Georgia con un volo notturno. Sono sicuro che appena arriverà si metterà subito a lanciare merda» disse Cole.

Emmy si costrinse ad annuire. «Okay.»

«Lo dirai anche a lei?»

Si riferiva a Jude. «No, ma voglio che controlli i voli e che confermi che Jack era fuori città, tanto per avere la certezza matematica, okay?»

«Sì.» Cole fece un altro respiro profondo. «Ci rivediamo qui alle dieci.»

Emmy lo osservò aprire la porta e percorrere il corridoio, procedendo a testa bassa. Non sapeva se fosse più ferito al cuore o nell'orgoglio. Dal canto suo, Emmy era pentita di non aver ucciso Jack a colpi di fica tascabile quando ne aveva avuto l'occasione. Quello stronzo aveva riempito di attenzioni Cole per sei mesi senza dirgli che stava lavorando al podcast. Era sicuro che sarebbe stato felicissimo di gettare sua madre e suo nonno sotto un treno. Ma si era sbagliato.

Tornò a osservare i monitor, chiedendosi quali altre stronzate si sarebbe inventato Jack. Emmy aveva fatto di tutto per dimenticare i giochini di merda che lui teneva nascosti sotto il materasso, soprattutto visto che c'era di mezzo suo figlio. Immaginò che Elijah Walker si riferisse a questo quando aveva detto che sua moglie non era abbastanza avventurosa. Studiò il viso dell'uomo. Si stava mordendo il labbro inferiore. Seth aveva già lasciato andare Belinda, ed Elijah era rimasto da solo a quel tavolo. Emmy infilò una mano dietro il videoregistratore e staccò la presa.

Elijah sussultò quando la vide entrare nella sala interrogatori. Balzò su dalla sedia, e ripeté la manfrina del "Che cazzo succede" recitando la parte del marito e padre onesto.

«Pagavi Jack Whitlock per fare sesso, vero?» disse Emmy.

Elijah spalancò la bocca, come un pesce tirato fuori dall'acqua.

«Jack ha smesso di scopare con te dopo il successo del suo podcast l'anno scorso, giusto? Non aveva più bisogno dei tuoi soldi?»

Lui chiuse la bocca di scatto.

«Prima di allora, lo incontravi l'ultimo venerdì di ogni mese al Dew Drop Inn.» Fece una pausa. «Posso far venire qui l'FBI e mettere tutto a verbale, oppure puoi dirmi subito se quello che ho detto è vero. Sì o no?»

«Sì» annuì. «Però non sono...»

Emmy uscì sbattendo la porta. Almeno sapeva come Jack si era guadagnato da vivere quando preparava il podcast. Nonostante il suo lavoro, lei tendeva a non giudicare mai nessuno che usasse ciò che aveva a disposizione per far soldi, ma bisognava avere delle palle d'ottone per fottere più di tre generazioni di rappresentanti delle forze dell'ordine.

«Coglione maligno» mormorò, uscendo dalla stazione di polizia dalla porta di servizio senza passare dalla sala operativa. Mandò un messaggio a Seth Alexander per fargli sapere che per lei poteva anche buttare fuori Elijah Walker, se non altro per il bene della moglie disperata.

Cercò di fare un respiro profondo, ma i suoi polmoni si rifiutarono di espandersi. La luna era bassa nel cielo, perché quella notte infernale non voleva saperne di finire. Prese la direzione opposta rispetto al parcheggio, attraversando la fila di alberi che correva lungo il retro e sollevando le braccia per schermarsi dai rami più bassi. Non faceva quella strada da sei mesi, ma il suo corpo sapeva dove andare.

Le luci in casa di Dylan erano accese. Riusciva a vederlo, appoggiato al bancone della cucina, intento a leggere l'*Herald* sull'iPad. Era un amante delle routine, e lei sapeva che era già uscito a correre, aveva fatto colazione, la doccia, e che stava controllando le ultime notizie prima di andare al lavoro. Aprì il cancello del cortile posteriore. Vide il suo gatto birmano seduto alla finestra del soggiorno. Bap-Bap aveva il muso affondato nelle zampe. Era stata lei a chiedergli di tenerlo perché aveva paura che Myrna gli facesse del male. Dar via il gatto era stato quasi difficile quanto lasciare Dylan. Aveva pianto per tutto il viaggio di ritorno a casa dei suoi genitori.

Emmy si strofinò gli occhi. La stanchezza non le dava tregua, le sembrava di sentire le ossa tremare nel corpo. Aveva la vista sdoppiata. Sbatté le palpebre, cercando di schiarirla. Si fermò davanti ai gradini della veranda dietro la casa di Dylan, pregò che guardasse fuori dalla finestra e la vedesse.

Era ancora un bell'uomo. Capelli pettinati di lato, viso ben rasato. Era già pronto per il tribunale, in giacca e cravatta. Dodici anni prima, Dylan Alvarez era stato ai margini del suo radar, il suo *e se*. E se non fosse stata sposata con Jonah? E se avesse chiesto a Dylan di uscire, dopo il divorzio? E se avesse aspettato che Cole finisse le superiori? E se Dylan non frequentava nessuno? E se Emmy non fosse stata alla sua altezza? E se fosse stata capace di stare solo con un uomo orribile?

Come fossero andate le cose, era ancora un mistero. Lo aveva incontrato per caso al supermercato, al cinema, al parco. Lui le aveva offerto da bere, poi c'era stata una cena, poi un bicchiere della staffa. Poi lui le aveva preparato la colazione. Infine, lui l'aveva presentata a sua figlia Jenna e lei a Cole.

Erano passati due anni prima che Emmy trovasse il coraggio di dirgli che lo amava. Eppure non aveva ancora voluto andare a vivere da lui, ma si tratteneva solo saltuariamente, prima nei fine settimana, poi qualche giorno in più, e poi per un totale di quattro anni.

Ma c'era stato il declino di Myrna.

Il giorno in cui Emmy aveva lasciato Dylan gli aveva detto che avrebbero continuato a vedersi, ma non era vero. Gli aveva detto che l'avrebbe chiamato, ma non l'aveva fatto. Per come erano andate le cose, se lui non le avesse più voluto rivolgere la parola, avrebbe avuto ragione. Qualche ora prima, però, davanti alla prigione, Dylan le aveva chiesto di poterle stare accanto. Non era sicura che la proposta fosse ancora valida, ma in quel momento era disperata, e lui era lì, in quella casa che una parte di lei considerava ancora la sua.

E non aveva ancora sollevato lo sguardo dall'iPad.

Sentì che cominciava a perdere coraggio. Prese il cellulare per mandargli un messaggio. Una fitta improvvisa le attraversò il petto, e non riuscì a trattenere un grido. Il suo corpo aveva elaborato l'informazione trovata sullo schermo prima del cervello. Non si trattava di Paisley, non c'erano aggiornamenti. Era stato l'orario a distruggerla. Erano le sei e venti del mattino, e a quell'ora, il giorno prima, Emmy era seduta al tavolo della cucina con sua madre e seguiva la stessa routine degli ultimi sei mesi. Poi era sceso Cole, ed erano andati nell'ufficio di Gerald a discutere del caso di Adam.

Niente di ciò che era stato, di ogni istante di quella mattina, si sarebbe mai più ripetuto.

«Emmy?» Dylan aveva aperto la porta sul retro. Uscì sulla veranda. «Stai bene?»

Lei sentì le lacrime bagnarle il viso, ma non cercò nemmeno di asciugarle. «Alla grande, direi.»

«Si vede.» Sorrideva, ma la sua preoccupazione era evidente. «Di cosa hai bisogno, Em?»

Sapeva benissimo di cosa aveva bisogno. Lo stesso di sempre: raggomitolarsi contro di lui, sparire, sentire le sue braccia che la proteggevano, lasciar andare il respiro che tratteneva da quando suo padre era crollato a terra. Era pronta a tutto, pur di mandare fuori quell'aria. Tutto, tranne che dirgli la verità.

«Ti va di fare sesso?» gli chiese.

«Certo.» Dylan sapeva che non era una domanda reale, ma doveva stare al gioco. «Perché prima non ti fai un bagno, però?»

«Okay.»

Le aprì la porta per lasciarla entrare in casa. Emmy cominciò a spogliarsi mentre entrava nel bagno. La giacca dell'uniforme, la cintura, la camicia. Quando si sbottonò i pantaloni, sentì le dita intorpidite. Le girava la testa. Per poco non cadde faccia avanti quando si chinò per slacciarsi gli stivali.

«Ci penso io.» Dylan si tolse la giacca, chiuse il coperchio del water per farla sedere e si mise all'opera sui lacci. Scuoteva la testa, qualcosa lo infastidiva. «Se ti avessi fermata per distrazione alla guida, a quest'ora saresti in prigione. Quasi non ti reggi in piedi.»

«Se vuoi puoi mettermi le manette.»

Lui rise, ma non come se fosse divertente.

«Devo tornare al lavoro fra tre ore e mezza» gli disse.

«È un bel po' di sesso.»

«Non sarebbe la prima volta.» Si chinò in avanti e aprì i rubinetti della vasca. «Mia sorella è resuscitata.»

«Lo so.» Le tolse gli stivali. Poi i calzini. Poi tutto il resto.

«Si fa chiamare Jude.» Emmy osservò Bap-Bap entrare baldanzoso nel bagno per controllare la situazione. «Mi ha detto di riposare.»

«Assurdo.» L'aiutò a entrare nella vasca. «Chi si crede di essere?»

«Mia sorella, a quanto pare.»

«Che stronza.» Dylan le girò il polso per slacciarle l'orologio.

Emmy gli sfiorò il dorso della mano e aspettò che la guardasse. «Nella corona c'è il sangue di papà.»

Il viso di Dylan cambiò. Fissò l'orologio per un istante, lo inclinò alla luce per vedere le macchie. Fece un gran sospiro. Anche lui voleva molto bene a Gerald.

Lo seguì con gli occhi mentre si alzava e posava con delicatezza l'orologio sullo scaffale sopra il lavandino. Poi Dylan prese un asciugamano e una spugna dall'armadio. Grattò la testa di Bap-Bap. Si inginocchiò accanto alla vasca, si arrotolò le maniche e si gettò la cravatta dietro una spalla. Bagnò la spugna sotto il getto dell'acqua, la massaggiò per creare della schiuma con il sapone e cominciò a lavare la schiena di Emmy.

Lei lasciò che i suoi occhi si chiudessero. Il tremito nelle ossa svanì, il battito del cuore cominciò a rallentare. Il tocco di Dylan la placava, il calore dell'acqua abbracciava il suo corpo.

Sentì i muscoli rilassarsi. Era come se avesse sostenuto il mondo per tutta la notte, ma solo in quel momento ebbe la sensazione di lasciarlo andare.

«Dylan?»

«Sì?»

«Ti avrei sposato, se me lo avessi chiesto.»

Lui sciacquò il sapone dalla schiena. «Te lo avrei chiesto, se lo avessi voluto.»

Emmy si lasciò sollevare un braccio e passare la spugna sulla pelle. Osservò di nuovo il suo viso. Era ancora seccato, ma capì che era anche preoccupato. «Volevo che ti infuriassi con me.»

«Ah, credimi, è successo.»

«Non per il modo merdoso in cui sono andata via.» Allungò una mano e chiuse i rubinetti. «Per quello che è successo dodici anni fa con Madison.»

Dylan appese la spugna al rubinetto e si sedette sui talloni, aspettando una spiegazione. A volte, quando erano da soli, loro due soltanto, Emmy faceva così: la donna che non parlava mai con nessuno tranne che con suo padre, parlava con l'uomo che avrebbe dato tutto pur di ascoltare ciò che aveva da dire.

«Ricordi quando ci siamo incontrati a scuola, la mattina dopo la scomparsa delle ragazze?» gli chiese.

Lui annuì.

«Ti ho detto che Madison voleva parlarmi, prima dello spettacolo pirotecnico, e che l'avevo respinta, e tu hai risposto che odi quando capitano queste cose, come se succedesse in continuazione.»

«Succede in continuazione, infatti.» Mise una mano sulla sua. «Perché dovrei avercela con te per un fatto tanto casuale e fuori dal tuo controllo?»

«Perché...» Emmy si costrinse a continuare. «Jonah mi distruggeva, eppure ho scelto lui invece di Hannah. Ho scelto lui invece di Madison. Non meritavo il tuo perdono.»

«Tesoro, quando hai conosciuto Jonah avevi un anno meno di Madison. Siete stati insieme per quasi vent'anni. Non è una scelta, se non hai altre possibilità.»

Emmy non era disposta a passarci sopra con tanta facilità. «Se mi fossi fermata ad ascoltarla...»

«Non puoi sapere cosa sarebbe successo.» Le asciugò le lacrime. «I ragazzi fingono che le cose importanti non contino nulla, e che quelle inutili siano fondamentali.»

«Sono troppo stanca per capire cos'hai detto.»

«Lo so, *mi cielo*.» Le diede un bacio sulla fronte. «Ti metto una sveglia per le nove e mezza. Nella vecchia stanza di Jenna c'è ancora una tua uniforme. Ho messo le tue cose in una scatola di plastica sul ripiano in alto. Devo prepararmi per andare in tribunale, e tu hai bisogno di riposo.»

«Hannah verrà incriminata subito?»

«No, hanno ancora ventiquattro ore. Sai come funziona. La incrimineranno, oppure la lasceranno andare.» Dylan si strinse nelle spalle, ma lei capì che la situazione lo preoccupava. Era abituato a gestire divorzi, non omicidi. «Il GBI sta procedendo a interrogare di nuovo i vari testimoni per vedere se qualcuno dichiarerà che Hannah toccava l'arma quando ha sparato.»

Emmy sentì lo stomaco sprofondare. Sherry Robertson non scherzava. La sua intenzione era costruire un caso di concorso in omicidio. «E Paul? Non può dire che Hannah non toccava la pistola?»

«Credo che quando smaltirà la sbornia e si renderà conto che rischia la pena capitale non si farà alcuno scrupolo. Sai bene come funzionano queste cose. Metteranno sul tavolo la condanna a morte, e lui testimonierà contro Hannah. Chi prima arriva, meglio alloggia.»

Emmy avrebbe tanto voluto credere che si sbagliava. «È la madre di suo figlio, non le farebbe mai una cosa del genere.»

Lui si asciugò le mani. «Spero tu abbia ragione, tesoro. Vedremo.»

Emmy si appoggiò alla vasca, posando la testa contro il bordo. Guardò il soffitto. Sentì Dylan muoversi in cucina, caricare la lavastoviglie, prendere le chiavi e uscire di casa. Bap-Bap saltò sul coperchio del water, fece tre giri su se stesso e si accucciò. Lo vide sbattere le palpebre una, due volte, poi addormentarsi.

Anche lei avrebbe tanto voluto riuscirci, ma era convinta che non fosse possibile. Negli ultimi sei mesi era stata in allerta dal momento in cui poggiava la testa sul cuscino. Aspettava che Gerald chiedesse aiuto, che Myrna cominciasse a urlare, si preoccupava per Cole, per Tommy, per Celia, per Dylan, per Bap-Bap, per il lavoro, per il podcast, per Adam, per il minimo rumore che sentiva e che la induceva a chiedersi se dovesse alzarsi a controllare, e poi, visto che si era alzata, decideva che tanto valeva restare sveglia, visto che poche ore dopo sarebbe dovuta comunque andare a lavorare.

Così Emmy si sedeva da sola al tavolo della cucina e lasciava correre la mente verso nuovi motivi per cui agitarsi, nuove situazioni che potevano diventare catastrofiche, fino al momento in cui la tensione raggiungeva il picco e sentiva Myrna muoversi in cima alle scale. Con lo stomaco annodato, si chiedeva se sua madre sarebbe caduta di nuovo, o se sarebbe riuscita a raggiungere la cucina, se l'avrebbe riconosciuta, se l'avrebbe chiamata Martha, o se avrebbe cominciato a gridare contro la sconosciuta che aveva trovato seduta in cucina.

Emmy udì il rubinetto gocciolare. Bap-Bap cominciò a russare. Sentì le palpebre sempre più pesanti. Non aveva la forza di lottare.

Per la prima volta, dopo sei mesi, si concesse di dormire.

15

Seduta nella sua auto a noleggio, Jude osservava la casa in cui era cresciuta. Quando era stata costruita, intorno al 1920, era solo un cottage con due camere da letto. Poi era stata allargata la cucina ed era stato aggiunto il piano superiore. Poi era stata la volta del garage, del portico che circondava la casa, e del capanno che doveva ospitare un piccolo trattore per lavorare il terreno sul retro. La camera di Jude si trovava al primo piano, sul lato destro, e affacciava sul portico, posizione comodissima per lei che sgattaiolava sempre fuori di nascosto. Nella stanza sul retro era stato infilato un letto a castello per Henry e Tommy, mentre Myrna e Gerald dormivano nella camera più grande, dall'altra parte. Tutti condividevano il bagno in fondo al corridoio.

L'unica cosa che le sembrava cambiata negli ultimi quarant'anni era il capanno, che dall'aspetto sembrava convertito in una sorta di casetta annessa. C'erano tre auto parcheggiate nello spiazzo ghiaioso.

L'auto di servizio del Dipartimento dello sceriffo della contea di Clifton era una versione più moderna della spigolosa Plymouth Fury che Gerald guidava tanti anni prima. Jude riconobbe l'Alfa Romeo decappottabile verde militare che il padre di Celia coccolava come se fosse la figlia preferita. La Mercedes argento da centomila dollari apparteneva senz'altro a qualcuno del ramo dei Clifton Ricchi. Avevano sempre sbandierato il più possibile il loro benessere.

Jude ebbe la tentazione di andarsene, ma era decisa a non tornare alla regola tipica dei Clifton, e cioè scappare dalle situazioni scomode. Scese dalla macchina e andò verso il portico. Vide una donna davanti al lavandino della cucina, intenta a lavare i piatti. Il naso all'insù e la costituzione minuta la collocavano senza dubbio tra i Clifton Ricchi. Aveva sui quarant'anni, era la figlia della cugina Cynthia e di Ruel: era così piccola, quando era nata, che l'avevano chiamata Tiny Baby, bimba minuscola, probabilmente per poi passare al nomignolo Taybee. A giudicare dall'altezza, Jude immaginò che quel soprannome fosse decaduto nel periodo dell'adolescenza.

«Ehilà!» La donna le andò incontro alla porta della cucina e aprì la zanzariera. «Devi essere mia cugina Jude. Io sono Taybee Clifton-Clifton. Bentornata in città.»

Jude non poté trattenersi. «Hai sposato un cugino?»

«Oh, non cominciamo così.» Taybee la prese sottobraccio e la trascinò in cucina. Non era cambiato niente, nemmeno il telefono azzurro attaccato alla parete. «Siamo entrambe Clifton, mia cara. Dobbiamo sostenerci a vicenda.»

Jude la guardò mentre agganciava la zanzariera. Poi Taybee tolse il gancio e lo inserì di nuovo. Poi di nuovo. «Come sta tua madre?»

«È morta, come mio padre.» Taybee voltò le spalle alla porta. «Un cancro alla cervice ha portato via la mamma. Ero all'Università della Georgia per il dottorato, quindi è passato tanto tempo, che Dio li benedica.» Taybee prese una tazza dallo scolapiatti e allineò il manico in modo che fosse perpendicolare con il bancone prima di versare il caffè. «E così sei un'agente dell'FBI, eh? I tuoi colleghi hanno invaso la mia fattoria, ieri, l'hanno setacciata da cima a fondo per cercare tracce di quella povera ragazza. Com'è essere un'agente federale?»

«Tante scartoffie.» Jude la osservò posizionare la caraffa nella macchina del caffè per tre volte. «Mi dispiace per i tuoi genitori.»

«Non sopportavi mia madre.»

«Non siamo mai andate d'accordo.» Jude prese la tazza e la poggiò a casaccio sul tavolo. «Ma è come hai detto tu, siamo entrambe Clifton.»

«Giusto.» Lei raddrizzò la tazza. «Non hai incontrato Myrna per poco, anche se, poveretta, non ti avrebbe riconosciuta. L'ambulanza la sta portando in quella nuova struttura a Verona, dove prima c'era il vecchio ospedale. C'è Tommy con lei, ma Celia è di sopra. Cole dorme ancora, povero angelo. Era allo stremo delle forze, ma Myrna ha avuto una delle sue crisi quando è arrivata l'ambulanza. Non so come riescano ad andare al lavoro tutti quanti, ora che Gerald non c'è più.»

Jude non aveva alcuna voglia di parlare di suo padre. «Dov'è Emmy?»

«Controllo.» Taybee prese la borsa di cuoio rossa dalla sedia e ne estrasse un cellulare con una custodia dello stesso colore. «Ah, meno male. È da Dylan.»

Jude vide la mappa dell'app Life360 sul suo telefono. «Puoi seguire i suoi spostamenti?»

«Certo. Non so tu, ma io mi sento più tranquilla se so dove sono tutti.»

«A-ha.» Jude bevve un sorso di caffè e restò a guardare mentre Taybee tirava fuori un'altra custodia di cuoio rosso che conteneva biglietti da visita. Ne prese uno, toccò tre volte la custodia con il bordo e glielo porse.

«Qui trovi i miei contatti, se hai bisogno di me. Non spengo mai il cellulare. Ho già avuto il tuo numero da padre Nate. Wow, certo che ne aveva da dire su di te.» Guardò l'orologio. «Accipicchia, devo presentarmi in tribunale. Di' a Emmy che i fornelli funzionano, adesso. Ho girato quel coso con una chiave inglese, quindi spero che la casa non salti in aria. Ho messo qualcosa da mangiare nel frigo, ed è rimasto qualcosa dalla colazione. Non usare il microonde, ho già preriscaldato il forno. Basta mettere tutto dentro per dieci minuti e sarà pronto.»

Jude bevve di nuovo dalla tazza osservandola girare per la stanza. Taybee toccò lo sportello del frigo tre volte, il bancone tre volte. Infine parve che fosse pronta per andare.

«Bene, allora, a presto.» Taybee si portò le dita sulle labbra e le mandò tre baci uscendo dalla porta. Poi si voltò di nuovo per assicurarsi che la zanzariera fosse chiusa, prima di discendere i gradini con i suoi tacchi vertiginosi.

Jude la osservò dalla finestra della cucina. Taybee toccò il tettuccio della Mercedes tre volte e salì in macchina, poi avviò un rituale di sistemazione di specchietti, sedile e volante che sembrava uscito da un manuale sul disturbo ossessivo-compulsivo. Era orribile, dover vivere così. Jude sperò che qualcuno la stesse aiutando, ma sapeva anche che non era nella natura dei Clifton chiedere aiuto. Per una Clifton-Clifton, poi, la regola valeva il doppio. O il triplo, vista la fissazione di Taybee.

In ogni caso, la cucina le sembrò vuota senza l'energia nervosa di quella donna. Jude si sentiva un'intrusa. Era dietro la sedia che un tempo era stata la sua, ma non ricordava se l'ultima volta che l'aveva vista si trovasse in quel punto preciso. La notte in cui era scappata di casa, Jude era stata costretta a parlare con suo padre sul portico. Era mezzanotte passata, pioveva a dirotto, e guardando oltre la spalla di suo padre aveva visto Myrna seduta al tavolo. Sua madre era così in collera che fissava il frigo, e non aveva voluto voltare nemmeno la testa per salutarla un'ultima volta.

Jude posò la mano sullo schienale della sedia. La nostalgia minacciò di sopraffarla. Guardò lo stipite della porta. C'erano ancora i segni con i quali Myrna aveva monitorato la loro crescita. Tommy, Henry, Martha. Notò con un'ondata di tristezza le ultime aggiunte. Emmy. Cole. Si era persa tutto.

Il silenzio fu interrotto da un suono cigolante che arrivava dal corridoio di sopra. Jude chiuse gli occhi. Quel rumore la riportò dritta all'infanzia. Lei era seduta a tavola con Tommy e

Henry. Myrna gridava che la cena si stava freddando. Gerald barcollava in cima alle scale, così ubriaco che era un mistero come facesse a non cadere mai di sotto.

In segreto, Jude aveva sperato che succedesse.

«Emmy?» La voce di Celia aveva ancora lo stesso tono rassicurante di decenni prima. Era stata la migliore amica di Jude dall'asilo in poi. Ma Jude aveva lasciato la città e non l'aveva più sentita.

«Ah.» Celia si fermò sulle scale. «Sei invecchiata.»

Jude rise. Se non fosse stato per i fili grigi tra i capelli di Celia, si sarebbe potuto dire che fosse rimasta quasi uguale a com'era al liceo. «Guidi l'Alfa di tuo padre.»

«Gli ho giurato che alla sua morte l'avrei donata al museo automobilistico. Quel vecchio rimbambito ci ha creduto.» Celia la studiò entrando in cucina. «Dio, sei davvero tu?»

«Vuoi che mi tolga i jeans e ti mostri la cicatrice che mi hai fatto staccandomi un pezzo di carne con quella freccetta?»

«È stato Henry.»

Jude sorrise amaramente. Aveva dimenticato com'era condividere Henry con qualcuno. «Mi fa piacere vederti, Ceals.»

Lei sorrise di rimando, ma senza condividere il suo stesso sentimento. «Perché sei venuta?»

«Perché...» Dentro di sé, Jude si rimproverò per non aver preparato una risposta migliore a una domanda ovvia. «Perché ho ricevuto l'avviso di scomparsa di minore per Paisley Walker, ho cliccato sul link e ho visto la foto di Emmy con papà.»

«Somiglia più a una sequenza di eventi che a una spiegazione.»

Jude rise, perché era la via più semplice. «Ho sentito dire che sei la preside di un liceo. Ti si addice.»

«Lo sapevi anche prima di arrivare qui, però.» Celia aprì il frigo e cominciò a tirare fuori dei Tupperware. «Ci seguivi su Facebook.»

«Tommy ha fatto la spia.»

«Non è stato necessario. Pensavi che non fossi in grado di mettere insieme gli indizi?» Celia prese un piatto dallo scolapiatti. «Hai sempre odiato il nome Martha e amato Paul McCartney, in più non ti saresti mai fatta chiamare Judean. E Archer... Ti sei ispirata a Isabel Archer, giusto? *Ritratto di signora*. La tua tesina era su Henry James.»

Jude aveva lavorato con agenti esperti molto meno acuti di lei. Certo, non erano cresciuti insieme a lei, come invece aveva fatto Celia. «Perché non mi hai mai scritto?»

«Forse per lo stesso motivo per cui tu non hai mai scritto a me.» Celia mise due cracker su un piatto e aggiunse del bacon. «Ho conosciuto Paisley in occasione dell'orientamento alla fine del ciclo scolastico della primaria di secondo grado. Non ricordo come fosse fatta né cosa abbia detto, ma sul giornale c'è una foto di me che le stringo la mano come faccio con tutti i ragazzi che arrivano alle superiori.»

Jude sentì la tristezza nella sua voce. «Cosa sai della sua famiglia?»

«Elijah gestisce la nostra polizza per l'auto.» Aprì lo sportello del microonde. «Non mi piace, ma vanno tutti da lui. Sai come funzionano queste cose.»

Jude lo sapeva. La gente di North Falls si rivolgeva solo alle imprese di North Falls.

«Taybee mi ha detto che quelli vanno nel forno.»

Celia mise il piatto nel microonde e chiuse lo sportello. Lo richiuse un'altra volta. E un'altra ancora.

Jude non avrebbe voluto ridere, ma lo fece lo stesso.

«Finirò all'inferno per questo. Taybee è stata un aiuto enorme, in questi ultimi anni.» Celia spense il forno e si sedette al posto di Henry. Le fece cenno di accomodarsi con lei. «Forza, dimmi la verità. Perché sei tornata?»

Jude non si sedette subito. «Il mio lavoro è trovare minori scomparsi. C'è una ragazzina scomparsa, ho pensato di poter dare una mano a Emmy.»

«Emmy non è il tipo che accetta aiuto.»

«Somiglia tanto a Gerald.» Non riuscì a nascondere lo stupore. «Ha il suo stesso fiuto, non si sofferma sulle stronzate, sa come arrivare alla verità. Ed è permalosa come Myrna. Nessuno mi parlava come ha fatto lei da moltissimo tempo.»

«Emmy ha preso il meglio da tutti e due, ma è sempre stata un tipo a sé stante.» Celia si strinse nelle spalle, ma il suo orgoglio era evidente. «Tommy ti ha detto del cancro di Gerald?»

«Milo mi ha aggiornata all'agenzia funebre.» Jude aveva appena affrontato lo shock per la morte di suo padre ed era stata investita da una seconda ondata di tristezza. Gerald sapeva che stava per morire, eppure non l'aveva cercata. «Chi è Dylan?»

«Un uomo meraviglioso che Emmy ha lasciato perché non riusciva a sopportare l'idea che Gerald morisse di cancro e Myrna perdesse la ragione nello stesso momento.» Celia unì le mani sul tavolo. «Tommy ha fatto la sua parte, e io ho cercato di dare una mano. Quella vecchia gallina ha dimenticato tutto, tranne il fatto che non mi sopporta.»

«Ho detto a me stessa che poteva essere una specie di soluzione» disse Jude.

«Gerald non era l'unico motivo per cui sei rimasta lontana.»

«No.» Jude giocherellò con la tovaglietta sfilacciata. La tristezza minacciò di tornarle addosso, insieme al dolore di tutto ciò che era andato perso. «L'ultima cosa che gli ho detto è stata che lo odiavo.»

Celia spalancò gli occhi.

«Non l'ho detto, l'ho urlato» ammise. «Ho detto a tutti e due che non avrei rimesso piede nella contea di Clifton finché non fossero morti.»

«Be'...» disse Celia. «Gerald non ha specificato che il discorso valeva anche per Myrna, ma è più o meno ciò che ha detto a Tommy ed Emmy.»

Jude sapeva che quella di suo padre non poteva essere una svista: aveva solo cercato di proteggere Myrna. «Che spiegazione ha dato per la mia finta morte?»

«L'incidente d'auto che ha quasi ucciso Bubba Rawley. Gerald aveva bisogno che tu sparissi per non essere costretto ad arrestarti. Millie voleva incriminarti per il furto della sua auto. Lui ha detto che eri morta, e gli hanno creduto.»

Jude annuì, ma solo perché era una buona storia. «Che combina il vecchio Bubba?»

«È diventato nonno. I suoi figli sono delle inutili merde, proprio come era lui. E lui è rimasto lo stesso stronzo di sempre. Sembra aver dimenticato che era strafatto di cocaina, quando c'è stato l'incidente. In realtà è stato un bene: altrimenti forse non sarebbe sopravvissuto.»

Nemmeno Jude aveva voglia di parlare dell'incidente. «Sono felice che tu sia finita con Tommy. Hai sempre avuto una cotta per lui.»

Celia non rispose subito, come se volesse mettere in chiaro che aveva capito le sue intenzioni. «Tu con chi sei finita?»

«Con un viceprocuratore federale che pensava volessimo le stesse cose.» Scrollò le spalle. «Ma non era così. Era un bravo ragazzo, però. Adesso ha una moglie e tre figli.»

«Tu niente figli?»

«Niente figli.»

Celia fece un gran sospiro. «Che cosa hai fatto quando sei partita, sei arrivata fino alla costa del Pacifico e hai messo radici?»

«Ho viaggiato per il paese su un pulmino Volkswagen facendo la cantante di una band chiamata Radical Friends.» Rise insieme a Celia, perché era una delle cose più stupide e ridicole che potesse fare una ragazza in fuga da una piccola città. «Mi sono messa con il bassista, poi con il batterista, e alla fine mi hanno cacciata perché li tradivo con il tastierista. A quel punto ho deciso che mi ero stufata, mi sono iscritta alla scuola serale, poi all'università, poi mi hanno offerto un contratto di apprendistato che ho lasciato per entrare nell'FBI.»

«E nel frattempo hai smesso di bere.» Celia tacque, ma Jude non riempì i vuoti. «Hai preso un dottorato. Myrna ne sarebbe stata orgogliosa.»

«Forse.» Non ne era sicura. «Come faccio a tornare nelle grazie di Tommy?»

«Non è un tipo complicato. Lui ama la famiglia. Se riesci ad andare d'accordo con Emmy, si sistemerà tutto anche con lui.»

«Una passeggiata» scherzò lei.

Si voltarono entrambe quando in cima alle scale si sentì un altro scricchiolio. Cole apparve con addosso un paio di boxer bianchi. Aveva i muscoli scolpiti nel marmo, e un tatuaggio con teschio e ossa incrociate sul fianco sinistro.

Si rivolse a Jude: «Hanno trovato Paisley?».

«No, tesoro, mi spiace.»

Celia cominciò a trafficare per la cucina, preparando un caffè e un altro piatto. «Perché sei sveglio, caro? Avevi un'altra ora di sonno a disposizione.»

Cole si accasciò sulla sedia. «Continuo a pensare a Paisley. Davvero pensi sia morta?»

La domanda era diretta a Jude, che non aveva alcuna intenzione di addolcire la pillola. «Se guardiamo le statistiche, è molto improbabile che sia ancora viva.»

«Madison è stata tenuta in vita per almeno dodici ore» disse lui.

Jude non gli fece notare che erano ben oltre quel tempo. «Credo che in questi casi sia sempre meglio essere pragmatici. La speranza può fare del male. Ti sfinisce.»

«Ecco qui.» Celia gli diede un bacio sulla testa e gli mise davanti la colazione. «Hai bisogno di mangiare.»

«Quindi riesamineremo il caso e basta?» chiese Cole a Jude.

«Sì, ma per prima cosa voglio parlare con Adam Huntsinger.»

Celia si irrigidì, ma rimase in silenzio.

Cole notò il cambiamento e lanciò a Jude un'occhiata cauta. «Che cosa ne pensa la mamma?»

«Sono venuta qui per chiederglielo, ma non è in casa, e se sta dormendo non voglio svegliarla. Puoi chiamare l'agente che dovrebbe sorvegliarlo?»

«Si chiama Brett Temple, ma credo che Adam sia al bar di Jonah ad aspettare il carico di birra.» Cole si infilò un cracker in bocca. Jude sopportò una lunga masticazione prima che il giovane ricominciasse a parlare. «Jonah l'ha assunto per far incazzare la mamma.»

Dalla postura di Celia, Jude intuì che Jonah non aveva fatto incazzare solo Emmy. «Sono le nove del mattino. Servono anche la colazione?» gli chiese.

«Solo il pranzo» rispose lui. «La consegna della birra avviene alle nove e mezza, ed è impossibile che Jonah si alzi presto, a meno che non sia costretto.»

«Vestiti» gli disse Jude. «Mi darai un passaggio. Chiama Brett per essere sicuro che Adam sia al bar.»

«Sissignora.» Cole si mise tutto l'altro cracker in bocca e sparì al piano di sopra.

«È un bravo ragazzo» disse Jude a Celia.

«Non glielo riferire, ma per me è perfetto.» Celia tornò a sedersi al tavolo e unì le mani. «Jonah ha comprato l'Hang Out da tuo zio Penley con i soldi ottenuti da Emmy dopo il divorzio.»

Sentendo nominare quella squallida bettola, Jude provò un'ondata di nausea. La sua mente le riportò davanti agli occhi il ricordo della struttura. Pavimenti appiccicosi, videogiochi rumorosi, tavoli da biliardo sul retro, i bagni alla sinistra del piccolo palcoscenico e pista da ballo. Un tempo andava lì di nascosto insieme a Henry. I drink erano forti e a nessuno importava se eri minorenne, soprattutto se tuo padre era lo sceriffo e tuo zio il proprietario del locale.

«Ehi» disse Celia. «Tutto okay?»

Lei annuì. «È difficile credere che Penley abbia venduto il bar, lo adorava.»

«Adora di più Emmy, e credimi, ognuno di noi avrebbe donato un rene pur di convincere Jonah a lasciarla in pace.» Scrollò le spalle rigide. «Avete gusti simili. Jonah è un musicista fallito.»

Jude non rise. «Lo era anche Charles Manson.»

Nemmeno Celia rise. «Sei sicura di voler rivedere Adam?»

«No.» Jude non chiese altro su Emmy e Jonah. Aprì la borsa e cominciò a tirare fuori i trucchi. Rossetto, ombretto, eyeliner, mascara. Appoggiò uno specchietto contro saliera e pepiera. «I fiammiferi sono sempre accanto ai fornelli?»

Celia allungò una mano, aprì un cassetto, prese un accendino e lo lanciò sul tavolo. «Che cosa hai in mente?»

«Voglio che Adam pensi che sono diventata come immaginava.» Si riempì il viso di cipria, sforzandosi di ignorare il modo in cui metteva in risalto le rughe intorno alla bocca e agli occhi. «Parlami di lui.»

«Un inutile succhiacazzi. Vendeva erba ai ragazzini, rubava soldi ai suoi genitori. Sua made ha perso la vista, Walton ha dovuto accendere un mutuo per cercare di salvarlo dal braccio della morte.» L'espressione di Celia era tetra. «Sai del podcast?»

«*Misguided Angel - Un angelo sviato.*» Jude fece scattare l'accendino e tenne la matita dell'eyeliner sulla fiamma per scioglierla. «Un coacervo di stronzate. Quel Jack Whitlock doveva avere una cotta per Emmy, poco ma sicuro. L'ha fatta passare per una poliziotta maldestra, tragica e troppo emotiva.»

«Non hai idea.» Celia continuò a non aggiungere dettagli. «Come pensi di riuscire a metterti l'eyeliner senza gli occhiali da presbite? Non credo proprio che tu ci veda meglio di me.»

«Sta' zitta e aiutami.» Jude le passò la matita e puntò lo sguardo verso l'alto. «Che cosa ne pensi tu, Ceals? È stato Adam? Gerald ha sbagliato?»

«Fammi concentrare.» In silenzio, Celia passò la matita sciolta sotto gli occhi di Jude. Sembrava fossero tornate ai tempi delle superiori. L'unica cosa che mancava era la musica di David Bowie che arrivava dallo stereo. «Dopo che te ne sei andata, Adam è peggiorato. Non faceva che creare problemi, entrava e usciva di prigione. Continuava a vendere erba, ma faceva anche dei lavoretti, e abitava quasi sempre dai suoi genitori.»

«Gerald non sapeva che Millie aveva preso a lavorare un malvivente nella sua proprietà?»

«Millie non lo sapeva. Aveva trovato il numero di Adam sulla bacheca del centro anziani. Lo pagava in contanti e non faceva domande.» Celia scrollò le spalle. «Se anche lo avesse saputo... Quando sono scomparse le ragazze, Millie non rivolgeva la parola a Gerald.»

Jude conosceva molto bene le faide familiari che si tramandavano di generazione in generazione. «Incredibile.»

«Be', io non parlavo con Myrna, quindi non ho il diritto di giudicare» ammise Celia. «Lottavo con la menopausa, in quel periodo. Non so come abbia fatto Tommy a sopravvivere.»

L'ex di Jude non era stato altrettanto tenace. «Dovrebbero chiamarla vaffa-pausa, perché finisci i vaffanculo da distribuire.»

La risatina veloce di Celia non era cambiata da quando trafugavano bicchierini di Bacardi Breezer dietro la gelateria. «Sei tu l'esperta dell'FBI, dottoressa Archer. Cosa ne pensi? Adam è colpevole?»

«Credo che sia necessario agire con cautela prima di aprire il vaso di Pandora.» Jude esaminò il proprio riflesso. L'eyeliner era troppo netto. Con il pollice lo sfumò, poi ricontrollò l'effetto. Infine si applicò più ombretto di quanto ne avesse messo nei quarant'anni precedenti. «Cristo, non riesco a credere che un tempo lo usavo tutti i giorni.»

«Scommetto che da qualche parte qui c'è una spilla da balia.» Celia si chinò a guardare di nuovo nel cassetto. Le passò un kit per il cucito. «Vorrei che avessi conosciuto la versione migliore di Myrna e Gerald. Tommy dice che sono cambiati per Emmy, ma secondo me hanno dovuto superare la perdita di Henry.»

«Avevano bisogno di mandarmi via per liberarsi.» Jude cercò di non lasciarsi sopraffare dall'amarezza. «Tu eri qui nei sei giorni che ci sono voluti per trovare il suo corpo. Myrna non faceva che saltarmi alla gola. Gerald non voleva nemmeno guardarmi in faccia. Avevo solo sedici anni e avevo perso anch'io mio fratello.»

«Tutto ciò che dici è vero» rispose Celia. «Si sono comportati in modo orribile. Sono stati genitori orribili. Il modo in cui ti hanno trattata non merita perdono. Non è stata colpa tua se Henry è finito nel fiume, quella sera. Sarebbe potuto capitare anche a te. È come se Myrna e Gerald ti avessero costretta a scappare dalla città.»

Jude aprì il mascara. «E quando me ne sono andata, si sono trasformati in persone diverse.»

«Anche tu.»

Jude rise. «Ben fatto. Io ci ho messo trent'anni di terapia per arrivare alla stessa conclusione.»

«Cazzo, non dire a nessuno che una Clifton è andata in terapia. L'intero albero genealogico verrebbe distrutto dalle fiamme.»

«Magari.» Jude infilò la spazzolina nel tubetto del mascara diverse volte per caricarlo. Se la passò sulle ciglia due volte per assicurarsi di ammassarne un bel po', poi con la punta della spilla da balia le separò a una a una. «Ricordo come si infuriava Myrna quando lo facevamo.»

«Vi farete venire la congiuntivite!» gracchiò Celia. Era sempre stata brava a imitare Myrna. «Dio, non riesco a credere a quello che le è successo. È uno spettacolo terrificante.»

Jude si mise un generoso velo di rossetto. «Un tempo mi preoccupavo delle ginocchia malandate, mentre adesso non riesco a togliermi dalla testa che potremmo avere lo stesso marker genetico.»

«La zia Millie può dirti da che lato della famiglia arriva.»

«Porca puttana.» Jude non credeva di potersi sorprendere ancora. «Millie è ancora viva?»

«Cole la chiama "la zia Spoiler", perché è in grado di dire come sono morti tutti.» Celia le diede un tovagliolino di carta. «Quella vecchia stronza se la passa meglio di me. Sai benissimo che le donne Clifton sono troppo testarde per morire.»

Jude si tamponò le labbra con il tovagliolino, assicurandosi di non spalmarne fuori dalle linee. «Come ti sembra?» chiese.

«Mi sembra perfetto» disse Celia. «Vorrei poter mettere ancora l'ombretto, ma quando mi ritrovo davanti allo specchio mi sembra di disegnare su uno scroto.»

Le assi del pavimento in cima alle scale scricchiolarono di nuovo. Cole era tornato. Si era messo l'uniforme. «Perché hai questo aspetto?» chiese a Jude.

«L'aspetto di una vecchia puttana fallita?» Sorrise di fronte alla sua reazione. «Un tempo conoscevo Adam Huntsinger, tesoro. Non mi rivolgerà la parola, se sono troppo in ordine.»

«È una cosa da boomer?»

Celia gli scompigliò i capelli. «Da Generazione X, mocciosetto.»

Dal sorriso di Cole, Jude capì che era un loro scherzo ricorrente. Non riuscì a evitare di sorridere a sua volta mentre rimetteva i trucchi nella borsa. Sfiorò una spalla di Celia mentre usciva.

Una volta seduti in auto, Cole poggiò un gomito sul bracciolo centrale e guidò tenendo il volante con due dita, proprio come faceva Gerald. Jude provò un moto di tristezza inattesa. Aveva pianto la perdita di suo padre tante volte negli anni passati che, mentre attraversava il paese in aereo, la sua vera morte le era sembrata solo un contrattempo. In quel momento, sul sedile accanto a Cole, mentre condivideva il suo silenzio rilassato, non poté fare a meno di sentirsi sollevata all'idea che ciò che lei aveva perso da adolescente era stato riversato in abbondanza nel giovanotto vicino a lei.

«Forza, fammi le domande che hai in mente» gli disse.

Cole era già pronto. «Quando sei entrata nell'FBI?»

Jude non voleva spiegargli che lo aveva fatto per vendicarsi di un padre che le aveva detto che non era in grado di svolgere quel lavoro, ma poteva sempre restare vicina alla verità. «Come psicologa criminale, potevo dedicarmi all'insegnamento o avviare un'attività con i pazienti. Ero stanca di studiare e non volevo aprire uno studio in un palazzo di uffici o in un ospedale. Ho pensato di poter sfruttare meglio la mia laurea con l'FBI.»

«Sono stati loro a reclutarti?»

«È la CIA a fare così, di solito.» Dal barlume di emozione che gli vide negli occhi capì che aveva visto troppi film. «Ti hanno raccontato di tuo zio Henry?»

«Un pochino. Lo zio Tommy fa fatica a parlarne. Anzi, non dice nulla.»

Jude sapeva bene che non era un'esagerazione. «Gerald voleva che Henry diventasse sceriffo dopo di lui, un giorno. Dal momento in cui è nato, gli ha tramandato tutte le sue conoscenze, le tecniche, le strategie. E io ero lì ad ascoltare insieme a mio fratello. Così sono partita avvantaggiata, quando sono entrata nell'agenzia.»

«Il nonno ha insegnato a mia madre a fare il poliziotto.» Cole aveva colto ciò che Jude non aveva detto. «E insegnava anche a me, o almeno ci provava. Non lo ascoltavo come avrei dovuto.»

Jude vide i suoi occhi riempirsi di lacrime, l'osso della mandibola sporgere dalla guancia. Provò a toccargli il braccio, ma Cole spostò la mano in cima al volante per restare fuori dalla sua portata.

«Perché hai smesso di bere?» le chiese.

«Per lo stesso motivo che spinge quasi tutti. Mi sono stancata. Smette di essere divertente quasi subito, ti resta solo una sensazione di merda addosso, tratti male le persone a cui vuoi bene e compi una serie di azioni orribili che sai benissimo di non dover fare, così bevi ancora per dimenticartene e il ciclo si ripete all'infinito.»

Cole annuiva. «È più o meno quel che diceva il nonno. Si era stancato. E che voleva veder crescere me e la mamma.»

Anche Jude annuì, ma le parole di Cole minacciavano di riaprire una ferita antichissima. «Che cosa pensi del podcast *Misguided Angel*?»

«Che è sbagliato perseguitare mia madre così. Non era lei a capo dell'indagine, ma il nonno. E avevano tantissime prove. La giuria ha ascoltato tutto e ha deciso che avevano ragione loro.»

Jude colse una nota rancorosa, ma trovò anche interessante che Cole non insistesse nel sostenere che Gerald aveva avuto ragione. «Il podcast ha puntato il dito su un sospetto alternativo, Dale Loudermilk.»

«Era il direttore del coro a scuola. Hanno trovato dei file pedopornografici sul suo computer, ma è stato escluso dai sospettati del rapimento.»

«Su quali basi?»

«Sul fatto che Adam era molto più probabile, per via delle prove schiaccianti. Adam aveva visto Madison il giorno in cui è scomparsa. Ha ammesso di averle venduto il sacchetto di erba che le è stato trovato in tasca. La zia Millie li aveva visti insieme allo stagno, quella mattina. E poi Adam ha perso la collanina di Cheyenne davanti casa sua. C'era anche tutta la questione della Jetta di suo padre, infine portava il quarantacinque di piede e non aveva un alibi, insomma, cose così.»

«Dov'è adesso Dale Loudermilk?»

«La mamma ha controllato ieri, quando Paisley Walker è scomparsa. È ancora in carcere. Non può chiedere la libertà provvisoria prima di altri quattro anni.» Cole abbassò la mano e lampeggiò con i fari per far rallentare una persona che andava troppo veloce. «Tu cosa pensi del podcast?»

«Penso che quasi nessuno, tra chi produce podcast, abbia tutte le informazioni di cui è in possesso la polizia, quindi è semplice aggrapparsi a una teoria alternativa. Non sto dicendo che sbagliano sempre, ma vendono una storia. Buoni e cattivi, eroi e malvagi. Quasi tutti cercano di diventare famosi. Tendono a dimenticare le vittime, si concentrano sul colpevole invece che sulle persone a cui ha fatto del male.»

«Questo cattivo ha fatto del male a molta gente» disse Cole. «Mia madre e Hannah erano amiche del cuore, quasi due sorelle. Poi è successa quella cosa con Madison e non si sono più rivolte la parola.» Sollevò una spalla. «È strano, insomma, non sono cattive, ma stanno alla larga una dall'altra.»

«Hai chiesto a tua madre cos'è successo?»

«Mi ha detto che un giorno avrei capito, ma è quel che dice sempre quando non vuole parlare di qualcosa.»

Dal suo tono, Jude capì che quella frattura tra loro lo feriva. Era ancora molto giovane, non aveva ancora sviluppato del tutto la dura corazza dei Clifton.

«Immagino tu non abbia visto chi stringeva la pistola ieri quando hanno sparato a Gerald?»

«No.» Cole serrò la mascella alcune volte. «Hai altre domande sul podcast?»

Jude lasciò che il silenzio si allungasse fino a quando non rischiò di diventare imbarazzante.

«Ho trovato strano che Jack l'abbia chiamato *Misguided Angel* senza mai nominare né inserire la canzone.»

«C'è una canzone?»

«Sì, è una canzone bellissima dei Cowboy Junkies.» Jude si schiarì la gola e intonò la dolce ballata. «*Misguided angel hangin' over me... Heart like Gabriel, pure and white like ivory... Soul like Lucifer, black and cold like a piece of lead... Misguided angel, love you 'til I'm dead.*»

Quando finì, Cole sorrideva. «Hai una bella voce.»

«Sufficiente per la scuola di specializzazione.» Jude cercò di essere cauta. «Alcuni pensano che la canzone parli di una donna intrappolata in una relazione tossica.»

Cole divenne inespressivo. Forse la sua corazza era più spessa di quello che le era sembrato. Il podcast non toccava la distruzione del matrimonio di Emmy e Jonah, ma nonostante fossero passati quarant'anni Jude sapeva ancora riconoscere il linguaggio in codice della gente di North Falls.

«Ascolta.» Il tono di Cole era duro. Anche lui era di North Falls. «Non sono un sospettato, e non ti permetterò di interrogarmi su mia madre.»

«Mi sembra giusto.» Jude guardò fuori dal finestrino, cercando un modo per cambiare argomento. «Quelle sono le case dello zio Penley?»

Cole si schiarì la gola. Era ancora seccato. «Sì, la mamma vuole che mi trasferisca lì, ma visto che la nonna è andata via, sono incerto.»

«Sei troppo giovane per trasformarti in Miss Havisham.»

Le lanciò il tipico sguardo di traverso di Myrna. «La nonna ha sistemato le sue cose, prima di peggiorare. Ha detto che non voleva che fossimo costretti a occuparci di tutto. Il nonno non aveva molto, solo le canne da pesca e gli album.»

«Album di foto?»

«Mi ha chiesto di insegnargli a stampare le foto da solo.» Aveva un sorriso mesto sul volto. «Ha fatto solo sei tentativi, prima di imparare.»

Erano arrivati al bar, che era lo stesso di un tempo, con solo una mano di vernice fresca. L'insegna con la scritta HANG OUT DI PENLEY era stata sostituita da una al neon azzurro che recitava JONAH'S PLACE. Jude vide un'autopattuglia parcheggiata accanto al marciapiede. A quanto pareva, Brett Temple non aveva sentito la parola *segreto* quando Emmy gli aveva dato l'ordine di sorveglianza. Non gli era arrivato nemmeno il promemoria che diceva che non si dormiva in servizio. Aveva la testa all'indietro, la bocca spalancata. Jude aveva avuto a che fare con uomini come Brett per tutta la sua carriera nelle forze dell'ordine. Era il genere di uomo pronto a seguire una donna in battaglia, a patto che lei non gli mostrasse mai e poi mai le proprie debolezze.

Disse a Cole: «Devi dire a tua madre che Brett dormiva al lavoro».

«Ehm...»

«Ascolta, tesoro, non esiste cameratismo che valga più dell'essere un Clifton. Quel coglione che ora vedi russare si candiderà come sceriffo, se penserà di avere una chance. Bisogna fermarlo subito. Capito?»

«Sissignora.»

Jude scese dalla macchina e si diresse verso l'edificio basso. I cartelli luminosi mandavano un chiarore leggero alla luce del giorno. La porta era socchiusa per lasciar entrare dell'aria fresca. Quando si avvicinò, sentì il puzzo di sudore, birra stantia e liquore. Rallentò il passo, cercando di prepararsi a ciò che l'attendeva.

Nei trentanove anni di sobrietà che aveva alle spalle, Jude era entrata e uscita da una quantità di bar sufficiente da attutire il pungolo della tentazione, ma nessuno di quei bar era lo stesso in cui stava per entrare in quel momento. Lì era dove andava a ballare con Henry mentre i loro genitori dormivano. Tommy si era azzuffato con un ragazzo più grande per decidere quali canzoni suonare al juke box. Jude era al tavolo da biliardo sul retro, quando si era innamorata del Jack Daniel's. Aveva tirato la prima striscia di coca da un tagliere nella cucina unta. Era nel bagno delle donne che aveva perso la verginità.

Si fermò sulla soglia, sentendo come un campo di forza che le impediva di entrare. Adam Huntsinger voltava le spalle alla porta. Stava riempiendo gli scaffali di bottiglie. Lei riconobbe il tatuaggio con il serpente che gli avvolgeva l'avambraccio. L'inchiostro era sbiadito, ridotto a un blu spettrale, ma il suo disegno era netto e minaccioso nei suoi ricordi.

Adam si chinò per prendere un'altra bottiglia. Vedendolo di profilo, Jude notò che era invecchiato notevolmente. Il suo viso segnato dall'acne sembrava devastato. Sotto la mandibola aveva il doppio mento. Aveva una postura curva, la testa che sporgeva in avanti come quella di una tartaruga. Era stato nel braccio della morte per più di dieci anni. Fuori sembrava vent'anni più vecchio, e dentro doveva essere invecchiato di un secolo. Jude aveva i suoi buoni motivi per desiderare di aggiungere un altro secolo, poi un altro ancora, fino a quando il peso del tempo non avesse trascinato la sua anima all'inferno.

Oltrepassò la porta. Infilò una mano nella borsa, prese una banconota da venti dollari e la sbatté sul bancone. L'ordine le uscì di bocca come una poesia imparata a scuola. «Jack doppio e un bicchiere d'acqua.»

«Siamo chiu...» Adam la fissò a bocca aperta.

Da vicino, Jude notò che si era tinto i capelli di un nero innaturale. Le rughe che aveva intorno a bocca e occhi sembravano incise nell'argilla. Le lenti dei suoi occhiali spessi erano sporche. Gli mancava un incisivo superiore. Le cure odontoiatriche in prigione avevano la stessa qualità di quelle mediche: erano inesistenti.

«Martha?» disse.

Lei inarcò un sopracciglio. «Ci conosciamo?»

«Gesù.» Adam rise con ammirazione. «Sei ancora un bel bocconcino.»

«Be', a quanto pare tu conosci me.» Jude si sedette al bancone. Non riusciva a capire se fosse sorpreso di vederla viva o solo di vederla lì. «Possiamo parlarne davanti a un bicchiere?»

Adam prese il whiskey, puntandole addosso uno sguardo ammirato. Emmy le aveva detto che nei quarant'anni trascorsi le persone erano cambiate, ma il bagliore rapace negli occhietti di Adam era rimasto identico.

«Porca miseria, voi signore Clifton invecchiate come il buon vino» fece lui.

«Adam Huntsinger.» Jude si costrinse a guardarlo negli occhi. «Che cazzo ti è successo?»

Lui versò una tripla dose nel bicchiere. «A te cos'è successo? Pensavamo tutti che fossi morta. Ero proprio lì, accanto al tavolo da biliardo, quando tuo zio Penley ha brindato in tuo onore.»

Sembrava proprio qualcosa che avrebbe fatto Penley. «Bubba Rawley voleva mandarmi in prigione per l'incidente. Ho pensato fosse un invito per lasciare la città.»

«Buon per te.» Adam le mise davanti il whiskey e cominciò a riempire un bicchiere d'acqua. «Ho fatto male a non andarmene anch'io. Mi sarei risparmiato un bel po' di sofferenze.»

Lei si tirò indietro per mettere un po' di distanza tra loro, ma non prima di cogliere l'odore dell'alcol nel suo alito acre. «Perché sei rimasto?»

«Varie stronzate» disse, liquidando i due omicidi capitali. «Mi dispiace per tuo padre. So che nemmeno tua madre se la passa bene.»

Jude sapeva che non gli dispiaceva per niente. Sapeva anche come funzionava la contea di Clifton: la notizia dell'arrivo di Jude doveva essere già arrivata a Ocmulgee e ritorno, ma Adam faceva finta di esserne all'oscuro. Per lei non era un problema fare il gioco delle sedie con la verità: aveva trascorso tutta la vita professionale a intuire in quale momento preciso si sarebbe fermata la musica. «Come stanno i tuoi?»

«Mia madre resiste. Papà ha venduto la società, ma va ancora a studio una volta al mese per dare una mano, e poi fa quella sua beneficenza del cazzo. Gira per il paese estraendo denti.»

«Buon per lui.» Jude sollevò il bicchiere ma non bevve. «A quanto pare mentre non c'ero ho vinto una sorellina.»

«Lascia che ti dica una cosa.» Poggiò le mani sul bancone, protendendosi in avanti. Emanava un puzzo di sudore mescolato con l'alcol. «Tua sorella è una stronza bella e buona.»

Jude strinse forte il bicchiere e si sforzò di non pensare a quanta voglia aveva di staccargli i denti rimasti a pugni. «Versati un goccio, così possiamo brindare ai vecchi tempi.»

«Nah, non bevo da dieci anni.»

«Wow.» Apprezzò l'audacia di quella bugia. Tipica degli alcolisti. «E cosa fai per divertirti?»

«Mi prendo cura di mia madre. Ha un problema agli occhi, vede quasi solo ombre. Papà sta ancora bene, ma occuparsi di lei lo sta distruggendo. Io non sono stato molto presente. Penso sia il momento di farmi avanti e fare la cosa giusta per loro.»

«È ammirevole.»

«Be', ho dovuto buttare giù tanta merda prima di rendermi conto che l'unica cosa importante nella vita è la famiglia.» Il suo sorriso divenne subdolo. Il vero Adam era uscito a giocare. «Sai come funziona nelle famiglie. Si è pronti a tutto pur di aiutare.»

Jude colse il cambiamento nella cadenza del suo tono. Alla fine la musica si era fermata. Bisognava solo capire chi sarebbe rimasto in piedi.

«Ehi, Adam» disse.

«Ehi, Jude.» Il labbro gli si impigliò nella fessura tra i denti. Le chiacchiere di padre Nate si erano già sparse per la città. Adam non era stato sorpreso vedendola ancora in vita. Era stato sorpreso di vederla lì. «Stai cercando di aiutare tua sorella a rimettermi dentro?»

Lei si strinse nelle spalle. «E come potrei fare?»

«Facendomi dire qualcosa di stupido con l'inganno.»

«Non penso tu abbia bisogno di dire niente, visto che il tuo DNA ti collega allo stupro di Metter.»

Lui ridacchiò. «Quella là non si ricorda un cazzo. Eravamo tutti e due ubriachi persi.»

«Non eri tanto ubriaco da non riuscire a violentarla.» Lo vide irrigidirsi, le linee dei muscoli che si contraevano sulle braccia. «Ho toccato un tasto dolente?»

«Pensi che non sappia che sei una sottospecie di agente dell'FBI?»

Lei allargò le braccia. «Mi hai beccata.»

«Judy-Jude.» Il suo ghigno era diventato ripugnante. «Ieri mattina a quest'ora ho visto tuo padre che cadeva a terra, tua sorella che vaneggiava e tuo nipote che dava di matto.»

Dentro di sé, Jude recitò una preghiera di ringraziamento a Freddy Henley per averle inculcato l'abilità unica di rimanere impassibile di fronte alla crudeltà.

«Sulla strada c'è ancora il sangue di Gerald. Ci sono passato sopra con la macchina oggi, venendo al lavoro.» La osservava, sperando di cogliere una reazione. «Quel vecchio scemo è venuto a bussare ed è entrato in casa mia con l'aria di voler chiarire un equivoco, ma io sapevo bene cos'era venuto a fare.»

«Cos'era venuto a fare?»

«Voleva cercare di rimandarmi dentro, proprio come te.» Adam le puntò un dito contro. «Ti consiglio di lasciar perdere, stronza. Non mi farò accusare di nuovo per quelle due ragazze, e meno che mai per una spogliarellista che ha cambiato idea con dodici anni di ritardo e ha deciso di essere stata stuprata.»

«Barbara Jericho.» Lo vide inspirare di colpo. «È questo il nome della donna che hai stuprato. Barbara Jericho.»

«So come si chiama quella puttana bugiarda.» Gli occhi di Adam guizzarono verso il bicchiere di whiskey. «Non sono costretto ad ascoltare queste stronzate.»

«Certo, ma perché non cogli l'occasione per parlare con me?» chiese Jude. «Dimmi perché non sei colpevole. Come hai detto, sono dell'FBI. Posso indirizzarli verso di te, oppure tu puoi convincermi a indirizzarli altrove.»

«Vaffanculo, non sono un pedofilo del cazzo.»

«Dici?» chiese lei. «Avevo solo quindici anni quando mi hai stuprata sul retro di questo bar.»

Lui si innervosì di nuovo. Jude si preparò a uno scoppio di collera, ma Adam non parlò. Una palpebra cominciò a tremolargli. Strinse le mani a pugno. Nella sua mente, Jude si preparò a reagire a un pugno, a un colpo di bottiglia o addirittura a un salto dall'altra parte del bancone per soffocarla.

Ma Adam non fece nulla di tutto ciò. Il suo petto si sollevò e abbassò per lo sforzo di calmarsi. Jude aveva visto migliaia di malviventi eseguire quell'esercizio: lo imparavano in prigione, durante la terapia per gestire la rabbia. Regola il respiro, pensa a qualcosa che ti rende felice, allontanati.

Non si allontanò, ma fece un altro respiro prima di dire: «Avevo diciotto anni, ero poco più grande di te».

«Mi tenevi ferma. Ti ho morso la mano quando hai cercato di coprirmi la bocca.»

Non aveva cicatrici, ma Adam si passò il pollice nel punto in cui l'aveva morso.

«Ho gridato, ho chiesto aiuto. Ti ho implorato di fermarti» proseguì lei.

Lui scosse il capo. «Non è andata così.»

«Mi hai dato un pugno nello stomaco. Ti ho vomitato lungo la schiena.»

Lui continuava a scrollare la testa. «Hai vomitato perché avevi bevuto troppo.»

«Hai continuato comunque a stuprarmi.»

Adam non riusciva a guardarla negli occhi. Puntò di nuovo lo sguardo sul bicchiere.

Jude riconobbe il desiderio dal modo in cui si leccò le labbra. Spinse il whiskey verso di lui. «Serviti pure.»

Adam lo mandò giù come se fosse uno shot. Posò il bicchiere con delicatezza sul bancone e soffiò tra i denti. «Mi avevi provocato tutta la sera.»

«Stupri tutte le quindicenni che ti provocano?»

Lui si leccò di nuovo le labbra. Voleva altro whiskey. «Non so dove vuoi arrivare con queste stronzate. Dopo mi hai parlato, come se fosse tutto a posto.»

«Ho parlato con te perché pensavo che volessi uccidermi.»

«Cazzo» fece lui, ridendo. «Se fosse stato stupro, lo avresti detto al tuo paparino.»

Jude non aveva mai nemmeno preso in considerazione l'idea di dirlo a suo padre. Gerald si sarebbe infuriato con lei perché era uscita di nascosto, perché era ubriaca, perché aveva corso un rischio terribile. «Non l'ho detto nemmeno a Henry se non un mese dopo. Eravamo alle Cascate. Voleva ammazzarti di botte, ma io avevo voglia di ubriacarmi. Ho perso i sensi e lui è andato a fare il bagno. Non abbiamo trovato il suo corpo per sei giorni.»

«Allora brindo a Henry.» Adam riempì il bicchiere di un'altra tripla dose e la tracannò in un sorso. «Tuo padre è riuscito a sbattermi dentro comunque. Mi ha incastrato per l'omicidio di quelle ragazze. Sai che cosa fanno ai pedofili, in galera?»

«Mi stai dicendo che quando succede a te è stupro, ma quando succede a una quindicenne no?»

«La tua boccaccia è rimasta uguale, vedo.»

Riempì ancora il bicchiere, stavolta quasi fino all'orlo. Tenne gli occhi fissi su Jude inclinando all'indietro la testa e mandando giù il liquore. Emise un rutto potente. Ricominciò a versare. Gli tremavano le mani, e il liquido schizzò sul bancone. Qualsiasi cosa avesse bevuto prima dell'arrivo di Jude, lo stava mettendo al tappeto in fretta.

«Adesso stammi bene a sentire.» Afferrò il bicchiere e glielo puntò contro. «Non c'entro niente con quella Paisley del cazzo. Perché dovrei mettermi nella merda da solo?»

«Ma c'entravi qualcosa con Madison e Cheyenne. Millie ti ha visto insieme a loro.»

Lui svuotò il bicchiere e lo sbatté sul bancone. «Mi ha visto solo con quella grassa, e non l'ho mai toccata. Era ancora una bambina.»

Jude sentì i peli della nuca rizzarsi. L'alcol al quaranta per cento era un siero della verità davvero efficace.

«E quella magra?»

«Cheyenne. Lei sì che era un bel tipo, altroché.» Si pulì la bocca con le dita. I suoi occhi erano diventati vitrei. «Quella puttana faceva pompini a tutti gli uomini della città. Tutti sapevano che le piaceva mettersi in mostra. Diceva di avere diciassette anni, ma si comportava come se ne avesse trenta.»

Jude mantenne un'espressione neutra. «Quanto prendeva?»

«Cinquanta dollari, ma a me non li ha mai chiesti. Le davo in cambio un po' d'erba. Le piaceva parlare, diceva che stava mettendo da parte i contanti. Aveva grandi progetti per scappare, come te.» Biascicava le parole, ma si versò altro whiskey nel bicchiere e lo mandò giù. «Quando era fatta si lasciava fare un ditalino, ma non l'ho mai scopata con il cazzo.»

«Non le hai mai dato coca?» chiese Jude. «Se non ricordo male ti piaceva.»

«Cazzo, no.» Adam si preparò un'altra dose. «Secondo te mi faccio beccare a vendere droga pesante a una ragazzina?»

Cinque minuti prima aveva dichiarato che non conosceva nemmeno Cheyenne.

«Al diavolo queste stronzate.» Per poco Adam non mancò il bordo del bancone quando posò la bottiglia. «Era Shy a vendere coca, e anche ecstasy. Si faceva rifornire da quel furbastro a scuola.»

«Woody?»

«Shh.» Adam cercò, senza riuscirci, di portarsi un dito alla bocca mentre le diceva di tacere. Ormai era completamente ubriaco. «Woody non c'entrava niente con tutte le sue altre merdate. Shy vendeva per lui ai ragazzini di North Falls, ma nient'altro.»

«Quali erano le sue altre merdate?»

«Non ne so un cazzo.» Lasciò perdere il bicchiere e bevve dalla bottiglia.

«Ho sentito dire che Woody spaccia sul retro di questo bar» disse Jude.

«Cazzo.» Provò di nuovo a mettersi un dito sulle labbra. «Che hai detto?»

Jude capì che il whiskey aveva raggiunto la fase discendente. «Ho detto: immagino che Penley abbia lasciato il suo fucile a canne mozze dietro il bancone, quando ha venduto il locale.»

«Immagini giusto, cara.» Adam rise, fingendo di afferrare l'arma. «Dimmi una cosa: perché avrei dovuto uccidere quella puttanella, se potevo farmi fare un pompino da lei quando mi pareva?»

«Perché si scopa per piacere, ma si stupra per avere il controllo.»

La fissò per un attimo, poi emise una gran risata.

«Signore e signori, abbiamo qui Oprah Winfrey dei poveri.»

Jude tirò fuori quattro banconote da venti dal portafoglio e le mise a ventaglio sul bancone. «La prossima bottiglia la offro io.»

Quando andò verso la porta, le tremavano le ginocchia. All'improvviso si sentì di nuovo una ragazzina di quindici anni, con lo sguardo avido di Adam che la seguiva nella sala affollata mentre lei ignorava il sangue che le colava lungo le gambe, raccogliendosi negli stivali, e si chiedeva se le avesse rotto una costola quando le aveva dato quel pugno, come avrebbe fatto ad arrampicarsi sulla pergola per rientrare nella sua stanza, e se si sarebbe potuta fare una doccia subito o avrebbe dovuto aspettare la mattina dopo per non rischiare che i tubi dell'acqua, con il loro rumore, svegliassero i suoi genitori.

Fuori, Jude sbatté le palpebre quando fu investita dalla luce del sole. Le lacrimavano gli occhi, ma non era tanto illusa da negare a se stessa che stava anche piangendo. L'eyeliner nero le stava di certo colando lungo il viso. Trovò gli occhiali da sole nella borsa e li inforcò avvicinandosi a Cole e Brett. Era arrivata lì sperando di trovare risposte, ed era incappata in una dolce vendetta.

Disse a Brett: «Adam Huntsinger sta violando i termini della libertà provvisoria. È ubriaco e sotto il bancone c'è un fucile a canne mozze carico. Chiama il suo agente di custodia e vedi se riesci a farlo accusare e tornare in carcere».

Brett le lanciò uno sguardo stupito. «Dice sul serio? Tutti sanno che lì c'è un fucile.»

«Allora sei un coglione con i controfiocchi per non averlo incastrato prima.» Si rivolse a Cole. «Portami alla centrale.»

«Certo, agente» annuì lui.

16

Emmy guidava su una lunga strada sterrata che partiva da una delle vie secondarie. Aveva ancora quel dolore al petto. La tensione era tornata. Non aveva dormito fino alla sveglia delle nove e mezza di Dylan: le sue tre ore di beata inconsapevolezza erano state interrotte da una serie di messaggi. Seth non aveva fatto progressi nelle ricerche di Paisley Walker. Tommy era con Myrna nella stanza 612 dell'Azalea Place Memory Care Center. Sherry Robertson la informava che l'autopsia di Gerald si sarebbe svolta alle quattro del pomeriggio. Cole stava andando al bar del suo ex marito con la sua sorella resuscitata, che creava problemi di cui Emmy non aveva alcun bisogno.

Era tutto importante, ma solo una parte le sembrava reale.

Emmy aveva passato sei lunghi e angosciosi anni ad aspettare il terribile giorno in cui Myrna sarebbe stata trasferita in una casa di cura, e le sei settimane precedenti a temere l'arrivo della lenta morte di Gerald. Poi, all'improvviso, in un batter d'occhio se n'erano andati entrambi. Emmy era un'orfana a tutti gli effetti. Suo padre non sarebbe più stato il suo timone, che la guidava con delicatezza nella direzione giusta. Myrna non sarebbe più stata il vento che gonfiava le sue vele. Era rimasta sola.

Dylan avrebbe avuto da ridire. Da molto tempo le diceva che doveva imparare a lasciar andare i suoi fardelli. In verità, Emmy aveva paura che se li avesse lasciati, non sarebbe mai più riuscita a riprenderli, in particolare in quel momento. Paisley Walker contava su di lei, i suoi uomini aspettavano le sue direttive, la città aveva bisogno di una soluzione di qualche tipo. Potevano esserci altri minori vulnerabili in pericolo. Emmy sapeva ciò che i suoi genitori avrebbero voluto che facesse. Myrna le avrebbe detto di pianificare, agire, fare qualcosa. Gerald le avrebbe detto di tenere la testa bassa e fare il suo dovere.

Svoltò nel lungo viale che portava alla fattoria di Virgil e Peggy. La coppia allevava cavalli da quando lei aveva memoria. Emmy aveva cavalcato con Virgil quando era piccola, e poi insieme aveva portato Cole nei pascoli alle spalle della casa. Pensare a quei momenti allentò parte della tensione che aveva sulle spalle. Era bello avere un ricordo positivo tra tutti quelli negativi che si andavano ammassando su di lei.

Fece una veloce curva in fondo al vialetto ed entrò in retromarcia nel parcheggio. Il pick-up di Virgil era agganciato a un rimorchio per cavalli. Sentì l'odore del letame quando scese dalla macchina. Si era alzato il vento, e le nuvole erano sempre più scure. Stava per arrivare un temporale. Emmy stava per andare verso la porta di casa quando notò Virgil che usciva dalla stalla. Affrontò la ripida collina sul retro della proprietà sentendo i piedi che scivolavano dentro gli stivali. Aveva passato le tre ore di sonno nella vasca da bagno di Dylan, e la sua pelle era diventata più grinzosa di quella di Millie.

«Ehi.» Virgil chiuse la porta e si tolse dalla spalla una pesante catena. «Notizie di Paisley?»

«Niente.» Lesse la delusione sul suo volto. «Ho pensato di venire a prendere le scatole che papà ti aveva chiesto di tirare fuori dal deposito. Jude vuole riesaminare il caso Huntsinger alla centrale, per vedere se ci è sfuggito qualcosa.»

Virgil parve sorpreso. «Sono nel seminterrato. Credevo che tuo padre non volesse far sapere che avevamo intenzione di riaprire il caso.»

«Infatti» confermò lei. «Ma non mi viene in mente altro da fare e Jude tende ad avere più spesso ragione che torto, quindi eccoci qui.»

«Mi sembra sensato.» Infilò la catena nel fermaglio ad anello della porta e la legò in un nodo lento. «Vediamo se gli agenti segreti ci capiscono qualcosa.»

Emmy sorrise, più che altro per fargli capire che apprezzava lo sforzo di scherzarci su. Si incamminò insieme a lui verso la casa. Cole le aveva già detto che Jude faceva domande su di lei, e si disse che forse Virgil era l'unica persona in città che le avrebbe dato risposte sincere su Jude. «Tu conoscevi Martha quando viveva qui, vero?»

«La conoscevo perché era la figlia di Gerald. Quando ha iniziato ad andare fuori controllo, stavo mettendo su famiglia. A causa sua sono stato felice di avere solo figli maschi. Crescere delle ragazze ti uccide.»

A quelle parole Emmy non trovò la forza di sorridere.

«Tua sorella era un terremoto. Aveva sempre voglia di far festa e di bere. Un paio di volte l'ho fermata per guida in stato di ebbrezza, ma poi mi sono reso conto che Gerald non aveva intenzione di farci niente.» Scrollò le spalle di fronte all'espressione di Emmy. «Diciamo che all'epoca le cose erano diverse. La guida in stato di ebbrezza non era considerata un gran crimine, e poi lo stesso Gerald aveva problemi con l'alcol, quindi credo preferisse lasciarla stare. Non importava se poi qualcuno si faceva male.»

Emmy si accorse di aver sgranato gli occhi. Non aveva mai sentito Virgil criticare suo padre.

«Scusami, tesoro, erano tempi faticosi. Martha ha creato tanti problemi a tanta gente.»

«Ti riferisci all'incidente?»

«In gran parte sì, ma tutto ciò che c'è stato prima dell'incidente aveva fatto sì che in molti desiderassero che qualcuno la punisse. Martha era ubriaca fradicia, quando è andata addosso a Bubba Rawley. Lui ha rischiato di perdere un braccio, e ha un danno ai nervi permanente. Tommy ha avuto una commozione cerebrale così grave che si reggeva in piedi a fatica.»

Quella era una novità per lei. «Anche Tommy è stato coinvolto nell'incidente?»

«Era seduto davanti quando Martha ha preso in pieno il pick-up di Bubba.» Virgil le sostenne il gomito per aiutarla ad affrontare la parte più ripida della salita. «È successo poco dopo la morte di Henry. Tommy cercava di riempire il vuoto lasciato da suo fratello, ma non riusciva a stare al passo di Martha. Nessuno ci sarebbe mai riuscito.»

Emmy non dubitava che Tommy ci avesse provato. «Non mi hanno mai detto cos'è successo a Henry, so solo che è annegato nel Flint.»

«All'epoca i ragazzi andavano a bere alle Cascate. Ti suona familiare?»

Aspettò di vederla sorridere ancora, perché tutti i ragazzi di tutte le epoche erano sempre andati a bere alle Cascate.

«Martha e Henry sono usciti di casa di nascosto molto tardi. Si sono ubriacati. Lei ha perso conoscenza, Henry è andato a fare una nuotata oppure è caduto in acqua. Era un bravo nuotatore, ma aveva un altissimo tasso alcolemico nel sangue. Aveva anche sniffato cocaina. Forse però conosci il resto della storia. Ci sono voluti sei giorni prima di trovare il suo corpo. I tuoi genitori erano devastati. Myrna era fuori di sé, Gerald era ubriaco perso a ogni ora del giorno e della notte. Ma non mi ha sorpreso che abbiano dato la colpa a Martha: Henry era sempre stato un bravo ragazzo, ed era peggiorato all'improvviso, mentre lei era sempre stata la pecora nera. Se me lo avessi chiesto allora, avrei detto che sarebbe finita ammazzata, in prigione, o tutte e due le cose.»

Emmy notò una punta di amarezza. Faceva fatica a sovrapporre l'immagine di quella ragazza che aveva perso suo fratello con quella della donna che aveva dedicato quasi tutta la sua carriera a riportare figli ai loro genitori. D'altro canto, però, era difficile credere che Gerald fosse il tipo d'uomo che voltava le spalle a sua figlia.

«Com'era papà quando beveva?» chiese.

«Tommy non te l'ha mai detto?»

Emmy rise, stavolta di cuore. «No, Tommy non me l'ha mai detto.»

«Be'...» fece lui, con un sospiro. «Ti dirò la stessa cosa che ho detto a tuo padre quando ne abbiamo parlato. Quando beveva, Gerald Clifton sapeva essere il peggior figlio di puttana del mondo.»

Emmy restò spiazzata. Non aveva mai sentito nessuno dare un giudizio tanto negativo di Gerald. Nemmeno Myrna, che trovava difetti ovunque, era mai stata così diretta.

«Ci sono persone per cui è più facile puntare lo sguardo in fondo a una bottiglia che negli occhi di qualcuno. Gerald si è guadagnato tutto il mio rispetto, con il cambiamento radicale che ha fatto. Mi sarei gettato nel fuoco, per lui. Per me è stato un grande onore prestare servizio al suo comando.» Avevano raggiunto il vialetto. Virgil sollevò il piede sinistro e lo poggiò su retro del rimorchio. «Non è possibile incasellare una persona in una sola categoria, Emmy Lou, soprattutto quando invecchia. Bisogna giudicare basandosi sulla vita nel complesso. Da giovani si fanno un sacco di stronzate di cui ci si pente, e quando diventi anziano cerchi di fare del bene sperando di rimediare. Alla fine dei conti, Gerald è stato un brav'uomo che ha fatto anche qualcosa di male, ma ha imparato dai suoi errori e non li ha ripetuti con te.»

Emmy ricordò di aver detto a suo padre, dodici anni prima, che non riusciva a immaginarlo sbagliare. In quel momento diede a Virgil la stessa risposta che Gerald aveva dato a lei. «Mi fa piacere.»

«Anche a me.»

A Emmy fece ancora più piacere lasciar cadere la conversazione. Seguì Virgil nel retro della casa, un ranch di mattoni con una cantina con ingresso indipendente. Aveva trascorso un'infinità di ore nel salone da parrucchiera di Peggy a leggere libri mentre Myrna si faceva sistemare i capelli. Emmy sapeva che quando aveva aperto il negozio in città Peggy aveva acquistato delle attrezzature nuove, ma le dava una strana sensazione vedere le sue vecchie cose ammassate contro una parete. I caschi asciugacapelli e le due sedie da barbiere con il vinile dei cuscini strappato. Perfino il vecchio armadietto del pronto soccorso era ancora appeso alla parete, con la croce rossa sullo sportello consumata dalla ruggine. Emmy ricordava ancora quando Peggy aveva preso un cerotto da lì una volta che si era tagliata un dito con le forbici.

«Peggy voleva vendere queste cose su eBay, ma poi non ha mai trovato il tempo.» Virgil infilò una mano sopra lo stipite e prese la chiave. Dovette dare un calcio alla parte bassa della porta per aprirla. «Dico sempre ai clienti che qui possono trovare la soluzione a un caso, ma se hanno bisogno di una permanente devono andare in città.»

Emmy fece un altro sorriso forzato mentre Virgil tirava indietro le tende che coprivano la porta e le due grandi finestre con vista sul cortile. Lei accese le luci al neon. La scrivania e due sedie pieghevoli erano sul lato sinistro, dove un tempo c'erano i lavatesta. In fondo alla stanza c'erano delle scatole da archivio sistemate accanto a una serie di scaffali di metallo. Emmy ne contò ventuno in tutto. Erano sigillate con il nastro del Dipartimento dello sceriffo della contea di Clifton, e riconobbe la propria grafia sulle etichette.

DALRYMPLE, M.
BAKER, C.
HUNTSINGER, A.
LOUDERMILK, D.

Il suo sguardo non si soffermò sulle sottointestazioni. Registri di chiamate, testimonianze, verbali della polizia. Guardò gli scaffali metallici e vide un sottile strato di polvere che copriva ogni cosa. Una vetusta stampante ad aghi, un computer fisso Dell dei primi anni Duemila e una fotocopiatrice da tavolo così antica che il vetro scorreva sulla parte superiore. Decine di scatole portadocumenti sgangherate erano ammassate in un armadio aperto. Virgil era sempre stato estremamente organizzato, ma Emmy ebbe la sensazione che quell'ambiente non venisse pulito da qualche tempo.

«La donna delle pulizie si è data malata?» chiese.

«Sì. Ho trascurato un po' le cose.» Con un'espressione imbarazzata, Virgil si guardò le mani. Aveva le unghie sporche di grasso per aver lavorato nella stalla. «Non volevamo farlo sapere, ma Peggy mi ha lasciato da un po'. Doveva essere una pausa di riflessione, ma a quanto pare è definitivo. Abbiamo dato via i cavalli il mese scorso e ho ridotto la mole di lavoro. Sto pensando di trasferirmi in Florida per stare vicino ai nipoti.»

Emmy provò un improvviso moto di tristezza. Il fatto che la voce non si fosse sparsa in città non la sorprese: Peggy faceva la parrucchiera da tempo, e sapeva bene come mantenere un segreto. «Mi dispiace.»

«Credo che il lavoro mi abbia fatto perdere più di quanto pensassi.» Virgil le rivolse un sorriso incerto. «Che ti sia di lezione.»

Emmy prese una scatola, tanto per avere qualcosa da fare. Virgil ne prese due dal mucchio. Restarono entrambi in silenzio mentre facevano avanti e indietro e caricavano il portabagagli profondo dell'auto di servizio, poi il sedile posteriore. Emmy cominciò a pensare che avrebbe dovuto parcheggiare più vicino al seminterrato quando Virgil depositò l'ultima scatola sul sedile del passeggero.

«Okay» le disse. «Fammi sapere se ti serve altro.»

Emmy serrò le labbra. L'idea di Gerald era rivedere il caso insieme, tutti e quattro. Lui avrebbe fatto domande, mentre Virgil e lei avrebbero fornito i dettagli. Cole avrebbe recitato la parte dell'avvocato del diavolo. «So che ti chiedo molto, ma nessuno conosce la documentazione di questo caso meglio di te.»

Virgil lanciò un'occhiata verso la stalla. «Tra un po' deve passare un tizio che dovrebbe prendersi il fieno rimasto. Non voglio che si formi la muffa.»

«Certo, capisco» disse Emmy.

Virgil diede un altro sguardo alla stalla. «Che diamine, gli dirò di passare domani. Dammi il tempo di lavarmi. Ci vediamo alla centrale tra mezz'ora.»

Emmy non si era resa conto che stava trattenendo il fiato fino a quando non si trovò dietro il volante. Espirò a lungo. La presenza salda di Virgil era sempre stata un balsamo, per lei. Era già difficile dover riesaminare il caso di Adam Huntsinger senza Gerald, e non aveva le forze per combattere Jude da sola.

Si mise gli occhiali da sole e risalì il sentiero sterrato. Abbassò il volume della radio di servizio e aprì il finestrino per far uscire l'odore di muffa delle scatole. Invece di prendere la via principale, tagliò per le strade secondarie: non prese quella che correva alle spalle della fattoria di Taybee, ma quella che attraversava la proprietà privata di Millie. Lo stagno si vedeva in lontananza, la luce del sole ne aveva trasformato la superficie in uno specchio. Emmy lasciò scorrere liberamente le lacrime. Era troppo stanca per sognare nella vasca da bagno di Dylan, ma quando si era svegliata nell'acqua era così disorientata che si era sentita di nuovo nello stagno di Millie. Era sotto la superficie, afferrava la mano fratturata di Madison, sosteneva sul palmo il peso della sua testa.

Mi dispiace, tesoro. Mi dispiace tanto di non averti ascoltata.

Il cellulare le vibrò nella tasca. Pensava che fosse Millie a chiamarla per sgridarla per quell'intrusione, ma era un messaggio da Dylan:

Non sei affogata, vero?

Emmy sentì arrivare un'altra ondata di lacrime. Era sopraffatta dalla gratitudine per la sua gentilezza, per la sensazione di sicurezza che le aveva regalato almeno per qualche ora. Non aveva idea di come esprimerlo in un messaggio; avrebbe fatto fatica a dirlo perfino di persona. Toccò due volte il messaggio per mandargli una veloce risposta, ma il suo dito si fermò, incerto tra il pollice in su e il cuore, che era il simbolo della sua stupidità emotiva. Fece una scelta ancor peggiore cliccando sulla faccina che rideva, poi lasciò cadere il telefono nel portaoggetti.

Il parcheggio della stazione di polizia era pieno quando posteggiò la macchina nel suo solito posto. Evitò la sala operativa e puntò direttamente al complesso carcerario. Mandò un messaggio al sergente di turno perché scaricasse le scatole dalla sua auto e le portasse nella sala riunioni, poi controllò la posizione di Cole su Life360. Era fermo in una delle vie secondarie nei pressi della fattoria di Taybee. Immaginò che stesse mostrando a Jude il punto in cui erano scomparse Cheyenne e Paisley a dodici anni di distanza l'una dall'altra. E immaginò anche che Jude stesse preparando un lungo elenco di errori commessi da lei e Gerald durante le indagini.

Si asciugò gli occhi prima di aprire la porta sul retro con il badge. Era alla fine di un lungo corridoio. La prigione era più silenziosa del solito perché i detenuti erano stati portati in tribunale per le udienze preliminari. Sbloccò un'altra porta per raggiungere le celle di detenzione, poi una terza e una quarta, infine si ritrovò davanti alla porta di sortita che conduceva al blocco di isolamento del carcere femminile.

Guardò oltre il vetro della porta. Il corridoio lungo e stretto era chiuso da un muro di cemento. Le tre celle singole erano sulla destra ed erano più grandi di quelle dei detenuti comuni, con pareti di cemento su tre lati e sbarre davanti, in modo che le guardie potessero controllare a vista le recluse in qualsiasi momento. Le telecamere inquadravano ogni angolo, e ognuna era dotata di un microfono in grado di cogliere anche il minimo respiro. Non c'era modo di nascondersi dall'occhio attento della lontana sala di controllo.

Hannah era seduta sulla branda, le ginocchia tirate al petto, le braccia intorno alle gambe. Quando vide Emmy dietro il vetro, spalancò la bocca. Emmy si portò una mano sulla gola e la toccò tre volte con le dita. Usavano quel segnale quando erano bambine: significava che stava arrivando un adulto, che Tommy stava cercando di coglierle di sorpresa o che Taybee le stava spiando di nuovo, quindi dovevano stare attente a ciò che dicevano.

Aspettò che Hannah annuisse prima di aprire la porta.

Era nella prima cella, l'unica detenuta in isolamento. Lì l'odore era peggiore che nel resto della prigione: i water e i lavandini monoblocco in acciaio inossidabile erano praticamente delle fogne a cielo aperto. Nelle pareti esterne c'erano tre fessure con vetri spessi sei centimetri, ma non sembravano tanto finestre quanto un promemoria del fatto che chi si trovava là dentro non poteva andare da nessuna parte. Ogni centimetro dei muri era stato pitturato di un bianco brillante, plasticoso. I cuscini puzzavano di sudore, i materassi erano tre centimetri di gommapiuma poggiati su altro cemento, e le coperte viniliche mandavano odore di trementina. Le lenzuola erano sottili e ruvide, ed Emmy si vergognò nel rendersi conto che non aveva mai prestato la minima attenzione a tutte quelle cose se non nel momento in cui aveva visto Hannah usarle.

Disse la prima cosa che le venne in mente. «Posso farti avere un cuscino pulito.»

Hannah fece un sorriso incerto. «Di' alla cameriera di portarmelo quando passa per il secondo servizio di pulizia.»

Emmy percepì l'imbarazzo nel proprio sorriso. «Hai bisogno di qualcosa?»

«Dylan ha...» restò senza fiato. Faceva fatica a sostenere la finzione. «Ha fatto in modo che Davey stesse con mia zia Barb.»

«Bene.» Anche per Emmy era faticoso. Le gambe non la reggevano più. Appoggiò la schiena al muro e scivolò giù fino a sedersi sul pavimento freddo. «Mi dispiace.»

Hannah la guardò negli occhi. «Anche a me.»

Emmy la vide alzarsi e dirigersi lentamente nella parte davanti della cella. Hannah si sedette a gambe incrociate e appoggiò la fronte alle sbarre. La fissò. Sembrava che fossero tornate nella cameretta di Hannah, da ragazzine, quando si lamentavano delle loro madri, parlavano di ragazzi o ascoltavano *Building a Mystery* di Sarah McLachlan a ripetizione per imparare le parole a memoria.

«Hai una sorella» disse Hannah.

Emmy rise, perché era assurdo che una donna in isolamento nel carcere della contea di Clifton fosse al corrente degli ultimi pettegolezzi. «A quanto pare è una specie di genio del crimine. Tutti gli agenti dell'FBI si comportano come il signor Collins in presenza di Lady Catherine de Bourgh.»

Sul volto di Hannah passò un sorriso fugace. «Mi dispiace così tanto, Em.»

Emmy sentì le lacrime sgorgare, ma non fece nulla per nasconderle. Non era poi così male stare con qualcuno che ti aveva già vista al peggio del peggio. «Ieri mattina stava scrivendo una lettera.»

Anche Hannah cominciò a piangere.

«È ancora nella sua scrivania, ma non ho il coraggio di leggerla. Stamattina non sono nemmeno riuscita a tornare a casa.»

«Gerald non mi è mai sembrato il tipo da scrivere lettere.» Hannah si premette le dita sotto gli occhi. «Cosa pensi abbia scritto?»

Lei sollevò le spalle. «Latte. Uova. Pane.»

La gran risata di Hannah echeggiò su tutte le superfici. Anche Emmy rise. Era così bello poter buttare fuori qualcosa che non fosse dolore.

«Ricordi la lettera che ti ha scritto Cole dal campo estivo?» chiese Hannah.

Emmy se ne ricordava. «Cara mamma, mi hanno detto che se ti scrivo una lettera posso avere un gelato. Firmato, Cole.»

Risero di nuovo, ma solo per pochissimo. Non era una serata tra amiche, non stavano condividendo una bottiglia di birra.

Hannah riprese: «Sono felice che tu abbia trovato Dylan, è un brav'uomo».

«Troppo bravo» ammise Emmy. «Non facevo che aspettare che sparisse. Poi la mamma è peggiorata, la malattia di papà si è aggravata e mi sono detta che era troppo, che mi avrebbe lasciata, solo che lui non lo faceva, così sono stata io a lasciare lui.»

«Wow, mi sorprende che tu non abbia saputo gestire le tue emozioni, che te la sia fatta sotto e abbia smesso di rivolgergli la parola.» Hannah aveva notato il sarcasmo nella propria voce. «Ci sono state altre occasioni, nella tua vita, in cui hai commesso un errore simile?»

Emmy non riuscì più a ridere. Nei dodici lenti anni passati, mai una sola volta aveva pensato di contattare Hannah. Aveva aspettato e aspettato che fosse lei a fare il primo passo, ed ecco dov'erano finite.

«Non preoccuparti» disse Hannah. «Paul ha messo bene in chiaro che dovevo scegliere tra te e lui. A quanto pare abbiamo entrambe fatto la scelta sbagliata, anche se io ci ho messo di più a capirlo.»

Emmy si asciugò il naso. Era andata da lei per un motivo preciso. «È per questo che adesso mi parli? Perché due mesi fa hai chiuso con Paul?»

Hannah non volle sfruttare quell'apertura. «Non so se lo hai notato, ma sei letteralmente l'unica persona con cui posso parlare, ora.»

Il naso di Emmy non voleva saperne di smettere di colare. Se lo asciugò con la manica. «Myrna ha sempre apprezzato il fatto che sapessi usare la parola "letteralmente".»

Hannah si allungò all'indietro per prendere il rotolo di carta igienica scadente accanto al water, a un solo velo, della consistenza della carta vetrata. Se ne arrotolò un po' intorno alla mano e gliela porse attraverso le sbarre. Emmy si chinò in avanti. Le loro dita si toccarono, ed entrambe restarono in contatto per qualche istante prima di tirarsi indietro.

«Se può consolarti, alla fine ho capito perché per te era tanto difficile lasciare Jonah» disse Hannah.

«Non era difficile» disse Emmy, anche se il divorzio era stato doloroso, come una morte causata da migliaia di manipolazioni meschine. «È come hai sempre detto tu, ero troppo ostinata e onesta nei confronti di qualcuno che non era onesto con me.»

«Sappiamo tutte e due come ti trattava. È facile guardare la situazione dall'esterno e dire che dovresti andartene. Quando ci sei dentro di persona, quando sai quanto un bambino ha bisogno di un padre, quando dici a te stessa che l'uomo di cui ti sei innamorata è ancora là dentro, da qualche parte...»

Emmy sentì tutta la sua tristezza quando smise di parlare.

«Continuavo a pensare che Paul sarebbe tornato in sé, sai?» Hannah srotolò un po' di carta igienica per sé. «Pensavo che prima o poi avrebbe... be', non che avrebbe voltato pagina, perché non ci si può lasciare alle spalle la morte di un figlio, ma credevo che avrebbe trovato un modo per affrontarla diversamente. Che avrebbe capito che aveva un figlio ancora vivo che aveva bisogno di lui, una moglie che aveva bisogno di piangere insieme a lui. Ma non riusciva a uscirne, e io ci ho messo troppo tempo a capire che mi stava trascinando con sé. Ho aspettato troppo, avrei dovuto lasciarlo anni fa. Mi sarei risparmiata tanto dolore.»

Emmy si toccò di nuovo la gola per ricordarle di scegliere con attenzione le parole.

«Lo so» disse Hannah. «Ma è complicato, Em. È molto più complicato di quanto mi rendessi conto, e ti chiedo scusa.»

Emmy sentì ancora quella stretta al petto, il modo con cui il suo corpo le diceva che doveva tenere le emozioni intrappolate dentro di sé. In quel momento, però, non ce la faceva. Era impossibile, con Hannah.

«È colpa mia, Han. È colpa mia se hai perso la cosa più preziosa che avevi.»

Lei non le offrì l'assoluzione, ma sorrise con quel suo sorriso triste. «Era davvero preziosa, vero?»

Emmy fece un respiro profondo e sentì la stretta cominciare ad allentarsi. Per tutti quegli anni aveva vissuto nella tristezza, ma non aveva mai potuto condividere il dolore. «Sì.»

«L'ultima cosa che le ho detto è stata di rimettersi la crema solare. Sembrava le avessi detto di scalare il monte Everest. Ha alzato gli occhi al cielo e se n'è andata via.» Hannah rideva mentre si tamponava gli occhi. «Che tipo. Era pronta a scottarsi pur di farmi un dispetto.»

Emmy inspirò ancora. Ricordò una delle ultime volte in cui aveva visto Madison. Non quando galleggiava nello stagno e nemmeno sotto la quercia. Era nella sala autopsie del quartier generale del GBI e aveva sentito il medico legale dichiarare la presenza di una scottatura da sole sulla parte posteriore delle gambe di Madison.

«E adesso, con Paisley Walker» riprese Hannah. «Continuo a chiedermi se Carol ripensi all'ultima cosa che le ha detto. Era una mattina come le altre, avevano discusso per qualcosa, erano felici o tristi?»

Emmy capì che non voleva una risposta. La prigione era, se non altro, un luogo di riflessione su tutti gli eventi negativi della propria vita.

«Nell'attimo in cui Madison ha compiuto dodici anni abbiamo cominciato a litigare. Giuro su Dio, passava le giornate a escogitare modi per farmi sentire una merda.» Sorrideva, ma Emmy ricordava bene che perfetta tortura fossero gli insulti di Madison. «Poi, dal nulla, mi faceva un complimento. Mi diceva che avevo un bel vestito, o che i capelli mi stavano bene, e mi sembrava di aver vinto alla lotteria.»

Emmy rise insieme a lei.

«Il fatto è che tu e io la vedevamo ancora come una bambina, eppure le mancavano solo tre anni per diventare maggiorenne. Avrebbe finito il liceo, sarebbe andata al college, si sarebbe sposata, avrebbe avuto dei figli. In quel momento, però, il giorno in cui ha compiuto quindici anni, stava ancora cercando di capire chi era, provava a essere i vari tipi di persona che desiderava diventare. Mi faceva incazzare, sfidava i confini, voleva con tutta se stessa essere una donna, ma si sentiva ancora una bambina.»

Emmy ricordava la sensazione di essere bloccata in un limbo che aveva provato da adolescente.

«È questo che mi rende così maledettamente triste» disse Hannah. «Non abbiamo mai potuto conoscerla davvero. Madison resterà per sempre intrappolata tra due persone, la donna che non abbiamo conosciuto e la bambina che non era più.»

La tristezza di Hannah riempì la stanza. Emmy non poté fare a meno di percepirla. Non stavano solo piangendo per Madison, ma anche per se stesse. Emmy si era persa nelle insicurezze di Jonah, Hannah si era persa nel dolore di Paul. Virgil aveva fatto una battuta quando aveva detto che crescere delle figlie poteva uccidere, ma non aveva idea di quanto fosse difficile crescere fino a diventare una donna.

«Oh» fece Hannah, guardando verso la porta. Era imprigionata in quello spazio angusto da quasi trenta ore, e ogni suo senso era concentrato sui movimenti dall'altra parte del vetro.

Emmy si voltò a guardare chi fosse arrivato, e la stretta al petto tornò quando vide che era Jude. L'espressione arcigna di quella donna era una copia perfetta di quella di Myrna quando lei faceva qualcosa di sciocco o sbagliato.

Hannah recitò: «Miss Bennet, dovreste sapere che con me non si scherza».

Emmy rise per la sua imitazione di Lady Catherine, ma sapeva anche che Jude aveva i suoi buoni motivi. Si alzò e le disse: «Vedrò cosa posso fare per il cuscino».

Jude rientrò dietro la porta di sortita per permetterle di entrare. Aveva il badge di Cole legato al collo con un cordino.

«L'hai rubato a mio figlio?» chiese Emmy.

«Mi accusi di non aver seguito una procedura quando hai appena passato venti minuti a inquinare le prove di un'indagine del GBI con una persona sospettata di aver assassinato un poliziotto?»

«Sarà stato un quarto d'ora.»

«Puoi anche toglierti quel sorrisetto dalla faccia» sbottò Jude. «Sappiamo entrambe che tutta la vostra conversazione è stata registrata. È impossibile che una giuria vi veda ridere insieme e creda che Hannah sia colpevole. Non può nemmeno testimoniare, ormai. L'avvocato dell'accusa verrà sbeffeggiato da tutti in tribunale.»

«Okay.» Emmy prese il badge dalla tasca. «Puoi spiegarmi perché l'agente di custodia di Adam Huntsinger mi ha chiamata per chiedermi se voglio che Adam torni dentro?»

Jude si infuriò di nuovo. «Perché ha chiamato te? Ho detto a Brett che doveva occuparsene lui.»

«Perché dai ordini ai miei agenti?»

«Cosa hai detto all'agente di custodia?»

Emmy doveva mettere fine a quel ping-pong di domande. «Gli ho detto di fare quello che voleva, perché solo un pazzo userebbe il dipartimento dello sceriffo come un'arma contro Adam Huntsinger mentre siamo sotto la lente d'ingrandimento dell'opinione pubblica.»

«Quindi il tuo quarto d'ora con Hannah Dalrymple è stato...»

«Una questione personale.» Emmy agitò il badge per aprire la porta. Sentì i tonfi rabbiosi degli stivali da motociclista di Jude rimbombare dietro di lei mentre avanzava nel corridoio.

«Adam Huntsinger ha ammesso di avere avuto rapporti sessuali con Cheyenne Baker» disse Jude.

Emmy si bloccò con la mano tesa verso la maniglia della porta successiva. Il cordino dondolava come un pendolo dal suo badge plastificato. Si voltò e ripeté in silenzio quelle parole nella sua mente per riuscire a comprenderle.

«Mi ha detto che di solito Cheyenne si faceva pagare cinquanta dollari per un pompino, ma lui le dava dell'erba in cambio» riprese Jude.

Emmy aveva perso la facoltà di parola.

«Ha detto che lei aveva molti clienti, che metteva da parte dei soldi e parlava di lasciare la città... non che ci sia da sorprendersi di questo. Ha dichiarato anche che non c'era penetrazione vaginale, ma ricordiamo sempre chi è la fonte.»

Emmy cominciò ad annuire, se non altro per darle a intendere che stava ascoltando.

«Sostiene di non aver mai toccato Madison, che era troppo piccola per lui, ma non sono sicura nemmeno di questo.» Jude superò Emmy e usò il badge di Cole per aprire la porta. «Destra o sinistra?»

«Sinistra» riuscì a rispondere lei. Lo shock iniziale cominciava a scemare, e lei non sapeva più se essere invidiosa o colpita all'idea che Jude fosse in città da meno di ventiquattro ore e fosse riuscita in qualche modo a far crollare Adam Huntsinger. «Giravano pettegolezzi secondo cui Cheyenne si vendeva, ma non c'erano prove.»

«E la fonte della droga?»

«Cosa vuoi dire?»

«Adam sostiene che Woody usava Cheyenne per ampliare il suo giro nel mercato di North Falls. Un bel rischio, ma immagino che il profitto valesse la pena. La gente di North Falls non arriverebbe mai fino all'area di servizio per risparmiare dieci dollari su tre grammi e mezzo di cocaina. Per il sesso vale la stessa teoria: perché pagare venti dollari per un pompino da una prostituta esperta quando puoi averlo da una ragazzina di North Falls per cinquanta? Per molti di questi uomini infrangere un tabù è già una bella trasgressione.»

Emmy si schiarì la gola. Non voleva chiedere a Jude come aveva fatto a ottenere quell'informazione da Adam. Sua sorella era una specie di strega, davvero. «Sospettavamo che fosse Woody a rifornire Cheyenne, ma non abbiamo mai trovato prove. Virgil ha provato a invitarlo alla centrale per una dichiarazione spontanea, ma si è rifiutato.»

«Ottima mossa, per un adolescente.» Jude si fermò a qualche metro dalla sala conferenze. «Cosa pensi di Woody, adesso? Pensi valga la pena parlare con lui di Paisley?»

Lei scosse il capo. Le sembrava di continuare a correrle dietro. «È troppo intelligente. Chiederebbe subito un avvocato, noi sprecheremmo un giorno intero ad aspettare che i suoi legali arrivino da Atlanta e alla fine ci faranno causa per vessazione entro la fine della settimana.»

«Non avete mai provato a controllarlo?» chiese Jude. «A quanto pare tutti sanno che spaccia sul retro del bar del tuo ex.»

«La polizia di Clayville non lo tocca. A dire il vero non so se lo temano o se siano pagati per voltarsi dall'altra parte. Le gang di motociclisti che gestiscono il giro di eroina dalla Florida sono ricche e senza scrupoli. Il capo della polizia sostiene di non avere le risorse per avviare un'indagine di tale portata.»

«E qual era la scusa di papà? Capisco che non volesse farlo tramite l'ufficio dello sceriffo, ma poteva chiamare il GBI o la DEA.»

«Non gliel'ho mai chiesto. Pensavo non volesse far agitare Cole.»

«Forse non voleva far agitare Jonah» disse Jude. «Papà sapeva delle violenze domestiche da parte di Jonah?»

Emmy dischiuse le labbra per prendere aria. Non era così facile incantarla. Lanciò uno sguardo verso la porta aperta: suo figlio doveva già essere nella sala conferenze, e anche Virgil. Disse a Jude: «Ho chiesto a Virgil di darci una mano a rivedere il caso. Era agente capo quando Madison e Cheyenne sono scomparse, ha ricostruito tutte le telefonate e i dati delle celle telefoniche. Forse possiamo dividerci in squadre, Virgil e io saremo la parte "Adam è colpevole", tu e Cole la parte "non è stato Adam"».

Il lungo silenzio di Jude aveva il chiaro intento di farle capire che il cambio di argomento era voluto. «Non sono sicura di poter essere di parte. Voglio mantenere una mentalità aperta. È ancora possibile che sia stato Adam ad assassinare Cheyenne e Madison.»

Emmy incrociò le braccia per avere qualcosa da fare con le mani. Il commento su Jonah aveva smosso dei fantasmi dentro di lei. «Perché Adam si faceva fare sesso orale da Cheyenne?»

«Perché Adam continua a essere il colpevole più sensato. L'unico motivo per cui è fuori dal braccio della morte e in libertà vigilata è perché ha violentato una donna a Metter dodici anni fa.»

«Ma Barbara Jericho aveva ventidue anni quando l'ha stuprata. Madison e Cheyenne ne avevano quindici.»

Emmy non avrebbe colto il cambiamento nell'espressione di Jude, se non l'avesse osservata con attenzione. C'era una rigidità. Qualcosa di familiare.

«Che cosa non mi stai dicendo?» le chiese.

Il viso di Jude mutò di nuovo. «Secondo le statistiche, gli uomini che commettono uno stupro non si limitano a una volta sola, a un'unica vittima, in genere.»

«Clifton è la tipica contea americana. Abbiamo migliaia di casi di stupro irrisolti e centinaia di kit stupro ancora non esaminati. Non abbiamo soldi né risorse per lavorarli tutti, e se anche lo facessimo, sarebbe troppo tardi per aiutare Paisley Walker.»

«Adam non è mai stato arrestato per violenza sessuale, o per un sospetto?»

«No, mai» disse Emmy. «L'unico argomento ricorrente dei suoi arresti è la guida senza patente.»

L'espressione di Jude cambiò di nuovo. Non c'era dubbio che stesse esaminando ogni possibile alternativa. «Elimina papà e il tuo orgoglio dal quadro. Adam è colpevole o innocente? Cosa ti dice l'istinto?»

Il suo istinto era andato a farsi benedire. «Non sono mai riuscita a interpretarlo. Ho solo osservato i fatti con il cervello. Razionalmente, Adam è la persona più plausibile. Il procuratore distrettuale ha fatto lo stesso ragionamento, e anche i dodici giurati.»

«Okay. Cosa sappiamo?»

Quella domanda non la ferì come in precedenza. «Sulla collana di Cheyenne che ho trovato davanti al suo seminterrato c'erano le impronte di Adam. Millie lo ha visto allo stagno insieme a Madison quella mattina. Il DNA di entrambi è stato trovato sulle sigarette che hanno fumato. La Jetta di Walton aveva la stessa marca di pneumatici che hanno lasciato impronte sul campo di calcio e nelle vie secondarie. C'era un segno sul paraurti davanti compatibile con l'urto contro la ruota posteriore di una bicicletta. Adam aveva accesso a una pistola dello stesso tipo di quella che è stata usata per assassinare Cheyenne. Le sue impronte erano sul sacchetto di erba nella tasca di Madison.»

«Esamina i punti deboli.»

«Le prove erano tutte *compatibili*, ma prive di una *corrispondenza esatta*.» Emmy sapeva che in pratica stava citando le parole pronunciate da Cole la mattina precedente. «L'esame balistico non ha rilevato corrispondenze con le pistole trovate. Non abbiamo impronte digitali né DNA delle ragazze nella Jetta. Non abbiamo mai trovato degli stivali misura quarantacinque che potessero aver lasciato le impronte. Non siamo riusciti a collegare i battistrada della Jetta con i segni lasciati sulla scena. Adam ha ammesso di aver venduto l'erba a Madison. Ha detto che la ragazza gli aveva chiesto di riparare la collanina rotta di Cheyenne, e che gli doveva essere caduta dalla tasca. Non abbiamo mai trovato il telefono a conchiglia di Cheyenne con le sue iniziali incise sul guscio. Non abbiamo mai trovato il martello usato per spezzare le ossa di mani e piedi di Madison. Non abbiamo trovato nessun altro caso di rapimento o omicidio che corrisponda nel *modus operandi*.»

Jude cercò di fare ordine. «Il telefono apparteneva a Cheyenne. Il martello è stato usato su Madison.»

«Credi li abbia tenuti come trofei?»

Il cuore di Emmy cominciò a martellarle nel petto. Avevano sempre dato per scontato che Adam fosse un pedofilo che era stato catturato, non un criminale seriale con più vittime sulle spalle. Non riuscì a lasciar correre la mente verso le implicazioni che riguardavano Paisley Walker.

«Suppongo che Adam sia l'assassino. Hai detto che probabilmente aveva già commesso stupri. Credi che possa aver ucciso altre ragazzine prima di Madison e Cheyenne?»

«I casi di duplice rapimento di minori negli Stati Uniti sono stati meno di venticinque, dagli anni Settanta in poi. Secondo le statistiche è più probabile che nei loro trascorsi criminali gli aggressori abbiano commesso altri stupri, rapimenti e omicidi.»

Emmy notò che il suo tono era diventato accademico. «Madison e Cheyenne non sono state le sue prime vittime.»

«Il loro rapitore sapeva il fatto suo» confermò Jude. «Prenderle non è stata una decisione improvvisata. Si è guadagnato la loro fiducia, conosceva i loro orari, sapeva dove trovare Cheyenne e dove trovare Madison.»

«E sapeva anche dove trovare Paisley.»

«Avete verificato l'esistenza di casi simili, in cui sia stato usato un martello per fratturare mani e piedi?»

«Ho trovato due casi, ma le vittime non erano ragazzine. Una era una diciannovenne di Tillar, in Arkansas, l'altra una ventunenne di Hidalgo, in Texas. Avevano le ossa rotte, ma non in modo sistematico, e non abbiamo trovato prove per dimostrare che Adam abbia mai lasciato lo Stato.»

«Se è stato Adam – *se* – e se viaggiava con lo scopo di commettere un crimine, avrebbe saputo come coprire le proprie tracce. Avrebbe spento il telefono, eliminato le ricevute, utilizzato solo contanti.» Jude prese il cellulare dalla borsa. «Chiederò al mio referente del Centro Nazionale per i Bambini Scomparsi e Sfruttati. Il loro database è più dettagliato di quello dell'FBI.»

«Com'è possibile?»

«L'FBI fa affidamento sulle forze dell'ordine, che devono inviare loro i dati. Le segnalazioni non sono obbligatorie, e le adesioni sono sporadiche. Il Centro, invece, ricerca attivamente i dati in prima persona.»

Emmy sentì una goccia di sudore colarle lungo la parte posteriore del collo. «Dobbiamo dirlo a Seth Alexander. Paisley potrebbe aver perso un oggetto personale che è stato preso come trofeo.»

«No.» Jude sollevò lo sguardo dal telefono. «Teniamo la cosa per noi, per ora. Non dirlo nemmeno a Cole.»

«Mio figlio sa mantenere un segreto.»

«Lo so, tesoro, ma a volte conoscere un segreto è più difficile che custodirlo.» Jude si lanciò un'occhiata dietro la spalla per assicurarsi che fossero sole. «Se troviamo i trofei, troviamo l'assassino.»

17

Jude studiava i risultati del referto autoptico di Madison Dalrymple. Contusioni, abrasioni, traumi da corpo contundente, petecchie, ossa frantumate, mandibola lussata, osso ioide fratturato. Quasi cento pagine di fotografie con descrizioni accurate delle torture e degli abusi subiti dalla quindicenne nell'arco di alcune ore, prima di essere uccisa per strangolamento.

Ogni osso delle mani e dei piedi di Madison era stato spaccato con un oggetto pesante. Alcuni colpi erano stati sferrati con tale forza da lasciare in rilievo l'impronta quasi perfetta della testa di un martello da carpentiere da mezzo chilo. Era successo nelle primissime fasi del rapimento della ragazzina. Al momento della morte, il gonfiore era così marcato che la pelle si era spaccata.

Il fatto che Madison fosse stata tenuta in vita per almeno dodici ore fu un elemento su cui Jude si soffermò. Il predatore aveva accesso a un luogo abbastanza sicuro e lontano da tutto, dove nessuno avrebbe sentito le grida di una ragazza. Considerando il carattere rurale della contea di Clifton, quell'informazione non aiutava a restringere il campo; in realtà nulla di ciò che aveva scoperto fino a quel momento l'aveva aiutata a restringere un bel niente.

Nei rapimenti perpetrati da predatori, di solito il rapitore aveva un unico intento: abusare sessualmente di un minore. Non appena compiuto il gesto, cominciava a ideare una serie di giustificazioni per discolparsi da ciò che sapeva fin dall'inizio che sarebbe successo: assassinare la sua vittima. Jude aveva sentito infinite scuse riferite infinite volte da predatori: "Non volevo farle del male, ma avrebbe potuto riconoscermi. Non potevo permettere che un unico errore mi rovinasse la vita. Avevo paura che mia madre lo scoprisse. Io non sono così; sono una brava persona."

Dopo l'omicidio, restava solo decidere dove disfarsi del corpo. L'acqua era la scelta più diffusa, dato che avrebbe cancellato le prove, anche se il fatto che l'assassino di Cheyenne e Madison avesse scelto lo stagno di Millie non aveva alcun senso. Jude e Henry avevano trascorso quasi tutte le estati a nuotare in quelle acque fresche. Era un posto meraviglioso per prendere il sole, ma era anche completamente esposto al centro dei trenta ettari della tenuta sul retro di Millie.

Jude sfogliò lentamente all'indietro le fotografie a colori. Nel corso della sua carriera ne aveva viste tante, simili a quelle, corredate di descrizioni sconvolgenti, ma non era mai riuscita a trovare un interruttore magico che l'aiutasse ad attutire il dolore di fronte alle crudeltà che si potevano infliggere a un minore.

Si tolse gli occhiali da lettura per dar tregua agli occhi. Aveva già esaminato l'autopsia di Cheyenne, che al confronto era molto più scarna. Le avevano sparato alla fronte con una pistola calibro .22 a percussione anulare. La morte era stata immediata. Su di lei non c'erano tracce di violenza sessuale, anche se la quantità di edemi e contusioni indicava che il predatore l'aveva percossa con violenza con i pugni prima della morte. Per Jude, l'elemento più interessante tra i due esami era il fatto che l'assassino non aveva spezzato le ossa delle mani e dei piedi di Cheyenne come invece aveva fatto con Madison.

Prese la penna e scrisse sul blocco che doveva ricordarsi di controllare la diciannovenne vittima di omicidio in Arkansas e la ventunenne in Texas, a cui erano stati spaccati mani e piedi con un martello. Voleva leggere i report delle autopsie. L'uso di un martello nelle aggressioni violente non era raro, ma di sicuro lo era la scelta delle ossa. Aveva la sensazione che il suo contatto al Centro Nazionale per i Bambini Scomparsi e Sfruttati sarebbe stato in grado di individuare altri casi.

Jude posò la penna. Guardò la lavagna in fondo al tavolo della sala conferenze. Non erano state trovate piste abbastanza importanti da essere seguite. Sul monitor scorreva lo stemma del Dipartimento dello sceriffo della contea di Clifton in campo nero. Erano lì a studiare da quasi tre ore.

Cole, Virgil ed Emmy erano ancora a testa bassa, impegnati a rivedere centinaia, forse migliaia di elementi. Solo Cole usava un computer portatile, mentre gli altri avevano aperto le scatole prese nel seminterrato di Virgil. Il contenuto era stato diviso in pile di fotografie stampate, dichiarazioni, deposizioni, verbali, atti processuali, chiavette USB con i filmati delle telecamere di sicurezza, più i vari detriti che accompagnavano le indagini più rilevanti.

Ogni elemento era contrassegnato dalla numerazione di Bates, con una cifra e un codice che indicavano la registrazione delle prove. C'erano appunti presi a penna accanto a ogni numero di telefono che era stato chiamato, ogni pista seguita. Jude notò l'abitudine di Emmy di usare lettere maiuscole a caso, che doveva aver mandato fuori di testa Myrna. Gerald non le aveva insegnato solo a essere una brava poliziotta, ma anche l'importanza di tenere in ordine la documentazione.

Osservò per un momento il profilo di Emmy. Aveva la testa china sugli atti del processo *Stato della Georgia contro Adam Jonathan Huntsinger*. Indossava un'uniforme pulita, aveva i capelli legati con cura sopra la testa, ma aveva ancora negli occhi lo sguardo tormentato che Jude aveva notato all'agenzia funebre. Non sembrava che fosse la stanchezza a divorarla da dentro, ma l'angoscia. Jude sapeva bene cosa si provasse nel rileggere i documenti dei vecchi casi, con i ricordi che minacciavano di riemergere insieme ai particolari più crudeli. C'era una sorta di terribile sollievo quando si individuava un corpo. Si raggiungeva un obiettivo, la disperata ricerca arrivava al termine, ma il prezzo era spaventoso.

I ricordi ti perseguitavano per tutta la vita.

Cole represse uno sbadiglio. Si alzò dal tavolo e andò nel cucinino sul retro della sala. Jude lo seguì, approfittando per sgranchirsi le gambe, e fu felice di vederlo preparare una caraffa di caffè fresco. Aveva un'espressione turbata, che non era da lui. Forse aveva pensato di essere coraggioso quando si era offerto di leggere il caso di Dale Loudermilk. Emmy aveva eliminato le foto pedopornografiche che Dale aveva scaricato sul suo portatile, ma a volte anche solo le descrizioni risultavano terrificanti. L'accusa faceva di tutto per renderle il più possibile luride e disgustose.

«Tutto okay, tesoro?» gli chiese Jude.

«Sì, ma che razza di bastardo malefico.» Cole cominciò a versare il caffè nel filtro. «Loudermilk insegnava nella mia scuola. Per fortuna Jonah mi ha fatto iscrivere alla banda e non al coro.»

Nonostante le circostanze Jude riuscì a sorridere, perché era scontato che Cole avrebbe scelto la banda. «Che strumento suonavi?»

«Il tamburello.» Il sorrisetto furbo era riapparso sul suo volto: di sicuro quel ragazzo adorava far incazzare suo padre. «Perché non hai l'accento del Sud?»

«Si sente quando sono in collera, ubriaca o stanca.»

«L'ho sentito quando ti sei infuriata con Brett, questo è certo.» Cole riempì la caraffa con l'acqua del lavandino. «È difficile credere che quel tizio insegnasse nella stessa scuola di Tommy e Celia, e che loro non si fossero mai resi conto di che schifoso fosse.»

«Una delle particolarità dei pedofili è che non cercano la fiducia delle loro vittime, ma di tutti coloro che le circondano.» Jude arretrò per consentirgli di riempire il serbatoio. «È un elemento tipico del loro manuale. Sono le persone più gentili che conosci, ti aiutano a spostare il divano, a tagliare l'erba del prato, o si offrono di accompagnarti a una visita medica. Così, quando un bambino trova il coraggio di dire la verità, nessuno crede mai che una così brava persona possa mai fare qualcosa di tanto orribile.»

«La moglie è rimasta con lui fino alla morte, qualche anno fa.» Cole avviò la macchina del caffè. «Perfino dopo che Dale ha confessato per poter patteggiare, lei ha scritto una lettera al giudice per chiedere clemenza.»

«Sono sicura che Dale le abbia detto che patteggiava solo perché non aveva scelta, e che era tutto un enorme malinteso.»

Cole rimase sorpreso. «Come fai a saperlo?»

«Perché si comportano tutti così, tesoro.» Gli accarezzò un braccio, e fu felice di notare che, quella volta, lui non si sottrasse. «Rimettiamoci al lavoro.»

Emmy sollevò lo sguardo dagli atti del processo quando Jude tornò nella sala riunioni. Come al solito, non si perse in chiacchiere. «Hai detto che hai bisogno di un corpo per tracciare un profilo preciso di un assassino. Hai letto le autopsie. Che profilo hai?»

«Lo stesso.» Jude non ce la faceva più a stare seduta. Incrociò le braccia e si mise a capotavola, come se stesse facendo lezione. «È un uomo bianco che lavora in una posizione qualificata per cui è necessario studiare o seguire un addestramento. Ha contatti frequenti con bambini e la comunità si fida di lui. Potrebbe essere sposato, forse con una famiglia sua.»

Cole chiese: «Come copertura, giusto? In modo che nessuno sospetti di lui».

Jude annuì. «Giusto.»

«È questo il problema.» Emmy si appoggiò allo schienale. «Non parliamo di Adam. Non è istruito, non si è mai sposato, è sempre stato nei guai. Guidava con una bottiglia di whiskey aperta e una canna nel posacenere, senza patente. Non c'era nessuno più sospetto di lui. I ragazzi lo chiamavano il Pervertito perché gironzolava sempre intorno agli studenti delle superiori.»

«Ha ragione.» Virgil guardò Jude da sopra gli occhiali. «So che è la sua specializzazione, ma anche eliminando Adam Huntsinger dal quadro, questo profilo non ci aiuta a restringere il campo, soprattutto in uno Stato che conta undici milioni di persone, metà delle quali, più o meno, sono uomini.»

«È della contea di Clifton» ribatté Jude. «Ha avuto il tempo di sviluppare un rapporto con Madison e Cheyenne. Ha lasciato i loro corpi in un luogo molto esposto, tanto che mi sorprende che Millie non lo abbia visto gettare le ragazze nello stagno. Quando ero giovane, passava il tempo a guardare fuori dalla finestra della cucina per essere sicura che nessuno passasse nel suo giardino per prendere una scorciatoia.»

«Millie era uscita con tutti gli altri a cercare le ragazze» disse Virgil.

«È tornata a casa per prendere le medicine per la pressione. Quel giorno mi ha lasciato più di dieci messaggi sulla segreteria telefonica, ma non l'ho richiamata finché non ci siamo resi conto che Cheyenne poteva essere passata nella sua proprietà per raggiungere le vie secondarie. È stato allora che mi ha detto che Adam era soprannominato il Pervertito. Avrei dovuto chiamarla prima.»

Jude sentì il senso di colpa nella sua voce. Non accorgersi di qualcosa che si aveva davanti agli occhi era un peso terribile da portare. Così come perdere tempo in una sala riunioni piena di scatole. Jude doveva prendere una decisione.

«Finiremo in un vicolo cieco, se continuiamo a fissare documenti. Cambiamo prospettiva. Smettiamo di vedere il crimine attraverso gli occhi di Cheyenne e Madison, e guardiamolo dal punto di vista del killer. Voglio che ricominciamo da capo, facendo finta che Adam non esista. Chiameremo il colpevole "Il Cattivo". Il Cattivo quando ha conosciuto le vittime? Come? Dove?» disse Jude.

«Il primo cellulare prepagato di Cheyenne è stato attivato

nell'agosto dell'anno precedente, quindi deve essere stato il periodo in cui lo ha conosciuto» disse Virgil.

«Madison si è fatta prescrivere la pillola anticoncezionale dal dottor Carl a settembre, ma era Cheyenne a prenderla. Ho trovato la confezione nel soppalco sopra il suo armadio» aggiunse Emmy. «Aveva iniziato il primo ottobre. Credo che il Cattivo l'abbia conosciuta al centro commerciale, è lì che si ritrovano i ragazzi. Non ha avuto fretta, perché sapeva che tornava sempre lì.»

«Secondo te ha conosciuto prima Cheyenne?» chiese Jude.

«Sì» confermò lei. «Se il Cattivo è davvero uno del posto, sarebbe stato uno sciocco ad avvicinare Madison. Tutti sapevano che Hannah era la mia migliore amica.»

Jude sentì la stessa nota di rammarico nella sua voce. «Cheyenne risponde al profilo della vittima del Cattivo? Genitori troppo autoritari, adolescente ribelle?»

«Sì» confermò di nuovo Emmy. «Forse anche Madison, ma non tanto quanto lei. Paul, il padre, aveva un'app di tracciamento sul suo telefono. Hannah cercava di non opprimerla, ma è difficile non essere soffocanti con un ragazzo sfuggente. Poi Cheyenne si è trasferita a Clifton e lei e Madison sono diventate subito inseparabili. Virgil ha ricostruito centinaia di chiamate e messaggi quotidiani tra loro.»

«Non è un'esagerazione, ho i tabulati qui» disse Virgil.

Jude aspettò mentre lui cercava dei documenti. Vide il logo nero della AT&T in cima alle pagine. C'erano le somme scritte da Emmy sotto i timbri Bates.

«Ecco.» Virgil si spinse gli occhiali sul naso per poter leggere. «Quattro luglio, diciotto chiamate tra Madison e il secondo telefono prepagato di Cheyenne. Novantasei messaggi di entrambe. Poi arrivano le sei di sera e le comunicazioni si interrompono. Non riprendono fino alle otto, ma solo da parte di Madison, senza risposta da Cheyenne. L'ultima volta che il ripetitore di North Falls intercetta il segnale è alle cinque e cinquantotto. Poi basta. Doveva aver spento il telefono.»

«O forse è stato il Cattivo» disse Jude.

«Il fatto è questo.» Emmy si alzò dalla sedia: sembrava aver ritrovato le energie. «I vicini hanno detto che Cheyenne era uscita di casa in bici intorno alle tre e mezza. Non sappiamo cosa sia successo nelle due ore e mezza precedenti il momento in cui ha spento il telefono. Nessuno l'ha vista in città, e all'epoca non c'erano tante telecamere di sorveglianza, per le strade o nei negozi. Quasi tutti erano allo spettacolo pirotecnico.»

«C'era un solo ripetitore che serviva North Falls. La localizzazione non era precisa come ora, quindi non possiamo nemmeno restringere l'area in cui si trovava Cheyenne oltre i confini della città di North Falls» riprese Virgil.

«Quanto faceva caldo, quel giorno?» chiese Jude.

«Trentotto gradi all'ombra» rispose Emmy. «Ottima idea. Doveva essere in un posto con l'aria condizionata. La biblioteca era chiusa. Forse la gelateria?»

«Sono stati interrogati tutti i presenti, nessuno l'ha vista» disse Virgil.

«Forse i vicini si sono sbagliati sull'ora in cui è uscita di casa? O magari ha fatto il giro ed è rientrata senza che la vedessero?»

«Okay.» Jude sentì che avevano ricominciato a girare in tondo. «Cheyenne aveva tre telefoni. Quello a conchiglia, il primo e il secondo prepagato. Parlamene.»

Emmy rispose: «Il primo prepagato è stato confiscato da Celia a scuola. Cheyenne ha eseguito un ripristino delle impostazioni di fabbrica mentre andava nel suo ufficio a consegnarlo».

«Resettandolo, lo ha ripulito del tutto» aggiunse Virgil. «A Quantico non sono riusciti a tirarne fuori niente.»

«Abbiamo trovato il secondo nella tasca posteriore di Cheyenne quando i corpi sono stati recuperati. Era rimasto immerso nell'acqua troppo a lungo per poter recuperare i dati. Non abbiamo mai trovato il cellulare a conchiglia, ma sappiamo che Cheyenne aveva inciso le sue iniziali sul guscio, C.B.» proseguì Emmy.

Virgil riprese a parlare anticipando la domanda successiva. «L'iPhone di Madison è stato trovato nel campo da calcio, distrutto. Il laboratorio del GBI non è stato in grado di recuperare nulla. Nessuno dei dispositivi aveva un backup su Cloud. Abbiamo trovato un portatile che la madre di Cheyenne aveva donato alla chiesa, ma era stato resettato. Il computer fisso di famiglia era pulito. Il portatile di Madison era pulito. Qualsiasi traccia digitale è stata cancellata, perduta, o non è mai esistita.»

A Jude venne in mente qualcosa. «Che tipo di telefono a conchiglia usava Cheyenne?»

«Un Nokia» disse Virgil. «Prima apparteneva a suo padre, Felix, che l'ha dato a lei quando si è comprato un iPhone. Non volevano che la figlia potesse andare su Internet senza che lo sapessero.»

«Che modello era?» chiese lei.

«Ce l'ho da qualche parte.» Virgil cominciò a sfogliare un grosso fascio di documenti. «Mi ci vorrà un pochino.»

Emmy fece cenno a Cole di dargli una mano.

Jude le disse: «Concentriamoci di nuovo sul Cattivo. Come ha passato il Quattro luglio? Secondo te doveva incontrare Cheyenne nelle vie secondarie, giusto?».

«In teoria» rispose lei. «Non sappiamo se l'abbia colta di sorpresa o se avessero un appuntamento. La sua collanina e il suo sangue sono stati trovati alle spalle della fattoria di Taybee.»

Jude non poté trattenere una risatina. «Logicamente, Taybee ha avuto la fattoria.»

Emmy alzò gli occhi al cielo ma restò concentrata. «Se l'incontro era pianificato, immagino che il Cattivo abbia detto a Cheyenne di spegnere il cellulare alle sei. Non poteva sapere che non eravamo in grado di geolocalizzare la sua posizione dal ripetitore. La mia idea è che dovesse incontrarlo intorno alle sei e mezza. Avrebbero fatto quel che dovevano fare, poi

Cheyenne avrebbe raggiunto Madison al parco per le otto al massimo.»

«Perché il Cattivo e Cheyenne dovevano vedersi?»

«Per fare sesso?»

Jude non poté evitare di chiedere: «Un'ora e mezza per un pompino?».

«Forse alla fine gli aveva promesso di lasciarsi penetrare?» Emmy si strinse nelle spalle. «Cinquanta dollari per del sesso orale contro qualche centinaio, magari perfino un migliaio, di dollari in cambio di sesso completo. Cheyenne non poteva sapere quanto ci sarebbe voluto se era davvero la sua prima volta. Faceva finta di essere una donna, ma era ancora una bambina.»

Jude lesse il dolore nella sua espressione. Emmy aveva conosciuto Cheyenne Baker, e la teoria era diventata una questione personale.

«D'accordo, allora, Cheyenne e il Cattivo si sarebbero incontrati per fare sesso intorno alle sei e mezza. Lui voleva andare a prenderla sulle vie secondarie. Poi cos'è successo?» disse Jude.

Emmy scrollò le spalle. «Se stiamo ancora cercando di capire quale fosse il piano, forse Cheyenne pensava che il Cattivo l'avrebbe portata a casa sua, o in un motel. Deve aver idealizzato la cosa. Di sicuro lui non le ha detto che sarebbe successo sul sedile posteriore di una Jetta.»

«E poi?» chiese Jude.

«Credo che Cheyenne dovesse vedere Madison al parco alle otto.» Emmy sembrava più sicura della sequenza temporale. «Madison era molto agitata quando ho parlato con lei tra le otto e un quarto e le otto e mezza. Poi, alle otto e cinquanta, ha cercato di parlare di nuovo con me, ma l'ho respinta. Credo abbia aspettato l'inizio dei fuochi d'artificio, alle nove, e poi è andata a cercare Cheyenne.»

Jude vide la mascella di Emmy contrarsi quando serrò i denti. Il senso di colpa le si leggeva in faccia, ma sapeva che cercare di consolarla non sarebbe servito a nulla.

«Resta un buco di circa due ore e mezza tra il rapimento di

Cheyenne da parte del Cattivo sulle vie secondarie e quello di Cheyenne al parco.»

«Giusto. È questo che mi ha sempre impensierita.» Emmy appoggiò i gomiti sullo schienale della sedia. «Sono il Cattivo, sono al volante della mia Jetta. Ho in macchina Cheyenne e la sua bici. Aspetto due ore e mezza che il sole tramonti, poi vado a cercare Madison al parco, ma porto con me Cheyenne e la bici.»

Jude disse: «Nei rapimenti duplici, di solito minacciano una ragazza per fare in modo che l'altra obbedisca».

«Ma noi sappiamo che il Cattivo aveva una pistola, che è un enorme mezzo di persuasione. E aveva senza dubbio anche un luogo appartato in cui ha portato Madison, abbastanza isolato da poterla torturare per ore.»

Emmy sollevò una spalla in un gesto rigido. «Perché non portare lì Cheyenne, incatenarla e andare a cercare Madison? Anche se la città era praticamente vuota, era rischioso tenerla in macchina.»

«Tanto rischioso che quando il Cattivo ha raggiunto il campo da calcio, Cheyenne è riuscita a scappare. Lei corre verso gli alberi, lui le spara alla testa e si lancia su Madison. Le carica entrambe sull'auto e parte» disse Jude.

«Non proprio» la corresse Emmy. «Prima di ripartire, ha spostato con cura le bici. Quella di Madison era al centro del campo da calcio, mentre quella di Cheyenne era tra gli alberi. E da quel che siamo riusciti a capire, ha appoggiato la bicicletta di Madison, mentre ha lanciato quella di Madison a circa tre metri dal campo, facendola sbattere contro un albero.»

«Era furioso con Cheyenne, ma abbastanza lucido da tentare di sviare le indagini.» Jude aveva visto la mappa della prima scena del crimine disegnata con grande meticolosità da Emmy. «Bisogna essere forti per lanciare una bici tanto lontano.»

«Bisogna essere forti per nuotare fino al centro dello stagno con le ragazze incatenate insieme» aggiunse Emmy. «Ha trascinato lì i corpi, li ha legati a un blocco di cemento con una catena lunga sei metri in modo che tornassero verso la superficie, galleggiando come due aquiloni nell'acqua. Voleva essere visto.»

Jude osservò Emmy appiattire le labbra. Sapeva bene quanto fossero dolorosi quei ricordi.

«Non so.» Virgil sollevò la testa dalla ricerca. «A me sembra che il Cattivo fosse nel panico, che non sapesse quel che faceva. Ha caricato in macchina Cheyenne, e forse ha deciso di portare Madison da qualche parte, improvvisando.»

«No» disse Jude. «Ha dato una posizione precisa alle bici e ai corpi. Non era spaventato. Era meticoloso.»

Emmy cominciò a scuotere il capo. «Non mi sembra la descrizione di Adam Huntsinger.»

Jude era d'accordo con lei. Adam era impulsivo, incontrollabile. Non si sarebbe messo a pensare come non farsi prendere: sarebbe stato troppo concentrato sulla fuga in sé.

«Trovato.» Cole si avvicinò al portatile e digitò qualcosa. Il monitor in fondo alla sala si accese, poi si avviò il mirroring con il suo schermo. «Il cellulare a conchiglia di Cheyenne era un Nokia N93i» disse.

Jude riconobbe il modello. Era spesso: quando era chiuso misurava quasi due centimetri e mezzo. Una volta aperto, la parte superiore poteva ruotare come un visore.

Cole indicò il grosso cardine rettangolare sul guscio. «Quello cos'è?»

«È una videocamera 480p» rispose Jude. «La fessura laterale può contenere una scheda mini SD che memorizza circa due giga di dati.»

Emmy si era avvicinata allo schermo per osservare il telefono.

«Ho trovato delle foto dal contenuto altamente erotico attaccate in fondo all'armadietto scolastico di Cheyenne. Mostravano lei e Madison con indosso dei completi intimi striminziti, Madison in bianco, Cheyenne in nero.»

«Santa/Demone.» Jude sentì un brivido d'avvertimento correrle lungo il corpo. Non le piaceva la piega che stava prendendo la situazione. «Lo sfondo delle foto era stato allestito in qualche modo?»

«Non le definirei il lavoro di un professionista, ma qualcuno ha senz'altro fatto in modo che il luogo non fosse identificabile. Pavimento di cemento non rifinito, pareti dipinte di bianco, materasso matrimoniale senza lenzuola poggiato a terra.» Emmy non prese le foto dai documenti, forse perché Cole era presente. «Solo una foto superava il limite del tutto. Cheyenne era nuda, distesa supina sul materasso con le gambe aperte. Ci siamo chiesti se esistessero altre immagini che mostravano l'uomo che le aveva scattate.»

«Il che significherebbe che il Cattivo non era spinto solo da motivazioni legate al sesso. Le ragazze potevano farlo finire in prigione.» Jude chiese a Virgil: «Non avete mai trovato schede mini SD?».

Lui scrollò il capo. «No, e devo ammettere che non ho nemmeno analizzato a fondo il telefono. Ho dato per scontato che fosse un normale cellulare a conchiglia.»

«Si potevano mandare messaggi con quel coso?» domandò Cole.

«Sì» disse Jude. «Guarda le lettere sotto i numeri. Bisognava premere i tasti con i numeri fino a tre volte per selezionare una lettera.»

Emmy continuò: «Dodici anni fa non era possibile inviare file video pesanti tramite messaggio, e il Wi-Fi non era diffuso come adesso. Una quantità di dati del genere avrebbe esaurito tutto l'abbonamento per la connessione di famiglia. I suoi genitori se ne sarebbero accorti».

«Come si faceva a guardare i video?» chiese Cole.

«Il telefono era corredato di un cavo che si collegava a una presa del televisore, oppure si estraeva la scheda mini SD e si inseriva in un adattatore collegato al computer» disse Jude.

«Perché conosci così bene questo telefono?» le domandò Emmy.

«Perché i pedofili lo adoravano» rispose lei. «All'epoca, anche la videocamera più piccola era ingombrante e difficile da nascondere. Quel telefono offriva la qualità stereo e video migliore sul mercato. Te lo potevi infilare in tasca e andare al parco giochi.»

«Maledizione» mormorò Cole.

«Felix Baker ha avuto quel telefono prima di Cheyenne» disse Virgil.

«Felix aveva un alibi di ferro.» Emmy fece scivolare una chiavetta USB sul tavolo. Sull'etichetta c'era la sua scrittura serrata. «Qui c'è una ripresa di Felix che entra ed esce dalla porta della fabbrica negli orari che ci ha fornito, inoltre si vede la sua auto nel parcheggio e c'erano anche delle telecamere all'interno degli uffici che lo hanno inquadrato seduto al tavolo da disegno, per non parlare dei lettori delle targhe che lo hanno ripreso mentre andava al bacino fluviale.»

«I lettori hanno rilevato qualcun altro che poteva sembrare sospetto?»

«No.» Virgil sollevò un altro pesante fascio di fogli e lo posò con un gran tonfo. «Il nostro sistema non era compatibile con quello del sistema di tracciamento. Le ho dovute esaminare a una a una. La Jetta non si vede da nessuna parte, e so che non l'ha ancora chiesto, ma non c'erano nemmeno numeri di telefono inconsueti nei dati grezzi estratti dal ripetitore della rete dei cellulari. Ho ricostruito personalmente ogni numero che non era di queste parti.»

«C'erano altre Jetta?» Jude li vide scambiarsi delle occhiate tra loro. «Che avete?»

«In quel periodo, la fabbrica produceva trasmissioni per la Jetta. Tutti avevano una Jetta» disse Virgil.

«Okay.» Jude era sempre stata una sostenitrice del bisogno di dichiarare l'ovvio. «Pensiamo tutti che Cheyenne avesse un video in cui si vedeva il Cattivo sul Nokia, giusto?»

Annuirono tutti.

«E forse Cheyenne ricattava il Cattivo, giusto?»

Annuirono solo Emmy e Cole.

Virgil notò: «Il ricatto è un concetto elaborato, e lei aveva solo quindici anni».

Emmy parve sul punto di ridere. «Quando avevo otto anni ho beccato Tommy che rubava una sigaretta di Penley e l'ho ricattato per quattro anni, costringendolo a comprarmi caramelle.»

Virgil alzò le mani in segno di resa.

«Okay.» Jude andò alla lavagna. Dichiarò i punti salienti mentre scriveva. «Cheyenne ha programmato un incontro con il Cattivo sulle vie secondarie alle diciotto e trenta. Doveva consegnare il Nokia con la mini SD in cambio di soldi, poi sarebbe andata da Madison al parco alle venti. Madison era agitata perché conosceva il suo piano, e questo implica che sapeva che non era del tutto sicuro.»

Emmy proseguì nel racconto. «Cheyenne aveva sedicimila dollari nell'armadio, stava risparmiando per poter lasciare la città insieme a Madison. Si faceva pagare in cambio di sesso orale, vendeva droga. La figlia di Taybee, Kaitlynn, ha sentito Cheyenne parlare con Madison di un uomo più grande che frequentava. Cheyenne aveva fatto una battuta, dicendo che avrebbe voluto che il suo pene fosse grosso quanto il suo portafoglio. Se il contenuto del video era abbastanza pericoloso per lui, dubito che si trattasse di un migliaio di dollari. Doveva aver chiesto molto di più, quanto sarebbe bastato loro per lasciare la città una volta per tutte.»

Jude sentì che una parte del puzzle si stava componendo, alla fine. «Spiegherebbe le due ore e mezza trascorse tra i due rapimenti. Cheyenne era intelligente, forse si era coperta le spalle. Diciamo che ha portato il Nokia per consegnarlo al Cattivo, ma senza la scheda. Il Cattivo si è infuriato. Dall'autopsia sappiamo che l'ha picchiata selvaggiamente prima che morisse.»

«Ha resistito due ore e mezza, prima di dire al Cattivo come trovare Madison» disse Emmy.

Il silenzio scese su di loro via via che i dettagli di ciò che era successo realmente quella notte cominciavano a trovare un senso.

Emmy si schiarì la gola. «Le ragazze lo provocavano. Pensavano di avere la situazione in mano, di essere loro a controllarla, mentre in realtà era il Cattivo ad avere il potere.»

«Continua» le disse Jude.

«Ha scoperto che il primo cellulare prepagato di Cheyenne era stato sequestrato a scuola. Lei gli ha assicurato di aver resettato il dispositivo prima di consegnarlo a Celia, ma lui voleva la SIM card perché nessuno potesse risalire a lui. Madison l'ha tagliata in tre parti, ma non gliel'ha consegnata: l'ha lasciata nel suo armadietto invece di gettarla via o darla a lui.»

«Perché?» chiese Jude.

«Perché aveva deciso di fare la stronza, oppure di prenderlo in giro, o magari anche solo perché era una ragazzina sciocca che non si rendeva conto di quanto fosse pericoloso il gioco.» Emmy si strinse nelle spalle, smentendo le proprie parole. «È lo stesso motivo per cui Cheyenne non è mai andata a riprendere il cellulare confiscato, anche se poteva farlo. Ha preferito procurarsi un altro telefono. Nel frattempo, il Cattivo sapeva bene quanto fosse alta la posta in gioco. Poteva essere scoperto, la sua vita sarebbe finita, avrebbe perso la libertà. Le ragazze pensavano solo a cosa avrebbero potuto guadagnare, ma non hanno mai riflettuto su ciò che il Cattivo avrebbe potuto perdere.»

Jude sentì un altro tassello trovare posto. «Abbiamo anche un altro elemento. I pedofili vanno a caccia di bambini perché è facile manipolarli. Non sanno come affrontare le donne adulte. L'assassino di Cheyenne e Madison doveva essersi infuriato di fronte ai loro tentativi di prendere il potere, e le ragazze non si sono rese conto di come quel gioco potesse diventare mortale.»

Emmy sparse sei foto della scena del crimine sul tavolo. Jude riconobbe la via secondaria accanto alla staccionata bianca che delimitava il terreno di Taybee.

«Prima scena del crimine di Cheyenne» cominciò Emmy. «Secondo le analisi del GBI, il Cattivo l'ha inseguita in auto in questa parte delle vie secondarie. Hanno trovato le impronte degli pneumatici della bicicletta nei punti in cui ha scartato in varie direzioni cercando di non farsi raggiungere. Lui non correva, ma ha colpito la ruota posteriore della bici abbastanza forte da piegare il cerchione e spaccare i raggi. Cheyenne ha perso il controllo del manubrio ed è finita nel fossato, qui. Come potete vedere c'era un bel po' di sangue.»

Jude esaminò gli schizzi di sangue nella foto. Cheyenne era caduta di peso, spostando la ghiaia. «Il Cattivo sapeva già che l'avrebbe uccisa. Una volta investita una ragazzina in bici, non c'è modo di tornare indietro, sapeva che non avrebbe lasciato testimoni» disse.

«L'unico motivo per cui non l'ha uccisa subito è perché si è reso conto che nel Nokia non c'era la scheda.»

«L'incontro con Cheyenne aveva come scopo una transazione, non il sesso» sottolineò Jude.

«È l'esatto opposto di ciò che ha fatto con Madison. Lei è stata portata in un luogo nascosto in modo da avere tempo a disposizione. L'ha torturata per ore, ha dato sfogo alle sue fantasie.»

Emmy trovò una foto scolastica di entrambe le ragazze. A differenza delle altre, la poggiò con delicatezza sul tavolo. «Madison non aveva ancora eliminato il grasso infantile, sembrava una bambina. Cheyenne invece era già una giovane donna.»

Un silenzio rispettoso riempì la stanza. Avevano tutti bisogno di un momento per metabolizzare la brutalità delle loro morti. Il viso di Madison era quasi angelico. Aveva i denti davanti affollati, i lunghi capelli biondi che scendevano oltre le spalle. Cheyenne portava i capelli scuri più corti, con un taglio spettinato, e usava un trucco più pesante. Nella foto, aveva le labbra imbronciate. Faceva di tutto per sembrare più grande, per vivere una vita che le era stata strappata via.

Jude fece un respiro profondo. «Madison è stata segregata

in un luogo isolato per almeno dodici ore. Il Cattivo avrebbe potuto tenerla anche più a lungo. Perché non l'ha fatto?»

«Quando Millie mi ha detto che Adam Huntsinger era il Pervertito, si è sparsa subito la notizia che lo stavamo cercando. Papà e io siamo andati immediatamente a casa dei suoi genitori. La polizia di Clayville ha trovato il suo pick-up parcheggiato davanti all'Hang Out. Papà e Virgil sono andati a prenderlo, e io ho ricevuto una telefonata da Hannah più o meno cinque minuti dopo che sono usciti. Se lo sapeva lei, lo sapevano tutti» disse Emmy.

Jude chiese a Virgil: «Da quanto tempo Adam si trovava al bar?».

Virgil scrollò le spalle, ma rispose: «Vostro zio Penley ha detto più o meno un'ora».

«Non è stato Adam.» Emmy era più sicura che mai. «Tutto ciò che abbiamo detto finora è il ritratto di un maniaco del controllo, capace di pensare in modo strategico. Il rapimento e omicidio di Cheyenne e Madison è stato programmato ed eseguito alla perfezione. Adam Huntsinger è irruente e stupido, la sua fedina penale è piena di violazioni da idiota: consumo di alcol in pubblico, guida in stato di ebbrezza, infrazioni stradali. La metà delle volte, quando esce, dimentica di portare con sé la patente. Non sarebbe mai stato in grado di concepire un piano del genere.»

«Non siamo ancora arrivati a un punto in cui possiamo dare qualcosa per scontato. Teniamo la mente aperta» disse Jude.

Emmy ricominciò a scrollare il capo. Sembrava sotto shock. «Abbiamo sbagliato.»

«Vediamo le alternative.» Jude tornò alla lavagna. In alto scrisse il nome di Adam. «Conosciamo tutti le accuse contro Adam. Chi erano gli altri uomini presenti nella vita di Cheyenne e Madison che sono stati esaminati durante le indagini?»

Fu Virgil a parlare, perché Emmy non rispose. «Felix Baker è il padre di Cheyenne, Paul Dalrymple è il padre di Madison,

Dale Loudermilk era l'insegnante di coro di entrambe. Wesley Woodrow è un collegamento con la droga che potrebbe creare una sovrapposizione. Il dottor Carl Whitlock vedeva Madison come paziente.»

«Abbiamo eliminato Felix, ma voglio tenerlo ancora in considerazione.» Jude scrisse i nomi sotto quello di Adam, poi aggiunse padre Nate. «La famiglia di Cheyenne era cattolica, giusto?»

Emmy prese il ritmo. Sfogliò una pila di cartelline. «Abbiamo escluso Nate, era a Smyrna per incontrare l'arcivescovo di Atlanta. Sono andata di persona fin laggiù per parlare con lui. Questa è una foto di quel giorno.»

Jude osservò la fotografia, che ritraeva Nate insieme a un gruppo di altri uomini bianchi e grassocci vestiti eleganti che mostravano il pollice alzato davanti all'obiettivo. «Quanto ci vuole per arrivare a Smyrna da North Falls in auto? Tre ore?»

«Più o meno» disse Virgil. «Nate è stato lì per tutto il giorno. La stradale ha raccolto le immagini della sua Cadillac dalle telecamere per il controllo del traffico.»

Jude dovette ammettere di essere colpita. Gerald conosceva Nate da decenni, eppure aveva verificato a fondo il suo alibi.

«Che mi dite di Paul?»

«Era insieme a Hannah» disse Emmy. «L'ho visto diverse volte durante il giorno, al parco. Così come Brett Temple. Quando sono iniziati i fuochi d'artificio, Paul era ubriaco.»

«Il dottor Carl è stato insieme al figlio, Jack Whitlock, per tutta la sera. L'alibi di uno è confermato dall'altro. Ho controllato la cronologia del browser di Jack, è stato sempre online, tranne nei quarantacinque minuti in cui è andato a guardare i fuochi d'artificio con il padre in giardino» aggiunse Virgil.

Jude si ricordava di Carl. Era stato un amico di Tommy.

«E Walton Huntsinger? È il dentista della città, tutti quelli che conoscevo andavano da lui, da ragazzini. Cheyenne o Madison erano sue pazienti?»

«Ha fatto un'otturazione d'emergenza a Cheyenne quando

si erano appena trasferiti a Clifton, ma Walton era fuori città il Quattro luglio.»

Emmy aprì un'altra cartellina e posò una foto sul tavolo. «Questo è un selfie che abbiamo stampato dal telefono di Walton che dimostra che non poteva essere a North Falls quando le ragazze sono state rapite. Esiste un'organizzazione, chiamata Tooth Troopers, in cui presta servizio come volontario. Hanno lavorato al circolo dei veterani di Bridgeport, in West Virginia, per tre giorni. Walton aveva preso un'auto a noleggio perché la trasmissione della sua Jetta non andava più. Per questo Adam l'aveva a disposizione.»

Jude osservò il selfie di Walton Huntsinger, scattato davanti a un edificio in pietra, e non fece fatica a riconoscere il suo viso rugoso. Lo stesso sorriso affabile, gli stessi occhi socchiusi, gli stessi capelli corvini. «In famiglia amano tingersi i capelli.»

«All'epoca era già vecchio. Ormai sarà cibo per i vermi» commentò Cole.

«Cole» lo riprese Emmy. «Walton ha solo qualche anno più di Virgil.»

«Io non sono cibo per i vermi, figliolo.» Virgil lanciò un'occhiataccia a Cole, poi prese un foglio giallo, la copia carbone di una ricevuta di un noleggio auto. La fece scivolare nella direzione di Jude. «La Hertz di Verona ha confermato che Walton ha preso un'auto il 2 luglio e l'ha riconsegnata più o meno mezz'ora prima che Emmy e Gerald lo trovassero in casa.»

«Aveva ancora la valigia nell'ingresso, ed era sotto la doccia quando papà ha bussato alla porta» aggiunse Emmy.

«D'accordo.» Jude passò al nome successivo. «Che mi dite di Woody?»

Virgil prese di nuovo la parola. «Era al lago Allatoona con i parenti del padre. Si sono azzuffati con un altro gruppo presente al lago, è stata coinvolta anche la polizia. Un paio di tizi sono finiti all'ospedale, hanno alzato un gran casino. Un modo molto patriottico per festeggiare il Quattro luglio, insomma.»

Emmy mise un'altra foto davanti a Jude. «Ecco le foto segnaletiche scattate a Woody al momento dell'arresto.»

Jude non riusciva a distogliere lo sguardo dal viso dell'adolescente. Aveva un sorrisetto malevolo, gli occhietti perfidi puntati verso l'obiettivo. Vide dei tatuaggi sul suo petto nudo, uno squarcio recente sulla fronte. C'era un che di stranamente familiare nei suoi lineamenti. Sentì un brivido lungo la schiena.

«Woody è un parente di Bubba Rawley?»

«Sì» confermò Virgil. «È suo nipote. Tanya lo ha abbandonato ed è stato cresciuto dalla nonna. È morta qualche anno fa. Fentanyl.»

Jude si costrinse a staccare gli occhi da quell'immagine. «Per cosa lo hanno incriminato il Quattro luglio?»

«All'inizio? Ubriachezza molesta e schiamazzi, con contorno di aggressione» disse Virgil. «Il suo avvocato è riuscito a ridurre il tutto a disturbo della quiete pubblica.»

Emmy toccò una chiavetta USB. «Qui c'è il video dell'interrogatorio di Woody. Resta impassibile e si rifiuta di rispondere a qualsiasi domanda fino a quando non lo lasciano perdere.»

«Ha preso dal nonno.» Era rimasto un solo nome sulla lavagna. «Dale Loudermilk. Qual era il suo alibi?» chiese Jude.

«Non ne aveva uno» rispose Emmy. «Era rimasto a casa da solo tutta la settimana, la moglie era dalla sorella a Carrollton. Aveva preso due giorni di ferie dal centro ricreativo della scuola. I suoi vicini erano allo spettacolo pirotecnico, e nessuno l'ha visto fino alle cinque e mezza del mattino del 5 luglio, quando un vicino lo ha notato sul vialetto di casa, impegnato a lavare la macchina.»

Jude ricordò un dettaglio del podcast. «Cosa ti ha indotta a seguire Dale nel corridoio della scuola, quel giorno?»

Emmy non prese una foto né indicò una chiavetta di memoria. Andò al portatile che stava usando Cole e cliccò su alcune cartelle fino a trovare ciò che cercava. Jude guardò il monitor, dove apparve un corridoio scolastico. I colori erano sbiaditi, il blu degli armadietti si mescolava con il marrone del pavimento. C'erano due sportelli aperti, a una certa distanza l'uno dall'altro.

Emmy spiegò: «Ero con Celia nel suo ufficio quando abbiamo visto Dale sugli schermi delle telecamere di sicurezza. Non sapeva che quella del corridoio era stata riparata qualche giorno prima. L'armadietto aperto apparteneva a Cheyenne, e sul fondo erano attaccate le foto di lei e Madison in completo intimo».

Jude osservò Dale Loudermilk apparire sullo schermo. Aveva visto la foto segnaletica dell'uomo, ma in versione tridimensionale era proprio come se lo aspettava: perfettamente normale, come un qualsiasi insegnante di una scuola americana. Pantaloncini beige con le tasche, maglietta verde del centro ricreativo, baffi folti. Camminava, ma si fermò davanti all'armadietto di Cheyenne. Passarono diversi secondi durante i quali lui osservò le foto all'interno. Poi guardò a sinistra, a destra, e prese qualcosa all'interno.

«Quella è la foto di Cheyenne nuda. L'avevo lasciata a faccia in giù nell'armadietto» disse Emmy.

Jude restò concentrata su Dale che fissava la foto oscena. Era di profilo, ma sul suo viso non apparve alcuna reazione. Il tempo si allungò, e passò quasi mezzo minuto prima che la rimettesse nell'armadietto e se ne andasse.

«Ho sdoppiato le riprese per seguirlo fino all'auditorium» aggiunse Emmy.

Jude seguì l'avanzata di Dale nel lungo corridoio. Continuava a muovere le mani nelle tasche, era distratto, non si rendeva conto che Emmy lo seguiva da qualche metro di distanza. Diede una rapida occhiata a sinistra e destra prima di aprire le porte dell'auditorium. Un'altra ripresa lo mostrò mentre avanzava nell'atrio, diretto verso altre porte. Pochi secondi dopo, Emmy arrivò di corsa e afferrò la porta prima che si chiudesse.

Emmy fermò il video. «Dietro il palco non c'erano telecamere.»

Jude mostrò tutto il suo apprezzamento. «Non lo hai affrontato, ma hai deciso di seguirlo. Hai dimostrato un istinto incredibile.»

«Be'» fece lei, scrollando le spalle. «Forse no. In questo momento Dale è molto più plausibile di Adam Huntsinger, come colpevole.»

Cole fece la domanda ovvia. «Perché non avete pensato che Dale fosse l'assassino?»

Emmy elencò i motivi. «Nessuna delle foto sul suo computer ritraeva Cheyenne e Madison. Avevano entrambe quindici anni, e le ragazzine nella raccolta di Dale avevano un'età compresa tra i nove e gli undici. Abbiamo passato ore a esaminare ogni ripresa delle telecamere di sicurezza della scuola per vedere se avesse un comportamento inappropriato con Madison o Cheyenne, ma non abbiamo trovato nulla che lo collegasse a loro. Abbiamo condotto interrogatori estesi con tutti gli insegnanti e studenti che avessero anche solo un legame passeggero con le ragazze, abbiamo parlato con quelli che frequentavano il centro ricreativo e il centro commerciale. E ogni volta che Dale le ha accompagnate a casa dalle prove del coro, i tempi erano giusti. Le prove finivano alle cinque e le ragazze erano a casa dieci minuti dopo. Sia Hannah che Ruth hanno testimoniato sugli orari al processo di Adam. Non c'era uno straccio di prova che potessimo usare per inchiodarlo.»

«E Adam aveva molto più senso. Sapete tutti perché, ma io continuo a puntare su di lui... per quel che vale» aggiunse Virgil.

Jude non era ancora convinta. Rilesse i nomi sulla lavagna. Era stata via per decenni e ne conosceva di sfuggita almeno quattro. «Sappiamo se questi uomini si conoscessero tra loro?»

«Ecco...» Emmy si strinse nelle spalle. «Sono quasi tutti di North Falls, potrebbero essersi incrociati. Li abbiamo sempre considerati solo in relazione alle ragazze.»

Jude chiese a Virgil: «Si sono sentiti al telefono?».

Lui non rispose subito, come se avesse bisogno di elaborare la domanda. «Non avevamo motivo per richiedere un mandato per nessuno di loro, tranne Adam e Dale, e non ci sono tabulati che indichino chiamate tra i due.»

«Adam era incluso nel piano telefonico di famiglia?»

Virgil rifletté di nuovo. Non era il tipo da lasciarsi sfuggire i dettagli, anche minimi. «Sì, mi sono procurato le copie di tutti i tabulati della famiglia da sei mesi prima. La linea fissa e i cellulari di Walton e Alma. Sono tutti in una scatola nel mio seminterrato, non pensavo ne avremmo avuto bisogno.»

«Aspetta.» Emmy sollevò le mani, come se avesse bisogno di fermare tutto. «Pensi che Adam usasse i telefoni dei genitori per comunicare con un complice?» chiese a Jude.

«I complici nei rapimenti seriali non sono comuni, ma non sono nemmeno rari. In genere si tratta di un uomo e una donna vittime di *folie à deux*, ma quando sono due uomini i loro crimini possono essere di una brutalità estrema. Leopold e Loeb, i Toolbox Killers, gli Strangolatori di Hillside.»

Emmy era scossa. «Se Adam aveva un complice, potrebbe essere stato lui a rapire Paisley.»

«Non corriamo. Per il momento sono solo teorie, non abbiamo niente di concreto in mano» disse Jude.

«Posso chiamare la prigione e chiedere i registri delle visite ricevute da Adam» si offrì Virgil.

«Fallo dall'ufficio di papà, e non farti sentire da nessuno» disse Emmy.

Jude aggiunse: «Chieda anche l'elenco di tutte le guardie del suo piano e di tutti i prigionieri che svolgevano il servizio mensa e consegna poste o addetti al carrello della biblioteca. Vogliamo le scansioni di tutte le sue e-mail e di qualsiasi altro tipo di corrispondenza».

«Aspetta» disse Emmy, fermando Virgil sulla porta. «Chiama anche la Prigione di Stato di Dooley. Voglio sapere chi ha avuto contatti con Dale Loudermilk. Controlla le stesse cose per lui, più il suo responsabile dello spaccio. Controlla se qualcuno, dall'esterno, gli sta rendendo la vita dentro un po' più semplice.»

«Dale è stato colto in flagrante con il porno. Sapeva che lo attendeva una condanna seria. Se davvero avesse avuto un complice, il suo silenzio non sarebbe stato a buon mercato» aggiunse Jude.

«Chiaro.» Virgil uscì facendole il saluto militare.

Jude tornò a guardare la lavagna. Sentiva nelle ossa che si avvicinavano alla verità. I suoi occhi esaminarono di nuovo i nomi. Aveva fatto di tutto per evitare che la sua orribile esperienza con Adam annebbiasse il modo in cui osservava gli elementi del caso, ma se il suo nome era in cima alla lista, c'era un buon motivo. Ricordò che Emmy aveva detto che molte prove contro di lui erano *compatibili* ma non una *corrispondenza esatta*. L'esistenza di un complice avrebbe spiegato le incongruenze.

«Che auto guidava Dale?» domandò a Cole.

«Un pick-up Ford F-150 bianco, di sei anni.»

Emmy andò al computer. «L'auto che stava pulendo con l'aspirapolvere e con una soluzione a base di varechina alle cinque e mezza del mattino era un'Audi A4 di tre anni, che apparteneva a sua moglie Esther.»

Jude guardò di nuovo il monitor mentre Emmy sfogliava le immagini: scatti da angolazioni diverse del pick-up, paraurti davanti e dietro, alcune foto degli interni, i sedili, i tappetini, il volante e il cruscotto, poi un ingrandimento del punto in cui si vedeva della vernice scrostata sul cofano.

Emmy spiegò: «Dale ci ha detto che la vernice si era staccata quando ha portato in riparazione il tosaerba.»

«Ha caricato un tosaerba nell'Audi e non nel pick-up?» domandò Jude.

Con un cenno del capo Emmy riconobbe quanto fosse inconsistente la scusa. «Ha fatto un bel lavoro di pulizia, sull'auto. Non c'era la minima traccia di vernice di qualsiasi cosa abbia colpito con il cofano, non c'erano segni visibili sul paraurti anteriore, e naturalmente, grazie all'uso della varechina, i nostri test non hanno rilevato sangue né fluidi corporei. All'epoca abbiamo immaginato che Dale avesse lavato la macchina perché sperava che non avremmo scoperto che accompagnava a casa da scuola Madison e Cheyenne.»

«Quando hanno dragato lo stagno hanno trovato un telone di plastica, vero?» chiese Jude.

«Sì» confermò Emmy. «Abbastanza grande da coprire il cofano, ma sulla plastica non sono state rilevate delle prove.»

Cole si schiarì la gola. «E i numeri sull'adesivo?»

Jude non aveva idea di cosa stesse parlando. «Fammi vedere.»

Al computer, Cole selezionò una foto degli interni dell'Audi. Il volante era al centro dell'inquadratura. Ingrandì l'angolo in alto a sinistra del parabrezza, dove c'era un piccolo adesivo quadrato con il logo dello Speedy Go Garage. Sotto c'erano scritti data e chilometraggio per il cambio d'olio successivo.

«In queste auto di lusso l'olio va cambiato ogni quindicimila chilometri o dodici mesi. L'adesivo dice che il cambio dell'olio seguente era previsto per il 2 luglio dell'anno dopo, il che significa che era stato fatto due giorni prima che Madison e Cheyenne fossero rapite.»

«Ha senso» commentò Emmy. «La sorella di Esther era in Florida la settimana precedente, ed era passata a prenderla quando tornava a Carrolton. Dale ha preso la sua auto per far cambiare l'olio mentre lei era fuori città.»

Jude prese gli occhiali da lettura e si avvicinò al monitor per poter leggere i numeri. L'istinto le diceva che Cole aveva in mente qualcosa. «Continua.»

Lui andò alla lavagna e cominciò a scrivere. «L'adesivo dice che il cambio d'olio è previsto quando il contachilometri arriverà a 25.433, giusto? Sottraendo 15.000 chilometri da questo numero, sappiamo che due giorni prima che Cheyenne e Madison fossero rapite il contachilometri segnava 10.433, no?»

«Cazzo.» Emmy chiuse le dita sul touchpad per mostrare il cruscotto dietro lo sterzo. «Il chilometraggio segnato è 11.543.»

Cole tracciò una riga sotto il numero per fare i calcoli. «Sono...»

«1.110» intervenne Jude. «In due giorni, Dale ha fatto 1.110 chilometri con l'Audi.»

«Se ha fatto andata e ritorno, sarebbero 555 a tratta.»

«Dale non ha mai detto di essere andato fuori città» esclamò Emmy.

«Walton è andato fuori città» disse Jude.

Emmy scrollava il capo. «Per andare e tornare da North Falls a Bridgeport, in West Virginia, sono più di 2.200 chilometri. Virgil ha confrontato il contachilometri con la ricevuta dell'auto a noleggio. Poi, per sicurezza, ho chiesto alla Sicurezza Nazionale di controllare l'elenco passeggeri di tutti i voli del paese in quelle date per verificare se comparisse il nome di Walton Hubert Huntsinger. Non c'era. E poi c'è questo...»

Jude guardò di nuovo il monitor. Usando Google Earth, Emmy individuò l'edificio dell'associazione di veterani American Legion di Bridgeport, West Virginia. Cliccò per aprire Google Street View.

«Questo è lo stesso edificio che si trova alle spalle di Walton nel selfie scattato con il suo telefono. E i metadati del .jpeg indicano la stessa posizione. Non ci sono dubbi che fosse in West Virginia» disse Emmy.

«Okay.» Jude si tolse gli occhiali. «Cosa ti dice l'istinto?» le chiese.

«Che Dale e Adam erano complici.»

«In base a quali motivazioni?»

Emmy sollevò la mano e contò. «Sappiamo che Adam aveva contatti con entrambe le ragazze. Era stato visto fumare insieme a Madison. Ha confessato a te stamattina che si faceva fare sesso orale da Cheyenne. Sappiamo che qualcuno produceva pedopornografia. Sappiamo che Cheyenne aveva immagini pornografiche di se stessa nel suo armadietto. Sappiamo che

Dale aveva una collezione di immagini pedopornografiche. Sappiamo che ha osservato la foto erotica di Cheyenne senza batter ciglio. Sappiamo che ha eseguito una folle pulizia profonda dell'Audi di sua moglie alle cinque e mezza del mattino.»

«Convincente, ma non decisivo» commentò Jude. «Dobbiamo capire dove sia andato Dale con l'Audi.»

«Esther è morta, quindi non possiamo chiedere a lei, e la sorella che abita a Carrolton si rifiuta di parlare con noi. Dice che il passato deve restare nel passato.» Emmy osservava i calcoli del chilometraggio sulla lavagna. «Sono circa dieci ore di viaggio, tra andata e ritorno. Madison è stata tenuta da qualche parte per almeno dodici ore. Ma perché Dale sarebbe arrivato tanto lontano per poi riportarla qui, incatenare il suo corpo a quello di Cheyenne e abbandonarle entrambe nello stagno di Millie?»

Il brutto presentimento che Jude aveva provato poco prima tornò a investirla. «Potrebbe averla portata da qualcuno. Forse un cliente.»

«Nel senso che potrebbe averla venduta?» chiese Cole.

«Forse» disse Jude. «Spiegherebbe le foto nell'armadietto di Cheyenne. Le ragazze devono essere state indotte con l'inganno a posare per quegli scatti. Di sicuro non avevano idea che sarebbero state offerte a qualcuno.»

Emmy si coprì la bocca con le mani. Stava pensando alle ultime dodici ore di vita di Madison. Si rifugiò in cucina per evitare che Cole vedesse il suo viso bagnato di lacrime.

Jude sapeva bene che non doveva andare da lei. «Sai come si fa a individuare un raggio di percorrenza partendo da un punto centrale?»

«Intendi se posso indicare tutte le città che si trovano a 555 chilometri di distanza da North Falls? Sissignora.» Cole si sedette al computer. «Direzioni e deviazioni, giusto?»

«Forse.» Jude fece fatica a non lasciarsi contagiare dal suo entusiasmo, così come a non ripensare alle tante volte in cui si era trovata in una situazione simile. «Un passo alla volta, tesoro. Siamo ancora in una maratona, non stiamo correndo i cento metri.»

Il telefono di Emmy vibrò sul tavolo.

Jude vide il nome del chiamante che scorreva sullo schermo: CENTRALE CONTEA DI CLIFTON

Emmy rientrò nella sala conferenze con gli occhi asciutti e rispose alla telefonata. «Marla, sei in vivavoce.»

«Capo.» Lo disse con la voce piena di angoscia. «Adam Huntsinger ha chiamato il 911, vuole parlare con lei.»

Emmy aggrottò la fronte. «Brett lo sta ancora seguendo?»

«Sissignora. Brett ha dato l'ultimo riscontro all'esterno della casa di Huntsinger cinque minuti fa. Vedo sul GPS la sua autopattuglia ferma a cinquanta metri dal vialetto di accesso.»

«Senti se Brett sta bene e passami Adam.»

«Le passo subito la chiamata, capo.»

Dall'altoparlante del telefono uscì una serie di toni bassi, poi si sentì il suono di un respiro affannoso.

Emmy fece un rapido respiro. «Signor Huntsinger, sono l'agente capo Clifton. Cosa posso fare per lei?»

«Puoi andare a fare in culo» sibilò Adam. Biascicava le parole. Doveva aver continuato a bere da quando Jude era uscita dal bar. «Si può sapere che cazzo vi è preso? Cosa vi ho fatto?»

Emmy fece un altro respiro leggero. «Signor Huntsinger...»

«Ho trovato quello che tua sorella ha nascosto nel mio cazzo di pick-up!» urlò lui. «Stavolta però non mi prendo la colpa. Non c'entro niente con quella stronzetta che non riuscite a trovare.»

Emmy guardò Jude, che non poté fare altro che scuotere il capo. Cole fece altrettanto. Non avevano idea di cosa stesse parlando.

«Signor Huntsinger» fece lei in tono controllato e fermo. «Per favore, si calmi e mi dica cos'ha trovato nella sua vettura.»

«Calmati tu, che cazzo. Basta, sono stufo di parlare.» Adam non attaccò, ma Jude sentì il suono familiare di un uomo che beve una lunga sorsata da una bottiglia. «Voglio dirti un'altra cosa, stronza. Ti consiglio di togliere subito quel poliziotto di merda dalla mia strada, o giuro su Dio che prenderò questo maledetto fucile e gli farò saltare quella testa di cazzo.»

18

Emmy partì a tutta velocità con la sua auto di servizio verso l'uscita per Elsinore Meadows. Aveva acceso i lampeggianti blu per far spostare le altre macchine al suo passaggio. La sirena era spenta, perché voleva avvicinarsi in silenzio. Il rombo del sangue le risuonava nelle orecchie sovrastando il ronzio del motore. Stringeva forte il volante, il sudore le colava sotto il giubbotto antiproiettile rinforzato. Quando si immise nel lungo rettilineo, cercò di non pensare a come avesse percorso la stessa strada solo la mattina precedente, con Cole seduto dietro e suo padre accanto. In quel momento, la sua mente era invasa dal terrore. Paisley Walker era appena scomparsa, una folla di giustizieri gridava vendetta e lei non sapeva ancora che la sua vita sarebbe cambiata in un batter d'occhio.

Aveva deciso di lasciare Cole alla centrale. Lui aveva protestato, ma sapeva bene che doveva eseguire gli ordini. Emmy gli aveva detto che era più importante che continuasse a lavorare con Jude, ma la verità era che non sarebbe riuscita ad agire per il meglio se avesse portato suo figlio ad affrontare un criminale armato che non aveva niente da perdere. Lei aveva già perso entrambi i genitori, e se fosse successo qualcosa a suo figlio, il suo mondo sarebbe finito per sempre.

Più avanti, Emmy vide una fila di SUV con contrassegno parcheggiati lungo la strada. Rick Tuttle era al centro della via con le braccia muscolose incrociate sul giubbotto imbottito. Il capo della polizia della città di Verona era alto un metro e novanta e aveva un fisico da difensore di football, anche se non metteva piede su un campo da quando andavano entrambi alle superiori. Intorno aveva un gruppetto di sei uomini altrettanto massicci. La polizia di Verona indossava divise mimetiche con stivali da combattimento e attrezzature allacciate ai giubbotti sufficienti per condurre una piccola guerra. Al confronto, Brett sembrava un bambino che giocava a guardie e ladri.

Emmy parcheggiò dietro l'ultimo SUV. Balzò fuori dall'auto e si strinse le cinghie del giubbotto antiproiettile mentre avanzava. L'aria era carica di tensione, le nuvole nel cielo erano diventate grigie: stava arrivando la pioggia dal Golfo. Emmy su concentrò su Adam Huntsinger. Se la teoria elaborata in sala conferenze era giusta, aveva un complice, e in quello stesso momento quell'uomo forse stava violentando e torturando Paisley Walker. C'era ancora una possibilità di trovarla viva.

«Capo.» Brett le corse incontro. Sembrava molto più sveglio di prima. «Ho visto Adam all'interno della casa dieci minuti fa, ha fatto il giro delle finestre e ha chiuso tutte le tende. Aveva in mano il fucile a canne mozze. Nessuna traccia dei genitori, ma la macchina di Walton era sul vialetto quando è arrivato.»

«Dobbiamo immaginare che ci sia anche la madre in casa: Alma non guida da anni.» Avevano raggiunto il gruppo di uomini.

Emmy si rivolse a Rick. «Grazie per essere venuti. I miei sono ancora impegnati nelle ricerche di Paisley Walker.»

«Figurati, è un piacere poter dare una mano.» I suoi occhiali a specchio mostravano il riflesso della strada alle spalle di Emmy, che fece uno sforzo per non pensare a Cole che correva lungo la strada con il giubbotto slacciato.

«Com'è la situazione?» chiese.

«Abbiamo gli SWAT in arrivo da Ocmulgee, saranno qui tra venti minuti» disse Rick.

Emmy non aveva intenzione di aspettare la squadra SWAT. «I genitori di Adam, Walton e Alma, sono in casa. Hanno entrambi quasi ottant'anni, e Alma è completamente cieca. Adam ha un fucile, ha già minacciato di sparare al mio agente. Beve da tutto il giorno.»

«Per questo aspettiamo la squadra SWAT» rispose Rick.

«Non intendo perdere uno dei miei uomini. Non per un pedofilo e due anziani.» Emmy si accorse che stava digrignando i denti. Dovette sollevare la testa per guardare i sei uomini robusti che la circondavano, armati di tutto punto, travestiti da duri.

«Okay.» Si rivolse a Brett. «Andiamo?»

«Dove?» chiese lui.

«A fare il nostro dovere, che diamine.»

Cominciò a correre verso la casa. Il suo sguardo si posò per un attimo sulla chiazza nera sull'asfalto rimasta nel punto in cui era caduto Gerald. La sensazione di distruzione minacciò di tornare, quel senso di vuoto improvviso. Ogni fibra del suo corpo sapeva cosa suo padre avrebbe voluto che facesse, in quel momento. La squadra degli SWAT di Verona non aveva solo il grilletto facile: per loro era un vanto non fare prigionieri. Emmy non aveva molte certezze, ma sapeva che Adam Huntsinger non sarebbe più stato in grado di parlare, se fosse morto.

«Capo.» Brett le correva accanto. «Qual è il piano?»

Emmy fece un respiro veloce. Era troppo agitata per provare sollievo. «Vai sul retro. Ci sono due uscite, una dalla cucina e una dal portico posteriore. Se Adam passa da una delle due, devi proteggerti, ma se hai alternative non spararagli. Abbiamo bisogno di farlo parlare, potrebbe dirci dove trovare Paisley.»

Brett assentì. «Sì, capo.»

Emmy rallentò per dargli il tempo di fare il giro della casa. Prese il cellulare e accese la videocamera, poi lo infilò nel taschino del giubbotto in modo che l'obiettivo fosse rivolto verso l'esterno. Gerald era contrario alle body cam, ma lei voleva che qualsiasi interazione con Adam Huntsinger fosse registrata. Anche se fosse stato un pallettone che la colpiva al petto.

Diede un'occhiata all'interno della Toyota Corolla nera di Walton passandoci accanto. Il vecchio pick-up di Adam era parcheggiato più vicino alla casa, di sbieco. Le ruote posteriori avevano scavato solchi profondi nella ghiaia. La cabina di guida era vuota, ma nel retro c'era una cassetta per gli attrezzi aperta. Era di plastica gialla, con la maniglia rotta. Il coperchio era sollevato, ed Emmy vide una serie di chiavi inglesi, cacciavite e pinze arrugginiti.

Sganciò la cinghia di sicurezza della Glock, avvolse le dita intorno al calcio e andò verso i gradini del portico. Le finestre erano buie, non si notavano movimenti dietro le tende. Sentì un televisore acceso con il volume alto da qualche parte sul retro della casa. Emmy non ebbe bisogno di valutare le alternative, ma fece la stessa cosa che aveva fatto suo padre il giorno prima. Sollevò la mano e batté il pugno contro il legno resistente, bussando abbastanza forte da farsi sentire nonostante il televisore, ma non tanto da scuotere la porta sui cardini.

Fece tre passi indietro, si spostò dall'apertura della porta nel caso Adam decidesse di sparare da dietro di essa. Tenne la mano sulla Glock e aspettò.

La porta non si aprì, ma la voce del televisore si spense. Nel silenzio, Emmy ascoltò il cigolio delle vecchie assi del pavimento all'interno della casa. Ripensò a quel fatidico giorno di dodici anni prima, con Gerald che provava ad aprire la porta, trovandola chiusa a chiave, lei che si spostava sul lato della casa, guardava all'interno della cantina, il suono della voce di suo padre che la richiamava all'ingresso.

Bussò di nuovo, stavolta più piano, volutamente.

«Adam?» La voce femminile suonò fragile e distante. «C'è qualcuno alla porta?»

Emmy sentì un mormorio più vicino. Due uomini stavano discutendo, uno parlava più forte dell'altro. Adam e Walton. La conversazione si spense in fretta. Si sentirono altre assi scricchiolare, dei passi in movimento, poi la porta venne spalancata.

Walton Huntsinger aveva un'espressione tesa, gli occhi stanchi dietro gli occhiali spessi. I capelli di un nero innaturale erano pettinati di lato per nascondere la calvizie.

«Dottor Huntsinger, lei e sua moglie siete al sicuro?» chiese Emmy.

«Sì, grazie» rispose lui, in tono abbattuto. Erano già stati in una situazione identica, e sapeva bene com'era finita. «Adam è in cucina, mi segua.»

Emmy entrò in casa. Non era cambiato nulla. L'unica cosa che mancava dall'ingresso era la valigia di Walton. Superò il punto in cui l'aveva vista e richiamò alla mente l'immagine della Samsonite nera con l'ombrello da golf colorato infilato nella maniglia e un portafoglio da uomo con il logo dei Georgia Bulldogs che spuntava dalla tasca con la chiusura lampo. Seguì Walton nel lungo corridoio superando il soggiorno, la sala da pranzo, ed entrando infine in cucina. Il giallo acceso delle pareti si era sbiadito, ma almeno così gli elettrodomestici erano in tinta. Sul bancone c'era un portachiavi con il telecomando della Toyota.

Adam era seduto al tavolo della cucina. Quando vide Emmy, fece una smorfia che poteva somigliare a un sorriso. La fissò da dietro le lenti spesse degli occhiali. Davanti a sé aveva tre oggetti.

Il fucile a canne mozze di Penley preso al bar.

Una bottiglia mezza vuota di Jack Daniel's.

Un martello da carpentiere da mezzo chilo.

Emmy restò senza fiato. Il manico di legno era quasi annerito dal sangue secco. Il sangue intorno alla parte metallica era più chiaro, più recente.

Paisley.

«Lasciaci soli, papà» disse Adam.

Walton non guardò Emily. Uscì dalla stanza trascinando i piedi. Senza di lui, la stanza sembrò più piccola.

«Siediti, capo» disse Adam.

Lei non si sedette. Diede un rapido sguardo alle finestre. Le tende della porta non erano del tutto chiuse, e vide Brett che afferrava la maniglia, con la Glock nella mano destra. Emmy scosse il capo per dirgli di restare fuori.

Chiese a Adam: «Dov'è Paisley?».

«Vaffanculo» fece lui. «Risposta sbagliata.»

Emmy sapeva cosa voleva che gli chiedesse: era il motivo per cui l'aveva chiamata. «Parlami del martello.»

«Sai già tutto di questo martello del cazzo.»

Lo sguardo di Emmy seguì la mano destra di Adam, che si posò sul tavolo, piatta. Vicino alla bottiglia. Vicino al fucile. Vicino al martello. Poteva ferirla con ciascuno dei tre oggetti. Lei si appoggiò all'indietro, contro il bancone, fuori dalla portata di un colpo. Un turbine di domande vorticava nella sua mente.

Perché aveva chiamato il 911 chiedendo di parlare con lei? Perché aveva minacciato di uccidere Brett? Perché aveva lasciato il martello sul tavolo, come un gatto che porta a casa un uccellino morto? Il suo complice stava cercando di incastrarlo? Adam voleva ingannarla?

Fece un respiro profondo e si costrinse a tentare con un'altra domanda. «Quel martello era nella cassetta degli attrezzi del tuo pick-up?»

«Proprio dove l'ha messo tua sorella.»

«Perché dovrebbe fare una cosa del genere?»

«Lo sai benissimo.»

La mano di Adam si mosse e lei trattenne di nuovo il respiro, ma lui voleva solo afferrare la bottiglia. Adam tenne gli occhi puntati su di lei mentre beveva. Dalla sua gola arrivò il suono dei sorsi, poi la bottiglia tornò sul tavolo con un tonfo. Emmy osservò la sua mano sinistra scivolare verso il fucile. Il tatuaggio del serpente sembrava quasi pulsare intorno al braccio. Sapeva che voleva spaventarla, indurla a mostrarsi intimorita.

Lei però non aveva nessuna intenzione di accontentarlo. «Dov'è Paisley?»

«Perché cazzo continui a chiedermi di quella stupida stronzetta?»

Emmy lasciò che il silenzio si allungasse fino a quando Adam non si innervosì. Si mosse sulla sedia e cominciò a tamburellare con le dita contro la bottiglia.

«Adam, perché siamo qui?» gli chiese.

«Io sono qui per bere.» Quando sorrise, gli si impigliò il labbro nella fessura tra i denti. «Ti va un goccio?»

«No.» Emmy spostò la mano dalla Glock e l'appoggiò sul bancone dietro di sé. Sapeva di poter raggiungere la sua arma molto più in fretta di Adam. «Mi hai chiamata passando dal numero di emergenza, è indubbio che sei ubriaco, mi hai detto che avevi un fucile, hai minacciato di uccidere il mio agente. Pensavi che sarei entrata qui dentro e ti avrei sparato? O volevi parlare?»

Lui smise di tamburellare. «Tanto non mi crederai comunque.»

«Mettimi alla prova.»

Lui allargò le braccia. «Non ho fatto del male a nessuna di loro. Non so dove sia Paisley, non c'entravo niente con la storia di Madison o Cheyenne. Cristo santo, chi ha deciso il nome di quelle ragazzine? È come parlare di una maglietta, di una strada e di una merdosa città del Montana.»

«Wyoming.»

«Cazzo.» Lasciò ricadere le mani sul tavolo. «Sei come quell'intelligentona di tua sorella, sempre pronta a correggere la gente. Si crede ancora meglio di tutti gli altri.»

Emmy attese di nuovo qualche istante per assicurarsi che avesse finito. «Se non hai ucciso tu Madison e Cheyenne, allora chi è stato?»

«Quel coglione del podcast dice che è stato Dale.»

«Okay» rispose Emmy. «Che prove hai?»

«Non pensi che lo avrei detto dodici anni fa?» Batté i pugni sul tavolo con tanta forza che il martello sobbalzò e finì vicino al bordo. «Hai idea di che merda sia stare nel braccio della morte ad aspettare che qualcuno ti infili un ago nella vena e ti ammazzi per qualcosa che non hai fatto?»

«Dimmi chi altro potrebbe essere stato.»

«Mi avete rubato dodici anni di vita» disse lui. «Tu e il tuo paparino. Non ha neanche provato ad ascoltarmi. Gli ho detto che non ero stato io, l'ho detto a tutti, ma nessuno mi ha creduto, nemmeno la mia stramaledetta famiglia. Starei ancora ad aspettare la data dell'esecuzione, se non fosse stato per quell'idiota del podcast.»

Ancora una volta Emmy attese che la sua collera diminuisse. «Chi potrebbe essere a volerti incastrare, Adam? Chi avrebbe messo quel martello nella tua cassetta degli attrezzi?»

«La persona che ha ammazzato le ragazze!» gridò. «Lo stesso tizio che ha preso Paisley! Che cazzo, è questo che sto cercando di dire!»

Emmy attese ancora. «Credevo avessi detto che era stata Jude a mettere il martello nel tuo pick-up.»

«Forse è coinvolta anche lei» rispose, agitando le braccia per sminuire l'incoerenza delle sue affermazioni. «Qualcuno sta cercando di incastrarmi. Non ho mai fatto niente di male. Vendevo solo l'erba ai ragazzini per potermi divertire un po'.»

«Chi vuole incastrarti?»

«Siete voi la polizia, perché cazzo non lo capite da soli?»

«Cerchiamo di ricostruire la situazione. C'è qualcuno nella tua vita che vorrebbe farti del male?»

«Solo tutta questa città di merda. Non li hai visti chiedere la mia testa, quando hanno sparato a tuo padre?»

«Qualche amico, magari?» chiese Emmy. «Qualcuno che forse vuole farti tornare in prigione.»

«Che cazzo dici? Nessuno parla con me, non ho amici. Ho solo avvocati. Ho il coglione del podcast che vuole a tutti i costi intervistarmi, come se fosse un giornalista di cronaca nera.» Adam puntò l'indice verso di lei. «Non pensare che non sappia che vuole solo fregarmi. Mi vuole incastrare su quell'accusa di stupro di una puttana che nemmeno ricordo.»

Emmy lo osservò afferrare la bottiglia e bere un'altra sorsata. Aspettò ancora una volta che avesse finito. «Torniamo a dodici anni fa. Parlami di com'era prima che ti arrestassero. Chi frequentavi?»

«Della gente, non lo so. Sono scappati tutti quando voi figli di puttana avete sparso la voce che sarei un cazzo di pedofilo.»

«All'epoca avevi qualche amico stretto?» gli domandò ancora. «Qualcuno con cui condividevi degli interessi?»

Adam non esplose di nuovo. Il suo atteggiamento cambiò: socchiuse gli occhi e cominciò a picchiettare sul tavolo con le dita. Mosse una mano di pochi centimetri a sinistra, poi a destra, poi indietro, come se stesse decidendo se prendere il martello o il fucile.

«Cosa mi stai chiedendo?»

Lei scrollò le spalle. «Sto cercando di aiutarti a capire chi ha messo quel martello nella tua auto.»

«Perché non fai queste domande a Dale?»

«Dale Loudermilk è nella Prigione di Stato di Dooley a scontare la sua condanna.»

«Cazzo.» Adam incrociò le braccia e si appoggiò allo schienale. «Sai che quello stronzo è stato qui, giusto?»

Emmy ebbe un tremito al cuore. Dovette lasciar prolungare il silenzio ancora una volta, ma perché aveva bisogno di ricomporsi. «Quando è stato qui Dale Loudermilk?»

«Ha cambiato la lama del suo tosaerba quando facevo riparazioni nel capanno.» Portò il pollice sopra una spalla, indicando il cortile. «Quel pezzo di merda non mi ha nemmeno pagato.»

Emmy ricordò la storia del tosaerba di Dale. Lo aveva usato per spiegare il motivo per cui si era staccato un pezzo di vernice dal portabagagli dell'Audi. «Quando è successo?»

«Che te ne frega?»

«Me ne frega perché mi hai appena detto che Dale Loudermilk è stato a casa tua. Voglio sapere esattamente quando è stato qui.»

«*Esattamente quando*» la imitò.
«Adam...»
«Tu lo sai chi è stato, vero?» Adam ricominciò a tamburellare. «Lo sai, ma lo stai proteggendo.»
Emmy ritentò. «Adam...»
«La gente di North Falls» riprese lui. «Sempre pronti a coprirsi le spalle, vero?»
«È di North Falls?» Emmy non riuscì a nascondere il tono smanioso della voce. «L'uomo che ha preso Paisley vive a North Falls?»
La bocca di Adam si contrasse in un sorrisetto. Non stava guardando Emmy, ma il cellulare che aveva nel giubbotto. «Voglio un avvocato.»
«Adam...»
«Voglio un avvocato» ripeté, alzando lentamente le mani. «Voglio un avvocato. Voglio un avvocato. Voglio un avvocato.»
Emmy lo fissò, implorandolo in silenzio di cambiare idea.
Lui non lo fece. Continuò a tenere le mani in alto. Emmy si voltò verso la porta e fece cenno a Brett di entrare.
Aprì il fucile. Quel maledetto coso non era nemmeno carico. «Adam Huntsinger, sei in arresto per aver minacciato di morte un agente di polizia e per aver violato le condizioni della libertà condizionale.»
Adam tenne la bocca serrata con aria teatrale.
«Alzati.» Brett tirò fuori le manette e afferrò un braccio di Adam.
Emmy si ricordò che il suo cellulare stava ancora registrando, così lo tolse dalla tasca e fermò il video. Disse a Brett: «Portalo da Rick, lo consegniamo a Verona».
«Come sarebbe?» Adam era già ammanettato, ma cominciò a opporre resistenza. «Non potete consegnarmi a Verona, mi pianteranno una pallottola nella nuca.»
«Dov'è Paisley?» gli chiese Emmy.
«Non so dove cazzo sia!» Adam si avventò su di lei, ma Brett lo tirò indietro. «Non potete darmi a Tuttle! Cristo!»

«Ultima possibilità» rispose Emmy. «Dov'è Paisley?»

La bocca di Adam si contrasse in un ghigno. «Vaffanculo!»

Emmy arretrò, ben sapendo cosa stava per succedere. Adam lanciò un grumo di saliva nella sua direzione. Brett lo sbatté faccia avanti sul bancone e cominciò a perquisirlo, svuotandogli le tasche. Le chiavi del pick-up Chevrolet, un pacchetto di Marlboro rosse, il portafoglio, un cellulare Android, una bustina con steli e semi, un pacchetto di cartine, un accendino Bic di plastica.

«Leggigli i suoi diritti, e procurati qualche kit per registrare le prove mentre rientri, così potremo suddividere queste cose» disse Emmy a Brett.

«Sì, capo.»

Emmy smise di ascoltare la voce di Brett che recitava i diritti; sentì il suono dei passi di Walton nel corridoio e vide la sua espressione afflitta quando si rese conto di cosa stava succedendo in cucina.

«Papà!» gridò Adam. «Papà! Chiama l'avvocato! Stanno cercando di assassinarmi!»

Walton restò in silenzio mentre Brett spingeva suo figlio fuori dalla porta di servizio. Emmy lo sentiva ancora chiedere aiuto a gran voce mentre veniva scortato sul vialetto.

«Dio mio.» Walton si sorresse al bancone, il capo chino. Si era sgonfiato come un palloncino. Senza riuscire a guardare Emmy, chiese: «Si tratta dell'altra ragazza, Paisley Williams?».

«Paisley Walker.» Emmy cercò di usare un tono gentile. «Mi dispiace, dottor Huntsinger, ma credo che Adam sia coinvolto nel suo rapimento.»

«È colpa mia. Non avrei mai dovuto assumere quell'avvocato.» Le sue lacrime caddero sul pavimento. Ancora non riusciva a guardarla. «C'è qualcosa che posso fare, adesso? Potrebbe... potrebbe essere ancora viva?»

Per qualche strano motivo, una parte della tensione abbandonò il petto di Emmy. Walton e Alma avevano smesso di collaborare con le indagini per Madison e Cheyenne quando si erano resi conto che rischiavano di far finire loro figlio nel braccio della morte. Forse, con la vita di Paisley appesa a un filo, erano pronti a fare una scelta diversa.

«Lei e sua moglie potreste rispondere a qualche domanda?» chiese.

Walton fece un respiro affaticato. Aveva capito cosa gli stava chiedendo. «Non è me che vuole. Alma è sempre stata più unita a Adam. Si è sempre confidato con lei. Tra loro era tutto più semplice. Forse io pretendevo troppo, chiedevo troppo.»

«Paisley potrebbe essere ancora viva.» Emmy cercò di non essere troppo insistente. «I suoi genitori, Elijah e Carol, sperano ancora nel miracolo. Hanno il cuore a pezzi. È la loro unica figlia.»

Walton inspirò di nuovo. «Non so se Alma acconsentirà a parlare, ha sempre adorato Adam. Non ha mai visto il male in lui, solo il bene.»

«Potrebbe chiederglielo?» Emmy provò a non sovraccaricarlo. «Intanto potrei preparare del caffè o del tè. Non è necessario parlare di Adam, se lei non se la sente. Potrei darvi tutte le informazioni che volete su ciò che sta succedendo e sul motivo per cui è stato arrestato.» Quell'offerta neutra lo convinse.

«Il decaffeinato di Alma è nell'armadio accanto al lavandino.»

Emmy lo osservò tornare nel corridoio e svoltare a sinistra, verso le scale. Il barattolo arancione era nello stesso sportello delle tazze da caffè. Emmy conosceva quel caffè istantaneo solo perché sua zia Millie ne beveva litri. Prese il bollitore dal fornello e cominciò a riempirlo al lavandino. Il suo sguardo andò verso la finestra.

L'erba del cortile era incolta, nel punto in cui un tempo si trovava il capanno. Era rimasta solo la lastra di cemento macchiata. Emmy ricordava ancora il panico assoluto che aveva provato quando si era lanciata contro la struttura di legno marcio sperando, pregando di trovare Madison viva. Poi Gerald l'aveva stretta, mentre Virgil la osservava preoccupato. Il calore all'interno del capanno era così intenso che tutti loro erano zuppi di sudore.

Posò il bricco sul fornello e accese il gas, poi appoggiò le mani sul bancone. Guardò gli oggetti estratti dalle tasche di Adam. C'erano involucri, sigarette, un telefono Android, un portafoglio da uomo rosso con il logo dei Georgia Bulldogs.

Emmy si irrigidì di colpo.

Il brivido. Il brutto presentimento. Il *Qualcosa Non Va*.

Fissò il portafoglio senza vederlo. Era di nuovo nell'ingresso, dodici anni prima, mentre Gerald saliva le scale. Walton le faceva cenno di raggiungerlo in cucina per prendere la chiave del seminterrato. La sua valigia Samsonite nera era accanto alla porta. C'era un ombrello da golf colorato infilato nella maniglia, e un portafoglio di nylon rosso da uomo che spuntava dalla tasca con la zip. Con il logo dei Georgia Bulldogs stampato davanti.

Era lo stesso, identico portafoglio che Brett aveva tirato fuori dalla tasca posteriore di Adam e aveva poggiato sul bancone della cucina pochi istanti prima.

Emmy dovette mandar giù la saliva che le si era accumulata in bocca. Controllò il corridoio per essere sicura che Walton non fosse ancora di ritorno in cucina. Con le dita intorpidite, staccò con delicatezza il velcro. Aspettò, restando in ascolto, cercando di cogliere i suoni della casa.

Niente.

Nel portafoglio c'erano sedici dollari in contanti, lo scontrino di un pacchetto di sigarette e della benzina acquistati al distributore in fondo alla strada. Nessuna carta di credito, nessuna foto. La bustina di plastica che conteneva la patente si era ingiallita con gli anni. La foto era appena visibile. Dovette spaccare la plastica per estrarla. Emmy controllò le date. Adam aveva quarantanove anni quando era stata emessa la patente. Era alto un metro e ottantotto e pesava ottantasei chili. Il documento era scaduto mentre si trovava ancora nel braccio della morte, e l'indirizzo era quello della casa in cui si trovava.

Qualsiasi spiegazione ovvia crollò via via che le veniva in mente. Non era possibile che Walton avesse usato quel portafoglio di nylon scadente per dodici anni. Anche se Adam lo aveva trovato in giro, non aveva senso che ci avesse messo dentro la patente scaduta. Era uscito di prigione da meno di una settimana, e la bustina di plastica era stata schiacciata contro il documento per così tanto tempo che la stampa si era trasferita sulla parte interna.

Emmy osservò la foto. Adam non sorrideva, aveva un'espressione quasi ostile. Aveva i capelli tinti di nero corvino. Non aveva nemmeno dei fili bianchi sulle tempie. Il suo viso era già rugoso, la pelle bucherellata dall'acne. Poteva essere scambiato per un uomo di diciassette anni più grande.

E un uomo di diciassette anni più grande di lui poteva essere scambiato per Adam.

Stessi occhiali spessi, stessi capelli neri innaturali, stessa corporatura asciutta. Proprio il giorno prima Emmy aveva pensato che Adam fosse Walton, quando lo aveva visto parlare con Gerald alla porta. Non faceva fatica a immaginare che un addetto al controllo documenti all'aeroporto, per la fretta, potesse fare lo stesso errore.

Emmy serrò la mascella e prese aria a fatica. Si sforzò di mantenere il controllo. Sul serio era così semplice? Dopo dodici lunghi anni, dopo aver tirato fuori Cheyenne e Madison dallo stagno, dopo aver perso suo padre, ormai allo stremo delle forze nella ricerca di Paisley, davvero poteva bastare un portafoglio di nylon da due soldi per risolvere tutto? E grazie a un unico indizio a cui Emmy aveva pensato almeno tre volte nelle ultime ore?

Ogni volta che Adam era stato arrestato, non aveva mai avuto la patente con sé.

Forse perché Walton usava il documento di suo figlio per nascondere le proprie tracce? Adam aveva detto la verità quando sosteneva che volevano incastrarlo? Il complice di Dale Loudermilk era davvero il dottor Walton Huntsinger, un maschio bianco, che svolgeva un lavoro specializzato per cui erano necessari studio o addestramento, che lo portava spesso a contatto con i minori? Che era un membro rispettato della comunità? Che era sposato e aveva una famiglia?

Emmy si spostò in cucina in modo da poter vedere tutto il corridoio vuoto, fino all'ingresso. Fece il numero di Cole con il cellulare.

«Mamma» rispose lui. «Sono ancora con Jude, stai bene?»

Lei parlò a voce bassa. «Mettimi in vivavoce in modo che possa sentire anche lei.»

Ci fu uno scatto, poi Jude disse: «Eccomi, che succede?».

«Devi controllare tutti gli aeroporti regionali raggiungibili in auto entro una distanza di 555 chilometri nella contea di Clifton.» Emmy si premette il telefono al petto per poter ascoltare i suoni della casa, poi se lo riportò all'orecchio e mormorò: «Credo che Walton abbia portato l'Audi in un piccolo aeroporto e che abbia usato la patente di Adam per acquistare in contanti un biglietto di andata e ritorno. È volato a Bridgeport, in West Virginia, si è scattato un selfie di fronte all'edificio dell'associazione dei veterani dell'American Legion per dimostrare che era stato lì, poi ha preso il volo di ritorno e ha riportato l'Audi a North Falls. Poi ha rapito Cheyenne e Madison».

Sulla linea piombò un silenzio spettrale.

Emmy riprese: «Per questo il nome di Walton non è venuto fuori quando abbiamo chiesto di controllare gli elenchi dei passeggeri alla Sicurezza Nazionale: viaggiava sotto il nome di Adam Jonathan Huntsinger. È stato Walton a percorrere quei chilometri con l'Audi. È lui l'uomo su cui Cheyenne scherzava dicendo che avrebbe voluto che avesse il pene grosso come il portafoglio. Walton è rientrato di nascosto a Clifton per poterla incontrare sulle vie secondarie, poi è andato a cercare Madison. Per questo Dale stava lavando l'Audi con la varechina: era suo complice. Tutto ciò che pensavamo di sapere di Adam è una verità che riguarda suo padre».

Jude continuò a non rispondere. Emmy si preparò ad ascoltare un'altra serie di obiezioni, a sentirsi ricordare che non avevano certezze assolute, che era una maratona, non i cento metri.

«Cole.» Il tono di Jude era frettoloso. «Gli aeroporti regionali hanno un numero limitato di compagnie aeree. È più semplice controllare quali tra quelle regionali partono da Bridgeport, West Virginia, e risalire a un aeroporto più piccolo all'interno del territorio raggiungibile in auto che abbiamo delimitato.»

Emmy era così concentrata sull'ascolto da riuscire a sentire Cole che digitava al computer. Guardò l'orologio, contò i secondi che passavano. L'acqua cominciò a bollire, così prese il bricco e lo tolse dal fuoco. Spense il gas. Tornò nel punto in cui poteva vedere fino all'ingresso, le mani bagnate di sudore. Non riusciva a far entrare abbastanza aria nei polmoni.

«Merda-merda-merda.» C'era una nota emozionata nella voce di Jude. «Il sito della SoutJets Airlines dice che coprono la tratta tra l'aeroporto North Central West Virginia di Bridgeport e l'aeroporto Northwest Alabama dal 1997. Hanno un Bombardier CRJ che fa andata e ritorno due volte al giorno, tutti i giorni.»

«Muscle Shoals dista quasi 555 chilometri precisi dalla contea di Clifton. Sono circa cinque ore di macchina a tratta» disse Cole.

«Gli orari dei voli non possono essere cambiati più di tanto nell'ultimo decennio» aggiunse Jude. «Se Walton è partito con il primo volo da Muscle Shoals alle otto e mezza del mattino, avrebbe avuto più o meno un'ora di tempo per scattarsi il selfie davanti all'American Legion di Bridgeport prima di rientrare a Muscle Shoals. Il volo di ritorno atterra a mezzogiorno. Sarebbe tornato a North Falls per le cinque. Aveva appuntamento con Cheyenne non prima delle sei e mezza.»

«È lui.» Emmy non riusciva a credere alle parole che stava pronunciando. «È sempre stato lui.»

«Mamma» riprese Cole. «Ho controllato la distanza tra l'American Legion Hall di Bridgeport e l'aeroporto. Sono circa seicento metri. In pratica gli è bastato attraversare la strada, scattarsi il selfie, tornare indietro e salire sull'aereo.»

«C'è dell'altro» aggiunse Jude. «Ho chiesto a Cole di controllare gli pneumatici dell'Audi A4, e monta la stessa marca Michelin quattro stagioni della Jetta.»

«Per questo le impronte erano *compatibili* ma prive di una *corrispondenza esatta*» disse Emmy. «Pensavamo che il Cattivo guidasse una Jetta, mentre era a bordo dell'Audi di Dale.»

La porta di servizio della cucina si aprì: Brett era tornato con una manciata di kit per raccogliere le prove. Emmy gli fece cenno di fare silenzio nel chiudere la porta.

Disse a Jude: «Dodici anni fa, quando papà e io siamo venuti a cercare Adam, la porta d'ingresso era chiusa a chiave, ma quella laterale, che portava al seminterrato, era aperta. Ho sceso le scale e ho visto la collana di Cheyenne sull'erba. Walton doveva averla messa lì rientrando dallo stagno di Millie».

A Brett cadde di mano un kit.

Emmy continuò a parlare. «Walton ci ha detto che non aveva sentito papà bussare alla porta perché era sotto la doccia, me era una bugia per spiegare i capelli bagnati. Era appena rientrato dopo aver incatenato i corpi in acqua. C'erano le chiavi della sua Jetta sul bancone della cucina, e lui mi ha detto che di solito le teneva al piano di sopra. Aveva già cominciato a indirizzarci verso Adam. Per questo ha rubato la patente di Adam: se mai fosse stato preso, avrebbe dato la colpa al figlio.»

«E ha funzionato» commentò Jude.

«Dio» mormorò Emmy. L'enormità dei crimini di quell'uomo continuava a colpirla. Non solo l'orrore inflitto a Cheyenne e Madison, ma il sadismo di lasciare il suo stesso figlio a marcire nel braccio della morte.

«Concentrati» disse Jude. «Cosa ti dice l'istinto?»

L'istinto di Emmy gridava a pieni polmoni. «Che Walton ha cominciato a sudare freddo quando è uscito il podcast. Poi Adam è stato scarcerato, e ha capito che papà e io avremmo riaperto l'indagine su Cheyenne e Madison. Sta cercando di incastrare Adam per evitare che scaviamo troppo a fondo. Ieri mattina ha rapito Paisley, oggi ha nascosto il martello nel pick-up di Adam. Deve essere lo stesso che ha usato per fare del male a Madison. È qui, sul tavolo della cucina, ed è ricoperto di sangue, in parte vecchio, in parte fresco. Scommetto che Walton l'ha usato su Paisley per collegare anche lei a Adam.»

«Quanti anni ha Walton?»

«Non tanti da non poter colpire la bici di una ragazzina e puntarle una pistola alla testa. E come hai detto tu stessa, Paisley è abituata a obbedire agli ordini.»

«Cole e io ti raggiungiamo subito» disse Jude.

«No, c'è Brett qui con me. Se facciamo arrivare la cavalleria, potremmo spaventarlo. Credo di aver convinto Walton e Alma a parlarmi del figlio, vediamo come evolve la situazione. Se riesco a far crollare Walton, forse troveremo Paisley ancora viva.»

Il silenzio cauto di Jude ebbe un breve ritorno sulla linea, ma poi lei disse: «Okay».

Emmy chiuse la telefonata. Si rivolse a Brett. «Rimetti su il bricco.»

Mentre Brett accendeva il gas, Walton apparve nell'ingresso in fondo al corridoio. Trascinava i piedi come un anziano, ma Emmy aveva scoperto il suo gioco. Conosceva molto bene l'aspetto di un settantottenne fragile, e sapeva che si sarebbe dovuto sorreggere alle pareti e alle sedie per paura di cadere. Walton teneva le mani giunte davanti alla pancia e avanzava verso di lei in linea retta. Era un uomo ancora pieno di vita, una vita che usava facendo del male agli altri.

«Agente, metti un cucchiaino e mezzo di decaffeinato, altrimenti saprà di acqua sporca» disse a Brett.

«Sì, capo.» Brett cominciò ad aprire e chiudere cassetti, in cerca di un cucchiaino.

Nel frattempo Walton era arrivato in cucina. «Le posate sono lì, accanto alla lavastoviglie» disse.

Brett era agitato. «Grazie, signore.»

«Dottor Huntsinger.» Emmy si mise davanti a Brett e sorrise a Walton. «Apprezzo davvero il suo aiuto con Adam. Non è come la volta scorsa. Paisley Walker non è ancora stata trovata, e se è viva, dobbiamo fare tutto il possibile per scoprire dov'è. Se invece è morta, dobbiamo riportarla a casa, da sua madre e suo padre.»

Lui scosse il capo con aria mesta. «Prego il Signore che sia ancora viva, ma mi spiace di non avere buone notizie. Alma si rifiuta di parlare con voi. Non è mai riuscita a vedere Adam per ciò che è.»

Emmy non aveva intenzione di arrendersi. «Lei sarebbe disposto a farsi fare qualche domanda? Forse ricorda qualcosa del passato, qualcosa che Adam ha detto e che all'epoca non aveva senso.»

«Adam non parla mai con me. Anche allora mi cercava solo quando aveva bisogno di soldi, oppure di un avvocato.» Walton scosse il capo di nuovo, ostentando un'aria sconsolata. «L'ho aiutato troppo. Forse, se avessi lasciato che finisse in prigione le volte precedenti, si sarebbe raddrizzato. Non mi perdonerò mai per ciò che ha fatto.»

Emmy notò il pathos di cui ammantò le sue parole. Ormai vedeva ben oltre la recita. Quell'uomo faceva leva sulla propria serietà, sull'età avanzata, sulle sue buone azioni, sulla posizione di rispetto che occupava nella comunità per nascondere la sadica crudeltà del suo cuore. Decise di seguire quella rivelazione come una guida. «Dottor Huntsinger, so che ha dedicato la sua vita ad aiutare gli altri, che è una brava persona. Ho bisogno che lei faccia una buona azione per Paisley e la sua famiglia.»

Brett si appoggiò al bancone. Emmy sentiva il rumore del gas che bruciava sotto il bricco mentre Walton fingeva di ponderare le conseguenze. Lui guardò verso il tavolo, ma Emmy non gli propose di sedersi insieme, poggiando invece la schiena contro la sedia per assicurarsi che l'uomo non potesse raggiungere nessuna arma.

«Dottor Huntsinger, la imploro.» Emmy si mostrò disperata. «Mi aiuti a riportare Paisley da Elijah e Carol Walker. Ha solo quattordici anni, è poco più che una bambina. Sono sicura che sa cosa si prova quando il proprio figlio è in pericolo.»

Walton inspirò di colpo, come se quel pensiero lo avesse colpito al cuore. Emmy attese che la recita proseguisse. Lo vedeva prendere in considerazione tutte le varie possibilità. La presenza della polizia in casa doveva averlo innervosito: di sicuro voleva ricevere informazioni.

Capì che aveva ancora un asso nella manica. «Le chiedo scusa, non avrei dovuto insistere tanto. La lasciamo in pace. Brett...»

«Aspetti.» Walton le rivolse un sorriso incerto. «Mi dispiace per suo padre, era un brav'uomo. Nonostante ciò che ha fatto Adam, Gerald ci ha sempre trattati con rispetto. Non ha mai incolpato me e Alma per com'è diventato nostro figlio.»

Emmy lo lasciò parlare.

«Quando è stato arrestato, siamo diventati dei paria. Alma è dovuta andare in pensione, io ho rischiato di chiudere lo studio. La vostra famiglia è sempre stata gentile con me.»

Emmy non sapeva come ci fosse riuscito, ma aveva le lacrime agli occhi. «Grazie. Mio padre diceva sempre che l'ammirava.»

Walton tirò fuori un fazzoletto dalla tasca posteriore e si asciugò gli occhi. «Sento di avere tanto da farmi perdonare. Non dovrei accusare Alma di averlo viziato. Nemmeno io vedevo Adam per ciò che era. Non ce la faccio a portare sulla coscienza il peso di un'altra ragazzina perduta. Farò tutto ciò che posso per aiutarvi.»

«Grazie, signore. So che è molto difficile, e che vuole bene a Adam.»

«Sì» confermò lui. «Che Dio mi aiuti, gli voglio bene.»

Il bollitore cominciò a fischiare. Emmy sentì Brett toglierlo dal fornello e mescolare i granelli di caffè nella tazza, ma tenne gli occhi fissi su Walton. Una goccia di sudore gli colò lungo un lato del viso.

«Dottor Huntsinger, potrebbe ripensare al periodo precedente al rapimento di Madison e Cheyenne? C'era un luogo in cui Adam amava andare, un posto isolato, dove poteva stare da solo?»

«Oh, no, non potrei saperlo. Adam non mi diceva mai dove andava né quando sarebbe tornato. Entrava e usciva a tutte le ore, anzi, a dire la verità lo fa ancora. Da quando è stato scarcerato non l'ho visto granché.»

Emmy attese un momento, fingendo di assorbire quell'informazione. «Ricorda se Adam avesse amici o persone con cui passava molto tempo?»

Walton si toccò il mento con le dita per dimostrare che cercava di ricordare. «Sa, Adam non ha mai avuto molti amici. Nemmeno a scuola. Lo spronavo a provare qualche sport o a entrare in un'associazione, ma è sempre stato un solitario.»

Emmy notò la cadenza con cui disse la parola *solitario.* «So che Adam ha svolto molti lavori diversi. C'è mai stato un posto in cui ha fatto amicizia con i colleghi?»

Walton finse di nuovo di riflettere, poi scosse la testa lentamente. «Non che io sappia. Mi dispiace. È sempre stato molto riservato. Non ho mai capito perché fosse così pieno di rabbia. Sua madre e io abbiamo fatto del nostro meglio, ma era tanto difficile. Non sapevamo mai cosa potesse farlo esplodere.»

Un solitario dall'umore instabile e pericoloso. Sembrava avesse cercato su Google i sintomi della psicopatia. «Deve essere terribile vivere così.»

«Non è qualcosa che si dica volentieri a voce alta, ma avere paura del proprio figlio...»

Emmy lo lasciò fare. «Adam riparava i tosaerba, vero?»

«Gli facevo usare il capanno sul retro. È andato avanti per un po'.» Il sorriso incerto riapparve. «Come tutte le cose che ha provato a fare Adam, alla fine è crollato tutto. Ha smesso di comportarsi bene, io ho cominciato a ricevere telefonate al lavoro. Alma lo ha raccomandato ad alcuni insegnanti a scuola. Gli insegnanti non guadagnano granché, come sa bene. Non possono permettersi di buttare i soldi.»

Emmy sfruttò l'occasione. «Adam mi ha detto che Dale Loudermilk è stato suo cliente per la riparazione di un tosaerba.»

Il silenzio in cucina cambiò: divenne più teso. Più rivelatore.

«Dale Loudermilk?» Walton si tolse gli occhiali e cominciò a pulirli con un angolo del fazzoletto. «È un nome orribile del passato. Ho sentito dire che è morto in prigione.»

Emmy lo osservò rimettersi gli occhiali e infilarsi di nuovo il fazzoletto in tasca. Non notò cambiamenti nella sua voce né nella sua espressione. Ciò che la colpì, soprattutto, fu che aveva smesso di sbattere le palpebre.

«Dale è vivo e vegeto, si trova nella Prigione di Stato di Dooley» disse.

«Ah, sì?»

«Ha mai visto Dale insieme a Adam?»

Walton non aveva ancora sbattuto le palpebre. «Sì, ora che me lo chiede. Credo di averli visti insieme qualche volta nel capanno.»

«Andavano mai insieme nel seminterrato dove vive Adam?»

Un occhio aveva cominciato a tremolare. «In effetti sì. Dale era spesso qui, ma quei due facevano i misteriosi. Alma si lamentava.»

«Perché Dale veniva qui?» chiese Emmy.

«Non tanto per quello, ma perché Adam era distratto.» Walton inspirò velocemente. «L'accordo era che Adam poteva vivere nel seminterrato, ma doveva portare sua madre a scuola e andare a riprenderla. Invece era sempre in ritardo. Lei non vedeva bene già allora... Maculopatia, è iniziata quando aveva cinquant'anni. Adesso è cieca, poveretta.»

Emmy sentì una lampadina accendersi sulla sua testa. «Immagino che Alma abbia dovuto vendere l'auto, quando ha smesso di guidare. Ricorda che marca e modello fosse?»

Alla fine Walton sbatté le palpebre, guardando prima Brett, poi di nuovo Emmy. «Dovrei chiederlo a lei. L'aveva comprata da sola, portando Adam al concessionario per farsi aiutare nella trattativa. Credo che fosse più Adam a volerla: ha tenuto la chiave di riserva anche dopo che Alma l'ha venduta. Ha detto di averla persa, ma racconta bugie su tutto.»

Emmy non rispose, ma si domandò se fosse stata davvero tanto ingenua quando aveva creduto a quella stronzata dodici anni prima o se Walton avesse perso l'abilità nel mentire con il passare degli anni. Continuava a mettere al centro dell'attenzione Adam, prima dicendo di non sapere nulla di dove passasse le giornate, poi definendolo un solitario, infine insinuando che avesse tenuto la chiave dell'Audi. Era tutto chiarissimo, ai suoi occhi. Quell'uomo stava facendo di tutto per far tornare suo figlio in prigione.

Walton riprese: «Comunque le chiederò cosa ricorda. All'epoca lavoravo tanto. Ero un volontario, faccio parte di un'associazione chiamata i Tooth...».

«Troopers» concluse Emmy. «Avete mai svolto le vostre attività in Hidalgo, nel Texas o a Tillar, in Arkansas?»

«Non...» Walton si grattò il lato del collo. «Non ricordo di preciso, viaggiamo tanto. Sono tante le persone che hanno bisogno di noi. Andiamo nelle zone più povere. Tutti hanno il diritto all'assistenza sanitaria. È una delle mie passioni: dare al prossimo, aiutare gli ultimi.»

Emmy capì che stava per perderlo. Doveva fare un ultimo tentativo, almeno per esporre le sue menzogne davanti a Brett come testimone. «Dottor Huntsinger, quanto bene conosceva Dale Loudermilk?»

«Oh, quasi per niente, direi. Ci salutavamo se ci incontravamo in città, oppure quando era qui con Adam, ovviamente. Come ho detto, passavano molto tempo insieme. Alma e io siamo rimasti sorpresi come tutti gli altri, quando è stato arrestato. Una cosa terribile. Le persone affidavano i figli a quell'uomo. Tutta la città si è sentita tradita. È qualcosa da cui non si torna più indietro.» La mano di Walton ricadde lungo il fianco. Le unghie avevano lasciato graffi profondi sul collo. «Sa, vorrei essere più d'aiuto, ma la mia memoria non funziona più come un tempo. Sono passati tanti anni.»

«Dodici» precisò lei.

«Dovrei...» Walton indicò il corridoio. «Devo andare a vedere come sta Alma. Negli ultimi tempi tende a spaventarsi. Dipende da me per tutto. La sua vita crollerebbe, senza di me. Ha presente?»

Emmy capiva benissimo cosa stava dicendo. Cercava una giustificazione per lo stupro e l'assassinio di ragazzine nel fatto che sua moglie era cieca. «E Paisley? Anche lei è spaventata?»

Walton si morse il labbro. Il suo istinto gli diceva che Emmy lo aveva puntato. Le parve quasi di vedere il suo cervello esaminare le varie possibilità. Alla fine si incollò al viso un sorriso sciocco, fingendosi ancora un povero vecchio sventurato. «Potete perquisire la casa, agente. Avete il mio permesso. Guardate nel seminterrato, nel pick-up di Adam, ovunque vogliate. Non abbiamo niente da nascondere.»

«È stato gentile a conservare il pick-up di suo figlio» disse Emmy. «E tutte le sue cose, come il portafoglio con la patente.»

Lo sguardo di Walton andò al portafoglio sul bancone. Emmy capì che stava ripensando alla valigia all'ingresso, al modo in cui quel portafoglio sbucava dalla tasca davanti. Walton sapeva di aver commesso un errore all'epoca, e si affrettò a coprirlo. «Alma ha conservato tutto ciò che apparteneva a Adam. Ha sempre creduto che fosse innocente.»

«Sul serio?» chiese lei. «Perché ne era convinta?»

Il modo di fare ingenuo di Walton svanì. «Devo proprio andare a vedere se ha bisogno di qualcosa. Fate pure con comodo nella perquisizione.»

«Dottor Huntsinger?» Aspettò che si voltasse. «Il decaffeinato?»

«Ah, giusto.» Walton prese la tazza che Brett gli porgeva. «Grazie.»

Emmy lo osservò allontanarsi nel corridoio. Non trascinava più i piedi. Era pronta a giurare che quell'uomo stesse facendo uno sforzo immane per non mettersi a correre. Appena raggiunse l'ingresso, svoltò e salì le scale in tutta fretta.

«Dio, lo avevi quasi fregato» mormorò Brett. «E adesso?»

Non c'era un *e adesso* per quanto riguardava Walton Huntsinger. Non aveva confessato e non aveva infranto la legge. Emmy doveva trovare un altro modo per arrivare a lui.

«Metti il portafoglio in un sacchetto» disse a Brett.

Afferrò un paio di guanti da un kit e prese il martello tra pollice e indice per infilarlo nel sacchetto. L'odore metallico del sangue le arrivò in fondo alla gola mentre lo registrava tra le prove. Aspettò che Brett facesse lo stesso con il portafoglio prima di dargli altri ordini.

«Passa al setaccio ogni centimetro di questa casa. Porta via eventuali armi e munizioni. Tieni d'occhio Walton e fammi sapere se cerca di andarsene. Controlla documenti, scontrini, qualsiasi cosa possa indicare che esista un altro posto in cui possa nascondere Paisley. Lei resta la nostra priorità. Se lo incastriamo su Paisley, lo incastriamo anche su Cheyenne e Madison.»

«Sì, capo.»

Emmy uscì dalla porta laterale. Aveva cominciato a piovigginare. Mandò un messaggio alla centrale per far arrivare un'unità di rinforzo che desse una mano a Brett nella perquisizione. Quando raggiunse la strada, pioveva ormai a dirotto. I SUV della polizia di Verona erano spariti. Raggiunse la sua auto correndo, lanciò i sacchetti con le prove sul sedile del passeggero, ma non chiamò Cole fino a quando non svoltò sulla laterale che correva parallela alla statale.

«Mamma?» Aveva un tono spaventato ed emozionato allo stesso tempo. «Sei in vivavoce. Cos'è successo? Stai bene?»

«Sto bene.» Faceva più fatica a mantenere la calma quando parlava con suo figlio che quando aveva a che fare con un pedofilo assassino. Emmy ricordò a se stessa che in quel momento l'unica cosa importante era trovare Paisley Walker. «Walton non è crollato, ma sa di essere sotto tiro. Ci ha quasi implorati di perquisire la casa. Sono sicura che ha nascosto un'altra prova per incastrare Adam, sta facendo di tutto per depistarci.»

«Che cos'hai?» chiese Jude.

«Niente di concreto.» Emmy si asciugò la pioggia dal viso. «Ho raccolto il portafoglio di Adam e il martello come prove, ma ci vorranno giorni per far testare tutto. Dobbiamo trovare una prova schiacciante contro Walton, e subito. Non ci dirà dove trovare Paisley a meno che non lo mettiamo con le spalle al muro.»

Jude non rispose. A Emmy parve quasi di sentirla scambiare un'occhiata con Cole a proposito dell'inutilità di continuare a credere che fosse ancora possibile trovare Paisley viva.

Emmy decise di non soffermarsi su quel pensiero. Non era disposta a rinunciare a sperare. «Avete avuto gli elenchi dei passeggeri di Muscle Shoals e Bridgeport?»

«Ho riscosso qualche favore, e dovremmo averli entro un'ora» disse Jude.

Emmy bofonchiò un'imprecazione. Un'ora era troppo tempo. «I casi di cui ti ho parlato in Arkansas e Texas... Dovremmo vedere se Walton è passato di lì con la sua associazione di beneficenza.»

«Siamo già all'opera» disse Jude. «Abbiamo anche telefonato alle strutture di deposito nel raggio di centocinquanta chilometri per vedere se sia stato affittato qualcosa a nome di Dale, Walton, Alma o Adam. Cos'altro possiamo fare per te?»

Emmy riesaminò la conversazione con Walton, in cerca di altre piste. «L'Audi A4. Chiedete uno storico dei passaggi di proprietà. Esther l'aveva comprata nuova o da un privato?»

«Controllo subito» disse Cole. Ci fu un lungo silenzio, poi: «Porca puttana, c'è un doppio riscontro. Esther Loudermilk ha comprato l'Audi da Alma Huntsinger tre anni prima del rapimento».

Emmy aveva una gran voglia di prendere a pugni il cruscotto. Tutto ciò che le era sfuggito dodici anni prima di colpo era davanti ai suoi occhi. «Ricordate che Dale ha detto che la vernice del portabagagli dell'Audi si è rovinata quando ha portato il tosaerba a riparare? È stata una bici a staccarla, ovviamente, ma indovinate chi riparava tosaerba nel capanno in giardino dodici anni fa?»

«Adam Huntsinger» rispose Jude.

«E c'è dell'altro» aggiunse Emmy, anche se la situazione peggiorava esponenzialmente. «Walton ha ammesso che Dale passava molto tempo in casa loro. Cercava di incolpare Adam, ma non si è reso conto che stava incolpando anche se stesso.»

«Questi narcisisti rivelano sempre le carte.»

Ma Emmy non stava giocando. Si aggrappò al volante per sostenersi. Aveva la sensazione che il suo corpo fosse caricato da una corrente elettrica. Una parte di lei era nauseata all'idea di ciò che non aveva visto, un'altra parte era terrorizzata perché niente di tutto ciò che aveva scoperto la stava portando a ritrovare Paisley. «Virgil ha saputo qualcosa dei contatti di Adam e Dale in prigione?»

«Non ancora» disse Cole. «Credo sia ancora nel tuo ufficio, vado a chiamarlo.»

«Cole, aspetta.» Emmy fece un'improvvisa inversione a U, tornando nella direzione da cui veniva. «Di' a Virgil che sto per passare da casa sua. Voglio prendere quella scatola con i tabulati di Walton e Alma. Forse sulla linea di Walton troveremo un numero che non quadra, e se riusciamo a risalire a Dale, possiamo prendere lui.»

«Chiaro, capo» rispose Cole.

«Emmy.» Nella voce di Jude c'era una tensione che Emmy non aveva mai sentito. Era spaventata. «Ha ceduto uno dei suoi trofei. Pensa cosa significa.»

Il martello.

«I predatori non sacrificano i loro trofei a meno che non siano disperati, ed è quello il momento in cui sono più pericolosi. Commettono degli errori, e non solo quelli buoni, che ci aiutano, ma anche quelli cattivi, per cui viene ammazzato qualcuno» aggiunse Jude.

Emmy cercò di ignorare la certezza nella sua voce, di far finta che sua sorella non avesse scritto un manuale in proposito. «Credi di poter parlare di nuovo con Adam? Era convinto che fossi tu a volerlo incastrare. Sembra che tu sappia quali fili tirare, con lui.»

«Che cosa ha detto di me?»

«Niente di preciso.» Emmy capì che c'era qualcosa sotto, ma poteva affrontare una sola crisi alla volta. «Adam è detenuto nella prigione di Verona. Se scopre che suo padre voleva rimandarlo dentro, potrebbe infuriarsi abbastanza da parlare. Per quel che ne sappiamo, Walton è rimasto in casa nell'ultimo giorno e mezzo. Potrebbe aver lasciato Paisley incatenata da qualche parte, e si può resistere fino a tre giorni senza bere.»

«Tesoro, sai bene che Paisley è già morta. Non possiamo fare altro che dare pace a Elijah e Carol.»

«Non puoi costringermi a rinunciare.» Le mancò la voce sull'ultima parola, ma non le importava. «La troverò, Jude. Non sbaglierò, stavolta.»

«Okay.» Il sospiro di Jude era rassegnato. «Dimmi cosa devo fare.»

«Non aspettare che arrivi la lista dei passeggeri. Vai da Adam con quello che *pensiamo* di sapere. Sei la migliore che abbiamo, per gli interrogatori, e Adam è l'unico sospetto che possa essere tanto sciocco da parlare. Ho bisogno che lo aiuti ad arrivarci, lui deve avere più informazioni su suo padre: un posto in cui andavano quando era bambino, una vecchia proprietà di famiglia con un capanno da caccia. Se riesci a mettere Adam contro Walton, scommetto che riuscirai a farlo anche con Alma.»

Jude non si oppose. «Vado subito.»

Emmy chiuse la telefonata. Strinse forte il volante. La pioggia picchiava contro il parabrezza, e i tergicristalli faticavano a liberare la vista. Fece una curva stretta sul vialetto di Virgil e parcheggiò a retromarcia accanto al rimorchio per cavalli. Corse nel giardino, diretta al seminterrato. Gli stivali scivolavano sui gradini di cemento. Quando stava per prendere la chiave sopra la porta, il suo cellulare vibrò.

Dovette urlare nel frastuono della pioggia. «Che c'è, Brett?»

«Capo» fece lui, «Alma Huntsinger ha qualcosa che non va. Sono andato di sopra a vedere come stava, ma vaneggia. Non riesce a tenere gli occhi aperti. Giuro su Dio, sembra drogata.»

L'avvertimento di Jude le risuonava ancora nelle orecchie. Era il momento in cui un predatore era più pericoloso. «Dov'è Walton?» chiese.

«Giù in salotto. Ha acceso la televisione con il volume così alto da far vibrare le finestre.»

«Chiama un'ambulanza. I rinforzi dovrebbero essere lì da un momento all'altro.»

Emmy infilò la chiave nella serratura e diede un calcio alla parte inferiore della porta per disincastrarla dal telaio. «Brett, non abbassare la guardia con Walton. Recita la parte del povero anziano, ma è ancora pericoloso.»

«Sì, capo.»

Emmy dovette chiudere la porta con un altro calcio per non far entrare la pioggia. Si rimise il cellulare nel giubbotto e accese le luci al neon. Andò verso l'armadio sul fondo, fece scorrere le dita sulle etichette delle scatole infilate in quello spazio angusto. Riconobbe alcuni nomi nelle indagini per infedeltà coniugale condotte da Virgil. Non trovò la propria scrittura su nessuna scatola, ma ce n'era una, più in basso di tutte, con la grafia all'antica di Virgil.

REGISTRI CHIAMATE

Non aveva tempo per agire con cautela. Si mise in ginocchio e la tolse dalla pila, cercando di sfilarla come un pezzo di Jenga. Invece di scivolare fuori, però, il cartone si spaccò negli angoli e le altre scatole le crollarono addosso, finendole sulle spalle e sopra la testa. Emmy cadde all'indietro, le braccia sollevate per proteggersi il viso. La polvere le riempì il naso e la gola. Le venne un attacco di starnuti e si ritrovò con un taglio sulla fronte. Emmy si passò le dita sulla ferita e le vide coperte di sangue.

«Cazzo» borbottò. Rotolò su un fianco e si accovacciò.

C'erano documenti ovunque, scritti a macchina e a mano, fotografie, ricevute. Per fortuna il contenuto della scatola con i registri delle chiamate era ancora integro. Se la avvicinò. Sulla prima pagina c'erano il nome e l'indirizzo di Walton Huntsinger. Il logo della AT&T con il famoso globo azzurro era in un angolo. Emmy sfogliò il fascio di fogli, prestando attenzione a date e numeri. C'era il cellulare di Alma, il cellulare di Walton, la linea fissa di casa. Tutto ciò che esisteva dodici anni prima era ancora lì.

Emmy stava per spostare quella pila di fogli, ma le braccia non le obbedirono. Le sue mani rimasero sospese in aria, mentre il cervello si sforzava di fare un collegamento. Era come se uno sciame di api le avesse invaso di colpo il cranio.

Aprì la bocca, fece un respiro profondo.

Le forze dell'ordine vivevano di burocrazia. Su ogni documento curato dal Dipartimento dello Sceriffo della contea di Clifton era riportata la numerazione di Bates, corredata di un codice consultabile e di una data. Ogni informazione era inserita in un registro, nel quale era riportato chi l'avesse verificata. Era una procedura che risaliva al secolo precedente, e anche se un documento non veniva inserito tra quelli di un processo, anche se non veniva scansionato e caricato nel server, bisognava comunque aggiungere il codice in fondo alla pagina e archiviarla in modo da poterla recuperare con facilità, in caso di bisogno.

Nessuno dei documenti contenuti in quella scatola aveva la numerazione di Bates.

Non c'erano nemmeno appunti di Virgil. Quella era la seconda regola: se si rintracciava un numero di telefono, si scrivevano le informazioni trovate. In questo modo, se l'agente incaricato era in vacanza o se collassava alla scrivania, un collega poteva riprendere il lavoro da dove si era fermato.

Emmy tirò fuori una pagina a caso e la sollevò alla luce. Notò delle cifre dei numeri di telefono coperte con il bianchetto, e dei numeri diversi scritti sopra con una penna a punta fine. Emmy non aveva più visto usare quella tecnica di correzione dai tempi delle medie: Myrna usava il bianchetto per cancellare i refusi quando scriveva testi con la sua vecchia macchina da scrivere Smith Corona: se si era abbastanza abili, si poteva sostituire una lettera o un numero, fare una fotocopia, e sarebbe stato impossibile cogliere la differenza.

Il bianchetto era screpolato e ingiallito. Con l'unghia del pollice, Emmy lo grattò via e sollevò di nuovo il foglio alla luce.

Conosceva il numero di telefono originario bene come quello di casa sua. L'aveva chiamato un numero infinito di volte, da giovane madre con un figlio che amava andare a cavallo, da agente che aveva bisogno di un consiglio da un maestro fidato, da amica che aveva voglia di condividere un bicchiere di vino o una cena.

Apparteneva a Virgil Ingram.

Emmy guardò la vecchia fotocopiatrice addossata alla parete. La vecchia stampante ad aghi. Il computer fisso Dell dei primi anni Duemila. C'era tutto il necessario per manomettere delle prove prima di inserire i codici Bates sui documenti falsificati e poi caricarli sul server della polizia.

Le colò del sangue in un occhio: il taglio sulla fronte continuava a sanguinare. Quando si alzò, si sentiva confusa. Le implicazioni di ciò che aveva scoperto le offuscavano la mente. Non poté fare altro che ripetere dentro di sé i fatti: il numero di telefono che appariva numerose volte nei tabulati di Walton Huntsinger apparteneva a Virgil. Il numero era stato alterato usando il bianchetto per impedire di risalire a lui. Nessuna vera prova era passata per l'archiviazione ufficiale, non c'erano timbri né annotazioni, e le prove si trovavano all'interno di una scatola a cui solo Virgil aveva accesso.

Muovendosi con gesti automatici, spinse di lato le scatole per liberarsi la strada e raggiungere l'armadietto del pronto soccorso attaccato al muro. Tirò lo sportello arrugginito, e il sangue che aveva sulle dita lasciò una striatura sul metallo bianco. Dentro non c'erano cerotti o fasciature, ma solo sedici ganci di quelli che si usano per appendere le chiavi. Solo che non c'era nessuna chiave. A ogni gancio era appeso un sacchettino trasparente con all'interno dei gioielli. Un braccialetto sottile con incisa la lettera K, una collana d'oro con una croce, un braccialetto dell'amicizia intrecciato a mano, una medaglietta di Grifondoro, un paio di orecchini a forma di stelle, simili a quelli che si usano per il primo buco all'orecchio delle bambine.

Trofei.

Afferrò il vecchio telefono a conchiglia poggiato alla base dell'armadietto. Era nero, con la parte anteriore a specchio, spesso quasi due centimetri e mezzo. La grossa cerniera rettangolare aveva la videocamera incorporata. Aprì il telefono e lesse il numero del modello: Nokia N93i. Lo voltò e guardò il retro, trovando le iniziali incise nella plastica: C.B. Tirò lo sportellino laterale e trovò una scheda mini SD nella fessura.

Guardò verso il soffitto, senza fiato. Non vide le mattonelle sporche, ma Virgil, che avanzava sul vialetto di casa di Felix e Ruth Baker due ore dopo che Madison era stata rapita. Indossava un paio di pantaloncini e una maglietta, e si premeva un fazzoletto sui graffi profondi che aveva su un braccio. Li aveva avvisati di stare attenti ai cespugli di rose accanto alla casa per non far capire l'origine dei tre squarci che gli avevano scavato sulla pelle le unghie di una ragazzina di quindici anni.

Vide Virgil, sedici ore dopo. Emmy era crollata a terra nel capanno del cortile di Walton Huntsinger. Gerald la sosteneva, lui si era chinato per offrirle il suo fazzoletto. Il cotone era bagnato, così come i capelli di Virgil, che si tirava il colletto. Aveva l'uniforme incollata al corpo perché la sua pelle era ancora umida dopo che aveva trascinato i corpi incatenati di Cheyenne e Madison al centro dello stagno di Millie.

Vide la fotocopiatrice, il computer, i tabulati manomessi che riportavano le continue comunicazioni tra Virgil e Walton Huntsinger, in entrata e in uscita, intorno al Quattro luglio. Il telefono Nokia a conchiglia, i gioielli da ragazzina, i trofei che aveva preso alle altre vittime. La sfacciataggine con cui aveva nascosto tutto in piena vista, nel seminterrato di casa sua.

Dodici anni prima, Virgil era stato incaricato di esaminare tutti i dispositivi elettronici. Gli avevano creduto sulla parola, quando aveva detto che i cellulari ricaricabili non potevano essere individuati. I lettori di targhe della stradale non avevano dato risultati, il ripetitore telefonico era stato inutile, l'addetto ai noleggi della Hertz aveva dichiarato di aver visto Walton quando aveva restituito l'auto, e il chilometraggio tornava. Il computer portatile di Cheyenne donato alla chiesa era pulito, il suo cellulare ricaricabile era stato spedito a Quantico, il secondo cellulare, che le era stato trovato in tasca, era stato rovinato dall'acqua, e non c'erano prove che legassero le due ragazze a nessuno, tranne che a Adam Huntsinger.

Virgil era al tavolo della sala conferenze e aveva sentito Jude esaminare le indagini sull'assassino di Madison e Cheyenne. Si era offerto di rintracciare le persone con cui Dale Loudermilk era entrato in contatto in prigione perché sapeva che da quell'elenco non sarebbe emerso niente di particolare: Virgil Ingram, un uomo bianco con un lavoro specializzato per cui erano necessari studio o addestramento, che lo portava spesso a contatto con i minori. Che era sposato, con dei figli.

Emmy si portò la mano alla bocca, ma non riuscì a emettere alcun suono. Il cuore non riusciva più a pompare il sangue: l'acqua ghiacciata che le scorreva nelle vene si era solidificata, trasformandosi in ghiaccio. In ogni momento della sua vita, in ogni passo del suo percorso, Virgil era sempre stato presente. Era l'uomo più fidato di suo padre, quello che aveva insegnato a lei a diventare agente capo, il pedofilo che aveva stuprato e ucciso Cheyenne Baker e Madison Dalrymple. Il mostro che aveva preso Paisley Walker.

La porta si spalancò.

Emmy sobbalzò, rischiando di inciampare sulle scatole, e il telefono le cadde di mano. In un attimo capì che nessuna scusa o bugia l'avrebbe mai tirata fuori da quella situazione. Virgil l'aveva vista dalla finestra, forse l'aveva osservata mentre faceva una scoperta dopo l'altra. Aveva una pistola lungo il fianco, sembrava uscita da un film sulla Seconda guerra mondiale. Una Ruger calibro .22 a percussione anulare, a ripetizione con otturatore girevole, caricatore a caduta.

D'istinto, Emmy cercò di arretrare, ma il suo stivale andò a sbattere contro il pesante scatolone dei registri delle chiamate. Disse la prima cosa che le venne in mente. «Jude sa di Walton, e sa anche di te.»

Virgil sorrise, ma i suoi occhi erano di un nero piatto e minaccioso. «Sa di Walton perché sono stato io a portarla alla sua porta, ma non saresti da sola nel mio seminterrato se sapesse anche di me.»

La freddezza nella sua voce le diede un brivido. «Come hai fatto ad arrivare così in fretta?»

«Ero qui fuori a sistemare una faccenda. Cole mi ha chiamato per informarmi che saresti passata.»

Emmy capì a quale faccenda si riferiva. Paisley Walker era morta, ed era solo questione di tempo prima che uccidesse anche lei.

«Devo dirtelo, ragazzina, saresti stata uno sceriffo davvero in gamba. Gerald sarebbe stato orgoglioso.»

Emmy avrebbe dovuto essere terrorizzata, ma il suo corpo era come pietrificato. Era la stessa sensazione che aveva provato in strada con suo padre, solo che in quel momento riuscì a tenere attivi i sensi. La vista si concentrò su Virgil, mentre con un movimento lento cercava la Glock con la mano. Sentì sotto le dita il calcio ruvido di plastica.

«Non farlo» le disse lui.

Lei avvolse la mano intorno all'arma. La cinghia di sicurezza era già slacciata.

Virgil sollevò la Ruger, puntandogliela dritta al petto. «Ferma, ho detto.»
Emmy strinse la pistola, ma la tenne nel fodero. Fece i conti. Da quattro metri e mezzo, una pallottola calibro .22 le avrebbe dato un colpo violentissimo, ma non avrebbe superato la barriera del giubbotto antiproiettile.
Virgil sembrò fare lo stesso ragionamento, e sollevò ancora l'arma in modo da mirare alla testa. «Voglio che tu sappia che il tuo intuito ti ha portata alle giuste conclusioni. Ho conosciuto Cheyenne al centro commerciale, dove lavoravo come agente di sicurezza per arrotondare e aiutare Peggy a mettere su il negozio.»
Emmy scrollò le spalle. «Non mi interessa.»
«Ascolterai comunque.»
Virgil aspettò che provasse a ribattere, ma Emmy si rese conto che doveva guadagnare tempo. «Quanto tempo ci è voluto per convincerla?»
«Non c'è bisogno di convincere una persona, *se le* dai quello che vuole, e credimi, tesoro, Cheyenne Baker voleva farsi scopare.» Studiò il suo viso, sperando in una reazione. «La prima volta che l'abbiamo fatto era vergine, ma diamine, se ci sapeva fare. Non c'era nulla che non fosse disposta a provare. Non diceva mai di no.»
La mano di Emmy aveva cominciato a sudare intorno alla Glock. Sfruttò la visione periferica per esaminare l'ambiente circostante: il muro a sinistra, le poltroncine da parrucchiere a destra. Non c'era nessun posto in cui rifugiarsi, nessun nascondiglio.
«Con Madison sono dovuto andare più cauto, conquistare la sua fiducia, farle credere che era speciale.» Virgil fece guizzare la lingua tra le labbra. «Ricordi bene com'era. Così suscettibile... e io adoro le sfide.»
Emmy portò il dito sul grilletto, sentì la fascetta della sicura integrata. Avrebbe avuto solo pochi millisecondi per estrarre e sparare. Non poteva sprecare tempo.

«Le ragazzine di quell'età sono così fresche, sincere. Desiderano solo essere amate, hanno bisogno di qualcuno che le guidi. Qualcuno che mostri loro come funzionano i loro corpi.»

Emmy cominciò a tirar fuori la Glock dalla fondina, un millimetro alla volta. Aveva quindici colpi nel caricatore, uno in canna.

«Avevi ragione anche sul video sul Nokia. Walton è sempre stato avventato, ma io avrei dovuto stare più attento. Non sapevo che ci riprendeva con il telefono. Tutte quelle magnifiche scopate e succhiate ci avrebbero fatti marcire in prigione.» Scrutò di nuovo il suo viso. Voleva vederla reagire. «Un conto è dire che una stupida puttanella mente, ma Cheyenne aveva le prove. Nell momento in cui ha cercato di ricattarci, la loro vita è finita.»

Lo stress fece scivolare delle lacrime lungo le guance di Emmy. Nella sua mente, progettò il modo in cui avrebbe estratto la Glock e premuto il grilletto.

«Non piangere, Emmy Lou. Un tempo anche tu hai avuto quell'età, ed eri così giovane e ingenua, con le braccia e le gambe lunghe.» Virgil si leccò di nuovo le labbra. «Hai idea di quanto sia stato difficile per me lasciarti stare?»

Emmy smise di muoversi. Quella domanda l'aveva paralizzata.

«Se non ti avesse avuta Jonah per primo, avrei potuto farti scoprire quanto è bello stare con un uomo.»

Emmy inspirò a fatica. La sua determinazione vacillò. L'immobilità cominciò ad abbandonarla.

«Emmy Lou» mormorò lui. «La bellissima Emmy Lou, un angelo sviato.»

Il tono così intimo le diede la nausea. «E Dale?»

«Madison e Cheyenne non erano il suo tipo.»

«Menti.»

«Perché dovrei?» Virgil non aspettò una risposta che non avrebbe avuto. «Ho capito chi era Dale anni prima che succedesse. Mi ha fatto qualche favore. Non l'ho mandato in prigione.»

«Anche noi abbiamo capito chi era.» Emmy cercava un modo per destabilizzarlo. «Walton ha portato l'Audi di Esther Loudermilk a Muscle Shoals, ha usato la patente di Adam per prendere un volo di andata e ritorno in West Virginia, poi è tornato in auto a North Falls per poter rapire le ragazze con te.»

Virgil rise. «Dio, sei davvero acuta. È andata proprio così. Adam lasciava sempre il portafoglio in giro. Quel coglione non aveva idea che Walton usasse il suo documento. La foto davanti all'American Legion è stata una mia idea, e devo dire che è stata geniale. Quando hai visto la foto, hai smesso di indagare su di lui.»

«Dimmi dove hai lasciato Paisley, lascia che la riporti a casa da Carol ed Elijah.»

«Piccola mia, non succederà mai.» Virgil fece un respiro profondo. «Però ti faccio una promessa. Per il bene di Cole, lascerò il tuo corpo dove possa trovarlo.»

Emmy sentì qualcosa scattare nella testa, un timer che era partito senza che lei se ne rendesse conto. Tenne lo sguardo puntato in quello di Virgil, il corpo il più possibile immobile, la mano intorno alla pistola, il dito poggiato sul grilletto.

Poi sbatté il tacco dello stivale contro la scatola dietro di lei.

Virgil abbassò lo sguardo per una frazione di secondo, ma lei non ebbe bisogno di altro. Tirò fuori la Glock dalla fondina, la sollevò e cominciò a fare fuoco non appena la canna fu libera.

Il primo proiettile rimbalzò a terra, il secondo lo colpì a un piede, quello successivo gli frantumò una rotula, un altro gli affondò nella coscia, altri due gli squarciarono il ventre e un fianco, altri tre gli bucarono il petto, poi Emmy perse il conto mentre il corpo di Virgil veniva scosso avanti e indietro come se un pugile lo stesse mandando al tappeto con una scarica di pugni.

Non cadde nel vero senso della parola, ma si accasciò sulla schiena. Emmy sentì una serie di scatti in rapida successione, un suono che si riverberò in tutti gli angoli. Il caricatore era vuoto, ma il suo dito non smetteva di premere il grilletto. Espirò tutta l'aria in un colpo. Non riusciva a lasciar andare la pistola, i suoi muscoli erano troppo tesi. La rigidità le risalì lungo il braccio, bloccandole il gomito, e dovette sbattere il dorso della mano contro una sedia da parrucchiere per poter allargare le dita. La pistola cadde a terra scivolando, andò a sbattere contro il Nokia rotto e si fermò contro una scatola di cartone.

L'immobilità tornò. L'addestramento ebbe il sopravvento. Allontanò la Ruger dalla mano di Virgil con un calcio, poi gli tastò il collo con le dita per assicurarsi che fosse morto. Gli frugò nelle tasche, in cerca di altre armi, infine prese il suo cellulare dal giubbotto per chiamare la centrale.

Aprì la bocca, ma non riuscì a parlare. Aveva le corde vocali paralizzate. Decise di mandare un messaggio a Cole.

Era Virgil. È morto.

Osservò i puntini che rimbalzavano mentre Cole cercava di scrivere una risposta. Poi si fermarono e il telefono cominciò a squillare. Emmy portò il dito sopra il pulsante verde per rispondere, ma non riuscì a premerlo: non riusciva più a controllare la mano. Il telefono le cadde e il vetro si ruppe.

Il tremito partì dal petto, e lo sentì diffondersi nella pancia e nelle spalle. Lo vide muoverle le braccia, farle vibrare le dita. Tremava tutta, cominciò a battere i denti, sentiva gli occhi affaticati, non riusciva più a mettere a fuoco. Non ci vedeva, non riusciva nemmeno a respirare. Barcollò verso la porta. La pioggia era cessata, ed Emmy sbatté le palpebre per l'improvvisa esplosione di luce, cercando di schiarirsi la vista. Nel vialetto c'erano il pick-up di Virgil, l'autopattuglia di Emmy, il rimorchio per cavalli.

Cominciò a vomitare, piegata in due, sull'erba. La bile le chiazzò gli stivali, le macchiò i pantaloni. Era di nuovo in ginocchio, le lacrime che le colavano dagli occhi, mentre tutte le emozioni che aveva trattenuto fino a quel momento si riversavano fuori da lei. Cominciò a singhiozzare, per Cheyenne, per Madison, perché aveva ucciso uno degli unici due uomini al mondo che avrebbero potuto condurla al corpo di Paisley Walker. Virgil aveva confessato, le aveva detto tutto, tranne dove trovarla.

Si sedette sui talloni e si pulì la bocca sulla manica. Puntò lo sguardo verso le nuvole scure, e una nebbiolina leggera le accarezzò il viso. Vide il sole lottare per fare capolino.

«Papà» mormorò. «Ti prego, dimmi cosa devo fare.»

Non ebbe risposta, ma in quel momento Emmy sentì di avere bisogno di suo padre più che mai. Il timone che la guidava nella direzione giusta. I suggerimenti gentili che l'aiutavano a vedere gli indizi che aveva davanti agli occhi.

Cosa sappiamo? Cosa pensiamo di sapere? Cosa ci sfugge?

Emmy sentì quelle domande avanzare nella sua mente formando dei giri lenti, pigri, proprio come faceva un tempo insieme a Hannah quando lasciavano correre le bici nelle vie secondarie. Si costrinse ad alzarsi e guardò la casa di Virgil. Le luci erano spente, le tende aperte.

Nella maggior parte dei rapimenti a opera di predatori, i corpi vengono ritrovati entro un raggio di trentacinque chilometri dal luogo del rapimento, in un posto familiare all'esecutore, che spesso torna a visitare la scena per rivivere i suoi crimini. In genere nasconde i corpi in qualche modo, coprendoli di foglie, seppellendoli in una fossa poco profonda, immergendoli nell'acqua, nascondendoli in un edificio o in un capanno abbandonato, facendoli a pezzi e gettandoli in una discarica.

Virgil non avrebbe portato Paisley in casa sua, ma avrebbe preferito tenerla in un luogo isolato, controllato, accessibile. Un luogo in cui si sentiva a suo agio, dove poteva tornare a rivivere i suoi crimini, dove Emmy lo aveva visto legare una catena intorno a un fermaglio, proprio come aveva legato una catena intorno al blocco di cemento in fondo allo stagno di Millie.

La stalla.

Emmy si lanciò di corsa giù per la collina. L'erba era zuppa, e lei scivolò, cadde a terra, si sostenne con la mano sinistra e sentì il polso esplodere per il dolore. Si rialzò con un balzo e riprese a correre. Percorse l'ultima parte della pendenza scivolando sul posteriore, poi si alzò ancora una volta. Corse per i trenta metri che la separavano dalla stalla.

La speranza l'assalì di nuovo, una speranza sciocca, vana. Virgil non le aveva detto che Paisley era morta, ed esisteva ancora una minima possibilità, un'anomalia statistica, per cui Paisley Walker poteva essere ancora viva.

La catena era ancora legata al fermaglio ad anello della porta. Emmy la tirò via con una mano e spalancò la porta della stalla. Luci e ombre danzarono all'interno, con il sole che filtrava dalle fessure tra le vecchie tavole. Se lo sentì passare sul viso mentre controllava i box vuoti, la zona con i finimenti e le mangiatoie, la stanza delle attrezzature, l'ufficio.

«Paisley!» gridò. «Paisley Walker!»

La sua voce salì fino alle travi. Emmy arretrò per riuscire a vedere nella parte superiore, dove c'era il fienile. C'erano balle di fieno impilate come a formare una fortezza. La scala era stata rimossa. Emmy cercò in tutta la stalla, corse di nuovo accanto ai box dei cavalli, aprì le porte sul retro. Trovò la scala lunga quattro metri e sgangherata a terra, alle spalle della costruzione. Sentì un dolore bruciante al polso quando la trascinò dentro. Faceva fatica a sostenerla, ma in qualche modo riuscì ad allineare le guide laterali con la tacca nel pavimento della parte soppalcata. Si arrampicò sostenendosi con una mano, sentendo l'altra pulsare come un metronomo mentre si arrampicava in cima.

«Paisley!» gridò.

Emmy attese, sforzandosi di cogliere una risposta.

Niente.

Raggiunse la piattaforma in alto. C'era solo un bordo stretto tra le balle di fieno e il parapetto. Emmy si mise in punta di piedi, ma non riusciva a vedere dietro le balle, impilate in colonne da quattro ciascuna e posizionate da una parete all'altra. Dovevano pesare almeno venti chili ciascuna.

Emmy corse lungo il bordo, premendo con il palmo contro ogni sezione, in cerca di un punto meno resistente. Lo trovò solo in fondo alla fila, dove una balla si mosse e lei riuscì a spostarla insieme alle altre della pila spingendo con la spalla. Dietro vedeva solo buio. Prese una piccola torcia dalla tasca del giubbotto e si arrampicò sulle balle cadute. Virgil ne aveva ammassate altre tre dietro. Non volle pensare che l'avesse fatto per ottenere un isolamento acustico, per nascondere qualcosa, per assorbire sangue, fluidi e disperazione.

Sotto lo stivale sentì il legno solido. L'oscurità aumentò. Virgil aveva rivestito pareti e soffitto con delle tavole di legno, e non c'erano fessure tra le assi tra cui potesse filtrare la luce del sole. Il fascio della torcia era debole. Emmy cominciò a perlustrare l'area, avanti e indietro. Un riflesso bianco la fermò.

Una scarpa da ginnastica Skechers con i lacci rosa.

Cercò di mantenere la calma, ma non riusciva a frenare la disperazione. Vide l'altra scarpa, una felpa azzurra con il logo dell'Eras tour, un paio di leggings neri appallottolati, un reggiseno sportivo rosa, un paio di mutandine con il motivo di Hello Kitty e l'elastico rosa, perché le ragazze di quattordici anni erano ancora delle bambine.

La luce cominciò a tremare nella sua mano. Sollevò il fascio di luce, puntandolo nell'angolo più lontano.

«No...» mormorò. «No...»

Paisley Walker era distesa di fianco. Il sangue le copriva il viso, il torace, le gambe. Aveva gli occhi chiusi, le labbra gonfie, le mani deformi, grottesche, con la pelle annerita nei punti in cui l'emorragia pulsava tra le ossa spezzate. I piedi erano nelle stesse condizioni, con le arcate arricciate, come quelle di Cole quando era neonato.

Emmy corse dalla ragazza. Il soffitto era basso, e dovette strisciare sul pavimento. Posò la torcia, lasciò che la luce inondasse il viso di Paisley.

«Paisley?» La chiamò, pronunciando il suo nome a fatica. Le premette le dita sul polso. «Tesoro, mi senti?»

Emmy chiuse gli occhi, sforzandosi di escludere il rombo del suo cuore per cercare di cogliere quello di lei. Ma aveva il polso troppo gonfio. I fluidi premevano sulla pelle come un palloncino pieno d'acqua. Emmy si distese accanto alla ragazza, con delicatezza le ruotò il viso staccandolo dal pavimento e sostenne il peso della sua testa nel palmo. Premette due dita sul lato del collo.

Chiuse gli occhi di nuovo. Non pensò a Madison, a Cheyenne, e nemmeno a Paisley. Pensò al suo prezioso figlio. Aveva rischiato di morire, quando aveva dato alla luce Cole. Avrebbe dovuto restare a riposo assoluto per un mese, ma non riusciva a non andare nella sua cameretta a intervalli di qualche ora per essere sicura che stesse bene.

La sua prima chiamata da agente era stata per un bambino morto per SIDS, la sindrome della morte in culla, e aveva il terrore che anche suo figlio potesse andare incontro allo stesso destino. Ricordava ancora il senso di sollievo che provava ogni volta che posava le dita sull'arteria carotidea e sentiva il rapido battito del sangue pompato dal suo cuore prezioso. Fu la stessa sensazione che provò in quel momento con Paisley.

«Oh, Dio!» gridò.

Era viva.

«Paisley Walker.» Emmy tenne il viso della ragazza tra le mani e le parlò in tono deciso, imperioso. «Paisley, so che puoi sentirmi. Adesso devi guardarmi.»

Lei non rispose. Emmy non sapeva se restare lì o correre a prendere il cellulare. Poté evitare di decidere grazie al suono delle sirene che sentì in lontananza. Cole si era allarmato quando lei non aveva risposto alla sua chiamata, ed era probabile che ogni poliziotto della contea stesse arrivando di gran carriera.

«Paisley!» gridò ancora. «Senti le sirene? Ti riportiamo a casa da mamma e papà, ma ho bisogno che tu apra gli occhi e che mi guardi, tesoro. Sei al sicuro, adesso. Sei salva.»

La ragazza continuò a non rispondere. Emmy stava per riprovare quando vide un movimento dietro le palpebre, come due biglie che passavano sotto un panno di seta.

«Bravissima» disse. «Guardami tesoro, fammi vedere quegli occhi meravigliosi.»

All'inizio Paisley riuscì a socchiudere appena gli occhi. Le sue pupille erano due enormi cerchi neri in un mare rosso. Emmy puntò la torcia verso il proprio viso e si chinò in avanti in modo che potesse vederla.

«Paisley» disse. «Sono lo sceriffo Emmy Clifton. Sei salva, sono qui per aiutarti, okay?»

La ragazza chiuse gli occhi, poi, lentamente, li riaprì. Dischiuse le labbra. Il suo alito aveva un odore marcio, malato.

«Lui... quell'uomo...» mormorò.

«È morto» le disse Emmy. «Non può più fare del male a nessuno.»

«Io...» Si interruppe e chiuse gli occhi. Poi riprese: «Ero in bici e... mi è venuto addosso... sono caduta e... avevo tanta paura... e...».

«E cosa, tesoro?» Emmy si asciugò le lacrime che le scivolavano giù dagli occhi. «Puoi dirmi tutto. Non vado da nessuna parte.»

19

Emmy era seduta insieme a Cole nella sala di osservazione della centrale di polizia. L'unica fonte di illuminazione erano i due monitor, ma Emmy non era concentrata sulle immagini. Guardava la sua mano destra. Sentiva ancora sui polpastrelli le pulsazioni di Paisley Walker. La ragazza era stata trasportata in elisoccorso al centro traumatologico pediatrico di Atlanta. Era gravemente disidratata, a un passo dalla morte, quando Emmy l'aveva trovata. Non c'era modo di sapere se avrebbe mai recuperato l'uso di mani e piedi.

Ma era viva. Respirava, parlava, era insieme a Elijah e Carol, ed era salva.

Tutti trattavano Emmy come se fosse un'eroina, ma in quella storia non esistevano eroi. L'unica cosa a cui riusciva a pensare erano le parole pronunciate da Hannah la notte in cui Madison e Cheyenne erano scomparse. Mentre erano ancora entrambe aggrappate alla flebile speranza di ritrovare Madison ancora viva, Hannah le aveva fatto la domanda più scontata: "Come diavolo farà a riprendersi?"

In dodici anni, Emmy non era mai riuscita a pensare a una risposta, ma se l'essere una Clifton le aveva insegnato qualcosa, era che esistevano cose più facili da sopportare che da analizzare.

Unì le mani, cercando di scacciare quella sensazione pulsante, ma non ottenne altro che un dolore lancinante al polso sinistro, così forte da lasciarla senza fiato. Aveva un gran livido sul torace, all'altezza del cuore. Virgil le aveva sparato un colpo con la Ruger, prima di cadere, prendendola in pieno petto, e il proiettile calibro .22 aveva colpito il giubbotto antiproiettile come un bullone a compressione. Lei non lo aveva sentito subito, ma in quel momento ogni respiro era una tortura.

Cole le posò una mano sul braccio. Emmy sapeva che era preoccupato, ma non aveva alcuna intenzione di riposare in un letto d'ospedale mentre era in corso l'interrogatorio di Walton Huntsinger.

«Sto bene, tesoro.»

Guardò più avanti, lo schermo che mostrava Walton seduto al tavolo con la schiena curva. Jude e Seth Alexander erano sulle sedie di fronte a lui. Seth sembrava sfinito, aveva la cravatta allentata, ed era chino su un blocco note che teneva sulle gambe accavallate. Non stava trascrivendo le risposte, ma appuntava le incongruenze. All'inizio scriveva in fretta e furia, ma ormai si limitava a sottolineare alcuni passaggi qui e là.

Jude, al contrario, sembrava aver ripreso le energie. Nulla di ciò che Walton aveva detto sembrava scuoterla. Mentre l'uomo raccontava loro ogni dettaglio della sua disgustosa perversione, era rimasta impassibile, di tanto in tanto perfino annoiata. Sembrava stesse ascoltando le variazioni di prezzo dei future del cotone. Walton non aveva capito che lo stava mettendo in trappola fino a quando non era stato troppo tardi.

Emmy non era tanto orgogliosa da non voler ammettere che sua sorella aveva portato avanti l'interrogatorio in modo magistrale. Erano trascorse sette ore brutali da quando Walton era stato arrestato, ma Jude lo aveva smontato pezzo dopo pezzo, con grande meticolosità, fino al momento in cui, finalmente, Walton era crollato.

Il suono di Seth che voltava una pagina del blocco arrivò frusciando dalla cassa Bluetooth.

«Okay» fece Jude, in tono freddo e professionale. «Andiamo avanti.»

Walton guardò il blocco di Seth. L'ultimo briciolo della facciata da brav'uomo era caduto, lasciando solo lo stupratore e assassino di bambine. «Credo sia stato una decina di giorni prima del Quattro luglio. Cheyenne mi ha dato appuntamento nel mio ufficio a mezzanotte. Pensavo che ci saremmo divertiti un po', invece mi ha fatto vedere il video.»

«Come ha fatto?»

«Con il Nokia N93i. Era uno di quei bei telefoni con la videocamera, si poteva nascondere in tasca. Virgil non sapeva nemmeno che lo avesse. Come vi ho detto, era furba. Lui le aveva dato un iPhone con la scheda ricaricabile, e lo controllava in continuazione per essere sicuro che non ci fosse niente da cui si potesse risalire a noi.» Scrollò le spalle. «Era una gran bugiarda, maledizione.»

Jude non si lasciò sviare. «Che cosa hai fatto quando Cheyenne ti ha mostrato il video?»

«Le ho strappato di mano il telefono, e lei si è messa a ridere. Ho controllato lo slot della memory card, ma era vuoto. Ha detto che l'aveva messa in un posto sicuro.» Walton si tolse gli occhiali e li posò sul tavolo. «Ha detto che se non le avessi dato cinquantamila dollari, avrebbe mandato a Emmy Clifton la parte del video in cui eravamo tutti insieme.»

«Tutti chi?»

«Io, Virgil, Cheyenne e Madison» recitò lui, facendo finire a verbale i suoi crimini. «Cheyenne lo trovava divertente, per lei era una specie di scherzo malato. Non le importava un cazzo se ci rovinava la vita.»

Emmy si morse il labbro. Walton e Virgil non erano affatto le vittime della situazione.

«E Madison? Anche lei era coinvolta nel ricatto?» domandò Jude.

«Sì, ma non era stata una sua idea.»

«Come lo sai?»

«Madison non avrebbe mai cercato di farci del male. Lei era una brava ragazza. Qualsiasi malefatta in cui si sia lasciata coinvolgere era tutta colpa di Cheyenne.»

Emmy sentì il sapore del sangue in bocca. Nessuna delle due ragazze era malvagia: erano state oppresse da due predatori sadici.

«Bene.» Jude mantenne la sua calma sovrannaturale, continuando ad accompagnarlo nella descrizione dei reati. «Che cosa hai fatto dopo che Cheyenne ti ha mostrato il video?»

«Sono andato nel panico. Ho chiamato Virgil, e lui mi ha detto che si sarebbe occupato di entrambe durante la festa del Quattro luglio.»

«Spiegami il vostro piano.»

«Era il piano di Virgil» la corresse. «Non sto scaricando la colpa, ma è sempre stato lui a decidere tutto perché era un poliziotto e sapeva cosa faceva, sapeva come coprirci. Ha chiesto a Cheyenne di vederci sulle vie secondarie perché sapeva che sarebbero stati tutti allo spettacolo pirotecnico. Lei ci avrebbe dato il telefono, e noi le avremmo dato i soldi.»

«Che cosa voleva fare con cinquantamila dollari?»

«Andare a vivere ad Atlanta con Madison. Volevano partire tre mesi dopo, la sera di Halloween, perché così nessuno le avrebbe cercate.»

Emmy chiuse gli occhi. Non faceva fatica a immaginare Madison e Cheyenne scioccamente convinte di aver previsto tutto. L'idea che nessuno le cercasse solo perché era Halloween era insensata.

«Il piano che mi hai appena descritto… è ciò che Cheyenne pensava sarebbe successo, ma cosa avevate intenzione di fare in realtà tu e Virgil?» domandò Jude.

«Io volevo pagarle e lasciare che se ne andassero dalla città. Sapevo che se avessimo fatto loro qualcosa avremmo attirato troppa attenzione.» Si stropicciò gli occhi. «Virgil ha detto che cinquantamila dollari sarebbero stati solo l'inizio, e che sarebbero tornate a chiederne ancora. Non potevamo permettere che avessero un potere del genere su di noi. Non mi sono convinto fino a quando Cheyenne non ha aumentato la pressione.»

«Come?»

«Telefonate. Telefonate continue.» Walton si grattò il collo, dove con le unghie aveva già lasciato dei segni furiosi sulla pelle. «Cheyenne chiamava anche diverse volte al giorno. Alma cominciava a insospettirsi, perché non esisteva un motivo plausibile per cui una ragazzina dovesse chiamarmi tanto spesso. Anzi, non aveva senso nemmeno che mi chiamasse in generale. Virgil continuava a ripetere che dovevamo fare qualcosa, ma io esitavo. Non avevamo mai fatto niente del genere in città, stiamo sempre attenti a tenere le nostre attività fuori da North Falls.»

Emmy notò il passaggio al presente. Walton non aveva ancora accettato l'idea di passare il resto dei suoi giorni in prigione. Forse era un bene: dovevano ancora collegare tutti i trofei di Virgil alle rispettive indagini. I contatti di Jude avevano già identificato cinque giovani donne assassinate in cinque diverse zone in cui Walton era stato con i Tooth Troopers. In ogni occasione, tranne una, i fogli presenze di Virgil mostravano che aveva preso almeno due giorni di ferie.

Emmy ricordava di averne riso con lui, commentando quanto gli piacesse passare del tempo in compagnia dei suoi cavalli.

«Torniamo al piano» disse Jude a Walton.

«Virgil mi ha spiegato come prepararmi l'alibi.» Ancora una volta diede una risposta dettagliata. «Dale mi ha prestato l'Audi per andare a Muscle Shoals. Con la patente di Adam ho acquistato un volo andata e ritorno per il West Virginia, pagando in contanti, come mi ha detto di fare Virgil. Una volta atterrato, sono andato a piedi a Legion Hall per scattare la prova della mia presenza lì, poi ho preso il volo di ritorno a Muscle Shoals e ho riportato l'Audi a Dale. Virgil mi aspettava lì, siamo saliti in macchina e siamo andati a prendere le ragazze.»

«Chi è salito in macchina?» chiese Jude.

«Virgil e io.»

Un nuovo dettaglio, una nuova domanda che trovava risposta. La sera della scomparsa di Madison e Cheyenne, Emmy si era chiesta come avesse fatto un uomo a prendere due ragazze di quindici anni da solo. Due predatori spiegavano tutto.

«Tu, Dale o Virgil avete fatto qualcosa per preparare l'auto?» chiese Jude.

«Ah, sì» rispose Walton, come se l'avesse ricordato solo in quel momento. «Dale ha steso una cerata sul fondo del portabagagli. Credo fosse nera. Virgil era furioso perché gli aveva detto di fissare i bordi con il nastro adesivo, in modo da sigillarlo, ma Dale è sempre stato un coglione, per lui ogni occasione era buona per delle sfide all'ultimo sangue.»

Cole mormorò un'imprecazione. Emmy lo guardò: aveva le mani chiuse a pugno, come se avesse una gran voglia di attraversare lo schermo e massacrare di botte Walton.

«Dale è stato coinvolto anche in altri momenti quella notte?» domandò Jude.

«No, è tutto qui.» Walton scrollò le spalle. «Ci ha lasciato usare la macchina di Esther, ma è rimasto a casa. Come ho già detto, a lui piacciono più giovani, e l'unico motivo per cui ci ha aiutati è stato perché sapeva che Virgil poteva arrestarlo. Avevamo tutti e due il terrore di lui. Non c'è bisogno che vi ripeta che era un poliziotto, ma era la questione fondamentale: poteva distruggerci in un attimo, e usava il suo potere per darci ordini.»

Emmy si sforzò di non badare al suo tono patetico e piagnucoloso.

Jude sembrava non fare la minima fatica nell'ignorarlo. «Tu e Virgil siete saliti sull'Audi e siete andati via dalla casa di Dale. Dove siete andati?»

«Eravamo in anticipo, quindi Virgil ha girato per mezz'ora. Aveva dato appuntamento a Cheyenne alle sei e mezza in una delle vie secondarie.»

«Lei sapeva che ci saresti stato anche tu?»

«No, ma per Virgil era scontato. Dovevamo sempre essere insieme.» Si grattò il collo fino a far uscire il sangue. «Sapete perché voleva che ci fossi? Perché ero il suo biglietto Uscite Gratis di Prigione. Se le cose si fossero messe male, mi avrebbe ucciso e avrebbe fatto finta di aver preso il cattivo. È così che faceva. Pianificava tutto.»

Emmy non aveva dubbi che l'intenzione di Virgil fosse proprio quella. Era sempre decine di passi avanti agli altri.

«Virgil mi ha detto che avrebbe fatto credere a tutti che Cheyenne fosse stata uccisa da un pirata della strada. Avrebbe manomesso la scena dell'incidente in modo che nulla potesse far risalire a noi due. Era bravo a manipolare le prove» riprese Walton.

Cole si schiarì la gola per richiamare l'attenzione di Emmy. «Per questo hanno trovato le impronte di un solo paio di stivali. Il GBI ha escluso quelle lasciate dalle scarpe in dotazione degli agenti locali.»

Lei serrò i denti. Non riusciva nemmeno a immaginare quante altre indagini Virgil avesse compromesso. Li aspettava un lavoro di ricostruzione dei fatti che li avrebbe fatti tornare indietro di anni e anni.

Walton riprese: «Quando siamo arrivati alla via secondaria, Cheyenne era in bici. Virgil non ha rallentato. Lei è andata nel panico e ha cominciato a pedalare più forte che poteva, scartando di qua e di là. Virgil ha urtato la ruota posteriore con il paraurti. Non andavamo veloce, ma quella poveretta è volata in aria. Lui voleva finire il lavoro, ma poi mi sono accorto che nel telefono non c'era la memory card».

«La mini SD?» chiese Jude.

«Sì» confermò lui. «Cheyenne non voleva dirci dov'era. L'abbiamo portata a casa mia e l'abbiamo nascosta nel capanno.»

Emmy sentì un bruciore nel petto. Un altro dettaglio trovava spiegazione, un'altra domanda trovava risposta. Virgil si era auto-incaricato di guidare le operazioni di perquisizione del capanno, in cerca di prove. Aveva detto loro che non c'era traccia di nessuna delle due ragazze.

«Cheyenne era davvero una dura.» Walton sembrava colpito. «Ci sono volute ore prima che tradisse Madison. Qualsiasi uomo avrebbe ceduto, mentre lei ha resistito fino all'ultimo. A parte Virgil, è la persona più forte che abbia mai conosciuto.»

Emmy detestava quel suo tono ossequioso. Cheyenne Baker aveva solo quindici anni, non aveva alcun bisogno di dimostrare di essere forte. Aveva bisogno solo di essere protetta.

«Non sospettavate che Madison avesse la mini SD?» chiese Jude.

«Io sì, certo» rispose lui. «Virgil però non era convinto. Gli ho ricordato che era stata lei a tagliare la SIM, che però non aveva voluto consegnarci. Mad a volte faceva così, diventava ostinata senza motivo. All'inizio non ci avrebbe mai disobbedito, e Virgil continuava a vederla in quel modo, come un piccolo angelo innocente. Non accettava che Cheyenne l'avesse corrotta.»

Emmy non riusciva a pensare ad altro che alle foto che aveva trovato nell'armadietto di Cheyenne: una ragazza con indosso un completo intimo bianco, l'altra nero. Il bene e il male, un angelo e un demone.

«Quando è stato il momento in cui Virgil ha accettato l'idea che fosse Madison ad avere la mini SD?» chiese Jude.

«Alla fine Cheyenne lo ha convinto, ma non senza lottare. Quella ragazza era dura come l'acciaio.» Walton continuava a parlarne in tono ammirato. «Virgil gliele ha date per ore, e lei le ha prese tutte. Un momento diceva che la memory card ce l'aveva suo padre, quello dopo diceva che l'aveva nascosta nella borsa di sua madre. Voi non conoscevate quelle ragazze, ma Cheyenne proteggeva Madison da molte cose. Era lei a sobbarcarsi le attenzioni di Virgil, era lei a vendersi per soldi, a spacciare droga, a fare tutto quello che poteva per andare via.»

«Perché voleva andarsene?»

«I suoi genitori erano degli stronzi.» Il tono di Walton era quello di un ragazzino petulante. «Ruth era fredda e violenta,

Felix non c'era mai. Erano due fanatici religiosi, di quelli che si presentano in chiesa appena apre. Cheyenne era stanca delle loro stronzate, e poi non era una bambina: era una giovane donna, con delle necessità. Loro le impedivano di divertirsi.»

Emmy non amava particolarmente i Baker, ma non avrebbe mai detto che due uomini adulti che violentavano una minore potesse essere considerato divertimento.

«Che cosa vi ha detto Cheyenne nel capanno?» chiese Jude.

«Ci è voluto un po'. Come ho detto cercava sempre di proteggere Madison. Virgil però ha trovato un modo per tirarglielo fuori. Ci ha detto che Madison era al parco, e che dovevano vedersi alle otto sotto un certo albero.»

Per Emmy non fu una consolazione trovare conferma alla sua teoria. Ricordava ancora l'attimo mancato sotto la quercia, lo sguardo irritato di Madison, l'improvviso cambio di umore quando la ragazza l'aveva guardata come se stesse per scoppiare in lacrime. Poi c'era stato quel momento di angoscia di Madison in cima alla collina, il *non adesso* di Emmy che aveva indotto la quindicenne disperata ad andare a cercare Cheyenne da sola.

«Cheyenne vi ha detto dove trovare Madison e la scheda mini SD. Poi?» disse Seth.

«Non potevamo lasciare Cheyenne nel capanno, perché non avevo idea di dove fosse Adam. Poteva rientrare da un momento all'altro.»

«Perché non avete ucciso Cheyenne?» chiese Jude.

Walton si massaggiò la bocca. «Come ho detto, Virgil era attaccato a lei. Il fatto che gli avesse resistito per tutto quel tempo era un afrodisiaco. Non era pronto a lasciarla andare.»

Emmy si portò la mano sul cuore. Sentì Cole lottare per non perdere il controllo.

«Andiamo avanti» disse Jude a Walton.

«Virgil ha messo Cheyenne nel portabagagli, poi la sua bici sopra di lei. Il portabagagli non si chiudeva, e mi ha detto di legarlo con una corda, ma me la cavo meglio con i nodi da sutura.

Sobbalzava a ogni minimo dosso sulla strada.» Fece un sorrisetto. Per lui quel dettaglio era comico. «Siamo andati al parco a cercare Madison. Virgil stava per mandarle un messaggio con il telefono di Cheyenne per dirle di venirci incontro al parcheggio, lontano dalla folla, ma quando siamo arrivati lei era già lì. Ci è sembrato un segno del destino.»

«E poi?» insisté Jude.

«Da ingenuo, pensavo ancora di poter salvare la situazione. Volevo parlare con Madison, farla ragionare. Era una brava ragazza, ve l'ho detto. Senza Cheyenne, la sua vita sarebbe stata completamente diversa.»

Emmy aveva cominciato a scuotere la testa. La facciata di Walton stava tornando al suo posto. Lasciar andare le ragazze ancora vive non era mai stata un'opzione: erano entrambi assassini impenitenti.

Anche Jude l'aveva capito. «Attieniti ai fatti» gli disse.

Walton scrollò le spalle, ma riprese. «Virgil ha parcheggiato sul campo di calcio per attirare Madison più lontano dalla folla. I fuochi d'artificio erano appena cominciati. Sono sceso dalla macchina, ma lei stava già guardando nel portabagagli. Cercava di tirare fuori Cheyenne. Avevo paura che si mettesse a urlare.»

«Che cosa hai fatto?»

«Non è quello che ho fatto io, ma quello che ha fatto Madison. Si è voltata e mi ha guardato, e mi sono sentito paralizzato. Non sapevo come reagire. Poi però Virgil l'ha colpita dietro la testa con il martello.»

Emmy chiuse di nuovo gli occhi e pregò che l'immagine di Madison che veniva presa a martellate non la tormentasse in sogno.

«E poi?» chiese Jude.

Walton fece un sospiro. «Madison non entrava nel portabagagli insieme a Cheyenne e la bici, così Virgil l'ha presa e l'ha caricata sul sedile posteriore. Un attimo dopo ho visto Cheyenne che correva verso gli alberi. In fondo alla collina c'era tutta North Falls. Non ricordo come mi sono trovato la pistola in mano, ma in qualche modo ha sparato, e Cheyenne è morta.»

Emmy non aveva bisogno di leggere il referto dell'autopsia per sapere che era una menzogna. Aveva visto con i suoi occhi la ferita da arma da fuoco sulla fronte di Cheyenne quando l'aveva trovata in acqua.

«Era la pistola a percussione anulare calibro .22?» domandò Jude.

«Sì» rispose Walton. «Virgil mi aveva detto di portarne una, ed era l'unica che avevo in giro. A mio padre piaceva fare il tiro a segno. A me non piacciono le pistole.»

«Già» disse Cole, furioso. «Preferisce i martelli.»

Emmy resistette al bisogno di consolarlo.

«Hai sparato a Cheyenne» ripeté Jude. «Poi cos'hai fatto?»

«Ho eseguito gli ordini di Virgil, come sempre.» Si strinse nelle spalle. «Ha detto che dovevamo lasciare le bici. Non potevamo farle entrare tutte e due nel bagagliaio, e con Cheyenne che sanguinava così non potevamo nemmeno mettere lei in auto. Virgil mi ha detto di lasciare una bicicletta al centro del campo e ha lanciato l'altra verso gli alberi. Poi abbiamo chiuso il portabagagli e ce ne siamo andati.»

Emmy sentì che non doveva chiudere gli occhi di nuovo, ma la sua mente le presentò comunque l'immagine di Madison intrappolata in quello spazio angusto con il corpo ormai inerte di Cheyenne.

Jude chiese a Walton: «Dove siete andati?».

Lui abbassò lo sguardo, osservando gli occhiali. «Alla stalla di Virgil. Peggy era fuori città e sarebbe rientrata nel fine settimana. Lì avevamo tempo per… organizzarci.»

Emmy sapeva benissimo per cosa avessero trovato il tempo.

«Avete trovato la scheda mini SD?» chiese Jude.

«Madison ce l'aveva in tasca. Virgil l'ha rimessa nel Nokia. Ho chiesto di poter vedere il video, magari di farmi una copia, ma non ha voluto. Ha detto che era troppo pericoloso, ma so che lui l'ha guardato. Chi avrebbe potuto resistere?»

Jude non rispose. «Avete avuto rapporti sessuali con Madison Dalrymple?»

Walton non rispose subito. «Sì.»

«E con Cheyenne Baker?»

«Prima, sì.» Esitò. «Non dopo. Quelle cose le faceva solo Virgil.»

Cole afferrò la mano contusa di Emmy, e lei lo strinse, ignorando il dolore.

«Cosa avete fatto alle mani e ai piedi di Madison?» domandò Jude.

«Quello...» Ebbe un'altra esitazione. «Piaceva a tutti e due. Abbiamo fatto a turno. Quando si spacca un osso, si sente una vibrazione nel manico di legno, leggerissima... Ogni schiocco è quasi come una piccola morte.»

Emmy dischiuse le labbra per prendere aria. La sua unica consolazione era che nessuna giuria, ascoltando la confessione contorta e malata di Walton, avrebbe esitato prima di spedirlo nel braccio della morte.

«Chi si è liberato dei corpi?» chiese ancora Jude.

«Tutti e due» rispose. «Virgil sapeva che Millie era uscita di nuovo per dare una mano nelle ricerche delle ragazze. Abbiamo preso un blocco di cemento e un pezzo di catena dalla sua stalla, abbiamo trascinato i corpi al centro dello stagno e li abbiamo ancorati al fondo. Sono tornato a casa appena in tempo, avevo ancora i capelli bagnati quando lo sceriffo ha bussato alla mia porta. Virgil aveva l'uniforme fradicia, ma non se n'è accorto nessuno.»

«Perché lasciarle nello stagno?»

«Virgil ha detto che voleva essere sicuro che trovassero i corpi, che lo dovevamo ai genitori di Madison. Li conosceva, sapete. Paul e Hannah. Erano brave persone.»

Emmy non aveva sentito la collera esplodere fino a quel momento. Virgil non aveva scelto lo stagno di Millie per compassione. Aveva lasciato lì le ragazze come insulto finale a Emmy e Gerald.

«Cheyenne è stata una tua paziente, quando la sua famiglia si è trasferita in città» disse Jude.

«Le ho fatto un'otturazione d'emergenza, ma non era una paziente regolare.» Walton scrollò di nuovo le spalle, come se fosse indifeso. «È stato Virgil a sceglierla. Io l'avrei lasciata perdere, ma lui l'ha vista al centro commerciale e dentro di lui è scattato qualcosa. È così che funziona, con le ragazze come lei. Ti sorridono, oppure civettano un po' con te, e tu senti come una stretta al cuore. Non riesci più a dormire, non riesci più a mangiare, pensi solo a loro. Se non fai qualcosa, rischi di impazzire.»

«Di chi è stata l'idea di prendere Paisley Walker?» chiese Jude.

Il comportamento di Walton cambiò. Nell'ora precedente era stato piuttosto disponibile a parlare, ma in quel momento incrociò le braccia e si appoggiò allo schienale.

«Quella è stata tutta opera di Virgil. Non avevo nemmeno mai sentito nominare Paisley fino a quando ho letto il suo nome sull'*Herald*. Poi mi sono ritrovato tutta quella gente infuriata davanti casa. Pensavo che Virgil volesse incastrare di nuovo Adam, ma poi lo sceriffo mi ha detto che non pensava fosse stato lui.»

Emmy si protese in avanti e studiò il viso di Jude nel monitor. Non era cambiato nulla. La sua espressione era rimasta impassibile, come quando Walton aveva descritto il brutale omicidio della due ragazze.

«Gerald ha spiegato perché pensava che Adam fosse innocente?» gli chiese.

«Ha detto che North Falls era troppo piccola e Adam troppo grande. Grazie al podcast, lo conoscevano tutti. Adam non si sarebbe mai potuto avvicinare a una ragazzina, perché la stessa folla inferocita che si era radunata davanti casa mia lo avrebbe fatto a pezzi.»

Emmy dubitava che suo padre avesse pronunciato così tante parole, ma sembrava proprio un'intuizione che avrebbe avuto Gerald. Doveva aver elaborato quella teoria mentre percorreva il lungo vialetto d'accesso. Solo il proiettile della pistola di Paul gli aveva impedito di condividerla con lei.

«Virgil si è reso conto della stessa cosa, ovviamente. Sapeva che non poteva incastrare di nuovo Adam» riprese Walton.

«Perché dici che è ovvio?»

«Perché so come ragiona Virgil. Ve l'ho detto, sono sempre stato il suo biglietto Uscite Gratis di Prigione.» Un'altra scrollata di spalle. «Quando Adam ha messo quel maledetto martello sul tavolo della mia cucina, ho capito tutto. Sapevo che Virgil voleva fregarmi.»

«In che modo il martello ti avrebbe incastrato?»

«C'è il mio DNA, lì sopra. Virgil ha sempre usato i guanti, non ha mai fatto niente senza preservativo, si teneva pulito. Sapeva benissimo cosa avrebbero trovato.» Walton fece una risatina amara. «E se non l'avessero trovato, sapeva come fare in modo che i risultati della scientifica fossero quelli che voleva lui.»

Emmy non dubitava che avesse ragione. Aveva sempre avuto piena fiducia nelle indagini di Virgil.

«Perché Virgil conservava tutte le prove? Documenti e trofei erano nascosti in piena vista» disse Jude.

«Quello era il suo modo di giocare.» Dal tono, sembrava quasi che lo invidiasse. «Fino a poco tempo fa, Peggy abitava in casa con lui. Le sarebbe bastato scendere le scale e avrebbe trovato tutto. Ma non l'ha mai fatto. Si fidava di lui. Tutti si fidavano di lui... Gerald, Emmy Lou, padre Nate, tutta la città, che diamine. L'inganno lo faceva eccitare. Ti esalta sapere di essere più furbo di tutti.»

Jude non gli fece notare che non era stato abbastanza furbo, alla fine. «E dodici anni fa? È stata un'idea di Virgil, incastrare Adam per l'omicidio di Cheyenne e Madison?»

«Nessuno lo ha incastrato.» Walton parve perplesso dalla domanda, nonostante avesse usato la patente di suo figlio proprio a quello scopo. «È andata così, tutto qui.»

«La collana di Cheyenne?» chiese Jude. «È stata trovata nel vostro giardino.»

«Immagino che Adam abbia detto la verità: Madison gli aveva chiesto di ripararla. Gli piaceva aggiustare le cose, è molto bravo con le mani.»

«È stata trovata una collanina rotta in una delle vie secondarie, nel punto in cui Cheyenne è stata urtata dall'auto.»

«Forse ne aveva messa una diversa» disse Walton. «Cercate di capire, Adam è sempre nel posto sbagliato al momento sbagliato. Ha sempre combinato casini, tutta la vita. Passavo il tempo a cercare di coprirlo.»

«Ma dodici anni fa non l'hai coperto» commentò Jude. «È stato condannato a morte. Ha rischiato l'esecuzione.»

«Non cercare di truffare un truffatore, cara. Conosci Adam da un bel po' di tempo.» Walton incrociò di nuovo le braccia sul petto. «Sappiamo entrambi che il suo destino era finire dietro le sbarre. La sua vita era un disastro. Spacciava droga ai ragazzini, non riusciva a tenersi un lavoro, era quasi sempre ubriaco. E io ho dovuto decidere... la sua vita o la mia. So che per voi la mia attività di volontariato non significa nulla, ma sono orgoglioso del bene che ho fatto. Mi sono occupato di persone che nessuno avrebbe curato, e sapevo che prima o poi Adam avrebbe abbandonato Alma. Non potevo finire in prigione, dovevo restarle accanto.»

Cole si mosse accanto a Emmy. Era furioso. «A questo pezzo di merda non interessa nessuno, a parte se stesso.»

Emmy restò concentrata sui monitor. Jude aveva guardato l'orologio. Stava mantenendo un ritmo preciso: c'erano molti altri omicidi da risolvere. «Perché non facciamo una pausa per andare al bagno?» disse a Walton.

«Sì, ma...» L'uomo aveva un'espressione esitante. «Potete dirmi come sta Alma?»

Jude si rivolse a Seth, che parve sorpreso. Dopo tante ore, era la prima volta in cui riconosceva la sua presenza. «Agente Alexander, hai aggiornamenti?»

Seth posò blocco e penna. «I medici dicono che la dose di lidocaina che Walton le ha somministrato era massiccia, ma sopravviverà.»
Jude tornò a guardare Walton. «Buone notizie, no?»
Lui non parve sollevato. Per dodici anni aveva tenuto sua moglie alla larga dalla polizia. Alma doveva sapere molto più di quanto pensasse dei crimini del marito. «Giusto. Grazie.»
Emmy sentì Cole mormorare di nuovo qualcosa. Aspettò che Walton venisse scortato fuori dalla sala interrogatori prima di accendere la luce. Guardò suo figlio. «Stai bene, tesoro?»
Cole serrava i denti, l'osso della mandibola sporgeva dal suo viso come un'incudine.
Si aspettava di sentirlo imprecare ancora contro Walton Huntsinger, invece le disse: «Mi hai mandato quel messaggio su Virgil, poi non hai risposto quando ti ho chiamato. Tu rispondi sempre alle mie telefonate».
Emmy era dispiaciuta, ma non era disposta a lasciarsi schiacciare dal rimorso. «Hai ragione, ti chiedo scusa. Era un brutto momento.»
Cole rise. «Eufemismo.»
«Tua nonna detesta quando sottintendi verbi e soggetti durante una conversazione.»
Il sorriso di Cole vacillò. «Virgil è sempre stato davanti ai nostri occhi.»
«È durata più a lungo per me che per te» gli ricordò lei. «Era uno psicopatico. Ci ha ingannati tutti, così come ha ingannato la città intera. Sua moglie e i suoi figli non avevano idea di cosa facesse, nemmeno tuo nonno l'ha capito. Se cerchi qualcuno con cui prendertela, qui siamo tutti colpevoli.»
Cole non sembrava convinto. «Jude ha detto che i pedofili si lavorano anche le persone che li circondano: così, quando un bambino dice che gli sta succedendo qualcosa di male, tutti credono al pedofilo e non al bambino.»
«Ha ragione» disse Emmy, ma era una magra consolazione. «Tesoro, ricordati cosa diceva il nonno a proposito degli errori.»

«A volte ti danno un motivo per perdonare.» Cole fissava la sala interrogatori vuota sui monitor. Emmy capì che la sua determinazione stava vacillando. «La morte del nonno comincia a essere reale. Il suo funerale sarà tra pochi giorni.»

«Guardami.» Emmy gli girò la sedia in modo che si trovasse di fronte a lei. Non riusciva a smettere di guardargli il colletto: aveva di nuovo il bottone slacciato. «So che dovrei dirti che sei libero di provare ciò che vuoi, ma dovrai sfogarti prima del funerale. Non sarà una cerimonia privata, ci saranno molte persone a osservarci. Saranno presenti il governatore, politici, forze dell'ordine provenienti da tutta la regione, telecamere, fotografi. Sarà difficile contenersi, ma io sarò al tuo fianco, così come Tommy, Celia e il resto della famiglia. Devi ricordarti che sei un Clifton. Tieni la testa bassa e...»

«Fai il tuo dovere.» Le rispose con un breve cenno del capo, ma Emmy capì che le avrebbe dato ascolto. «E Jude? Ci sarà anche lei?»

Emmy non ci aveva riflettuto, ma sapeva come rispondere.

«Deciderà lei. Non voglio mettermi in mezzo.»

«Nemmeno io.» Nella sua espressione non c'era sollievo. «Devo dirti un'altra cosa, ma sarà difficile.»

In silenzio, lei si preparò a ricevere altre brutte notizie. «Sentiamo.»

«Ciò che hai fatto per trovare Paisley. La scelta che hai dovuto fare con Virgil. Vorrei dire solo...» L'osso della mandibola spuntò qualche altra volta per lo sforzo di tenere sotto controllo l'emozione. «Spero di diventare un poliziotto come te, un giorno. Spero di imparare a essere altrettanto bravo.»

Anche Emmy dovette lottare per non cedere alla commozione. Erano davvero una gran coppia, lei e suo figlio. Seduti insieme, da soli, in una stanza silenziosa, a combattere contro il bisogno di scoppiare in singhiozzi. Prima o poi avrebbe dovuto rimediare, diventare per Cole il luogo sicuro che Gerald era stato per lei.

Ma non quel giorno.

«Tesoro, spero che non dovrai mai prendere una decisione del genere, ma so che sarai un bravo poliziotto. Sei già sulla strada giusta, non sono mai stata tanto orgogliosa di te. Sei quasi perfetto.»

Gli tirò il colletto, per fargli capire che c'erano ancora alcune cose da migliorare. Poi cercò un modo per cambiare argomento. Si sentiva troppo fragile in quel momento per presentarsi come esempio di stoicismo. Per fortuna c'era una via d'uscita semplice per mettere subito fine a quella parte di conversazione tanto difficile.

«Anch'io ho bisogno di dirti una cosa. Non esiste un buon modo per dirlo, quindi lo dirò e basta. Tommy e io, qualche tempo fa, abbiamo deciso che, quando il nonno non ci fosse stato più e la nonna fosse stata spostata nella struttura di ricovero, avremmo venduto la casa.»

Cole raddrizzò la schiena di colpo. «Cosa?»

«Devi portare via tutte le tue cose entro la fine del mese.»

«Mamma...»

«Fossi in te, farei subito uno squillo allo zio Penley. Celia mi ha detto che Tommy non ha nessuna intenzione di togliere la sua collezione di cappelli dalla stanza degli ospiti.» Si alzò per andarsene. «Continua a guardare l'interrogatorio e fammi sapere se devo ascoltarne una parte.»

«Mamma...»

«Facente funzioni di sceriffo» lo corresse, e bastò a tacitarlo.

Emmy lasciò la porta socchiusa per lasciar circolare l'aria in quella stanza soffocante. Doveva controllare e-mail, preparare la tabella dei turni, chiedere riscontri agli agenti. Quando imboccò il corridoio, nella sua mente aveva già stilato un lungo elenco di cose da fare, ma il suo corpo aveva altri progetti.

Un formicolio le passò lungo la schiena, una sorta di avvertimento istintivo. Non era il brivido né il *Qualcosa Non Va*, ma una sofferenza che ribolliva dentro di lei da tempo, e che da giorni cercava di tenere a distanza. Il suo ufficio era in fondo al corridoio. Era anche l'ufficio di Gerald. Le luci erano spente, l'impermeabile di suo padre era ancora appeso al gancio.

Aprì la porta del bagno delle donne. Con sua sorpresa, trovò Jude davanti al lavandino, le mani appoggiate sul ripiano, il capo chino. L'imperturbabile, glaciale agente che aveva guidato l'interrogatorio era sparita. Aveva il viso rigato di lacrime, come se ogni parola contorta e malata uscita dalla bocca disgustosa di Walton Huntsinger nelle sette ore precedenti le fosse piombata addosso.

Emmy provò vergogna nel trovarsi di fronte a lei in un momento tanto privato, e fece per andarsene.

«Non te ne andare» disse Jude.

Lei si sentì intrappolata nel lato sbagliato della porta. Jude sembrava devastata, non era possibile che volesse mostrarsi a qualcuno in quello stato.

Jude rise del suo imbarazzo. «Vedo che Myrna ti ha insegnato che bisogna avere il terrore delle lacrime.»

«Credo sia una predisposizione genetica» disse Emmy. «Come le persone che pensano che il coriandolo sappia di sapone.»

«È una mutazione del recettore olfattivo che reagisce agli aldeidi contenuti nelle foglie.» Anche Jude aveva imparato qualche trucchetto da Myrna. Più calma, si passò un dito sotto gli occhi per sistemare l'eyeliner davanti allo specchio. Il suo sguardo andò verso il riflesso di Emmy. Avevano il bagno tutto per loro: erano le uniche due donne nella centrale. «Non è un male mostrare i propri sentimenti.»

«Certo.» Emmy non aveva alcuna intenzione di fissarsi l'ombelico chiusa in un bagno con una sorella maggiore sconosciuta. Tornò su un terreno più sicuro. «Dale è accusato di concorso in omicidio per Cheyenne e Madison, giusto?»

«Sì.» Jude entrò in un gabinetto per prendere della carta igienica. «Ha fornito a Virgil e Walton materiali per aiutarli nello svolgimento dei crimini. Ha pulito l'Audi per contribuire a occultare gli omicidi. Di sicuro chiederà una riduzione di pena all'ergastolo in cambio della sua testimonianza contro Walton. La buona notizia è che Dale non sarà mai più in grado di fare del male a nessun'altra ragazza.»

Emmy aveva bisogno di sentirsi più sollevata di così. «E Adam? Davvero è stato vittima dei loro inganni?»

Jude si asciugò il naso. «L'istinto mi dice così.»

L'istinto di Emmy concordava. «Adam sarà comunque processato per aver minacciato Brett e per aver violato i termini della condizionale.»

«E per stupro» aggiunse Jude. «Barbara Jericho merita giustizia.»

Emmy sperava che la ottenesse. «Dale Loudermilk era in combutta con Virgil, sul suo portatile doveva esserci molto di più della pedopornografia. È possibile che Dale abbia avuto delle vittime vere nel mondo reale.»

«Hai ragione.» Jude si appoggiò al ripiano. «Chiederò qualche favore al mio vecchio capo, vediamo se mi lasciano seguire il caso di Dale come incarico secondario. Credo che riuscirei a farlo parlare.»

«La prigione di Dooley è a mezz'ora di macchina da qui.» Emmy si strinse nelle spalle. «Cioè, immagino che rimarrai fino al funerale di papà, ma...»

«Ne sei sicura, Emmy?» L'espressione impassibile di Jude era scomparsa di nuovo. Era naturale, quasi senza fiato per l'emozione. «Vorrei tanto poter porgere l'ultimo saluto a papà, ma non se metto a disagio te o Cole.»

Emmy non sopportava di vederla così vulnerabile. «E Tommy?»

«Mi ha detto che se sta bene a te, sta bene anche a lui.»

Emmy sapeva già che avrebbe potuto contare su suo fratello. «D'accordo.»

«Grazie.» Jude rimase in silenzio per un attimo, dandosi il tempo di riprendersi. «Ascolta, so che da queste parti il termine "terapia" è considerato una parolaccia, ma avrai bisogno di parlare con qualcuno di ciò che è successo con Virgil. Non solo per il tradimento. Uccidere un uomo è una cosa enorme.»

«Già.» Non voleva aggiungere altro. Tra tutte le cose a cui non voleva pensare, Virgil era quella più sgradita. «Quanto ti ci vorrà con Dale Loudermilk?»

«Tutto il tempo necessario» disse Jude. «Credo che mi tratterrò comunque per qualche tempo. So che non ci conosciamo, ma mi piacerebbe cambiare le cose.»

Emmy provò l'orribile sensazione di bruciore agli occhi per via delle lacrime. Il suo corpo le si stava rivoltando contro ancora una volta. Doveva dormire, prima di perdere la ragione del tutto. «Hai ragione. Siamo due sconosciute.»

«Sì» convenne Jude. «Ma a volte è bello avere vicino uno sconosciuto, se ti viene voglia di discutere un po'.»

Emmy sbatté le palpebre, cercando di bloccare le lacrime. Non vide Jude, ma l'ufficio di Gerald, la sua sedia vuota, le foto che aveva stampato e incorniciato con le sue mani. A volte parlavano tra loro seduti alle scrivanie, quando erano da soli, proprio loro che non parlavano mai con nessuno, parlavano uno con l'altra.

«Già» rispose.

Emmy si asciugò gli occhi e tornò nel corridoio. Cercò di respirare, ma il dolore alle costole era come un attizzatoio rovente che le premeva nel petto. Nella sala operativa squillavano i telefoni, come sempre. Gli agenti di supporto dell'FBI e i volontari erano andati a casa, la squadra del turno di notte stava già pattugliando le strade. I due detective erano alle loro scrivanie. A Emmy venne in mente per la prima volta, da quando era morto Gerald, che era rimasta solo lei a capo delle forze dell'ordine. Non aveva reti di protezione, non aveva nessuno a cui rivolgersi se non se stessa.

«Capo Clifton?» Sherry Robertson sembrava incazzata, dunque doveva aver visto il video di lei e Hannah che parlavano in carcere. «Possiamo parlare un momento?»

Senza riflettere, Emmy le fece cenno di entrare nel suo ufficio. Non si rese conto di cosa aveva fatto fino a quando non azionò l'interruttore della luce. Le lampadine al neon si accesero. Due scrivanie, una di fronte all'altra, una sedia pieghevole che si poteva girare in entrambe le direzioni per i visitatori. Emmy guardò il pavimento: i suoi stivali avevano già superato la soglia. Non se la sentiva di sedersi. Si appoggiò alla sua scrivania e aspettò.

Sherry disse: «Sono sicura che non la sorprenderà sapere che dovrò rilasciare Hannah Dalrymple».

Lei non intendeva approfondire. «E Paul?»

La donna incrociò le braccia, ma non insisté a proposito di Hannah. Gli agenti del GBI erano addestrati a usare la diplomazia con le maldestre forze dell'ordine locali. «Alla fine gli è passata la sbronza e ha deciso di ascoltare i suoi avvocati. Vogliono escludere la pena capitale. Confesserà di aver sparato a Gerald se gli concediamo l'ergastolo senza possibilità di condizionale.»

Emmy sapeva che un accordo significava che non ci sarebbe stato un processo. Hannah non sarebbe stata costretta a testimoniare sotto giuramento, non sarebbero stati chiamati testimoni, gli avvocati difensori di Paul non avrebbero cercato di smontare le accuse. Lui si sarebbe dichiarato colpevole per l'omicidio di suo padre, poi sarebbe morto in prigione.

«Avete chiesto a Tommy cosa ne pensa?» disse.

«Ha detto di far decidere te.»

Tommy non si smentiva mai. «Concedete il patteggiamento a Paul. La mia famiglia ha già sofferto abbastanza, e anche la sua.»

Non c'era altro da dire. Sherry se ne andò ed Emmy chiuse la porta. Guardò l'ufficio vuoto, le foto di lei e Cole in uniforme, Tommy con un cappello porkpie, Celia con il suo gatto, gli encomi appesi al muro, la foto del governatore, quella del presidente. Sulla scrivania di Gerald non c'erano documenti. Le ultime settimane erano state difficili per lui. Le metastasi del cancro si erano estese alla colonna vertebrale. Alcuni giorni il dolore gli rendeva difficile anche vestirsi la mattina.

Emmy sapeva che doveva concedersi un momento, darsi il tempo per il lutto, processare ciò che aveva perso, trovare un modo per superarlo. Invece tirò fuori il telefono dalla tasca e chiamò Dylan.

«Tesoro?» Sembrava preoccupato. «Stai bene?»

Capì che non si era spaventato per la chiamata. Le sembrava passato un secolo da quando aveva ucciso Virgil e trovato Paisley. Per Dylan, invece, erano solo poche ore.

«Sono alla centrale» fu tutto ciò che riuscì a dirgli.

«Il GBI ti ha già interrogata sulla sparatoria?» Dylan parlava da avvocato. «Non possono interrogarti senza qualcuno che ti rappresenti.»

«Il mio rappresentante sindacale sta arrivando.» Emmy sentì la gola chiudersi. Non lo aveva chiamato per parlare dell'uccisione di Virgil. «Stanno per rilasciare Hannah.»

Dylan non riuscì a rispondere subito. «Com'è successo?»

«Ho perso credibilità come testimone scherzando con lei davanti alle telecamere di sorveglianza.»

«O-kay...» disse lui, allungando la parola.

«Non è solo questo. Non c'era nessuno in grado di dichiarare che aveva le mani sull'arma quando è partito il colpo. Il GBI non aveva prove. Processeranno Paul. I suoi avvocati lo stanno convincendo a patteggiare per evitare un processo in cui rischierebbe la pena capitale.»

Come Jude, Dylan sapeva lasciar allungare il silenzio, cosa che forse la diceva più lunga a proposito di Emmy che di loro. Alla fine disse: «So che è una domanda stupida, ma come ti fa sentire tutto questo?».

«Malissimo» ammise lei. «Gerald adorava Hannah. È stata la mia migliore amica da sempre, e anche Cole le vuole bene. Paul era suo marito, hanno un figlio insieme. Davey ha già perso una sorella per un crimine violento, e adesso perderà suo padre... e ha rischiato di perdere anche sua madre.»

«Sono tutte descrizioni molto precise.»

Parlava di nuovo come un avvocato. «Sono nell'ufficio di mio padre per la prima volta da quando è morto, e se comincio a piangere adesso, non riuscirò mai a fermarmi.»

Quando Dylan si abbandonò al silenzio, Emmy capì che lo aveva fatto perché era sconvolto. L'ultima volta in cui gli aveva parlato così apertamente era stato dodici anni prima, in un corridoio scolastico.

Si costrinse a continuare. «Ho aspettato per tanto tempo la loro morte.» Dirlo a voce alta la fece sentire un mostro, ma non poteva rimangiarsi la verità. «Non che volessi perderli, ma quando a Myrna è stata diagnosticata la malattia, è stato come se dentro di me fosse partito un conto alla rovescia, e ogni giorno, ogni settimana, ogni mese e ogni anno da quel momento ho sentito un ticchettio incessante. Aspettavo che lei dimenticasse le cose, che scordasse luoghi, ricordi, e che alla fine si dimenticasse anche di me, Tommy, Cole e papà.»

Emmy si appoggiò alla porta per sostenersi.

«Poi è arrivata la notizia del cancro di papà e nessuno sapeva dirci quanto tempo ci avrebbe messo a morire, così è partito un altro ticchettio, e non riuscivo a sopportarli, non insieme. Eravamo costretti ad assistere al lento declino di papà mentre mia madre ci tormentava come uno spettro in casa sua, e non c'era modo di sapere quando sarebbe finita.»

Emmy dovette interrompersi per deglutire.

«Mi mancano da morire, Dylan. Ho avuto il terrore di perderli per così tanto tempo, poi all'improvviso è stato come se qualcuno avesse schioccato le dita spegnendo entrambi i ticchettii nello stesso, maledetto momento, e li ho persi. Ma la cosa peggiore è che sono così schifosamente sollevata all'idea che sia tutto finito, che non debba più vivere con il tormento di quel suono nelle orecchie.»

Sentì Dylan emettere un lungo sospiro. «Mi dispiace tanto, *cariño.* A volte la vita fa schifo e bisogna accettarla così com'è, ma non bisogna vergognarsi di provare sollievo quando il peggio è passato.»

Lei si asciugò il naso sulla manica. «Mi prepareresti la cena?»
«Amore mio, è mezzanotte.»
Emmy guardò l'orologio. Era vero. Aveva perso il senso del tempo in quella stanzetta buia insieme a Cole. Il terzo giorno dalla morte di suo padre arrivava strisciando.
«Ti va se ti preparo la colazione?» propose Dylan.
«Okay.»
Chiuse la telefonata. Non poteva certo singhiozzare di fronte ai suoi sottoposti. Si asciugò di nuovo il naso e posò il telefono sulla scrivania. Aveva la sensazione che le stessero premendo un pungolo per bestiame nel petto quando si accasciò sulla sua sedia.
«Toc-toc.» Vanna Temple aprì la porta senza nemmeno aspettare il permesso di entrare. Vide l'espressione di Emmy e domandò: «Brutto momento?».
Per poco lei non alzò gli occhi al cielo. Non esisteva un buon momento per l'insopportabile moglie di Brett, soprattutto perché era di nuovo incinta e fiera. «Che cosa c'è, Vanna?»
«Sono venuta a portare un'uniforme pulita a Brett. Lo stai facendo lavorare un bel po', signorina.» Vanna si sedette a fatica sulla sedia pieghevole. L'abito a pois bianchi e gialli si distese sulla sua pancia come un calzino antiscivolo. «Ho pensato di passare per farti sapere che Brett tenterà la fortuna candidandosi come sceriffo.»
Emmy serrò le labbra. La cosa peggiore di quella conversazione era che sua sorella aveva avuto ragione fin dal principio.
«Sappiamo entrambe che a te non interessa» riprese Vanna. «Nessuno potrà mai prendere il posto di Gerald, ma Brett farà del suo meglio per rendere orgoglioso tuo papà. Spero che avrà il tuo sostegno.»
Emmy la fissò per un tempo tanto lungo quanto imbarazzante. «Dove hai sentito dire che a me non interessa?»
«Be', è un duro lavoro, no?»
«Per caso ti sfugge come sono stati gli ultimi due giorni della mia vita?»

Vanna rise, anche se non c'era nulla di divertente. «Non credo che questa città sia pronta per uno sceriffo donna.»

«Questa città» ripeté Emmy. «Vorresti dire che la contea di Clifton, dove vivono tutti i Clifton, non è pronta per un altro sceriffo Clifton?»

«Oh, tesoro, non era una critica contro di te. È che non possiamo stravolgere l'ordine naturale delle cose.» Vanna allargò le braccia, come se nessuno potesse farci niente. «Non sono le donne a comandare, ma gli uomini. Loro vanno a caccia, noi raccogliamo. Loro ci proteggono, e noi dobbiamo lasciarci proteggere.»

«E da chi abbiamo bisogno che ci proteggano?»

«Cioè?»

Emmy richiamò a sé tutti gli insegnamenti di Myrna. «Vanna, da chi hanno bisogno di essere protette le donne?»

Naturalmente lei conosceva la risposta. Non rideva più. «Emmy, non essere sciocca.»

«Sceriffo» fece lei. «È questo il mio titolo, adesso. Prima ero l'agente capo, adesso sono lo sceriffo.»

«D'accordo, mi sembra proprio che tu non sia dell'umore giusto per parlare.» Vanna le rivolse un sorriso teso. «Ti auguro una buona giornata, *sceriffo*.»

L'effetto della sua uscita fu in qualche modo diminuito dalla fatica con cui si alzò dalla sedia. Vanna lasciò aperta la porta dell'ufficio. Emmy si alzò per chiuderla. Invece di tornare alla propria scrivania, spinse il suo computer portatile dal lato di Gerald. Aspettò un momento, poi si sedette al posto di suo padre.

Quando era bambina, Gerald spesso la portava alla centrale per far riposare un po' Myrna. La sistemava alla sua scrivania con pennarelli e album da colorare, e accendeva la radio in modo che lei non potesse sentirlo discutere delle indagini con Virgil.

Emmy aveva sempre odiato colorare. Myrna non le aveva insegnato che bisognava stare seduti fermi, così lei passava quasi tutto il tempo a roteare sulla sedia di suo padre fino a farsi girare la testa. Quando poi era cresciuta, aveva cominciato a passare tutto il tempo libero insieme a Hannah.

Poi era arrivato Jonah, poi lei aveva indossato un'uniforme da agente e aveva avuto un posto nella sala operativa, infine si era ritrovata di fronte a suo padre in qualità di agente capo.

In quel momento sedeva al posto di Gerald perché aveva bisogno di avere il muro dietro di sé. Non voleva che qualcuno potesse vedere ciò che faceva. Aprì il computer, aprì il backup su Cloud del suo cellulare e selezionò il video di due giorni prima, che aveva registrato lungo la strada davanti alla casa di Adam Huntsinger.

Premette *Play*.

Dervla Culpepper filmava la folla con il suo iPhone, il viso contratto in un'espressione arrogante. Ashleigh Ellis guardava l'orologio. Brandi Norton si era inginocchiata per allacciarsi una scarpa. La gente cominciava a spazientirsi di nuovo. Mamme in leggings, uomini con indosso tute da lavoro della fabbrica, qualcun altro che arrivava in abbigliamento informale da lavoro. Ventisei persone volubili e imprevedibili, più altre in arrivo.

Quando Emmy aveva cominciato a riprendere, Hannah era già presente, e Gerald era ancora in casa. Emmy aveva voluto inquadrare i volti delle persone perché a volte poteva capitare che i criminali violenti cercassero di partecipare alle indagini in qualche modo. Si fingevano testimoni, cittadini preoccupati o spettatori, e a volte si offrivano di dare una mano nonostante fossero in pensione.

Si sentì un colpo di tosse dalla sala operativa. Emmy aspettò, per essere sicura che nessuno stesse andando nel suo ufficio. Abbassò il volume quando Hannah chiese: "Credi che Adam abbia preso Paisley?".

Muovendo le dita sul touchpad, Emmy accelerò la conversazione. Ricordava ancora quanto fosse stato strano sentirsi fare una domanda diretta da Hannah. Come avevano condiviso il dolore di vedere Gerald che avanzava lento, pieno di dolore, sul vialetto, il calore rassicurante della mano di Hannah che stringeva la sua, il modo in cui suo padre sudava quando si era appoggiato alla cassetta delle lettere per riprendere fiato.

Trovarsi di fronte alla fragilità di Gerald era stato così scioccante che Emmy aveva rimesso il cellulare nella tasca del giubbotto senza interrompere la registrazione. La videocamera aveva continuato a riprendere per sedici minuti. Quando l'aveva fermata, Emmy era coperta di sangue ed era seduta nella sua auto di servizio accanto a suo figlio.

Premette il tasto per rallentare il video alla velocità normale.

Gerald si sosteneva alla cassetta della posta come se fosse una stampella. Il peggioramento della sua salute era evidente. Non riusciva a tenere la schiena dritta per via delle fratture alla colonna. Aveva la voce roca quando disse alla folla: "Paisley Walker non è qui. Andate a casa. Lasciateci fare il nostro lavoro".

Emmy andò avanti di qualche altro fotogramma. Gerald si era staccato dalla cassetta della posta. Aveva fatto appello all'acqua ghiacciata che aveva nelle vene e si era ricomposto, le spalle dritte. La sua tattica aveva funzionato e quasi tutti se ne stavano andando via, ma Dervla Culpepper gli aveva piazzato il telefono davanti al viso. Gerald aveva l'aria esausta mentre rispondeva alle sue domande insulse.

"Signora, il procedimento contro Adam Huntsinger è..."

Hannah gridò il nome di Paul.

La telecamera si voltò insieme a Emmy.

La sequenza di eventi fu così veloce che in quel momento, seduta da sola in ufficio, Emmy dovette rallentare il video a un quarto della velocità per comprendere cos'era successo davvero.

Paul puntò il revolver al cuore di Emmy. La folla si disperse. Si diffuse il panico. Grida, urla, spinte, spintoni, Cole che correva in lontananza, il giubbotto che gli svolazzava dietro. Poi Hannah si lanciava nell'inquadratura, protendendo le mani per cercare di afferrare la pistola.

Emmy avvicinò il viso allo schermo e rallentò il video il più possibile.

Osservò il dito indice della mano sinistra di Hannah scivolare nella guardia del grilletto nel preciso istante in cui Paul faceva fuoco. La canna si sollevò di scatto, cambiando la traiettoria della pallottola in modo che superasse Emmy e finisse dritta nel petto di Gerald.

Fermò il video. Fece un respiro, si appoggiò allo schienale della sedia di suo padre.

Hannah le aveva salvato la vita.

Sherry Robertson avrebbe detto che Hannah aveva anche contribuito a far finire quella di Gerald.

Emmy fissò l'immagine in pausa. Il fumo usciva dalla canna del revolver. Non aveva bisogno di vedere il resto, i dettagli dell'omicidio di suo padre le sarebbero rimasti impressi nella mente per sempre. Trascinò il file nel cestino e cliccò sul tasto per cancellarlo definitivamente. Il giorno dopo avrebbe comprato un telefono nuovo e avrebbe lasciato il vecchio nell'acqua tanto a lungo da distruggere i circuiti. Nessuno avrebbe mai visto quel video, nessuno a parte lei e Hannah avrebbero mai saputo cos'era successo davvero.

Una frazione di secondo, una reazione istantanea, un momento fatale.

Perdere qualcosa di prezioso, aggrapparsi a un pessimo matrimonio, cercare di proteggere un bambino.

Emmy sapeva benissimo cosa significasse.

Sapeva anche che gli errori potevano dare un motivo per perdonare.

DODICI GIORNI DOPO

20

Jude era seduta accanto al letto di sua madre. Le luci erano spente, ma i fasci di luce del sole che passavano tra le tapparelle semichiuse della finestra si spostavano lenti sul pavimento. Myrna dormiva già quando lei era arrivata, ed era stato un dono vero e proprio. Erano passati quarantadue anni da quando si erano viste per l'ultima volta, e Jude aveva ormai più di vent'anni rispetto all'età che aveva avuto Myrna quel giorno. Lo shock di trovare sua madre ridotta in quello stato era quasi insostenibile. Jude ricordava una donna imponente, che incuteva timore, una persona capace di descrivere il tuo abbigliamento a suon di citazioni di Nathaniel Hawthorne o di sfoderare una penna rossa e correggere il biglietto di auguri per la Festa della Mamma che le avevi appena regalato.

Quella Myrna non era l'anziana che si stava consumando in un letto d'ospedale. Sembrava così piccola, così vulnerabile. La sua pelle era quasi trasparente, aveva delle venuzze azzurre che le attraversavano le palpebre. Il colore delle sue labbra ricordava il rosa chiaro delle ortensie che ancora crescevano in giardino.

Tredici giorni prima, Jude aveva preparato un ottimo discorso durante il volo di cinque ore da San Francisco, le tre ore di macchina per arrivare a North Falls e mentre percorreva a piedi gli ultimi metri per raggiungere l'agenzia funebre in cui era conservato il corpo senza vita di suo padre. Era un discorso breve, perché sua madre non aveva mai apprezzato i monologhi elaborati. Gran parte era costituita da una serie di richieste, perché Jude era partita dal presupposto che Myrna, come sempre, avrebbe avuto il potere dalla sua parte.

"Mi permetterai di vederla? Mi lascerai parlare con lei? Potrò seppellire il mio dolore?"

Anni di terapia avevano aiutato Jude a superare molti momenti bui della sua vita. La notte in cui Adam Huntsinger l'aveva violentata, il fatto che aveva cominciato a esagerare con l'alcol per attutire il dolore, la perdita di Henry nel fiume Flint, i giorni e giorni di attesa prima che venisse ritrovato il suo corpo, l'aver dovuto assistere al modo in cui suo padre beveva fino a stordirsi, al crollo di Myrna, agli stadi finali dell'evoluzione di Tommy verso l'invisibilità, la colpa che lei si sarebbe portata dietro per sempre per il ruolo – seppur minimo – che aveva avuto nella morte di suo fratello.

Era stato un vero inferno affrontare tutto ciò, ma nessuna seduta l'aveva mai aiutata a trovare la forza di perdonarsi per aver abbandonato sua figlia.

Quarantadue anni prima, Jude era nel pieno della dipendenza dall'alcol. Era riuscita a stento a diplomarsi. Myrna e Gerald alla fine l'avevano cacciata di casa, nessuno sapeva che era incinta: aveva fatto fatica a confessarlo anche a se stessa.

Era instabile, senza un tetto, viveva nell'auto che aveva rubato alla zia Millie. Era andata a Memphis per iniziare una carriera nel mondo della musica che non si sarebbe mai realizzata. Aveva ignorato la gravidanza tanto a lungo che aveva potuto decidere solo di portarla a termine.

In qualche modo, per un vero miracolo, quando aveva partorito era sobria. A differenza di quasi tutte le donne, ricordava quasi ogni singolo istante di quella fredda mattina di novembre, in particolare l'infermiera gentile che l'aveva avvisata del fatto che la polizia stava per presentarsi al reparto maternità. Volevano interrogare Jude sull'incidente con omissione di soccorso nel quale l'auto di Millie era stata vista allontanarsi a gran velocità.

L'infermiera le aveva dato un sacchetto con qualche pannolino e del latte artificiale. Quando era sgattaiolata fuori, passando per il parcheggio delle ambulanze, Jude aveva ancora il sangue che le colava lungo le gambe. La bambina non aveva nemmeno un nome, né un certificato di nascita. Non era stata registrata. Aveva solo una madre alcolizzata che da sette mesi viveva in un'auto rubata.

Jude non sapeva ancora perché non aveva abbandonato sua figlia all'ospedale. Non era così folle da credere che il suo cuore si fosse riempito di gioia non appena aveva preso tra le braccia la sua bambina.

Quel momento era arrivato ore dopo. Jude si era fermata lungo la strada per dormire un po'. La piccola aveva cominciato a urlare come una sirena. Aveva provato di tutto: le aveva dato da mangiare, l'aveva cambiata, l'aveva pregata, l'aveva implorata. Poi aveva acceso la radio, ed Emmylou Harris cantava *Sweet Dreams*.

Quando Henry e Jude erano bambini, a volte Gerald li portava alla centrale per dare qualche ora di tregua a Myrna, lasciandola sola in casa. Spargeva pennarelli e album da colorare sulla sua scrivania per distrarli, poi metteva su un disco in modo che non potessero sentirlo discutere delle indagini con i suoi uomini.

Emmylou Harris era la sua cantante preferita. Jude conosceva a memoria i testi di tutti gli album. Quella fredda e buia mattina, sul ciglio della strada alle porte di Memphis, aveva cullato Emmy Lou tra le braccia e le aveva cantato quella dolcissima serenata. Quando era arrivata all'ultima frase, piangeva solo lei. Era sopraffatta dalle ciglia morbide di Emmy Lou, dal sorprendente azzurro cristallino dei suoi occhi, dalla curva preziosa delle sue labbra, dal dolce profumo della sua testolina, dal battito deciso del suo cuore contro il palmo della mano di Jude.

Quando era fuggita dall'ospedale, il suo unico pensiero era stato fuggire dalla polizia. Quel momento in automobile con Emmy Lou le aveva fatto capire cosa doveva fare. Era ripartita puntando verso sud. Aveva cominciato a fare progetti. Sarebbe andata all'università. Avrebbe cresciuto sua figlia. Sarebbe diventata un'insegnante, come sua madre. Avrebbe riconquistato il rispetto di Gerald. Quando aveva superato il confine della contea di Clifton, era in preda all'euforia per le possibilità che la vita le avrebbe presentato.

Tutto era cambiato quando Gerald aveva aperto la porta. Faceva un freddo brutale, ma lui non l'aveva lasciata entrare in casa. Senza dire una parola, Myrna aveva preso Emmy Lou per tenerla al caldo, in cucina. Millie e padre Nate erano seduti al tavolo, impegnati nella loro partita a carte settimanale. Gerald aveva detto a Jude di aspettare sul portico e le aveva chiuso la porta in faccia.

Jude si era sentita come un cucciolo smarrito mentre guardava dentro casa, dalla finestra sul lavandino. Nessuno guardava verso di lei. Myrna aveva preso in braccio Emmy Lou; aveva la mascella serrata, con l'osso che sporgeva, e aveva lo sguardo puntato verso lo sportello del frigorifero. Jude non era riuscita a sentire ciò che dicevano, ma la conversazione era stata breve, e avevano tutti annuito in silenzio, d'accordo tra loro. Poi Gerald e Myrna avevano aperto la porta e le avevano comunicato la decisione. L'avevano presentata come una scelta, ma in realtà era stato un ultimatum: Jude poteva andarsene con Emmy Lou, oppure poteva andare via, ma Emmy Lou poteva restare.

Col senno del poi, sapeva che non le avrebbero mai permesso di ripartire con la bambina. Era una madre single alcolizzata che viveva in un'auto rubata. Ma Gerald aveva giurato che avrebbe smesso di bere e Myrna aveva giurato che avrebbe amato quella bambina. Così Jude aveva giurato ai suoi genitori che non avrebbe rimesso piede nella contea di Clifton fino alla loro morte.

Dei suoni dal corridoio, dietro la porta chiusa, la disturbarono. Due donne che parlavano, piatti e posate che tintinnavano.

Myrna mosse la mano, ma solo per togliersi il lenzuolo dal collo. La luce del sole si era avvicinata al letto. Jude si alzò per sistemare le tapparelle, e alla fine si ritrovò a fissare il parcheggio tra le fessure. Pensò a qualcosa che le aveva chiesto Emmy davanti alla casa di Carol Walker: perché aveva dedicato decenni della sua vita a riportare bambine perdute a casa dai loro genitori, mentre lei stessa non era mai voluta tornare a casa da Myrna e Gerald?

Era un'ottima domanda, ma non coglieva il vero senso dei suoi ventisette anni di carriera. Le dodici foto di ragazzine assassinate attaccate al muro del suo ufficio, i noiosi viaggi di andata e ritorno dalla prigione di Folsom, le ore trascorse con Freddy Henley, gli anni di ricerca nel Pinnacles. I percorsi escursionistici, quelli di arrampicata, le zone di nidificazione, le caverne e le grotte che ospitavano almeno tredici specie diverse di pipistrelli. Resurrection Wall, Frog Canyon, Bear Gulch, Hawkins Peak, Machete Ridge. Tanya Butler, Natalie Daniels, Honora Rios, Wanda Trochek, Mary Kay Morris, Valerie Lydelle, Jennifer Wu, Mandy Crull, Johna Blackmon, Kayse Nguyen, Steph Haver, Darlene Talbot.

Jude non aveva trovato le ragazzine e le giovani donne che Freddy Henley aveva assassinato. Aveva trovato le loro ossa, le ceneri, i denti rotti. La sua ricerca non aveva mai avuto lo scopo di riunire un genitore con una figlia perduta, ma di dare a quei genitori ciò che Jude non aveva mai avuto: un luogo in cui seppellire il loro dolore.

Voltò le spalle alla finestra. Myrna dormiva ancora. Il rumore nel corridoio era cessato, ma qualcuno stava girando la maniglia. Stava per aprire la porta lei stessa quando la vide spalancarsi.

«Millie Clifton!» si annunciò Millie, assorbendo tutto l'ossigeno presente nella camera. Le luci si accesero. Vide Jude e si fece scura in volto. «Mi devi tremila dollari per la macchina che mi hai rubato.»

«L'ho venduta a una prostituta per seicento dollari in California.»

«Stavolta mi pagherai in contanti, furbacchiona. Non mi freghi più con un assegno falso.»

L'unica cosa che sorprese Jude fu che non le stesse chiedendo gli interessi.

«Come ci sono riusciti, Millie? Myrna si è presentata di punto in bianco con...»

«Shh!» Millie le premette un dito adunco sulle labbra, zittendola. Poi barcollò per la stanza, le braccia tese come il mostro di Frankenstein, forse per cercare un appiglio nel caso avesse perso l'equilibrio. Si aggrappò al comodino, prese il telecomando e lo puntò verso il televisore. Sullo schermo comparvero le immagini di *Lo sceriffo di Dodge City*. Miss Kitty e Doc erano accanto a una diligenza. Millie alzò il volume a un livello fastidioso, lasciò il telecomando e tornò indietro.

Jude riprese da dove si era interrotta. «Myrna si è presentata di punto in bianco con una neonata e nessuno ha fatto domande?»

«Cosa c'era da chiedere?» rispose Millie, come se un'idea del genere fosse un insulto. «Myrna è scivolata sul ghiaccio mentre era con me in visita dai cugini Coleman. Ha scoperto di essere incinta quando l'abbiamo portata dal medico. Gerald l'ha riportata a casa perché potesse riposare, abbiamo detto a tutti che doveva restare a letto e non poteva scendere le scale. Passavo ogni giorno a vedere come stava. In tanti portavano stufati e pasticci, ma sai bene quanto può essere scontrosa: non smaniavano dalla voglia di vederla di persona.»

Jude sapeva che almeno quella parte corrispondeva alla verità. «Davvero è stato tanto semplice?»

«Perché non doveva esserlo?» Millie scrollò le spalle, minimizzando quel castello di bugie. «Gerald ha detto a tutti che Emmy Lou è nata così in fretta che non ha fatto in tempo a portare Myrna in ospedale. Lo zio Rudy ha preparato un certificato di nascita, io ho messo l'annuncio sul giornale. La mamma di Taybee ha donato una delle vecchie foto di quando era piccola, la zia Pauline ha permesso a Myrna di prendere un anno sabbatico per poter stare con lei. Emmy Lou era grande per la sua età, ma lo zio Enoch diceva sempre a tutti che i Coleman sono di corporatura massiccia.»

Jude aveva dimenticato con quanta facilità i Clifton mentivano agli altri Clifton.

«E io sono sparita, così.»

«Era nei patti.» Millie le puntò un dito contro il petto. «E va bene, signorina, adesso tocca a me. Hai infranto il giuramento. Gerald è morto, ma Myrna è ancora qui, almeno nel corpo. Perché sei tornata? Dichiara le tue intenzioni.»

Jude aveva una gran voglia di ridere davanti a quella sua faccia da nonnina. «Non devo darti spiegazioni.»

«E chi altro ti ascolterebbe? Siamo rimasti solo Nate e io. Gli altri sono tutti morti. Nessuno sa che l'hai lasciata e te ne sei andata senza voltarti.»

Jude faticò a mantenere un tono di voce basso. «Sai quante volte ho desiderato di poter tornare a casa?»

Millie rise, incredula.

Cercare di giustificarsi con quell'insopportabile vegliarda era una follia, ma Jude non poté farne a meno. Aveva cercato notizie di Emmy per anni sul *North Falls Herald* e sulle pagine Facebook di Celia e Tommy. Aveva fatto tanti progetti, comprato tanti biglietti aerei, scritto tante e-mail e lettere che non aveva mai spedito.

«Sapevo che era felice» disse. «Sapevo che papà manteneva la promessa di restare sobrio, che si prendeva cura di lei, che la mamma l'amava senza riserve, che Tommy e Celia la tenevano al sicuro, che aveva un figlio bellissimo – incredibile – mio nipote. E ho sacrificato i miei desideri, le mie necessità, ciò di cui avevo bisogno per guarire, perché non volevo mandare tutto all'aria. Per il suo bene. Per quello di Cole. Per loro.»

«Be', sei davvero una santa, eh?»

«Puoi dirlo forte, che diamine.» La collera emerse, inarrestabile. Millie l'aveva conosciuta solo da bambina. Non aveva mai incontrato Jude diventata donna. «Perché pensi che non gliel'abbia detto? Ha perso Gerald due settimane fa. Da sei anni a questa parte ha perso l'unica persona che sia mai stata una madre per lei. Non ho nessuna intenzione di presentarmi dopo quarant'anni e cercare di prendere il posto di Myrna, non si merita una cosa del genere. La mamma ha cresciuto una ragazza bella, intelligente, meravigliosa. Si merita di morire in pace, se può.»

«Guarda guarda chi all'improvviso si è trasformata in una figlia modello.»

«Se non capisci che ho sempre voluto bene ai miei genitori, allora non hai idea di come funzioni l'amore.»

Millie inarcò un sopracciglio sottile. «Non glielo dirai mai?»

«Che senso avrebbe?» Aveva in testa quella domanda da quando era arrivata a Clifton. Aveva deciso di essere l'unica persona che avrebbe avuto il vantaggio di conoscere la verità, il che significava non avere alcun vantaggio. «Se posso essere presente nella vita di Emmy come sua sorella, mi basta. E se speri che io la paghi, tu tra tutti dovresti sapere che a volte conoscere un segreto è più difficile che mantenerlo.»

«Immagino tu abbia imparato a blaterare di queste stronzate in California.» Millie aveva di nuovo un'espressione arcigna, ma almeno cominciava a cedere. «Ma voglio darti un consiglio. Ti conviene stare attenta a come ti comporti, con quella ragazza. È più intelligente di te. Prima o poi capirà cos'è successo, e allora cosa farai?»

Jude cedette. «Non lo so, Millie. Ha già fin troppi problemi. Forse potremo aiutarci a vicenda.»

«Oh, no!»

Si voltarono entrambe al suono della voce di Myrna.

«Guardate!» Indicava il televisore. «Chester è caduto da cavallo.»

«Sta bene!» gridò Millie. «Sta risalendo in sella. È tutto a posto!»

Jude faticò a sentire quel dialogo. Myrna era sveglia, finalmente. La stava guardando, con un sorriso educato sulle labbra, e Jude lo ricambiò, anche se nei suoi occhi non c'era il minimo cenno che l'avesse riconosciuta. Sembrava avesse davanti un membro dello staff o una sconosciuta passata di lì per caso. Durò un attimo appena, poi lo sguardo di Myrna tornò al televisore.

«Sei una sciocca, se ci hai sperato.» Millie non perdeva mai l'occasione di rigirare il coltello nella piaga. Raggiunse barcollando il telecomando e regolò il volume a un livello più sopportabile. «Tra te e il gatto di Adam per lei non c'è differenza.»

Jude dovette deglutire per ricacciare indietro il dolore prima di parlare. «Ti riconosce?»

«No, ma sembro più vecchia di sua nonna e non vuole essere scortese con me.»

Jude sentì la tristezza nella sua voce. Doveva essere difficile sopravvivere a tutte le persone importanti della propria vita. Si sforzò di seppellire l'ascia di guerra alla maniera dei Clifton. «Devo dire che sono sorpresa di vederti ancora in piedi.»

Millie ridacchiò. «Figurati me.»

«Io» la corresse Myrna. «Figurati io.»

La risata leggera di Emmy la precedette nella stanza. Salutò Jude con il suo solito cenno del capo. Aveva l'uniforme spiegazzata, il polso slogato avvolto in un tutore, e stringeva al petto un vecchio elenco del telefono.

«La mamma non smetterà mai di essere pedante» disse.

Jude sorrise, ma vide che Emmy guardava Myrna con la stessa sua speranza di essere riconosciuta. Non accadde. Non sarebbe più accaduto. Era scivolata via per sempre.

Emmy si schiarì la gola, proprio come aveva fatto Jude. Posò l'elenco sul tavolo e disse a Millie: «L'avevi dimenticato in macchina».

«Mi sai che sono nel posto giusto per perdere la bussola.» Millie avanzò in stile mostro di Frankenstein verso la sedia e quasi ci crollò sopra. «Di' a Kaitlynn di portarmi del rafano, quando viene a prendermi. Ah, e dei cetriolini sott'aceto dolci, ma non il barattolo grande, altrimenti andranno a male nel frigo.»

«Sissignora.» Emmy fece segno a Jude di seguirla nel corridoio. Come sempre, parlò subito di lavoro. «Gli agenti di sicurezza stanno trasferendo Walton Huntsinger ad Atlanta. Ha acconsentito a parlare con i Texas Rangers del caso di Hidalgo. A quanto pare, la vittima era la figlia di un senatore dello Stato, e da quelle parti c'è un gran fermento per risolvere il caso.»

Jude chiuse la porta per non dover sovrastare l'audio del televisore che ancora proiettava *Lo sceriffo di Dodge City*. «Ho parlato con il mio contatto al Centro. Hanno altri tre possibili casi che hanno una corrispondenza con i viaggi di Walton con i Tooth Troopers. Hanno fatto il test del DNA su tutti, e se troviamo un riscontro con Walton, arriveremo a diciannove vittime in totale.»

«Dio santo» mormorò Emmy.

«Peggiorerà» l'avvisò Jude. «Walton ha fatto del male per molto tempo.»

La tensione segnò la fronte di Emmy. «E Virgil?»

«L'FBI sta usando un software di riconoscimento del volto per esaminare i filmati delle telecamere di sorveglianza degli aeroporti minori nel raggio di millecinquecento chilometri dalla contea di Clifton. Hanno già scoperto che è passato per l'Augusta Regional e il Punta Gorda in Florida. Usava una patente rubata che apparteneva a un malvivente incarcerato nella prigione di Stato di Calhoun. La foto era quasi identica a lui, di sicuro non l'ha scelta per caso.»

«Calhoun è vicino al confine dell'Alabama.»

«Ci stiamo coordinando con il Bureau of Investigation dello Stato» disse Jude. «Il GBI sta interrogando il personale di Calhoun per scoprire chi gli ha venduto la patente.»

«I viaggi clandestini di Virgil sono coordinati con quelli di Walton?»

«Qualcuno» rispose Jude. «Ma fino a poco tempo fa, come saprai, Virgil ha viaggiato per portare i suoi cavalli alle esposizioni. Credo andasse da solo. Sono sicura che si sia lasciato alle spalle una scia di casi irrisolti. Sarà più difficile, con lui. Sapeva come alterare le prove, di certo ha coperto le proprie tracce. Potremmo non scoprire mai a quante ragazze e donne ha fatto del male.»

Emmy serrò la mascella, facendo sporgere l'osso proprio come faceva Myrna. Diede uno sguardo nel corridoio. Il tradimento di Virgil era una ferita che non sarebbe guarita in fretta. Jude notò le sue ciglia morbide quando sbatté le palpebre per scacciare le lacrime.

«Okay» disse Emmy. «Devo uscire da questo posto.»

Jude si aspettava una delle sue tipiche uscite veloci, ma Emmy le fece cenno di seguirla. Superarono un ascensore e presero le scale. Erano state entrambe cresciute da una donna che non credeva nell'ozio. Jude si sorresse al corrimano per scendere in sicurezza. Aveva lasciato stivali da motociclista e jeans al motel: i tacchi e i tailleur pantalone appartenevano alla sua vita precedente.

Emmy osservò il suo abbigliamento quando girò sul pianerottolo. «Hillary Clinton sa che le hai rubato l'outfit?»

«Andy Taylor sa che gli hai rubato il suo?»

Emmy la guardò senza capire. «Chi è Andy Taylor?»

«Congratulazioni. Alla fine hai trovato un modo per ferirmi.» Jude la seguì sulla rampa di scale successiva. «Stamattina sono stata alla prigione di Dooley a parlare con Dale Loudermilk. Non mi avrebbe neanche considerata, se mi fossi presentata in jeans e con una giacca da biker. Questo è l'abbigliamento che ci si aspetta da un'agente donna, ecco perché sono vestita così.

Emmy si fermò al pianerottolo successivo. «Che cosa ha detto?»

«Abbiamo parlato soprattutto di musica, ma prima o poi lo farò cedere e mi dirà cos'altro sa.»

«Immagino tu abbia un motivo per essere sicura che andrà così.»

«Mi sono laureata alla triennale in Discipline della musica. Ho rispolverato le mie conoscenze di musica classica per poter agganciare il suo interesse.» Jude avanzò e raggiunse Emmy. «Quando metti in gabbia uno psicopatico, la sua personalità tende ad appiattirsi. In prigione si è soli, e ci si annoia quasi sempre. Devi tenere a mente che quando sono fuori, ogni emozione che provano, ogni loro azione è qualcosa che stanno imitando. Non sanno come si fa a essere brave persone, così rubano quei tratti da chi li circonda. Io sarò lo specchio di Dale e lo porterò alla confessione.»

«Questa descrizione mi ricorda qualcuno.»

«Virgil Ingram era senza dubbio uno psicopatico.»

Emmy guardò il tutore che aveva al braccio e si sistemò il cinturino in velcro.

Jude aveva imparato a riconoscere le manifestazioni fisiche di disagio di Emmy. Il modo in cui serrava le labbra, gli sforzi evidenti di regolare il respiro, i cambi di argomento repentini, i colpi di tosse o l'attenzione che rivolgeva al cellulare, e più di recente il bisogno di sistemare il tutore.

«Hai trovato un modo per fare pace con Myrna?» le chiese Emmy.

La sua tristezza era così palpabile che a Jude parve di sentirla nel petto. «Quando le persone muoiono, il nostro rapporto con loro non si esaurisce. Troviamo nuovi modi per collegarci a loro» disse.

«Non credo che smetterò mai di sentire la voce di papà nella testa, ma con lei...» Lo sguardo di Emmy andò oltre Jude, verso le scale. «È dura vederla tutto il giorno a letto. È sempre stata così attiva. Guardava al futuro, faceva progetti, aveva sempre qualcosa da fare. Ma pian piano ha ceduto alla malattia. All'inizio era gestibile, poi è peggiorata un pochino, poi è peggiorata molto, fino a peggiorare troppo, e se mi guardo indietro so che sono passati anni, ma ora mi sembrano minuti.»

Erano i momenti più difficili per Emmy, i tira e molla in cui Jude non sapeva se fosse più d'aiuto restare in silenzio o spronarla con delicatezza a parlare. L'uccisione di Virgil era un fardello che Emmy avrebbe portato con sé per sempre, ma quel gesto di autoconservazione aveva solo aggiunto del peso al fardello ancor più pesante costituito dalla perdita di Gerald e dalla lenta marcia accanto a Myrna lungo la strada verso la tomba.

«Abitavo a San Francisco alla fine degli anni Novanta, quando sono usciti gli inibitori della proteasi. Erano i primi farmaci in grado di contribuire a fermare la replicazione del virus dell'HIV in AIDS vero e proprio. All'improvviso, tutte queste persone e coloro che si occupavano di loro, che fino a quel momento avevano vissuto in un limbo, lottando ogni giorno con l'incertezza dell'attesa di ammalarsi o di morire, si sono viste restituire le loro vite. Erano felici, certo, ma al tempo stesso è aumentato il livello di depressione e ansia. Avevano vissuto oppressi dall'insicurezza per così tanto tempo che non sapevano più come fare a vivere. L'hanno chiamata la sindrome di Lazzaro. Il ritorno dalla morte.»

Emmy serrò le labbra.

«Tu ti sei occupata di Myrna e Gerald per molto tempo. Non c'è niente di male nell'essere felice. Lascia che chi ti sta intorno ti sostenga, permetti a te stessa di respirare.»

«Perché quando era papà a parlarmi mi sembrava di ricevere dei consigli e quando invece sei tu mi sembra di leggere i biglietti dei biscotti della fortuna?» chiese Emmy.

Jude scrollò le spalle. «Almeno io metto gli avverbi nelle frasi.»

Emmy affrontò la rampa seguente. Restò in silenzio fino a quando raggiunse l'uscita. Si voltò e disse a Jude: «So chi è Andy Taylor. Una volta Myrna mi ha fatto uscire prima da scuola perché trasmettevano l'episodio dei cetriolini».

Fuori, il sole fendeva le nuvole come un rasoio. Jude cercò gli occhiali da sole mentre seguiva Emmy lungo un vialetto tortuoso che portava nel giardinetto con vista su uno stagno. Gli uccellini cantavano sui rami, le anatre galleggiavano nell'acqua bassa. Le panche erano tutte vuote perché in un posto del genere i pazienti non passavano molto tempo all'aperto.

Jude si sedette a uno dei tavoli da picnic di cemento. La brezza che arrivava dall'acqua le diede un leggero brivido. «Come sta Paisley?»

«Va avanti.» Emmy si sedette di fronte a lei e tirò di nuovo la cinghia del tutore. «I medici pensano che tornerà a camminare, se assistita. Non sanno fino a che punto potrà recuperare l'uso delle mani. Il quadro psicologico è terribile. Ho detto a Carol ed Elijah che sono pronta a parlare con lei quando se la sentirà, ma non so se sarà mai in grado di superare ciò che le è successo.»

«O lo fai, o non lo fai.» Jude si tolse gli occhiali da sole. Non poteva perdere l'occasione di far aprire Emmy sulla questione di Virgil. «La negazione non va bene, ma può essere di grande aiuto, temporaneamente. Il problema comincia quando si resta nella negazione, perché il trauma non viene superato. Resta all'interno del corpo, soprattutto nei bambini, e più cercano di tenerlo dentro, più il corpo trova modi per riportarlo fuori.»

Emmy ascoltava con grande attenzione. «Come?»

Jude cercò di non parlare come se stesse facendo lezione. «Chi subisce un trauma ha più probabilità di sviluppare problemi di salute mentale, dipendenze da stupefacenti, autolesionismo. C'è poi la componente fisica. Nel tempo, il trauma può alterare la chimica cerebrale, causare malattie come immunodeficienze, problemi cardiaci, a volte può anche accorciare le aspettative di vita.»

Emmy premette di nuovo le labbra tra loro. «Non stiamo più parlando di Paisley, vero?»

Jude unì le mani in grembo per impedirsi di prendere quella di Emmy. Nei dodici giorni appena trascorsi aveva evitato sempre di parlare di ciò che era successo nel seminterrato di

Virgil. Dentro di sé, pregò che Emmy si sentisse pronta a discuterne con lei.

Emmy fece un respiro profondo e voltò la testa verso l'acqua. Jude pensava che volesse chiudersi in se stessa, ma ciò che accadde dopo la sorprese.

«Quando Adam è uscito di prigione, ho cominciato a sognare il momento in cui ho trovato Madison e Cheyenne nell'acqua. Quando ho smesso è stato un tale sollievo... ma ora sogno di uccidere Virgil.»

Jude la osservò ricacciare indietro altre lacrime a cui non avrebbe mai permesso di uscire.

«L'ho visto sulla soglia e ho capito quasi subito che gli avrei sparato. Non era mai successo. Non sto dicendo che non so fare il mio lavoro, ma di solito, quando la situazione si complica, percepisco lo stress, e divento così nervosa che mi dimentico di respirare. Con Virgil non è successo.»

I loro occhi si incrociarono quando Emmy decise di distogliere lo sguardo dallo stagno.

«Ho sentito il corpo irrigidirsi. Ero calmissima. Sapevo cosa dovevo fare. Le mie mani non tremavano, il cuore non batteva all'impazzata, ero consapevole di dover scegliere tra lui e me. E ho fatto ciò che mi ha sempre detto di fare papà. Il mio lavoro. Ho premuto il grilletto e ho ucciso un uomo che mi conosceva da tutta la vita, e non ho provato niente di niente.»

«Cos'è successo dopo?» chiese Jude.

La breve risata di Emmy fu causata dallo shock. «Dio, odio quando hai ragione. Sono uscita e ho vomitato l'anima.»

Jude prese in prestito un trucco di Emmy e fece un respiro profondo per rilassarsi. «La rigidità che descrivi è una risposta a un trauma. Esistono tre possibili reazioni: attacco, fuga o blocco. Sai bene come funziona la fuga: si scappa. Il blocco spesso viene descritto come dissociazione. Nella tua mente vai in un altro posto, in modo da non dover processare ciò che sta succedendo al tuo corpo. Con Virgil, il tuo cervello ha scelto l'attacco. La dopamina ha invaso il circuito di ricompensa per rinforzare il tuo comportamento, perché era positivo per la tua sopravvivenza.»

Emmy ascoltava ancora con attenzione.

«Sentirsi invincibili può dare alla testa. Il problema si genera quando cerchi quel genere di comportamento per ottenere la dopamina come ricompensa. Ti spingi sempre più in là, corri rischi sempre maggiori, prendi pessime decisioni per il gusto del brivido, e nel mentre ti fai del male.»

«Sembra la descrizione di una tossicodipendenza.»

«È la stessa cosa. Entrambe inseguono la gratificazione. Possono alterare la struttura del cervello e cambiare il modo in cui elabora le informazioni.» Jude si strinse nelle spalle. «Perché pensi che sia così brava nel mio lavoro? È qualcosa che provano anche i serial killer.»

Negli occhi di Emmy si accese la sorpresa. «Spiegami.»

«Alcune persone pensano che i serial killer commettano errori perché vogliono essere presi, ma il vero motivo è che sono disperati, come tutti gli altri drogati. La prima volta che uccidono, provano un picco di euforia. La volta dopo è bello, ma non come la prima. I loro cervelli hanno sviluppato un'assuefazione, così rincorrono l'euforia superando i limiti, diventando più sadici, più vili, pur di innescare la reazione. La disperazione li fa agire in modo approssimativo. Non pensano ad altro che a provare quel brivido.»

«Come gli alcolizzati.»

«Come me. Ho corso rischi sciocchi e mi sono messa in situazioni pericolose, ho perso cose importanti, cose che amavo. Che amo ancora.»

Emmy tirò di nuovo le cinghie di velcro. «A proposito di ciò che mi hai chiesto di Jonah. Non mi ha picchiata. Mi ha spinta giù per le scale quando ero incinta, e mi sono sentita così vulnerabile... in trappola, se proprio vuoi sapere la verità, perché c'era Cole a legarci. Dopo gli ho lasciato fare tutto ciò che voleva. È questa la parte di cui mi vergogno. Non aveva bisogno di picchiarmi, perché io cedevo sempre.»

Il dolore che Jude sentì al cuore fu come un pezzo di vetro che si frantumava in milioni di pezzi. Lei non le era stata accanto. Non l'aveva protetta.

«Emmy Lou, mi dispiace di essermi persa tanto della tua vita.»

Lei aggrottò la fronte. «Ma se meno di due settimane fa non sapevi nemmeno della mia esistenza.»

Jude sentì che stava volando troppo vicino al sole, ed era troppo pericoloso. Si ritrasse. «Non dovresti mai cominciare una frase con una congiunzione.»

Emmy non rise. Fece un respiro profondo e lo trattenne nei polmoni per molto tempo. «La sera in cui sono scomparse Cheyenne e Madison, papà mi ha detto una cosa, e solo dopo molto tempo ho capito che stava parlando di te.»

Fu Jude, a quel punto, a puntare lo sguardo verso lo specchio d'acqua. La dissociazione era sempre stata il meccanismo di difesa preferito del suo cervello. Cercò di riagganciarsi al presente. Guardò il tutore al polso di Emmy, il cinturino bianco del suo orologio, il distintivo a forma di stella da sceriffo della contea di Clifton di Gerald che solo da poco tempo aveva cominciato a portare appuntato sull'uniforme.

Ripeté ciò che aveva detto Emmy poco prima. «Spiegami.»

«Parlavamo di errori, e papà ha detto di averne fatti di molto grandi in passato. Era troppo rigido, eliminava le persone dalla sua vita, ma non poteva più cambiare ciò che era successo ed era troppo tardi per chiedere scusa. Ha detto che aveva dovuto insegnare a se stesso a essere diverso. Imparare a perdonare.»

Jude tornò a guardare lo stagno.

«Papà era molto bravo a perdonare. Per gli altri, per se stesso. Credo mi stesse dicendo che era passato troppo tempo perché delle scuse potessero guarire ciò che era successo tra voi. Il suo modo di chiedere scusa è stato cambiare la sua vita, smettere di bere, diventare una persona migliore. Imparare a perdonare.»

L'intensità della sua voce era straziante, ma Jude riusciva a pensare solo al fatto che un uomo che aveva avuto la forza di stravolgere la propria vita, che aveva plasmato il proprio carattere sul perdono, aveva deciso anche di rinunciare alla figlia che aveva scacciato.

«Ho riflettuto sulle statistiche che hai citato sui duplici rapimenti di minori, che sono stati denunciati meno di venti casi negli Stati Uniti dagli anni Settanta a questa parte. Hai scritto un manuale sui sequestri di minori, quindi dovevi conoscere il caso di Cheyenne e Madison. Perché non sei tornata a casa dodici anni fa?»

«Questa è un'ottima domanda» rispose lei, ma solo per darsi il tempo di elaborare una risposta. «Erano state rapite due ragazzine vulnerabili. Non mi sembrava un buon momento per una riunione a sorpresa della famiglia Clifton. Tu e papà avevate bisogno di concentrarvi sull'indagine, e non volevo disturbarvi mettendomi al centro dell'attenzione.»

«Okay» disse Emmy, ma non era chiaro se avesse accettato quella spiegazione o se stesse solo cambiando argomento. «Alla fine sono entrata nell'ufficio casalingo di papà.»

Jude scrutò il suo viso. Non sembrava il tipico atteggiamento evasivo di Emmy. «Deve essere stato difficile.»

«Non è questo il punto» rispose lei. «Sarò diretta, perché è l'unico modo che mi sembra possibile per dirlo. Qualche mese fa, papà ha chiesto a Cole di mostrargli come funzionava la stampante. Pensavamo che volesse stampare delle foto, ma ho trovato un album nel suo schedario. Aveva stampato una serie di articoli su di te, l'ultimo parlava di come avevi finalmente individuato quella ragazza, Talbot.»

A Jude mancò la terra sotto i piedi.

«Non so come abbia fatto, ma deve aver fatto delle ricerche approfondite su Internet. Hai fatto di tutto per non associare il tuo nome con il caso di Freddy Henley, ma papà ti ha trovata.»

Non era in grado di rispondere. Suo padre aveva seguito la sua carriera, sapeva che era riuscita a far crollare Freddy, che aveva trovato i corpi delle sue vittime, che aveva riportato a casa tutte quelle ragazzine.

«C'è dell'altro» aggiunse Emmy.

Jude rise per darsi un motivo per non piangere.

«La mattina in cui papà è stato ucciso, stava scrivendo una lettera. Cole e io siamo entrati in ufficio, e lui l'ha messa in una cartellina. Poi siamo andati a casa di Adam Huntsinger, e...» Si strinse nelle spalle. «Non ha mai potuto finirla. Non è chiaro chi fosse il destinatario, ma io penso fosse per te.»

Il cuore di Jude cominciò a battere come un rullante. Osservò Emmy prendere qualcosa dalla tasca posteriore, un foglio a righe di un blocco, piegato. Jude aprì la borsa, prolungando la ricerca degli occhiali da lettura e l'apertura della custodia. La mano le tremava solo un po' quando se li mise sul naso. Aprì il foglio, vide la data, la scrittura all'antica di Gerald.

Cara figlia...
Pensavo di avere un milione di parole da dirti, ma ora che sono seduto a scriverle me ne vengono in mente solo tre. Sono così

Jude la rilesse, poi voltò il foglio. Sul retro non c'era nulla. «Tutto qui? *Sono così*... e nient'altro?»

«Già» ribatté Emmy. «Come una sciarada sulla morte.»

«Orgoglioso» disse Jude, perché sapeva che Gerald non aveva scritto a lei. Emmy viveva in casa sua, l'aveva sempre definita sua figlia. «Ecco qual è la terza parola. Voleva che tu sapessi quanto fosse orgoglioso.»

«No. Secondo me la terza parola era *dispiaciuto*. Stava scrivendo a te e voleva chiederti scusa.»

Jude apprezzò la generosità, ma sapeva che era una forzatura. «Non lo sapremo mai.»

«Forse» rispose Emmy. «Ma quella mattina, papà aveva in mente delle scuse. Ha convocato me e Tommy nel suo ufficio per dirci che stava per trasferire Myrna in una struttura. Ha detto che se n'era già andata, che la donna che era nostra madre era come morta. E ci ha chiesto scusa per aver aspettato tanto prima di metterla in questo posto orribile.»

Jude piegò la lettera e la mise sul tavolo, tra loro. «Sono felice che ti abbia evitato questa decisione. È molto difficile prenderla.»

«Mi stai rifilando delle frasi fatte, mentre io sto cercando di darti delle risposte.» Emmy si sentiva frustrata. «Dopo che gli hanno sparato, abbiamo avuto pochi momenti prima che morisse. Mi ha guardata, e non era né confuso né disorientato. Era lì con me, e mi ha detto: "Di' a tua madre che mi dispiace".»

Il mondo le mancò sotto i piedi ancora una volta. Jude si costrinse a guardare Emmy negli occhi, anche se aveva cominciato a sudare freddo. Possibile che Emmy avesse capito? Stava cercando di dirle che sapeva la verità?

«Qualche giorno dopo l'ho detto alla mamma.»

Il respiro si fermò nel petto di Jude. Le tremavano le mani.

«Mi sono sentita un'idiota, ma gliel'ho detto. Lei non ha capito di cosa stessi parlando. La mamma non si ricorda nemmeno la mia faccia, figurarsi se sa che sono sua figlia.»

Jude cercò di farsi forza. Il senso di colpa del suo segreto stava spingendo la sua mente verso conclusioni errate. Si comportava come un sospettato durante un interrogatorio, e rischiava di commettere qualche errore sciocco. «Cosa mi sfugge?»

«L'ovvio. Pensaci bene. Papà aveva già chiesto scusa a me e a Tommy, quella mattina. Poi mi ha detto di chiedere scusa anche alla mamma da parte sua. Resti fuori solo tu. Papà stava scrivendo questa lettera di scuse per te.» Emmy aprì il foglio e lo appiattì sul cemento. «Cara figlia, sono così dispiaciuto.»

Il vento sollevò gli angoli del foglio. Jude si tolse gli occhiali e li risistemò nella custodia. Era Emmy la persona a cui sfuggiva qualcosa. La mattina in cui era morto, Gerald Clifton aveva detto che sua moglie ormai non c'era più. Quando era disteso sulla strada, aveva capito che anche la sua vita era arrivata al termine, e che il patto, dopo quarantadue anni, era stato mantenuto. Jude aveva giurato di non rimettere piede nella contea di Clifton fino a quando entrambi i suoi genitori non fossero morti. Ciò significava che Gerald non stava cercando il perdono di Myrna.

Chiedeva il perdono della madre di Emmy, Jude.

«Cazzo.» Emmy aveva tirato fuori dalla tasca il telefono per leggere un messaggio. «Taybee mi ha ordinato di offrirmi volontaria per portare un'insalata di patate alla cena di famiglia. Chiede anche se sai fare le uova alla diavola. Ho le ricette di Myrna, se vuoi possiamo provare a cucinare insieme, ti va?»

Jude guardò nel sorprendente azzurro cristallino degli occhi di sua figlia.

«Okay.»

RINGRAZIAMENTI

Il primo ringraziamento va sempre a Kate Elton e Victoria Sanders: sono venticinque anni, mie care. Ci rendiamo conto?

Vorrei ringraziare anche le mie colleghe, Bernadette Baker-Baughman, ma anche Diane Dickensheid, Christine Kelder e la squadra alla VSA. Grazie anche a Hilary Zaitz Michael per il suo tocco magico.

Alla William Morrow, un ringraziamento particolare va a Emily Krump, Heidi Richter-Ginger, Jessica Cozzi, Rachel Berquist, Jen Hart, Kaitlin Harri, Chantal Restivo-Alessi e Julianna Wojcik.

Alla HarperCollins, grazie di cuore a Jan-Joris Keijzer, Miranda Mettes, Kathryn Cheshire e dulcis in fundo a Liz Dawson, dotata di una sorprendente erudizione e di una risolutezza implacabile.

Per le ricerche: David Harper, che con la sua solita pazienza e gentilezza ha risposto alle mie strampalate domande di carattere medico. John Capo e Charity Norton mi hanno fornito importanti dettagli di stampo legale. Sherry Lang è stata di enorme aiuto grazie alla sua grande competenza nel campo delle indagini su rapimenti e sequestri. P.S. mi ha aiutata con le gerarchie delle forze dell'ordine, le questioni di procedura e tutto ciò che mi fa sembrare più intelligente di quanto sia in realtà. Maggie Cherneff e Christina Lim di Snap hanno risposto ad alcune domande fondamentali sulla sicurezza. Grazie a tutti coloro che hanno messo a mia disposizione la loro competenza, che li abbia citati espressamente o meno. Naturalmente gli errori presenti sono tutti farina del mio sacco.

Leo Berry-Lawhorn ha vinto l'asta "Dai il nome a un personaggio" di Charitybuzz ed è stato ricompensato con il dubbio onore del personaggio di Michael Berry-Lawhorn, che spero sia felice della sua trasformazione con la soffice tuta in Tyvek.

A mio padre: sono felice che tu ci sia ancora. E a D.A.: non sono mai tanto felice come quando sono con te.

Questo libro è fabbricato da Grafica Veneta S.p.A.
con un processo di stampa e rilegatura certificato 100% carbon neutral
in accordo con PAS 2060 BSI

QUESTO VOLUME È STATO STAMPATO NEL LUGLIO 2025
PRESSO GRAFICA VENETA S.P.A. - TREBASELEGHE (PD)